中国古典小说丛书

双凤奇缘
木兰奇女传

[清] 雪樵主人 著
[清] 佚名 著

图书在版编目（CIP）数据

双凤奇缘/（清）雪樵主人著.木兰奇女传/（清）
佚名著.--南昌:江西美术出版社,2018.10（2020.5重印）
　ISBN 978-7-5480-6192-2

Ⅰ.①双…②木…Ⅱ.①雪…②佚…Ⅲ.①章回小
说—中国—清代Ⅳ.①I242.4

中国版本图书馆CIP数据核字（2018）第140645号

出 品 人：周建森
企　　划：北京江美长风文化传播有限公司
责任编辑：楚天顺　李小勇　康紫苏
责任印制：谭　勋

双凤奇缘　　木兰奇女传
SHUANGFENG QIYUAN　　MULAN QINV ZHUAN
（清）雪樵主人　著　（清）佚名　著

出　　版：江西美术出版社
地　　址：江西省南昌市子安路66号
网　　址：www.jxfinearts.com
电子信箱：jxms163@163.com
电　　话：010-82093808　0791-86566274
邮　　编：330025
经　　销：全国新华书店
印　　刷：河北盛世彩捷印刷有限公司
版　　次：2018年10月第1版
印　　次：2020年5月第2次印刷
开　　本：690mm×960mm　　1/16
印　　张：32.5
ISBN 978-7-5480-6192-2
定　　价：76.00元

本书由江西美术出版社出版，未经出版者书面许可，不得以任何方式抄袭、
复制或节录本书的任何部分。
版权所有，侵权必究
本书法律顾问：江西豫章律师事务所　晏辉律师

"中国古典小说丛书"出版说明

所谓"古典小说"云者,其义有二焉:一曰,但凡古代之小说,皆可谓之"古典小说";一曰,但凡技法未受泰西影响之小说,亦可谓之"古典小说"。然此特就今人之观念言之耳。

揆诸坟典,"小说"一词,出自《庄子·外物篇》,其言曰:"饰小说以干县令,其于大达亦远矣。"由此观之,庄子所谓"小说",不过琐屑之言,以其无关道术,故以小说名之耳。

炎汉成、哀之世,刘向、刘歆父子典校秘书,检讨百家学说,取桓谭《新论》"小说家合丛残小语,近取譬论,以作短书,治身治家,有可观之辞"之意,把《伊尹说》《鬻子说》诸书,归为"小说家"之书,而《汉书·艺文志》(以下简称《汉志》)继之。夷考其说,"小说家者流,盖出于稗官,街谈巷语,道听途说者之所造也"(语出《汉志》),此亦非后世之小说也。

唐修《隋书》,其《经籍志》立论本诸《汉志》,以小说为"街谈巷语之说"(《隋书·经籍志》语)。当此之时,小说之名虽同,而其类目稍广,举凡《燕丹子》《世说》《迩说》之属,皆可入诸小说名下。

后晋修《唐书》,其《经籍志》立论与《隋志》无异,以《博物志》隶小说,此为"神异志怪之书"入小说之始。

天水一朝,欧阳文忠公撰《新唐书·艺文志》(以下简称《新唐志》),以《列异传》《甄异传》《续齐谐记》《感应传》《旌异记》等"史部·杂传类"之书移于"小说类"。至是,小说之部类日夥。

及元脱脱修《宋史》,《艺文志·小说类》承《新唐志》之旧而增广之。

001

明胡应麟以小说繁夥,派别滋多,于是综核大凡,分小说为六类:一曰"志怪",一曰"传奇",一曰"杂录",一曰"丛谈",一曰"辩订",一曰"箴规"。至此,小说一类已蔚为大观,脱《汉志》"街谈巷语"之成规。

清修"四库",《总目提要》(以下简称《提要》)别小说为三派,"其一叙述杂事……其一记录异闻……其一缀辑琐语",而又损益之。考诸《提要》,则损益可知:一曰,进"丛谈""辩订""箴规"为"杂家";一曰,隶《山海经》《穆天子传》诸书于小说。小说范围,至是乃稍整洁矣。其分目虽殊,而论述则袭诸旧志。

曩者宋元明清之史志,难觅"平话""演义"之书,此特士夫习气,鄙其为末流所使然也。史家成见,一至于斯。今人刻书,自当脱古人窠臼。

说部诸书,以文体分,有"白话""文言"之别;以体裁分,有"话本""传奇""演义"之别;以内容分,有"佳话""世情""侠义""家将""神魔"之别。细玩其文,既有劝世之良言,亦有"诲淫诲盗"之糟粕,而抉择去取,转成读说部书之第一要务。以此之故,编者特于说部诸书择其精者,辑之而为"中国古典小说丛书",凡百余种。

然说部之书浩如烟海,其精者又何限于区区百十之数?此次出版,难免遗珠之憾。然能俾读者因之而省择取之劳,进而得窥说部精要,示人以津梁,则尚不违出版"中国古典小说丛书"之初心。

说部之书,多出自书坊,脱误错乱,在所难免,故于"取其精华,去其糟粕"外,尚需广施校雠,始得成其为可读之书。以此之故,编者多方搜罗以定底本,精排其版以美其观,躬自校雠以正讹误,然后付诸枣梨,装订成书,以飨读者。

限于编者学力有限,书中疏漏之处,在所难免,尚祈广大方家、读者诸君不吝批评斧正。凡能指出书中一二谬误者,皆为吾师,吾人不胜感激之至。

戊戌仲夏上浣,邵鹏军序于丰台晓月里

总　目

双凤奇缘 ……………………………………………… 001
木兰奇女传 …………………………………………… 329

目 录

双凤奇缘

双凤奇缘

目　　录

第一回
汉帝得梦选妃　奸相贪财逼美…………………………………… 009

第二回
太守被责献女　昭君用计辱奸…………………………………… 013

第三回
美人图奸臣点痣　鲁家庄金定掉包……………………………… 017

第四回
使奸计太守被诳　苦分离昭君上路……………………………… 021

第五回
献图谎奏惑君　妒美追舟遇贬…………………………………… 025

第六回
真冷宫昭君受苦　假圣旨太守充军……………………………… 029

第七回
弹琵琶月洞相思　叹五更冷宫诉怨……………………………… 033

第八回
王太守辽东受军棍　汉天子越州召皇亲………………………… 037

第九回
王嫱病缠冷宫　姚氏分娩辽东…………………………………… 041

第十回
坐孤灯思想汉天子　开科选取中刘状元………………………… 045

第十一回
见西瓜吟诗散闷　踏夜月忆古伤情……………………………… 049

第十二回
双凤台林后听琵琶　望月楼昭君会皇后……053

第十三回
唆天子正宫暗听　打西宫鲁妃吃惊……057

第十四回
分宫亭皇后伸冤　王昭君冷宫诉苦……061

第十五回
真昭君亲见汉王　勇李陵锁捉奸臣……065

第十六回
毛相拐图逃走　鲁妃仇报自尽……069

第十七回
东教场抄斩毛宅　西宫里初整鸾衾……073

第十八回
出边关奸相装醉汉　到番邦延寿找门生……077

第十九回
召王忠总兵趋炎附势　造相府太守晋爵加官……081

第二十回
献昭君图挑番主　进哑谜诗难汉主……085

第二十一回
刘状元看破番诗　单于国大兴人马……089

第二十二回
彭总兵失机败阵　李元帅奉旨征番……093

第二十三回
李陵败石家父子　吴銮差左右先锋……097

第二十四回
智困李陵遭活捉　急差都督起救兵……101

第二十五回
百花女怒杀番将　石庆真暗箭伤人……105

第二十六回
报妻仇李虎阵亡　踹番营老将交兵……………………………………… 109

第二十七回
困番邦李陵不屈　说忠良番相受辱……………………………………… 113

第二十八回
美人计哄忠臣　李陵愤羞公主…………………………………………… 117

第二十九回
公主含羞全节　忠臣尽义轻生…………………………………………… 121

第三十回
虎牙口忠臣立碑　雁门关苏武和番……………………………………… 125

第三十一回
大小逼卫律遭辱骂　风云岭苏武牧羝羊………………………………… 129

第三十二回
苏武软困飞来洞　番王病想王昭君……………………………………… 133

第三十三回
毛延寿探病献计　北番王临朝发兵……………………………………… 137

第三十四回
娄相挂帅操人马　甘奇比武夺先锋……………………………………… 141

第三十五回
盘陀山妖仙逞异术　番元帅单骑请军师………………………………… 145

第三十六回
攻雁门李广斩甘奇　摆异阵妖术困汉将………………………………… 149

第三十七回
现白虎大败李广　放火龙烧破雁门……………………………………… 153

第三十八回
金雀关赵英救李广　水晶球妖人打汉将………………………………… 157

第三十九回
张玉龙中计失银燕　黄崇虎被宝走铁鸦………………………………… 161

第四十回
渡黄河妖风吹战舨　围京城怪石冲汉兵……………………… 165

第四十一回
汉帝吓倒金銮殿　张相献计假昭君…………………………… 169

第四十二回
番人班师归本国　大封功臣见美人…………………………… 173

第四十三回
对图画假美露破绽　指真形延寿进谗言……………………… 177

第四十四回
二犯雁门惊魂胆　一纸战书逼美人…………………………… 181

第四十五回
保江山苦舍昭君　和番邦哭别天子…………………………… 185

第四十六回
辞父母十分难舍　拜皇后万箭钻心…………………………… 189

第四十七回
收御弟文龙赐姓　哭西宫昭君换服…………………………… 193

第四十八回
芙蓉岭王龙和新诗　太行山土地逐大虫……………………… 197

第四十九回
雪拥马蹄见学士心　眼盼雁门谱昭君曲……………………… 201

第五十回
出雁门昭君自恨　思乡里王龙吟诗…………………………… 205

第五十一回
写血书征鸿寄信　看雁翅天子伤情…………………………… 209

第五十二回
黑水河谈诗矢名节　九姑庙得梦赠仙衣……………………… 213

第五十三回
单于城昭君约三事　银安殿番王宴天使……………………… 217

第五十四回
昭君智哄番邦主　王龙计下蒙昏药…………………………… 221

第五十五回
报冤仇怒斩延寿　仗仙衣吓住番王…………………………… 225

第五十六回
欲全名节说假梦　要还心愿造浮桥…………………………… 229

第五十七回
救忠臣苏武回朝　寻丈夫猩猩追舟…………………………… 233

第五十八回
弹琵琶带病思乡　嘱御弟含悲生别…………………………… 237

第五十九回
深宫夜坐苦怨汉王　浮桥烧香悲诉求神……………………… 241

第六十回
断肠诗猿啼鹃唤　洋河水玉暗香沉…………………………… 245

第六十一回
见凶兆哭倒番王　赐金银礼送天使…………………………… 249

第六十二回
教授哭祭白洋口　昭君魂返芙蓉岭…………………………… 253

第六十三回
昭君魂怨失约事　王龙面诉和番情…………………………… 257

第六十四回
百鸟护尸收仙衣　满朝送葬遇国丈…………………………… 261

第六十五回
汉天子初见赛昭君　长朝殿加封刘教授……………………… 265

第六十六回
教授衣锦还乡　国丈给养续婚………………………………… 269

第六十七回
痛王嫱皇亲思女　游花园九姑传法…………………………… 273

第六十八回
林皇后得病归天　赛昭君充立正宫……………………… 277

第六十九回
掌昭阳哭祭芙蓉岭　报冤仇议征单于国………………… 281

第七十回
汉天子懒征北番　单于主思夺国宝………………………… 285

第七十一回
土金浑入寇雁门　汉李广大破番兵………………………… 289

第七十二回
报宿仇老将施威　请救兵二王挂帅………………………… 293

第七十三回
番僧宝伤汉将　皇后劝驾亲征……………………………… 297

第七十四回
挂先锋铁花自请令　打头阵金浑落陷坑………………… 301

第七十五回
破妖法异兽现形　踹番营二王被捉………………………… 305

第七十六回
破城番王哭求　显灵昭君讨情……………………………… 309

第七十七回
收降书准赦番王　看碑文亲祭忠臣………………………… 313

第七十八回
奏凯歌苦祭昭君　还天朝大封功臣………………………… 317

第七十九回
猩娘中国寄子　苏武早朝请封……………………………… 321

第八十回
得佳梦始终异兆　生太子庆贺团圆………………………… 324

第一回

汉帝得梦选妃　奸相贪财逼美

诗曰：

　　月貌花容最可亲，汉宫曾说有佳人。
　　一生种下风流债，直使多情悟夙因。

　　话说自古及今，奇男子与奇女子，虽皆天地英灵之气所钟，奇处各有不同：奇男子重忠、孝二字，做一番掀天揭地的事业，名贯古今；奇女子重节、义二字，完一生冰清玉洁的坚贞，名重史册。

　　你道那奇女子是何人？就出在汉朝十一帝。相传元帝在位，其时天下太平，百姓安乐，文有宰相张文学、翰林院拿院学士苏武，武有元帅李广、总兵李陵、都督李虎，一班文武忠良辅佐汉主，治得国家盗贼不起，旱涝不兴，要算有道的气象。只因宠任一个奸臣毛延寿，其人狡猾异常，善迎主意，贪财爱宝，无所本为，这也不在话下。

　　且说越州地方，有一位太守，姓王名忠，乃本京人氏，一身清正，爱民如子。夫人姚氏，年俱半百，膝下无子，只生一女，取名皓月，又叫昭君，生得有沉鱼落雁之容，闭月羞花之貌。女工针黹，自不必说，且精通翰墨，又善晓音律，父母爱如掌上珍珠，不肯轻于义婚，所以昭君年方十七，尚待字闺中。

那年八月中秋佳节，一家同坐饮酒赏月，但见一天月色，照的如同白昼，令人开怀畅饮。昭君多饮了两杯，有些醉意，告别双亲，先进香闺，合衣上床，蒙眬睡去。得一奇梦，兆她一生奇缘。就是当今汉天子，也于此夜在龙床梦见芍药阶前、太湖石畔，有一美貌女子冉冉而来，生得那：

比花花解语，比玉玉生香。

汉王见此美貌女子，就是三宫六院，也找不出这个绝色来，由不得浑身酥软，心中沉醉，急急抢步向前，把美人的袖子扯住，问道："美人住居何处，姓甚名谁，青春多少，可曾婚聘？"那女子回道："奴住在越州，姓王名嫱，乳名皓月昭君，年方十七，尚未适人。"汉王听说大喜，叫声："美人，孤只有正宫林后、东宫张后，西宫尚缺妃子，孤欲把美人选进西宫，以伴寡人，不知美人意下如何？"那女子道："只怕奴家没福，若王爷不嫌奴容颜丑陋，可到越州召取奴家便了。"汉王见她依允，此刻春情难锁，便叫声："美人，既蒙你怜爱寡人，奈水远山遥，一时难以见面，今夜且赴佳期去罢。"说着要来搂抱美人。那女子被汉王纠缠不过，心生一计，便叫："陛下放手，后面有内侍来了。"哄得天子回头一看，她就用力把汉王一推，汉王叫声："不好！"一跤跌倒在地，惊醒。

汉王南柯一梦，睡在龙床，心中一想："此梦好奇遇也！美人明明说了名姓地方，等早朝时分，差官到越州访问，自有下落。"想罢，天色已明。汉王登殿，文武拜呼丹墀，汉王连呼平身，众臣口称万岁，站起分班侍立。汉王先召圆梦官，当殿诉说梦境。圆梦官回奏梦是心头想，有是心必有是梦，有是梦必有是人。此梦上吉，吾主传旨召选，梦自遂心。"汉王闻奏大喜，打发圆梦官下殿，便问两班文武："哪位卿家，代孤到越州访取皓月昭君？"话言未了，班内闪出奸相毛延寿，俯伏金阶道："臣愿往越州走遭。"汉王大喜道："卿到越州，选取应梦美人，如选得来时，加官晋爵外，赏黄金万两。只不许私受买嘱，有负寡人重托。"

延寿领旨谢恩，退出朝门，回了相府，料理家务一番，不敢耽搁，带了二十名长班跟随，上马出京。一路地方文武官员都来迎接馈送，好不畅意。又思："昏君得了此梦，认定将假作真，我往越州，此差乃是件好买卖，哪管昭君真不真。"打算已定。

在路行程非只一日，到了越州，也不先行报程，就到金亭馆驿下马。入内坐定，便连唤驿丞，只吓得驿丞急忙出来迎接，双膝跪下，口称："相爷在上，小官叩见。"奸相假意喝道："好大胆狗官，明知钦差入境，不来远接，理当问不敬上之罪，法当取斩！"驿丞连叩响头道："相爷请休怒，容小官告禀：一来相爷未打报帖；二来驿丞官卑职小，不敢擅专；三来本府无文差委，故此得罪相爷，望乞海涵宽恕。"奸相点点头道："也罢，恕你罪名。速唤知府前来见我。"

驿丞连声答应，站起上马，离了馆驿，飞星来到府衙，下马入内，跪禀知府道："今朝廷差了毛延寿到来，选取后妃，未行报帖。现在馆驿，立请大老爷相见，作速便行。"这一报不打紧，只吓得王太守面皮失色，急急起身上马，带了驿丞，来到金亭馆驿。下马入内，投了禀帖，见了奸相口称："赵州知府王忠禀见相爷。"说着，跪将下去。奸相把脸一沉道："如此大胆！明知朝廷旨意，到你地方选取昭君娘娘，不来远接，该当何罪？"王忠道："因相爷未曾报帖，卑府有误公务，还望相爷宽宥。"毛相道："且饶不究。这里有告示一道，速拿军人烟杂处张挂，着地方总甲举保美貌女子，自十一二岁起至十七八岁止，尽行报名，要选取皓月昭君，如有隐匿，以欺君罔法论罪。"

王忠接了告示，退出馆驿，回到衙内，一面差人送席打扫馆释，张灯结彩，一面将告示散布地方总甲，四门张挂。退到私衙，夫人接住，分宾主坐定问道："相公有何心事不快，面带忧容？"王忠道："夫人有所不知，只是汉王差了毛丞相到此，要选取皓月昭君，此名乃是女儿乳名，眼见要来选取女儿了。你我夫妻只生此女，后来靠她收成，若选进宫，今生就不能见面了。"夫人道："我女名叫昭君，外人并不知晓，只吩咐家人不许泄露。"王忠连声说有理。

　　只说地方总甲，在外逐户细查，并无昭君。回报太守，太守即来禀知奸相。奸相因见王忠不曾有金银来打点，心中已是着恼，又见王忠回说没有昭君，不禁大怒道："哪里没有昭君？显见狗官不用心细查，违逆圣旨。左右与我将狗官拿下。"下面一声吆喝，好似鹰捉燕雀一般。未知王忠如何，且听下回分解。

第二回

太守被责献女　昭君用计辱奸

诗曰：

　　春有百花秋有月，夏有凉风冬有雪。
　　若还四季不饮酒，空负人间好时节。

　　话说太守王忠，见奸相发怒，吩咐左右动手拿他，急急叫声："相爷且慢，容卑职告禀。"奸相道："你做一个黄堂太守，管辖万民，连一个昭君没处找寻，怎么回复旨意？你还有什么分辩？"王忠道："非是卑府不用心细查，乃查了一月，在城在乡并无昭君名字，还望相爷原宥。"奸相听说，好不耐烦道："钦限紧急，任你慢腾腾的性儿，谁担此违背圣旨之罪？你这狗官不用追逼，焉肯将昭君找寻出来！左右与我将狗官扯下去打。"下面一声吆喝答应，吓得王忠只叫："相爷开恩，容宽限三日，卑府好去细查。"奸相坐在上面，佯作不睬，左右虎狼动手，可怜王忠被捺在地，轮替四十荆条大棍，打得王忠哀声不止，肉绽皮开。打毕放起，奸相又叫声："王忠，再限三日，如有昭君，万事休提。三日外再无昭君，定取狗官首级，决不宽贷。"

王忠听说，吓得魂飞天外，魄散九霄，只得诺诺而退，连声答应，一步一拐，出了馆驿。有家丁扶着，也骑不得马，唤一乘小轿抬进衙门。可怜王太守，眼泪汪汪，下轿入内，有姚夫人接至房内坐定，见老爷这等狼狈，问起缘由。太守未曾开言，先叹了一口气，道："夫人，想我堂堂四品黄堂之职，今日撞见奸相，这个对头星，因我不将昭君查出，打了四十大棍，又限三日，若无昭君，定典刑。夫人呀！看来女儿是要献出的了，若再隐匿，只怕我这条老性命就活不成了。"姚夫人见说，不由得目瞪口呆，暗想："女儿这等聪明伶俐，怎生舍得她远离他方！若把女儿前去应选，丢得我夫妻二人膝下冷清，日后倚靠何人收成结果；若不把女儿献出，又怕老爷受罪不起。"由不得一阵心酸，两眼泪如雨下。王太守也是含悲痛哭，且自慢表。

　　再言昭君，自从酒醉睡去，梦中与汉王相会，面约终身，她就痴心妄想，志不改更。到了次日，天明起来，梳洗已毕，不带丫环，出了香房，独自步进花园，对天双膝跪下，暗暗祷告："念信女王嫱，昨夜梦中相会汉王，汉王面许奴家选进西宫，若是奴家有后妃之福，但求天遂人愿；若是奴家福薄，汉王不来召取为妃，奴宁老死香闺，再不他适。"祝罢一番，将身站起，归了香房，每日只是闷闷沉沉，坐房中思想汉王，痴心等守，茶饭顿减，容颜消瘦，毫无一点欢情。

　　那日因在房中闲会，取了一双大红绣鞋，用针刺绣双飞鸳鸯。正要绣成，忽然线断针折，因大吃一惊道："难道奴与汉王无缘，不能应三更之梦了吗？"说着扑簌簌地泪滴香腮，连声叹息，不禁心中有感，吟诗一首：

　　　　寂寞无聊坐绣房，尖尖十指绣鸳鸯。
　　　　鸳鸯绣到双飞处，线断针残泪两行。

吟诗方了，耳畔内忽听远远地上房一片嘈嚷之声，心中十分诧异，便叫丫环："你听，夫人房中为什事这等吵闹？速速前去，且看一看，回来报我知道。"丫环答应。去不多时，急忙回报小姐道："不知为什么事情，老爷和夫人坐在一处，痛哭不止。"昭君闻知大惊，即命丫环拿梳具过来，打扮一番，要到上房探问消息。你道暗君怎生打扮？但见她：

面对菱花挽乌云，手理青丝发万根。
高梳一个蟠龙髻，凤钗金簪髻边横。
柳叶眉弯如新月，秋波秀眼黑白分。
脂粉不施生来媚，耳上金环左右分。
穿一件团花锦绣袄，系一条碧水波浪裙。
翠手镯双龙取宝，金戒指八宝装成。
红绣鞋刚刚三寸，白绫带裹住折根。
行一步裙不动人真爱惜，笑一笑齿不露价值千金。
远看她分明是广寒仙女，近看她好一似南海观音。

昭君打扮已毕，出了香闺，来到上房，见了爹娘，叫声万福。老爷、夫人齐道："吾儿少礼，一旁坐下。"昭君道："孩儿告坐。"坐定，便问爹娘："为什么事情这等伤心？可说与孩儿知晓。"王太守见问，料难隐瞒，便将朝廷钦差毛相来到越州，命为父的四门大张皇榜，要选昭君，因为父的舍不得将吾儿花名报去，回言越州没有此女，恼了奸相，把为父的打了四十棍，还限三日定要昭君，如再没有昭君，就要致死为父，所以与你母亲在此伤心的话说了一遍。

昭君听说，心中又恨又喜：恨的是奸相太不留情，喜的是梦真灵验。便叫声："爹娘，休要烦恼，事到其间，只管把孩儿报去充选，一可救爹爹性命，二使儿进皇宫，一家富贵。爹爹且去见奸相，只说昭君有了，要赦卑职无罪，方敢说明。他自然叫爹爹直说，爹爹回他,卑府一身无子,只生一女,名曰昭君,情愿入宫充选,他自然改容相待爹爹。"

王太守见女儿肯去充选,即刻出房,上马来到馆驿。见了毛相,毛相便问:"昭君有了么?"王太守就照女儿的话回了一遍。毛相忙站起扶住知府,口称"恭喜知府",并赔罪道:"如今是国丈大人了,方才多多得罪,望乞国丈宽宥。"王忠连称:"不敢。"毛相道:"可用暖轿将令爱抬来一看。"王忠答应。回到府衙,说与夫人、女儿知晓。昭君道:"既是天子选儿为妃,还怕奸相不来朝见,岂有君妃见小臣之礼?爹爹去对他说,一个不出闺门的绣女,怎肯轻于出去见人,请相爷到府衙一看,不怕他不来,等他来时,女儿也代爹爹出一口气。"太守听说,连称:"有才女子胜于男儿!"便出了衙门,赶到馆驿,回明了毛相。毛相暗想:"我原是假意试她一试,她若肯来,就失了贵人的身份,如今不来,方是正理。且住,难道我反求见于她么?"腹内沉吟。未知他肯去否,且听下回分解。

第三回

美人图奸臣点痣　鲁家庄金定掉包

诗曰：

休怪清官心滞涩，一生如水人忠直。
奸邪不识爱芳名，只顾贪财掩美色。

话说毛相虽然心下沉吟，到底奉旨而来，既有昭君，不得不亲去一看。没奈何与太守来到府衙下马，太守道："请相爷迎宾馆稍坐，容卑官通报。"说罢进内。昭君道："毛延寿可来了么？"太守道："来了。"昭君道："不要叫他就进来，等女儿打扮完备，再着他进来，还要他拜这么几拜！"太守道："他是当朝太师，怎么拜起你来？"昭君道："可恨这厮，前日将爹爹打了四十棍，定要他拜奴八拜，只算服礼。"

说着起身，来到自己房中，吩咐一众丫环扮做宫娥彩女，先将圣旨朝南供在厅中，面前摆了香案，但等奸相来到，使他下礼；他若不跪，喝骂欺君。众丫环答应，忙去打点。昭君也是官妆打扮，带领丫环出了香闺，来到厅上，先拜圣旨，连呼万岁，拜毕起来，便叫声：

爹爹，可请毛延寿到里面来相见。"太守依言，出来相请毛相。毛相同了太守，一路行来，心内暗想："这丫头仗西宫贵妃，我去见她，倘不低头下拜，定说我是欺君；若去拜她，我乃一品宰相，屈膝于女子。哎，都怪我前日不是，打了她父亲，她今记恨在心，分明捉弄于我。"想着，已到厅上，但见中间供着圣旨，旁边坐着一位宫妆美人，两旁彩娥宫女二十余个，分为左右，已是吃惊。忽听上面一声吆喝道："圣旨在上，娘娘在下，还不下拜么？"只吓得奸相双膝跪下，先呼万岁，后称千岁，拜了八拜，上面唤了平身，方敢起来。站在一旁，偷眼把这位娘娘细看一看："果是画中人物！"昭君道："不敢久留，请大人外边坐罢。"毛相告别而出，昭君又叫父亲随他出去，看他说些什么？

　　太守点首出来，见了毛相，问道："小女可充得选么？"毛相道："令爱虽有几分姿色，但未进皇上，未知中意，需要三张美人图：一张坐像，一张睡像，一张行像。将此图进呈皇上，若看中了，方做得西宫妃子。我现在带画工在此，你快收拾五百金，送与画工以作笔资，好代你画图。"说毕，起身回他的公馆。

　　太守送了毛相出去，转身入内，将毛相吩咐的话说了一遍。昭君听说，骂一声："大胆奸贼，分明贪财爱宝，借此图画为由，索诈金银，令人可恨！"便叫声："爹爹，他既要图画进呈，待女儿自己画罢，也不用费爹爹一文半钞。"太守笑道："你怎知画法？这是要进呈的，不可儿戏。"昭君道："孩儿自幼学的画法，且画了呈与爹爹看。"

　　说毕，进房坐下，叫丫环抬了一面穿衣镜对着自己，又取了文房四宝，将色料、画笔放到桌上，铺下粉绫，细细对镜将三张画图描成。不到半日，图已画成，画得笔路分明，真是高手。有诗三首，赞这画图的妙处：

　　美人坐图：

浑如大士坐莲池，瑞霭千层入定时。
毕现全身无色相，善财龙女两相随。
美人睡图：
总为春情暗自伤，销魂早入梦甜乡。
吴宫恃宠巫山后，疲怯西施在象床。
美人行图：
身躯袅娜下瑶台，疑是广寒谪降来。
步步莲钩虚着地，空阶踏月正徘徊。

　　昭君将这三张美人图描完折好，出房送与太守。太守展开一看，称羡不已，并道："女儿，你画虽画得好，只是毛丞相多少路程到此选你，又拜你八拜，也该略送他些薄敬，方尽地主之情。"昭君点头称是。太守便叫夫人进房，连首饰头面共凑成了二百两银子，交与太守，连三张画图，一并拿至迎宾馆。

　　见了毛相，呈上图画。毛相一见吃惊，忙接过展开一看，假意连声道好，便问："还是你自己画的，还是托人画的？"太守道："是小女画的。"毛相冷笑几声道："好个聪明娘娘，天上无双，地下少有。"说着，见桌上一包东西，又问道："这是什么意思？"太守赔笑道："这是卑敢些须菲敬，送与相爷买茶果吃。"毛相不听犹可，一听时陡然怒从心上起，暗想："我许多路途到此选妃，又拜你女儿八拜，只有这点东西送我，还不够我赏人的。"想着，怒冲冲地拿了美人图，向后堂而去，口内不住骂着："你既轻人，我有主意，叫左右取笔砚过来，就在昭君每张图画眼下点了芝麻大一点黑痣，若圣上看见，待找启奏，此方是伤夫滴相痣，命主损三夫，圣上若娶此女，恐江山不利。那时圣上心疑，自然不用，使她父女分离，方泄我心头之恨。"想罢出来，假意堆笑，口称："盛情断不敢领。卜于九月十三日乃黄道吉日，请贵人动身。"太守答应，拿了礼物回府。昭君道："那毛相说些什么？"太守便将他见图称赞，礼物不收，已择日子起身的话说了一遍。昭君道："他不收此礼，想必嫌轻。爹爹，凡事皆由天定，岂为人谋？女儿进京，须要爹爹送女儿去，哪怕他奸计百出。"太守言称有理，便与夫人打点收拾不提。

且言毛奸相，暗恨王知府不知进退，自恃聪明，叫女儿画图，送我薄礼，只消在此生一妙计，另选美人，也画三图，胜似昭君，汉王一见，定然收用。嘱咐此女，哄奏君王，将昭君贬入冷宫，方知毛爷的手段厉害。便唤二个心腹家丁，一叫孙龙，一叫赵保，叫到跟前，附耳悄梢吩咐道，如此如此，这般这般。孙龙、赵保听得吩咐，禀回："小的们知道了，相爷只管放心。"

说罢，二人出了馆驿，不敢怠慢，回路细访。访到第二日，打听出越州南乡有一个大财主，姓鲁，地名就叫鲁家庄，庄内这有钱的鲁员外，娶妻赵氏，院君齐年四十以外。家中豪富，广有金银，只可恨膝下无子，单生一女，年方二九，十分伶俐聪明，虽貌减昭君，却也体态风流。孙、赵二人访着此女，心中大喜，急急找到鲁家庄要去掉包。且听下回分解。

第四回

使奸计太守被诳　苦分离昭君上路

诗曰：

> 昨夜阳台梦到家，醒来依旧在天涯。
> 思亲枕上流珠泪，两目昏花乱似麻。

话说孙龙、赵保访到南乡鲁家庄上，即问："门上有人吗？"里面走出一个老门公，见他二人差官打扮，叫声："二位爷，到此有何贵干？"孙龙道："烦你通告员外一声，有件机密事要见。"门公道："爷们上姓大名，好待小的通报。"孙龙道："当面见了员外，自然分晓，你不必再三盘问。"门公入内，只得报知员外。

员外不知头脑，心中十分疑惑，急忙出来迎接，也认不得二人，遂请到厅上见礼，分宾主坐定，有家人送茶。茶毕，员外便问："二位光降寒舍，有何见教？"孙龙道："员外，我们话虽有一句，府上管家在此，不好说得。"员外吩咐家人外面伺候。孙龙道："今日我们造府，送一件大富贵与员外的：因当今天子差了毛丞相来到贵地，要选西宫妃子，已看定本府王忠之女，名叫昭君，才貌无双，已描三张画图,只为礼送菲了些,怠慢丞相。丞相大怒,将她画图改换,命我二人另访美女,抵换昭君。一路访求,闻知府上有一位美貌小姐,特来惊动。员外若肯将令爱充选,只要黄金千两送我丞相,丞相自将令爱画图呈于皇上,包管圣上选她入宫。那时,令爱做了贵人,员外还怕不是一位国丈皇帝?"这一席话,说得员外好不高兴,便道:"二位请稍坐,容去商量。"孙龙道:"员外请便。"

员外笑吟吟地进来,对院君说知此事。院君听说,心也动火,吩咐丫环叫女儿出来。见礼已毕,一旁坐定。员外又向女儿说了一遍,金定道:"爹娘说哪里话来,女儿婚姻应从父母之命,怎问女儿行与不行?"员外听说大喜,即到前厅吩咐家人,安摆酒席款待。又问了二人的姓名。用毕酒饭,员外取出黄金千两:"相烦送与相爷,外白银四百两,送与二位,望乞丞相面前帮衬一声。"孙、赵二人心中甚是畅快,道:"好个仁义的员外!只管放心,包在我二人身上。快请画师,将令爱的坐、行、睡画图,要画三张。"

员外即吩咐家人,在隔壁邻庄请了一位善丹青的画师到厅,大家见礼,送茶坐定。员外邀请画师到内室,说知画图进呈的话:"先具花银十两,相送先生润笔,若是画图选中,再当重谢。"画师道:"不消员外吩咐,快请令爱出来好动笔。"员外答应,忙叫女儿换了衣襟,一身鲜艳,叫了出来。一见画工,道过万福,画工回礼。即与金定对面坐定,细细将她上下一看,暗赞道:"鲁老头好个标致有福气的女儿!"一面将颜料调好,动起笔来。细心留神,加意描写,不到半日,画已完成。金定起身回房,画工出厅告别,员外相送,回来拿了画图,与孙、赵二人一看,果然画得美貌超群。看毕,将图交代,又嘱咐一番,孙、赵二人连称知道。告辞起身,抬了黄金,银子揣在怀中,一同出了庄门。员外相送,把手一拱,迈步长行。

不到一刻,进城来至馆驿,打发抬人脚力去了,孙、赵二人自己抬了黄金入内,见了奸相,先将画图呈上。奸相将图一看,道:"果然画得好，不知此是何人之女？"孙龙禀道："启相爷，南乡有一鲁员外，所生一女，名叫金定，年方十八，才貌超群。现送相爷黄金千两，小的们另送银四百两。"奸相听说，十分欢喜，道："这个员外，方是个知趣的。可将礼物、图画收了，尔等去备花船两只，快船、官船四只，以备伺候应用。不必去向那知府说。"孙、赵二人答应下来。

奸相又暗想："将鲁金定掉包，怕的昭君上路，知府同行，到了京都，露出马脚，大有不便，不如再施小计，方得周密。"即差一心腹家人，扮了钦差，又带八名校尉，假传圣旨一道，赶到府衙。一声旨下，吓得太守忙披朝服，摆了香案，迎接圣旨进来。假钦差开读圣旨道："朕今差毛相到越州选取昭君，但有昭君，只将本女召选进京见驾，其父母等不用相送，如违圣旨，全家抄斩。"太守连称："愿吾皇万岁万岁！"站起来接过圣旨，送了钦差回去。

可怜太守不知真假，来到后厅，脱去朝服，夫人、小姐接住坐定，问道："圣旨到来，却为何事？"太守含着一包眼泪，诉说一遍。夫人听见不许父母相送，抱住小姐放声大哭道："姣儿呀！叫为娘的怎舍得你一个人前去呀！"小姐也是哀哀啼哭道："爹娘呀！此乃奸臣未得受贿行的毒计，不许父母同行。爹娘休生烦恼，且待孩儿进京见驾，自知圣旨真假，若是假的，奸贼不死，也叫他吃一大惊。"太守劝道："冤家宜解不宜结，我儿休要如此。"不表府衙之事。

且言奸相见吉期已到，差人送信鲁家："也不用亲丁相送，都由我照应，就是一般快些收拾，好上花船动身。"员外得信，忙命院君代女儿打扮。已毕，拜别父母，也不免洒了几点分离眼泪，上了花轿，员外亲送登船。到了花船下轿，另有选的一班绣女，接至舱中，员外嘱托几声，回他庄子不表。

再言府衙内见九月十三日已到，当不得奸相只是着人催促起身，太守夫人又代女儿打点收拾，由不得苦在心头。内厅饯行，酒席已摆列现成，只等小姐梳洗已毕，换了衣衫出来，先是珠泪纷纷，哭拜父母告别。太守夫妇一见,好似万箭穿心,苦哀哀叫声:"姣儿少礼,且坐了稍饮几杯。今日与儿分手,不知何年月日得见姣儿?"说着,放声大哭。昭君听说,点酒不能下咽,只是含悲叫声:"爹娘,且请宽心,孩儿进京,若侥幸得伴君主,少不得奏上当今,差官召迎双亲进京,同享荣华。那时骨肉自然聚会,爹娘且免忧悲。"又吩咐家中一切仆妇人等:"自奴进京去后,尔等须要小心殷勤服侍主人、主母,不可因其宽厚,放胆行事。"众人答应。昭君又叫声,母亲,孩儿有句心腹之言,原不应说,女儿今日分别,故而向母亲说知。"未知说出什么,且听下回分解。

第五回

献图谎奏惑君　妒美追舟遇贬

诗曰：

　　淡淡光阴日日长，金银买嘱好时光。
　　鲜花埋没深闺内，秀气香风透小房。

　　话说夫人见女儿有句话要讲，便道："吾儿有话，但说何妨。"昭君道："爹娘在此，孩儿大胆，若日后生下弟妹，双亲休要取名，孩儿今日留下两个名，不知双亲意下如何？"太守夫妇道："吾儿只管留名，总依你便了。"昭君道："若靠天福庇生一兄弟，王氏有了后代，可名金虎，取长生之义；若生一妹子，可名王娉，称赛昭君，胜似姐姐之义。"
　　太守夫妇听说，正在点头赞好，忽见家人禀道："钦差毛相爷押了绣女花轿已到。"太守听说，连忙出来迎接，到厅见礼，分宾主坐下，有家人送茶。茶毕，毛相道："令爱不必耽搁，快些收拾，上轿起身，错了良辰，反为不美。"太守道："小女即刻起身，相爷请稍坐。"说罢，站起入内，叫声："我儿，钦差在外催促，不消耽搁，快些收拾起身罢。"昭君听说，此刻不免滚油煎心，珠泪纷纷，只得朝上拜别父母，大哭一场，没奈何来到前厅，上了花轿。夫人送到门口，见花轿抬去，夫人痛哭回后。外面三声大炮，太守陪了毛相上马，一路押着花轿到船。昭君下轿进舱。毛相吩咐一班绣女："好生服侍娘娘。"众绣女答应。太守对毛相打一躬："小女年轻，还望相爷照拂。"毛相点首道："贵府请回，只管放心。"太守告别而去。

且言毛相下了官船，吩咐一声，放炮起行，众水手答应，只听得大炮三声，解缆开船。前面鲁金定的花船，后面王昭君的花船，中间夹着毛相的座船。他坐在官舱内，微微冷笑道："可恨昭君自逞聪明，擅描画图，还要我拜她八拜。知府王忠，十分怠慢于我，今日到京，权在我手，管使昭君贬入冷宫，知府充军辽阳，方消我心头之恨。"一路想着，船走得快。毛相又吩咐星夜赶到长安，将两只花船分泊东西两边码头，一叫孙龙监押，一叫赵保监押，使两下不许走漏风声。

毛相离船上马，来到午门外复旨，汉王业已退朝，只得托黄门官转奏。黄门官见毛相已回，不敢怠慢，径达穿宫内监。恰值汉王坐在正宫，思想三更美人，又不见毛相回朝复旨，心中正在纳闷，忽见内监跪下奏道："启万岁爷，今有黄门官奏道：'钦差丞相毛延寿，现自越州选召昭君娘娘到京，在午门外缴旨，不敢擅入，请旨定夺。'"汉王闻奏，心中大悦，即刻登殿宣召毛相。

毛相领旨，进殿拜倒，口称万岁。汉王道："毛卿到越州选召昭君，今在何处？"毛相奏道："臣奏旨到越州选召娘娘，十家一牌，逐户访寻，各将花名报来，选中两名，今有图像在此，共呈御览，便知分晓。"奏毕，将二图呈上。有内监接过，铺在龙案上面，打开画图。汉王细心留神，先看昭君图，后看金定图，便叫声："毛卿，据孤看来，梦中佳人一丝不错，二图却有几分姿色，远不及昭君端庄。"吓得毛延寿连忙奏道："吾主未曾细看，头图有点弊病：那昭君眼下有一点黑痣，名为伤夫滴泪痣，国家若用此女，恐于主上不利，主有刀兵不息、万民愁苦之患。伏乞吾主三思，不用此女，似觉为妙，不如第二图的好。"汉王闻奏，大吃一惊，暗想："梦中之约，还以头图为是。又听毛相一番利害之言，不用头图，用了二图，岂不辜负梦内昭君？若一概不用，费了几多心机，访得佳人，岂不可惜？也罢，江山为重，便依毛臣所奏，用了第二图罢！"乃将头图发还毛相。毛相见准了他的本，心中好不喜欢。又见汉王传旨，选召第二图鲁金定入朝见驾。

毛相谢恩遵旨，召进鲁金定进朝。当殿莺声呖呖、燕语喃喃，口呼万岁，跪倒丹墀。汉王龙目定睛一看，见金定姿容难及梦中王氏之女，却也生来风流俊俏，十分可人，便当殿封鲁氏为西宫。袍袖一展，散朝退殿，挽了鲁氏到了西宫。宫中喜筵摆列现成，汉王上坐，鲁妃一旁赐座，宫娥斟酒相劝，吃得汉王十分大醉，同鲁妃同入罗衾不表。

再言毛相退朝，回到相府，独坐厅上，暗想："鲁妃虽立为西宫，花船上尚有昭君，怎生发落？将她发回原地，破了机关，我命休矣。须要与鲁妃暗暗商议，将昭君贬入冷宫，方得平安无事。"主意已定，一宿已过。次日早朝，天子登殿，毛相俯伏金阶奏道："臣启万岁，今越州选到娘娘两个，一人进宫入选，一人还在花船，请旨发落。"汉王道："卿奏昭君有痣，不利孤家，已纳鲁妃，把昭君发回不用。"毛相谢恩："愿吾皇万岁万万岁！"

天子退朝，回了西宫，鲁妃远接到了宫中，一同入席，鲁妃劝酒。天子在灯下细看鲁妃，虽然容貌生得难描难画，到底不及三更梦里佳人，心中甚丢不下去，酒也吃不下咽。鲁妃见汉王不肯饮酒，便问："陛下有何心事，推杯不饮？"天子见问，微微含笑道："爱卿有所不知，孤因传旨越州选召爱卿与昭君二人，姻缘大事皆有前定，孤今与卿成亲，丢下王氏昭君，孤很过意不去。"鲁妃乘机奏道："陛下如何发落昭君？"天子道："已命毛卿打发昭君回归。"鲁妃此刻生了妒心，怕的昭君放走，露出马脚，心中一想："昭君回家，她父母必然知情，倘泄露风声，必要连累毛丞相吃罪不起。奴为西宫，全蒙毛相莫大之恩；奴在宫中不略施小计，害了昭君，连奴西宫之位也有些不稳。"眉头一皱，计上心来，便带笑叫声："陛下，想昭君既与臣妃同选到京，臣妃蒙恩收用，岂忍令她独自发回？宫中空房颇多，不如召她进宫居住，就是不利于陛下，只不许她相见，一日三餐、冬夏衣衫，俱照奴管待，也不枉同来入选一场。"天子听说，连声赞道："难得爱卿有此美意。明日可传孤旨出去，召收昭君入宫。"鲁妃大喜，又将天子灌得大醉，扶去龙床，先去安寝，她这里连夜安排计策，要害昭君。且听下回分解。

第六回

真冷宫昭君受苦　假圣旨太守充军

诗曰：

　　垂杨深处晓莺啼，芳草青时乳燕迷。
　　杜鹃声哀偏远叫，玉楼人醉马声嘶。

　　话说鲁妃在灯下忙写了一道密书，交付一个心腹内监，送与毛丞相照旨行事，内监答应去了。又唤两个宫娥，吩咐道："来日有个昭君女，抬至后宰门，你二人可领她到冷宫锁禁。倘有人问你，只说昭君私画人图，献媚圣上，罪应赐死，西宫娘娘保奏，免其死罪，贬入冷宫。"两个宫娥领了鲁妃计策，自去等候不提。

　　且言毛相接到西宫密旨，打发内监去后，来到书房，将密旨拆开，从头细看，但见上写："哀家鲁氏拜上毛丞相：卿可将昭君追回，抬至后宰门，那里自有宫娥等候，将昭君送入冷宫，须要悄悄行事，不可泄露风声。事成，免生后患。留心云云。"看毕大喜，暗想："鲁娘娘这道密旨正合吾意。事不宜迟，明日五更，照旨行事便了。"

　　一宿已过，次日就差孙龙假扮钦差，赍了一道假旨，备了一只快船,飞星赶追昭君的花船。花船走得慢,昭君暗想:"汉王与奴有三生之约,召奴进京,怎么又将奴发回不用?奴好命苦呀!"想罢,珠泪纷纷。正在船中嗟叹,孙龙快船已到,高叫:"花船慢行,有圣旨下来。"众水手听说,忙拢住船。孙龙命将快船拨近,跳上花船,高叫:"报与昭君,快快接旨。"船上的人不敢怠慢,传知绣女,绣女报知昭君,昭君慌忙出舱跪接圣旨。孙龙捧着假旨高宣纶音:"皇帝诏曰:王氏昭君,不遵圣旨,私自画图,未进宫中,先有献媚惑君之意,着贬入冷宫,治以应得之罪,钦哉谢恩。"昭君口称:"万岁万万岁!"站起身来,由不得两泪交流,苦痛伤心。孙龙催着将花船拨回到岸押着,叫了轿子,抬了昭君登程,孙龙方复主命去了。

可怜昭君,坐在轿中,口内不语,心内暗想:"人图虽画自奴手,汉王哪里得知?一定又是毛贼使弄机关,暗箭伤人,且到宫中再作计较。"一路悲悲切切,到了后宰门,早有两个宫娥向前问道:"轿内可是昭君娘娘?就在此歇轿。"轿夫听得,将轿歇下,昭君只得出轿。宫娥领着昭君到了冷宫门口,叫声:"娘娘请进此宫。"昭君听说,抬头一看,见宫门上写着"冷宫"二字,止不住一阵心酸,泪流满面。没奈何,凄凄切切,向内而行。两个宫娥把冷宫锁了,回复西宫去了。

昭君进了冷宫,见那四壁凄凉,举目无亲,顿足捶胸大哭,骂一声:"奸贼,奴与你何冤何仇,使这机谋,害奴到此地位?"又恨一声:"汉王,你真负心人也!实指望践梦中之言,进京为妃,带挈父母增光,谁知反落冷宫受罪,红颜薄命,一至于此!可怜父母远在天涯,并不知晓,这也是奴家前世修的不到,该当今也受苦。但进此冷宫,不知竟要何年月日,方把冤伸?"昭君想到伤心之处,哭倒在地,惊动管宫张内监,扶了昭君,到房中相劝不提。

且言王太守,自从女儿进京,与夫人放心不下,差了王文、王武,暗自随了花船一路进京探信。到了京都,打听得圣上看人图一番,依旧不用,仍将小姐发回原地。走到半路,又有圣旨将花船追回,把小姐贬入冷宫,问以私画人图之罪。探访的确,不分星夜,赶回越州送信慢表。

又谈到毛相受到西宫的密旨,已将昭君送入冷宫,还怕斩草不除根,萌芽依旧生,差了恶奴赵保,扮做差官,假传一道圣旨,到越州问王太守之罪。可怜太守与夫人,并不知有人暗害,每日思想女儿,不住伤心,又兼探信两个家丁也不见回来,心内十分悬挂。那日太守夫妇正在房中闲谈,忽见丫环报道:"京内王文、王武回来了,在厅上候见老爷。"太守即刻出来,朝南坐下。两个家人向前跪倒,太守叫他们起来,问道:"我差你们进京打听小姐可曾进宫,怎么今日方回?可将京中事情细细说与我知。"两个家丁禀道:"启老爷,小的们投了下处,每日探听小姐进宫的事情,细细察访,因此来迟,伏乞老爷恕罪。"太守道:"小姐在宫中可好么?"家丁摇手道:"小姐召进京中,并未西宫称尊,仍把小姐发回不用。船到半路,忽有一道圣旨赶来,说小姐私画人图,逆旨欺君,有应得之罪,追回贬入冷宫,此刻小姐已在冷宫受苦了。"太守听得,好比万箭穿心。夫人在后堂一闻此言,只叫:"苦命姣儿,为娘怎舍得你受这般苦楚,叫为娘的心痛死也!"说着痛哭不止。太守含悲吩咐两个家丁:"你们一路辛苦,每人赏银二两,外面歇息去。"家丁谢了老爷的赏,下去。

太守回后,又与夫人痛哭一场,夫人道:"女儿德性温存,未见汉王,怎知图是女儿自画?只怕又是毛贼使的奸计,陷害吾儿。老爷不必耽搁,我和你快快收拾,赶上京中,舍死忘生,面见汉王,哭诉此事,定要将女儿救出冷宫。若是奸臣暗中谋害,舍了性命,与他一拼。"太守连称有理。正要打点动身,忽家丁急急来报:"启老爷,圣旨已下,钦差到了府门,快请迎接。"吓得太守忙整衣冠出来,一面吩咐家丁开了正门,摆香案迎接钦差到厅上。钦差取出圣旨在香案正中一站，太守朝着圣旨三拜九叩首，口呼万岁，俯伏尘埃。只听钦差道："圣旨已下，跪听宣读。"诏曰：

> 越州知府王忠，有女昭君选为西宫之妃，奈昭君在宫，性非幽闲，做事不端，本当治以应得之罪，朕从宽典，贬入冷宫。要知其女不贤，皆由尔父母平日在家教训不严，越州知府王忠，削去冠带免死，与家属俱发辽东充军。着地方官限日解去，即速起身，钦哉谢恩。

太守口称愿吾皇万岁万万岁，站起请过圣旨，送出钦差上路而去，含着一泡眼泪说知夫人。夫人听说，魂都吓掉，哭着说道："圣旨难逆，不能进京，真令我们有屈无伸，好不痛煞人也！"正在悲悲切切，忽见家人又进来通报，太守更吃一惊。未知所报何事，且听下回分解。

第七回

弹琵琶月洞相思　叹五更冷宫诉怨

诗曰：

　　佳人行到藕池边，想起君家去半年。
　　池内荷花单照影，何时方结并头莲。

话说王太守又见家人报说："外面解差伺候，催促动身。"太守听说，不敢怠慢，一面将府库钱粮案卷写了一本册子，备了文书，呈与上司，交代清楚，一面叫夫人收拾，雇了一只浪船，将行李发入里面，带了家眷下了船中，直向辽东而去不表。

且言昭君受苦冷宫，并不知父母为她起的祸根，充军辽东。每日坐在冷宫，纷纷珠泪，暗自沉吟：一来思想父母，远在越州，只道女儿西宫称尊，并不知在冷宫受苦。二来恨那汉王十分薄幸待奴，既与奴无缘，就不该差人将奴召进京；既将奴召选入宫，又贬入冷宫，害得奴不上不下，汉王真好狠心！三来自叹奴家红颜薄命，一至于斯。四来恨煞奸臣毛延寿，使尽万般巧计，将奴暗害。奴好苦命也！昭君想到伤心之处，放声痛哭，惊动管院张内监，见昭君身进冷宫，朝朝掉泪，夜夜悲伤，苦得容颜十分黄瘦，已有几分病容，忙向前安慰，叫一声："娘娘且要宽怀，少不得主上自有回心之日，不久定要将娘娘赦出冷宫，何必过于悲伤？"昭君听说，叹了一口气道："今生休想！但不知这里可有散闷处否？"张内监道："启娘娘，有一张琴在此。"昭君道："可取来，待奴操一曲以消闷。"张内监答应，把琴上的灰尘揩抹干净，双手呈于昭君。昭君接过，把琴摆在膝上，用尖尖玉指笋向弦上一弹，好不凄惨，由不得两泪双流，操出一调如龙吟：

　　十指尖尖操七弦，孤鸾瘦鹤唳青天。
　　此时操出宫中怨，风飒松林古渡边。

　　操毕，把琴放下，道："琴音凄惨，助人悲伤，可有别样东西消遣么？"张内监道："还有一张琵琶在此。"昭君道："很好，快取来。"张内监又将琵琶递与昭君。昭君一见这琵琶，倒是紫檀香木造成的，连连称赞："好一件东西！"便问张内监："这是哪里来的？"张内监回道："启娘娘，说是三年前有一位张娘娘，也是贬入冷宫，习此琵琶，后来召出冷宫，只留下琵琶在此。"昭君十分叹息道："可惜这琵琶也是生不逢时，当初伴那张氏佳人解闷，她已出宫，忍心将你丢下，要算忘恩负义，奴若出宫，生死一定不肯放你。"就把灰尘吹去，弹了一曲，可爱声音嘹亮。弹毕放下，又无情绪，便问："外间如今什么天气了？"张内监道："正是小春天气。"昭君道："这里可有什么玩耍的所在？"张内监道："启娘娘，此地冷宫关闭，哪里有玩耍的所在？只是后面粉墙，有个月洞，洞门开了，外面就是御花园，娘娘倒不如去看看花园景致，以解愁闷。"昭君点首，言称有理，便叫张内监引路，开了月洞门，将身靠在粉墙，向洞外一看，好一座御花园，但见：

四时有不谢之花，八节有长春之景。仙鹿对对，翠鸟双双。虽是悦目，实是伤心。

暗想："无知物类尚且成双作对，奴偏苦命，独守孤灯。闻得正宫林皇后甚是贤德，奴若能见她一面，哭诉冤情，代奏汉王，将奴召出冷宫，得见汉王，死也甘心。昭君呀，你好痴想。"说着又是一阵伤心，放声大哭不止。张内监催促道："启娘娘，天色晚了，请娘娘回去，明日再来玩耍。"昭君含泪，没奈何转身回去。张内监将洞门关好，随着昭君入内，去备夜饭。

昭君归了房内，点起一盏孤灯，拿了夜饭来，也吃不下去，仍命张内监撤去。独自闭了房门。但见东方月色渐升，照得纱窗雪亮，可夜长难睡，只得将孤灯挑起，取过琵琶，弹出一段五更怨词：

一更里，王昭君苦痛心，爹娘爱我如宝珍，好光阴在家过，举世难寻：珍珠件件有，绫罗色色新，羊羔美酒多欢庆，合家个个喜称心。谁知道，遭构陷，使女丫环四下里分。苍天呀！受用多，苦又临。二更里，细思量，我二亲双双年迈靠何人？好伤情，家乡盼望没音信，在家呆呆坐，每日想娇生，朝思暮想心不定，只望进京见朝廷。苍天呀！命多苦，屈煞人。三更里，冷宫内，半夜多，忽然想起旧当初，好凄惨：阳台得梦到京都，进宫来游玩，汉王遇着奴，将奴调戏情无数，声声只叫俏娇娥，醒来阳台一南柯。苍天呀！命如此，虚度人。四更里，又伤怀，苦难当，凄凄惨惨泪汪汪，好仓皇。奴命苦，真断肠。可恨毛延寿，逸言进君王，未到西宫去成双，贬入冷宫受凄凉，自悔奴家没主张。苍天呀！仗谁人，人谁仗。五更里，梦初醒，天未明，宫门一带冷清清，痛伤心，奴家好苦命。嫁刘君，父母空想女，女也枉思亲，谁人代奴传书信？两地相思终无音，抛撒琵琶弹不成。苍天呀！奴命苦，无福分。

昭君弹毕，不觉身子困倦，将琵琶放下，和衣睡倒牙床，哪里睡得着？又想："毛贼借画人图，贪爱金银，奴不该自逞聪明，破他机关。只怕奴今受苦，父母也要受些灾星。"想着，似梦非梦，正坐冷官,忽见有旨来召到殿上,面见汉王,心中大喜,俯伏金阶,哭诉情怀。汉王带笑扶起昭君,叫声:"美人,休要烦恼,是孤一不明,误听奸臣一面之情,耽搁佳期,今日团圆前事。"昭君道:"望吾王将毛贼正法,方消心头之恨。"汉王准奏,盼咐武士将毛延寿推出午门去斩。一声旨下,把延寿绑了。只见延寿怒冲冲骂声:"无道昏君,为一女子杀一大臣,不仁极矣!"大喝一声,挣断绳索,抢了武士腰间一口刀,喊道:"先杀妖妇,后除昏君。"举起刀来,认定昭君就是一刀砍来。昭君一见,顶失三魂,要躲也来不及,大叫一声:"我命休矣!"未知昭君生死如何,且听下回分解。

第八回

王太守辽东受军棍　汉天子越州召皇亲

诗曰：

　　金风顿起夜更寒，惹得凄凉恨正长。
　　病体不支形瘦减，思君许久懒梳妆。

话说昭君梦中被毛延寿一刀砍来，昭君躲闪不及，刀到处，大叫"哎哟"，一声"不好"，一个筋斗跌倒尘埃，惊醒南柯一梦，吓得浑身香汗。但见：

　　帷下昏昏灯一盏，梦中历历事千番。

昭君此刻又吓又苦，又是一阵伤心，骂声："毛贼，奴与你何冤何仇，你在梦中还放奴不过？若有日你这贼子犯在奴手，定将你这贼碎尸万段，方称奴心。"说着，把银牙一挫，心伤十分。等到天明，免不得起身，又懒去梳妆，不茶不饭，每日愁眉不展，泪痕未干，且自慢表。

再提王太守，率领家眷在船，一路行来，约来三个多月，幸无耽搁，早到辽东。镇守总兵官姓林名振皋，乃是毛贼心腹门生。自王太守充军辽东，毛相早有书信到林总兵衙门，教他摆布王太守。林总兵得了毛相密信，敢不遵命？那日正升堂发放公事，忽见越州解差投文，将王太守夫妇解到，跪在丹墀。林总兵看了解批，写了回文，打发解差去了，便问道："下面可是越州知府王忠么？"王忠道："犯官正是。"林总兵把脸一沉，将惊堂木一拍，喝道："好大胆犯官，你的批上期限已过，不合在路故意迟延，误限到配，该当何罪？"王忠只是磕头道："请大老爷息怒，犯官有下情启禀。"林总兵道："你且讲来。"王忠道："一因越州来到辽东，将近万里路途，二因犯官在路受了风寒，有了几分病，因此在路上耽搁来迟，望大老爷原谅苦情，格外开恩，锦衣万代。"林总兵听说，冷笑几声道："这也情有可原，不来计较于你，但本镇衙内向有定例：凡军犯到配，要打一百杀威棍，你可知道么？"这句话只吓得王忠面如土色，魂不在身，苦苦哀求道："大老爷要开恩啊！念犯官年老，禁不住这刑法了！"林总兵道："本镇心也慈软，姑念你年纪大了，折责一半，只打五十。"王忠还要哀求，当不得林总兵喝叫："左右扯下去打。"下面一声答应，可怜把王忠横拖倒扯，拉将下去。只急得姚氏夫人一旁着见，号啕大哭，高叫："总爷，丈夫年迈血衰，怎受得住这般刑杖？望乞开恩，饶恕他罢！"任凭姚氏喊破喉咙，林总兵佯作不睬，只叫军士："快将这妇人拖下去。"军士答应，把姚氏夫人硬扯下去。就把王忠捺在地下，两边动手，如狼似虎，五板一换，打了五十。只打得王忠皮开肉绽，血腥难闻。打完放起，可怜王太守此刻死而复生，软瘫在地。还是姚夫人哭着向前，把太守扶将起来。林总兵吩咐军士："把王忠夫妇发到张千户第四队左营中调用。"军士领命，伺候总兵退堂，押着王忠夫妇，哭哭啼啼，出了辕门，来见张千户。那千户又是一个贪财的官儿，但有军犯到来，见面礼银五十两，如分文没有馈送，就有许多摆布，令人十分难受。王忠知道，义不容辞，苦苦凑了些银两送与。张千户收了，将王忠夫妇安放在营住下不表。

又说到鲁妃，自进西宫，汉王十分宠幸，言听计从。那日天子回朝，退入西宫，有鲁妃接住，手挽手进宫坐下。早有宫娥摆上酒来，鲁妃殷勤劝酒，相敬汉王。正吃到酒酣之时，鲁妃叫一声："陛下，念小妃蒙恩收用，在宫富贵，越州还有父母，未受君王一点之恩，望陛下看小妃薄面，可将奴父母召进京都，与小妃一面，则感龙恩不浅。"汉王听说，点首道："孤于明日早朝，差官到越州去，召爱卿的父母便了。"鲁妃大喜谢恩，又劝了汉王一会，只吃得大醉而散。一宿阳台，不必细说。

到了次日，汉王登殿，文武朝参已毕，汉王便问："哪位卿家到越州召迎鲁氏皇亲？"早闪出毛延寿，俯伏金阶奏道："微臣愿走一遭。"汉王大喜，当殿写了一道诏书，付与毛相。汉王退朝，毛相领旨出了午门，回府收拾一番，即速起行。此去仍带着长班二十人，一路出得京城，先由头站到鲁家在，飞星报知员外。员外闻报，好不十分兴头，教家人收拾，四围厅上，张灯结彩，大排香案，插上了礼烛。厨下又备了许多筵席，等候圣旨。

那日只听外边三声响炮，毛相捧着圣旨进来。员外迎接到厅，朝着圣旨跪下。毛相开读圣旨："召取进京授职。"员外谢恩，请过圣旨，忙又跪谢毛相一向照拂之情。毛相哪里肯受员外大礼？一把扯住。大家入座，有家童送茶。茶毕，摆酒款待。毛相外面从人，也有酒赏。员外同席相陪毛相，十分殷勤，毛相心中欢喜，员外便将书房收拾干净，请毛相安寝。员外回后，说与院君知道，院君也是欢喜，忙开了库房门，打点黄金一千两，水礼十六色，送与毛相，外白银三百两，分赏从人。预备现成，过宿一宵。

次日，毛相起来，用过早汤，告辞起行。员外便命家人将干礼、水礼及赏赐银两抬出到厅，带笑叫声："丞相，多蒙贵步，不弃寒门，只是路远山遥，有劳丞相，于心不安。现有些须礼物，相送丞相，只算菲仪，望丞相笑纳。"毛相见了这等厚礼，满面堆下笑容道："老皇亲，昨日既承厚情，今又见赐重礼，何以克当！"员外道："一切事情全仗丞相照拂，些须薄礼，以表寸心，容进京之日，再当补报丞相高情。"毛相连称不敢道："多蒙老皇亲赏赐，只是愧领了。"又叫声："老皇亲，我为你令爱的事，费了许多心机，就是老皇亲多花几两银子，也是值得的。你看王氏昭君，现在冷宫受苦，怎及令爱十分宠幸西宫，今日带挈父母也增光呢！老皇亲，这是谁人代你使的力量？"说罢，哈哈大笑。员外只是连连称谢道："总蒙丞相天高地厚之恩。"毛丞相又扯住员外的手，说有一言奉告。未知说出什么话来，且听下回分解。

第九回

王嫱病缠冷宫　姚氏分娩辽东

诗曰：

送君一别桂花开，最苦伤心是裙钗。
不倚窗前来盼望，灯前月下总痴呆。

话说毛相叫声："老皇亲，我先进京，老皇亲速速收拾，随后就来。"员外答应。毛相告别动身，员外送出大门，毛相带领从人回京复旨去了。员外吩咐家人雇了两只大船，伺候动身，合城文武官员乡绅亲族都来相送，只喜得员外骨软筋酥，一齐答谢。到了次日，家眷上船，庄子交与老家人照管，他们解缆开船，离了越州，一路好不风光。员外催着船户赶路，非只一日，到了京都，弃舟登岸，将家眷进了一个公馆，员外带领家人先去见毛相。相府官儿又是一个大门包，相烦他通报。门官见了彩头，不敢怠慢，即报知毛相。毛相听见鲁皇亲到了，开了中门迎接，到厅见礼，分宾主坐下。因天色已晚，不能面圣，且在厅前备酒款待皇亲，席散留宿书房。

到了次日早朝，汉王登殿，文武朝参已毕，毛相出班奏道："臣毛延寿，奉诏到越州召迎鲁皇亲，现今在午门外候旨，请旨定夺。"汉王大喜："毛卿可将鲁皇亲召上殿来见朕。"毛相领旨下去，便把鲁皇亲召上金殿。见了汉王，俯伏金阶，口称万岁。汉王当殿封为国丈，妻姬氏封为郡君。饬工部发内帑钱粮，在云阳闹市起造皇亲府第，限一月完工。一声旨下，工部领旨。鲁皇亲谢了圣恩，退出午门。天子朝散回了西宫，说与鲁妃知道，鲁妃心中大喜，越发奉承汉王。只等皇亲府第造成，鲁府家眷搬进华堂。鲁妃不时将父母召进西宫赐宴，骨肉团聚，真是快意之事。

只可怜昭君贬在冷宫，朝思暮想，不茶不饭，面容消瘦，恹恹染成一病，皮寒骨热，心内发烧，口吐鲜血。也自知身上有几分病症，忙取菱花一照，但见自己柳眉细影，并无光彩；一双俏眼，顿减精神，便对着镜内影子叫声："王嫱呀，你空生十分容貌，有绝世聪明，只此冷宫，是你葬身之地，要想出头，今生是不能的了！"想罢，又是一阵伤心，两行珠泪，直流下来。

恰值张内监进来，一见昭君又在那里愁苦，便道："奴婢曾劝娘娘，须要解开些，不可苦坏了身子。"昭君道："奴岂不知将身子爱惜？只是心中无限愁肠，不由人一阵阵地心酸起来。就是目今残冬已过，该值春天，你看百花齐放，万物生新，粉蝶双双弄影，游蜂对对寻香，似奴这一般鲜花，无枝无叶，枯干亭亭，有谁来赏玩？岂不辜负多少青春？奴恨起来，欲寻一死，又恐死得不明不白。如今弄到病已临身，在此冷宫，又无太医可请，又无药开方，奴怎不凄凉悲痛！"张内监劝道："娘娘，想人生在世，荣辱无常，倘苦坏身子，容颜消减，或有出头之日，将来怎见圣上？"昭君道："蒙你好言相劝，奴岂不知，只是心内一股屈气难明，叫奴怎不悲苦？"张内监听了这番凄凉之话，只得叹息几声，走开去了，撇下昭君独坐房中悲叹不表。

且言王太守自充军辽东，将就赁了几间房子，把家眷住下。虽有一点宦囊，每日用度不少，用一文少一文，坐吃山空，便有些拮据起来。当不得林总兵要讨好趋奉毛相，指望升官进禄，把王太守百般凌辱，不时叫到衙门，非打即骂。王太守惧怕林总兵，只得凑些金银前去买命，不到半年，家私用尽，连房子也住不起了，退与房主。丫环小使都已散去，只剩他夫妻两口，日食难度。本官还要与他做对头，又把王太守配入火头军，日里代三军煮饭，夜间看守烟墩。可怜一个四品黄堂太守，遭人陷害，弄到这般地步。

那日，王忠正坐烟墩，便向姚夫人叫一声："贤妻，想女儿远在京都，身陷冷宫，你我夫妻又在辽东受此磨难，不知何年月日方得出头？难道这几根骨头，就抛落他乡么？"说着纷纷泪下。姚氏听说，也含悲叫声："老爷，这些苦楚，且挨着些，不必提它。只说我儿昭君临行嘱咐，说母亲怀胎七个多月，未知腹中是男是女，若是生下兄弟，取名金虎，生了妹子，取名赛昭君。可怜人去话留，牢记在心。如今妾已怀胎十四个月，不见腹中动弹，却是为何？"王太守道："常言瓜熟蒂落，总有一定时候，怎么勉强得来？夫人保重身子要紧，不必过于伤怀。"

夫妻正说之间，耳听谯楼已打二更，欲向那一旁草铺上前去安寝。姚夫人忽觉腹中有些疼痛，还不介意，渐渐一阵痛得紧似一阵，心中有些诧异："莫非要分娩了？"便叫声："老爷，如今妾身腹中十分疼痛得紧，想是要临盆了。"慌得王太守便叫："怎么好？"此刻又无稳婆服侍，只得跪在地下，祝告上苍："保佑妻子分娩易生易长，大小平安。"正祷告间，只疼得夫人在草上乱滚，昏晕过去，一时人事不知。只吓得王太守面如土色，急急抱住夫人坐起，低叫："夫人呀，当年分娩昭君，还有稳婆丫环使女在旁服侍，我在书房候信，并不吃惊。如今落难烟墩，床前服侍，倚靠何人？叫我怎不伤心！"王太守正在叹息，只见夫人悠悠醒来，哼声不止，面如白纸，双眼微睁。可怜此刻半夜三更，又无灯火，又无汤水，这也是好人出世遭困，不到十分苦境，不肯降生。

夫人正痛得难解难分,已听得谯楼兰鼓,早有天上皇母命众仙女将快乐仙官送下凡尘,只听姚夫人一声大喊,娃娃已离产门。可怜夫人一条绸裤鲜血染红,半晌醒将转来,娃娃生在草上,啼哭声音甚是洪亮,王太守心始放下,默默答谢神明。夫人急急起身,摸了一把剪刀,剪去脐带,坐在草上,黑暗暗地也不知何方,姑将娃娃裹住,睡在草上,倚着身子。可怜此刻汤水全无,只好定神养息。过了一会,王太守低低问道:"是男是女?"夫人听说,在娃娃胯下一摸,只叫声:"苦也!"王太守急问:"何故?"未知夫人怎生对答,且听下回分解。

第十回

坐孤灯思想汉天子　开科选取中刘状元

诗曰：

阵阵朔风穿绣户，纷纷瑞雪下楼前。
红炉炭火无心向，斜倚孤衾懒去眠。

话说姚夫人见老相公问她是男是女，她便向娃娃胯下一摸，叫声："苦也！"王忠便问："夫人，为甚叫苦？"夫人道："又是一个女儿！"王忠听说，连声叹息道："可怜王氏报仇无人了！"夫人也道："你我夫妻指望这十几个月生得一子，以接宗支，如今是枉费精神。"王忠又怕夫人生气，产后弄出别样病来，又安慰一番道："且喜夫人分娩后身体康健，就感谢天地不尽了，是男是女，免生忧烦。"说着到了天明，烧了些热水，倒在盆内，代娃娃将身血污洗净，用绸裙包好，交与夫人怀抱抚养。

正是光阴易过，二朝满月，虽是一个女儿，却见眉分八字，倒是个贵相，未到三月，便会嬉笑，王忠夫妻一见，略解愁烦。就依女儿的话，取名王娉，又叫赛昭君不提。

且言冷宫昭君，长把琵琶细弹，弹到凄凉处，珠泪纷纷。日间悲苦，犹借琵琶消遣，到晚间孤单单对着一盏孤灯，十分凄凉。无奈日长夜短，也是睡不着，只得冷冷清清坐在孤灯之下，暗想："这般火热天气，池内荷花结影，蓬蓬莲肉包心，奴想荷花好比奴家，如花失叶，却少夫君。且住，慈鸦反哺，能行大孝；羔羊跪乳，为救双亲，岂有生来之人，反不思尽孝双亲么？想父母也是在生奴家，他哪里得知女儿被禁冷宫，受的十分苦楚，只道女儿是个负心之人，并不思召取父母进京，同享荣华。爹娘呀！你若是这等想，却错怪女儿了！可怜女儿连汉王也不曾见面，就丢在冷宫受苦，爹娘哪里得知呀！可恨奸贼毛延寿，害得奴家骨肉分离，奴与你一天二地之恨，三江四海之仇。奸贼呀！除非奴家身死，一笔勾销，不必提起，奴在一日，仇记一日，就是你这奸贼的对头星，奴不将你万剐千刀，怎消奴恨！"

正在长吁短叹，忽见孤灯里面放起一朵大花，甚是光明，心中大喜道："莫不是汉王回心转意，要将奴家赦出冷宫？今晚有此喜兆，先来报信，也未可知。灯花呀！若是奴家得见汉王，忧变为喜，奴家定将你供奉长生，早晚烧香谢你。"说着，痴呆呆的望着灯花。哪知灯焰中本是一朵红花，花忽平空一炸，炸出一个黑花来。昭君陡然看见，大吃一惊，不由得大哭连声，只叫："不好！奴是永无见汉王之日了，灯已现此怪兆，还有什么指望？"恨将起来，银牙一挫，把灯吹灭了。黑魆魆的坐在那里，哭一起，恨一起，说一起，想一起："奴只想汉王那夜三更梦中相遇，拉着奴家，要与奴成凤侣，说了许多温存的话，问明奴的住处，许奴定到越州召取进京，他满口应承，谁知是一场好梦，奴还痴心苦守闺中，要嫁汉王。汉王果有旨召奴，常言好事多磨折，奴进京来，未见汉王一面，无故贬入冷宫。昭君呀，你要脱此难星，今生是再不想了。"想罢，痛哭不止，且自慢表。

再言正宫这位林皇后，德性幽闲，宽洪大度，自汉王纳了鲁妃，不进正宫将有四个月，林后心内也生疑惑，不时差了嫔妃暗探消息。

前来报知正官，只说天子新纳越州王昭君为西宫妃子，日夜欢娱，宠幸无比。林后闻知，也不免暗恨于心，只错认昭君霸占西宫，骂一声："昏君，每日不理朝政，只迷恋西宫，全在酒色二字，怕只怕江山指日要败了。"又恨一声："西宫妖婢，迷惑天子，使天子不日日临朝，冷了朝中许多文武。这妖婢有日犯在哀家之手，且试试正官的斩妃之剑可能容情。"此乃林后不知鲁妃一段缘由，错怪昭君也。搁过一边。

又谈到汉天子久不临朝，心中也有些愧对文武百官，那日没奈何登殿设朝，两班文武参拜，口称万岁，上面连叫平身，众文武齐呼万万岁，站起分班侍立。当殿官高叫一声："有事出班启奏，无事卷帘退班。"话言未了，只见文班中闪出一位大臣，紫袍象笏，拜倒金阶，口称：臣礼部掌院官，启奏万岁："今当科场大比之年，正我主取士得人，伏望钦点试官，以重科选大典，请旨定夺。"天子闻奏，就在龙案上，命内侍取过文房四宝，铺下黄绫一幅，御笔钦点：

正主考官：太子太保内阁大学士军机房行走兼吏部尚书事务张文学。
副主考官：翰林院侍讲学士兼礼部尚书事务唐仁杰。左春坊庶吉中允兼国子监祭酒代理内务府校书处康春。
提调官：礼部右侍郎江正林。
监临官：户部左侍郎周岱。

御笔钦点已毕，发与掌院官。掌院官领了旨意，退出朝门，写起皇榜，布告天下。那些天下举子一闻此信，无不纷纷进京，寻了客寓住下，只等三月初三头场，以及二场三场，各自用心作文，想占头名。三场已毕，各归下处听候揭榜佳音。这位张大主考，专意衡文，不留情面，选来选去，遵了定例，中了三百六十名进士，其余皆落孙山之外。有名者在京等候五月殿试。

这一日，天子临朝，一班进士金殿对策，一个个各逞珠玑，夺魁多士。试策缴完，恭呈御览，以定三甲名次。好个圣明天子也不看策命，摆了香案在金殿当中，将试策供在上面，离了龙墩，对天一跪三叩首，暗自祝告："孤若有福者，得安邦定国之臣；孤若无福者，得败国亡家之子，好歹总由天意。"祝毕站起，随手在试策堆内先掣出三卷，以定状元、榜眼、探花。又掣传胪一卷，取定四卷，归了龙位，命内侍打开密封一看。是何名姓，且看下回分解。

第十一回

见西瓜吟诗散闷　踏夜月忆古伤情

诗曰：

　　罗扇轻摇两泪垂，不知何日是佳期。
　　园中好景无心看，恨煞蝶媒影太迟。

　　话说汉王命内侍拆开密封一看，上写头名状元刘文龙，二名榜眼周必达，三名探花冯玉魁，传胪吴文贵，以下进士不必细看。当殿传下旨意，召见三甲进士。进殿山呼万岁，天子各赐三杯御酒，游街三日。众进士谢恩，退出朝门游街，好不光彩。个个看的称赞少年鼎甲。三日后复旨，天子当殿授职："封状元刘文龙为翰林院修撰，榜眼周必达、探花冯玉魁，俱授为翰林院编修，传胪吴文贵以下进士或授翰林院检讨庶吉士，或以部用，或以知县用，或以进士终身，钦哉谢恩。"

　　可恨毛相执掌朝政，但有金银馈送，高官美禄；无物相送，俱是苦缺。传胪吴文贵，一贫如洗，不曾打点，在吏部候缺等了半年，方补了越州王知府的缺。此缺又在边方，又是苦缺，文贵无奈，领凭上任不表。

且言王昭君受苦冷宫，过了夏天，又是秋来，但见阶前梧桐叶落，窗外金风送凉，寒虫叫得凄惨，孤雁唳在半空，一种凄凉景况，不由得独坐冷宫，悲悲切切。再是夜来牙床一梦难成，翻来覆去总睡不着，眼巴巴盼到天明，抽身起来，懒去梳洗，闷沉沉坐在那里，只想："汉王在宫，何等欢乐，撇奴一人在此，不寒不暖，错把光阴虚度，好不闷煞人也。"昭君正想到伤心之处，忽见张内监进得房来，手捧一个西瓜，昭君便问："公公手内捧的是什么东西？"张内监道："启娘娘，奴婢捧的是西瓜。"昭君见了西瓜，不禁感动心事，暗想："西瓜乃土内所生，尚有团圆之日，偏是奴家受禁冷宫，不知可似西瓜，还有团圆之时？"就把西瓜为题，吟诗一首：

西瓜生自近秋天，一种团团圆又圆。
碧色沉沉知见爱，丹心耿耿剧堪怜。
满怀有子来年种，并蒂含香此日鲜。
更有几番争羡处，微尘不染叶田田。

吟诗已毕，张内监用银刀劈破西瓜，进与昭君道："愿娘娘指日赦出冷宫，早生贵子，瓜瓞绵绵，奴婢之幸也。"昭君听说，叹了一口气道："承你赞颂，奴哪里还想这个日子！"张内监道："娘娘不必悲伤，请尝一尝西瓜滋味如何？"昭君道："西瓜滋味与奴心一样，总冷如冰，奴哪里吃得下咽？你拿去吃罢。"张内监答应出去。昭君叹了一声道："可惜西瓜本是个团圆之物，被这蠢才劈破，也似奴家是分离了。"说罢，又将西瓜吟诗一首，自叹道：

西瓜本是团圆物，此日谁知两地分。
堪叹世间多少事，坚牢不及古今文。

昭君又将诗吟过，无情无绪，每日茶也不思，饭也不想，不时腮边落泪。

那日晚间，明月半窗，照得阶前如同白昼，耳听更鼓初起，又怕上床难睡，只得出房散闷。缓步阶前，对着天上的明月，叫一声："月光菩萨，想奴生来这等命苦，何必当初生奴家！菩萨在月宫尚有玉兔，怎似奴在冷宫，孤单一人，好不凄凉。菩萨呀！你要与奴做主，保佑奴得见汉王，奴自当礼谢神明。"一面祝告着月光，一步步过了墙阴，到了百花台上。但见月光映着石墩上，雪亮如银。昭君将身坐下，又是呆呆地痴想了一会。想起当年列国时候，有一孟姜女，她与范杞梁成亲，只有三月夫妻，忽然杞梁一时不合吟诗，犯了时忌，捉到长城受苦当差，好好一对鸳鸯，凭空拆散，丢下姜女在家，伴着孤灯，伤心流泪。到了寒天，手缝冬衣，要寄夫君，谁知杞梁已为长城之鬼。可怜姜女并不知道，等了三年五载，亲到长城找她夫君。一路上吃了许多辛苦，受了若干磨难，到了长城，不见夫君，就在城下放声大哭。哭了三日三夜，把一座长城哭倒，然后撞死城下，完她节操，至今犹传姜女美名。且住，若论姜女受的苦，不亚奴家，但姜女尚有三月夫妻，奴在冷宫一年，未见汉王，奴又比姜女苦十分了。姜女呀，非奴贪这性命，不能似你拼身。一则奴家尚有双亲，无兄无弟，望奴日后收成；二则汉王未曾见面，死难闭目；三则仇人毛延寿未曾报泄，焉肯甘心？故此苦守冷宫，且自忍辱偷生。姜女呀，奴虽愧对于你，你也要谅奴苦情呢！昭君赞叹姜女一回，又想在月下弹一回琵琶，诉诉心中的苦楚。站起身来，走进房内，取下琵琶出来，复在石墩上坐下，把琵琶对着月光弹出几句曲牌名来，一阵悲切之声，好不耐人细听：

　　日落西山生玉兔，月儿高照少人行。
　　粉蝶儿花心去宿，黄莺儿树底安身。

下山虎归山入洞，山坡羊到晚归林。
夜航船傍江儿水，杏花天布满前村。
牧童儿斜骑牛背，耍孩儿放学回程。
懒秀才回归书院，红娘子剔起银灯。
傍妆台除头脱脚，小桃红亲垫枕衾。
迎仙客吹弹歌舞，香柳娘把盏殷勤。
沽美酒且助诗兴，醉扶归寻觅佳人。
孤雁儿成群做伴，点绛唇色比桃杏。
太师引朝堂坐理，二郎神斩逐妖精。
红纳袄披在身上，皂罗袍织就飞金。
谒金门文官武将，朝天子万岁齐称。

　　昭君将琵琶弹得凄凄凉凉，十分苦楚，况已更深夜静，谁是知音？该因她灾星已满，冷宫外来一救命恩人，你道是谁？就是正宫林后。因用了晚膳，忽然眼跳耳热，身子坐卧不安，心中十分诧异，道："难道哀家坐在探宫，有什么祸事呢？"又只见外边明月当空，打点出宫一游，以消闷怀。便带了使女嫔妃，掌了宫灯，出得宫来。有管宫内监接驾道："娘娘深夜往哪里去？宜早些安寝罢！"未知林后怎生回答，且听下回分解。

第十二回
双凤台林后听琵琶　望月楼昭君会皇后

诗曰：

　　远望襄阳一座楼，征南征北几时休。
　　少年子弟江湖老，红粉佳人白了头。

　　话说林后见内监相问，便回道："哀家夜深无事，打点踏月一游，以解闷怀，尔可引路。"内监答应，便向前一路而行。行了一回，林后问道："东边是哪里？西边是哪里？南边是哪里？北边是哪里？"内监道："启娘娘，南边去有座浆糊房，北边去有座铜雀台、朝阳宫、金银库，两边又有小高墙、万花园、秋千架，西边去有座望月台，东边去有座凤凰台、广寒宫，并三十六院，不知娘娘到哪一处游玩？"林后道："哀家要到凤凰台去走走。"内监忙回道："启娘娘，此处去不得。"林后吃惊道："怎么去不得？"内监道："这台上时常有鬼出现，况夜静更深，不当稳便，请娘娘别处去游玩罢。"林后道："因这几日坐卧不安，心惊肉跳，恐有受屈者在寒宫冷院，故此前去探听一番，不妨事的，尔可向前引路。"内监见说，不敢阻挡，只得向前引路。

娘娘踏着月色，一路缓缓行来，甚解愁烦。走的是紫微宫、逍遥宫、长乐宫、安乐宫、贵妃宫、望月楼、御书搂、铜雀台、三十六院、一十二宫，都已走到。到了凤凰台面前，远远望见一座高台，好不壮丽。怎见得？有诗为证：

> 屹立崇台百尺高，周围突兀势冲霄。
> 月光遥映玲珑石，一派精华谢玉飚。

娘娘慢慢上台来，见月白如昼，心中十分畅快，游玩一会，耳听谯楼鼓打二更，正要下台回宫，忽听琵琶一种悲切之声，复转身来停步不走，斜倚台上栏杆边细听着，声声抱怨，不知她怨何人。林后双眸一开，静听琵琶，只听得琵琶声中弹出一种苦调：

> 昭君抱怨告苍天，幽禁冷宫受苦煎。
> 骨肉分离两处地，汉王何日得重圆。

林后细听声音，弹出昭君二字，心内十分诧异道："昭君现在西宫，汉王十分宠爱，怎么冷宫又监禁个昭君？好叫哀家难得明白。"到了此刻，忍不住下得台来，顺着琵琶之声，寻觅踪迹。到了望月楼前百花台下，只见双门紧闭，余音未歇，便叫一个宫娥走到门前，连叩几声，高声便问："里面叹气者何人？"昭君听见此刻有人询问，倒吃了一惊，只得把琵琶暂且丢下，回道："外面问奴者何人？"宫娥道："正宫娘娘游玩，在此问你。"昭君听说，心中大喜，连忙将身站起，高叫："娘娘救命！奴是越州王忠亲生之女，名叫昭君，汉王选奴进京，许立西宫为妃，不知奴犯了什么不公不法之事，贬入冷宫，将近一年，奴好苦也！望娘娘救出冷宫，万代洪恩。"林后听得十分疑惑，叫声："住口，西宫既是昭君，怎么你又是昭君？"昭君道："西宫那是假的，奴是真的。"林后道："快唤内监，速速开门，相见便了。"昭君听说，心中大喜，急急转身入内，唤醒张内监，说明原委。张内监听说，也代昭君心喜，不敢怠慢，拿了锁钥，同昭君到了百花台下，开了冷宫两扇大门。昭君出来接驾，俯伏阶前，拭着泪痕，口称："娘娘救命恩人，今日方见青天，愿娘娘千岁千千岁。"林后把昭君双手扶起，命宫娥将灯提起，照见昭君生得：

秋水为神玉为骨，芙蓉如面柳如眉。

心中暗暗称赞："好一个女子！"叫声："贤妹，早知你苦禁冷宫，就该救你出去，如今方知你这段冤情，哀家同贤妹必要面见君王，与你伸冤，查出哪个奸臣生心害你，定要将他万剐犹轻。"昭君听说，只是感谢国母。林后道："贤妹呀，哀家虽位正宫，也同你在冷宫一样，孤眠独宿。"昭君道："娘娘怎比奴家？"林后道："贤妹有所不知，只因汉王每日在西宫恋妖妃，朝欢暮乐，抛撇哀家，独坐正宫孤凄，将近一载，全无一点结发之情。哀家只恨西宫名叫昭君，谁知那个贱婢假充昭君，骗着天子，哄到如今。"昭君道："娘娘，非是妾身胆敢直言，娘娘也太无纲纪了。"林后道："妹妹，怎见奴家没有纲纪？"昭君道："娘娘休怪，听妾一言：想娘娘位居正宫，宫内宫外谁不是娘娘所管，西宫虽是得宠，无非下院，她既紊乱宫中规矩，难道娘娘的斩妃剑利森森就没有用的么？行起正宫威令，贬了西宫妃子。怕什么汉王？请娘娘思之。"林后听得，只是摇头道："贤妹所说的话虽是正理，但汉王既宠幸西宫，哀家把她责贬，岂不惹汉王嗔怪哀家生了妒心？如今贤妹冤情明白，待哀家到汉王面前奏知，也好查问昭君谁真谁假，那时水落石出，捉出西宫妖婢，看是何人冒名昭君，再去拿了通同作弊之人，勘问此案，必定两条性命活不成了。汉王到了那时，心中明白，自然来召贤妹，册立为西宫贵人，我和你同心并胆，襄助汉王，以理内治，可不两全其美。"昭君道："娘娘高见，胜妾千倍。须怜念妾身年纪幼小，不知宫中规矩，倘礼貌有不到之处，还望娘娘宽恕。"林后道："贤妹休要过谦，你乃聪明之女，性格幽悯，知文达礼，有什么规矩不知？今夜已深了，贤妹权进冷宫，有屈一夜，待哀家急速去见汉王，只到天明，定有圣旨下来。"昭君含泪连连拜谢，告别林后，仍进冷宫不表。

且言林后自在冷宫查出昭君及有冤情，要代她在汉王面前申诉，吩咐宫娥掌灯引路，离了百花台，一直奔西宫而来。正是三更将尽，先命一个宫娥在西宫前去打探一番。宫娥去不多时，回报林后道："启娘娘，万岁爷还与西宫妃子在那里饮酒作乐呢。"林后不听犹可，一听直气得柳眉直竖，粉面通红，怒冲冲赶到西宫，早有西宫一班内侍迎接皇后。林后吩咐起去，一概噤声，宫门外伺候。又命宫娥将灯吹灭，暗暗潜听，正是：

  欲知心腹事，但听口中言。

未知西宫说出什么话来，且听下回分解。

第十三回
唆天子正宫暗听　打西宫鲁妃吃惊

诗曰：

奴是巫山仙女身，襄主与我并无情。
是非落在凡人口，惹得凡人说不清。

话说林后在西宫外暗听，尽听得天子与鲁妃正在饮酒快乐，传杯弄盏。酒至半酣的时候，汉王叫声："爱妃，想寡人自越州召爱妃进京，每日在西宫伴你，朝朝快活，夜夜元宵，撇下昭阳林后，冷落将近一载，况皇后年尚幼小，必在宫中怨孤久不到正宫，未免雨露之恩太不匀了。孤打点明日退朝，要到正宫，且叙旧情，方合正理。"林后听了汉王这番言语，心肠软了好几分，暗想："奴只道天子迷恋西宫，谁知还念哀家，多是妖婢把持，不放天子出宫。可恨妖婢，自进西宫，也不到正宫朝见哀家。好个妖婢，仗着天子这般大胆。"

不言林后在外暗听，且说鲁妃听见天子的话，顿时脸上怒气生嗔，便道："圣上不提林后之事犹可，若提林后，小妃含忍到今，未曾明言，说将起来，令人毛发倒竖。"汉王大吃一惊，道："爱妃有话不妨说来。"鲁妃道："既是今晚圣上问及此事，小妃不得不说了：小妃久闻正宫林后因圣上每日在西宫快乐，不到昭阳，背后百般咒骂龙体。说圣上无道，将来江山不得太平，一定要送与别人了。自小妃看来，她身为正宫，理当静守妇道，如何背后咒骂皇上？大逆不道，论理该正大辟，还可居正宫么？望吾主不可不早为防备。"好一个聪明汉王，见鲁妃之言，哈哈大笑道："爱妃所言差矣！若言正宫林后德性温存，虽朕不到昭阳，她非妒妇，断无怨朕之心。爱妃不必乱奏，恐露消息，林后闻知，那时到来淘气，爱妃何苦害了自己。"鲁妃见汉王不准所奏，满面通红，恨恨连声道："小妃原是一片好意，奏知圣上，听与不听，但凭龙心。只怕明枪容易躲，暗箭最难防。"汉王道："且从容商议，不要耽误饮酒。"

天子与鲁妃在那里说话，并不防林后在外，句句听得明白，由不得心中大怒，咬定银牙暗恨，连声道："好大胆贱婢，这般无理，胆敢在汉王面前搬弄哀家是非！贱人呀，你不知谁家之女，假充昭君，只有汉王并不知道，被你勾诱，言听计从，你是心满意足，又思量想夺正宫之位，唆动天子，要害哀家。一个真昭君被你害到冷宫苦禁，心还不足，这个贱人，罪不容诛，如何容得下去！"喝叫手下宫娥："代哀家快快动手，打进西宫。"众内监口称："娘娘，奴婢不敢，恐惊圣驾，奴婢吃罪不起。"林后骂声："一班没用的东西，凡事有哀家承当，你们只管放心打进去。"

众人领了林后的旨，放胆动手，各执金瓜钺斧，乒乒乓乓一阵响亮打进西宫。林后随后跟进，也不朝拜汉王，只叫："打这贱人。"七手八脚，只打得金杯玉盏碎碎粉粉，乱掷在地。此刻鲁妃一见林后到来，大吃一吓，心下十分慌张，忙忙向前，双膝跪倒在地，只不动身。林后指着鲁妃骂道："你是何方贱婢，自进西宫，来伴圣上，该知礼、义二字，应当朝拜正宫，方是正理。你一点礼节全无，倒也罢了，你反将天子霸占西宫，不离你身，朝朝佳节，夜夜元宵。你方才在席上说的什么话？一派倚势欺人，良心丧尽！就是哀家执掌昭阳，只因未生太子，一任天子东西两宫，雨露常匀，只求苍天福庇，生一储君，好使汉家传位有人。奴非妒妇，不来较量你这贱人，你反出言无状，说哀家背后咒骂朝廷，有何凭据执证？今晚哀家与你这贱婢拼一拼。"说罢，怒气冲天，吩咐左右再打。一声答应，众人又将鲁妃打得哀号不止。

　　汉王此刻坐在上面，醉眼含糊，见鲁妃打得满地乱滚，头鬘蓬松，口口声声叫陛下救命，心中十分怜惜，欲待上前劝林后，怕正宫着恼，事在两难，想了一会，忍不住抽身站起，走到林后面前，叫一声："御妻，今晚来到西宫，孤未曾远迎，多多有罪。说是鲁妃不知大礼，将御妻乱说，孤也不能听信。御妻乃宽宏大量，恕鲁妃年轻无知，待孤陪一个礼，御妻请息一息气，免她的罪责吧！"说罢，汉王带着笑拍着林后的肩膀相劝。林后见汉王句句言语袒护鲁妃，心中不由得火上加油，顿时杏眼圆睁，柳眉直竖，指定汉王，骂一声："无道昏君，你做了一朝人主，只知在西宫朝欢暮乐，沉迷酒色，全不想外边九州反了，只怕万里江山要送与别人。"一面吩咐嫔妃住打，押着鲁妃，一面忙用御手把汉王扯出西宫。汉王听了林后一番言语，心内也吓慌了，凭着林后扯去前行，慌得内侍点了宫灯引路。林后说："九州已反，陛下还不点将调兵，速救危困，等待何时？"汉王道："御妻，今日夜深了，且待明早临朝，自当点将征剿。"林后道："救兵如救火，早一个时辰，早救百万生灵。这等紧急军情，陛下还慢腾腾地，如何不连夜发兵，速去剿灭，保固江山，怎生迟延得去？"

　　汉王正要回答，早扯到分宫亭上，请汉王稳坐金交椅上，林后除下金冠，低头拜了八拜，叫声："陛下，恕妻方才莽撞之罪。"汉王双手扶起林后道："御妻且请息怒，有什紧急事情，可细奏寡人知晓。"林后又叫声："陛下呀，妾今晚闯进西宫，行此无礼，皆是前来报效。陛下素昔聪明，自当了然，独不记当初梦景，你却与谁家之女订下白头之盟，如何被人瞒哄，换此贱婢，充入西宫，妖娆百出，扰乱宫廷？陛下呀！你当初既不爱梦中昭君之女，何不开一线之恩，放她回去，另行匹配，也不负此女青春。"汉王听说，大吃一惊道："孤命丞相在越州选来二女，一是昭君，一是鲁妃，鲁妃现已备用，昭君不用，已命丞相发回越州去了，怎么今晚御妻又提起昭君二字？"不知林后怎生回答，且听下回分解。

第十四回

分宫亭皇后伸冤　王昭君冷宫诉苦

诗曰：

　　一轮红日照西山，簇拥冰盘古树间。
　　暗尽更敲交夜半，帘钩影约月团圆。

话说林后回奏汉王道："妾今晚在宫无事，但见月明如昼，动了玩月之心，趁着月色闲游各宫，以消闷气，无心走到那冷宫门口，忽听里面有一抱怨裙钗，口口声声，只怨臣妾枉做掌印正宫，并无半分纲纪，料理宫中一切大事；又说我主糊涂，不知西宫昭君真假，只因专权奸臣毛延寿贪财爱宝，丧尽良心，西宫女子但有金银相送，便保本进与我主，昭君是贫家之女，一旦付之东流，可怜枉结三更梦里之情真，而贬入冷宫，假的反在西宫称尊。她句句抱怨，一丝不错，叫旁人听了也代她伤心。陛下呀，并非九州造反，要我立调兵点将，只因屈害了一个无罪昭君之女，臣妾不忍于心，要在我主面前代为伸冤。"汉王听罢，哈哈大笑道："御妻之言差矣！难道孤为一朝之主，一个昭君之女，都辨不出真假么？此中有个缘故！只因越州选的昭君,有一人图,为她眼堂下有一滴泪伤夫痣,恐害寡人,因此不用昭君,仍命原船送她回去,未曾将她问罪,却是何人,假传圣旨,把昭君贬入冷宫?"林后笑道:"法度乃天子之法度,怎么任这些奸臣弄鬼,妄加无罪之人?陛下也该查出何人,理当治以欺君之罪。"汉王道:"这个自然。"

林后又道,陛下说昭君眼堂有痣,怕得伤害陛下,陛下不可被人瞒过,还是亲眼见的,还是听人说的?"汉王道:"孤实未曾面见昭君,只因见了人图,就是一样了。"林后笑道:"却原来如此!陛下好不聪明,怎么轻信一纸人图,不分好坏?"汉王道:"是朕一时误用奸臣,前事不必提起,但不知御妻今夜游到冷宫门首,可曾见得昭君?容貌生得如何?性格可还温存?"林后微微冷笑道:"若说昭君的容貌,天上少有,不亚姮娥降世;地下无双,恍如西子复生。若说昭君性格,举止温存,礼义大雅。她的脸上,是臣妾亲目所睹,何曾有什么伤夫泪痣?怎说她不公不法,私画人图,有什罪名?她人不曾见主一面,有何乱法宫中?显见人图是奸臣所改,串通鲁妃,伤害昭君。陛下若不相信,何不在冷宫召出昭君,当面盘问一番,就知昭君真假了。"汉王听说,连连点头道:"御妻言之有理,孤也不用将她宣召,何不与御妻一同前去,赶到冷宫,当面会她一会,了却梦中一片之情。"

说罢,汉王站起,挽住林后,离了分宫亭,前面对对宫灯引路,照得分明,一路行来甚快。到了冷宫门口,此刻正交三鼓,月色朗朗,天子与林后站在冷宫门口,也不进去。只听得昭君在内,高声啼哭,不住怨恨:一恨爹娘将奴抛撇天涯,误奴青春;二怨汉王薄幸,不念三更梦里之情,反害奴家在此冷宫受苦;三怨林后将奴家哄,原许奴到西宫奏知汉王,代奴伸冤,哄得奴家指星望月,痴盼着天子即传圣旨,将奴召出冷宫,见汉王一面,死也甘心。到了此刻,并无消息,眼见事多不就了,也是奴家生来命舍。罢罢罢!到了天明,不如寻一自尽，以了终身。说一会哭一会，真是十分凄惨，没奈何，吟绝命诗四句：

梦里相思不见踪，懒贪茶饭总成空。
冤家只在巫山上，知在巫山第几重。

汉王在外面听得多时，忍不住心内也自悲伤，吩咐宫娥问里面抱怨者何人。宫官领旨，高声问："里面抱怨者何人？"昭君也回道："外面问奴者，又是何人？"宫官道："皇爷御驾在此，特来问你。"昭君听说，已知林后申奏，汉王方得到来，故意高声哭叫道："汉王，你来了么？害得奴家好苦也！曾记得奴家身卧兰房，三更得梦，梦见神魂飘荡，到了宫中，遇见王爷，蒙王爷错爱，拉着奴家成就好事，是奴不依。原许奴差官到越州召取奴家，奴也遵旨动身，又不曾违背圣旨，可怜奴是离乡背井，抛撇爹娘，来到京中。实指望君无戏言，一定召奴进宫，伴着荣华。谁知好事多磨，未见君王，灾祸立生：陡有一道圣旨，赶至花船，说奴私画人图，犯了法度，把奴家贬入冷宫，将近一年。王爷呀！你可知冷宫内凄凄惨惨并无天日，可怜奴在内苦过光阴。一恨奴红颜薄命，难伴圣君；二恨奴三更得梦，四更依然只身。王爷把奴贬入冷宫，奴却罪犯何条？说得明白，奴就死也甘心。"

汉王在外听了昭君一番怨恨之言，由不得龙心大怒道："有这等事？这还了得！多是欺君罔上的毛延寿弄鬼，暗把人图点破，蒙混孤王。又假传圣旨，妄把无罪之女贬入冷宫，此贼真罪不容诛了！御妃莫怪孤王，孤王一向并不知情，就是御妃今夜责备孤王，孤王也难辞咎。孤王明日早朝，一定代御妃伸冤雪恨便了。"昭君在内听见汉王的言语，微微冷笑道："奴只笑王爷枉做一朝人主，一个枕边妻眷被人哄弄过去，还坐什么龙墩，管什么万民？倒不如丢了江山，撇了社稷，披剃入山，做一个世外之人，倒还藏拙些。奴与陛下梦里相思，也可付之流水。只求王爷将奴之仇报了，奴再也不踏红尘，情愿削发为尼，修一修来世，保佑姻缘不可错配，好事不要蹉跎，此身休要颠沛，得嫁一个贫家之子，夫妻偕老，奴愿足矣，从此再不想西宫富贵了。"汉王见昭君说得十分可怜，也不免两泪频倾，连叫："御妃，休要如此，是孤一时不明，误你青春，到今日水落石出，少不得将这欺君的贼子抄斩满门，以雪御妃心头之恨。孤自知不是，亲到冷宫，迎召御妃，也算代御妃赔罪了，御妃可快快开门相会孤王罢！"昭君道："王爷在此，不知娘娘可来了么？"林后道："哀家在此，一同前来迎接，快些开门。"未知昭君可肯开门，且听下回分解。

第十五回

真昭君亲见汉王　勇李陵锁捉奸臣

诗曰：

蜜蜂身小代头黄，到处花开我先尝。
采得百花成蜜后，一生辛苦为谁忙。

话说昭君听得林后也叫开门，心中一想："汉王乃一朝天子，被奴家这般抱怨，并不回言，也就够了，又是林娘娘同来到此，亲自迎接，不用宣召，奴是何等的脸面！常言：人不知足，必取其辱，再不开门，于理不合。"吩咐张内监快些开门，迎接圣驾。内监答应，连忙把闩落下，开了冷宫。昭君移步出去，一见汉王、林后，撩衣俯伏跪倒尘埃，口称："王爷万岁，娘娘千岁。"林后用手拉起昭君，汉王也叫平身。偷眼细看昭君，喜欢十分，暗想："此女虽在冷宫受苦，未整姿容，天生一种仙姬之态，世上难寻，'比花花解语，比玉玉生香'。"再命内侍挑起银灯，细照昭君，但见她脸上如鸡蛋之嫩，毫无一点微尘。此刻汉王心中大悦，又把银牙挫了几挫，恨恨连声道："好大胆奸臣，愚弄孤王，害了美人，她眼堂下何曾有伤夫之痣？分明贪财不遂，诳奏寡人。今夜且自由他。想美人记得梦中一会，今夜如同梦景，真是梦非偶然。"不禁哈哈大笑。林后口称："陛下，此地风凉，不可久停，如今既有了昭君之女，可到昭阳，等至天明。"

汉王言称有理，吩咐内侍将灯引路照着，汉王、林后、昭君三人，缓缓地走着来到昭阳正院，一齐进入宫门，早有宫娥重烧花烛，照得光明。汉王居中坐下，林后坐在旁边，昭君又行朝礼，拜了二十四拜，汉王连呼平身。林后叫声："贤妹，快整乌云，再来伴驾。"昭君领了皇后的旨意，进了宫房，坐在牙床，宫娥一旁服侍梳妆。昭君坐了一会，走到妆台理发，可怜青丝久乱如麻，费尽心机，方把乱发梳通。面对鸾交宝镜，细细梳妆，打扮精工。金盆洗面，脂粉略施。衣服俱是林后的，脱去垢衣，换了新衣。收已毕，轻移莲步，出了房门，来见汉王。汉王在灯下细看美人，越发好看，但见她：

青丝挽就蟠龙髻，两鬓梳来似吐云。
不搽香粉自然白，不点胭脂自然红。
一双杏眼生来俏，淡扫蛾眉自然清。
头戴翠花冠一顶，金钗十二按时辰。
上穿金线云光袄，腰束湘江水浪裙。
步下金莲恰三寸，大红花鞋爱煞人。
走球香风来一阵，浑似仙女降凡尘。

汉王在灯下将昭君细看一番，不由得骨软筋麻，心中好不快活，吩咐宫娥排筵，款待佳人。昭君一旁赐座，连敬汉王三杯美酒，又敬林后的酒。酒过三巡已毕，林后道："我主今夜已将昭君辨出真假，应当正位西宫。鲁妃用她不得，还当治罪才是。"汉王道："鲁妃死罪可饶，活罪难免，烦御妻怎么办理便了。"林后口称领旨。

汉王此夜宿酒方醒，又多贪了几杯，饮到天明，醉上加醉，但听得金钟一响，又请登殿。汉王带醉出了宫，走到半路，难以站立，传旨免朝。回到正宫，权且坐下。早有宫娥将醒酒汤进与汉王吃了，略解醉意。林后又道："陛下今日虽未登殿，可恨奸党毛贼，旦夕难容，陛下若不将毛延寿治罪，从此江山不太平矣。"汉王点首，便命内侍取过文房四宝，铺下龙笺，写了一道密旨，交与内侍，谕传御营总兵李陵办理。内侍接旨，不敢怠慢，离了宫门，赶到总兵李府。早有门官报知李陵，李陵听得圣旨已到，忙命家人摆下香案，即整衣冠迎接圣旨，四跪八拜，口呼万岁。内侍走到香案前，朗诵圣旨道：

奉天承运皇帝诏曰：朕闻为臣食君之禄，理应尽忠于君，不贪贿赂，似水居心，办事秉公，夙认非懈，方无忝臣节而作朕股肱者也。乃有奸相毛延寿，身居首辅，位列三台，任越州之使，选妃忘廷训之言，陡起贪财之心，改图遂奸谋之汲汲，不独欺君生狂惑之言，且假传圣旨，害无罪之女。今已犀照一悬，水落石出。所谓有功不赏寡恩也，有罪不诛废法也，奸贼毛延寿，若再容留于朝，必为国家之大害。今着御营总兵李陵，带领三千人马，围住奸贼毛府，不论男女老幼，一概锁拿，并毛贼家属人等，即押赴市曹斩首示众，以为人臣不忠者戒：毋得走漏一人，致于未便。火速火速，钦哉谢恩。

宣旨已毕，李陵山呼万岁，谢恩站起，接过圣旨，请在上面供奉。送了天使回朝，即时换去朝服，顶盔贯甲，带了家将，星夜赶到教场，真是人不知来鬼不晓。到了教场，三声大炮，惊动一班御林兵，弓上弦，刀出鞘，迎接李爷。到了将台坐定，即取卯簿，拣选精兵三千名，放炮起身。一个个人强马壮，盔甲鲜明，随着李爷，直奔毛奸相相府来不表。

且言毛相因这天临轩独坐书房，阅看官员本章，也好批发。先看荆州巡按曾岩劾奏临阳王私侵内帑，图害属员，请旨勘问一本。"曾岩这厮，平日又不曾敬重老夫，临阳王乃当今爱弟，此本如何上达？只好批个'该部知照'。"又看山西提督刘承业参奏标下总兵吴垣私扣军粮一本，"这个该批'斩'字，可将吴总兵正法，此本也不必上达了"。再看辽东林总制劾奏原任越州知府王忠充配此地，不安本分，请旨加罪一本。他将此本看了，不免哈哈大笑道："这林总制乃老夫得意门生，原是老夫曾吩咐他要摆布王忠的，今日他既上了此本，倒要细细斟酌批发，问王忠一个大大的罪名，以泄老夫从前心头之恨。林总制办了此事，倒要在吏、兵二部择一好地方，将他升迁，以酬他这一番情意"。正在磨得墨浓，濡得笔饱，欲待批发此本，忽听得大炮连天，喊声震地，只吓得毛相面如土色。未知此本可否批发，且听下回分解。

第十六回

毛相拐图逃走　鲁妃仇报自尽

诗曰：

花蚕身子最风流，三月成丝在山头。
绣阁手持龙凤剪，添妆助艳制绫绸。

话说毛相吃此一吓，将笔搁下，正在猜疑，忽见家人慌张来到面前，连叫："相爷不好了！今有钦差大将李陵，带领大队官兵，密密层层围住府第，不知为着何事，请相爷速速定夺。"毛相大吃一惊，口中不言，暗里自思道："今有军兵无端围我府第，莫非西宫之事发动，鲁妃无谋，一定遭凶，怕只怕汉王知道，老夫一家性命就难保了。"吩咐家人再去打听。家人连忙答应，飞星出去一看，只见枪刀密布，人马呐喊，吓得屁滚尿流，又来报道："相爷不……不……不好了！总兵李爷已进府门，带领许多官兵，口口声声要斩满门。"毛相闻报，只急得魂飞天外，魄散巫山，连忙除去冠带，也不顾三妻四妾，也不问金银财宝，也不爱殿阁楼台，就是相位也做不成了，只为心中贪财爱宝，要害昭君，到今日事到临头，难免杀身之祸。想定主意,三十六计,走为上策。急急改换衣妆,带了人图,不敢径出前门,悄悄溜到后花园内;又不敢开后花园门,只怕撞见官兵,不是当玩的,胆胆怯怯四处张望,见西边有个狗洞,可以容身出去,到了此刻,人急计生,毛相也顾不得洞内腌臜,将身趴在地下,慢慢钻这狗洞出去,要想逃生。引得洞内一群狗子汪汪乱叫,急得奸相冷汗长流,又不敢做声,怕的后面有人追赶。钻了半天,方出洞门。用泥一把将脸搽了一搽,成一个泥人,为的路上怕人认得,改头换面急急前行。只可惜汉朝今日走了奸相不要紧,从此外国引动刀兵,不知中国何日方可太平,且自慢表。

再言李陵不知奸相逃走,先将三千人马团团围住奸相府第,自带了家将人等,一声呐喊,进了相府,吩咐捉人,众军士答应,不敢怠慢,不论男女老少,见一个来拿一个,见两个来捉一双,众家属不曾走脱一个,单不见奸相踪迹,李陵心中好不着急,又命军士前后细细搜捉。众军士领命,忙个不住,又到内宅左右上房细寻,挑起天花,拆动地板,厨房、柴房、花园、茅坑都已走到,哪里有奸相一个影子?急忙回报李爷。李爷此刻真正急煞,暗想:"奸相乃朝廷钦犯,若是知风逃走,叫我如何回旨?"且到大厅坐下,家将两旁分立,先将奸相家私簿吊来一看,上写着黄金五万两,白银一千一百万两,有零制钱四十八万串,珍珠三斗,玛瑙、珊瑚、玉器、宝玩等件共四库,玉带十七条,蟒袍六十八件,象牙笏五十七根,头面三十二副,四季衣衫箱子一千一百只,陈设家伙、铜锡器皿不计其数,私宅本章信稿共七百八十五件,军器马匹将近三万。看毕,十分叹息道:"这贼的家私啊,富堪敌国人间少,终使奸谋异志多,若非我主英明,早为发觉,这贼必有一番不轨。幸宗庙在天之灵早露奸迹,明正典刑,也算是国家之福了。且住,本帅捉拿奸贼满门,单走脱了此贼,这便如何是好?也罢,待本帅将他家属勘问一番,此贼必有下落。"

想定主意,吩咐家将带毛党家属。早有家将把毛相正夫人米氏带至厅前跪下。李陵道："你是毛相何人？"米氏道："犯妇是他的正室妻子。"李爷道："你丈夫毛延寿，是谁送信知风逃走？速速招来，好让本帅回复圣旨。"米氏道："大人所问差矣！想大人奉旨抄没犯妇一门，所谓迅雷不及掩耳，有谁来得及送信，放丈夫逃走呢？"李爷道："既非走漏消息，如今你丈未往哪里去了呢？"米氏道："大人所问又差矣，大人带了许多兵将，把犯妇一门团团围住，虽鸦飞也不能过去，岂有一个人就逃去之理？"李爷道："莫非你藏在哪里？可招上来。"米氏哈哈大笑道："大人奉旨而来，犯妇内外俱可搜寻，怎么倒问起犯妇来了！"这一句话，反问得李爷无言回答。没奈何，又把毛府婢妾家人逐一细问，俱回不知。只得把他家私簿收起，吩咐家将，把毛府男男女女老老少少，七百余口，一一上了刑具，押出府门，用十字封条封了毛府大门，上马进朝。将人马仍发回教场驻扎，亲到午门外交旨，等候驾临不表。

且言林后遵了汉王旨意，忙写一道懿旨，差了一员心腹内侍，赶到西宫，报知鲁妃。鲁妃慌忙接旨，口称千岁千千岁，一面俯伏尘埃。只听内侍捧着懿旨，高声朗诵：

皇后诏曰：位正中宫，独理阴阳，三十六宫，俱任调使，七十二院，照样施行。乃有越州鲁氏女，仗家内之金银，赂天使而充选，借他人之名色，假昭君以尊称，既害无辜之女，又生谋嫡之心，分明狐揭惑君。如今劣迹昭然，奉旨定罪。姑念无知，从今革去西宫，贬入冷院而受苦，永不入选，就此上刑，钦哉谢恩。

内臣宣旨已毕，两旁小内侍一齐动手，把鲁妃剥去衣冠，上了刑具，押出西宫，不往别处去，直到冷宫交与张内监收管领旨，内官回宫复旨去了。张内侍知是鲁妃，口中不住念佛道："苍天有眼睛，今日一报，还她一报，要害别人，反害自身，待咱慢慢消遣她便了。"可怜鲁妃进了冷宫，一见四壁凄凉，破屋两间，心中好不悲伤："想害昭君反害自身，昭君遭贬冷宫一年，尚有出头之日，奴与正宫犯了对头，遭此一贬，未必能够再想出冷宫了。想父母也是枉生奴家，十余年亲恩要报，只等来生，倒不如寻个自尽，以了终身。"想定主意。到了初更，打听张内侍已睡，拿了白汗巾，走到床栏杆上，打了一结，只觉得阴风惨惨，鬼哭神号。鲁妃哭了一会，把心一横，要去投绳。未知生死如何，且听下回分解。

第十七回

东教场抄斩毛宅　西宫里初整鸾衾

诗曰：

苍蝇出落黑悠悠，飞入长朝殿里头。
渴饮皇封真御酒，安眠枕簟伴绫绸。

话说鲁妃遭贬，受不住冷官的苦楚，欲寻自尽，便把牙根一挫，恨了几声，颈向汗巾圈内投去，两足一蹬，悬空而起，霎时间悠悠顶上走了三魂，失去七魄。其年未到二十，该是鲁妃年轻享福太过，遭此枉死。张内侍直到次日知晓，慌忙报与正宫。林后即差了一员内官相验，舍她一口薄板棺木成殓，当时抬出冷官。这是鲁妃的结果，不用细表。

且言金钟一响，汉王临轩。满朝文武参拜已毕，早有李总兵进朝缴旨，俯伏金阶，口称万岁。汉王便问："奸相可曾捉得否？"吓得李陵口称："主上，臣奉旨带领官兵围住奸党府第，臣到里面细细搜寻，不知何人走漏消息，单走了毛延寿一人，只将他满门家眷：男人五百十四口，妇人二百三十三口，一齐绑在午门外候旨。外有逆贼簿子一本，毛府已封，请旨定夺。"汉王先将他家产一看。一面看着，一面只是摇头吐舌道："好大胆奸贼，富堪敌国，狼藉赃银，犯禁之物不少，谋逆之意已显，今日露出奸谋，逃走毛延寿一人不打紧要，只怕纵虎归山，孤的江山从此不太平矣！"连叹几声，便吩咐："逆党家眷七百余口，押赴东教场，一概斩首。就命李卿临斩。"李陵谢恩，退出午门，即刻上马，吩咐众家将，把毛贼家属不论男女，俱上绑绳，押赴教场，男东女西，纷纷跪下。只等午时三刻，先是红旗三展，后是黑旗三展，当空三个狼烟大炮，一声呐喊，那些刽子手好似凶神，手执钢刀，一齐动手，好不怕人，可怜那些：

　　红粉佳人刀下死，多情美女也亡身。
　　三岁孩童饶不过，白头老汉命难存。
　　孀妇虽是多贞节，大数难逃命必倾。
　　男男女女怎脱命，老老少少俱倾生。
　　斩了七百几十口，尸首推入乱葬坑。
　　杀得天昏并地暗，走了漏网首恶人。

　　李陵监斩已毕，叩了圣恩，缴了旨意，退出朝门。汉王又传下旨意："鲁妃既已自尽，将她的父母一概削职，递解回籍为民。再将旨意颁行天下，画影图形，捉那逆贼毛延寿。若文官捉住者，平升三级，官上加官；武官捉住者，官封万户，管理三军；不论军民人等，捉住毛延寿，荣封三代，世受皇恩。"一道榜文，颁行天下。

　　散了满朝文武，退入宫中，早有林后接住，便请汉王归了正位，问问朝中事情。汉王从头至尾说了一遍，只走脱了一个奸臣毛延寿。林后道："毛贼一走，指日风波又起矣。"汉王道："孤已虑及于此，传旨天下，拿捉奸贼。"林后道："我主且免愁烦，这也是贼子恶贯未满，任他漏网几日，直到他运退时衰，也不怕他飞上天去。"说罢，吩咐嫔妃快排香案，服侍西宫娘娘行礼。众嫔妃答应，排了香案，挽着昭君朝王二十四拜，山呼万岁。天子连唤平身，又命昭君拜见林后。林后扶起，口称："贤妹少礼。"又叫："陛下，且休耽搁，快进西宫去成亲。"汉王忙摇手，只说："使不得，为着鲁妃住在西宫一年，把御妻冷落昭阳，孤也算负心，若再到西宫，岂不是孤忘结发之情？"林后笑道："妾非妒妇，我主何必如此说？快去西宫成亲，了却三更梦里之缘。"汉王得趣，即便抽身，林后亲送汉王、昭君到了西宫。

里面一派笙管细乐，好不热闹，迎接汉王入席，上面坐定，林后旁座，下面昭君赐座。正值酒过三巡，昭君出席，又拜林后，尊一声："国母，你是奴的救命恩人，奴情愿代娘娘做个宫娥，铺床叠被，奴也甘心，但求天子、国母同偕到老，早生太子，汉朝有后，接位传宗，奴焉肯又占西宫，分娘娘雨露。"林后急急扶起昭君，叫声："贤妹，休要如此，哀家虽正位中宫，未生男女，且又多病，今得贤妹，代哀家之劳，不必过谦，快与我主早成婚配，同赴阳台便了。"说着抽身便起，告别天子回宫。昭君一定要送，林后执意不肯，昭君只送出宫门外，见林后去远，这才回来。又伴天子重整杯盘，两旁宫娥手执金樽敬酒，桌上排的仙果异品，好不十分精雅，但只见：

珍馐百味多多少，嘉肴美品献来勤。
獐狼虎豹盘中列，羊羔鹿脯满盘盛。
海味时新件件有，鲜鱼鲜蟹共飞禽。
熊掌盘儿配兔肉，各处进贡各样珍。
桌上美品般般备，只少龙肝与凤心。
青州枣子甜如蜜，河北交梨重半斤。
江南栗子拳头大，山东柿饼雪如银。
洞庭柑子红如火，柑子橙子黄似金。
福建荔枝并圆眼，辽东松子去了心。
堆满盏盘稀奇物，皇宫富贵世罕闻。

汉王此刻开怀畅饮，又加昭君劝酒，到了半酣时候，已有几分醉意，斜着眼在灯下观看昭君容貌，有诗两句赞她：

秋水为神玉为骨，芙蓉如面柳如眉。

汉王越看昭君，越见美貌十分，真是六院三宫无人匹敌，九州四海少有佳人。又被酒醉熏熏，拴不住心猿意马，一手搭在昭君肩上，叫声："西宫美人，可记那夜三更梦里，孤扯美人成亲，美人不肯，哄孤回头，美人脱身而去，使孤大失指望？今夜西宫方得鸳鸯配合，一梦之缘，信非偶然。"汉王这一席话，说得昭君不好意思，怕起羞来，通红了脸，只是低头无语，并不回答。却被汉王缠不过，拉进房门，要上牙床，成其好事。昭君假意不肯道："皇爷放手。"汉王道："美人有何话说？"昭君道："皇爷有心看上鲁妃，还该去寻她取乐，哪里稀罕妾身！"汉王急道："美人，前事不必提起，可同孤共赶阳台去罢。"未知昭君肯与不肯，且听下回分解。

第十八回
出边关奸相装醉汉　到番邦延寿找门生

诗曰：

蛟儿一阵在荒郊，不住雷声风低飘。
只为伤人这张嘴，被人拍死命几条。

话说昭君被纠缠不过，只得共进罗帐，解带宽衣，同赴阳台。一夜山盟海誓，了却梦里相思，自不必说。次日汉王登殿，下诏册立王氏昭君为西宫，一众文武称贺不提。

且言毛相，自从狗洞内钻出，得了性命逃生，急急如丧家之狗，忙忙似漏网之鱼，日间怕人盘查，不敢出来，躲在古庙安身，忍饥受饿，好不烦难，只挨到黄昏时分，方敢溜出，混在人丛内闯出京城。那时，一来黑暗之地，无人查考；二来奸相改头换面，被他逃出城去，只叫一声惭愧。又听得人一路传说："好好一个毛相，不知犯了什么法，今日抄斩满门，共是七百余口，好不痛人。"奸相听见此说，又是伤心又是暗恨："恨汉王只为宠爱昭君贱婢，杀我满门，我与你天大冤仇，若不报泄，枉为一条汉子。"

一路想着到哪里去好，忽然想起番邦有一大臣，名叫卫律，乃老夫门生，何不去投他？想个机缘，唆哄番王，大动刀兵，来夺汉室江山，这叫作公报私仇。主意已定，忙赶路程。一路甚是担心，逢人又不敢道出真姓真名，逢州过县，战战兢兢，只是装聋作哑，虚言哄骗。看见四路张挂皇榜拿他，心下甚是吃惊。

那日到了雁门关地方。出了此关，就是番邦地界。无奈此关比别关的盘诘更严，奸相插翅又飞不过去，心内千思万想，好不焦躁。眉头一皱，好计忽生，且住："待我到黄昏时分，假装一醉汉，混出关门便了。"想定主意，走到一个酒肆中坐下，高声："酒保拿酒来。"酒保答应："来了。"忙拿了一双杯箸、一壶烧酒、两碟菜放在桌上，叫声："客官请用。"奸相自斟自酌，心中想道："老夫身居相位，蒙天子宠用，一十二年，言无不依，计无不从，不论在朝及天下文武官员，谁不尊敬于我？只为昭君这个贱婢，弄得我家破人亡，故此将人图带来。混出边关，进与番王。番王见了此图，不怕他不起好色之心。那时哄动番王，兴动人马，一则定要昭君，二则就夺汉室江山，岂不泄我心头之恨？"想定，酒已吃了五分，怕的醉了误事，不好出关，便将饭吃了几碗，肚中饱了。看见天色已晚，打点动身，上柜会账，出了店门，一路奔关上而来。

但见关上高挑几张灯笼，照得四处分明；又见画影图形的榜文，张挂在那里，那些来来往往的人，被关上兵卒盘问不清。此刻奸相虽有醉意，到了关上，把步略停，且怕人盘问，甚是担心，假装出十分醉状，踉踉跄跄走来，故意口内乱哼。一则此刻盘查的人大半吃晚饭去了；二则晚上盘查难以清楚；三则人多事多，混杂不分，哪知其中却有奸相？四则该因汉室有一番刀兵，放走了一条祸根。毛相又奸又滑，趁着人眼一错，一溜烟逃出关外，好比开笼放雀，插翅高飞，不辞辛苦赶路，到了关外，就是番邦地界，无人盘问，奸相才得放心宽怀，走到河边洗了泥脸，现出奸贼本来面目，一路放胆前行，只想门生卫律。问到单于国，才知门生在那里做官。

那日进了单于城，逢人便问。问到卫府，只见府门前好个势耀：一带白粉高墙，冲天照壁，司寇门第，偌大门楼，两边坐了几十个番儿。毛奸相走到府门前，早被门上番军喝住道："你这汉子，不是我国打扮，莫非哪里奸细么？"奸相向前赔笑道："番哥，我不是奸细，乃中国汉丞相毛延寿，与你家相爷却是师生，因有军机前来面言，烦番哥通报一声。"番军听见师生二字，不敢怠慢，转身入内，来到高厅。看见卫律坐在上面，双膝跪下，口称："相爷在上，小番叩见，有事通报。"卫律道："报什么事？"番军道："启相爷，外面有一天朝汉子，小人说他是个奸细，百般盘问，他说是天朝汉丞相，姓毛名延寿，与相爷有师生之谊，故此小人通报，请令施行。"卫律听说，口内不言，心下暗想道："老师毛丞相乃汉朝首辅之臣，不在中国享用荣华，因何来到北地？其中必有蹊跷事故。且接进里面一谈，便知分晓。"吩咐一声："开中门迎接。"潘军答应，忙去打点。对对番兵，分列左右，随了卫相起身，一直来到大门首。抬头一看，果是老师毛丞相，抢行几步，向前躬身施礼，口称："老师到此，门生理当远迎，接待来迟，乞老师恕罪。"毛相连称不敢。说着师生携手而进，重新见礼，分宾主坐下。

茶献三巡，那卫相启口："老师在天朝为丞相，乃一人之下，万人之上，富贵极矣，因何独自一人来到此地？有什事故，望乞见教。"毛相见问，叹了一口气，便把汉王无道，宠爱昭君，杀他满门，我是死里逃生的话说了一遍。"今打听得贤契在单于国身为公卿，赫赫威权，特来投奔，望贤契做主奏一本，得见番王，说我汉相毛某到此投诚，若果番王将我收用，并有人图献上番王，番王一看此图，定要起兵到中国逼取昭君，管教她与汉王活活分离，那时才泄我心头之恨。全仗贤契大力成全。"卫相连称不敢道："老师吩咐，门生理当效力。想当年门生在汉朝为官，被御史今日一本，明日又一本，不保别的官儿和番，单保门生前来，幸喜门生并无家室带累在京，门生硬着头皮见了番王，番王十分优待，又劝门生归顺，门生也便依从，不几年也到宰辅，岂不比东京快活许多么？今日老师来得甚好，好与门生一同商量计较。来日门生便朝狼主，保奏老师，也做番邦大臣，大家斟酌起兵，杀进中原，好夺汉室江山。"说罢，吩咐大排筵宴，款待毛相。师生一面饮酒，说得投机，俱吃得大醉而散。归了书院，师生坐定，有小使奉茶，茶毕，卫律欲借人图一看。未知毛相肯否，且听下回分解。

第十九回

召王忠总兵趋炎附势　造相府太守晋爵加官

诗曰：

蛛网生来弄巧多，芭蕉树上结丝萝。
虽然细细抽时影，满腹经纶可咏歌。

话说卫爷向毛相借看人图，毛相岂有不肯的，就在身边黄绸袋内，取出两幅美人图，一幅坐的，一幅睡的，还有一幅进与汉王，故此不曾带来，只将两幅递与。卫律展开一看，连声喝彩道："果然美人图画，名不虚传，若是进与狼主，狼主怎不梦魂颠倒，要想杀呢！"看毕收起，交与毛相道："老师一路劳顿辛苦，请安置罢，门生等次日早朝，好代老师办事。"毛相道："全仗大力。"卫律告别，回内安寝。毛相也就安身，等候次日早朝信息，且不言番邦之事。

再表汉王心爱昭君，每日在西宫取乐，行坐不离，恩爱异常，自不必说。那日昭君双膝在汉王面前跪下，口称："陛下，臣妾蒙恩收用，得享富贵，妾还有生身父母，远在越州，久未一面，望陛下开恩，降旨召妾双亲进京，共沾皇恩。"汉王带笑连忙扶起昭君，叫声：

"美人不必烦心，等孤明日早朝传旨差官到越州，召美人一双父母进京便了。"昭君谢恩站起，入席陪宴。

一宿已过，明早汉王临朝，降了一道旨意，便请赵学士到越州召取王氏皇亲。学士领旨，出了朝门，即上马，带了家丁，飞星到越州而来。越州早有京报先到，越州满城文武官员俱已预备。知府吴文贵，率领众官在南城十里外官亭伺候，钦差一到，张灯结彩，好不热闹。忽闻钦差已到，各官起身，远远迎接，迎着钦差，递了手本。钦差宣读圣旨。各官谢恩已毕，吴知府便启禀钦差大人："卑职是新任越州知府吴文贵，闻得前任王知府有女王昭君，入宫为妃，道她不公不法，贬入冷宫，其父亦有应得之罪，已奉旨削去官职，发配辽东充军去了，特此禀明。但圣旨又到越州，越州哪里有皇亲？"赵大人听说，怒气冲天道："有这等事！一定又是毛贼假传圣旨，屈害忠良。如今待本职赶上京都，面奏天子，再到辽东宣召皇亲便了。"说罢，也不耽搁，就此起身，大小文武官员一同相送，出了本境方回。

且言钦差离了越州地界，不分星夜，赶到京都，恰值汉王未曾退朝，连忙进了午门，俯伏金阶复旨。汉王见是赵学士，便问："卿到越州宣召皇亲，可曾来了么？"赵学士便将王皇亲已曾有罪充军的话回奏一番。汉王闻奏，十分大怒道："好大胆奸贼，假传圣旨，去害皇亲，若拿住这贼，万剐千刀不足尽其罪。"旨下，仍命赵学士到辽东去走一遭。学士谢恩出朝，不敢停留，随换骏马，离了长安，赶到辽东而去。

非只一日，到了辽东地方，早有人报知林总兵。总制闻报，带领合城文武迎接钦差。到了官厅上，开读圣旨，众官俯伏接旨。只吓得总制失落真魂，方知老师已问罪诛了满门，今日宣召王皇亲夫妇。自悔当初摆布王知府，怕的知府报仇，只等宣旨已毕，飞星同了张千户来到烟墩下面，见了知府，双膝跪倒。慌得王忠连忙扶起道："大老爷，这是为何？"总制道："总是我们该死，有眼不识泰山，一向多多得罪。"王忠摸头不着，便叫："大老爷说个明白，小人方才懂得。"总制道："你还不知么，令爱已正位西宫，皇上特旨打发钦差，前来召老皇亲夫妻进京，同享富贵。小官们无知冒犯，望乞王爷海涵。"王忠听说大喜道："二位老爷且免忧心，一概前事休提，但以后做事，总不要使尽一帆风。"说得二人满面通红。王忠一面回到墩旁，说与夫人得知，夫人心中好不喜欢。

忽听得赵钦差同合城文武官员来了，可怜王忠鹄面鸠形，迎接钦差。奈烟墩并无坐处，只得仍到官亭，又宣圣旨一番。王忠三呼万岁谢恩，接过圣旨，分宾主坐定。总制吩咐摆酒款待钦差，钦差道："王皇亲受屈，圣上并不知情，多是奸臣毛延寿，假传圣旨，害了皇亲。如今忠奸已明，圣上与娘娘日夜想念皇亲，皇亲就此收拾动身，不必耽搁了。"王忠连称知道。总制又命人拿了衣冠，与王忠更换，只等席散，便与钦差在官厅安身。姚夫人已接到总制衙门，百般奉承款待。一宿已过，不消再叙。

次早，钦差动身，封了大号坐船五六只，听差又忙送下程礼物，率领文武官员，送到码头。王皇亲与钦差及姚夫人俱下了船，放炮三声，鸣锣扯旗，好不热闹。各官回衙，钦差吩咐日夜兼程赶路。在路非只一日，到了京都，弃舟登岸，钦差便把皇帝家眷请到他衙门暂住，他与皇亲同到午门见驾。此时汉王尚未退朝，赵学士随班上殿复旨。汉王闻奏大喜，即召皇亲上殿。王忠随旨而入，到了殿上，三呼万岁。汉王先慰劳一番，又道："连累皇亲无罪充军，皆因毛贼所害。孤有日捉住此贼，碎尸万段，以正国法。今加封皇亲为国丈，妻姚氏一品夫人。传旨工部、户部，起造国丈相府，限期一月完工。国丈且权住馆驿；该部给俸支送。"王忠谢恩，退出午门。汉王又传旨宣召皇亲夫人进宫。一声旨下，早有内侍赶到学士府中，去召姚夫人。夫人一见宣召，不敢延缓，将次女交与妈妈抱着，即刻打扮停妥，别了赵夫人，随着内侍进了午门。先见汉王谢恩，汉王赐下穿宫牌一面，命内侍引进西宫，去见娘娘。

内侍领旨，引着姚夫人到了西宫。早有内侍报知昭君知晓，昭君听得母亲到了，连忙出宫迎接。一见姚夫人，笑面相迎，迎至宫内，母女见礼，分宾坐定，叙说当年一段苦情，又悲又喜。旁有宫娥献茶。茶毕，昭君又把林后恩义说了一遍："母亲今日到此，该到正宫一拜。"夫人连称有理，即同昭君起身，来到正宫，见了林后下礼。林后扶起姚氏，一旁赐座，摆宴款待。酒过三巡，昭君便问母亲："还是生的妹子，生的兄弟？"姚氏见问，眉头一皱。不知怎生对答，且听下回分解。

第二十回

献昭君图挑番主　进哑谜诗难汉主

诗曰：

情牵久已欲销魂，暗掷金钱为卜君。
羞对芙蓉镜里貌，金莲空踏绿杨阴。

话说姚夫人见女儿问起前言，便问道："是个女人，已如娘娘之愿，取名赛昭君。"昭君道："今在何处？"姚夫人道："因进宫朝见，不便带来，暂寄赵学士府中。"昭君打发两个宫人，到赵府去接二小姐，好好地抱进宫来。宫人答应而去。又值汉王驾到，一齐接驾，汉王连呼平身，重新入席，欢呼畅饮。赛昭君又抱到了，姚夫人接过，先朝见天子、林后，又拜见姐姐。大家俱称人品甚好，不亚似姐姐仪容。便问："今天几岁了？"姚夫人道："三岁了。"席终，姚氏谢宴出宫，汉王叫声："稍住，夫人权屈在御书房暂住几日，等待造完相府，再回衙门便了。"姚夫人又谢过恩，汉王恩赐内侍嫔妃各四名，服侍夫人，一面掌灯相送。好个汉王，打发昭君去伴母亲，驾回正宫安歇。一宿已过，次日登殿，摆宴款待皇亲，好个十分隆重。直到相府功成，又赐内侍嫔妃各十名，在府服侍。一众文武都来送皇亲夫妇进府，吃了几日喜酒。汉王又赐几多陈设古玩。只靠女儿有福，带挈王老夫妇好不风光，不表。

且言番王那日登殿，受文武山呼已毕，便问："众臣有事出班启奏，无事卷帘退朝。"话言未了，早见班部中闪出丞相卫律，俯伏金阶，口称："狼主在上，今有汉朝毛丞相来进美人图与我主，现在午门候旨，未敢擅入，请旨定夺。"番王闻奏，即传旨宣召毛相进见。毛相随旨而入，俯伏金阶，口称："远臣毛延寿，愿我主千岁千千岁。"番王连呼平身，便问："你在汉朝为相，好不尊荣，来到我国，是何缘故？"毛相奏道："只因天朝我主乃无义昏君，新得一昭君女，难描难画，被酒色昏迷，不理朝政，冷了众臣之心，所以古人云：'君不正，则臣投外国，父不正，则子奔他乡。'今远臣特来投顺大邦，望乞录用，感恩非浅。"番王道："你说昭君容貌，天上少有，地下无双，但不知孤王可得见一面否？"毛相道："这也不难，远臣带有人图在此，请王观看，便见分晓。"说毕，将人图呈上。早有内侍接来，展图与番王一看。不看犹可，一见时只见人图虽是笔描笔画，如同一个活美人站在上面一样，引得番王都看出了神，暗想："世上哪有这般女子？一定是仙女临凡！"看毕，将人图卷起，放在龙案上面，便叫声："毛卿，可有什么计策，使昭君来到我国，与孤一会，岂不胜如为王么？"番王此问，正中毛延寿报仇机会，忙回奏道："依臣愚见，只消遣一大臣，统兵去抢汉王天下，若得杀进汉城，不怕汉王不将昭君献出与国王。"番王道："未免兵出无名，且从容商议。今封毛卿为右丞相之职。"毛相谢恩，退在一旁。

有卫律出班献计道："我主若要昭君，又怕师出无名，何不着一异能之士，做一律哑谜诗，打发一大臣到天朝去进与汉王，若有能人破得此诗，我邦情愿年年进贡，岁岁来朝；如无人破得诗句，就要献出昭君，若有一字不肯，即统大兵夺取汉室乾坤，就不为师出无名了。"番王闻奏大喜，连忙做了哑谜诗一首，便问两班文武："哪位卿家代孤到天朝一走？"闪出番将都统土金浑，俯伏阶前奏道："臣愿往天朝献诗，讨取昭君便了。"番王闻奏大喜，当殿赏赐三杯御酒，将诗图交与土金浑道："若取得昭君回朝，定当官上加官。"金浑口称领旨，退出午门，到了教场，点起三千番兵，离了单于国，直奔汉朝大路而行。一路穿山过岭，行程来得甚快，但见雁门关已在面前，三声大炮，扎在营寨，过宿一宵。

次日，土金浑上马，带了三千兵将，行至雁门关前，高声大叫道："关上儿郎听着，俺乃单于国王所差，要到天朝公干，报与尔守将知道，快快开关。"关上儿郎听了，不敢怠慢，报与守将唐爷。唐爷问道："你见来将可是戒装？"军士回道："未见戒装，只有宝刀一口，后背包袱一个。跟着长随，俱是带腰刀一口。"唐爷听说，来得古怪，即刻换了盔甲，身罩锦袍，腰悬宝剑，带了家丁五十名，俱暗带弓箭利刀防身，一马冲到关前，吩咐开关。

关门一开，出得关来，高叫："单于来将，有多大的胆量，叫我开关。"土金浑道："俺乃单于国王驾前官拜哈番营都统土金浑，奉国王旨意，有高人画的人图一卷、天诗一首，进贡天朝。你朝中若有人知道人图是谁，能识天诗，那时我邦愿做下国，年年进贡，岁岁来朝；若无人识得，快献城池，称臣我邦。"唐爷在马上冷笑道："你那下邦敢犯天朝？若不放你进关，尔邦必小视天朝无能人，也罢，只容你一人，带几个长随进关，其余俱停在关外伺候信息。若不依我吩咐，我就与你排开队伍，大战一场，决个胜负。"土金浑道："俺奉国王之命而来，并非与天朝交锋打仗，何必多疑。"唐爷道："既如此，随我进关。"就把土金浑带进关来，送到南门。吩咐守关军士把关门紧闭，关外多备灰石火炮，滚木檑石，在关紧紧把守不提。

且说番官离了雁门关，一路马不停蹄，行程得快，早到长安大国城池，正是黄昏时候，落了公馆住下。一更鼓打瑶台月，二更鼓打上床衾,鼓打三更交半夜,星移斗转子时辰。望谯楼上打四鼓,战马铃归到五更,正是汉王登殿,齐集两班文武。早有黄门官启奏道:"今有单于国差了番官一名,现在午门,要见我主,请旨定夺。"汉王命宣他上来。番官随旨而入,拜倒金阶,口称万岁。汉王道:"单于国差官,有什么奇珍进贡?"土金浑道:"非也,某奉狼主之命,有天诗一卷、人图一幅,进与皇爷。闻得天朝才子甚多,高人亦广,有人认得人图,破得天诗,我邦情愿称臣天朝,如其不然,天朝就要称臣我国。"皇爷闻奏,龙心大怒。未知怎生打发来使,且听下回分解。

第二十一回

刘状元看破番诗　单于国大兴人马

诗曰：

春宵最苦梦难成，只为思君情更深。
斜倚窗前生别恨，愁怀怎不到三更。

话说汉王听见番使出言不逊，心中大怒，便命将诗取在龙案上。看见上面花花绿绿，不知说些什么；又命众文武拿下去看，个个不知，人人不晓，好似泥塑木雕一般，急得汉王满面通红。番使又奏道："天朝既无高人破得此诗，皇爷便要称臣我国。不要别物进贡，只要照人图上美女，知道是谁，速速进与我主，陪伴国王，以免两国相争。"这句话说得汉王气上加气，怒冲冲便问："人图今在哪里？快呈上来。"番官答应，把人图呈上。天子展天一看，不看犹可，一看时大吃一惊，暗想："这图是昭君容貌，如何到得番邦？"急将番官问其缘故。番官诉出真情："只因天朝毛丞相逃到我国，将人图献与狼主，狼主一见此图大喜，故差微臣到此。"汉王听说大怒，咬牙切齿恨毛贼。

番官又在殿上催促，急得汉王正无主意，来了文曲星状元刘文龙，销差回复圣旨。一见汉王满面愁容，问其缘故。汉王含怒说了一遍，将诗递与文龙。文龙接过细看，叫声："我主且免忧心，若论番诗，臣可立破。"汉王大喜："卿可将诗解来。"文龙领旨，将身站起，喝叫："番官，仔细听着，你的字迹虽然古怪，诗理机关，怎能瞒人？说什么天诗难破，你且听我念来，是也不是么：

　　天仙有意下瑶台，枉入深宫大不该。
　　若把琵琶来别抱，倚门好待美人来。"

番官听得诗已识破，吓得魂胆俱消，跪在地下，冷汗长流。文龙念破番诗，奏道："臣启我主，番人诗中，取意分明，一派轻辱天朝之意，其罪不容诛了。"汉王闻奏，大怒道："恨番邦无礼！"喝叫殿上金瓜武士："把番狗先问典刑，以正辱慢之罪。"一声旨下，谁敢怠慢？早把番官推出午门。正要处斩，忽见右班中闪出总兵李陵，叫声："刀下留人。"一边跪奏："臣有下情，冒奏天颜：今将番诗辱慢天朝，乃番王主意，来使不知；况两国相争，不斩来使，伏乞我主暂息雷霆，饶恕番官，着他回国，传知番王，速速进贡来朝，免他辱慢之罪，如敢抗违，只消我国提一支人马，将番邦踏为平地。"汉王准奏道："李卿言之有理，把番官赦免，宣上殿来。"番官先谢皇爷不斩之恩。汉王喝骂："番狗，若非李卿保尔，焉能留你狗命？今将头颅寄尔颈上，回番传谕尔主：若是来朝进贡，一笔勾销，若再抗违，两罪并发。"吓得番官诺诺连声，退出朝门，飞星回番。

汉王打发番官去后，重赏刘状元。退朝回了西宫，有昭君接驾。汉王扶起，一旁赐座，便道："爱妃，今日朝中出一奇闻：只因放走毛贼，四处画艰图影，未曾捉到，哪知此贼逃往外番单于国，惹起祸根，他将人图拐去，进与番王，番王听了毛贼的话，打发差官一名，前来进上番诗一首，来难我国君臣，还有美人图一幅，相貌却与爱妃一样。番官面奏寡人：有人识得番诗，他邦情愿来朝进贡；无人识得诗，就要爱妃去和番。"昭君大惊，连忙问说："朝中文武谁人认识得番诗？"汉王道："就是状元刘文龙，字字行行，破得分明。"昭君听说，恨煞毛贼："奴和你什么冤家对头，把奴人图带至番邦？可怜人在天朝，图落番地，现在奴的人与形影，两处分离，奴命好苦也！"由不住一阵心酸，泪流满面。汉王亲将龙袖代昭君拭泪，叫声："爱妃，且免愁烦，少不得拿到毛贼，剥皮剔骨，以泄爱妃之气。"正说间，林后来到西宫，昭君又把人图的话哭诉一番。林后也是深恨毛贼，又百般安慰昭君，吩咐官中摆酒，代昭君解闷不表。

且言番官土金浑一路走马，来得正快，已到雁门关，来叫："关上儿郎，报与典守将知道，俺乃番邦土金浑回来了，早早开关。"军士急忙通报总兵。总兵带领家将来至关头，就叫："番狗，你到天朝，怎生饶你回来？"土金浑道："实不相瞒，天朝却有能人，破了番诗，要将俺斩首，多亏李将军救俺性命，望将军放俺过关。"总兵听说，骂声："番狗，也是我主仁厚，饶你一死，快随本镇进关便了。"番官答应，随着马后进了雁门关，左右俱有兵卒管押，押着出了雁门关，番官得命，如飞而去，走到大营坐定，心中越想越恼："可恨汉王，将俺这般凌辱，回国奏知狼主，兴兵杀到天朝，不怕汉王不献昭君。"

吩咐班师回国，三声大炮，拔了营寨。在路行程非只一日，到了单于本地，便把三千人马扎在教场，单身去朝狼主。狼主便问天朝一段缘由，土金浑奏道："天诗已有刘状元破了，汉王不献昭君之女，小臣一命几乎送在中国。还要传知狼主，若再不进贡天朝，要将我邦国踏成平地呢！"番王闻奏，气得只翻白眼。一旁毛延寿跪下，叫声："狼主，且休烦恼，狼主不想昭君便罢，如要昭君，只须差一能臣，统领精兵，杀到天朝，抢关夺寨，不怕汉王不献出昭君。虽天朝有李氏父子，用兵如虎，我国何足惧哉？"番王闻奏，大喜道："卿所奏，言之有理，这叫做一不做，二不休。即日就统发大兵，杀到天朝便了。"遂问两班文武："哪位卿家前去领兵？"早有番营大将石庆真拜倒在地："微臣愿去领兵，不将天朝昭君取来，进与狼主，誓不回兵。"番王闻奏大喜，赐了三杯御酒，加封石庆真为征南大将军，统领十万人马，取讨昭君。庆真领旨谢恩，退出朝门，即刻到了教场，点了十万人马，放了三声瓜子炮，人马拔营，辞王别驾，好不威风。一路上中队催着前队，后军紧着前军。正走之间，来得甚快，已离关不远，石庆真吩咐扎下营盘。过了一宵，次日统领人马向雁门关讨战，只吓得守关军士一看番兵势如潮涌，只吓得屁滚尿流。未知为着何事，且听下回分解。

第二十二回

彭总兵失机败阵　李元帅奉旨征番

诗曰：

　　鹿吃山边草，鱼吞水底沙。
　　休笑江湖客，流落在天涯。

话说雁门关守兵见番兵势大，因何吃这一惊？其中有个缘故：只因守将唐总兵生来武艺超群，十分厉害，所以镇守此关。番人闻他名儿，不敢侵犯雁门。只因唐总兵失察，一时盘查不紧，放走了毛延寿，逃往外邦，惹起祸根，汉王大怒，即将唐总兵问罪，取斩满门，换了彭殷镇守此关，其人武艺平常，远不及唐爷，所以兵士吃惊。只得急急报与彭爷："有番兵抵城讨战。"彭殷又是个妄动的人，也不计较一番，即刻披挂上马点兵，开关接战。三声炮响，带领三千儿郎，一马冲出关门，高叫："无理番奴，擅敢侵犯边界，今日遇到本镇，管叫个个断送残生。"庆真在马把来将一看，怎生打扮？但见他：

　　头戴银盔飘烈焰，斗大红缨盖顶门。

素白袍上花千朵，梨花罩甲玉装成。
护心宝镜同明月，丝鸾宝带紧一根。
座下走阵银鬃马，丈八银枪手内抡。

　　看毕，喝声："来将少催座马，快通上名来。"彭殷见敌将问他名字，便把长枪背住咽喉，防人暗算。叫声："番狗听着，俺乃大汉天朝官拜雁门关总兵彭殷是也。本镇刀下不斩无名之将，尔可通上名来。"庆真道："某乃单于国王驾前官拜征南大将军石庆真是也。你这将官，有多大本领，擅敢出关接战？只怕你颈上驴头，就长不稳了。"彭殷大怒，把长枪刺将过来。早有左右先行，就是庆真二子，名叫庆龙、庆虎，一个举刀，一个举锤，双双齐出接住与彭殷交战。但见彭殷一枪刺来，好似盘龙盖顶，庆龙将刀架过，赛比流星，又是庆虎锤到，彭殷急急将枪逼过，庆龙刀来得快，又劈面来，慌得彭殷一杆枪，左右支持。杀了三十回合，只杀得浑身汗淋，枪法渐乱，有些抵敌不住。忽被刀伤左臂，叫声："不好。"连忙败下阵来。石氏兄弟放马追赶，庆真把旗一摇，催动后兵，只杀得官兵尸山血海。彭殷败进关去，高扯吊桥，紧闭关门把守。庆真一见二子得胜，就鸣金收兵，报捷番王，摆酒贺功不表。

　　且言彭殷失机一阵，只任石家父子在关外骂战，也不开兵，连忙写下一道紧急文书，差官马不停蹄，飞星进京。到了兵部投文，兵部见是紧急军情，不敢怠慢，即刻转奏汉王。汉王便问两班文武道："今日单于国无故擅进天诗，口出不逊之言，本当即日征讨，以正其罪。姑念小邦无知，不兴师问罪，他反起大兵来犯边关，敢伤守将彭殷，谁代孤家统领大兵灭寇？有功之日，定加升赏。"问了几声，两班文武并无人答应回奏。列位，你道是什么缘故？只因汉朝太平日久，不动干戈，所以这些文武俱怕出头，不敢领差。汉王问了一会，见无人回奏，不觉十分大怒，喝骂两班文武："尔等太平之时俱嫌官小禄薄，边庭有事，不能与孤分忧，要尔等在朝何用？一概罢职，朕的万里江山俱不要了！"吓得文武众官一个个面如土色，不敢出声。只见右班中闪出老将军李广，跪到金阶，叫声："我主休要发恼，微臣情愿领兵灭寇，只消李陵为前部先锋，包管杀他片甲不回。"汉王此刻改怒为喜，便道："老卿家到底是将门之种，可挂征番大元帅之印。"当殿赐了三杯御酒、两朵金花，"可到御教场挑选精兵十万，战将百员，任卿调用。"又加封李陵为前部先锋之职。

李氏叔侄谢恩，退出朝门，到了教场，三声大炮，李元帅坐了将台，未曾点兵，先施号令，只等众将打拱已毕，便道："诸位将军及大小三军听着，本帅今日奉旨征番，一秉至公，虽亲不讳，有功必赏，有罪必诛，尔等各宜听本帅吩咐。"下面一齐答应一声："哦。"又见李元帅取出十条号令，念道："点名不到者斩，闻鼓不进者斩，闻金不退者斩，私造谣言者斩，冒他人功者斩，临阵脱逃者斩，私通反寇者斩，解粮违误者斩，克减军需者斩，不遵号令者斩。令只十条，尔等各宜静听，休得以身试法。"下面又答应了一声："哦。"拔了一支令箭，叫声："李陵听令。"李陵答应："有。"元帅道："尔可带领五千人马，充做前部先锋，逢山开路，遇水搭桥，俟本帅到关，再行开兵。"李陵接令在手，口称："遵令。"上马统兵先行。

李元帅打发李陵去后，随即放炮起兵，离了教场，出了帝京。一路上五色旗幡招展，人强马壮，盔甲鲜明，个个弓上弦，刀上鞘，好不威武。所到之处，自有地方官远远相迎，秋毫无犯，军令森严。在路行程非只一日，早到雁门。流星探子，已飞报守将。守将听见救兵已到，大开关门相迎。先接到李陵先锋一支人马，驻扎关中等候。过了几日，元帅大兵已到，彭殷、李陵一齐出关相迎。迎至帅府坐定，俱向前参见，递呈手本。彭殷一面备酒接待李氏叔侄，一面犒赏三军。元帅便问彭殷道："贵镇与番人战过几阵，如何被他杀得大败，他那里领兵何人，以后可曾前来讨战否？"彭殷道："末将只战过一阵,被他杀得大败。他那里领兵石家父子,十分厉害,是以进京求救。番将也来讨战几次,末将无奈,高悬免战牌。"元帅哈哈大笑道:"雁门关乃中国咽喉要地,既知自己本事平常,理宜保守关门,飞本进京,请大兵征剿,不该轻敌致败。倘一时有失,番邦冲入此关,为祸不小,要尔等何用?"只吓得彭殷魂飞魄散。未知如何,且听下回分解。

第二十三回

李陵败石家父子　吴銮差左右先锋

诗曰：

　　珠泪纷纷滴砚池，含羞忍写断肠诗。
　　自从那日君分手，直到如今懒画眉。

　　话说彭殿见元帅大怒，怕的性命不保，只吓得跪倒在地，连磕响头。元帅又道："尔头阵已被番兵杀败，免战高悬，早挫了天朝锐气，为将之道，并不知机，你还镇守雁门关么？"元帅这一席话只说得彭总兵顶冒真魂，连连叩头："末将该死，求元帅格外开恩。"元帅道："你年已迈，本帅不来罪你，姑且戴罪立功。"总兵谢了元帅，站在一旁。

　　元帅即刻写了一封战书，差了先锋，射进番营。番兵拾得战书，报与庆真。庆真接了一看，方知天朝救兵已到，差了李广叔侄到此。"李氏素称英雄，不可轻敌，须用妙计擒他便了。"即刻披挂整齐，带领二万番兵，并左右先锋，放炮三声，出了营盘，直逼关门。一见免战牌已去，便高声骂阵。早有守关军士报知元帅，元帅令先锋李陵去夺头功。李陵领令出营，上马提枪，你道怎生打扮：

头戴金盔似火烧，黄金甲罩大红袍。
身骑座下胭脂马，丈八金枪手内拿。
八面威风生杀气，三声炮响贯冲霄。
开兵尽是凭韬略，方显英雄武艺高。

李陵一马冲出关门，杀到阵前，大叫一声："番将，快来纳命。"庆真见关内来了一将，甚是英雄，便命二子前去抵敌，小心在意。石氏二子得令，催动战马，到了阵前，高叫："汉朝来将，快通名来。"李陵叫一声："番奴听着，俺乃大汉天子驾前官拜御营总兵之职，今加封扫北大元帅麾下前部先锋李陵是也。你这两个番奴，可报上名来。"石氏兄弟道："我父乃番王驾前征南大元帅姓石名庆真，某乃左右前行石氏龙、虎二位公子，今奉父命，特来擒你，你若知机，快快下马受缚，免尔一死，若不听良言，管教你性命顷刻莫保。"李陵大怒道："番奴休得猖狂，放马过来。"说着，举枪便刺。石龙、右虎齐举兵器架住，见枪来十分沉重，叫一声："好家伙。"两旁儿郎，擂得战鼓咚咚。一边是声名要上凌烟阁，一边是五凤楼前夺头功，你为汉朝争天下，我为番邦抢乾坤。哪知李陵是员虎将，并不把石家二子放在心上，越杀越有精神，石姓二子，渐渐抵敌不住，大败逃走。李陵不舍，随后追来，追至营门。庆真见二子败下，心中大怒，放过二子进阵，举刀出马，大叫一声："来将少要逞能，有某来会你。"李陵勒马一看来将，生得好古怪，但见他：

金盔雉尾紫缨飘，凤翅双分扫凤毫，甲挂龙鳞金锁甲，袍披红艳牡丹袍。带悬丝革锦绣带，虎筋筋打虎筋绦。战靴靴踏描金镫，锁金袄上绣金销。青发发边生乱发，黄毛毛上长红毛。怪眼圆睁睁怪眼，眉如铁线铁眉梢。古怪中间真古怪，蹊跷里面有蹊跷。

李陵看毕，暗想："来将必是石庆真。"只见他拦住去路，高声大叫："南朝将官，快把昭君献出，免得两国刀兵，若有半言不肯，杀得南朝片甲不回。"李陵大怒，喝骂："番奴，休得无礼，早些退兵进贡，以免顷刻身亡，若再抗违，管教一个个做无头之鬼。"这一番话恼得庆真暴跳如雷，抡刀便砍，李陵举枪急架相迎，二将大战起来。这一场好杀，二人一来一往，斗到五十回合，不分胜败。恼得李陵性起，使动李氏花枪三十六路，一时间只见花枪不见人。又杀了十几回合，只杀得庆真难以抵敌，杀条去路逃生。李陵不舍，大叫道："番狗哪里走？爷来取你命也！"只可怜庆真，此刻十分心慌，没命地败逃，也不顾手下番兵，早被李陵抡起一枪，好比苍龙戏水，只杀得番兵四下没处投奔，人头犹如瓜滚，马头碎落尘埃。石氏弟兄在阵门前，一见父亲败下，急急吩咐拔寨奔走。众番兵只恨毛延寿为献人图，起了祸根，伤了无数生灵，从此再不要想昭君到我国了，快些逃命罢。李陵这一阵，只杀得番人并无敌手，鬼哭神号。追到番邦歇马亭，也怕身入重地，打了得胜鼓回关报功不表。

　　且言石家父子，被李陵一阵杀得大败，退到三十里外方扎下营寨，点点人马，三停去了一停，父子急忙商议，紧守营门，一面打发告急文书，到番邦去求取救兵，救兵到日方可开兵。表章非只一日到单于国，正值番王登殿，早有黄门官将庆真告急本章呈与番王。番王一看求救本章，大吃一惊，忙问两班文武："哪位卿家领兵去做二路元帅？"早闪出太尉吴銮，跪下道："臣愿往领兵，只要左先行雅里托，右先行土金浑，再带十万人马，杀到雁门，哪怕什么李陵，包管杀得南朝将官个个领死，汉王献出昭君。"番王大喜道："依卿所奏。俟得胜回朝，再加升赏。今封卿为征南二路元帅。"吴銮谢恩出朝。

　　到了教场，点了人马，放起号炮，拔寨起身。出了番城，一路马不停蹄，兼程而进。赶到庆真大营，庆真接进帐内。吴元帅吩咐将大兵编入队伍，庆真忙将帅印交上，在帐下听令。又摆了接风酒款待吴元帅，犒赏三军。吴元帅在席上问起交兵之事，庆真便把李陵十分英雄骁勇，父子兵败的话说了一遍。吴元帅哈哈大笑道："将军怎长他人之志气，灭自己威风？待本帅明日差一将前去探阵，诈败下来，两路埋伏冲出，截他的去路，任李陵三头六臂，必遭擒矣。"庆真道："元帅之计甚善。"说毕，不觉天色已晚，席终安歇。

次日黎明，又拔寨起兵，抵关下营，放了三声大炮，元帅升帐，便问："哪位将军前去讨战？"有监军大将哈虎，向前讨令。元帅道："将军可带三千人马，速取李陵首级，回营报功。"哈虎领令，带兵出营，一马冲到关前骂战。未知可曾得胜否，且听下回分解。

第二十四回

智困李陵遭活捉　急差都督起救兵

诗曰：

　　困顿由来不可知，英雄最苦折磨时。
　　龙游浅水遭虾戏，虎落平坑被犬欺。

　　话说哈虎在关前骂战，早有守关军士报知元帅，元帅即差先锋李陵会阵。李陵领令上马，带了儿郎，放炮出关，一马冲至阵前。先把来将一看，怎生打扮？但见他：

　　戴一顶亮银盔，身披银甲；左弯弓，右挥箭，好似天神；手执着点钢枪，威风凛凛；座下骑了白龙驹，杀气腾腾。

　　看毕，骂一声："杀不尽的番狗，又来送死么？"哈虎道："你可叫李陵么？"李陵道："既知大名，还不下马领死。"哈虎大怒道："南蛮休要出言无礼，照枪罢。"就是一枪向李陵面上刺来。李陵举枪急架相迎，也是一花枪还去，早被哈虎挡住，两人枪来枪去，真是棋逢对手，一边好似哪吒降石女，一边好似元帝斩妖精。李陵越杀越见勇猛，哈虎越斗越有精神，二将战到百合，不分胜负。李陵在马上巧生一计，一枪刺去，大败而走，哈虎放马追来，高叫："李陵往哪里走？还不快快纳命。"李陵回头见番将追来，心中大喜，见他来得切近，故意把靴尖一踢马镫，左边落马，右边一起，打个玉龙三转身，急把飞枪暗藏在手，扭转身来，一枪赛似流星，喝叫一声："着。"好个哈虎，眼捷手快，自把马头提起，用枪一隔，"当啷"一声，飞枪落空，二将又战将起来。哈虎见不能取胜李陵，招动人马浑战一场，只杀得天昏地暗，李陵并不惧怯半分。杀到红日西沉，两边方鸣金收兵。

不言李陵回关。且表哈虎归营，缴令道："李陵勇猛十分，实在难以擒他，望元帅恕罪。"吴元帅道："且先歇息，明日本帅自有计擒他。"哈虎诺诺而退。一宿晚景不表。

次日，吴元帅升帐，先差雅里托带领五千番兵，东山埋伏；哈虎带领五千番兵，西山埋伏；孙云带领五千番兵，中路埋伏，静听号炮一响，一齐杀出，活捉李陵。三将领令而去。耳差土金浑带领三千番兵，前去讨战，只许败不许胜。土金浑领令而去。正是：

> 整顿窝弓擒猛虎，安排香饵钓金鳌。

土金浑带兵一马冲到关前，喊杀连天，吓得守关军士飞星报知李元帅。元帅又差李陵出阵。李陵杀到阵前，一见土金浑，大骂："番狗，天朝有什亏负于你，何得听信我国逃臣毛延寿一派胡言，无故擅动干戈，伤害生灵？若不将尔番邦踏成平地，誓不回兵。"土金浑大怒，高叫："南蛮休得夸口，快快放马前来纳命。"二将话不投机，交起手来，枪来枪去，不分胜负；一来一往，少定输赢。土金浑在马上心生一计，便叫声："李陵暂住，我有九股红绒索抛在空中，你有本事接着，方算你是个英雄。"李陵听说，哈哈大笑："这又何难，只管抛来。"土金浑高叫："看索！"一声喊叫，但见空中红绒一片如金，抛将下来。李陵不慌不忙，在马上一跃，腾空而起，把枪放在马鞍上面，忙把身边两把腰刀拔出一举，趁着绒索要来拖他，他便刀起得快，好像雁翅双飞，割断红绒九股绳，番将一个筋斗，跌落尘埃，两边兵卒无不喝彩。羞得土金浑急上了马，举枪又来刺。李陵起枪相迎，一来一往，又战了二十回合，土金浑假意枪法散乱。诈败下去，李陵不知是计，追赶下去。到了五里之外，土金浑看得明白，十分大喜，叫声："李陵，赶人不要赶上，战尔不过，何必追来。"一面说着，一面跑着。李陵被番将诱哄，追下十几里来，但见远远一座高山，挡住去路，李陵大喜，高叫："番狗走到死路上来，还不下马领死，等待何时？"说着放马又追赶下来。

但见番将前面跑着，转过山坡，高叫救兵，只听得四面号炮齐起，一声呐喊，好不怕人。李陵连叫："不好。"自知中计，正要回马，来不及了。但见东山雅里托领兵杀出，西山哈虎领兵杀来，中路孙云领兵截住去路，土金浑又领兵杀回，四面八方，尽是番兵，团团围住李陵。李陵手下兵卒俱被人截住，不得上来，只剩一人一骑，困在垓心，杀得冷汗淋漓，左冲右突，难出重围，前遮后掩，不能抵敌。李陵本事虽是英雄，此刻寡不敌众，暗叫一声："万岁皇爷，今日是不能逃也，只有一死，以报君恩。"打点拔出宝剑自刎，以了忠心，又被番人兵器乱砍，双手不得空闲，不容李陵自尽，只要活捉汉将。好个孙云，见捉不住李陵，忙在身边取出丝绦一根，就此趁李陵双眼一错，将绦一起，疾似流星，可怜李陵未曾防备，套住背脊，被孙云一拖，拖下马来，番军一拥向前，捉住李陵。

众将打了得胜鼓，回营缴令，各人献功，吴元帅大喜。又见捉住李陵，吩咐解进牛皮帐。李陵立而不跪。吴元帅道："李陵，你有十分本事，今日被擒，还不下跪求生么？"李陵喝声："番狗，误遭诡计，被尔擒捉，要杀便杀，何必多言！焉肯屈膝你这番狗。"吴元帅道："好个倔强汉子，且打在囚车，解回番邦，请旨发落。"一声令下,两旁番兵把李陵押往后营锁禁。帐内摆了庆功酒,款待诸将,不表。

且言李元帅正坐关中,等候李陵捷音,忽见探子慌慌张张来报道:"启元帅,祸事不小,李先锋一马当先,杀败番将,后因追赶番将,深入重地,反被番人生擒活捉去了,未知存亡,我等逃回,请令定夺。"元帅闻报,大吃一惊,道:"有这等事?"吩咐再去打探。探子得令去后,暗想,关中并无能将可以抵敌,须要急急写本,差人进京求救。"正在筹策,又见报道:"番将讨战。"元帅吩咐:"免战牌高挂。"番将一见免战牌,大笑回营去了。这里李元帅急忙写了告急本章,差官星夜进京,忙在兵部投递。兵部知是紧急军情,连忙奏知汉王。汉王一见,吃惊不小,急问文武:"谁去领兵,急救雁门?"连问几声,依然无人答应。汉王正在烦恼,急见右班中闪出一臣。未知出班何人,且听下回分解。

第二十五回

百花女怒杀番将　石庆真暗箭伤人

诗曰：

妙药难医长夜恨，黄金怎买转乡时。
此情嘱咐天边鸟，飞到长安要报知。

话说右班中闪出后军都督李虎，乃李广之子，今见父亲被困、兄长遭擒，文武并不领旨，汉王正在发愁，由不得两太阳冒出火星，忙出班奏道："臣启我主，但放龙心，微臣情愿领兵去救雁门。"汉王闻奏，大喜道："赐卿十万人马，得胜回朝，再当加封。"李虎谢恩，退出朝门，回到府中。

入内，早有妻房百花夫人迎接，进房见礼，分宾坐定，李虎便把领旨出兵，要救父兄的话对妻子说了一遍。百花带笑叫声："相公，既是要去点人马，妾愿奉陪一行。"李虎摇手道："夫人乃一女流，怎能上阵行兵？"百花道，任他千军万马，怎敌得妾的双刀厉害？相公但请放心。"李虎道："既是夫人执意要去，悄悄儿地，不要将兄长被捉的消息，使嫂嫂与侄儿知道，回来要闹不清呢！"百花道："这个自然。"

话言未了，只听得里面一声喊，好似响了一个霹雳，就是李陵之子，名叫李能，年方十五，生得面如锅底，使两柄银锤，本事还去得，今在屏风后听见李虎夫妻说的话，忍不住大叫一声："叔叔，婶婶，休要瞒我，快快说与侄儿知道！"李虎已知李能听得明白，料难隐瞒，只得将他父亲被番邦捉去的话说了一遍。李能不听犹可，一听时急得三尸暴跳，七窍生烟，哭哭啼啼，赶到上房，说与母亲知晓。张氏夫人也是号啕大哭，出来叫声："叔叔，此事如何是好？"李虎道："嫂嫂但请放心，愚叔已奉旨出征，包管救兄长回朝便了。"张氏夫人道："愚嫂与你侄儿一同叔叔前去。"李虎也知拦挡不住，只得依从，便把家园托与老家人管理。过宿一宵。

次日五更，男女各整戎装，下了教场，点了十万大兵，辞别王驾，放炮起行。离了东京，催动人马，不分星夜，急奔边关。在路上非只一日，早到雁门关，已有探子报知元帅。元帅吩吩开关，放进人马。李虎夫妻、张氏母子，进帐参见李广。李广在帐中摆了接风酒，席间，谈起交兵之事。李能救父心急，恨不得即时请令开兵，李广不肯，道："尔等一路鞍马劳顿，且自歇息一宵，明日再议开兵之事。"席散，各去安寝。

过了一宿，次日元帅升帐，李能又要请令开兵，李虎叫声："侄儿且慢，待为叔的试他一阵，再作道理。"李广道："我儿言之有理。"就命军士摘去免战牌，便差李虎领兵对阵。你道李虎怎生打扮？但见他：

　　头戴金盔光亮亮，身穿金甲气腾腾。
　　上罩红袍如血染，丝条带挽锦绒绫。
　　左持宝雕弓一把，右插狼牙箭几条。
　　座下追风桃花马，丈八银枪手内擎。

李虎一马冲到阵前，高叫："小番奴，快把李陵送出营来，万事全休，若有一字不肯，某就踏进营来，杀你片甲不存。"小番听说，慌报知吴元帅。元帅便问："哪位将军出马？"土金浑向前领令，上马提枪，冲出营来，大叫："南朝将官听着，快把昭君送出，以免尔等生灵涂炭。"恼得李虎大骂，也不通名道姓，举起长枪便刺番将。土金浑举枪急架，一来一往，三十个回合，土金浑战不过李虎，败将下去。李虎乘势冲进营来，勇不可挡。众番兵一见汉将冲营，急忙报知吴元帅。元帅便差雅里托、孙云、哈虎、石庆真父子三人，一齐出马来战李虎。李虎哪里把六个人放在心上，使一条枪，杀得神出鬼没，但见番兵一个个遭此一阵，如掉真魂，人头马头，纷纷乱滚，且自慢表。

再言李元帅正坐中军，暗想："李虎带兵会阵，杀了一日，未见胜败，待本帅亲自出马，杀进番营，看看下落便了。"元帅即刻整顿戎装，上马端兵，放炮出关，一马冲进番营。他本是一员能征惯战的老将，被他杀进一条血路，勇不可挡，一直杀到黄泥坡地前，也被番人用埋伏计，只听号炮一声，伏兵四起，围住李广。李广被困垓心，十分慌张，暗想："侄儿未知生死，孩儿又被重围，我死一身，也不要紧，只是汉室江山，一旦休矣。"想毕，正要拔剑自刎，忽又听得大炮惊天，喊声震地，见一员少年将军杀进重围，把那些埋伏兵卒杀得纷纷四散。李元帅定睛一看，见是李虎，心中大喜，便问："我儿，怎得到此，将为父救出重围？"李虎便把杀退番兵的话先说一遍，又道："爹爹乃一关之主帅，怎么轻入重地？"李广道："为父的因你出兵一日未回，放心不下，是以出马看你下落，不料遭此诡计，幸你前来，救出重围。如今且杀条血路回关去罢。"说了，同儿一路合兵杀出，不表。

且言百花女见公公、丈夫出兵未回，放心不下，吩咐张氏母子，与彭殷一同众将紧守关门，"待奴领一支人马前去看看下落便了。"即刻披挂上马，统兵出关，杀到番营。营门早有番将闪出，敌住百花女，不到几合，怎敌得百花双刀厉害，早被百花一刀砍下马来，吓得众番将魂不在身，四散奔逃。好个百花夫人，使动双刀，只见刀来不见人，只杀得那些番将番兵，挡着刀顷刻殒命，碰着刀定见阎君。好一个百花女，如同黑煞天神，双刀起处，只听得喀嚓之声，不住的头滚尘埃，只杀得番人魂飞天外青云掩，血染沙场草色腥。但见那一匹碧龙马，助勇战场，也十分厉害，吼一声惊倒番驸马陈罔，踢一阵吓倒番太尉王金。哈虎刀伤左臂，早已逃命，雅里托刀下身亡。这一阵杀得番邦兵将丧胆寒心，见女将皆吃大惊，见双刀俱要逃命。唯有石庆真奸猾，拖着枪，带着马，死里逃生。百花不舍，还要追来，急急赶到拜月亭边，庆真马上加鞭，跑至山坳内躲着。百花只顾追赶，过了山林，不防石庆真闪在背后，暗放一箭，叫声："着。"只听弓弦一响，赛过流星。未知百花可曾着箭否，且听下回分解。

第二十六回

报妻仇李虎阵亡　踹番营老将交兵

诗曰：

　　日去月来好似梭，少年夫妇莫蹉跎。
　　人生百岁恩情少，休到分离怨恨多。

　　话说百花夫人被庆真背后一箭，不曾防备，只叫一声"哎呀"，可怜从项后穿过咽喉，一员女将坐不稳雕鞍，跌下马来，化做南柯一梦。庆真一见大喜，正要催马向前，找取佳人首级，忽听得山后一声呐喊，到了李广父子一支兵马。因回关不见百花，父子二人又带兵杀进番营，来找百花。父子方到此地，恰值庆真一箭伤了百花，要取首级报功，李虎在马上远远看见，大喝一声："番将休得无礼！"庆真回头见是李虎，是被他杀怕的，吓得屁滚尿流，马上加鞭，如飞逃生去了。李虎也不追，下得马来，看见是个女将死在地上，心内大吃一惊；再把尸骸扶起，将面貌细细一看，认得自己妻房百花夫人，箭透咽喉而死，由不得浑身肉颤，放声大哭，连叫："妻呀，你死得好苦！"李广也急下马来，见是媳妇死于地上，双目流泪。又见李虎顿足捶胸，哭声不止："你今日为汉室乾坤死于非命，也完你一生节义，只可怜年老公公无人侍奉，青年丈夫谁伴枕衾？我若不踹番营，捉了射箭贼子，以报妻仇，誓不回兵。"哭毕，放下尸首，权命军士在荒郊挖一土坑，将百花草草葬下，掩了净土，插一树为记。便问百花手下败残军士道："射死夫人是何番将？"军士回道："就是石庆真。"李虎听得，叫声："爹爹且回关中，待孩儿杀进番营，若不将石贼砍为两段，誓不回兵。"

说毕，李虎悲愤要走。李广拉住李虎道："我儿不可造次，为臣子的，须要代皇家尽心出力，灭寇建功，方得名垂麟阁，功标千古。若为妻仇而去，倘若有失，叫你年迈父亲日后依靠何人？只怕你不忠不孝之名担受不起呢！"李虎被父亲一席话说得无言回答，哭啼啼叫声爹爹，虽是父命不敢有违，叫孩儿怎生舍得？"说罢，又是放声大哭。李广含泪叫声："我儿且免悲伤，人死不能复生，快随为父回关，商议报仇之策，灭寇回朝便了。"李虎也没奈何，苦在心头，随了父亲，上马带兵，杀出山中。一直到关，离鞍下马，来到营中，有张氏夫人向前便问："婶婶杀进番营，因何不见回来？"李广见问，未曾开言，先自流泪道："侄妇不要说起，可怜儿媳深入重地，被石庆真贼子用暗箭射死在山后拜月亭下。"张氏听说，不免伤心滴泪，叫声："公公，待侄妇领兵杀进番营，一则代婶婶报仇，二则要救丈夫回营。"李广道："侄妇不要性急，且歇一夜，明日再议开兵。"

一宿已过。次日，李元帅升帐，正在帐中商议报仇之事，忽有军士报道："番将石庆真讨战。"李虎听见仇人到了，由不得心头火起，怒发冲冠，急急向前讨令。李广知道拦挡不住，吩咐小心在意。李虎上马带兵，放炮出关，怒冲冲一马冲到阵前，高叫："来将可是石庆真么？"庆真认得李虎，便叫："李虎，你既知大名，还不下马领死。"李虎大喝一声道："贼子休得夸口，今日要报一箭之仇，要来取你狗命。贼子放马过来，快快领死。"庆真听说，方知拜月亭射死的女子是李虎的妻子，心中有些胆怯，没奈何，两下对阵起来，大刀照李虎面门砍来。李虎举枪急架相还，恨不得一枪把庆真刺个穿心过，方泄心头之恨。但见两匹马团团奔走，烟尘抖乱。二员将如猛虎，力斗山根，点钢枪当心刺，老龙探爪，大砍刀迎面劈，锦豹翻身，眼底下花簇簇，梅花枪到头儿边，冷森森又是刀临，李虎见刀来，将身躲过，石庆真见枪至，镫里藏身。二将一来一往，大战五十回合，庆真非李虎敌手，渐渐有些抵敌不住，要败下阵来。李虎报仇心急，哪里肯方文松了他，一枪紧似一枪，杀得石庆真人仰马翻，嘘嘘气喘，把马带转，叫声："杀尔不过，休要追来。"拖刀败将下去。李虎大喝一声："贼子往哪里走？今日代妻报仇，要来取你狗命。"说罢，把马一冲，追将下来。吓得庆真没路奔走，只奔营门，高叫："救命呀！"庆真二子一看父亲被李虎追得十分危急，忙命军士用绊马索，埋伏在两边地下，只等捉将。让过庆真马去，李虎不防地下有人暗算，一马冲来，跑得甚急，早被绊马索一绊，连人带马倒在地下，抢过庆龙、庆虎两般兵器齐下，可怜一员虎将，死于非命。庆龙取了李虎首级，进营报功。庆真回马，率领石虎乱杀汉兵，只杀得尸山血海，方打得胜鼓回营，本表。

且言李虎败残兵卒逃进关中，报与李元帅道："李都督阵亡了。"这一声报不打紧，只吓得老将军气塞咽喉，昏死过去。慌得张氏母子急急扶住老将，叫声："公公苏醒。"叫了半日，老将方悠悠醒转，哭啼啼叫一声："我儿呀！你为国亡身，死于阵前，连尸首也不得回来，撇下你年迈父亲，好不凄惨人也！"说罢，放声大哭。众将上前劝解，张氏也在一旁，十分伤心。李能忍不住向前叫声："公公，待孙儿杀进番营，一则报叔婶之仇，二则救爹爹回来。"李广听说，只是摇手，苦咽咽叫声："孙儿呀！李氏只有你这一条根，倘再有失，岂不绝了李氏一脉？不用你去出战，且同你母亲守关要紧，拚我老命不着我杀进番营，前去报仇，若是得胜，不必说了，倘你公公再有差误，尔须要设计入番，找寻你公公、父亲、叔叔、婶婶的骸骨，一并带回天朝，将来你好做报仇之人。"说罢，拖住李能，又是一番痛哭。哭毕，吩咐彭殷谨守关门，即刻披挂整齐，带领一万人马，三声大炮，一马冲出关来，直奔番营。此刻老将如一只猛虎，张牙舞爪，奋不顾身，杀进番营，杀得那些番兵头如瓜滚，不能抵挡。早有番兵报知吴元帅，元帅闻报，大吃一惊。未知怎生退敌，且听下回分解。

第二十七回

困番邦李陵不屈　说忠良番相受辱

诗曰：

　　滴水成冰真个冷，梅花映雪放林边。
　　古人踏雪寻梅饮，驴背吟诗有浩然。

　　话说吴元帅闻李广踹进番营，杀得势不可挡，急命石家父子、土金浑、孙云等统领十万人马出营，一声号炮，杀声四起，团团围住李广。李广只叫："不好，中了计也。"李广虽是一员虎将，怎敌得四面八方尽是兵将，如何招架得来？只杀得李广冷汗淋身。再看手下带来一万兵丁，只剩一停，把马左冲右突，难出重围，大叫一声："天亡我也！"正在危急十分，忽听得南面一阵呐喊，杀进一条血路，到了两个救星：正是关中侄妇铁花夫人张氏，同儿子李能。因见公公出阵，又不回兵，恐怕有失，便带了三万精兵；冲进营来，找寻公公。忽见前面一派杀声震耳，知道公公被困，母子二人领了一支生力军，杀进重围，果见老将困在垓心。张氏高叫："公公还不快走，等待何时？"李广一见她母子救兵来到，举起钢枪乱刺番人。李氏三将一齐杀开一条血路，大败回关，急写本进京求救不表。

且言番将见李广杀出重围，也不追赶，回营缴令。吴元帅暗想："石家父子射死百花，刀劈李虎，孙云捉住李陵，现囚后营，老将李广又被众将一阵杀得大败亏输，已挫动天朝锐气，量边关并无能将，指日可破，何不将这些功劳并李陵押解到番，报捷狼主，有何不可？"想定主意，写了一道报捷本章，差了中营千总杨霸，挑选三百番兵，押解李陵到番。杨霸领令出营，对对长枪围绕，双双短剑防身，一路上番兵弓上弦、刀出鞘，押解李陵，十分防备，小心在意。行程非只一日，到了番城，正是天色已晚，权在馆驿住下，一宿已过。

次日早朝，番王升殿，有黄门官引着杨霸，俯伏金阶奏道："臣启狼主，今有征商吴元帅差官报捷，并押解汉将李陵一名，请旨定夺。"番王闻奏，即命差官将本章一面呈上案头，展开细看，一看大喜，吩咐将李陵押进殿来。一声旨下，谁敢怠慢？早把李陵押进殿来。李陵一见番王，昂昂站立，并不下跪，反骂不绝口。番王一见李陵，生得仪貌堂堂，是个英雄，心中已有几分喜欢，一见骂他，故作不知，反叫一声："李卿，孤闻你李氏，乃天朝将门之种，若能归顺孤王，亦当封卿高官厚爵。"李陵听说，恼得心头火起，大骂一声："番狗太想昏了，要知我李氏天朝忠良之将，要杀就杀，焉有二心？我李陵一死之后，原不打紧，只怕李氏还有一班虎将，不是省油灯盏，但听李陵一个死信，定来报仇泄恨，将尔番国踏为平地。"这一番话骂得番王大怒，喝叫两边武士："将李陵推出午门，斩讫报来。"一声旨下，殿前武士正要动手，右班中闪出番相卫律，叫声："刀下留人。"一面跪下启奏："我主息怒，若论李陵触犯我主，理当斩首，但念他文武双全，倒是一根擎天柱，望我主暂且宽恕，将他监禁白虎殿，只消遣一说客，说得他回心转意，归顺我主，要取汉室昭君，何难之有？"番主准奏，将李陵赦斩，命武士押至白虎殿软禁，每日好茶饭都是卫律送来。

那日番王升殿，因打发李陵锁禁几日，便问："哪位卿家领孤旨意去劝李陵？倘能归顺孤家，孤当格外加恩，还令御妹招李陵为驸马。"话言未了，跪倒左班首相娄里受奏道："臣愿去劝顺李陵。"番王大喜退朝。

娄相领了旨意，带了四个小番，径入白虎殿，叫声："小番，开了殿门，快报与汉李将军知道，有俺相爷在此要见。"小番听说，不敢怠慢，走到里面，只见李陵朝南坐着，长吁短叹。小番上前，双膝跪下道："启天朝大人，外面有俺家相爷要见。"李陵心内很不耐烦，道："什么相爷不相爷，快把番狗唤进来就是了。"小番见说，心上甚是着恼："这个人好不识抬举！"转到外面，口称："相爷，这蛮子昂昂坐着，亦不起身来迎相爷，倒叫小番把狗唤来，是个不知礼的蛮子，相爷不要睬他，快快请回罢。"娄相听说，暗暗喝彩道："好个不怕死的李陵。"说着，向内而行，四个小番随后。

来到李陵面前，把手一拱道："李将军请了。"李陵也不起身答礼，只问道："番狗到此何干？"倒是小番过意不去，拿了一张椅子，请相爷坐下。娄相口称："李将军，俺到此非为别事，只有几句良言奉劝。"李陵道："你当言则言，不当言少要啰嗦。"娄相道："想一个人既是英雄，又有十分本事，全要得事仁主，方遂生平，休恃己见，不察时务。如今日将军历事汉朝，位未必封侯，禄未必万钟，纵为王家出力，疆场死生未卜，岂易得荫子封妻？亦可见汉室薄待功臣矣！怎及我主英明，治国爱民，恤功臣、怜将士，赏罚分明，吏民无不颂德歌功。今将军若不弃我国，何不归顺我主，还怕不高封侯爵，食粟千钟？岂不比在天朝有天渊之别？请将军三思之。事不见机，毋贻后悔。"李陵听说，勃然大怒："番狗，你口内说的什么不忠不孝之言？俺李陵生为汉朝人，死为汉朝鬼，怎蹈此禽兽之行？不要污耳，快些出去。"娄相道："将军不要执意，若肯归顺我国，眼下就是国戚了。现奉狼主之命，有同胞御妹金花公主，年登十九岁，生得有沉鱼落雁之容，闭月羞花之貌，女工针黹，无所不精，琴棋书画，无所不晓，待字宫中，未招驸马。狼主因见将军乃盖世英雄，可称栋梁之才，十分爱慕，特来与将军作伐，要与将军连为秦晋，望乞将军俯允。"李陵听说，不由得怪睁圆眼，十分大怒，喝一声："番狗住口，想我李陵世受汉室高官厚禄，还有元配正室铁花夫人张氏，孩儿年纪幼小，俱在中国，一马一鞍，俺乃汉室忠良，怎与番狗结亲？要杀，李陵情愿一死，以了忠心，休道此不入耳之言。番狗你好好走出白虎殿，万事全休，若还再说，俺就是一顿靴尖，教你性命顷刻难存。"说着站起身来，径奔番相，吓得番相急急站起。不知可曾躲过，且听下回分解。

第二十八回

美人计哄忠臣　李陵愤羞公主

诗曰：

恩爱夫妻非偶然，天生一对好姻缘。
情浓只怕又离别，往日相思别后牵。

话说娄相见李陵打来，急急起身，向外而行，仍命小番把殿门封锁。只听见李陵还在里面骂道："番狗，任你用尽千般计，难摇我铁石一片心。"娄相在外听得明白，并不嗔怪，反连连称赞道："好一个不怕死的李陵，真不愧为忠良也！待我奏知狼主，设一妙计，偏要劝转李陵。"

一宿已过。次日早朝，番王登殿，娄相复旨，便把李陵执意不从的话说了一遍。番王大怒，降下旨意，命殿前武士将李陵押出白虎殿开斩。众武士领旨，把李陵捆绑押至殿上。李陵一路骂不绝口；复叫道："番狗，快快杀我，以了我一片忠心。"番王叫声："将军，你好痴也，谁人不贪生？孤招你为驸马，也不薄待于你，你反和孤做起对来，出口骂人，似与礼上讲不去罢？"李陵喝一声："番狗住口，贪生怕死，不为良将；背主忘恩，岂是忠臣？今日就任你千刀万剐，俺李陵也留个清白之名于后世。"番王见说，微微冷笑道："你要孤杀了你，完你忠臣不怕死之美名，孤偏偏不杀你，仍命监禁白虎殿。"一声旨下，早有武士放绑，仍把李陵推入白虎殿去。

番王便问娄相道："孤爱天朝李陵这一员猛将，不忍杀他，似他这等心如铁石，不肯降顺，如之奈何？丞相可想一妙计，使他心转。"娄相奏道："臣启我主，有一短表，冒奏天廷，臣该万死，望我主赦臣之罪，臣方敢奏上。"番王道："恕卿之罪，只管奏来。"娄相道："常言：好色之心，人皆有之。臣奉命与李陵作伐，但李陵未见公主之面，是以不从，若使李陵见了公主容貌，任他铁石汉子，又怕他心不软了。"番王道："倘公主不肯前去会他，又当作何计较？"娄相道："这也不难，我主可进宫去，悄悄与娘娘商议，不要使公主知道，只消将公主哄至白虎殿一行，哪怕李陵不上钩。"番王点头称善。

急急退朝，到了正宫，早有娘娘接着。分宾主坐定，番王便将要收服李陵的话，又附娘娘耳边，如此如此，这般这般。娘娘道："我主之言差矣，虽李陵乃忠良之将，何能将嫡亲御妹用计哄她？况男女混杂，有失国体，也要坏了单于大国之名。"番王道："不妨事的，孤也陪她同行，娘娘不必过于梗阻。"便请番女去请公主。公主一见王兄相请，带了宫女，轻移莲步，出了宫门。

不多时，来到正宫，朝见王兄、王嫂，番王连叫平身，一旁赐座。公主便问："王兄，宣召何事？"番王见问，含笑叫声："御妹，孤今日因退朝尚早，闷坐宫中，甚是无聊，相约御妹出宫，一同游玩，以散心情。"公主不知是计，便道："奉陪王兄。"番王站起，挽住公主的手，带了内侍、宫女，出了正宫。一路假意游玩一番，到了白虎殿前，番王故意问内监道："这是什么所在？里面可好玩耍吗？"内监知道番王意思，便回奏道："这是白虎殿，里面有水榭亭台，翡翠苑园可观。"番王吩咐开门进去。内监正在答应。公主叫一声："王兄且住，这白虎殿乃停丧之所，里面怎有花木亭台？没有什么游玩，且同王兄到御花园去散心罢。"番王哄公主道："御妹有所不知，此地旧是白虎殿，如今新改做万花楼，里面新造的孤还未曾游玩，御妹可同孤进去一看便了。"

说罢，吩咐内监开了殿门。内监答应，把门开了，番王携着公主的手，正要举步进去，公主见里面锁着一个面生汉子，吓得公主满面通红，叫声："王兄，奴不进去了。"正要退出，早被番王一把拉住道："御妹，不妨事的。"一面说着，一面吩咐小番进去报知。小番领旨，进去报知李陵道："大王御驾到了。"李陵依然坐着，佯做不睬，还是骂不绝口。番王在外听得，故做不知，到底忍耐，哄着公主进了白虎殿，李陵也不起身迎接。番王含笑叫声："将军，孤乃一国之主，御妹是金枝玉叶，皆念将军是一员忠良之将，几番辱孤，并不生恨，反亲自前来相劝。望将军速速回心，归顺于孤，孤将御妹另卜吉日，招你为驸马。"这一句话羞得公主满面通红，暗骂："王兄真不是人，你要此人归顺，怎么哄奴前来落此臭名？"公主要想脱身，又被番王拉住，恼得李陵心中大怒，指着番王大骂一声："无耻禽兽，想俺李陵宁死不从，也就罢了，怎么有此哄诱，将妹子带到此间，出乖露丑，公然地来用美人计诱惑李陵？番狗呀，任你妹子便有西施之貌，也难摇李陵这一片忠心呢！想你番狗，乃一邦之主，统率群臣，化导万民，外理朝纲，内理宫闱，方成治国齐家之道。俺李陵误被尔捉，屡次劝俺归顺，是叫俺背主忘恩，另事二主，此为不忠；李陵祖宗坟墓、骨肉子侄俱在汉朝，若降尔国，乃一叛臣，我朝闻之，定要掘墓，抄斩满门，此为不孝；公主乃尔胞妹，若李陵是好色之徒，必定将计就计，哄诱尔等，乘机逃回，公主年幼，不能久守孤灯，使其琴瑟别抱，此为不仁；李陵家有糟糠之妻张氏，若使停妻再娶，此为不义。尔今日所说的这番话，全没忠孝仁义四个字，还亏你做一国之主，羞也不羞？李陵虽是楚囚，断不做此禽兽之事，宁可做断头将军，不做贪生怕死之人。你今日怎么说我，奉劝可息了此念头罢。"这一番话说得番王顿口无言回答，呆呆站着；羞得公主无颜之至，红一回白一回，好不难过，急急用力把手一扯，脱身而去。番王见御妹已不在此，知道此计又不成功，仍命小番将殿门锁了，闷闷回他正宫不表。

且言公主回宫坐下，珠泪纷纷，抱怨番王道："奴与你胞兄胞妹，大不该哄诱妹子被李陵羞辱一番，这是哪里说起？又不知听了什么人计策，使这歹心，捉弄奴家。李陵既不降顺，何不令他受戮，完他忠心？奴看王兄意思还不忍杀他，若使李陵出去，传言四方，教奴终身怎么为人？罢罢！总是奴的命苦。"未知公主作何主意，且听下回分解。

第二十九回

公主含羞全节　忠臣尽义轻生

诗曰：

桃红柳绿如铺锦，粉黛寻香弄玉枝。
春宵如许人争看，正当赏月玩花时。

话说公主抱怨一回，又羞愤一回："想奴自幼父王、母后俱丧，依了王兄、王嫂长大成人，年已十九，指望王兄代奴选一个好驸马，使奴终身有靠，谁知王兄不念骨肉之情，将妹子用美人计出乖露丑，成何体统？倒不如寻个自尽，以完终身结果便了。奴死之后，王兄必定要斩李陵，免得丑名落于外人之口。"想定主意，哀哀啼哭，不用夜饭，打发宫娥都去睡了，独自伴着银灯，闭上房门，朝外双膝跪倒，叫声："父王、国母，想自幼丢下孩儿，虽然是王兄抚养成人，只为捉住汉将李陵，王兄勒逼此人降顺，满朝文武并无计策，反用妹子去哄汉臣，一点羞辱全然不顾，硬拉妹子到白虎殿内，见那面生汉子李陵，被他一番羞辱之言，教奴怎当受得起？奴一不恨李陵羞辱了奴。常言：忠臣不事二主，李陵不贪富贵，要算一个奇男子，这也难怪于他。二不恨王兄用计哄奴。他为江山社稷，爱惜李陵是个英雄，要想得一根擎天柱。三不恨皇嫂并不拦阻。王兄将奴哄诱，她与奴同是女流之辈，有何主见？四不恨满朝文武平时高官厚禄，不能代王分忧，只进一个无耻的计策，贻笑四方。恨只恨奴家生来苦命，枉在皇宫走一遭，满库金银，成何用处；满箱珠宝，留与别人，奴是一概都带不去，只落得羞辱之名。罢，罢，父王、母后俱在阴司，略等一等，女儿就来也。"祝告一番，抽身站起。耳听谯楼已交五更，不由地杏眼圆睁，银牙乱咬，怕的天明有人阻挡，恨了几声，忙拔出宝剑一口，照定项下就是一剑刎去，佳人双足顿了几顿，项下鲜血直流，尸骸倒于地下。可怜一个烈性女子，全节全义，一旦轻生。

转了五更，天已大明，外边宫女伺候开门，但见日高三丈，未见公主起来。大家十分诧异，忙推进房门，只见公主直躺躺睡在血泊里，宝剑横在一旁，只吓得众宫女真魂直冒，慌忙报知番王、番后，只叫："不好了，公主已在宫门自尽了。请旨定夺。"番王、番后听得，好似高山失足，大海崩舟，急急赶到宫门。番王一见公主死得好苦，不由地抱住尸骸，放声大哭道："御妹呀，千不是万不是，总是做王兄的不是，早知李陵不肯降顺，不该错行此计，带累我妹轻生。"说罢，又是一阵大哭。番后在旁也是十分伤心。番王吩咐宫女，将公主尸骨抬在床上，开丧照礼行事。

公主的一个全节自尽的名，早已传到外边，沸沸扬扬。一众文武猜疑不定，只有李陵囚在白虎殿，耳听此信，暗想："公主轻生，总因番王全无廉耻，不念同胞之情，将妹子用美人计哄俺，被俺羞辱一番。好个性烈女子，竟乃惨死。且住，公主一死，番王是容俺不得，定要将俺典刑，倒不如寻个自尽，以全忠义，羞杀北番一班无能之辈。"想定主意，站起身来，朝南拜上几拜，叫声："万岁皇爷，臣在番邦为忠而死，从此再不能回朝见圣君了。"又叫声："边关李老伯父，侄今身死番邦，弃下寡妇孤儿，全赖伯父照看，侄死黄泉之下，也要来报伯父大恩。张氏贤妻呀，从今你独守孤灯了，孩儿要你教训，可为国家建功立业，不可怕死贪生。"又叫声："李能，我的儿呀，你还不知父被番邦捉获，今日自尽，可怜父子不能见面。将来你要做个报仇之人，成个孝子。父今舍命，做个忠臣，正是李氏由来忠孝将，不愁千古不留名。万岁呀，臣今遥遥拜别了！"连叩几个头，将身站起，走到案边，提起羊毫，拂开花笺，吟成绝命诗二首。赞金花公主诗曰：

生来本是多娇女，凛凛冰霜烈性成。
能重礼义难枉己，克全廉耻不容情。
须眉展动称巾帼，肝胆高超淡死生。
从此芳魂归玉阙，贤哉不愧一时名。

又自叹一首诗曰：

本是昂藏七尺身，一腔热血向谁陈？
森森赤胆惊风雨，耿耿忠心泣鬼神。
死别羞辞我国主，生离忍绝故乡人。
此时悲惨唯吞泣，全始全终大义臣。

吟毕二诗，放在桌上。又想："番王被俺这等羞辱，并不发怒，回俺一言，也是他爱俺将才，想使归顺，俺岂不知？番王呀，你可晓得，常言道：忠臣不事二主，烈女不配二夫。无奈你把念头想错了。今日在此与你永别，留下一表，只算谢你便了。"说罢，写起辞表一道。上写着：

大汉天子驾前官拜征北大招讨李麾下，官拜御营总兵，今充前部先行李陵再拜：番王驾前，蒙恩优待，屡次相劝归顺，俺非草木，岂不知留一线之生，苟延性命？但臣心无二，忠于汉室，不能背主忘恩；若假意归顺，反复不常，又非大丈夫之所为也。蒙恩不加显戮，保全首领于庸下，斯亦幸矣！俺犹偷闲岁月，怕死贪生，生无以对世上，死无以对先灵。今将永诀，留表以谢，幸为谅之。死骨存亡，听君自便，臣亦不问。谨谢。

李陵写了一道辞表，一并放在桌上，折在一堆，离了案头，要寻短见。暗暗思量："想俺李陵哪里生来哪里死，北方留下汉人魂。呀呀啐！还要延挨什么时辰？"便把钢牙一挫，圆睁二目，见一块蛮石竖在阶心，"罢罢！这是俺毕命之物了！"说罢，退后几步，将头狠狠地就是一下，只听得"豁喇"一声响。未知李陵性命如何，且听下回分解。

第三十回

虎牙口忠臣立碑　雁门关苏武和番

诗曰：

芙蓉架上黄莺啭，梧桐树底子规啼。
花开池边游鱼戏，做伴鸳鸯路欲迷。

话说李陵认定蛮石上一头撞去，只听一声响亮，可怜一员忠良将官，脑分八片，头颅粉碎，死于非命。早有看白虎殿内监，一见李陵撞死，连忙报与番王知道。番王闻报，大吃一惊，连称："可惜！好一员忠良将官！且住，孤想御妹身死，李陵又亡，此事真羞煞孤王！李陵一定闻御妹的凶信，怕孤杀他，故而觅一自尽，完他不屈的忠心。李陵，你好痴呆，孤要杀你，怎到如今？总是孤王鲁莽，坑了两条性命。"

正在叹息不已，又见白虎殿的内监跪下，口称："王爷，适才在殿内桌上拾得李陵有遗诗两首、遗表一道，请上龙目观看。"双手呈上。番王接过，先将诗一看，一首是赞公主贞烈，一首是自叹英雄。将诗看毕，大赞李陵诗做得好："句句发于性情，御妹虽死九泉，得此一诗，亦可有光千古；自叹自写，英雄本色，不愧大汉忠良。且将诗句留以殉棺便了。"又看到遗表一道，拍案大叫道："孤王只认李陵不知孤一番爱惜之心，今日表上真情剖露，来清去白，也不负孤王一向敬他爱他，一片诚意。李陵呀，孤与你三生石上，结来世之交。"看毕，折好收起，吩咐内监好好将李将军的尸躯安放床上："孤王这里自差人代他封ับ。"内监领旨，答应而去。

番王一面传下旨意："先收公主尸灵。"宫中上下人等一齐放声大哭。又差礼部去收李陵尸身殡殓。宣召一众番僧，追荐两屈死的鬼魂，做了七日七夜的善事，方将两口棺木出宫埋葬。满朝文武相送，于虎牙口地面安葬，好不热闹。把两座坟丘埋于东南二向。番王又传旨立庙，限工部一月完成。两边竖的石碑，写得明白，一边是"已故大汉忠臣李陵"，一边"北番贞烈金花公主"，两道碑立于庙外，传流不朽。番王率文武官员在两边祭奠，大哭一番，一面差官守庙，春秋二祭，番王方收泪回宫不表。

且言汉王正坐早朝，有黄门官呈上雁门关李广求救的本章。有内侍接过，铺在龙案上面，汉王从头细细一看此本，大吃一惊，由不住泪落纷纷道："李虎夫妻俱遭惨死，李陵被陷北番，生死未卜，李广又在雁门关被困，今日又来告急求救本章，哪位卿家代朕分忧，前去领兵，速救雁门？"但见那两班贪生怕死的文武，俱是面面相视，并不回奏。汉王又在烦恼，左班中闪出丞相张文学，跪倒金阶，口称："我主，目下边庭紧急，我邦将寡兵稀，谁去出兵退敌？依臣愚见，不如差一老成练达之员，前到北番用良言安慰，好好解劝番君，使两国罢兵请和，免他进贡来朝，省得生灵遭涂炭之苦，国家有累卵之危，不知圣意若何？请旨定夺。"汉王道："卿家所奏之言是有理，但不知满朝文武，哪个可以去得？卿可保举一人上来。"张相奏道："这次和番息兵，乃是一件紧要大事，人不老成，才不练达，必又惹起干戈，以贻我国之羞，所谓画虎不成，反类于犬。依臣看来，倒是左班中文华殿大学士苏武，久在朝纲，中外素有重望，命他前去和番，可保全两国无事，永息干戈。"

汉上准奏，便叫声："苏卿听旨。"有老臣苏武，俯伏金阶道："臣在此候旨。"汉王道："卿可领孤旨意，去到北番，叫那番王休听毛贼一派乱言，致失两家和好，他若罢兵息战，免他进贡来朝。卿今休辞劳苦，代孤走一遭，若得两国相和，回朝自加升赏。"当殿赐了三杯御酒，外是一道旨意，交付苏武。

苏武接旨谢恩，退出朝门回府，略为料理家务，不敢耽搁，带了十数个家丁，背了圣旨，上马出京，不分星夜，一路兼程而进。来得甚快，早到雁门关前，高叫："守关军士听着，今有和番钦差苏太人到此，快快开关。"军士听说，不敢怠慢，忙报知李元帅。元帅一闻此信，急急开关，迎接钦差苏大人。入关见礼，分宾主坐定，元帅一面摆了接风酒款待。席间，李元帅叫声："苏大人，此去奉旨和番，免动干戈，固是美事，倘番人执意不从，又当奈何？"苏大人见问，连叹几口气道："不瞒元帅说，小弟奉旨和番，也是拼命前去。无奈圣意如此，微臣只得依旨而行。"李元帅听说，称是，便道："小弟这里拨一千人马，护送大人前去便了。"苏武道谢，连声称呼："元帅，小弟承情了。"只等席散，安歇一夜。

次早，李元帅挑选一千精兵，金银名色齐备，交代苏大人。大人起身告辞，带了兵丁，离了雁门关，一直向北地而行。来到番营，出马高叫道："我是汉朝苏丞相，奉旨和番，快报与你家元帅得知。"小番听说，报知吴元帅。元帅带了一班武将出营，便问："你可是汉朝来的差官，到此进贡昭君么？"苏武只是摇手道："尔等休得乱言。老夫奉旨和番，快快排开队伍，让老夫登程。"吴元帅听说，吩咐众小番让他一条去路。一声令下，谁敢不遵？放过苏大人一支人马，穿营而去。

在路无心观看景致。到了黄泥坡，番邦地脉生疏，一路甚是难行。那日到了李陵碑前,即刻下马一拜,不由得纷纷落泪道:"李将军为国捐躯,尸陷北地,异日苏武也不久要来伴你的孤魂。"大哭一阵,上马而行。来到单于国,将人马扎在城外,单马进了番城。到馆驿,方知缘故,即知报知番王说:"有天朝天使到了,现在馆舍,要见我主,请旨定夺。"番王闻奏,即刻宣召天使到殿上相见。苏武见无人接他,便不十分欢喜;到了殿上,也不称呼,朝外站立。两班文武高叫:"汉臣如何不拜我主?"苏大人回头也骂一声:"一番狗,你只知责人,不知责己,想老夫奉旨而来,乃是钦差,尔等君臣并不远接,也算无礼,倒叫老夫拜起小邦之君来了。"番王见说,哈哈大笑道:"天朝蛮子,来一个,倔强一个,这个且自由他。"便问:"你主差你到此,想必知孤王厉害,来进昭君的么?"未知苏大人怎生回答,且听下回分解。

第三十一回

大小逼卫律遭辱骂　风云岭苏武牧羝羊

诗曰：

中秋月色景清奇，正是瑶琴拨理时。
寺远不闻钟鼓动，更深但见斗星移。

话说苏大人听得番王出言不逊，高声大喝道："番狗何出此不伦之言？昭君乃天朝妃后，是万民之母，怎么轻信奸贼毛延寿，痴心妄想！老夫到此，非为别事，奉旨和番，快将毛贼拿下，解至天朝，两下免动干戈，永为和好。我主宽恩，再免尔来朝进贡，只要你降书一道，让老夫带至天朝，进呈于当今。"番王听说，微微冷笑道："你这话儿，说得也太轻松了，要想我国和好，却也容易，快快把昭君献出，孤这里即刻退兵。若无昭君，不但兵不能退，且要夺了汉室江山，方肯罢休。"苏武大怒，指定上面骂声："番狗，你若要想昭君，除非海枯石烂，也是不能够的。"恼得番王骂声："大胆苏武，你敢冲犯孤家，管叫你性命不保。"吩咐两旁武士，将苏武枭首午门。

一声旨下，不敢怠慢，正要推出苏武去问典刑，忽见右班中闪出右丞相卫律，高叫："刀下留人！"一面跪下，口称："主公息怒。苏武今奉旨来到我国，只为言语冒犯主公，主公突然加刑，便说主公无容人之量，况两国相争，不斩来使，望主公暂将苏武赦斩，交与小臣，臣与他有一面之识，包管劝降此人。"番王闻奏，只是摇手道："卿不消费心。孤本爱天朝人物，何肯妄加典刑。怎奈个个倔强，卿虽保本不杀，恐又如李陵，受他羞辱。"卫律道："人有贤愚，岂可一律相看？李陵乃一武将，所以出言粗鲁，枉送性命。苏武乃一文臣，素明礼义，焉得又比李陵？主公放心，交与小臣，包管苏武归顺我国。"番王准奏，赦转苏武。苏武连声高叫道："要杀就杀，以了忠心，又推转来做什么！"番王叫："苏武，你今日到此，向孤这般大胆狂言，你的性命悬于孤手，若不是卫律保奏，杀你何难？吩咐将苏武交与卫丞相带去。"一声旨下，番王退朝，文武各散。

卫律退出朝门，迎着苏武，连忙双手一拱，叫声："苏大人违教了。"苏武定睛一看，认是卫律，即回一个礼道："原来是贤弟。贤弟今在此北番，官居何职？"卫律道："不瞒兄长说，小弟不才，官居番邦右相。且请到舍一谈。"苏大人道："还未进谒，怎敢造府？"卫律道："不必过谦。"说罢，邀了苏大人，一同进府见礼，分宾主坐定。有家丁送茶。茶毕，又说几句朝政的话，即刻摆席，二人对面坐定饮酒，卫律只拿话打动苏大人，大人只是饮酒不睬。正当酒过三巡，菜添两道，卫相忍不住叫一声："苏兄呀，想李陵不是知机之士，枉把一条性命白送掉了，令人可惜！想我主乃仁厚之君，李陵死后，还代他立庙立碑，只不过前人留与后人看，可见我主并非薄待汉朝忠良。兄今到此，和番修好，免动干戈，固是美事，只怕不将昭君献出，我兄亦未必得回去了，倒不如你我弟兄共事一主，免劳跋涉，去受风尘。小弟句句金石之言，请吾兄思之。"

苏大人听了这一番话，不由得怒发冲冠，骂一声："背主忘恩的卫律，你为汉臣，贪生怕死，投顺番邦，一点忠心不顾，狗彘不如，反来劝我。你这衣冠禽兽，我就死番邦，亦是甘心，怎听你这不忠之言？从此你我割席绝交，不必认做弟兄了。"说罢，推酒不饮，脸朝上面，怒气冲冲。卫相冷笑几声道："吾兄不要执意如此，你今日不听良言犹可，只怕你来时有路，去时无门，插翅也难飞出番城去呢！不要到那时后悔，就没有救星了！"苏大人听说，好似火上添油，把桌子一拍，骂声："卫律贼子，你把我苏武当做什么人！你句句说的皆鸡鸣犬吠，总不入耳，还要在我耳边唠唠叨叨。"卫律也发恼，叫声："苏武，某乃是好意相劝，你若执迷不悟，只怕你性命就难保于旦夕了。"苏武哈哈大笑道："老夫自奉汉王旨意，出了雁门关，这几根精骨头，还想回去么！俺苏武就死在北番，也可流芳百世，不能似你背主忘恩的，难保不遗臭万年呢！"这几句话直刺了卫律的心，只气得满面通红，骂一声："老匹夫，不中抬举的东西！"吩咐小番："仍将苏武监押馆驿，明日奏闻狼主，请旨定夺。"小番答应。苏大人哈哈大笑而去，只羞得卫律逼降苏武一番，不得成功，闷闷安寝，过了一宵。

次日天明，番王登殿，文武朝拜已毕，卫相跪倒金阶奏道："臣今奉旨劝降苏武，奈他执意不从，总是微臣冒昧，望乞我主恕罪。"番王道："非关卿事，何罪之有？且把苏武带进午门见孤。"卫相谢恩领旨，把苏武召到殿上，仍是呆呆站立，并不则声。番王叫声："苏武，孤因你出言无状，本当斩首午门，多亏卫卿保奏，留你残生，你就该知恩报恩，听他良言，如何这般倔犟？只怕性命活不成了。"苏武大笑道："想俺在天朝，世代忠良，奉旨和番来到你国，久把性命置之度外，你要斩就斩，好叫老夫赶到阴司，伴李陵去也。"番王冷笑一声道："你说要死，偏不使你即死，还要叫你活活受些苦楚、折磨，你方有退悔之心。吩咐将苏武锁解牧羊城，每日放一百羝羊，只给三合糙米，如少一只羊，鞭背一百，该管官儿不得容情。"

一声旨下，早有武士押了苏武，出了朝门，到了牧羊城一座，交与城内该管官儿,名叫吴升。吴升一见番王发下牧羊奴一名苏武,他便大模大样装起官腔来了,叫声:"苏武,你在汉朝为官,算你为尊,今我主免你死罪,发来为羊奴,如何见了本官,也不跪下行个礼儿?"苏武听说,大笑道:"好个芝麻官儿,也来耀武扬威。"吴升道:"好!我老爷量大不与你计较。这里有一百只羝羊,好好去牧养,每日是奉旨要来查数的,如少一只,定鞭一百,养肥了有赏,养瘦了也要打的。"还是不住口地道:"这叫做,做此官行此礼。"说完,向后去了。苏武听了这些话,也不去睬他,只是连声叹气。未知说出什么话来,且听下回分解。

第三十二回

苏武软困飞来洞　番王病想王昭君

诗曰：

  姻缘本是好姻缘，月下全凭一线牵。
  千里赤绳如咫尺，无缘对面隔天渊。

话说苏武见吴升丢下一大群羝羊，叫他牧养，还说了许多厌气的话，心中很不耐烦，暗想："我苏武乃天朝一品宰相，怎做此卑污之事？且住，大舜尚耕畎亩，傅说且为板筑，古来多少圣贤尚且如此，何况苏武。也罢！大丈夫能屈能伸，且把羊赶上山头牧养去罢！"想罢，只得折了一根长柳条，慢慢赶了那一百只羝羊，向山头而行。又想起家乡万里，骨肉分离，只恨奸贼毛延寿，挑动两国大动刀兵，带累民不聊生，关中又无能将，可以退敌，故差我到此和番。又恨卫律这贼子，百般唆动番君，害得老夫在此受苦，求生不得，求死不能。你看这一群羊，腥风阵阵，好不难闻。朔风凛凛，吹得人毛骨悚然。

  一路想着，到了山下旷野之地，便把群羊四下分散，让它吃草，将身靠在石上，十分留神，又怕走了一个羊，回去查数淘气。那时正交数九冬寒，北风刮面，冷气森森，刮得天上日色无光，将有酿雪成阴之象。山高岭峻，风势越大，只可怜苏爷，还是早上吃的饭，在山放羊，大半天未曾进食，此时腹中又饥，身上又冷，又被大风刮得战兢兢，满脸生起寒栗子来。由不住一阵心酸，珠泪纷纷，暗叫一声："苏武，你怎不学李陵寻一个自尽，完你的忠心？唉！想我在此，偷生苟活，受苦牧羊，还指望天朝出了能人，杀到番邦，救我苏武回朝也未可知；只怕望梅止渴，空成画饼了。"

苏武正在山中想他的苦楚，但见北风更紧，雪花片片，又飘下来，山中乃旷野之地，怎能存立得住？苏武打点将羊赶回，怎奈风一阵紧似一阵，雪一阵大似一阵，阵阵翻毛大片，被风刮将下来，刮得苏爷浑身雪白，好似个银人。怎见得，但见山中这一场大风大雪，有诗为证：

巽二逞威在岭头，专随滕六冷悠悠。
银妆玉琢堆千里，惹起他乡客邸愁。

苏武一时心下甚是着慌，冒着大风大雪，站起身来，也不顾衣衫透湿，在山上四处赶拢羝羊。地下又滑，跌了好几个筋斗，那一群羊东赶西走，总不能拢在一堆，只急得苏武冷汗直流。可怜他年纪又大，平日未曾做过此事，又见天色已晚，苏爷心中只是叫苦。正在愁烦，忽见山中跳出一个怪物，直向苏爷奔来。苏爷见此怪物，浑身黑毛，眼似铜铃，牙如利剑，只吓得魂不附体，大叫一声："天亡我也！"一个筋斗，跌倒雪中，瞑目待死。列位，你道这怪物是个什么东西？乃此山中有一飞来洞，洞内有个母猩猩，它与苏武有三年姻缘之分，本奉山神之命，前来搭救汉朝忠臣。它见苏爷跌倒，急急扶起苏爷的身子，坐在地上，只等苏爷过了半会悠悠苏醒，睁开眼来，见旁边站着那怪物，不由得心中十分害怕。又见它将自己身子扶住，并无相害之心，便道："我苏武奉旨和番，遭此大难，你要吃我，我情愿就死，并不皱眉。"那猩猩只是摇首，还代他将身上的雪扫去。苏武道："你既不肯害我，怎么还不去呢？"那大猩猩指着天上大雪，此地不能存身，又指着山中有洞，带你洞中去躲雪的意思。苏武也会它之意，便道："我一则此刻被你将腿都吓软，不能走动；二则山上还有一百只羝羊，未曾赶拢，怕不见一只，回去吃鞭不起。"那猩猩点一点头，口内哼了几声，山后跑出一群小猩猩来，代苏爷把群羊赶拢。母猩猩代他查一查数，一只也不少，就命小猩猩先将羊赶入洞内，它把苏爷驮在背上，放开大步，飞奔洞内。苏爷见洞口有"飞来洞"三字。到了洞中，母猩猩把苏爷放在石床上坐下，怕他饥饿，又取些果品与苏爷充饥。每日只叫小猩猩代他放羊，它与苏爷挨挨擦擦，免不得被逼在洞内成亲。后来苏氏生有一支，寄与中国，即是母猩猩所生的。我且慢表苏爷软困洞中之事。

且言番王，自受了汉臣两次气恼，又见吴鸾出师已久，未见攻破雁门，取得昭君，心中十分大怒，忙写一道申饬旨意，差官责备吴鸾："出师久而无功，明系观望不进，有负孤王重托！今旨到此，如再迟延，不上紧攻破雁门，讨取昭君，定当加等问罪。"这一道旨到了番营，吴元帅率领众将接旨，听得宣读，吓得魂不附体。谢了君恩，送出钦差升帐，与众将商议道："本帅非不上紧点将攻关，只因苏武和番，权且罢兵。今旨上申斥严明，谅和番一事未必成功，本帅只得要进兵攻关了。"

头一天，就令土金浑带兵攻关。喊叫一日，关中并无一将出阵对敌。第二日，哈虎带兵攻关，又是白叫半日，急得吴元帅趁夜差了石家父子，带了大炮攻关，又被关上用滚木檑石反打伤了无数番兵，只气得元帅没法进兵。又与众将商议道："李广老将，智勇双全，紧守此关，一时难破，本帅又在此虚延时日，并无寸功，多费钱粮，我主闻知，再加问罪，某等吃罪不起。依本帅愚见，不若将此实情，写一道待罪本章，请旨定夺。"

众将听得元帅吩咐，谁敢不遵？吴元帅急急写了本章，差官飞星到番，已是下午时候。番王早已退朝，正在御书房挂着昭君二幅人图，走来走去，细细玩看，摹想昭君的容貌："这等妖娆，若与孤王搂睡这么一夜，孤就不做番邦之主，也是甘心。"又叫声："昭君呀！孤在这里想你，你在那里可想孤王吗？你一日不来，叫孤怎么一日不想你。"番王正在痴痴呆呆想昭君，忽见内监递上吴銮一本，番王接过细细一看，看道："雁门难破，昭君难取，恐费钱粮，请旨待罪。"这四句不看犹可，一看时只气得闷咽寸丝之气，病染七尺之身，一跤跌在地下。未知番王生死如何，且听下回分解。

第三十三回

毛延寿探病献计　北番王临朝发兵

诗曰：

　　一段相思病已真，谁将心药用来神。
　　奸人也有聪明处，参透机关语自新。

　　话说番王因见吴銮本上昭君难取，一时气扼胸喉，闷倒在地，吓得两旁内侍急急扶起，扶到御榻睡下。早有内侍飞报番后，番后一闻此信，吓得魂飞天外，连忙赶到御书房看问番王，一面吩咐内侍取了参汤，亲向番王灌下。过了一会，番王悠悠苏醒，叫声："美人，孤与你今生今世便无缘了吗？"番王只说了这一句话，闭了双目，四肢动弹不得，口内不住乱叫昭君，竟有些木边之目，田下之心，染成一个相思病了。

　　慌得番后便问内侍王爷得病之由。内侍指着两幅人图，回说道："启娘娘，这是天朝汉王妃子，名叫昭君，生得美貌无双。只因中国毛丞相带来二图，归顺我主，我主一见此图，心爱昭君，每日挂在御书房内，时时向着画儿出神想慕。不料王爷今日正玩此图，外面递进一本，不知本上说些什么，王爷将本一看，忽然晕倒在地。"番后道："本在哪里，快取来一看。"内侍答应，将本取来，呈与番后。番后一看，乃是征南元帅吴銮请罪一折，内有"雁门难破，昭君难取"几句，便点头将本放下，暗叫一声："王爷你忒痴情，想别人家妃后，怎肯擅让于人？何苦劳师动众，苦了生灵，费精伤神，苦了自己，这也是自作自受，休怪如此。"想毕，即叫内侍召取太医院进宫，与王爷诊脉。内侍答应，传旨出去，不多时太医院领旨进宫，王爷睡着，令其免礼，只拜见娘娘，口称千岁。番后连叫平身，赐绣墩在床旁边坐下，令其诊脉。太医院谢坐。坐定，便把番王两手脉细细诊看。看了一会，回奏道："王爷龙体欠安，这是七情六欲所伤，须要如王爷心中之愿，病即痊愈，不须服药，只要静养宫中，少生外感。"番后点头称是，打发太医院出宫。吩咐内侍传出旨来："王爷有病，免朝三日，一概本章，俱候临朝批发，毋得混传。"

这一道传旨颁发朝臣，众文武都猜疑不定：也有说是天气太冷，冒感风寒也未可知；也有说是酒色过度，身子虚弱，宜有此疾；也有说是出兵已久，耗费钱粮，心中忧闷国内空虚；也有说是番王懒于临轩，荒废朝政，纷纷乱猜，总猜不着番王的心事。

只有丞相毛延寿，现掌兵部事务，知道吴銮的本章，出师无功，请旨待罪一本进与番王，番王一定更添忧闷，为的昭君不能见面，必有一番相思，此病不消用医，只需几句心腹之言，打动番王，其病立见痊愈。待我连夜草成一本，奏上探病的本章，递进宫中，只看圣意如何。想罢，走到书房，展开吟笺，挥动羊毫，片时草成一本，笼在袖内，急急进朝，也不用黄门转达，一直到了宫门口。有守宫太监便问："毛老先生，到此何干？"毛相道："有本一道，烦公公转达我主。"太监笑道："毛老先生难道不知娘娘旨意吩咐出来，一概本章，须候王爷病愈，临朝批发，咱若代老先生将此本传进宫中，不是去讨没趣么？老先生请回，忍耐两三天罢。"毛相见说，右袖内取出个银包来，叫声："公公，这个茶敬，送与公公买个茶点吃，好歹仗着公公大力，将本儿递进去，包管王爷一看，病就好了，明日就要临朝的。"太监接过银包，先掂一掂，说道："这是代老先生讨没脸面几个钱，只得从直收了。但不知老先生此本，又不是灵丹妙药，如何就医得王爷病？"毛相道："此本一上，包管手到病除。"内监笑道："老先生请稍待宫门，快把本与咱家，代你进呈。"毛相听说，把袖内的本抽出，递与内监。内监接过，转身一直进宫。到了正宫门口，也有内监问道："我的哥哥，有什贵干到此？"内监听说，便把毛相进本的话说了一遍。那个内监摇手道："不要进去讨没趣，我的哥快些请回罢。"内监又把王爷之病，得此本一看，即可痊好的话说了一遍。那个内监笑道："我的哥，不要哄咱，不是当耍的！既如此，且请少待。"

说罢，把本接过，递进宫去。正是番王、王后在那里闲谈，内监向前跪下，将本呈上。番后一见，骂一声："没用的孩子，哀家因王爷有病，怕的烦心，吩咐一概本章不许传进宫来，怎么你今日大胆，又代谁递这本章，得了他许多银钱，不遵哀家的旨意么？"只吓得内监连连叩头，口称："娘娘，非是奴婢胆大违旨，只因进本官儿是毛丞相，口称此本一上，能医王爷的心病，奴婢方敢代他递本。"王后听说毛延寿的本，很不耐烦，哼了一声道："他又无事，上什么本章？且丢下，叫他候批罢。"内监答应，正要起来，番王听见是毛延寿上本，可医他的心病，心中忽然爽快几分，巴不得召进毛延寿，与他商议求取昭君之事。今日王后吩咐，是不喜他，便叫一声："住着，可取本来与孤一看。"王后道："王爷何必劳神，等贵体痊好，再看此本罢。"番王道："不妨事。"便把本取过，展开一看，只见上写道：

右丞相兼理兵部事务臣毛延寿谨具鄙表，恭呈御览：窃以征南元帅吴銮，一介武夫，不知行兵进退之法，是以迁延时日，劳而无功，关亦难取，人亦难得，致我主有劳神思，病缠御体。以臣视之，主帅当知运筹帷幄，决胜千里，非徒好为征战，恃匹夫之勇也。我主若于朝中择一文武全才，督师南下，克日兴兵，不一载间，若不得城得人，臣愿纳首级于阙下，微臣待命，伏乞俯允，幸甚幸甚。

番王看了此本，拍案大叫道："此卿知孤心也！"病即爽然，当命取了文房四宝过来，在本后批道："明早临朝，遣师发兵。毛卿进本有功，加升三级。"打发内监出来。内监领旨，将本交与外面内监。内监接本转到宫门口，只见毛相在那里呆呆等候，假意玩他道："本未曾发。"毛相一听，心内疑惑。未知怎生盘问，且听下回分解。

第三十四回

娄相挂帅操人马　甘奇比武夺先锋

诗曰：

由来妇口与奸言，舌剑唇枪软似绵。
最耐耳中听得去，兴王邦国恨愀然。

话说毛相见本不曾发，暗想："此本王爷不看便罢，若看此本，无不百发百中的。"心下十分筹算。内监笑道："毛老先生，咱同你玩的，本已批发在此，快取去看。"毛相接过本章一看，心中大喜，告辞了内监，一直出朝，传知众文武。

一宿已过，次日番王登殿，两班文武朝参请安已毕，分立两旁。番王道："昨接吴銮本章，关亦难得，人亦难取，待罪请旨，有负孤王重托，本当拘解来京，从重治罪，但念其斩李虎，射百花，提李陵，还有几件功劳，亦可将功折罪。且吴銮一武夫耳，只可听令麾下，斩将搴旗，勇则有余，运筹帷幄才则不足。今将吴銮摘去元帅之印，降为监军。"便问："哪位卿家前去领兵，代朕分忧？"早有右相毛延寿出班奏道："臣愿保举娄里受，文武全才，足智多谋，可以征南挂帅，则雁门旦夕可破，昭君指日可取，望我主准奏。"番王点头称善，便叫声："娄相听旨。"娄里受出班跪倒："臣在此俟候。"番王道："今日毛卿保举卿家，征南挂帅，但得昭君回国，朕不惜裂土分封，酬卿之功。"娄里受奏道："只是臣老迈无能，难胜重任，望我主别选良将为是。"番王道："卿家不必过谦，为主分忧，乃臣子一点忠心，在朝文武，谁如卿之将才？"娄里受又奏道："蒙恩不嫌臣年迈，领此帅印，臣亦愿竭弩骀，以报我主。但历来将帅兴兵，须有前锋开路。非世家子弟，不诸戎行，即一介武夫，罔知韬略，以致躁进失机，轻退寡谋，大功不成，皆由前锋不力。蒙恩命臣为帅，臣要在教场考取先行，不论出身微贱，只要武艺超群，可助元帅一臂之力，自有破关斩将之能，包管旗开得胜，马到成功，不负我主之托。"番王听娄相一段话，心中大悦，道："卿家议论，足见胸中韬略，虽古之孙吴，不能过也！依卿所奏。"当殿赐了三杯御酒、两朵金花，又道："任卿下教场点兵调将，孤这里眼望捷旌旗，耳听好消息。"娄相谢恩，只等番王退朝，文武各散，出了朝门，回到府第，便写了一道牌出来，命家丁送至教场辕门下挂起。上写：

   钦命征南大元帅娄，为奉旨出兵，考取先行，不论文武官员军民人等，择于次日黎明当场比武，考夺先锋，毋得观望，须至牌者。

  这一道牌传出去，早有番邦那一班已做官的英雄、未做官的豪杰，一见此牌传开出去，都是摩拳擦掌，要想麟阁题名。弄剑使刀，须向武场夺萃，一个个预备整齐，只等次日。黎明，娄元帅到了教场，升了将台坐定。左右营前后哨，一班武将，递了脚色手本，参见元帅已毕，分立两旁。元帅先将十万精兵花名簿点清，又宣令一番，才点到参谋官、监军官、军政官、督粮官、领阵官、左营右营官、前哨后哨官、监鼓官、鸣金官，一一点将已毕。点到前部先锋官，便命领旗官取了锦袍一件，高挂百步柳枝上，有人走马射落者；石鼎五百斤，有人举起绕场三匝者；当场比武，无人对敌者，可上将台插花饮酒，挂先锋之印。对着将台下面，高宣三遍。

只听得左队中闪出一员大将，黑脸黑须，座下乌骓马，搭上雕翎，放在弓上，一马冲出，高叫："俺来取这锦袍也。"一声喊叫未了，只听得弓弦"当"的一声响，那支箭不偏不斜，射在锦袍上面，未曾将锦袍射落，那员黑将羞惭而退。

又见右队中闪出一员白袍小将，放开银鬃马，左手挽弓，右手搭箭，一马冲出，对着锦袍，高叫一声："着。"只见那一领锦袍悠悠才要坠下，忽被柳枝绊住。左队中冲出一员老将，趁着巧势，一马冲来，对着锦袍一箭，锦袍坠落。当场无不喝彩。老将下马，赶上将台报功。那小将一见，心中不服，也上将台报功道："启元帅，这锦袍是小将射落，堕在树枝上的，被这老将趁巧射下，非他之能，袍该小将取去。"那老将也不服道："当着众人眼目，袍是被我射下的，你怎么前来争功？袍该我取。"那小将还要争辩，娄元帅叫声："二将不必争能，可将此石鼎搬起，绕场三匝，面不改色，不独锦袍当取，还要挂先锋之印，插花饮酒。"

二将领令，下了将台，到了石鼎边，那小将走向前要端，那老将叫声："住着，少年人不知世事，也有个长幼分别，怎么占起我的先来？"那小将气愤愤地站在一旁道："让你先端，不要当场出丑。"那老将也不听他言语，把战袍一撩，走至鼎边，弯身下去，将鼎摇了三摇，迸起一口气来，用手将鼎脚一起，要想举将起来。不想他用力太猛，鼎未举起，一个坐蹲跌在地下。那小将一见，哈哈大笑道："何苦争什命来，让我来也。"羞得那老将满面通红，急急爬起，站在一旁。但见那小将，右手撩袍，轻轻走到鼎旁，将身一蹲，用左手把鼎脚慢慢向上一提，提过头顶，走了几步，已觉气喘吁吁，万不能举鼎绕场，仍将鼎放原处。

忽见右队中闪出一将，红脸红须，身穿一件红战袍，腰系丝鸾锦带，大踏步抢出右队，高声大叫道："举鼎不能绕场，还算什么武艺？待俺举与你看。"说罢，撩袍蹲身，轻轻将鼎举起，大踏步绕场三匝，仍放原处，面不改色。走上将台跪倒，口称："元帅，请补射锦袍。"娄元帅道："这倒不用补射。你叫什么名宇？"那将道："俺乃本番人氏，姓甘名奇。"娄元帅道："鼎倒举得好。上阵用何兵器？座下什么马？"甘奇道："十八般武艺，件件都会，平日最喜用开山大斧，座的是胭脂马。"娄元帅道："本帅已将你技勇填为第一，可挂先锋，但恐武艺未演，众将不服，尔可披挂整齐，对着左右队，连叫三声，无人出阵与你对敌，再上将台，插花饮酒。"甘奇领令下来。未知可有人与他比武否，且听下回分解。

第三十五回

盘陀山妖仙逞异术　番元帅单骑请军师

诗曰：

祯祥发现国家兴，妖孽丛生祸患侵。
却是邪氛难胜正，相关气数总无凭。

话说甘奇领了娄元帅的将令，下了将台，走到了自己队中，取了开山大斧，上了胭脂马，好似天神一般，一马冲到阵心，向着两旁高声大叫道："某奉元帅将令，已取某的武艺第一，可挂先锋之印，但恐两队中尚有不服者，不妨在马上与某比一比武艺，若有人赢得某手中斧头者，某情愿将先锋印让他挂去，如力量低微者，休要当场出丑。"话言未了，就是那一员白袍小将，心中不服，手执方天戟，座下银鬃马，冲到阵前，大叫："甘奇少要逞能，俺来与你决个胜负。"甘奇见是举鼎的白袍小将，不觉在马上大笑道："量你马下武艺不过如此，若论马上，也是平常，何苦自来送死？"小将听说，大怒道："少要夸口，照戟罢。"一戟向甘奇面门刺来，恨不得将他刺个穿心过。好个甘奇，不慌不忙，把开山大斧向上一挡，"当"的一声，小将的戟被他挡过，未免来得十分沉重，那身子在马上已晃了几晃，又被他一斧相还，急举戟用力架住，只叫声："好家伙！"一来一往，未及十合，只杀得小将马仰人翻，大叫一声："战尔不过，将先锋让你挂罢！"带转马头，败入队去。

甘奇在马上哈哈大笑道："这等武艺，也来比武，还有谁个敢来？"又听得左队中跳出一将，手执两把金刀，座下白龙马，一马冲到，也不打话，举起双刀砍将下来。甘奇将斧向上一迎，双刀逼过，用斧砍去，那将把刀一起，碰在斧上，铮铮有声。二将战有五十个回合。甘奇知道来将是个劲敌，力难取胜，暗生一计，把马带转，诈败下去，那将大喝一声："甘奇往哪里走？某来取你的命也。"抡起双刀放马追将下来。甘奇回头一看，见他来得切近，心中大喜，把斧放在马头，用手掣出竹节钢鞭，猛回头高叫一声："着！"只见那将放马追来，不及防备，一道亮光起处，"哎哟"一声，正打中脊背，打得口中吐血，伏鞍而逃。

甘奇见已取胜，收回钢鞭，举起大斧，放马回头，一路威风凛凛，大叫："有本领者，快下场与某交手。"喊到阵心，连叫数声，无人答应。将马催至将台下马，丢下大斧，跳上将台跪倒："启元帅，末将比武，已胜二将，以后俱无人会阵，请令定夺。"元帅大喜，赐了三杯酒，披上锦袍，插了金花，挂了先锋之印。元帅拔了令箭一支，吩咐甘奇道："你可带兵一万，为前部先锋，逢山开路，遇水搭桥，兵抵大营，候本帅大兵到日，发令开兵。"甘奇接了将令上马，带兵先行，出了番城。

这里娄元帅已将先锋考定，人马点齐，放炮三声，拔寨起身。辞别王驾，出了番城，一路旗幡招展，军令严明，大非从前出兵气象。在路兼程而进，离了番城，有五百里下来，忽见正南上远远一座高山，长得十分险恶，挡住大兵的路径。列位，你道番兵番将来来往往，是由中国的大路，从不曾见有此山，如今这山是哪里来的？常言：国家将亡，必有妖孽。番邦该行败运。此山新到一个妖魔，修了千年道行，炼了许多异法，打扮一个头陀模样，自称为一无大师。本在海外修炼，因掐算到番邦有一番刀兵，故入番邦，移了一座恶山，挡住娄元帅的去路，要想他聘请下山，使弄一番妖术，扰动中原，好显他的能处。这都不在话下。

单表营中探子，一见此山险恶，怕的山中有剪径强人、弄术妖怪，飞星赶到大队，报知元帅。元帅闻报，一面吩咐再去打听，一面扎下营来，埋锅造饭已毕，娄元帅带了几员副将，五千人马，亲自出营，一马到了山前巡看。看见山有五丈多高，周围不知几百里，隐隐树木稀疏，山是平坦大路，并无什么怪异之事。正在打点吩咐回营起身，忽听山头上一阵雷鸣，隐隐约约又似战斗之声。元帅在马上大吃一惊，抬头举目一看，只见：

山头若云若雾，平空似火似烟，一对蛟龙舞爪，远远几道寒光，两只银弹飞天，森森万千利刃，不住地盘旋上下，无数的攻斗倒悬。刀光中坐了一位长老，短发披肩；龙影内盖着一个蒲团，彩毫射眼，浑似那万马军中争战伐，有如那一片祥霭集云间。

娄元帅看毕，又惊又喜，知有异人在此山中，不可不前去一访。主意已定，吩咐将人马扎在山下，只带了几员副将，一同慢慢上得山来。整整地走有十几里之遥，但见山上光光荡荡，并无影迹，心下十分诧异道："这又奇了！"正要打马下山，忽见树林内走出一个异怪番僧，叫声："娄元帅且住行旌，贫僧来助你一臂之力。好去征南。"娄元帅听见此话蹊跷，把这番僧上下一看，怎生打扮？但见他：

头如笆斗，眼似铜铃，鼻如狮孔，口似血盆，耳带一对铜环。身穿烈火袈裟，不穿珠履，赤着双足，只用拂尘摇于右手。九天魔王初下界，一团妖气照番城。

娄元帅看毕番僧，不知好歹，滚鞍下马，急急向前笑脸相迎，叫声："师父何来？"那番僧道："元帅，此处不是说话之所，小庵不远，请去细细一谈，便见分晓。"娄元帅道："未曾进谒，何敢轻造？"番僧道："这又何妨！"一把拉住元帅手，向前便走。不几步，绕过松林，远见一座茅庵，约有三间地方大，娄元帅便问："这是仙师的宝刹了？"番僧道："不敢，就是荒庵。"元帅同了番僧，到得庵前，番僧轻轻叩门，里面开门，走出一个青面獠牙卷毛童子，叫声"师父回来了。"番僧点头，吩咐："拿几条板凳出来，与这位元帅跟来的将爷们坐坐。"那童子答应而去。元帅与番僧进了庵门，殿上也无佛像，大家见礼，分宾主坐定，又有个卷毛白面童子献茶。茶毕，元帅问起番僧法号出迹。未知番僧怎生回答，且听下回分解。

第三十六回
攻雁门李广斩甘奇　摆异阵妖术困汉将

诗曰：

　　北番队里逞英雄，自恃奇能立大功。
　　功业未曾标凤阁，梦魂早已返江东。

话说番僧见问，便道："贫僧乃西海人氏，因见此山名曰盘陀，且喜山中一片灵秀之气，故驻于此山，搭一茅庵，只带了两个小童，在此山修炼，已有千余年了。"元帅道："敝地番邦，从来不闻有此山名。"番僧道："此山原非番邦所管，随着贫僧到哪里，它就长在哪里，此乃贫僧随身之物，何能久载番邦？"元帅听说，吓得只是吐舌道："失敬了，原来是一位圣僧临凡，敢问圣僧法号？"番僧道："不敢，贫僧名叫一无，闻元帅奉命征南，特来进谒。雁门坚固难破，又有李广谨守不出，丞相虽抱孙武之能，用兵如神，奈何非李广敌手，怎能破关，取得昭君，报功番王？"这一席话说得娄元帅毛骨悚然，急急起身，向番僧跪下，早被番僧一把拉起道："元帅休得如此，有话请坐了好说。"娄元帅坐定，叫声："圣僧，若不嫌弃我国，恳请师父下山，帮助一臂之力，只等有日功成，我主定待以师礼，不知师父意下何如？"番僧道："贫僧早算定，南朝当败，北地当兴，昭君有缘，亦应为番王妃后。久知元帅出兵，故移此山挡住元帅的去路，贫僧特来相助成功，任李广有三头六臂的凶勇，一见贫僧，不怕不成飞灰。"元帅听说，心中大喜，以手加额道："若得仙师出山，真我王之洪福也！但军情紧急，仙师何日起行？"番僧道："元帅人马请先行，贫僧随后就到，总在大营相会便了。"

元帅听说，告别番僧，番僧送出庵门。早有手下将官拉过元帅战马，请元帅上了马，拱手告别。番僧叫声："元帅且慢，省得又走好几里路到营，待贫僧先试一小法看。"便叫诸位将军都上了马，他对着马脚吹了一口气，口中念念有词，只见那些马脚平空而起，耳内呼呼风响，片刻已到山脚之下。睁眼一看，此山已看不见了，仍是一派平阳大路，元帅连声叫奇。吩咐拔寨起营，一路到了大寨，歇息一夜。

次日放炮，起马动身，直奔雁门关而来。非只一日，到了大寨，早有吴銮、甘奇，率领众将等一齐出营迎接。元帅进营坐定，众将参见已毕。吴銮已有谕旨降职，缴上元帅印，退居监军之职。元帅将带来十万人马一并编入队伍。吴銮一面摆酒，代元帅接风，一面犒赏三军。元帅席间问吴銮道："将军奉旨征南，起先还斩将建功报捷，怎么后来懈弛军务，关也不攻，观望不进，却是为何？"吴銮道："启元帅，非末将敢于停兵不进，奈一则雁门关乃中国咽喉，城池坚固，急切难破；二则守将李广乃一员宿将，智勇双全，坚守关门，只不出战，任来将百般骂战，他只佯做不睬，末将亦无可奈何。"元帅听说，点一点头道："这也怪你不得了。"说罢，眉头一皱，计上心来，便叫声："先锋听令。"甘奇上前打拱道："末将在此伺候。"元帅道："尔可带本部人马，于今夜三更时分，悄悄赶到关门，趁李广不及防备，架起云梯攻打，便宜行事，小心在意，本帅这里随后有兵接应。"甘奇领令而去。元帅又点孙云、哈虎、石庆龙、石庆虎，"各带兵三千，前往雁门接应甘奇，只要东西南北有一处可以破关而进，众将并力攻打，不得有误"。四将答应，领令而去。元帅发令已毕，命吴銮、石庆真在帐内陪着饮酒，专候攻关捷音，这都不表。

且言李广，那晚正坐帐中，用过晚膳，想起苏武兄此去和番，若是靠天福庇，番狗依允，关外这支番兵方能退去。倘其执意不从，定要把苏武兄软拘北地，又要添兵前来攻关了。怎奈我主只依那些贪生怕死的文官，主和不战，并不发一支救兵前来，保护雁门，只怕雁门乃中国咽喉要地，此城一破，则中国难保矣！想李广只拼一死，以报我主，可惜我主万里江山，一旦付之流水了！罢罢，听谯楼正打二鼓，欲待倚桌打盹，猛听帐外一声响亮，如同天崩地裂之势，好不怕人。吓得李广毛发直竖，命帐下军士卓了灯笼火把，出外一照，乃是一根大纛旗，无故折为两段，俱吃一惊。看毕，回报元帅。元帅闻报，好生诧异，暗想："此刻又无狂风，旗杆怎得吹折？此乃警兆，一定今夜有贼，用计攻关，不可不早为防备。"急急打起聚将鼓，添将添兵守城。一声鼓响，但见那些帐下众将，纷纷进帐，参见元帅请令。元帅便把帅旗无故自折，并无风的话宣令一遍，叫声："彭将军听令，尔可带领三千人马，巡视东城，张氏侄媳也带三千人马，巡视西城，李能也带三千人马巡视南城，俱各小心在意。"众人领令而去。

元帅又道："北城紧对番营，乃紧要之地，待本帅亲领人马，前去巡探便了。诸位将军，谨守帐门，毋得擅动。"众将答应。元帅即刻披挂整齐，出帐上马，一直来到北城。悄悄又吩咐军士一番。耳听谯鼓正是三更，恰值甘奇带了本部人马到了关下，一声呐喊，架起云梯，正对雁门北城。甘奇身先士卒，弃了大斧，手执遮牌利刃，从马上直窜上云梯，那些番兵，一个个随后上来，势不可挡。好一员老将李广，在黑暗里看得清楚，手执短剑，只等甘奇一纵一纵，将纵到城垛上边，李广趁他不及防备，把剑一挥，砍得亲切，大叫一声："去罢！"只听甘奇"哎哟"一声，从城上滚于城下，眼见死于非命。这里又是一阵火炮火箭、滚木檑石，发于城下，烧着云梯，打死番兵无数。后面虽有几支番兵接应，见关中准备，不敢前进，只得大败回营，入帐缴令。

闹到天明，元帅查点人数，折了先锋甘奇一名，番兵三千有零。心中正在纳闷，忽见那番僧也不用人通报，带了两个童子进帐。元帅一见，便下帐相迎见礼，分宾主坐定，说起昨晚攻关损兵折将之事。番僧道："这是元帅轻进，致有此失，且等今晚，贫僧摆一阵图破关，包管一战成功。"元帅大喜，一面吩咐备斋款待，过了一日，也不开兵讨战。到了晚间，也不知番僧怎生摆阵，且听下回分解。

第三十七回

现白虎大败李广　放火龙烧破雁门

诗曰：

　　老将何尝少智谋，只因星暗遇妖魔。
　　失机败阵关难保，闷煞英雄待若何。

　　话说番僧到了晚间，用过晚斋，只听谯楼初更，便叫声："元帅，贫僧放肆了。元帅可点兵，五路破关，贫僧这里摆一异阵，助元帅成功。"元帅道："请问仙师，但不知要摆什么阵可以破关？"番僧道："贫僧此阵不在阵图，乃贫僧自己久炼成功，名曰'九龙抢珠阵'，只消贫僧作法念咒，这九条龙飞入此关，如一团烈火，遇石即钻，遇人即伤，哪怕雁门铜墙铁壁，有什么难破？破了此关，大兵长驱直入，焉有汉室江山不取之掌上？"元帅大喜道："全仗仙师法力。还是本帅先点兵调将，还是仙师先摆阵图？要用多少人马听用？"番僧道："元帅只管点将，发兵五路，等三更号炮一起，贫僧这里阵图摆起，人马自在贫僧葫芦中间，毫不用元帅的人马听用，不消五更，元帅可以稳坐关中了。"元帅道："一仗仙师妙用，二仗我主洪福，破关取城，本帅与众将等何幸如之。本帅依仙师吩咐，就此点兵了。"番僧道："元帅请便。"

元帅升了大帐，吩咐众将道："本帅奉狼主的旨意，前来征南，昨因轻进攻关，失机斩将，罪在本帅，今幸天赐圣僧，扶助狼主，全仗大法力，须要今夜一阵成功，诸将各宜努力前进，不得退后，如违者斩。"下面答应了一声：哦！"元帅便令土金浑带领三千人马，大炮一座，攻打东城；哈虎带领三千人马，大炮一座，攻打西城；孙云带领三千人马，大炮一座，攻打南城；吴銮带领三千人马，大炮一座，攻打北城；石庆真带领三千人马，大炮一座，并令二子石庆龙、石庆虎左右护卫，攻打中城。只听信炮一起，众将等用心并力，放炮攻关，总在关内聚会缴令，不得有误。众将一齐答应，领令上马出营。

元帅点将已毕，正交三鼓时候，番僧叫声："元帅，贫僧演阵去了。"元帅道："本帅奉陪。"番僧拉着元帅的手，带了两个童儿，到得营门，随即紧对雁门关北城，远远站定，吩咐众将不用张灯点火，只剩一线夜光。番僧在身旁取出一个红葫芦，执在左手，揭起盖儿，向着外边，右手在身背后抽出一柄木剑，不知喃喃念些什么咒语，用木剑在葫芦口边敲了三下，只听得一声响亮，迸出一阵黑云，从空而起，忽然黑云四散，旋又是一派火光，照得满天如同白日，但见天上九条龙，张牙舞爪，火焰焰地直奔雁门北城而来，好不怕人。一霎时半空中又是一个信炮，只见五路番兵番将，四下呐喊，齐来架炮攻关。

关上军士一见番人又来趁夜攻关，大炮打得声声不住，已吓得魂不附体，如飞报入帐内道："启元帅，不好了，番人统领大兵大炮，四面攻打，十分紧急，请令定夺。"元帅闻报，吃惊不小。正要添将防守，又见报道："北城紧对番营，忽然平空飞来九条火龙，烧着关门，关门要破了！"元帅连接两报，仰天大哭道："天亡我国也！"张氏母子一闻此信，急急前来，叫一声："公公，这便如何是好？"元帅道："此城一破只好拼此一命，以报君主。"李能道："我们何不也起兵杀出城，胜负俱未可知，何必坐以待毙！"元帅喝道："无知小子，不知这场厉害，妄谈军政，还不速速退下。"张氏哭哭啼啼叫声："公公，可怜丈夫困在番邦，未知生死，叔叔、婶婶俱遭惨亡，只剩下公公与我母子至亲三口，又陷此关中，若关一破，我等立成齑粉，眼见李氏一脉灭绝了，岂不令人伤心！"说罢，大放悲声。元帅道："贤侄媳不必伤心，可趁此关未破，速速收拾行李，同孙儿李能逃命去罢！拼我老命，莫管生死存亡，听天由命。"张氏道："我等怎舍得公公前去！依侄媳愚见，不如一齐走罢，待罪君前，凭圣上处分便了。"元帅道："侄媳之言差矣，你们可走得，我却走不得，我是奉旨前来征番的，擅离此地，该当何罪。"

　　正在商议不决，又见军士慌慌张张报道："启元帅，不……不……不好了，方才守将彭殷正走北城，被番炮将头颅打碎，城垛打倒十余丈，番兵一拥爬进城来，火龙不知多少，已烧进城了。雁门四城已破，元帅还不速走，等待何时！"这一报，只吓得李元帅魂都不知掉在哪里了，急急揣了帅印，坐马端兵，带领张氏母子一齐闯出辕门。只见街上房屋被火龙烧着，军兵被番人乱杀，哭声震地，喊杀连天，惨不可言。元帅听见，心甚不忍，此刻也无可奈何，要弃关逃命，直奔城南，顶面正遇着孙云杀进城来，火光中一见李元帅，大叫："李广，往哪里走？"举起军器，盖将下来。李广不敢恋战，一面保着家眷，且战且走。若论孙云，原非李广敌手，但因李广因雁门已失，心怯十分，孙云因攻关得胜，勇增百倍，一见李广要闯出关去，怎肯放松？放马追来，且自慢表。

　　再言番僧在营门外作法，用九条火龙将雁门关破了，便叫声："元帅，还不带领大队人马进关，等待何时？"元帅听得，大喜道："关门已破，仙师可收回法宝，恐其有害生灵。"番僧把手一招，九条火龙都入葫芦，顿时关中烟消火灭。这里三声大炮，拔寨起营，一齐进了雁门关。关中兵将俱已逃命去了，只苦坏了众百姓，伤了多少性命。元帅一面出榜安民，查点李广业已逃走。土金浑、哈虎、石庆真父子三人、吴銮等俱入帐缴令报功，单不见攻打南门的孙云，心下十分疑惑。番僧道："元帅不必忧疑，孙将军已向南城外追李广去了，但非李广对手，可令哈将军前去助战。"元帅依言，吩咐哈虎带兵三千，速速前去。哈虎领命上马，带兵如飞出了南门，放开马头，催兵前进。赶到三十里外，远远见孙云放马追赶前面一员老将，知是李广，只是赶不上，哈虎心生一计道："待某助他一箭成功罢。"想定主意，认着李广背后，就是一箭射去，真是百步穿杨，发无不中。李广未及防备，叫声"哎哟"，箭中肩窝，一跤跌于马下。孙云一见老将落马，心中大喜，正要举刀来取老将性命。未知生死如何，且听下回分解。

第三十八回

金雀关赵英救李广　水晶球妖人打汉将

诗曰：

多少道人看古庙，从来宰相用心机。
几时得到桃源洞，好与神仙下局棋。

话说李元帅被哈虎一暗箭射中肩窝，翻身落马，孙云一见大喜，正催马举刀，要来取李广的首级，忽见李广泥丸中现出一道白光，光内一只白虎，两只前爪抓住孙云的兵器，吓得孙云不敢下手，带转马头便走。遇见哈虎，哈虎道："某已助你一箭，怎不下手去伤李广？"孙云便把顶现白虎的话说了一遍。哈虎道："无凭之事，怎回去缴令？某现带兵在此，同你追下去，只要捉住李广，中原定无能将，则汉家天下可以唾手而得。"说得孙云无言回答，只得又把马勒回，又同哈虎带兵来追李广。但见前面落马的李广，已被一女将同一小将救了，上马如飞而去。哈虎一见大怒，拍马追来，高叫："李广，快来纳命，往哪里走！"孙云也随后大喊道："谁救去某的败将，快快放下，万事全休，若有半字不肯，某来取你命也。"两匹马豁喇喇如追风掣电一般,只吓得张氏夫人一见追兵来得切近,便叫声:"我儿,保着公公前行,待为娘的挡他一阵。"李能答应而去。张氏夫人在马上把双刀一摆,便叫声:"来将少要猖狂,有我来会你。"哈虎一见女将挡路,大喝道:"某要去捉李广,你这女将因何挡某去路?想你也活得不耐烦了。"张氏夫人道:"李广乃我的公公,被你等用此诡计破关败走,闪得他有家难归,也就罢了,怎么心还不足,尚要追来,只怕难出我一刀之手。"哈虎大怒,高叫:"放马过来!"一时两下大战三十个回合。孙云见哈虎不能取胜女将,也放马助战。张氏夫人虽然武艺精通,双拳难敌四手,只杀得浑身香汗淋淋,抵敌不住,要败将下去,怎禁哈虎、孙云两般兵器逼住,不能分身。又是令旗一招,哈虎、孙云三千兵马齐围将上来,把张氏夫人困在垓心,且自慢表。

再言李能保着李广前行,见母亲去退番兵,久不见回马,怕的有失,欲待回头找寻母亲,又不放心祖父;欲待保着祖父,又不放心母亲,正是事在两难,顶面遇见一支军兵,打的大汉旗帜,知是救兵到了,便高叫:"来的人马可是汉朝的?"只见三军队里出来一将,头戴金抹额,身穿红战袍,面如靛花,颔下一部长须,手执大砍刀,座下赤兔马,一马当先应声道:"然也,前面马上可是李元帅么?"李能道:"不敢,正是祖父,破关败走,受了箭伤,未能答礼,多多有罪。请问将军尊姓大名,是哪里来的人马?"那将回道:"某乃金雀关镇守总兵赵英是也,因接得雁门关败残兵丁报道,关门已破,元帅败走,某是以急急领兵,前来救应。"叫声:"小将军,可把令祖箭伤拔去,某军中带有金疮药在此,一敷即愈。"李能依言下马,轻轻在李广肩窝拔去箭,折为两段,即将疮药敷上,片刻止痛,谢了赵英上马,叫声:"赵将军,恳护送家祖到金雀养息,俺好去退追兵,救我母亲。"赵英问其缘故,李能说了一遍,赵英道:"小将军且慢去,你可护送令祖到金雀关去,待俺统这支人马,去救令堂便了。"李能道:"只是有劳将军了。"说毕将手一拱,保着李元帅,到金雀关而去。

赵英也带了三千人马，催军前进。未及五里之遥，但见尘头四起，喊杀连天，一个战场围在那里厮杀，就知道是番人困住女将，他便把大砍刀一摆，领着三千生力军，冲进重围，高叫："女将休慌，俺来救你出重围也。"一声喊叫，钢刀一举，乱砍番兵，杀开一条血路，进了重围。但见两员番将，战住一员女将，只杀得那员女将只有招架之功，并无还手之力，气喘吁吁，面如白纸。此刻赵英在马上忍不住心头火起，提大砍刀照着哈虎背后砍来。哈虎忽听背后一阵冷风，恐有放暗箭之人，回头见是砍刀，大吃一惊，急急举刀架过，哈虎已杀了半日，业已减去五分气力，怎敌住赵英是一支生力军，不到三十回合，也有些抵敌不住。张氏夫人只与孙云一人招架，又见添一支军来接应，精神陡长，勇力倍增，两把双刀舞动起来，只见刀光，不见人影，反把孙云杀得马仰人翻。孙云此刻已是力怯，杀得大败而逃。哈虎一见孙云败走，也不敢恋战，败出围子。赵英与张夫人趁胜追杀番兵，只杀得血流成渠，头如瓜滚，才打得胜鼓，回金雀关去。

早有李能接了进关，一齐下马，到了总府，先来看视李元帅。元帅带令孙儿，谢了赵总兵搭救之恩。赵英一面摆酒，代元帅压惊。席间谈起番兵势大，须要请旨，发取大兵到来，才能破敌，一面知会银燕、铁鸦两关守将，带兵同来协守，方保无虞，不然雁门那等坚固，尚且破了，何况此关？赵将军请三思之。赵英因胜了番兵一阵，自认英雄无敌，一闻老将之言，心中不服道："元帅休长他人志气，灭自己威风。番人不来便罢，若来时，末将杀他一个片甲不留，还要复取雁门，方知某家的手段。"李元帅道："将军不可轻敌，须要斟酌而行。"赵英笑道："既是元帅这等害怕怯敌，俺这里先拨军兵，护送元帅家眷还京便了。"李元帅将计就计，点头依允。过了一宵，次日带了侄媳、孙儿，一同进京待罪不表。

且言赵英打发李元帅去后，也不进京请兵救应，也不知会银燕、铁鸦二关，只吩咐守关军士多备檑木炮石，怕的番人攻关，每日摩拳擦掌，只等番人到来会战。那日正坐关中，忽听关外三声震天大炮，已知番人抵关下寨，未及半日，早有军报道："番将讨战。"赵英闻报，即刻披挂整齐，提刀上马，带领一支人马，放炮出关，高叫："番将通名。"番将道："某乃土金浑是也，你可快通下名来。"赵英道："俺乃金雀关总兵赵英是也，番狗屡次犯边，今日难逃俺手。"说罢，将刀砍下，土金浑用枪急架相迎，一来一往，战了五十个回合，未分胜负。赵英在马上陡生一计，要胜敌将。且听下回分解。

第三十九回

张玉龙中计失银燕　黄崇虎被宝走铁鸦

诗曰：

行军要诀贵多谋，可笑无谋受网罗。
失地伤身真厉害，莫将国运叹蹉跎。

话说赵英与土金浑大战五十个回合，不能取胜，暗生一计，用拖刀计，故意诈败下来，叫声："来将少要追赶！"说罢，放马回头便跑。土金浑不知是计，只道他认真败走，放马追来。赵英回头一看，见追将来得切近，心中大喜，猛将刀一举，向后砍下，大喝一声："看刀。"土金浑未及防备，叫声"不好"，把头一偏，只听得"咔嚓"一声，把右肩甲卸下半边，吓得土金浑带转马头，败进营去。赵英不舍，又放马追来。刚刚追到离营不远，恰值娄元帅与番僧在那里掠阵，一见土金浑败下，后面又有汉将追来，娄元帅急命吴銮出阵救应。吴銮领令，上马出营，让过土金浑，接着赵英，也不打话，交起手来。二将战有三十多回合，正杀得难解难分，娄元帅便问土金浑："来将因何这等凶勇？"土金浑道："启元帅，这是镇守金雀关总兵赵英，本事不弱于李广。"番僧笑道："待贫僧暗助吴将军一阵，除了敌将，元帅可速速催兵，取这金雀关。"元帅听说，大喜道："全仗仙师法力。"

番僧趁着二将杀在当场，忙在怀中取出一个水晶球子，托在掌上，口中念念有词，对着球儿吹了一口气，只见那球儿，从掌上如一道白毫，直冲上云霄，落将下来，好比一个磨盘大的东西，向赵英顶门上盖下来。赵英只顾与吴銮厮杀，未及防备上面有妖术暗算，只听"咕咚"一声，可怜赵英连人带马，打成肉酱。番僧见球已取胜，把手一招，球仍收回，便叫："元帅，还不点将取关，等待何时！"元帅听说，急命哈虎、石家父子三人，统领大兵一万随吴銮去取金雀关。众将得令，上马如飞而去，趁势追杀汉兵，一直杀到关口。关中无主，军兵四散，俱已逃到银燕关去了。

关门大开，吴銮与众将等先在关中等候，急急去报元帅，远远迎接。元帅一闻金雀关已得，心中大喜，便领了大队人马动身，一路旗幡招展，好不威风。到了关口，众将迎接进关。入了总府坐定，先上众将功劳簿。一面出榜安民，一面摆酒庆功，款待番僧，又犒赏大小三军，歇马三日，就在灯下草成告捷本章，并将"天赐圣僧，助阵成功，请旨旌奖"的话也写在上面，差官带本到番，奏知狼主。这里元帅又要拔寨起身，催马前进，留将镇守金雀，一路直奔银燕而来。非只一日，正行之间，有探子报道："前面离银燕关不远，请令定夺。"元帅吩咐安营扎寨，一声令下，只听得三声大炮，扎下大营，便问："哪位将军前去抵关讨战？"有石庆真向前讨令，元帅吩咐小心在意。

庆真领令，上马带兵，放炮出营，一马冲至关前，高叫："关上有能事者，快来会战，若是武艺平常，早早献关，免得打破关门，杀得鸡犬不留。"守关军士闻之，飞报与关主。这位关主，姓张名玉龙，身长一丈有余，面如敷粉，年方二十以外，用一柄流金锤，有万夫不挡之勇，而且足智多谋。先见李广破关进京待罪，说起赵英轻敌的话,只是跌足道:"金雀关休矣!"不时着探子打听消息。忽见金雀关败残兵丁报来道:"主将阵亡,大关已失。"只吓得魂不附体,知道番人指日就来攻关,一面打了告急求救的本章进京,一面知会铁鸦关守将,同来协守,一面添了守兵、檑木、炮石、灰瓶等件,准备守关,并不出战,每日早晚亲自巡视一番,正是:

一人当关,万夫莫过。

这日正坐关中,思想铁鸦兵到,同来协守,此关就不妨事了。忽见军士急急前来报道:"关下有番将讨战。"张总兵吩咐:"免战高悬,任他叫骂,休要睬他,尔等小心防守要紧。"军士领令而去。张总兵见番兵已抵关外,不时亲自巡查,四面城头,十分严紧不表。

且言石庆真抵关讨战,并不见一人一骑出来。忽见挑出免战牌,心中大怒,将免战牌打碎,叫骂一日,仍无人出战,只得回营缴令。元帅一连三日,打发将官讨战,关中无将出来会阵,心下甚是焦躁。庆真道:"此关非比雁门,元帅何不请圣僧使用法力,其关立破,省得有费时日。"元帅点头,便向番僧求计,番僧道:"贫僧用法,不得已而用之,若不尽人力而为,专恃法术,恐怕有干天怒。贫僧算定,只须元帅用一妙计,立破此关。"元帅点头称善。土金浑向前献计道:"末将那时曾走过中国这条路的,过了此关,便是铁鸦,铁鸦过去,就是黄河,黄河一渡,便到东京。只怕守将不肯出战,专候京中救兵;铁鸦兵到,用来协守,以老我师。元帅何不假做回兵之势?关上一见,自然把守松了,待末将偷进关中,放火为号,里应外合,则关可破矣。"

元帅依言,吩咐大小三军就此回兵,一声令下,大炮惊天,退营三十里下寨。早有金雀关军士,一见番兵退下,飞报张总兵。总兵心下十分疑惑,亲到城头一看,果见番兵退去,候了三日,不见动静,方命军士开关采樵。哪知土金浑改妆,混进关内,埋伏关中。采樵已毕,仍怕番兵到来攻打,急急将关门紧闭,把守甚严。不料到了三更时分,忽然番兵又到,架起大炮,四下攻打城池,张总兵心上甚是着忙。又见报道:"西边草料上火起,烧得民房通天彻地的红光,满城哭声震耳,北城又被番人用炮打破。"吓得张总兵已知中计,急急上马,杀出城去逃命。正遇土金浑,大踏步冲将过来,在火光中见一马上将官,知是张总兵,趁其马跑得急,不及防备,顺手用刀砍倒马足,总兵连人带马撞将下来,土金浑当即过来,顺手取了首级。又杀到北城,砍倒十几个军士,那些军士都逃命去了。土金浑迎接元帅大队人马进关,入了总兵府坐定,出榜安民,扑灭城内余火。土金浑将首级献功,元帅上了功劳簿,摆酒庆功,过了一宿,正要打点催军前进,忽见番兵报来。未知所报何事,且听下回分解。

第四十回

渡黄河妖风吹战舨　围京城怪石冲汉兵

诗曰：

　　一团妖气逼东京，困住紫微暗吃惊。
　　媚主蛾眉先有兆，可怜倾国与倾城。

　　话说番兵报道："启元帅，今有铁鸦关的人马前来，要与张总兵报仇，抵关讨战，请令定夺。"元帅闻报，哈哈大笑道："本帅正要起兵，去打铁鸦，他反自来送死，正是天助俺成功也。"便问："哪位将军前去会阵？"有孙云向前讨令，元帅吩咐小心在意，孙云领令而去。去不多时，大败回关，帐前请罪。元帅又令哈虎出战，也败回关来。再令石庆真父子三人会阵，不到两顿饭时候，庆真父子俱带重伤败回关来。元帅大吃一惊道："这厮如何十分厉害，连败我数员大将，这还了得！"番僧道，元师不必焦躁，可再令吴将军出马诱敌，贫僧用法宝擒他便了。"元帅依言，命吴銮带兵出马，只许败不许胜，诱到阵前，好捉敌将。吴銮领令而去，元帅同番僧众将来到关前掠阵。只听炮响三声，吴銮一马当先，冲出关来，把来将一看，怎生打扮，但见他：

> 头戴镔铁盔，面如锅底灰。
> 一双铜铃眼，两道扫帚眉。
> 鼻孔如狮子，簸箕两耳垂。
> 一张血盆口，长须乱一堆。
> 穿件铁叶甲，腰大有两围。
> 身长一丈六，座下马乌骓。
> 手执枣阳槊，当场有虎威。

吴銮看毕，大喝一声道："来将可通下名来。"黄总兵道："俺乃镇守铁鸦关总大老爷黄崇虎是也，天朝有何亏负于你，擅自兴兵犯边，夺关斩将，罪在不赦，今日本镇前来，一个个还不下马领死，等待何时？本镇也不斩无名之将，可通下名来。"吴銮通："某乃单于国王驾前官拜征南娄元帅麾下左营都统吴銮是也。我国已取你二关，一路势如破竹，谅你这一孤关，保守尚且难支，还敢自来送死！"黄崇虎大怒道："本镇代同胞报仇，照槊罢！"一槊打来，吴蛮举刀急架相还，二将一来一往，战不到二十个回合，吴銮把马一转，诈败下去，直奔关门而来。崇虎不舍，大喝一声："番将往哪里走？本镇来取你的命也。"放马追将下来。

番僧在关头上，一见汉将追来，正中机谋，心中大喜，便在袖内取出一块方砖在手，口中念念有词，喝声"起"，那块砖起在半空，如万道金光，射人眼目，直奔崇虎顶门落将下来。崇虎正赶间，忽见空中金光要落将下来，抬头一看，吓得魂不附体，连叫不好，正要带转马头败回，说时迟那时快，那块砖在空中已变万千块，如雨点一般打将下来，打得那些汉兵头破血流，折臂断腿，纷纷逃散，只剩了黄崇虎一人一骑，肩带重伤，大败下去。番僧收了法宝，便叫："元师还不调将追赶，催兵取关，等待何时！"元帅听说，只留下一员副将，统领三千番兵在此守关，便率了大队人马，一直追将下来，真是马不停蹄，人不歇甲，只追得黄总兵并不敢回关，落荒而走，绕道往京都告急去了，不表。

且言娄元帅的大兵抵了铁鸦关外，但见关门大开，百姓纷纷乱窜，已知黄崇虎败走，不曾回关，一直驱大兵入城驻扎，出榜安民，摆酒庆功，犒赏三军。过宿一宵，忽见番王有旨到来，娄元帅就命摆下香案，率领众将跪接旨意，只见宣旨官高声诵道：

单于国王诏曰：兹接娄卿捷报，已破雁门，直抵二关，又得天赐圣僧，法力高强，助朕成功，大兵到处，一路势如破竹，眼见昭君不难取，汉室不难得矣！朕心欣慰，加封圣僧为护国上师，外赐娄卿蟒袍一领，玉带一围，有功将士，叙功升赏，众军士各赏粮米三个月，钦哉谢恩。

娄元帅谢恩已毕，接过旨意，送了钦差回番，便商议要渡黄河，逼取东京之事。忽见探子报道："启禀元帅，黄河渡口对岸有千余只战船，排列森严，刀枪密布，这边岸下一只船影全无，请令定夺。"元帅闻报，吩咐再去打探。便皱着眉头，对众将道："本帅攻取东京，非渡黄河不可，大队人马需要许多战船，方渡得过去，若是打造，一则迁延时日，二则材料全无，若是抢他战船，又无赴水军兵，况他那里设备森严，也难下手，似此如何是好？"这一番话问得众将泥塑木雕，并无计策回答。番僧在旁大笑道："元帅何必忧心，只须贫僧两个指头，一口仙气，管教他那边战船，一只只吹将过来，让我们大兵上船，好渡黄河去也。"元帅大喜道："全仗仙师法力，只是我兵已深入重地，怕的勤王兵起，我兵腹背受敌，就了不得呢！望仙师事不宜迟，速速作法方妙。"番僧点头道："包管元帅明日有战船到岸，以渡我兵。"元帅道："仙师何以这等容易？"番僧道："仙机不可泄露，做过便知。"元帅也是将信将疑，又在关中歇了一日，到了三更时分，

外面好大狂风也,怎见得,有诗为证:

狂风阵阵起凭空,拔木摇山势更凶。
卷起波涛腾万里,隔江船只影无踪。

这是番僧三更作起妖法,使动怪风,吹散了对岸千只战船,不知淹死多少汉将汉兵,那些船在河内飘荡,都奔这岸上泊着。

到了天明,早有探子报知元帅,元帅闻报大喜道:"仙师真妙用也。"便留五千人马孙云镇守铁鸦关,自同番僧率领大队人马,催兵出关,一直向黄河渡口进发,但见几百号船只,摆列岸口,预备现成。元帅吩咐众将照着队伍上船,不可争先争后,如违者斩。众将得令而去。番兵也会弄船,扯起篷脚,摇动大橹,趁着顺风,如飞渡过黄河,一齐弃舟登岸,那些把守黄河兵将,被一夜狂风吹下河去,死的死,跑的跑,所以此刻并天一人在此把守,任番兵过来,无人阻挡。元帅只留兵一万,与哈虎看管船只,以做归路,这里率了大队人马,逼进京师。未知可曾取得昭君否,且听下回分解。

第四十一回

汉帝吓倒金銮殿　张相献计假昭君

诗曰：

只为美人一点痴，奸邪献计欲分离。
任他巧献瞒天智，是假难真未许欺。

话说娄元帅率领大队人马渡过黄河，一路还有许多关隘，皆知不能抵敌，俱望风归顺。这是娄元帅军令严明，禁止三军，不许骚扰百姓，秋毫无犯，且自慢表。

再言李广，自雁门关失守，带了家眷，急急逃回京都，将家眷送回府第，独自进京，缴印待罪。汉王还未退朝，忽见黄门官启奏道："今有镇守雁门关大将军李广，待罪午门，请旨定夺。"汉王闻奏，忙将李广召进。俯伏金阶，口称罪臣，便将番兵打破的话，奏了一遍。汉王大吃一惊，便道："李卿，你一门为国阵亡，情实可悯，纵雁门关失守，非尔之过，卿可戴罪立功。"李广谢恩退下。如今失了雁门，好不忧心，正待要点将去救雁门关，奈朝无良将，一面着兵部用火牌行文各处关隘，紧防番人。此旨未下，又见黄门官启奏道："金雀、银燕、铁鸦三关,俱已失守,番兵已渡黄河过来了。只剩铁鸦守将黄崇虎,逃得性命来京,亦待罪午门,请旨定夺。"只吓得汉王连连跌足道:"可恨奸贼毛延寿,逃到番邦,唆动兵锋,惹起祸根不小。且住,黄河非战船莫渡,隔岸船只俱无,这般设备甚严,怎任番兵渡河过来呢?"便把黄崇虎召进盘问。崇虎奏道:"臣闻得番营有一妖僧,善使妖法,火烧雁门,宝伤守将,妖风吹散战船,淹死多少人马,将船吹到对岸,皆是妖僧使的邪术。"汉王连声叹气道:"莫非天亡汉室,使妖人以乱中华耶!"

正下旨吩咐皇城守将,各门用心把守,未及多时,黄门官又急急启奏道:"万岁,不好了!番人已直逼皇城,团团围住,架起火炮,四面攻打,还不住半空中有大顽石飞来,打得这些守城军士,头破血流,哭声连天。只听番人口中单要昭君娘娘,万事全休,若半字不肯,定要打破皇城。"只吓得汉王魂不在身,坐不稳交椅,几乎跌倒,幸有内侍扶住。但见汉王大叫道:"孤的万里江山,大事去也!"忙问两班文武:"番兵已临城下,破在旦夕,哪位卿家代朕分忧,能把番兵退了,保住山河,不但官上加官,且七岁孩童,加以显职,九岁女子,也受皇恩,孤不食言。"汉王朝下问了几声,但见文官好似泥塑,武将如同木雕,面面相视,并不回奏。恼得汉王心中大怒,拍着龙案,指着两班文武大骂道:"常言:养军千日,用在一朝。你们这班没用臣子,一个个贪生怕死,难道叫孤把江山白白送与别人么?"问得两旁文武各翻眼睛,仍是束手无策。

汉王正烦恼,左班中闪出兵部尚书张元伯,跪倒金阶,口称:"我主,臣有短表,冒奏天颜,臣该万死,望我主赦臣一死罪,方敢奏明。"汉王道:"赦卿无罪,速速奏来,张元伯奏道:"现在番兵已临城下,事在危急,文不能展一破敌之策,武不能施一退兵之计,君臣何能坐视江山不保?"汉王道:"张卿有何妙计,可退番兵?"元伯奏道:"我主只消遣一能臣,可到城头,与番人打话,问他起兵到此,还是单为人图而来，还是不单为人图而来，看他怎样回答。"汉王道："卿家问他，是什么意思？"元伯道："他若单为人图而来，单要昭君便可退兵，臣自有瞒天之计，代主分忧，若不专为人图而来，既想得人，还要得地，那时便要费一番大手脚了。只看他如何对答，再作较量。"汉王道："一客不烦二主，就烦张卿代孤一行便了。"元伯不敢推却，领了汉王旨意，退出朝门，上了高头骏马，一马当先，到了城头，向下一看，番邦人马势如潮涌，好不厉害！怎见得，但见那：

旗分五色，阵列八方，盔甲鲜明，刀枪密布。一个个番将，头上飘雉尾；一对对番卒，额前扎勇巾。战场上马蹄乱奔，炮架中轰声震耳，不住地唧唧吹上下，无数的金鼓响高低，扎住了一带万马营，排定了千层牛皮帐。

看毕，向城下大叫一声："番军听着，大汉天子差了张兵部，前来与尔主帅答话，快快通报。"番军听说，不敢怠慢，忙报知娄元帅。元帅闻报，同了番僧上马，带领众将，一马冲到城下，高叫："南朝有何话说？"元伯道："将军此来，还是专为人图，不专为人图，两事望乞见教。"元伯这一句话，倒问住了元帅。元帅在马上沉吟不答，回头便向番僧叫声："仙师，本帅若回他单为人图而来，他只献出昭君，便要退兵，只可惜中原地界，大兵难得到此，若不并取汉室天下，再要想到中原，便费力了，望仙师斟酌回复他的话。"番僧道："据贫僧捏指算来，汉室气数未终，江山不应为他人所有，元帅何不将计就计，只要献出昭君，归报狼主，以便班师归国，若要取汉室天下，只好待时而动。"娄元帅道："仙师所论，开我茅塞，如此回他便了。"一马当先，高叫："城上张兵部听着，本帅奉狼主旨意，统兵到此，只要献出昭君，并不取汉室寸土，即可退兵，如尔等再要抗拒，本帅即要发兵攻城了。"元伯道："将军且请息怒，我等已奏知天子，情愿将昭君献出，一则将军便要退兵五十里，以安百姓，二则雁门关以内地方，仍退回中国管辖，依此两件，即日献出昭君，进与尔狼主。"娄元帅道："如果献出昭君，两件事俱可相依，如不相信，折箭为誓。你不要用缓兵之计，哄诱本帅，那时翻转面皮，不但要人，而且要地了。且问你昭君何时送出？"元伯道："将军兵一退下，即刻将昭君亲送到营，断不食言。"娄元帅听说，便把令旗一展，将兵退至五十里，扎下营盘等候。元伯见番兵已退，急急催马下城，到了午门下马，进朝交旨，回奏，番人只要献出昭君，不要寸土，臣已依允，大兵已退远了，立候一信。"汉王便问："张卿，有何妙计？"未知元伯说出什么计来，且听下回分解。

第四十二回

番人班师归本国　大封功臣见美人

诗曰：

　　由来好色动干戈，折将损兵费许多。
　　此日功成归故国，琴瑟依旧未调和。

　　话说元伯见汉王问计，便回奏道："番人围城，非为别事，只因人图起的祸根，难道我主认真将昭君献与北番么？"汉王道："依卿便怎么样呢？"元伯道："只消我主传一道旨意，宫中去择其相似昭君容貌者，充做昭君，当面嘱咐此女，叫她休要泄露，待臣送到番营，那边兵将怎知真假，只等番兵一退，他良然将侵占地方归还我主，我主速速点将增兵，把守各处关隘，以防番人，再等他归国，辨出昭君真假，我国防备甚严，也就不怕番人攻打了。"汉王点头称善，即刻传旨。正宫选一年轻女妃来到殿前，朝见汉王，汉王又当面嘱咐一番，命她改了北装，外赐嫔妃八名，三百儿郎护送，就差张元伯亲自送到番营交代。又叫声："张卿，到番营交代之时，一则要不失大国之礼，二则叫他将地方侵占过去的交割清楚，三则烦张卿明押暗解护送番人出了雁门关，以免一路官民骚扰，回朝之日，另当升赏。"张元伯谢恩领旨，将假昭君用香辇坐上出朝，元伯上马，带了三百御林军，护送假昭君出了皇城，一路奔番营而来，且自慢表。

再言汉王打发元伯去后心才略放，又命李广添兵五万，战将二十员，远远随后，到雁门关镇守，戴罪立功。铁鸦关仍命黄崇虎添兵镇守，待罪立功。金雀、银燕二关，着兵部速放能将去镇守。一声旨下，李广等谢恩出朝，急忙点兵选将，各自随后去奔关隘镇守。这是番人退出雁门的事情，书中先交代明白。

只言张元伯将假昭君一路送至五十里外，到了番营，早有小番报知娄元帅。元帅闻知昭君已到，率领众将等出迎。元伯也下马，大喝一声道："昭君娘娘既到尔等营中，即是尔等国母，尔等竟不摆香案跪接，大失君臣体统。"慌得娄元帅急命番军重将香案摆下，率领众将跪接娘娘，一齐口称："愿娘娘千岁。"上面嫔妃一旁代呼平身。娄元帅等站起，请娘娘下辇进营。元帅与众将一见此女，端在美貌，不分真假，暗自称赞道："好一位美貌娘娘！怪不得狼主为了此女，费了许多钱粮，折了许多兵马，今日方得成功到手，也算天缘配合了。"

不言兵将心内赞赏，且表娄元帅将昭君接进后帐款待，又将张元伯邀至帐内见礼，分宾主坐定，也不用茶，即摆酒款待张兵部，又犒赏三百护送儿郎，营中大吹大擂，好不热闹。席间，张兵部谈起奉旨送娘娘出雁门关一事，娄元帅大笑道："汉王非差大人护送娘娘，是要大人来取回关隘的。大丈夫一言既出，驷马难追，若要同行，何妨奉陪。"这一席话说得张兵部也哈哈大笑，只等席终，把兵部留在营中，过宿一宵。次日，元帅传令大小三军，吩咐放炮起行。一声令下，那些兵将好不欢天喜地，正是：

鞭敲金镫响，人唱凯歌回。

番兵在路归心似箭，巴不得兼程而进，渡过黄河，仍将战船交代张元伯清点；过了几处关隘，俱撤回守将，仍将地方退还中国。非只一日，早到雁门关，娄元帅扎住营盘，便对张元伯道："所有我国占过关隘，请大人查清册籍，不劳远送了。"元伯道："我告辞娘娘，好复旨去的。"说罢走到昭君面前，叫声："娘娘，一路须要保重，不必悲伤，臣是要回去了。"假昭君故意掩泪哭了几声道："汉王好狠心人也，你回朝代我上复汉王，叫他今生休想哀家见面了。"说罢，哀哀啼哭。元伯假意安慰一番，便道："老臣就此告别娘娘了。"说罢退出。娄元帅也将雁门交代明白，率领大队人马，放炮出关。元伯送至关外，看见番兵去远，回关将关门紧闭。住了几日，方见李广领了人马到关，元伯又交代清楚，告别李元帅，带了随身家将，回京复旨去了。这里李元帅重整关隘，修理城垣，添兵防守不表。

且言娄元帅自得昭君，建了大功，一路归国，心中好不兴头，带领大队番兵，离了雁门关，一直奔番邦而来。路上并无耽搁，早到番邦，将大兵扎在城外，便同番僧随着假昭君先进城来。番僧在馆驿住下，娄元帅来到午门，正值番王未曾退朝。有黄门官奏道："今有征南娄大元帅，取得昭君，奏凯回朝，现在午门候旨，请旨定夺。"番王闻奏大喜，召进娄元帅，俯伏金阶，先呈上功劳簿，番王取上，一一看过。又问："圣僧与昭君今在哪里？"娄元帅道："圣僧在馆驿暂住。昭君现在民房暂住，候旨定夺。"番王道："圣僧不敢令其朝见，可命卫丞相代朕恭请在伏龙寺居住，容日朕再诣寺谒见。"一声旨下，卫相领旨而去。番王又道："难为娄卿与众将等费尽心机，取得昭君回国，功劳甚大，卿等听朕加封：今封丞相娄里受为哈番一等伯，外赐黄金五百两、珍珠二粒、貂皮四张、团龙马褂一件。吴銮今已将功折罪，仍加封提督，并石庆真不避矢石，征战有功，封为兵部尚书，长子庆龙，封为左骧骑大将军。次子庆虎，封为右骧骑大将军，土金浑封为左营都督，哈虎封为右营都督，孙云封为中营都督，阵亡将士雅里托、甘奇等，俱照原职加封三级，荫一子世职，入功臣庙，配享春秋二祭，以下有功将士，俱给钱粮三月，免差一年，阵亡将士，着有司优恤其家。"

加封已毕，娄元帅等谢恩，站过一旁。番王又叫声："毛卿听旨。"毛延寿出班俯伏。番王道："卿举荐将帅有功，加升三级，外赐黄金百两、貂皮二张，以酬卿劳。"延寿谢恩退下。番王对着众文武道："孤为昭君，费尽许多心机，今日才能到手，可以晚年娱乐心情也。"旨下："召王昭君进见孤王。"娄元帅领旨，不敢怠慢，如飞将昭君召进午门，八个宫娥扶到金銮，袅娜身材，慢慢走到殿上，可笑一个如饥如渴的番王，眼巴巴朝下细看昭君。未知可曾看出破绽，且听下回分解。

第四十三回

对图画假美露破绽　指真形延寿进谗言

诗曰：

　　常言好事多磨折，欢喜十分又变忧。
　　花样情形成幻影，非关容貌不风流。

　　话说番王日夜思想昭君，今见昭君来到殿上，身子已酥了半边，把一双饿馋眼巴巴望着下面，见她轻移莲步上来，此刻也辨不出昭君真假，细细把昭君定睛一看，但见她：

　　一顶珠冠翠满头，双飘雉尾挂红袍。
　　八宝宫装穿身上，凤翅罗袖是绫绸。
　　步步莲花踏地下，不满三寸凤勾头。
　　粉脸好比瓜子样，淡扫蛾眉衬杏眸。
　　桃腮两颊红如许，小口一点用脂揉。
　　虽无昭君真面目，身材却也颇风流。

　　番王看毕，只见昭君走到殿上，轻拢凤袖，口露歌喉，叫声：

"狼主在上，汉女昭君愿我主千岁。"番王听得这一声称呼，心中已十分大喜，又见她拜倒金阶，连叫："美人平身，抬起头来。"假昭君领旨，口呼千千岁，把头抬起。番王伏在桌案上面，近前再把她细细一看，口内不言，心下暗想："孤看此女，虽也有几分容貌，不比人图上画的昭君，生得十分绝色，笔难描画，世上难寻，若论此女的容貌，就是昭君，也不稀罕了，且将毛卿一问便知。"叫声："毛卿何在？"延寿出班俯伏道："臣在此伺候。"番王指着下面假昭君问道："毛卿，你的画图献的昭君，不亚仙女下凡，如何此女不似人图模样？卿且细细看来，明白回奏。"

延寿领旨，下来细细把假昭君一看，大吃一惊道："果不是王氏昭君，被汉君臣掉了包也。"暗叫一声道："汉王，你将假昭君搪塞，不过要退番兵，权救燃眉之急，你只哄得北地君臣，怎哄得俺毛延寿？难道你不把真昭君献出，就罢了不成！只消俺舌尖儿动动，汉王呀，叫你的愁帽子又戴将起来呢！且住，汉王无故杀俺满门，俺与他有血海之仇，怎么不报？常言道，一不做二不休，待俺用激将计激恼番王便了。"想定主意，回奏番王道："据臣细看，此女不是昭君，分明汉王不舍昭君，故将假的欺哄我主，我主可将假的锁禁冷宫，再提大兵到天朝去，定要汉王献出真昭君，方成国体，我主若是依样葫芦，未免贻笑他国。"番王闻奏，好似火上添油，由不得心头火起，吩咐："将假昭君并八个妃女，锁禁冷宫，三百护军，一概坑杀。"一声旨下，早已见殿前武士领旨行事去了。

番王在殿上怒犹未息，喝骂丞相娄里受："汝来欺哄寡人，分明侮君慢功，该当何罪！"吓得娄相魂不附体，俯伏金阶，不敢分辩，只是叩头，连称："臣该万死！"番王在殿上，越想越恼，喝叫两旁武士："将娄里受推出午门斩首。一声旨下，武士近前，把娄相剥去冠带，正要推出午门典刑，吓得两旁文武俱皆失色。毛相在旁，暗想："不好了，这是我举荐不力，何能不出班保本？"连忙高叫："刀下留人。"一面跪下保本道："启我主，娄相虽因不辨昭君真假，擅自退兵，难免失察之罪，总是南蛮哄诱，一时失错，还望我主格外开恩。"番王闻奏，冷笑几声道："孤因吴銮出兵不力，是以革去元帅，蒙卿举荐娄里受以重任，挂帅征南，应当不负孤之所托，取得昭君回来，理应叙功升赏，今都是一派瞒天巧计，欺君冒功，罪不在赦，卿也是举荐不力，难保自身无罪，还要代他保本么？"这一席话，说得毛延寿无言回答，满面通红，不敢再奏，诺诺连声退下。两班文武见番王不准延寿的保，大家吓得面面相觑，又撇不过同朝情分，只得一齐跪下，代娄相保本，恼得番王十分大怒，把龙案一拍道："若再有人代娄里受保本者，一并问斩。一声令下，吓得众文武面如土色，大家没趣，站起分立两旁。可怜娄丞相无辜加罪，可有一比，好似那：

　　灯尽五更刚入梦，谁来添火送油人。

　　午门外到了一个救星，乃是卫律，领了番王旨意，迎请番僧到伏龙寺供养，口宣圣谕，不敢当仙师朝见，容日番王到寺亲来谒见。到了寺中，自有寺内众僧款待。卫律告别，要去复旨，番僧叫声："且慢，贫僧到午门，要救一根擎天玉柱，不得不同你走一遭也。"卫律便问："仙师，是哪一个？"番僧道："到彼自知，不必下问。"卫律道："仙师用法驾去，还是坐骑去？"番僧道"走走好。"卫律也不敢坐骑，只得陪着同行。到了午门，一见娄相正要典刑，大吃一惊，问其缘故，才知为假昭君问罪。卫律便问："满朝文武，难道无人保本么？"黄门官代答道："谁不保本？无奈王爷不准，一定要斩。"卫律暗赞仙师真神人也。番僧便叫："刀下留人！卫相可前去通报尔主，说贫僧要见。"卫律答应，进了午门，俯伏金阶，先缴过旨意，便说："圣僧现在午门，要见我主，请旨定夺。"

　　番王闻奏，慌得下了龙床，率领文武亲自出迎，将番僧迎到殿上见礼,分宾主殿两旁摆对座坐定。番王又命众文武拜见圣僧已毕,便道:"多蒙仙师法驾惠临,大施佛力,以助我国成功,孤之幸也!孤还未曾到寺进谒仙师,反劳仙师大驾,孤心何安!"番僧道:"承蒙王爷奖谕,贫僧羞愧之至,只是劳而无功,王爷理应问罪,何敢称功。"番王连说不敢。番僧道:"我主不可重女色而杀一大将,但缘分有迟有速,何可勉强得来?今日取得昭君是假的,被他一时哄诱,非主帅之过,虽贫僧捏算有准,尚且颠倒阴阳,还望我主看贫僧薄面,救了娄相之罪,令提一支人马,戴罪立功,包在贫僧身上,定有真昭君与王爷会面便了。贫僧有偈语四句,奉赠王爷。"番王听了,连称请教。番僧道:

> 意外姻缘容易得,调和琴瑟最难求。
> 洋洋白水皆天定,空惹想思一段愁。

说毕,番王求问诗意,番僧道:"天机不可泄露,日后便知,我主可赦娄相之罪罢。"未知肯与不肯,且听下回分解。

第四十四回

二犯雁门惊魂胆　一纸战书逼美人

诗曰：

夺人玩好理非宜，逞己英雄事亦奇。
只为轻车就熟地，不谈事理便相欺。

话说番王见圣僧讨情，不好推却，只得旨下赦转娄丞相，还了他冠带进朝，先谢圣僧，后谢狼主不斩之恩，站立一旁。番王便吩咐安排素宴，就在殿上款待圣僧。席间，问起出兵之事，番僧道："兵贵神速，明日就是黄道良辰，便可出兵。"番王道："此去兵抵中国，不但要人，还想得地，圣僧代孤算一算，不知可有此福分否？"番僧听说，笑而不答。番王连问几声，番僧道："王爷不必痴心，大兵此去，不劳进雁门关，自有真昭君来到番邦了。"番王也是将信将疑，不好下问，只愿得了昭君，也就心满意足了，那得地的话，不过是额外要求。又叫声："仙师，此一番出兵，不劳仙师远涉风尘，只专责娄卿一人，戴罪立功。"番僧道："贫僧发心既来帮助王爷，焉敢辞劳不去？也要去戴罪立功呢。"番王道："圣僧言重了，只是屡劳仙驾，孤心何安！"番僧道："贫僧与王爷有缘，理当效劳。"说罢，番王陪着番僧，吃过素宴。撤去，番僧便请番王高登大宝点将，以便明日五鼓好起兵动身。番王道："仙师在此，孤怎敢擅居上座？"番僧道："朝仪不可失，王爷不必过谦，请登大宝便了。"番王道："仙师吩咐，孤王得罪了。"

说罢站起，居了正位，番僧坐列案旁。番王叫声："娄卿听旨。"娄里受俯伏金阶道："臣在此伺候。"番王道："卿可戴罪立功，仍同仙师领了众将，带二十万大兵前去，直犯雁门，有了昭君，方可退兵。仍将人图带去对验，再不可大意，以误国家大事，取罪未便。"说罢，便命内监入宫，取原人图出来，交与娄相。娄相接过人图，谢恩退立一旁。番王命内侍撤金莲宝炬，送圣僧到寺。番僧告别番王出朝，回他伏龙寺安歇。番王退朝，文武各散。

一宿已过，次日五鼓，娄元帅下了教场，先点过二十万精兵，又点哈虎为前部先锋："带兵一万先抵雁门，候本帅大队到了开兵。"哈虎领令而去。仍点吴銮、土金浑、孙云、石庆真、庆龙、庆虎等，随军听用，忙打发差官到伏龙寺恭请圣僧，一同起马。不多时，番僧已到教场，娄元帅率领众将迎接，即时祭旗放炮，上马起兵，离了教场，也不用辞王别驾，一直出了番城。一路上旌旗浩荡，马壮人强，又奔雁门关而来。不表。

且言李元帅虽蒙圣恩，复守此关，添兵把守，刻刻忧虑："张元伯瞒天之计，只可哄诱一时，怕只怕毛贼在彼，是认得昭君的，倘看出破绽，番王未必甘心，又要动起一番大干戈呢！且住，若英雄上将，某虽年迈，还可以力敌万夫，只是妖法十分厉害，这便怎处？哎！总是国运将衰，妖气扰动，不很利于国家呢！"正在叹息，忽听关外冲天九声大炮，不觉大吃一惊。早见守城军士急急前来报道："启元帅，不好了，番人又领了大队人马，离关不远了，请令定夺。"李元帅本是惊弓之鸟，一闻此信，只吓得面如土色，即传令大小将官,小心紧守关门,以防番人攻打。自己顶盔贯甲,上了马,手执钢枪,率领众将等来到城头,远远向城下一望,见那些番兵如同蝼蚁一般,涌涌而来,好不厉害,怎见得,有诗为证。诗曰:

一阵貔貅涌似潮,人强马壮战旗飘。
闻声振耳惊天炮,袅袅青烟透九霄。

李元帅看毕,即刻下了城头,回到帅府,与众将商议道:"你看番人,这般兵涌将猛,若与对敌,只怕寡不敌众;若是坚守,又怕他使起妖术,来破此关,诸位将军,可出一奇计,保守关门。"众将未及回答,又见军士报道:"启元帅,今有番人差了先锋抵关讨战,口称汉主欺人,将假昭君蒙混他主,甚是无礼,今复统大兵到此,来取真昭君,快快献出,即刻退兵,如再迟延,一定杀尽关中,鸡犬不留,请令定夺。"元帅闻报,吃惊不小:"若差将会阵,也是劳而无功。且住,待本帅亲上城头,与番将答话,不如用缓兵之计,打本进京,请旨定夺便了。"主意已定,又上马端兵,带领众将等来到北城,向下面高叫一声:"番人太不知足!尔等破关围城,斩将侵地,全无君臣之礼,我主仁慈,格外宽恩,并不加罪尔等,又把昭君赏赐尔国,也算心满意足了,如何今日又提兵到此猖狂,难道藐视中国绝无能人么?"哈虎大喝一声道:"李广,你只知责人,不知责己,我狼主以诚心待人,不施奸诈,尔主反一派诡计多靖,舍不得真昭君献出,只将假昭君哄诱我等退兵。如今机失已破,谁是谁非,自有公论,反说我等屡次犯边么?"李元帅道:"昭君真假,本帅并不知情,若昭君果是假的,屈在我主,也不必决战会阵,伤害生灵,待本帅急急打本进京,奏知我主,自当奉复,不知将军意下如何?"哈虎见李广言之有理,便道:"将军所论,理当遵命,奈本先行不能做主,且稍待,容禀知我国元帅,请令定夺。"

说罢,带兵回营,下马进帐,便把李广的话一一禀知元帅,元帅便请问番僧,番僧道:"李广所说之话,深合为将之道,很可依得,只消元帅打一纸战书进关,叫李广一并进与他主子,使汉王一看,若是知机,献出真昭君,不动干戈,也就罢了,若再支吾,那时也难怪我国破关斩将了。元帅只管放心,谅真昭君也不怕飞上天去,包在贫僧身上。"元帅点头称善,取过文房四宝,写了一封战书,交与哈虎。哈虎领令上马,一马冲到关前,高叫:"李广听着,今奉元帅之令,准尔所请,且不攻关,现有战书一纸,叫尔带进京都,呈与尔主,速速献出真昭君,犹不失两家和好。"说罢,把战书搭在箭上,扯满雕弓,叫声:"李广看箭!"射上城头。李广眼快接住,见哈虎在马上把手一拱,叫声:"再会罢!"带兵回营去了。李元帅下城回了帅府,急急写书,并一纸战书,飞星差官进京,呈与汉王。未知汉王可能献出真昭君否,且听下回分解。

第四十五回

保江山苦舍昭君　和番邦哭别天子

诗曰：

月缺云浮不见踪，因何此夜减花容。
嫦娥妒煞昭君怨，不恨奸臣只恨侬。

话说汉王那日正坐早朝，两班文武朝参已毕，忽见黄门官启奏道："今有镇守雁门关大元帅李广，差官打本进京，恭呈御览。"说，把本呈上。有内侍接过，在龙案上展开。汉王未曾看本，心上生疑道李广又有什么本到来，莫非张元伯的瞒天之计，消息已露，又有番人攻关么？且将李广奏本一看，便见分晓，想罢，定下龙睛，从头细细一看，只见上写：

钦命镇守雁门关大元帅，臣李广诚惶诚恐谨禀：外来古之立国，保民为先，土地次之，百姓不伤，土地不践，则根本永坚，江山永固矣！若云内作色荒，外作兵荒，有一于此，未或不亡。今我主立一心之爱不舍昭君，以假为真，机关已露，番兵又至，以图为证，指名要人，知关危卵。臣用缓兵之计止住番人，恭呈紧急本章，但不知我主以江山为重乎？昭君重乎？重昭君而舍江山，臣唯决一死战，以报我主；重江山而舍昭君，割私爱以定太平，行止望乞圣裁，臣冒死直陈，待命斧钺。并附呈番人战书一纸，暮呈御览，候旨定夺。

汉王看毕李广表章，已知消息已露，吓得魂不在身。又见番人下了战书到来，越发心惊肉战，于是战抖抖地把番人战书打开一看，只见上写道：

钦命征南大元帅娄致书于大汉皇帝驾前：窃闻立国之君，全以真诚为主，从未有诡计百出，以诈待人者也。今瞒天之计已破，权宜之心不端，只可蒙混于旦夕，难免显露于目前。仰知我主日夜思想昭君，一日昭君不到我国，一日不肯罢兵者也。今又带兵二十万，战将百员，候于雁门关，若是知机，快将真昭君献出，我国即刻罢兵，永为和好；若再抵拒，大兵到日，得人得地，玉石俱焚。特具战书，附表投上，或和或战，立候一决，我国列兵以待。

汉王看罢战书，只吓得浑身汗淋，暗想："朝中又无能将，李广又难破敌，张元伯瞒天之计已成画饼，番人屡次兴兵，搅乱中国，便叫怎么好！"再看两旁文武，并无一个出班献计，汉王在殿上坐得没趣，散了朝中文武，退入西宫。有昭君接驾，到了宫中坐定，一见汉王眉头不展，面带忧容，便问道："陛下每日回宫，还有笑容，因何今日这等烦恼。"汉王见问，连叹了几口气，叫声："贤妃，孤不见你，倒也罢了，只见了你，如刀刺心。"昭君听说，吃了一惊，急问："陛下，却是为何？"汉王道："美人不知外边之事：只因放走了毛延寿，把你人图进与番王，番王屡次兴兵，来讨妃子，叫孤怎生割舍？故点了几次人马，到雁门关去退番兵。哪知番兵十分厉害，李陵中他诡计，致被捉去，百花女遭箭丧身，李虎被困阵亡，又差苏武和番，一去并无音信。只剩了老将李广，把住雁门，又被番人用妖法破了雁门，李广逃走，到京待罪。番兵杀进关来，一路势如破竹，伤了许多兵马，折了若干钱粮，反将帝京团团围住。幸有张元伯献一瞒天之计，在宫中选一宫女，充着美人前去，倒也退了番兵。谁知奸人毛贼在彼，看出破绽，今又带了人图为证，统领大队人马，在雁门等候，一口一声定要真昭君，方肯罢兵。如今已将战书打入天朝，立候信息。美人呀！怕只怕南北江山，东西土地，不久要属番人了，怎叫寡人心内不焦？番人屡次兴兵，皆因美人起见，你我一对好鸳鸯，难保不活分离了！"

　　昭君听了汉王一番言语，只吓得千刀剐腹，万箭穿心，不由得一阵悲伤，腮边乱流珠泪，只叫一声："奴好命苦也！陛下呀，前朝后代，并不闻一朝人主，白白将妻子送与外舍，返是他要一个，就送一个，若要两个，就送一双么？陛下太忍心了，可怜奴与陛下梦里相思，未满一年，到今日就要抛弃奴家了。"

　　昭君说到伤心之处，抓住龙袍，放声大哭。汉王一见，也是龙泪频倾，心内暗想："三宫六院的妃子，总不及昭君的绝世姿容，叫孤怎生割舍？且住，番人不得昭君，不肯退兵，而且妖术十分厉害，倘再哄诱，番人一时打破关门，杀到京城，孤的江山就有些不妙了！况李广本上劝孤以江山为重，不可溺爱私情而弃祖宗万年基业，老将句句金石良言，孤岂不知？只是见了美人，一时心有不能割舍，叫孤怎生说得出口？罢罢！到此刻，事在危急，也说得了。"便叫声："美人，休要悲伤，孤有个两全之计，美人休怪，说与你听。"昭君含悲便问："陛下，计将安出？"汉王道："番人犯边，非因别事，只要放出美人，便可退兵，美人权且应允和番，暂住雁门等候几日，孤这里急急调取天下百万雄兵，千员猛将，待孤御驾亲征，不分星夜，赶到北方来救美人，不知美人意下若何？总是大家商议，可行则行，可止则止，美人不要生气。"

　　汉王这一席话，虽说得婉婉款款，哪知昭君是个聪明女子，十分灵巧，一闻汉王有舍她之言，哭哭啼啼叫声："陛下，你今日把此话哄奴去和番，分明是线断风筝，往日恩情多丢在东洋大海去了。常言：烈女不配二夫。奴和陛下既结鸳鸯，焉肯留此臭名，又伴他人？罢！罢！奴晓得陛下既忍舍奴，还去统什么兵，点什么将？倒不如奴寻一个自尽，全奴名节，羞煞北番君臣，一向枉费奸心。"说罢，急站起身要扯壁上龙泉自刎，只吓得汉王向前一把抱住。未知可能救得昭君否，且听下回分解。

第四十六回

辞父母十分难舍　拜皇后万箭钻心

诗曰：

　　抬头吴越与秦楚，又见梁唐晋汉周。
　　世事只从忙里老，人生何日心才休。

　　话说汉王见昭君要拔剑自刎，只吓得魂飞天外，急急向前夺过宝剑，掷于地下，抱住昭君，叫声："美人，你若要完全名节，自尽倒也罢了，倘若番人到来，要索美人，岂不难为了孤王？孤的江山全靠于你，你若要寻短见，连孤性命也活不成了。"说罢，纷纷龙泪下流，昭君倒在汉王怀内，哭啼啼叫声："陛下呀，你竟是个负心汉，坐什九五，枉管万民！你为万里江山，不调兵遣将去退番人，倒把奴做个烟粉奴供献外邦；你不念枕上恩情，倒也罢了，只怕邻邦知道，羞也要羞死陛下了。既是陛下为了江山，肯舍奴家，奴也忍耻偷生，向北而行，妾在雁门等候陛下，陛下若是忍心，奴死九泉也不瞑目。奴虽一时救了陛下之急，断不失身他人，若是改口，毛孔出血，永坠寒冰。"说罢，又是一阵伤心，晕倒汉王怀内，吓得汉王连叫："美人醒来。"过了一会，方才苏醒，看看汉王，并不放声。汉王含悲叫声："美人，非怪孤王忍心舍你，只恨毛贼，挑唆番王，定要美人，孤被十分逼迫，硬着心肠舍你，撇得寡人好不孤凄也！"

汉王正在与昭君叙分别之苦，又见内侍报道："启万岁，今日兵部一连接了雁门紧急三报，十分紧迫，请旨定夺，众文武俱请圣上临朝，切不可溺爱私情，舍却江山。"汉王听说，只是跌足大哭道："怎么好！"又想一会："罢罢！也说不得了！"吩咐内侍："传旨与兵部知道，速速行火牌，飞递雁门关，谕知守将李广，叫番将退兵三十里外等候，准于二月二十七日午刻起程，送娘娘出塞和番，并召李广与番使来京商议。"一声旨下，内侍答应而去。

汉王又叫声："美人，少要悲伤，你须原谅孤的苦衷，出于无奈。"说罢，泪如雨下。昭君道："陛下呀，妾今和番，不比当年延寿到越州召奴为妃，名是香的；今虽为国家出力，名是臭的，徒使天下人耻笑。"说罢，放声大哭。汉王叫声："妃子，事已如此，且请开怀。"吩咐摆宴，代娘娘饯行。内侍领旨摆宴，汉王与昭君照席坐定，这杯分离酒，哪里吃得下去？昭君道："奴今在路，千山万水，受尽辛苦；陛下是三宫六院，心畅心情。奴好比一堆粪土，弃之不惜了。"汉王道："美人说哪里话来！多仗你这一根擎天玉柱，救孤万里江山，就是我朝历代祖宗，也感激不尽矣！"昭君道："妾今和番后，不知陛下可想妾么？"汉王道："美人为孤出力，孤焉敢忘恩，怎不把美人刻刻在心？只是今晚与美人吃杯分离酒，不知何年何月何日何时，才得面晤呢！"

昭君听说，只是苦在心头，与汉王说了一夜，不觉已是五更，汉王别了昭君，临朝聚集两班文武。朝参与毕，即下旨："令王昭君出塞和番。"文武听说，俱皆叹息。旨到西宫，召到昭君，不搽脂粉，也不打扮，一路哭啼啼出了宫门，到得殿上，拜见汉王道："妾今往北和番，乞恩与父母一别。"汉王准奏。旨下召到一双皇亲，上殿拜王二十四拜，口呼万岁，汉王连叫平身，一旁赐座。国丈夫妇谢座，坐定问道："我主召臣，有何见谕？"汉王便把延寿将人图献与番邦，挑动干戈，累得孤损兵折将，无可奈何，众臣保本，宁舍美人，要保江山，今日命你女儿前去和番，与父母当殿告别的话说了一遍。

　　国丈夫妇听说，苦在心头，免不得万分伤心。昭君见了父母，倒身下拜，俯伏地下，十分悲痛，昏死在地。国丈夫妇离座，急急扶起昭君，连叫："娘娘苏醒。"过了一会，方醒过来，含着眼泪叫声："爹爹、母亲空养女儿一场，辜负两大人养育之恩，如今事到临头，不由自主了。"国丈道："娘娘前去和番，乃是赤心报国，万死难辞，若老臣可以替得娘娘，死也甘心。"昭君道："女儿被奸臣所害，若生一个兄弟，学成武艺，也可代国家报仇，无奈是个妹子！爹娘难为抚养，从今不要纪念女孩了。"说罢，至亲三口抱头大哭。汉王也是泪流不止。昭君又叫声："陛下，可怜苦命的二老，望陛下好好看待。"汉王道："这个自然，不消美人吩咐。"

　　昭君又要请正官林后拜别，汉王传旨到正宫，召林后在殿后宫门内与昭君告别。昭君一见林后，哭倒在地，林后急急扶起，叫声："贤妹，少要悲伤，这是命里所招。想当初受苦冷宫，方脱灾难，封为西宫，才得姊妹相亲，谁知未满一载，又被奸贼献图北地，引起刀兵，杀害忠良，又害贤妹和番，去吃千辛万苦。为国忠良，皇天自然保佑，但你我姊妹今日分别，不知会面何时？"说罢，扯住昭君，放声大哭。昭君泪珠纷纷，叫声："恩人，前在冷宫，多蒙搭救，在宫又承厚待，死当结草，报不尽娘娘的大恩。奴今为国和番，只算忍耻偷生，今与娘娘一别，要得会面，除非梦里相寻。"说罢，一阵伤悲，好似万箭穿心，愁肠莫能诉泣。林后不住地饮泣吞声，国丈夫妇心如刀割，汉王哭倒龙床之上。昭君含悲又叫声："爹娘呀！妹妹抚养成人，长大择个平人匹配为婚，不要贪恋富贵，一入皇宫，又要担心了。似今日女儿与爹娘活活分离，譬如未养孩儿罢！爹娘须要保重。"又叫声："苍天呀！但愿国家早出英雄良将，杀得番将无路可投，奴方想有回头之日，再见皇爷、国母、爹爹、母亲，骨肉聚首。若是天不遂人愿，怕只怕王昭君，也活不成了。"说罢，又拜汉王、国母道："奴的双亲，总要看顾。"汉王叫声："妃子放心，你的父母，自当恩养，死后送老归山，俱在孤王。妃子只管在雁门等候，孤王一定点兵，不分昼夜前来搭救，若一旦不测，身死也要带兵到番，切齿报仇，定将美人骸骨取回中原，孤方甘心。"昭君道："但愿陛下不忘此仇。"又道："陛下，奴今往北和番，有一件事，乞我主准奏。"汉王问是何事。未知昭君说出什么事来，且听下回分解。

第四十七回

收御弟文龙赐姓　哭西宫昭君换服

诗曰：

　　多言人怪少言痴，善不能言恶就欺。
　　富怕嫉妒穷怕笑，总知利口不相宜。

　　话说昭君奏道："妾今往北和番，望圣上差一忠义大臣，护送奴家一路前去，奴方放心。"汉王道："妃子之言极是，任凭两班文武在此，妃子择一个有德行的大臣，随往北番便了。"昭君领旨，站在金阶细看两班文武。那些文武也有愿到北番去的，就死在北地也甘心；也有不愿到北番去的，做个贪生怕死之辈。无奈奉旨，两班侍立，任凭昭君择取。好个聪明女子，一双惠眼认得忠臣，择来择去，并无一个中意的良臣，但见左班中一个少年官儿，生得一貌堂堂，很可去得，便俯伏金阶回奏汉王道："只有东班中这位年少官员可以去得。"汉王闻奏，向东班一看，原来是新科状元新授翰林院内阁教授刘文龙，即叫："刘卿听旨。"文龙俯伏金阶，口呼万岁。汉王道："烦卿代寡人护送和番娘娘到雁门关回旨。"只吓得文龙俯伏金阶，不敢回奏。汉王未及开口，昭君道："刘卿毋容推却，可遵旨送哀家出关。"刘文龙听说，只急得魂飞天外，忙奏道："念臣年幼，侥幸登科，乃是一个书生，一则不识武艺，一路怎生保护？二则娘娘与臣年纪不相上下，恐嫌疑不便；三则臣娶妻萧氏未满三宿，即到东京，实指望容旧故里，夫妻团聚。若伴娘娘北去和番，未知何日归程，望皇爷与娘娘格外开恩，另差一老臣前去，恕臣抗旨之罪。"昭君见文龙推却不去，柳眉直竖，杏眼圆睁，喝声："文龙，你太无礼！常言：君要臣死，臣不死乃为不忠。岂容你贪恋妻子，胆敢抗旨以违君命么？况你既读诗书，深明大义，得中新科状元，乃文章魁首，自有心谋远略，保哀家到番，哄骗番王，若得回朝，重见天日，那时叙功升赏，吃一杯太平宴，岂不是件美事？若计不成，奴拼一死以全名节，少不得设法送尔归国。若论你我年少，只以兄妹相称，有什嫌疑不便？卿休推却，遵了圣旨，送哀家前去，满朝文武准不知你赤胆忠心？"昭君说到伤心之处，不由得放声大哭。文龙见娘娘苦要同行，不敢过于推诿，怕的圣上发怒，致有不测之祸，只是连连叩头道："小臣情愿送娘娘过雁门关。"汉王大喜道："这便才是。卿今当殿与娘娘拜为兄妹，以便一路同行。孤今赐卿姓王，名龙。"文龙谢恩。汉王就命昭君与王龙当殿结拜，后拜汉王与国丈、国母，从此昭君以御弟相称。汉王又道："卿家送娘娘过关，回朝之日，定加升赏。"王龙又谢了恩。

忽见黄门官启奏道："今有边关李广送来番使二名、小番八名，口称奉番王之命，送娘娘和番的朝服到来，不敢擅入，午门候旨定夺。"汉王闻奏，传旨："令昭君暂入宫中收拾，召进番使。"番使一齐俯伏金阶，献上娘娘的番服一套。汉王便将番服打开一看，就问番使："是何名色？"番使回奏道："这是娘娘戴的鼓子绒帽一顶，锦绣妆成，上嵌珊瑚、琥珀、珍珠、玛瑙各八颗，中嵌冬珠一粒，绣成龙形；这是一件凤凰三点头的彩服，内有夜明珠二十四粒；这是山河地理图裙,此俱是无价之宝。若娘娘穿了这套衣服,在黑暗中行走如同白日,光华万道,瑞彩千条。"汉王含泪收了这套衣服,吩咐番使在馆驿伺候。番使领旨,退出朝门,不表。

再言汉王命内侍将番服送至西宫,内监领旨,送到西宫。正值林后相伴昭君诉说苦情,忽见内侍送进番服,昭君不由得心如刀割,放声大哭。林后没奈何,苦苦相劝,代昭君穿起番服。昭君苦咽咽叫声:"娘娘呀!早间还是汉朝之女,顿时变做北番之人,从此君王龙心不要挂念奴家,奴的恩人,只是娘娘未报深恩,但愿娘娘辅佐我心上的汉王。奴有一言,娘娘切需记着:今日和番,有奴解围,保住江山,怕的别地干戈又起,再无别人犹似昭君。"说毕,号啕大哭。林后叫声:"贤妹,不必伤心,想哀家亦未生男育女,虽居正宫,也似废人,倒不如贤妹脱下番服,待哀家穿了替你和番去罢。如贤妹伴住皇爷,生下男女,也使皇爷有后,传位有人。"昭君道:"娘娘说哪里话来?堂堂天朝,把一个西宫送与外邦为妻,已难免天下耻笑。哪有正宫皇后再做下无耻之事,岂不贻笑千古么?娘娘若可代得奴家前去,还怕三宫六院之中没人代去么?"林后扯住昭君哭道:"贤妹既如此说,哀家是替不得你了。你一路不必悲伤,身子须要保重。"昭君听说,连连点首。只得拜别林后,就要动身,三宫六院的妃子、贵嫔一齐随着林后哭送到禁门,林后还扯住昭君的手,十分不舍,当不得旨意催促,昭君哭别林后,叫声:"恩人,奴去了,请回罢!"林后含悲回宫,不表。

且言昭君到了殿上,刀绞柔肠,剑刺心窝,口口声声只叫:"陛下,一梦相思,从今休矣!"说罢,昭君眼中流出血泪。汉王只是跌足含悲,苦在心头,无言回答。外边番使又急急催促起程,昭君也无可奈何,当殿拜别汉王,又拜国丈、国母,总是抱头大哭,正是:

流泪眼观流泪眼，断肠人送断肠人。

拜毕站起，叫声："御弟王龙，随奴去也！"王龙领旨，汉王亲排銮驾，带领文武百官相送昭君，到了午门外，汉王亲自扶昭君上了银鬃马，昭君哭哭啼啼，哪里能行？心中不舍汉王，哭着吟诗一首留别：

昭君含悲手捶胸，梦里相思总是空。
恩义从今悲断绝，此身莫见汉朝容。

吟诗已毕，马上哭别汉王，王龙也辞主上马，一众番使随后跟着，又是三百兵丁护送，一路长行而去。可怜汉王，眼泪巴巴看昭君出城而去，一阵心苦，闷塞胸中，几乎跌倒尘埃，吓得两旁文武内侍急急扶住汉王。未知怎生劝转回宫，且听下回分解。

第四十八回

芙蓉岭王龙和新诗　太行山土地逐大虫

诗曰：

青山不管人间事，绿水何曾洗是非。
只望留下安身计，问事摇头三不知。

话说文武内侍见汉王晕倒，急急扶起，连叫："圣上快快醒来。"汉王过了一会，方才叹口气道："心爱的美人，活生生割断也！"说罢，龙泪如雨。众文武苦苦劝驾回宫，汉王只等看不见昭君的影儿，含着两行眼泪，闷闷回宫，文武各散，不表。

且言昭君出了东京，一路马上悲啼，时刻回头，只等看不见帝京城池，方含悲催马而行。路上暗想："梦里烟缘，不满一载，鸳鸯无故分离。汉王呀，可怜枕上的海誓山盟，俱付之流水了。"说罢，又是一番痛哭。王龙陪着流泪，叫声："娘娘呀，想娘娘与皇爷还有一载姻缘，可怜臣只三宿夫妇，即便分离！"昭君又叫："御弟呀，你的话儿很欠聪明，一载夫妻，不过如此，三宿夫妻，有什情义？"王龙道："娘娘，非是小臣用情太痴，常言：一夜夫妻百夜恩，何况三宿？"昭君道："你的痴情，还可得遂，只等送了哀家出关，指日回朝，夫妻便可相逢，怎似奴与汉王，永别终天，今世再不得相逢了。"说罢，二人相对掩泣。正在诉苦，可恨番使只是催着赶路，一路行程，心忙似箭。

那日到了芙蓉岭上，催马上去，勒马四下观瞧，但只见涧水滔滔，清水在上，浑水在下，心中一想，又是一阵伤心，不禁兀自暗想："岭下这水，好似奴家今日境况一般，想奴在家，蒙圣上召奴入宫为妃的时节，好比清水；如今逼着奴去和番，就是浑水了。还是清浊不分，两下交流。"因想起悲苦，在马上顺口吟诗一首：

芙蓉岭上碧波泉，清浊不分左右旋。

昭君在马上只作了前面两句，后面两句一时未曾想起，便叫："御弟，代哀家凑成一绝，解奴忧闷。"王龙道："恕臣无罪，方敢续上。"昭君听说，连连摇头道："御弟伴奴一路，千山万水，受尽辛苦，还分什么君臣之礼？况到了异乡，又是兄妹相称，不必过谦，快快想来。"王龙道："既是娘娘吩咐，恕臣斗胆，后二句代娘娘续上，伏望娘娘改正。"昭君道："御弟且念与奴听。"王龙在马上，口念后二句道：

清水自古冲地下，浊水流来在目前。

昭君听见后二句续诗，又触动苦怀，两腮泪珠滚滚，叫声："御弟呀，你这两句诗，又未免惨杀哀家之心了。"王龙一听昭君此语，只吓得在马上欠身道："小臣是口中乱道，娘娘休得介怀。"昭君道：御弟不须害怕，谁来罪你？你是出于无心，待哀家明白说与你听罢。想你妻房在家，乃是清水，哀家今日和番，就是浊水了。"王龙在马上连称不敢道："臣妻性本愚拙，娘娘是天赋聪明，不敢与娘娘比较清浊乏分。"昭君道御弟又来客套了，哀家与你妻房，一样姑嫂相称，有什高下。"王龙道："这蒙娘娘恩典抬举。"昭君又叫声："御弟，你看这岭名笑蓉，取的好名字，待哀家借芙蓉二字为题，吟诗一首，御弟可随题和韵，聊解闷怀。"王龙道："臣又恐吟诗，以助娘娘伤心，取罪未便。"昭君摇手道："不妨事的，哀家与御弟同是受苦之人，做出诗来，总是伤心之语，以助愁肠，诗中有什么兴头话？"王龙口称："领旨，恭请娘娘吟诗出韵。"昭君又借芙蓉二字，吟诗一首：

芙蓉根自种江中，水面浮沉有玉容。
妾与芙蓉同一体，如何人不看芙蓉。

昭君吟毕，叫声："御弟可依韵和一首。"王龙道："娘娘这诗，虽古来才子诗人也莫能及，臣恐和来，贻笑娘娘。"昭君道："御弟又来过谦！你既身中状元，本万言倚马之才，尚且学冠才子，文重当今，何况路途中，口占几句诗，有什么疑难？快些和韵。"王龙道："娘娘既不嫌臣句拙，臣只得献丑了。"也依昭君前韵，和诗一首：

含情不语此心中，总为风雨减芙蓉。
他日再从岭下过，谁人洒泪吊芙蓉。

昭君听见王龙吟这一首诗，又助哀思道："御弟诗中之意，大是作家，可惜你我会迟了，今日同患难，不知异日回乡，可能同富贵否？"说罢，又是纷纷泪下。王龙道："娘娘不必悲伤，岭上风大，望娘娘启驾。"昭君点首，催马而行，离了芙蓉岭，一路长行，马不停蹄，有几句诗说那行路的辛苦道：

一片荒郊无人迹，只见走兽与飞禽。
二月分明扬州路，此地难赏月咏轮。
三春花景都已过，草木森森尽凋零。
四面唯见旌旗展，马下保护有兵丁。
五老峰儿才过去，只听瀑布流水声。
六月炎天真难走，交过秋来好行程。
七里铺中开酒市，来往打尖在荒村。
八角叉儿古松树，遮天蔽日现龙形。
九日登高中国节，番邦只少好时辰。
十分千辛与万苦，闷煞马上汉昭君。

　　昭君马上，一路心中暗想："不知汉王可念旧情，让奴在边关等守，果是去调天下之兵，御驾亲征，前来救奴回朝，汉王你方不是负心之人呢；若你只顾江山，不管一载恩情，哄奴和番，前来受苦，就不记临行嘱咐之言，奴就死在阴司。汉王呀，奴也是不能饶你。"又叫："御弟，奴既与你姐弟相称，奴之父母，即你之父母，想奴双亲年老，膝下无子，妹妹又小，无人侍奉，虽临行时嘱咐汉王，但不知汉王可能好好看承，御弟回朝之日，看奴薄面，照应奴的双亲，奴就死在番邦，来世也报你大恩。"王龙口称领旨。正在催马前行，到了太行山下，忽闻得一阵腥风过去，跳出一只斑毛大虎，直扑马上昭君。昭君大惊，几乎跌下马来。未知昭君如何，且听下回分解。

第四十九回

雪拥马蹄见学士心　眼盼雁门谱昭君曲

诗曰：

> 兽炭频烧佐酒觞，佳人醉倚象牙床。
> 只因一夜阳台梦，闷杀巫山枕畔香。

话说昭君见虎来扑她，吓得几乎跌下马来，慌得王龙恐惊娘娘御驾，急命众军士速去捉虎。众军士领令，不敢怠慢，各执兵器，去捉那虎，番使也举兵器，在旁保护。昭君与王龙在马上浑身发抖，但见那些兵卒赶着这虎，右旋左跳，捉拿不住，虎又不退，弄得诸军无法，眼巴巴望着那虎，又不退，又不能过此山，只急得人人暴跳，个个心慌。但见日已西沉，又无宿处，昭君在马上仰天长叹道："不如死于虎口，完全名节，倒也罢了！"昭君一口气怨气冲天，就惊动本山土地，道："仙女有难！"急忙变了一个猎户，手执钢叉，雄赳赳奔上山来，大叫一声："畜生，休得无礼，俺来擒你。"那虎见猎户，识得是土地化身，把头摇了两摇，尾剪了三剪，窜过对山而去，猎户也举叉直奔对山而去。众军士一齐呐喊，也赶过山去，虎也不见，猎户也不见。大家都道诧异，只在空地拾得一个纸帖，拿回来禀知娘娘。昭君接过一看，只见上写道：

安排猛虎牢笼计，要脱身时费力气。
不是仙姬怨悲感，怎有救应灵土地。

看罢此帖，随风吹去。昭君知是本山土地显灵，便令王龙下马，对山拜谢已毕，仍催马起程，昭君在马上感谢皇天保佐，脱离虎口。过了太行山，晓行夜宿，赶着路程。

此刻正交冬令，但见朔风凛凛，树木凋零，池塘阴冰，冰结山涧，冻得尺深，狂风一阵紧似一阵，大雪飘来，好似鹅毛。一路雪光迷目，少见买卖，行人蓬户紧闭，并无荒村野店，只冻得马鞍绳硬如铁棒，马蹄寸步难行，众军士难伸出手，王龙御弟浑身战兢。又见娘娘脸上冻得或青或紫，十分狼狈。王龙一见娘娘这般光景，心中甚是不忍，找寻宿店，并无影形，取点汤水，又少人家，怕的冻坏娘娘，想了一个主意：并马靠背，借他阳气，以暖娘娘的阴气。走了几十里雪路，到了天明，但见日透冰消，王龙心方放下，放辔前行。

一路兼程而进，早到了雁门关，只听得一阵节锣振鼓，昭君便问："御弟，这是什么响？"王龙说道："此乃番人迎接娘娘。"话说未了，镇守雁门关大元帅李广，带领番将迎接娘娘，称："愿娘娘千岁。"昭君道："御弟可代哀家吩咐番兵，把军马扎在关外守候。"王龙答应，对番使说了，番使带了兵丁，穿关而过，往番营去了。这里昭君进关，叫声："李将军，你乃忠良之将，奈国家无有良将助你成功，所以哀家忍耻偷生，奉旨和番，捐躯报国，免动刀兵，救生民于涂炭。只可怜哀家离了京都，一路而来，吃不尽千辛万苦。"李广道："娘娘放心，吉人自有天相，少不得朝中自出能人，前来救娘娘回朝。"昭君道："哀家要在关内暂住几日，将军，可小心把守关门。"

李广口称："领旨，请娘娘启驾进关。"娘娘点头。只听三声炮响，到了关中，一齐下马，入了帅府，李广摆酒，代娘娘洗尘。外面一席款待王龙，又将娘娘带来人马，扎在教场犒赏。娘娘在关内住了几日，王龙得便，向前告辞娘娘道："小臣送娘娘已到雁门关，恕臣不远送了，就此回去复旨。"昭君听说，两泪交流，叫声："御弟，还屈你到北番，足见盛情。"王龙见娘娘苦苦相留，只得住下。

谁知番使十分催促，昭君吩咐李广道："非是哀家不肯出关，只为汉王临行，曾嘱咐哀家，指日御驾亲征，故此哀家在关，略等几日。将军可对番人说是哀家养病，病好即刻登程。"李广答应下来。这是昭君哄弄番人，一时权宜之计。哪知昭君盼想汉王，肝胆寸裂，望穿眼儿，一片痴心，等了半月，总不见汉王发兵音信。心中好不烦闷，只得将带来琵琶取出，弹了几句曲牌名儿，以解闷怀。弹的是：

相思情，多付你，江儿水去；红绣鞋，踢绽了，恼恨刘君；泣颜回，苦杀了，红粉佳人；怎能够，朝天子，御驾亲征；全不想，在西宫，醉扶归去；香房内，剔银灯，徒长精神；须忘了，桂香枝，兰麝薰透；锦被里，滚绣球，喷鼻生香；花心动，搂住奴，颠鸾倒凤；魂飞处，黄莺唤，惊醒佳人；爱惜奴，忆多娇，誓同生死；更忘了，香柳娘，枕上恩情；曾记得，集贤宾，金口亲许；心不思，意不想，不念前情；兵不到，将军令，行不下去；忘却了，祝英台，扯住肘衿；忽贬在，冷宫内，流滴双泪；将宝镜，傍妆台，懒画蛾眉；奴好似，锦堂月，被云遮盖；多仗了，好姐姐，林后恩人；普天乐，合家欢，皇宫气象；各院内，园林好，游玩散心；召父母，来供养，沾恩食禄；御赐的，皇封酒，奉与双亲；正交欢，彩旗儿，送奴出塞；番邦的，红纳袄，穿在奴身；你赐我，红皂袍，至今还在；我赠你，金落索，留表奴心；送奴似，长安道，啄木儿戏；每日里，哭相思，不见征人；只听得，林中鸟，怨声齐唤；子规啼，节节高，句句伤神；醉翁子，采药草，闲游疏散；山和尚，松林叫，沉醉东风；山野内，石榴花，千红万绿；山坡羊，无人管，遍地羊行；惜奴娇，行不得，千山万水；就差了，金甲神，保奴长情。奴请得，二郎神，番兵杀退；救奴回，长安路，再整鸾衾；到如今，眼巴巴，高山难越；虎伤人，寻归路，要走无门；奴只待，月儿上，悬梁自尽；舍不得，要孩儿，锦绣京城。

昭君弹毕一曲，正在纳闷，忽听得关外三声大炮，好不吓人，只吓得昭君魂不在身。未知是什事，且听下回分解。

第五十回

出雁门昭君自恨　思乡里王龙吟诗

诗曰：

　　杜宇声声发柳芽，凄凉独语转悲加。
　　行人听罢心如醉，懒看王孙摘杏花。

话说昭君听见大炮惊人，便传话出来，问李广是何事情。李广道："这是番人等得不耐烦，请娘娘启驾。"昭君听说，吩咐："只在三日内启行，不必啰嗦。"李广领旨，对番人说了，关外方安静些。昭君日望汉王不到，又允了番人三日之限，就要长行，心中好不纳闷，忙与王龙商议道："想汉王半月已过，不见朝中发一将一兵到来，如之奈何？"王龙道："娘娘不必痴心，朝中若有能将，圣上久已发兵，到此退敌，怎舍娘娘出关？如今已过半月，不见好音，谅是不差兵来了。娘娘空费神思，不如保重贵体，和平两国罢！"昭君听说，不由得两泪交流，放声大哭。王龙再三相劝，昭君勉强收泪，叫声："御弟，哀家出了雁门，到了北番，今生再不得回朝了。"口占诗一首：

情牵春色欲飞魂,暗掷金钱为卜君。
羞对莲花双宝镜,倚栏空踏绿杨清。

又想起汉王,含悲吟诗一首:

一念不忘君主约,痴情盼望亦堪怜。
姻缘若是从今断,何必奴心又挂牵。

吟毕,又命王龙吟诗一首,以解愁闷,王龙领旨,吟诗一首:

年少寒儒入泮芹,锦袍恩宠得加身。
未蒙敕赐归乡里,好做披星戴月人。

昭君连声赞道:"好诗,御弟所吟,偏合哀家之意,待哀家再吟一首":

良宵何苦梦难成,只为思君一片情。
风雨凄凉生别恨,愁怀怎不到三更。

王龙道:"娘娘吟诗,自是一段天才,臣不敢再作了,望娘娘仍将诗兴发泄,再续一首。"昭君点头,又含泪吟诗一首:

花香却在名园内,北地难栽瑞蕊根。
犹恋西宫当日怨,芳魂早到帝王京。

吟毕,又叫:"御弟,再吟一首。"王龙不好推辞,因见娘娘生悲,不觉感动自己思想之情:"想父母早丧,为了功名,在寒窗下埋头读书十年，指望一举成名，讨得一官半职，衣锦荣归，也得光耀门庭，显荣祖宗。不料今随昭君娘娘到北和番，一路受尽风霜，千辛万苦，不知何年何月，何日何时，得还故乡？"因此心中无限愁闷，又吟诗一律：

  功名两字最堪伤，为国亡家走北邦。
  满地黄花愁正锁，几番苦雨恨偏长。
  关山万里崎岖路，梦寐三更画锦堂。
  骨肉生离今日事，未知何日返家乡。

  昭君见王龙口内吟诗，说出一段思乡愁苦来，不觉惹她一阵心酸："想奴与汉王一别，去时有路，来时无路了！"又吟一首：

  黄昏夜月苦忧煎，帐底孤单不忍眠。
  自叹人生皆配合，堪怜薄命断姻缘。
  忍抛恩义三千里，虚度青春十几年，
  无限心中离别恨，想思二字未肯捐。

  吟毕，大哭不止。王龙向前劝慰娘娘道："小臣有几句俚言奉上，以解娘娘愁怀。"昭君止住泪痕，叫声："御弟，且自吟来。"王龙只吟一绝：

  休说故园花无信，东风遥寄在江滨。
  相思虽隔天涯远，自有好音慰玉人。

  昭君叹了一口气道："御弟呀，想哀家的愁怀，岂是一诗能解？但蒙御弟一番劝慰之意，哀家也作诗一首，回答御弟便了：

同携玉手并香肩，送别哪堪泪满襟。
勒马未离金殿角，血光先已溅重泉。"

昭君吟这一首诗，自料不能还乡，仰天长叹，放声大哭。王龙道："娘娘不必悲伤，想古来多少贤媛淑女，烈妇贞姬，为国忘家，守节忘身，名留千秋，立庙享祀，传于史册，人人钦仰，娘娘今日为保汉室江山，免生民涂炭，向北和番，其功不小。娘娘何必儿女情长，英雄气短，徒作无益之悲，所谓顾小节而忘大义者也！"昭君含泪点首道："哀家非不知大义，但自越州进京，遭奸臣毛贼恶庇鲁妃，致害冷宫，受了许多苦难，多蒙正宫林娘娘，救出天罗地网，方得上达天庭，救出虎口，得与汉王相聚。未及一年，又是毛贼将哀家人图进与北番，兴动干戈，苦苦逼要哀家，方肯退兵，害得哀家，别天子、离皇后、抛父母、去家乡、来北地，眼见生为大汉之人，死为异域之鬼，叫哀家怎不伤心！毛贼呀！奴与你，有一天二地之恨，三江四海之仇，你只知道逼着哀家，到番邦去伴番狗，污辱哀家名节，遂你的奸计，怕只怕哀家不到番邦则已，一到番邦，定将你这贼，碎尸万段，方称奴心！管教你明枪容易躲，暗箭最难防。"又叫声："御弟，想哀家这段苦楚，你是知道的，怎能稍解忧闷！"王龙道："娘娘，话虽如此，也要有一点精明之气，巾帼自成丈夫，拿定主意，何愁冤仇不报？怨气不伸？设或路中苦坏了身子，倘有不测，来到北地，岂不是劳而无功了？望娘娘请自三思。"昭君听说，点一点首道："御弟言之极是。"正在叙话，忽听半空中一阵响亮，昭君细细留一看。未知是何物件，且听下回分解。

第五十一回

写血书征鸿寄信　看雁翅天子伤情

诗曰：

　　由来娶妇怕重阳，枕冷衾单夜正凉。
　　隔巷砧敲惊好梦，依然辜负老空房。

话说昭君听见帐外一声响亮，抬头一看，见是一只孤雁飞鸣空中，急出帐门，王龙也随后出来，听着娘娘那一声声悲啼凄惨，哀告天上鸿雁道："你是羽族中灵禽，空中做伴，飞去飞来，尚成鸾侣，时刻不忍分离。若有一个失伴，领头而走，做了孤雁，你与奴家是一样，孤苦伶仃叫声孤雁，是停一停羽翅，哀家有几句离情，烦你带一佳音到京城去，不知你肯与不肯？"那雁儿也知人言，一翅飞下云端，站立尘埃。昭君一见孤雁下来，由不得纷纷下泪，暗自伤心，道："飞禽尚存仁义，奴枉将玉体去伴汉君。孤雁呀，你今要上长安，有一封书信，烦你寄与汉王。"雁儿便摆尾播头，叫了几声，似有依允之意，昭君便扯下一幅白绫，咬破指头，写了一封血书，字字行行，写得分明，上写道：

辱爱西宫臣妾昭君王嫱致书于大汉天子驾前：忆自妾与主公作别，许多话言，甚是知心。哪知哄妾出塞，在雁门等候，半月有余，不见一兵一将前来救妾。君心一变，别抱琵琶，妾只恨姻缘分浅。不是当初入梦，妾若嫁一平等夫妻，也可百年偕老，不贪富贵，怎有祸害临身？孤雁之便，烦寄京都，我主若念枕上之恩，快快点将发兵，早来一刻，还可相见，迟来一刻，只吊孤魂。再拜上正宫林后娘娘，大恩未报，来世犬马相偿。又拜年迈双亲，保重贵体，好生抚养妹子。书到之日，龙目电闪，伏乞我主不可付于东流，须怜念妾泪痕千点，血指十个。纸短情长，书不尽言。

　　昭君将血书写毕，用手折叠起来，上面定了红绒线，拴在雁翅上，又嘱咐几声道："烦你将书带上长安，不要走错了路途，一路上须要留神，日间防备射儿，夜间防备猫儿，吃食担心，过江仔细。你若差池，不打紧要，只怕失了奴的书信，就不好了。"昭君吩咐已毕，王龙也咬破指头，取出一幅白罗，写在上面。上写道：

　　思书丈夫刘文龙拜上萧氏贤妻：自上京都，为求名显当世，遂使三日夫妻，一旦分别。幸占鳌头，职膺教授，指望荣归故里，骨肉团聚。不意朝廷特旨，召取愚夫伴送昭君娘娘往北和番，未知何日方得回程。你须在家静守，用心照管门户，切不可忧愁记念。常言：恩爱难分，情固有之，为国忘家，忠臣分内之事。书写泪下，伏乞鉴察。

　　写毕，也将书折起，用红绒线拴在右边雁翅，嘱咐孤雁道："左边家书，是娘娘带到长安，送与汉天子的；右边家书，是我烦你带到西京西阳府西阳县洗马池黑鱼村刘家凹，交与我贤妻萧氏的，千万不可失落，要紧！"嘱咐已毕，但见孤雁两翅飞起，到了九霄云内，昭君与王龙见雁儿去远，方归帐下不表。

　　且言孤雁，它本空中而来，仍向空中而去，长啸一声，赛吐流星。它在空中翱翔，不到片刻时辰，一翅已飞到东京。正值汉王早朝未散，见一孤雁，飞到金阶，叫了几声，又飞到墙儿上面，三番五次，向金阶旋绕。王见孤雁飞鸣上下，十分诧异，吩咐内侍取了弓弩，要将孤雁射了。正要放弓，雁又腾空飞起，总射不着它。汉王细看孤雁翅底，隐隐似有书文，口内不言，心下暗想道："这个雁儿飞来飞去，莫不是边关昭君，有书信托它带来，也未可知，待孤问雁一声，便明白了。"想毕，叫声："孤雁呀，你非无事来见孤王，若是边关有信，寄与孤王，你可快下殿来。"那雁也知皇主之意，一翅飞下金阶，向汉王点了三点头，如朝拜一般。

汉王留神细看，果真孤雁左右俱有书文，便命内侍轻轻解下呈上，见一封是昭君的书，一封是刘文龙家书。先将昭君书拆开，从头细细一看。不看便罢，一看只见血痕满绫，句句伤心，由不住龙泪频倾道："辜负美人了！想美人在雁门待孤半月有余，望孤不到，非孤有意失信于美人，奈朝无良将、外无精兵保驾亲征，若孤尽调天下之兵，前来救你，又恐国内空虚，倘有变动，岂不惹天下人说孤为一女子，不顾万里江山？今日本当写一回书，烦雁转达，只怕美人见了回书，又添一番忧闷，不如不写回书好。"吩咐孤雁："劳你一路万里寄书而来，孤也不用回书，免得昭君边关思想，不如和平两国，割断愁肠，并将刘文龙家书留下，也不用通知他妻子，省得两地忧愁。"那孤雁见汉王吩咐已毕，点了几点头，如同谢恩一般，它就双翅腾空而去，正是：

> 梦里相思情已断，关中盼望恨尤深。

孤雁见汉王虽无书带去，它倒有信义二字，一路向北而行，回复昭君。到了边关，空中又叫将起来。昭君抬头一看，已知雁回，心中大喜，便叫："孤雁，劳你一路风尘，快快下来，好把回书交付与奴。"那雁在空中，也不落下，只将两翅抖得清清，见书已送到，并无回书。昭君已会其意，银牙一咬，心中暗恨道："汉王何太不仁，以至于此！万里寄书，飞鸟且通灵性，你今既不发兵，又无回书，割舍奴家北去，一梦之情，从此断矣！早知汉王这等薄幸，不如老死冷宫，倒也罢了，图什么欢娱，留了话柄。"说罢，哀哀痛哭。只听得雁儿在头上叫了几声，一阵悲鸣，腾空而去。可怜昭君，还恋着关上，不肯动身，忽见李广气喘吁吁进帐而来，只叫："娘娘，不好了。"昭君吓得面如土色，急问李广何事。未知怎生对答，且听下回分解。

第五十二回

黑水河谈诗矢名节　九姑庙得梦赠仙衣

诗曰：

> 磨不磷来涅不缁，此生名节是根基。
> 若非护体仙家宝，怎保无暇玉一枝。

话说李广回奏道："启娘娘，今日番帅等了半日有余，又宽了三日之限，等得不耐烦了，带兵到城下，问汉王既差昭君和番，到了边关，如何不见出关？若再刁难，就要架炮攻关了。娘娘呀，此关一破，可怜生民又遭涂炭，快请娘娘启程罢。"王龙也在旁相劝，昭君又听关外大炮连天，已知身不由主，只得快叫备马，李广一声答应下去，早已伺候。可怜昭君纷纷落泪，上了龙驹，关中也是三声大炮，送娘娘起行。王龙随即上马，带着三百伴送兵丁，随娘娘出了雁门关。李广送至关外，见娘娘去远，方才紧闭关门把守，一面表奏汉王不提。

且言昭君哭别雁门，一路马上几次回头，王龙也暗暗流泪。早已到了番营，娄元帅带领众将等一齐跪接。暗将人图比对，一丝不误，心下暗想道:"怪不得狼主十分爱慕,果是美貌无双。"昭君在马上吩咐道:"哀家怕的夜晚鸣锣,尔兵随后而行,哀家有兵护卫,另扎一营。"娄元帅回称领旨,先让昭君起身,一路马不停蹄,兼程而进,到了北地,越山过岭,好不难行。

那日到了一个去处,但见黑雾迷天,遮人眼目,昭君便问王龙:"这是哪里了?"王龙道:"启娘娘,这是黑水河。"昭君又问:"黑水河去番邦还有多远?"王龙道:"尚有一半多路。"列位,你道王龙也不曾走过此地路径,怎这等透熟?只因他乃状元之才,无书不看,何况天下地理舆图?闲话少叙。且言昭君因见黑水河名,与奴今日和番,如同黑水一般,不禁两泪交流,吟诗二首:

> 雁门关候杳无信,断决相思两地深。
> 梦里恩情情最厚,南柯一梦付流云。
> 往日恩深意更稠,双心同结正风流。
> 名花移向寒冰地,何日家乡慰别愁。

吟毕,叫声:"御弟,你也吟诗二首,解奴闷怀。"王龙领旨,也吟诗道:

> 禁苑名花日日鲜,何日移向北边关。
> 他人哪识香滋味,两地栽花不似前。
> 故园卉草正鲜明,风雨最多不见晴。
> 可惜天长地久夜,乡山无限最关情。

昭君见王龙吟诗,又惹起心中烦闷,因吟成一律:

> 二九之年灾晦临,单于相见一番亲。
> 虽然身陷番邦地,方寸犹思汉帝城。

此日栽花香不吐，他日恐故泣无声。
唯知节操持松柏，奕细绵绵享令名。

王龙听见此诗，叫声："娘娘，只怕身属异地，由你不得了。"昭君道："异地虽由人主，但他为贪着奴家的美貌，逼勒和番，奴今忍耻偷生，一路而来，怎肯玷辱名节？就是今生不得与汉王相见，倘死在九泉，有何面目见汉王于地下乎？宁使汉王负奴，奴焉肯负汉王？此时不过哄那番人，奴就死在番邦，奴魂也要回汉朝的。"王龙听见娘娘一番贞烈的话，也带十分伤感。昭君道："御弟呀，若在此死后，少不得你回汉朝，须要在汉王面前，表白哀家一番苦楚，足见御弟忠心了。"王龙口称领旨，说罢，不免放马起行，离了黑水河地界，正是：

行程好似天边月，赶路浑如赛流星。

昭君在马上一路观看北番景致，但见山高林杂，道路崎岖，行了百里，并无人家，也无宿店，连路上往来行人，一个也没有，十分荒险，好不难过。那日正走之间，忽见天色已晚，王龙吩咐扎下营盘。有军士回道："此地荒险，难保夜间无歹人，护卫兵少，恐防备玉驾不严，若有失误，我等吃罪不起。"王龙道："依你们便怎么样？"军士答道："启王爷，你看隐隐山中有一带红墙，似一座古庙，离此约有一里之遥，不如赶到那庙里安歇，王爷也放心些。"王龙点头称是，吩咐催马赶行。不到片刻，已到庙门。王龙吩咐靠庙扎下营盘，点起银灯，埋锅造饭。大家用毕，俱各安寝。

只剩昭君独坐帐中，睡也睡不着，对着银灯，无计消遣，取了琵琶，弹一段思乡曲调，又伤心一回。耳听军中更鼓三敲，一时困倦起来，倚在桌上，手托香腮，似梦非梦，但见两个青衣女童走进帐来，口称：" 奉娘娘法旨，召见仙姬。"昭君便也起身，离了帐中，随着女童，一路弯弯曲曲，到了一个去处。但见八字红墙，冲霄旗杆。走进庙门，回廊曲榭，玉石金阶，瓦盖琉璃，窗分麂眼。上了九层月台，到得殿宇，殿外站着无数黄巾力士，殿内分立十余个仙女，供桌上香烟缥渺，灯烛辉煌，黄绫帐内坐着一位难描难画的天妃，头带十二冕旒，身穿赭黄袍，手捧碧玉圭璋，端坐正中。昭君看毕，只听得上面喝声："仙姬见娘娘，还不下拜。"慌得昭君倒身下拜，口称："信女王嫱，愿娘娘圣寿无疆。"那娘娘叫一声："昭君听着，今日召你，非为别事，哀家乃九天玄女之神，只因你姊妹有缘，召你前来，完你名节，日后还使你报仇有人。且将哀家鹤氅仙衣一件，赐你穿在身上，自使番王不敢近你。"说毕，便命女童将仙衣交与昭君。昭君接了在手，谢恩道："得全名节回朝，重叙旧缘，自当将仙衣缴上。"天妃娘娘道："大数不可逃也，何必痴心强求！仙衣自有人来收，不用你费心。"昭君还要再问，娘娘不答，叫声："去罢。"仍命女童将昭君领出殿去。下了月台，出得庙门，见额上有"九姑庙"三字，心内记着，但是不由山路而走，走上一座桥梁，见桥下碧波清水，十分可爱，在桥上贪看此水，不防女童把昭君向水内一推，吓得昭君大叫："我命休矣！"未知生死如何，且听下回分解。

第五十三回

单于城昭君约三事　银安殿番王宴天使

诗曰：

> 端阳佳节最堪游，邀奴寻欢泛水舟。
> 舟返月明如宝镜，通宵一醉已忘忧。

话说昭君在桥被女童一推，只认坠于水中，哪知惊醒南柯，吓得浑身香汗。见一件仙衣放在身旁，取在灯下一看，只见霞光万道，瑞彩千条，心中大喜，忙脱了宫装，将仙衣穿在里面，只有她一人知道，并未与王龙说知。耳听谯楼已转五鼓，暗想："娘娘梦里吩咐之言，句句还可记得，奴说回朝续缘，娘娘说是大数难逃，难道奴竟不能回天朝了？"想罢，又是一阵伤心，泪下如雨。苦了一刻，叫声："且住，娘娘说与奴姊妹有缘，赠奴仙衣，全奴名节，还使奴日后报仇有人，但奴姊妹，是一女流，又非男子，怎能习武，来杀番狗，代奴报仇呢？这句话儿，只好付于流水了。"

想罢，不觉打了一个盹。天已将明，众军士埋锅造饭。用毕，又要起行，昭君叫声："御弟，此庙何名？"王龙出帐一看，见是墙上匾额，写着"九姑庙"三个大字，忙回奏昭君。昭君暗暗称奇便差王龙进庙烧香，代她礼谢神明。王龙领旨进香已毕，回奏昭君，昭君吩咐拔寨起行，放了三声大炮，一齐上马，赶路长行。可怜昭君，在马上一步懒似一步，怕到番城；军士一步紧似一步，要赶路程。正行之间，忽见探子报与王龙道："前面已离番城不远了。"王龙点一点首："知道了。"打发探子去后，就来禀知昭君。昭君一见要进番城，苦在心头，泪如雨点，叫声："昭君，你从此进了番城，如白染皂，再似璧玉无暇，今生再不能够了。"

一路想着，已到番邦城下，但见守城军官，一个个顶盗贯甲，弓上弦，刀出鞘，各挂腰刀，拿了手本，一排排跪接昭君娘娘。昭君勒住马头，不肯进城，对着番官吩咐道："尔等可代哀家奏知狼主，说昭君娘娘要请三件事，要狼主依行，方肯进城。"番官道："请问娘娘是哪三件事，好待奴婢奏知狼主。"昭君道："第一件，要番国税簿；第二件，要你狼主输心服意，进贡天朝；第三件，要你狼主免生异念，速将降书降表进与天朝，永不反叛。依了哀家这三件大事，那时哀家方进故与狼主相见，如不依允，要想哀家进此番城，宁可拼命城下，情甘一死，决不从命。"

番官领旨，急急报与番王。番王问道："昭君娘娘如何还不进城？"番官启道："昭君娘娘不肯进城，要狼主依她三事。"番王听说，哈哈大笑道："孤得昭君，如获连城之宝，今日到了我国，平生之愿足矣！莫说三件事，就是她要孤家依三十、三百、三千件事，孤都一一依从，快请娘娘进城便了。"番官领旨出城，速速报知昭君道："娘娘吩咐三件事，奴婢已奏狼主，狼主一一依从，快请娘娘启驾进城，已排銮驾伺候。"昭君吩咐，先抬过钱粮、税簿、贡表一道，都亲自看过，一一查收，另日差官解往天朝。昭君到了此刻无可推托，没奈何，要进番城，总不免苦在心头，悲悲切切，进了番城。番王带了满朝文武，来接昭君。到了午门，有番女扶了娘娘下马，送至西宫。这些宫娥内侍都来参谒娘娘，一见昭君生得姿容绝世，都交头接耳，暗暗称羡道："好个美貌娘娘，真似天仙下凡，怪不得我主兴兵，讨取昭君，耗费钱粮，却也值得。"不言宫中议论之事。

且表王龙归了馆驿住下，三百护军扎营教场。番王进了朝门，升坐银安殿，文武朝贺，都道："我主不枉一番劳心，得了天朝昭君，皆是我主洪福不小。"番王闻奏大喜，文武各加一级。众臣谢恩已毕，番王方退殿，赶到西宫，去看昭君。忽见黄门官奏道："今有征南大元帅娄里受，同了圣僧，与众将一起奏凯回朝，请旨定夺。"番王下旨道："圣僧一路辛苦，不敢当其朝见，容日孤自到寺叩谢，娄里受等着召见。"孤王一声旨下，番僧归寺安歇，娄元帅带领众将到了金阶，俯伏地下，口称万岁。番王先慰劳一番，叫声："娄卿今已取到真昭君，以成不世之功，深慰孤怀，照卿原职加升三级，外赐黄金千两，荷包四对。以下有功将士，俱各加官晋爵，偏殿赐宴。兵丁犒赏免差两月。毛延寿进美有功，赏赐黄金五百两，荷包两对。"

众臣谢恩已毕，娄元帅仍将人图缴上，番王吩咐内侍收起，又要退朝回宫，黄门官又奏道："天朝差的新科状元，又是娘娘御弟，名叫王龙，带领中国军兵三百，一路护送娘娘到此，现在午门，候旨定夺。"番王闻奏，即传旨，将天使召进金阶。见王龙是一个白面书生，大赞天朝人物，生得品格不凡。王龙见了番王，俯伏金阶，口称千岁千千岁，番王忙唤平身，赐绣墩旁坐。王龙谢恩坐定，番王道："有劳天使，一路鞍马劳顿，孤心何安！"吩咐殿上摆宴，代天使洗尘。一声旨下，殿中摆了一席，款待天使。有内侍手执金樽敬酒，桌上珍馐，也不亚于中国庖治，怎见得，有诗为证：

　　山珍海味也相同，烧炸由来各用功。
　　浓淡调和烹饪手，百般巧妙有无穷。

王龙领了番王的酒宴，不敢过量，便出席，谢宴告退。番王命送至馆院安歇，番王袍袖一展退朝，文武各散不表。

　　且言昭君进了西宫，一见宫女穿的服色，不比中国样，口中声音不同，昭君越思越想，好不伤心，暗恨毛贼：奴是南朝恩爱夫妻，被你拆散，逼到北番，来日奏知狼主，将你这贼万刀千剐，粉身碎骨，好泄心头之恨。毛贼呀！你只知要害别人，如今反害自己了，这叫做：有恩不报非君子，有仇不报枉为人。又想番王进宫，须要如此这般，不出奴手掌心内。昭君正在沉吟，忽听一声驾到。未知昭君接驾否，且听下回分解。

第五十四回

昭君智哄番邦主　王龙计下蒙昏药

诗曰：

> 巧计安排太入神，一般欢喜哄痴人。
> 梦魂颠倒心迷惑，不辨假来不辨真。

话说昭君正在宫中十分悲苦，忽见番奴报道："启娘娘，狼主驾到西宫，请娘娘接驾。"昭君此刻听说，犹如万箭穿心，千刀戮肠，没奈何，点一点首，站起身来迎接番王，照着中国礼数，低低叫声千岁。番王一见，十分大喜，连忙用手扶起道："美人少礼。"说毕，携手进宫坐定。先把昭君细细一看，好一个难描难画的美人，怎见生得好？但见她：

> 发是千根乌油黑，鬓分两处至耳根。
> 雁尾拖来垂脑后，中垂松髻巧十分。
> 脸如瓜子弹得破，不施脂粉亮如银。
> 八字柳眉分左右，一双俏眼碧波生。
> 鼻孔端正多福分，两耳不小天生成。

樱桃小口没多大，一口银牙白森森。
　　身材柳腰多窈窕，玉笋尖尖十指痕。
　　步步金莲三寸小，红绣花鞋足下蹬。
　　好似姮娥离月殿，不亚仙女降凡尘。

　　番王看了昭君，不由身子都醉软了，恨不得即赴阳台，暗想："番邦美女不少，三宫六院亦复多人，总不及昭君一二，孤蒙天赐良缘，今得与她共枕同眠，也不枉为一国人君。"又心中疑惑起来，命将人图挂起，与昭君两下比对，果然一点不差，方才心中畅快。即将人图挂在西宫，一面吩咐摆酒款待新人。

　　番奴领旨，忙将红烛高烧，摆列二十四碟时新果品，一十八大碗海味山珍，番王上坐，昭君赐座一旁，对对宫女斟酒，双双番奴上菜。昭君苦在心头，也没奈何，站起身来，劝敬番王几杯。正当酒过三巡，菜添五次，番王也有几分酒意，不禁快活起来，道："孤为美人，日日想念，夜夜挂怀，折了许多人马，费了多少钱粮，今方得美人来到我国，成就百年姻缘，孤也算遂了平生之愿！"说罢，哈哈大笑。又道："孤在北方，美人在南方，可谓风马牛不相及，不料缘分一到，千里如同咫尺，孤好不快活人也！"吩咐宫女："快敬娘娘一杯酒，算孤代美人洗尘。"宫女答应，斟了敬昭君，昭君也回敬番王一杯。彼此饮酒已毕，番王道："想美人在中华既称才女，必定色艺双全，孤要请教一二。"昭君道："妾本下愚陋质，多蒙大王错爱，费了许多心机，今日得侍箕帚，妾之幸也。但妾才不堪上达天庭，若冒昧直陈，恐贻笑大王。"番王笑道："美人不必过谦，孤一定要请教的。"昭君道：请问大王，还是即席吟诗，还是曲谱新声，愿求示题。"番王道："先请教美人佳作一二首，就以孤与美人今日合卺为题。"吩咐宫女取过文房四宝。昭君濡得墨浓，添得笔饱，展开锦笺，不假思索，一挥而就，成诗两首，呈与番王。番王接过一看，上写道：

其一：

> 本是南邦女，今来北帝城。
> 姻缘千里系，觌面两心倾。
> 细饮珍味酒，还聆箫管声。
> 人间多美事，雨露最关情。

其二：

> 蒙君多错爱，枕上未寻春。
> 今夜偕花烛，此心对鬼神。
> 不须思故国，自是可怜人。
> 再把人图比，曾知真未真。

昭君吟此二首，诗中大有喻意，好在番王酒后不解，只是赞好道："美人才堪倚马，诗中句句不失《关雎》之体，孤得美人，宫中如得一良佐，孤之幸也。"说毕，哈哈大笑，吩咐宫女："快敬娘娘一大杯酒，以润诗肠。"昭君饮毕，又回敬番王一大杯。番王道："还要请教美人新声。"昭君道："新声不比诗词，恐其中有冒渎大王之言，有失大王清听，望乞大王恕罪，方敢唱来。"番王道："美人只管放口，孤断不来罪你。"昭君领旨，命宫女取过她的琵琶，弹出一曲：

> 自幼生来十九春，父母爱如掌上珍。
> 只因一梦成异事，越州召取女昭君。
> 有奸贼子爱金银，改了人图起贪心。
> 一时不合将才使，自画人图费精神。
> 未遂奸谋怀了恨，一路哄到帝王京。
> 点黑痣，奏圣君，将奴贬入冷宫门。
> 身受苦，冤莫伸，无心得遇姓林人。

救出冷宫偕连理，抄没奸党问典刑。
透消息，走奸臣，逃至北方起刀兵。
将奴人图来哄献，硬要奴家献番人。
可怜损兵与折将，苦坏天朝汉室君。
倘欲不舍昭君女，又怕江山不太平。
欲要舍了昭君女，好好夫妻两地分。
夫妻本是同林鸟，一旦各自奔前程。
夫在南来妻在北，要想见面万不能。
琵琶别抱真遗丑，只好千秋落骂名。
忍耻偷生来到此，保得汉室锦乾坤。
佑天子，救群生，怜兵将，恤万民。
干戈平靖四方定，总为区区一个人。
自古红颜多薄命，何心惜爱恋浮生。
可叹世人痴愚子，贪花只管逞凶横。
只利己，不顾人，何妨忍耐少烦心。
强中更有强中手，多少好汉付灰尘。

　　昭君弹毕，将琵琶递与宫女。番王此刻也有半醉，并不懂曲中之意，只是赞好。昭君怕番王醉后及乱，忙心生一计，便道："启大王，妾自南方一路到北，多蒙兄弟王龙保护，伏望大王召他进宫，赐他一杯酒，以酬他风霜之苦。"番王准奏，即将王龙召进宫内，赐他三杯御酒。王龙饮毕谢恩，也要回敬番王。宫娥正要上前斟酒，昭君叫声："住着，待哀家亲斟与大王吃。"一面向王龙丢个眼色，王龙会意，暗在袖中取出迷魂药，下在酒内。未知番王肯吃否，且听下回分解。

第五十五回

报冤仇怒斩延寿　仗仙衣吓住番王

诗曰：

　　舌剑唇枪利十分，只知平地起风云。
　　害人反使自身害，恶贯满盈受典刑。

　　话说王龙将迷魂药暗暗放在酒中，双手敬与番王。番王此刻酒已难下，又碍着昭君情面，不好不饮，只管端杯一饮而尽。此酒不吃犹可，一吃时，大叫一声"不好"，顿时昏迷过去，不省人事，几乎跌下椅来，吓得两旁宫女，只认番王大醉，急急扶王至床睡下。王龙告别离宫，只剩了昭君，打发宫女撤去筵席，收拾安寝。没奈何，在床边和衣而睡，去伴番王，一宿晚景休提。
　　次日五鼓，番王酒醒，一见昭君睡在床边，很不过意，便搂住昭君道："昨日酒醉，不曾成亲，带累美人一夜未睡，孤心不安，今日孤家一定赔礼。"昭君趁机便奏道，启大王，成亲乃是小事，妾有大冤未伸，伸冤方能成亲，冤不伸则亲不能成。"番王闻奏，大吃一惊道，美人，仇人是哪个？今在何方？快说与孤知道，好代美人伸冤。

昭君道："妾的仇人不是别人，就是毛延寿这个奸贼，他与妾有一天二地三江四海之仇，大王不斩此人，要妾成亲，妾宁死不从。"番王一想："延寿虽是美人的仇人，乃孤的功臣，孤怎忍杀他？若不将他取斩，美人又不肯成亲，如之奈何！罢罢，也顾不得许多了。"便暗暗叫声："毛延寿，是你的对头到了，非怪孤情过薄，孤要美人成亲，也只好忍着心，将你取斩，等你死后，再把你加封便了。"想了一会，道："就依美人所奏。"昭君大喜谢恩。

　　早有番奴请番王临朝，番王梳洗已毕，整冠束带，别了美人，即刻登殿，受文武朝参。忽然心中大怒，便叫两旁武士："将误国奸贼毛延寿，推出午门取斩。"一声旨下，早闪出许多武士，上前动手，从左班中推出毛延寿，也不由他分辩，一个个揪袍褪带，背剪牢栓，推推拥拥，朝外就走。只吓得两旁文武，面面失色，交头接耳，议论纷纷，不知狼主为什事故，要斩延寿。与他无交者，不肯出头，只有卫律，撇不过师生之情，出班奏本道："臣启狼主，不知毛丞相所犯何罪，该问典刑。"番主闻奏，说不出宫中的私事，只回道："毛延寿身为天朝大臣，既可献人图与我国，挑动两下刀兵，焉知将来不可又挑动他邦？此乃误国之贼，容他不得，故此取斩。"卫律道："毛丞相虽不忠于天朝，却忠于狼主，望狼主念他献美有功，将功折罪。"番王听说，把脸一沉道："毛延寿是一定要斩的，卿家不必多奏。"卫律见不准奏，已知是代昭君报仇，不敢多言，只得叹息，退在一旁。

　　番王当殿即命番奴请昭君娘娘出宫，监斩毛延寿。番奴领旨，去不多时，请了昭君上殿，见了番王。番王即下龙墩，携了昭君手，同至五凤楼前，并肩坐下。但见毛延寿背插斩旗，跪在下面，昭君一见，不由得怒从心起，指着毛延寿骂道："好大胆奸臣，身为首相，禄享千钟，富贵极矣，汉王有什亏负于你，奴也与你无冤无仇，千方百计，使奴活活夫妻，两地分开，贼呀，你只知日头在午，谁料也有今日？"昭君一席话，只说得毛延寿低头不能回答。番王一旁解劝道：

"美人不必烦心，只等午时三刻一到，开刀斩了奸臣，便消你心头之恨，何必说话劳神？"毛延寿在下面，听得番王一番言语，不由得三尸暴跳，七窍生烟，大叫一声："狼主，是何言也？臣乃娘娘的仇人，却是狼主的功臣。想臣来献美，使狼主得此美人，且想昨夜之欢娱，非臣不能有此。臣不曾犯法违条，无故遭刑，死难瞑目，望狼主开一线之恩，赦臣老命罢！"番王倒被他这一番话，心中说软了几分，反劝昭君道："美人且看孤薄面，饶他一命罢。"

昭君一闻此言，由不住心头焦躁起来，便叫："大王有所不知，只因这贼用计，将奴贬入冷宫，奴几丧命；又将奴老父母无罪充军，可怜也是死里逃生，奴本待饶他，奈他不肯饶人，大王呀，斩草不除根，萌芽依旧生。休信此贼一番哄诱言语。"番王听说，点一点首，连称："美人之言极是！"只吓得延寿高叫："娘娘，千不是万不是，总是小臣该死，一时昏迷，起了贪心。汉王已将臣满门取斩，也可消娘娘心头之恨。只剩老臣一人，望娘娘生恻隐之心，饶恕老臣，臣亦辞朝归山，保全朽骨。愿娘娘寿登大耋，与狼主同偕到老，臣死不忘恩。"昭君听了这句话，分外伤心，咬牙切齿喝叫："奸贼住口，你死到临头，说的话儿，尚是不清不白，常言：有仇不报非君子，你也不必痴心了。"说着，珠泪纷纷。番王见昭君悲苦，也不好苦苦相劝饶恕延寿，便叫声："美人，既不肯恕他之罪，午时三刻已到，可将毛延寿开刀取斩，何必伤心，苦坏身子。"昭君收泪，点一点头道："大王之言极是。"番王吩咐："将奸贼开刀罢。"

一声旨下，谁敢怠慢？刀斧手答应一声，只听平空三个狼烟大炮，又见黑旗一展，钢刀三亮，番兵动手，好不怕人，便把毛延寿三十六刀鱼鳞剐去，临后破腹剜心。可笑延寿在日，作恶多端，今日死于番邦，以昭恶报。昭君一见番王将奸臣正法，心中畅快，免不得假意殷勤，谢了番王，一同回了西宫。卫律悄悄向狼主请旨收尸，番王因却不过昭君情面，诛了延寿，今见卫律所奏，便准他的本章。卫律在法场上，把延寿零碎尸首收拾，用一木棺盛殓，送在荒郊埋葬，立一石碑文，尽他师生之情，不表。

且言番王诛了延寿，知道昭君不能再为推托，打点今晚成亲，吩咐宫中摆宴，与娘娘改恼添欢。宫女答应，摆下酒肴，番王上坐，昭君旁坐，你一杯我一杯，吃得番王十分大醉，按不住心头欲火如焚，要来勾搂昭君的香肩，拉去同赴阳台。幸得昭君知道不免，想起梦中仙女吩咐之言，一进宫门，便脱去上盖衣服，露出仙衣。番王正要动手来扯昭君，手碰衣上，只听番王大叫一声："疼死孤也！"但见十指鲜血淋淋，吓得魂不在身。未知是何缘故，且听下回分解。

第五十六回

欲全名节说假梦　要还心愿造浮桥

诗曰：

　　妇人所贵节兼名，能洁己身永不更。
　　断臂毁容全白玉，此心肯让古田横。

话说番王因酒后去扯昭君同赴巫山，谁知拉在仙衣上，忽然如万根银针直刺，刺得番王十指鲜血淋淋，大叫一声："疼煞孤也！"又因昨日吃了迷魂药酒，心中一急，忽然发作起来，不觉鼻孔血出如流，吓得两旁宫女面如土色。昭君急急向前，叫声："大王身体欠安，不好过贪，还是静养为上，且消停几日，等大王病好，再成亲不迟。"番王点头道："美人之言极是，孤且回昭阳安歇，失陪美人了。"说罢，即起身。昭君送出西宫，且喜番王有病，脱了灾星，自此以后，皇天有眼，几次番王到了西宫，不是有病，即是不能近身，弄得番王心中好不焦躁。

那日番王吃得十分大醉，定要与昭君成亲，命一班宫女硬将昭君的上身衣服脱去，哪知挡着手的，谁不连声叫疼，番王十分诧异，便问昭君，是何缘故。昭君此刻又怕又喜，怕的番王硬勒，只管叫人动手，就有许多不好了；喜的仙衣有灵，保全身子，一见番王问她缘故，便扯个谎道："妾启狼主，只因龙体欠安，妾在宫中，许下香愿，等狼主病已痊好，妾亲去烧香了愿，如今狼主病已渐就痊，可未曾了愿，妾于昨夜三更，梦见金甲长人，口称此地白洋河神责备妾身道：'许愿不还，身受口头之罪，速向狼主奏明，到白洋河亲自烧香了愿，保佑你百事遂心，夫妻偕老，如其不然，赐你银针十三根，插你身上，使番王不能近身，教你活活守寡一世。'说毕，冉冉腾空而去，吓得妾浑身冷汗，惊醒过来，就是这个缘故，望大王准奏，或者神人收去神针，成亲有日，也未可知。"番王闻奏，心内一想："孤用许多金银买昭君之心，难道昭君没有一点情义与孤么？又要白洋河烧香，须搭浮桥，非十几个年头不能成功，叫孤如何等得？且住，昭君既到我国，如入牢笼，终究难脱孤手，除非死了，恩情方断。"想毕，便叫声："美人所奏，孤无有不依。"昭君大喜，连忙谢恩道："启狼主，妾的心只此一件事了，还愿回来，与主成亲，誓同白首。"番王哈哈大笑道："难得美人一片好心。"又吩咐宫中摆酒，吃得尽欢而散。

　　一宿已过，次日早朝，番王登殿，文武朝参已毕，旨下吩咐工部拨帑，兴工搭造白洋河浮桥。工部闻旨，大吃一惊，急忙奏道："启狼主，白洋河口面广阔，难量丈尺，日用千人，仍要造船载人，次序搭造起来，要用铁环三千余斤，方可锁定浮桥，水才不能冲坍。依臣估来，需时十六七年，需银非费倾国之财，劳万民之苦，不能成功，望王停了此旨。"番王道："一言既出，驷马难追，卿只要催赶完工，不必为孤忧虑。"工部不敢违旨，只得退出朝门，兴工去了。番王打发工部去后，坐在殿上暗想："孤为昭君，日费万金，不怕昭君不得成亲。昭君呀，你可知孤王为你一片苦心么？"想罢退朝，仍归昭阳静养不表。

　　且言昭君，凭着三寸不烂之舌，说哄番王，苦费金银，痴想成亲，付之流水，每日闷坐官中，心上有事，非弹琵琶，即是吟诗，或闲步花园，以散心情，但听得：

枝上子规啼不住，声声叫出断肠吟。
蝴蝶过去飞来燕，莺藏林外弄娇声。
桃红柳绿如铺锦，杏花初放墙角横。
过了春来到夏景，水面荷花香十分。
一对鸳鸯双戏水，鹭鸶常傍藕池根。
凉亭摇扇乘风坐，修竹根根被暑浸。
过了夏来秋又到，桂花香送沁人心。
好个八月中秋夜，佳节共赏月光明。
东篱又放陶家菊，门外白衣送酒人。
凛凛狂风交冬令，白雪纷纷亮如银。
泪滴成冰真个冷，寒鸦便共梅与争。
古人踏雪寻梅饮，雪拥蓝关马不行。
可惜日月如梭快，四季景致瞬息更。
十年妇女闺中老，悔不当初嫁夫君。

昭君观看园中景致，游玩一番，没情没趣，出了园林，仍回西官纳闷。

这十六年中，番王有多少盼望，助他相思；昭君有无限离愁，增她的悲苦；该管工部官员，费许多手脚，发多少钱粮，用若干人夫，耗无限心血。正是十六年光阴，人生原不容易过去，书中不用片刻时辰，浮桥业已告成。工部上复朝命，番王心中大喜，忙进西官，昭君接驾，将番王迎进宫中。行礼已毕，坐定，番王道："美人要搭浮桥了愿，今桥已告成，但凭美人择日前去烧香，回来好与孤王成其美事。"昭君听说，不由得苦在心头，暗叫一声："苦命的昭君呀，你的催命符到了。"反破涕为笑道："好快日子，倒也十六年了。"番王道："孤家度日如年，足足等了十六年，美人又不要别生枝节。"昭君道：

"这个自然,妾身若再推辞,岂不辜负狼主十六年等候的恩情了。"番王听说,哈哈大笑道:"美人之言有理。"昭君道:"启狼主,可命御弟同工部,到白洋河先去烧香谢神,收工回来复旨,妾自择日烧香便了。"番王准奏,一面将旨传出宫去,一面吩咐宫中摆酒,代娘娘贺喜,不表。

且言王龙在馆驿内接了番王旨意,虽是分无统率,却也不敢不遵,忙会同工部,备了祭礼香烛到浮桥,先把桥一看,好不高耸,怎见得,有诗为证:

> 建立全凭造化工,长桥高欲起平空。
> 虽由妙手人之巧,总在汪洋一派中。

王龙看毕,免不得与工部在桥上烧香行礼,化纸已毕。王龙到底生在中华,未曾领略过外国的风景,慢慢同工部下了浮桥,也不坐马,也不坐轿,一路步行,玩着野景:山虽不高而险峻,水虽不秀而长流。走有十余里下来,忽见山脚下站着一人,有些认得,王龙向前一看。未知此人是谁,且听下回分解。

第五十七回

救忠臣苏武回朝　寻丈夫猩猩追舟

诗曰：

牢笼已脱苦忧愁，矢此忠贞到白头。
虽说姻缘非族类，好述也自赋河舟。

话说王龙远远见山脚下站着一人，虽是风霜变色，却见他中国打扮。细细定睛一看，原来有些认得此人，忙抢几步向前，到了山脚，再细一看，不是别人，正是老臣苏武。王龙连忙打恭道："原来是苏老丞相，为什么在此受苦？"苏武也还礼道："原来是殿元公，说起老朽到此和番，十分凄惨，然卫律逼某投降不屈，命某在此牧羊，一十六年，多蒙山中猩娘收留洞中，生下一男一女。某日夜思想故届，今生是不能回转了！殿元公莫非也来和番的么？"王龙听说，十分悲叹道："原来如此！老丞相只管放心，包你指日回朝便了。"苏武大喜道："殿元公有什回天的手段，搭救老朽？"王龙道："老丞相有所不知：只因番王统兵打破雁门，已逼汉王无奈，将昭君娘娘献出，如今已到番邦。某是奉旨随娘娘驾到此地，也是十六年了。番王甚是敬重，言听计从，无奈娘娘只是不肯成亲，今又在这西北特搭一座浮桥，破费十六年功夫，方才告成。先命某等到此烧香看工，无意闲游，幸遇老丞相。等某回朝复旨，在娘娘面前求她方便一言，包管老丞相指日回朝。"苏武连声称谢道："使朽骨得还故乡，皆出殿元公之所赐也。"王龙连称不敢道："老丞相速速回洞，快些收拾，好打点动身，某也不敢久留，要复旨去了。"遂与苏武作别，同工部上马，一齐进朝。

　　到了午门下马，工部在午门守候。王龙进了西宫，当面见了昭君缴旨，便把老忠臣苏武留番受苦，要求娘娘搭救的话奏了一遍。昭君点一点头，打发王龙出宫去后，暗叫一声："苏武，你在番邦受苦多年，有哀家知道，还将你救出龙潭虎穴，但不知哀家在番十六年，有谁来救哀家呢！"说罢，纷纷珠泪。正在伤心，忽报驾到，昭君连忙收泪，将番王接进宫中坐定。番王道："美人可曾择日烧香？"昭君道："只要黄道吉日，便可烧香。"番王传旨与礼部知道，卜日进呈。昭君道："但不知中国还有什人拘留此地？"番王道："汉将李陵不屈而死，只有一个苏武，因劝他归降不从，罚在牧羊城受苦。后来该管官儿报来，苏武连人连羊不知去向，多分葬于山兽腹中了。中国只有王御弟在此，并无别人了。"昭君道："只怕老苏武还在呢？"番王吃惊道："今在哪里？"昭君便把王龙在山中相会的话先说了一遍，又道："他既不肯降顺，留之何益？可怜他家乡万里，妻子不知存亡，望狼主开一线之恩，放他回去罢。"番王闻奏，无有不依，即刻传旨，着内侍随天使王龙来到飞来洞，赦苏武回朝。内侍领旨出宫，会了王龙，说明来意。

　　王龙想起苏武十分褴褛，不便朝见，又命家人打了一个衣包，与他更换，收拾停当，一齐上马出城。找至飞来洞，正是猩猩不在洞中，苏武在那里痴痴盼望，王龙与内侍一齐下马，宣读赦旨。苏武大喜，又见王龙取衣服与他更换，深感王龙之情，暗想："在洞多年，又蒙猩娘一番情义，生下一双儿女，不知今带往哪处玩耍，不及与她作别，留下一字相谢。"遂同王龙下山，入朝见了番王。番王慰劳一番。又是昭君召进宫中，苏武拜谢救命之恩，昭君命内侍扶起赐座，叫声："苏卿，回朝上复汉王，他原许奴御驾亲征，来救哀家，今已多年，并不见一兵一将到来，不但误奴一世青春，而且将奴身陷北地，求生不得，求死无门。奴今苦积如山，不及写书与你带去，烦你口传一信与汉王，教他明岁招奴魂回归。哀家那日曾将番邦税簿文凭降表进与汉王，不知吾王可曾收到否？正宫林后、哀家父母妹子，望老忠臣代哀家一声问候，御弟王龙家内，仍烦寄一信亲，说他明年一定回来，使他家内放心。"

苏武只是连声答应，就此起身，拜别出宫而去。又见番王，番王便对苏武道："番王敬你乃天朝一个大忠臣，累你受苦一十六载，只因孤王一时不明，误听奸人逸言，简慢天使，孤之罪也。这是表书一道，贡物十扛，烦天使转达天子，聊表孤王之心，外有些须菲礼，相送天使，以做路程。天使带来兵丁一千名，今只剩五百名，各赏口粮，烦老忠臣带回中国。"苏武听了番王吩咐，连忙叩谢，退出午门。后又与王龙作别，并谢他搭救之情。王龙见苏武喜色匆匆，也不及写家书，托代口信，转寄家乡，不过是一番嘱咐。

苏武别了王龙，仍带五百兵丁，押着贡物，出了番城。苏武到底年高，不惯骑马，一路行来，甚是狼狈，便问土人："此地可有水路舟船否？"土人指明："西南山嘴下，有一座大海，海路直通雁门，路却远些，那里便有海船，雇了载人。"苏武听说大喜，谢了土人，一马放开走了二十里，来到山嘴，果见一座大海，海上列着许多大船。苏武便吩咐从人与海船讲明价银，雇了两只海船，甚是宽大，任你多人，亦可装载，只要顺风，瞬息便到，风若不顺，寸步难移。苏武见船雇妥，便下马上船，五百兵丁分在两船，正是顺风时候，舟人看定指南针，扯起两把大篷，一直望南进发，这且慢表。

再言猩猩，带了儿女一双出洞，因天气晴暖无事，一则出去玩耍散心。二则在满山中找些果品，与苏武充饥。三则苏武初到洞中，还教小猩猩防备，怕他溜走，今已来到了十六年，又生下儿女，以为绊住苏武，也不用防备了。老猩猩一出洞去，那一群小猩猩都跑出洞去，到满山寻果子吃，只剩苏武一人在洞，所以今日得脱身而去。哪知猩猩回洞，不见苏武，心中十分着急，吼地一声唤齐小猩猩，乱打一番，嗔怪他们贪玩放走，又命满山找寻，哪里有个影儿。只急得猩猩正在跌足捶胸，忽听空中叫一声："孽畜休慌，听我吩咐。"吓得猩猩向上一看。未知是何神仙，且听下回分解。

第五十八回

弹琵琶带病思乡　嘱御弟含悲生别

诗曰：

光阴又早小春天，几度相思也枉然。
不是春心能锁住，容颜易改被情牵。

话说猩猩向上一看，见是山神，忙跪下道："薄情苏武，不念小畜搭救之恩，竟自不别而去，可恨可恨！"山神道："你也休要怪他，他与你缘分已满，该他回朝之日，因钦命急迫，不及与你作别，非他过于薄情。现留一字相谢。你可从水路追去，还可会他一面，吾神去也。"猩娘见山神去远了，急忙站起身来，先将桌上字条一看，点点头，折了收起，不敢耽误，背着女儿，抱了儿子，出得洞门，放开毛腿，一路顺着海边追将下来，行走如飞。虽是船趁风威，走得甚快，猩猩两腿，亦快于船，不消两顿饭工夫，早已赶到。苏武两只海船，船却离岸甚远，猩猩追来，在岸上乱跳乱叫，早惊动苏武。苏武在舱内，已知猩娘追来，急急站出船头，高叫一声："猩娘，多蒙你十六年恩情，又生下一双儿女，非是苏武薄情，不别而行，一则因猩娘不在洞中，二则圣命紧迫，若不回去复旨，是为不忠，故留一字相谢。你可略等几年，我自来看你。"那猩猩也揩着眼泪，指着一双儿女："还是带去不带去？"苏武也会过意来："一双儿女，权留猩娘身边抚养，少不得日后骨肉团圆，自有相逢之日。"说毕，只怕过于缠扰，催舟而行，直望中国而去。猩娘在岸上，痴痴望着苏武的船儿，不见影子，方才含泪带了一双儿女，回洞而去，后书自有交代。

再言昭君，虽仗身上仙衣，免了番王搅扰，但初进宫时，面似桃花，如今病体恹恹，身子瘦黄，每日痴坐出神，毫无一物以畅情思，忽然想起琵琶是奴知己，遂取过琵琶弹起，悽悽惨惨，苦成一调：

奴今正想宜春令，无心去看卖花人。
夏天懒见鸳鸯面，并头莲儿两地分。
思乡又恨秋天雁，寄书去了没回音。
冷天怕唱普天乐，心事怎诉汉王君？
泪珠好似湘江水，悲悲切切不成声。
泪痕湿透红衫袖，红绣鞋难穿脚跟。
怎得一朝升平乐，香柳难得救回程。
思君懒看十样景，夜宴羞尝百味珍。
孤凄怎带金落索，欲上小桥步难行。
院中怕忆红芍药，鬓边斜插桂枝根。
徘徊常靠西河柳，思王坐到月儿明。
可怜又增叨叨令，冷风吹落花后庭。

昭君弹罢一曲，将琵琶放过，正在闷坐，泪珠频倾，忽报驾到，昭君慌忙收泪，起身相迎。番王到了宫中，行礼已毕，坐定，番王带笑叫声："美人，如今苏武已放还乡，已遵美人之命，今值美人无辞，也该依从孤王成亲。"昭君道："这件事还依不得狼主呢！妾曾奏过狼主，要到浮桥烧过香、了过愿，方能成亲。"番王见说，一想："十六年倒等得，难道这几日就等不得了？只等礼部择定日期，再催她去烧香，还有别个推托吗？"想毕，连声称赞："美人是个烈性之人，孤也拗你不过，还是陪孤王吃酒罢。"昭君答应，一面吩咐内侍摆酒，连忙假意虚情举杯，只管敬番王的酒，番王被昭君灌得十分大醉，仍回昭阳安寝不表。

且言昭君打发番王出宫去后，坐定，心中一想："浮桥已是成功，只差礼部卜定日子进来，那时奴要全名节，就不能顾性命了。汉王呀！奴在这里想你你在那里未必想奴，常言：痴心女子负心汉。奴在番一十六载，全无片纸只字音信到来，汉王你狠心太过了！"说着，不觉二目双红，泪如泉涌，悲苦一番。又叫声："且住，御弟身陷番邦，一十六载，进宫日少，不能常常叙话，趁今日番王不在宫中，不免召他进来，嘱咐他几句分别的话。"一面叫内侍宣王龙进宫。

内侍领旨，去不多时，已把王龙召进宫内，朝见娘娘已毕，一旁赐座。王龙道："娘娘召臣，有何吩咐？"昭君道："御弟，累你在番多年，使你少年夫妻活活分离，哀家之过了。哀家一路来，承你相伴到此，雨雪风霜，受尽千辛万苦，哀家没有一些好处给你，于心何安！"王龙道："此乃为臣分内之事，何劳娘娘挂念！"昭君道："哀家今写下一封家书，恐日后御弟回朝，一时忘记，今日预先交付与你收下。"王龙道："娘娘书今在何处，好让臣带出宫去。"昭君道："书有三封，已写现成在此，还未曾封，你可细看上边情节，便明白了。"

王龙接过三封书，先将头一封抽出，乃是寄与汉王的，上写道：

> 临行分袂是何言，妾却痴心候边关。
> 云雁传书无音信，抛去相思十六年。
> 龙榻另贪宠爱者，当初恩义付流泉。
> 守贞不用图余乐，只有芳魂返故园。

又抽出第二封书，乃是寄与正宫林后的，上写道：

虽非同姓沐恩深，姊妹相称胜嫡亲。
贤后代奴筹万策，君王视如路旁人。
歧心唯有存贞烈，芳体何能乱礼伦。
欲望相逢同聚首，除非一梦认全身。

再抽出第三封书，乃是寄与他父母的，上写道：

父母恩同天地高，此身未报意牢骚。
因贪富贵花添锦，陡起刀兵血染袍。
甘旨无人虔供奉，梦魂何处会儿曹？
椿萱未卜可康健，休想孤鸿唳碧霄。

王龙看了娘娘三封书信，俱是些断恨绝命的话，免不得暗暗悲伤。不便说明，一面代她粘好信口，口称："娘娘书中字迹，一切句句关情，虽古之贤妇淑女，不及娘娘之笔力也。臣已收好书信，臣要告别出宫了。"昭君叫："御弟且慢，哀家有句紧要之言嘱咐于你。"王龙道："请娘娘吩咐。"未知昭君说出什么话来，且听下回分解。

第五十九回

深宫夜坐苦怨汉王　浮桥烧香悲诉求神

诗曰：

同携玉手并香肩，送别哪堪泪满天。
勒马未离金殿角，销魂先被美人颜。

话说昭君叫声："御弟，奴算起来，在世日少，终要别你。少不得番王打发你回朝之日，望将奴魂带归故土，奴在九泉断不忘恩。这句话儿切记在心。"说毕，放声大哭。王龙再三劝慰道："娘娘不必伤心悲苦，且保重御体要紧。"正在宫中叙话，忽见正宫差了内侍，送烧香日期到来，吓得王龙急急告别出宫。昭君吩咐御弟一声小心在意，王龙答应而去，不表。

且言昭君接到礼部择的烧香日期，上写："次日乃黄道吉期，请驾出行。"看毕，知道生机日短，死期将近，免不得暗暗伤心，假做笑容回言："知道了。"打发正宫内侍去后，独自进房坐下，仰天大哭道："奴的生路，只有今日一夜了，明日到了浮桥上面，番王呀，哪里为你烧香了愿，分明是奴的终身结果了，你还痴心想奴结成连理，只怕你还在梦中呢！实不是奴家过于无情，奈名节攸关，岂能失身番地？"正在闷想苦楚，忽听远远一声响亮，谯楼正打初更，昭君长吁一声，吟诗一首：

  月掩浮云少迹踪，因何此日不相同。
  嫦娥若把昭君妒，羞对莲花宝镜中。

吟诗已毕，又想："奴与汉王若是无缘，如何梦里相逢，许了婚配？未满一年，好好鸳鸯拆散两地，有缘要算无缘了。且住，堂堂大国皇帝，尚且不能庇一妃子，何况民间？软出许多奇怪事，成为话柄。哎，汉王呀，这是要讨昭君，你就输心服意送与外邦，若是要你的江山，难道也让人不成么？这般庸弱，还做什么人君，管什么万民？总之，汉王你怎忍抛撇奴家，全无一点夫妻之情，奴还思想他做什么呢？"正在细想，又听鼓打二更，吟诗一首。

  遥忆君王不动情，绸缪不减惺惺惺。
  算来指望千年合，怎奈今朝独苦吟。

吟诗已毕，又想："父母俱已年老，膝下无子，还幸生奴姊妹二个，招个女婿，奉养终身，到老有靠。不料遇见对头，父母为奴遭刑，又遇假旨，为奴充军，受尽千般之苦。及一旦身为国戚，也算否极泰来，不知女儿又遭此不测之祸，害得父母终日思想，免不得要生出病来的呢。爹娘呀！譬如当日未曾生这个女儿，也可置之度外了。且喜眼前还有妹子，谅已成人，父母切不可又贪富贵，似奴这个女儿，分明送入火坑去了，今生今世要见女儿之面，是万不能了。"想毕，放声大哭。又听谯楼正打三更，已交半夜，只是跌足捶胸，连叫："罢了！"悲悲切切，又吟诗一首：

淹滞番邦十六春，朱颜易改白如银。
　　光阴久恋浮生地，怎辱奴家不坏身。

　　吟诗已毕，又想："御弟王龙，身陷番邦一十六年，受了许多苦楚，思了无限家乡，撇下三宿妻房。他在背后不知落了多少眼泪，他的苦楚，与奴一样，向谁人告诉？他见了奴，也是可怜；奴见他，也是伤心。"昭君正想之间，又听谯楼已交四更，昭君见光阴渐渐短了，心内犹如小鹿乱撞，因再吟诗一首：

　　叹息我生竟不辰，生平有志未曾伸。
　　随波好似浮萍草，雨雨风风傍海滨。

　　吟诗已毕，未免十分悲苦，大叫一声，昏迷在地，只吓得外面伺候的宫娥，急急进房救醒，叫声："娘娘休要悲伤，天已不早，请安置养些精神罢。"昭君苏醒过来，点一点首，吩咐宫娥们："且去睡吧。"宫娥答应出去。昭君打发宫娥去后，又听谯楼鼓打五更，只急得昭君魂不附体，因作断肠词一首：

　　　千金体，都休说。傍妆台，镜光裂。两国兵戈不休歇，累得娇容葬鱼鳖。苦相思，心硬咽，满腹愁肠泪出血，无由一面吐衷情，忙吧行李多打叠。忆汉王，苦抛撇，全无片甲一兵临，辜负青春好时节。

　　吟了断肠词已毕，忽然想了一会，后笑起来，又吟诗一首：

　　　羞煞番君太冥顽，来朝空想结鸳鸯。
　　　浑如江底捞明月，枉做三春梦一场。

第五十九回　深宫夜坐苦怨汉王　浮桥烧香悲诉求神　243

吟诗已毕,两泪交流,痛哭不止。又听得钟鼓齐鸣,天色渐晓,只得对镜梳妆,心如刀割。可怜数年不曾对镜,但见镜内照见自己容颜不改,苦苦叫声:"昭君呀,多为这容貌丧身,好不痛煞人也!"又吟诗一首:

> 对镜梳妆似月圆,番王定计却无缘。
> 贞心一点人难识,怎免芳躯赴九泉。

吟诗已毕,正才梳妆完备,只见番王驾到西宫,叫声:"美人,烧香起驾罢。"昭君一面迎接番王,一面回说:"候驾多时了。"番王大喜,吩咐内侍摆驾,同娘娘烧香去者。内侍领旨。昭君此刻苦在心头,假赔笑容,同了番王坐上玉辇,出了宫门,早有众文武伺候午门,一路随行。出了番城,已到白洋河口,但见水势连天,波涛滚滚,昭君便同内侍道:"洋中可有什么景致?"内侍跪下奏道:"启娘娘,此地天连水、水连天,并无船只往来,又无庙宇创建,唯有汪洋大水,一望无际,今日新添一座浮桥,就是景致,别的景致一些儿也没有。此桥造的高而又险,上去有些害怕,娘娘走上去,很费力呢,何必定在此处烧香?"未知昭君听说,怎生回答,且听下回分解。

第六十回

断肠诗猿啼鹃唤　洋河水玉暗香沉

诗曰：

昭君含泪手捶胸，一片相思总是空。
往日恩情付流水，南柯梦里再重逢。

话说昭君听见内侍一片言语，由不住两泪交流，便问内侍："拦阻哀家何意？哀家既到此烧香，焉有不上浮桥之理？"内侍不敢再奏。昭君又对番王道："妾陪狼主一同上去走走。"番王点头，吩咐内侍将牲礼香烛摆到桥上伺候，内侍领旨而去。番王同昭君下了玉辇，慢慢缓行，王龙等后面跟随，走到浮桥上面。这桥造得十分险峻，下面白浪滔天，好不怕人，但见这座浮桥：

高有百丈透云霄，千里路长正迢迢。一带栏杆横铁索，往来直费路几传。多少人夫来造起，钱粮无限尽花消。桥下水声响不住，冲天匹练浪滔滔。波中一望失两岸，四处绵鳞影乱跳。起造功夫非一载，苦死若干好儿曹。十六年来功方竣，只为娘娘把香烧。

番王同昭君上了浮桥，昭君在桥上四面一看，只吓得魂飞天外，魄散九霄，暗叫一声："汉王呀！你可知昭君今日为你守节，在浮桥上面了结终身也。"想罢，免不得苦在心头。有内侍奏道："请娘娘烧香礼拜。"昭君听说，便点一点头，轻移莲步，走到浮桥，朝着水面，焚起一炷长香，暗暗苦诉水神道："念信女昭君，生于越州，嫁与皇宫，幼读诗书，颇明大义，不料为奸人播弄，遭此不测。今虽奸人授首，大仇已伸，而恶缘不了，贞烈要全，特到浮桥，祷告三清大帝、过往神祇，鉴奴之心，终不忘汉，全奴之节，死不恋番，望诸神虚空感应，能把奴身从波浪中带回天朝，奴虽死犹生也。"

祝告已毕，将香插在炉内，大拜八拜起身。番王叫声："美人，桥高风大，吹得面上冷森森地噤人，今日已烧过香、了过愿，快些打点回宫，不可又误了今日良辰。"昭君听说，好似万箭穿心，十分苦楚，又想道："番王好痴心也，件件事儿都依奴家，一心要买奴心，指望与他成亲，不知奴心铁石之坚，一心只想汉王，岂能将心向你？狼主呀！你也空自费心，只管用尽倾国之财，建造此桥，被奴哄骗到此，哪里为你烧香了愿，总因奴心中要全贞烈，以报汉王。"想毕，将身倚着桥上栏杆，痴痴望着潮水，也不动身。番王带笑叫声："美人，此桥无一点风景，何须游玩？不如快些回去取乐罢！"昭君听见番王催促，又暗叫一声："狼主，你只管这般逼迫，分明是奴的催命鬼到了，罢罢！奴还挨什么时辰呢？"昭君正打点将身来跳那水，忽叫一声："且住，想番王虽未曾与他成亲，遂他之愿，但蒙他许多恩情，眷恋于奴，奴今日在浮桥上面，永别终天，也不免留诗三首，答谢番王便了。"因信口占道：

其一
南国名门宰相家，香闺深锁玉无瑕。
古今烈女天贞节，一马双鞍礼上差。

其二
非奴福薄来欺主，青史难标大节名。
从此别离成宿恨，但留孤冢在番城。
其三
二九之年别汉宫，片云掩月到熊京。
玉容不似尘一点，耽搁番王十六春。

昭君将这三首诗信口吟来，不致紧要，但是她一段愁肠，引出无限愁景来，怎见得？只听那：

断肠悲怨出声声，薄雾迷漫助悲吟。
山中野猿啼出血，叫得怪石狠峻峥。
树上杜鹃流血泪，林木响得格铮铮。
飞禽惊得翅不起，走兽吓得步难行。
渔人不敢来下钓，收了渔竿返柴门。
樵子斧柄都掉了，倚着树木只出神。
田中农人白瞪眼，忘却插秧想收成。
书斋伏案掩昼午，不闻里面读书声。
牧童横笛吹不响，牛背上面跌埃尘。
过客不敢贪赶路，旅店愁增思乡情。
佳人无故停针线，怕到妆台理乌云。
高山几座都变色，青障碧风现怪人。
河水滔滔千层浪，掀天簸地好惊人。
树木枝叶多零落，花枝抖战不肯停。
一众文武都酸足，多少观者赞钗裙。
内侍嫔妃总掉泪，惹起悲愁苦十分。

此刻只有王龙一人心中明白，知道娘娘不是来烧香了愿，乃是来断根绝命，可惜番王不悟，还要苦苦强逼成亲，某欲代向前说出真情，番王怎舍得娘娘寻死，岂不误了娘娘万世芳名？某只好袖手旁观，不言不语，看着船沉。娘娘呀！想当初和番之时，满朝文武都不中娘娘的意，单要王龙相伴，虽是微臣分当如此，只苦杀王龙陷在番邦，十六年不能回转天朝，这也罢了，只是王龙若有娘娘在世，或可回朝，得见汉君，使某夫妻团圆；从今与娘娘在浮桥一别，不独今生休想回朝，且流落此地，怕只怕王龙性命也活不成了。不言王龙一旁思想，十分忧闷。

  再言昭君，正将三首诗吟咏已毕，忽见白洋河内狂风陡作，巨浪腾空，慌得两旁内侍急用掌扇来遮，番王又叫声："美人，桥上风大了，是不当耍的，快些回去罢！"昭君听得番王十分催促，已知命在旦夕，把眉头一皱，银牙一咬，叫声："内侍，将香拿来！"内侍答应，取香递与昭君。昭君接香在手，叫声："嫔妃内侍且退下些。"此刻心中一阵悲苦，怕的番王见疑，不好放出哭声，把两行眼泪向肚内咽将下去，便暗暗叫一声："薄幸汉天子，有仁有义的林皇后，一双年老的爹娘，奴从此要别你们去了，你们在中国也不知道哎？顾不得许多了！"心中一恨，就将身向白洋河中一跳。未知昭君生死如何，且听下回分解。

第六十一回

见凶兆哭倒番王　赐金银礼送天使

诗曰：

　　花香却在名园内，异地难栽碧蕊根。
　　尚有余情多眷想，芳魂久已到都门。

　　话说昭君要全她的贞节，趁着在浮桥上面，假意拈香，叫众人退后，不及防备，向波中一跳，随浪浮沉去了。番王一见，吓得面如土色，放声大哭，一时晕倒在地，慌得众内侍急急向前扶起，片刻方醒过来，扳住浮桥，哭哭啼啼，叫一声："美人，哄得孤好苦呀！美人今日一死不打紧，要知孤费许多心机，点将差兵，去犯汉室，用了钱粮若干，折了兵将多少，为的美人；不顾三宫六院，冷了多少裙钗，都怨孤王薄幸，也为美人；番邦税簿并降书降表，还有多少珍宝，进贡天朝，孤也为的美人；延寿是孤之功臣，忍心将他三十六刀剐杀报仇，也为美人；牧羊苏武，赠他金银，释放回朝，也依美人；要搭浮桥，为孤还愿，用了倾国之财，费了十六年工程，孤也依美人；美人说的话，孤无有不依，总不过要暖美人之心，谁知美人哄诱十余年来，到今日玉埋香沉，教孤好不痛心也！"说毕，又是放声大哭。

众文武向前相劝道："狼主休要悲伤，只因娘娘与狼主不是姻缘，还要保重龙体为是。"番王听说，方止住泪痕，吩咐众番军："打捞娘娘的尸首回来，重重有赏。"番军回言："河下并无船只，怎么打捞？"有娄丞相献计道："可将山上树木伐下，扎成筏子，漂于河内，随多随少，以作船用。"番王就命众番军一齐动手，将满山树木伐下，立刻扎成七八十只筏子。又命众番兵沿河周围随流而下，打捞昭君尸首。满河寻捞，并无影形，也不知尸首漂到何处去了，众番军只得复旨。番王听说，也无可奈何，只是哭个不住。

且说王龙一见昭君跳水，已是魂不在身，今见捞不着尸首，又是十分悲苦，走到浮桥栏杆边，对着水面，哭叫："娘娘呀！你今死在白洋河内，哪个招魂，谁人烧纸？汉王并不知道，林后哪里知情，老国丈又无人报信，可怜身陷番邦，虚度十六年光阴，今日连尸首也捞不着，莫非娘娘芳魂已返故乡么？"说毕，又痛哭一番。番王见打捞不着昭君尸首，心中十分悲痛，又大哭一场。众官看见番王目中出血，连忙劝住。

王龙还在那里痛哭，倒是番王相劝，叫声："天使，人死不能复生，都是孤王福分太浅，费了许多心机，不能与昭君匹配成婚，到今日玉暗香沉，连尸首也打捞不着，美人命也好苦呀！"王龙口称："狼主为了娘娘，钱粮不知用了多少，兵将不知折了多少，心机不知费了多少，光阴不知等了多少，谁知娘娘这般烈性，狼主要算劳而无功了。"这几句话是王龙暗讥番王的言语，番王非不明白，此刻敢怒而不敢言。即吩咐摆驾回朝，就传旨礼部，延请僧道，分在两处寺院，竖立幡柱，各做道场，七七四十九日，追荐烈女昭君。满朝文武，宫中嫔妃都来上祭。番王诚心斋戒，沐浴焚香，致祭昭君。但见两处寺院，鼓钹频敲，香烟缭绕，看的人男男女女、老老少少，人山人海，好不热闹，这话不表。

单言王龙因昭君娘娘死后，自知番邦难以存身，打点告辞番王回朝。只因番王代昭君娘娘做七七四十九日道场，未曾圆满，番王总在两处寺院伴灵焚香，未曾回宫设朝，只得又在番邦耽误两月，只等道场完满，番王方才无事。临朝升殿，聚集文武，朝参已毕，王龙向前告辞回朝，番王叫一声："天使，你为昭君娘娘羁留敝地一十六载，无物款待，甚是有慢。今日娘娘死了，难以久留，孤有菲礼相送，聊表寸心。"王龙口称："狼主，臣在此多多扰赐，如今又赠臣礼，何以克当？"番王道："天使不必过谦，敝地乃是小邦，没有什么出奇东西，又无珍宝相送。"吩咐内侍端出两大盘来，盘中盛的白银五百两，黄金二十锭，彩缎八匹，荷包六对，叫声："天使休要嫌菲，望乞笑纳，回朝上复汉王，孤这里情愿年年进贡、岁岁来朝，从此两国和好，分为上下，罢战息争，永不犯边，今须天使转达天朝汉王。"王龙答应，收了礼物，谢恩拜辞番王。番王吩咐两班文武相送，又点番兵一千名，护送天使到京，一声旨下，番王退朝回宫。

王龙别了番王，出了朝门，到得书院，收拾行李，带了从人，上了高头骏马，一直长行，出了番城。谢别众文武，带着护送兵丁向前赶路，正是：

蜻蜓不向钓竿立，怕惹游鱼吃一惊。

王龙一路有番兵相送，不用问路，只管长行。他在马上细想番王，又好笑，又可怜：笑他是一个痴呆汉子，用尽心机，费了精神，心想天鹅肉吃，颈项伸得多长，不能到口；怜他为了昭君，不过一个女子，梦魂颠倒，要想成亲，无故兴兵，害了自己多少生灵，浮桥搭起，也无用处，只落花暗柳垂，葬了美人。番王呀！纵把昭君弄到手，未能一宿成欢，只好眼饱肚饥。且住，我想此祸总因毛贼而起，他不知忠义，只爱金钱，挑动两下刀兵。忠良李陵，为了毛贼，命丧番邦；百花夫人，为李家媳妇，更算忠孝双全，也因毛贼，箭下身亡；李虎失机阵亡，苏武身陷番邦，总是毛贼起的大祸；就是我王龙丢了天朝好官不做，撇下三宿妻房，不因毛贼起的祸根，我怎身陷番邦一十六年，今日方得回朝，好侥幸也！毛贼呀，你算番王有功之臣，因何番王反斩起功臣来了？也可知善恶到头终有报，只争迟早便分明。你只知一心害人，如今反害自身，只落得人产俱绝，千古难免骂名。想罢一番，依然赶路。

　　正走之间，已到白洋河口，王龙在马上一见，泪珠双流，想起娘娘投水，业已三月，曾蒙吩咐，命我将芳魂带回中国，今日向前一别，以尽君臣之礼，不知魂其有知！说罢下马，吩咐军兵暂住，欲向浮桥一奠。未知娘娘的芳魂可能带去，且听下回分解。

第六十二回

教授哭祭白洋口　昭君魂返芙蓉岭

诗曰：

　　曾经同出雁门关，历尽崎岖几处山。
　　今日芳魂归渺渺，孤坟一座怎生还。

　　话说王龙在白洋河口浮桥上面，命军士摆下祭礼，点起香烛，铺下红毡，大拜八拜，跪在地下，口称："娘娘呀，微臣王龙今日回朝，特地到此祭奠，告别娘娘，愿娘娘芳魂早登仙界，莫负宫中嘱咐，特来带娘娘芳瑰同路回中国去者！"说着，用手拈香一炷："愿娘娘芳魂随臣而行，一路涉水登山，微臣叫你，不敢失约。"祝毕，将香放炉内。拜了四拜，又取香二炷："愿娘娘升于仙界，要显灵圣，你是生在南方，不愿在北方做鬼，今日尸沉北方水内，你要随水流于南方，不可使芳躯葬于异乡。"祝罢，将香放于炉内。又取三炷香："愿娘娘今世为国丧身，未享分毫富贵，可怜恩爱夫妻，又被拆散，但求来世再转皇宫，夫妻偕老，同到白头。"祝毕，将香放在炉内。又拜四拜，站起身来，但见冷风几阵，黑云弥漫，四野顿长愁云，长江掀起白浪，也是王龙一念之诚，娘娘阴魂暗来受享。

王龙上香已毕，又来奠酒，用手执着酒杯，大哭道："臣记得随娘娘一路出京，常命臣吟诗和韵，今日臣特具祭酒一樽，祭奠娘娘。未写祭章，一杯酒儿，吟诗一律，以作祭文。"说毕，先敬第一杯酒，口占道：

> 天地钟灵产越州，生来仙骨自风流。
> 关雎雅化应无愧，麟趾呈祥未许留。
> 苦别双亲思故土，悲深万里葬荒丘。
> 阴魂默默归何处，一旦无常事总休。

吟毕，将第一杯酒奠倒地下，打了一躬，哭了一会，又取第二杯酒敬上，叫声："娘娘，这是臣王龙敬第二杯酒了。"因口占一律道：

> 美人自古从来有，不及此心能苦守。
> 褒姒捐躯遗憾多，西施殉国留名丑。
> 若知巾帼胜须眉，怎料祸端生腋肘。
> 历尽关山受苦辛，惨伤一命不长久。

吟毕，又将第二杯酒奠倒地下，打了一躬，哭个不止，两旁三军听他一番祝告言语，一个个无不下泪。王龙又取第三杯酒敬上，叫声："娘娘，这是终献了，娘娘魂其有知，可来享有微臣一点情义。"说毕，又口占一律道：

> 满朝文武尽排班，独送小臣到北番。
> 怕惹嫌疑称骨肉，不污贞节显肠肝。
> 金蝉脱壳愚番主，孤雁传书报汉王。
> 自是芳名标万古，心同松柏一时香。

吟毕,将三杯酒奠过,打了一躬,哭叫:"娘娘呀,想微臣今日在此敬你这三杯酒,但不知娘娘芳魂可来享受?想微臣来时相伴娘娘,今日只剩孤单一人归国,好不可怜!娘娘呀,你十余年在番,心如铁石,不染番家一点尘埃,今日芳魂脱胎换骨,不做天仙,应做水仙。"祝告一番,烧了褚帛,叫军士取过祭礼,王龙含泪上马,几遍回头,只望浮桥,等去远看不见,方才马上扬鞭,一路而行。饥餐渴饮,马不停蹄,早到黑水河口,王龙又下马焚纸,叫声:"娘娘芳魂随臣到中国去者!"说毕,上马又行,离了黑水河地界,催马前进。

非止一日,已到雁门关,王龙命手下军士向前叫关,说和番王教授回朝,快快开关。关上守城军士听说,不敢怠慢,忙报知李元帅,元帅连忙出关迎接。王龙恐番兵进关不便,先在关外打发番兵回番,只带自己手下从人跟随,进关下马,与李广见礼,分宾主坐定。元帅道:"殿元公十余年为国驰驱,可谓勤于王事了,但不知娘娘在番,目下怎样了?"王龙见问,不觉两泪交流,便把娘娘为汉王守节,投河身死的话细细说了一遍,李元帅也十分叹息。王龙又道:"令侄李陵,不降番邦,尽忠而死。现在立庙立碑,以受千载香烟。苏老丞相,已释放回朝。番王倒是个贤主,只可惜手下一班臣子,皆非保国良臣。"李元帅听说,吩咐摆酒,代殿元公洗尘。二人坐下饮酒,只不过说的番邦言语,吃得尽欢而散,将王龙送至书院安歇,过了一宵。

次日起来,告别李元帅动身,李元帅另拨三百兵丁护送到京。王龙称谢不已,上马起行。出了雁门关,一路渡水登山,兼程而进,不敢迟延。那日到了芙蓉岭,忽见满天大雨,三军浑身俱已湿透,兵难前进,王龙吩咐,就在岭上扎下营盘躲雨,一面埋锅造饭。大家用过,已是初更,只得在岭过宿,次日再走。王龙独坐帐内,一对银烛高烧,只为回朝心急,又因雨阻耽搁,心中好不焦躁,不能成寐。耳听谯楼鼓打二更,旋转三更,一时身子转过,起来伏在案上,睡眼蒙眬，但见帐外，阴风惨惨，愁云漫漫，走进一个女魂，非是别人，就是昭君。

昭君乃上界九姑座下仙女，只因有罪，罚下世间，使她一女以配二夫，受尽千般苦楚，好姻缘反为恶姻缘，亏个一灵不昧，立志坚贞，自那日投河身死，尸骸随在浪里，颠来颠去，水族不敢惹她，因仗九姑赐的仙衣保护身体，而且天怜她贞节，不忍将她尸首撇在北方，故命众神将一路护送她尸首，到中原芙蓉岭上而来。昭君芳魂有灵，知道王龙到此，蒙他在白洋河设祭招魂，十分感激，他今雨阻在岭，要借梦中相谢一番。阴灵直到三更以后，随着一阵冷风，到了帐前，一见王龙打盹，轻轻走到桌边，叫声："御弟呀！你今在梦里可知哀家在此与你讲话？今上帝怜奴节义双全，仍将奴尸送回南方，要显灵于汉王，使得见奴尸一面，以便用礼埋葬。又蒙御弟设祭招魂，奴在暗中领受，特来相谢，保佑你回朝，官上加官，夫妻偕老。"说罢，已交四鼓，昭君叫声："御弟，奴去也！"王龙似梦非梦，一见昭君要去，急急扯住，被昭君大喝一声："男女授受不亲，这如何使得？"将王龙推倒在地。未知可曾惊醒南柯，且听下回分解。

第六十三回

昭君魂怨失约事　王龙面诉和番情

诗曰：

　　黄昏黯黯苦忧煎，帐底孤单不忍眠。
　　自叹人生皆合配，堪怜薄命断姻缘。

　　话说王龙在睡梦中被昭君推倒在地，大叫一声："跌死我也！"便从梦中惊醒，吓出一身冷汗，连称："奇怪！分明昭君娘娘来到帐中，对我相谢一番，言语甚是凄凉，是我一时不合要扯娘娘，失了君臣之礼，被娘娘用手一推，跌倒在地，吓得我从梦中醒来。此刻正交四鼓，梦中之话，句句记得，娘娘要算有灵了。又说是尸回中国，不知真与不真？且到东京，便见分晓。"想罢，又打盹一会，天色已明，醒来见雨已住了，日光透出，吩咐军士埋锅造饭，就此起营。一声令下，谁敢怠慢？大家用饭已毕，就是三声大炮，拔寨起身，离了芙蓉岭，一路长行，也无心观玩途中景致，早赶到皇都地方。进得京城，天色已晚，把三百人马扎在教场，权在馆内住宿一宵，只候早朝复旨，不表。

且言汉王那日五鼓登殿，方受文武朝秦已毕，忽打一个呵欠，倚在龙案上面，似梦非梦，听见云端内有人詈声骂着昏君，汉王听见声音很熟，急急离座下殿，抬头一看，不是别人，正是昭君，大吃一惊，暗想："昭君在番十六年，如何今日会腾起云来了？"只见昭君指着汉王，叫声："昏君，你好负义忘恩也！奴为保守江山，丢下父母，去和北番，为国忘家。你临行时携着奴手，何等嘱咐，说是挑选天下人马，御驾亲征，来救奴家，哄奴在雁门呆呆等候，杳无音信。奴为昏君，守此节义，不敢失身于番，只得投河而死。昏君呀！你忘了昭君恩义，不过是个女子，倒也罢了，还有许多功臣，汗马功劳，一个个为国捐躯，命丧沙场：如李陵不屈于番而死，百花中箭而死，李虎为妻报仇而死，彭殿中炮而死，死后不闻一点褒封，就是老将李广，苦守雁门，费了许多心机；和番苏武，困番多年，不亏我怎得回朝？御弟王龙，丢下三宿妻房，伴奴和番，历尽千辛万苦，到番做了闲人，一十余年，毫无嗟怨，真是为国忠良。一个个有功之臣，也不加封。你做了一朝人主，赏罚全无，还称什么孤，道什么寡呢！"说一顿，埋怨一顿，恨几声，悲痛几声，把一个汉王说得哭哭啼啼，叫声："恩妻见责，丝毫不错，是孤忘恩负义，还望恩妻原谅。你今既会驾云，回了本国，快些下来，孤和你重整鸳衾，以全未了之情。"昭君冷笑一声道："人天路隔，怎得遂心！既是你犹记前情，多多拜上皇后林恩人，妾之父母，望乞照看一二。奴的苦楚、千言万语，都说不尽，自有人对你说，奴要去也。"汉王见留不住昭君，放声大哭，昭君叫声："汉王休哭，既是你与奴前情未断，奴还有妹子赛昭君，姻缘可以续成，切要牢牢记着，奴是当真去了。"

一阵阴风过处，昭君芳魂冉冉归天而去。汉王再向云端，看不见昭君的形影，大叫一声："痛煞孤也！"从梦中哭醒，几乎跌下龙床，吓得两旁内监，急急扶住汉王。汉王醒来，连称奇怪，也不便与两班文武说明此事，只是痴呆呆坐在殿上思想。忽见黄门官奏道："今有随昭君娘娘和番去的御弟王龙，现在午门候旨。"汉王听说，将王龙宣上金殿。王龙拜了二十四拜，口称万岁之声。汉王叫平身，便问道："卿家和番因何去了十六载？今日方得回朝，不知娘娘怎么样了？"王龙见问，不觉扑簌簌两泪双垂，汉王道："卿家未言，先自流泪，是何缘故？可细细从头至尾奏与寡人知道。"王龙奏道："启我主，臣随娘娘往北和番，一路过芙蓉岭，岭上吟诗；太行山遇见猛虎，山神搭救；黑水河停兵半月，盼望我主，救兵不到，娘娘时常啼哭；雁门关内看见孤雁飞鸣，娘娘便唤孤雁，雁也知人意，落在地下，娘娘将血书写成，藏于雁翅，千言万语，嘱咐孤雁，转达我主，不知雁可将信寄来，我主可曾收到？"

汉王听见此话，便不觉满面通红，叫声："卿家，实是孤王失信于昭君。那日果有一只孤雁飞来，落于殿廷，左边带的是昭君书信，寄与孤王的；右边是卿家的书信，寄与家乡的。孤本当欲写回书，又怕添昭君一番愁苦，是以孤王一总留下未曾回书，此乃孤之罪也。"王龙道："我主不写回书，倒也罢了，只可怜娘娘在雁门关眼巴巴地盼望这回书，足有一月，不见到来，眼泪不知出了多少，又被关外番兵十分催促起身，那时娘娘好不焦闷人也！没奈何出了雁门，回头不住望着南方，哭哭啼啼，一路长行，非只一日，到了北方，逼要番王三件大事，方肯进城：一要税簿，二要宝珍，三要降书降表。番王一一依从，已曾差官送到中国，不知我主可收下么？"汉王道："已经收到，但不知娘娘进了番城，以后便怎么样了？"王龙道："娘娘到了番宫，第一夜召臣进宫，劝番王饮酒，是臣用计，下了迷魂药，把番王吃得七孔流血，不能成亲。第二夜番王旧病复作，又是臣用计，教番王杀了毛贼，以报前仇。第三夜番王大醉，硬想娘娘成亲，娘娘又仗着九姑仙娘赐的仙衣，穿在身上，番王用手扯着衣裳，如十几根银针刺在指上，鲜血淋淋，吓得番王不敢近身。到后来，娘娘又推说番王有病，曾许下白洋河愿心，要搭浮桥，只等到十六年后，方能成功,可怜娘娘一心只为我主,守此冰霜节操,任番王百般依从,娘娘俱是付之流水。那日到烧香日期,到了浮桥上面,可怜娘娘那一种凄凉,真令人痛煞。番王只认烧香是为自己还愿,哪知娘娘是要全她的节操,一旦投河而死,好笑番王,一十六年,如在梦中。外有娘娘书信三封,嘱咐臣带回,呈上我主。"说着,将书呈上。汉王且不看书,叫声:"卿家,孤方才登殿,有一异事,实骇听闻。"王龙便问:"是什么事情?"未知汉王怎生说出,且听下回分解。

第六十四回

百鸟护尸收仙衣　满朝送葬遇国丈

诗曰：

恩情割断三千里，异地羁留十六年。
为国忘身一女子，此心真可对苍天。

话说王龙请问汉王，早间是何异事，汉王便把正当早期，似梦非梦，见昭君身立去端，当面寡人，被她埋怨失约的话说了一遍，"孤只道昭君业已成仙，方能驾云，前来会孤，哪知她已为孤倾生，一点魂灵到此，可怜！可怜！"说毕，放声大哭，满朝文武，一众内侍，无不下泪。王龙道："我主少要悲伤，娘娘生前聪明正直，死后为神，理所当然。"汉王收泪点头道："卿言极是！卿家一路劳顿，免朝三月，另日加封。"

王龙正欲谢恩退下，忽见把守东华门官员跪下奏道："启万岁，今皇城外河内流一尸体，身体未曾损坏，不知是男是女；又有百鸟衔花盖面，香闻十里，请旨定夺。"汉王闻奏，好生诧异，便问王龙道："卿在北方，见娘娘死，死后可曾埋于什么地方？"王龙道："说起来也是一件奇事：那日娘娘将身跳河，河内之水比江海波浪更凶，番王命许多番兵下去扛捞，总捞不着娘娘的尸首，他那里只得招魂设祭。臣闻娘娘生前曾说'生为南方人，死不愿为北方鬼'，皇城外流来的尸首，或者是娘娘到此，也未可知。"

汉王听说，传旨摆驾到御河一看，以辨真假。一声旨下，满朝文武随驾出朝。到了皇城外河边，汉王向前一看，果见水面上漂来一尸首，百花盖面，群鸟飞绕，身上霞光万道，云气千层，只看不出是男是女。汉王吩咐军士将群鸟逐开，见是一个女尸，面似观音，犹如活的一般。汉王又传令众军士将女尸捞起。众军士答应，正待动手下去捞那女尸，只听见一个个军士都叫手疼，血出来了。回复汉王，汉王又不肯叫军士用挠钩去搭那尸首，便问王龙："这是什么缘故？"王龙道："若果是娘娘尸首到此，她身上有九姑娘娘赐的仙衣，衣上如银针直刺人手，碰着无不受伤，所以娘娘在番十六年，番王不敢近身，皆赖此仙衣之力保全玉体，今日我主祷告一香，包管尸首不难捞起来了。

汉王听说，便对河边祝告道："贤妃既归，玉体光辉，白璧无瑕，何用仙衣！"说毕，一阵香风过处，只见群鸟飞去，霞光不见，仙衣已被九姑娘娘收去。汉王仍命军士动手，此刻手果然不伤，轻轻将河内女尸抬起，汉王近前一看，见她容貌未改，果是和番昭君，免不得抱住尸灵，放声大哭，只叫："苦命妃子呀！你今死后，尚且心向南方，不肯将尸灵抛于异域，怪只怪孤一时忍心，舍你前去，又屡次失信于你，教孤今日有何颜面对你芳魂！"说罢，痛哭不止，泪湿龙袍。王龙只是一旁流泪。众文武见汉王过于悲伤，向前相劝，汉王方才丢下尸灵，命内侍用暖衬将娘娘尸首抬进西宫。

一声旨下，众内侍领旨动手，汉王率领文武，一齐哭进午门，抬至西宫，安放床上。早惊动正宫林后，一闻此信，带了嫔妃，赶到西宫，正见汉王在那里痛哭。走进房内，一见昭君面色如生，不暇问及缘由，也向前抱住昭君的尸灵，只哭叫："妹妹呀！你为国家和番，去了一十六载，哀家无日不思念妹妹，谁知今日只剩个尸灵，方回故国。"说罢，哭得喉咙都哑。汉王也是陪哭，哭得日月都昏，一众内侍宫娥向前劝住汉王、林后，林后便问："芳魂怎得回来的？"汉王细细对林后说了一遍，林后连声称赞道："此身虽死北方，此心犹恋故土，可谓巾帼之完人了！"说罢，林后也不用嫔妃动手，亲代昭君香汤沐浴，换了一身汉服，忙用棺木盛殓，停丧西宫，百日后出殡。汉王又旨下礼部，于各寺院延请僧道各一百名，在西宫虔诵经文，要做七七四十九日功德，超度亡灵。又许下一百根桂枝香，一百卷《金刚经》。道士打的罗天大醮，申表上朝；和尚拜的皇忏关灯，招魂灵前供养。设了许多奇珍果品，灵前铺陈，扎了许多纸扎烧化。

每日汉王伴灵烧香，哭祭一回，只到四十九日功德圆满，迎皇送佛各事已毕，都皆散去，汉王仍在西宫住着伴灵，只候日日已到，又传旨礼部，卜了吉日，出昭君娘娘灵柩，安葬芙蓉岭上。

这日，汉王与林后俱穿素服，文武百官尽皆戴孝，三宫六院，彩女嫔妃，以及内侍人等，俱穿孝衣，一路哀声不绝，送出朝门。满城百姓，家家户户，俱排香案，路祭昭君娘娘。此刻正是春天，不寒不暖，一众行人，奔芙蓉岭而来，正好走路，这且慢表。

再言王老皇亲夫妇，只因女儿和番，心中不舍，无奈为国驰驱，只得苦在心头。虽蒙汉王看顾，到底朝中举目无亲，皇亲苦苦辞官，汉王准了他的本，赐他田地金银，还着地方官不时矜恤，皇亲就择于皇城百里外买了一所房子居住，虽是老夫妻，倒也安闲自在。只因膝下无子，常怀忧闷，虽有二个女儿，一个已去和番，如同死绝一样，一个年幼，取名赛昭君，尚未配婚，隐居乡间，又不出名，哪个知道？一日，皇亲正在门口闲望，忽听村中人喧嚷道："今日天子代和番的昭君娘娘出殡，安葬芙蓉岭，好不热闹，我们快去看呀。"皇亲一听，大吃一惊道："莫非我儿死了，番邦将尸首归于我国？汉王也该送信于我老夫妇，直到今日也不通知，好狠心呀！"入内，便说与夫人知道，夫人含泪叫声："老爷，你也休怪汉王，他怕通信来，使我年老二人又添一番痛哭。我和老爷办些祭礼，赶到芙蓉岭祭奠一番。"皇亲依允，忙去收拾，备了牲口，雇了轿子，命家丁挑了祭礼，皇亲三口，一路而来，不表。

且言汉王送丧到芙蓉岭，命地师卜了正穴，安葬昭君灵魂，一面盖土，一面摆列三牲，汉王与林后率领众文武正才祭奠已毕，转身向外，忽远远见皇亲一众家眷，来到坟上，大吃一惊。未知汉王相见，如何对答，且听下回分解。

第六十五回

汉天子初见赛昭君　长朝殿加封刘教授

诗曰：

二女昭君出一家，排关名字最堪夸。
姊能贞烈妹能武，好比莲生并蒂花。

话说汉王见昭君的父母到来，心中很不过意，为的昭君尸到中国，不曾送信与他，今见两位皇亲到来，汉王面前见驾，又朝见林后，汉王叫平身，含悲叫声："国丈，休怪孤不送信于你，只怕年老皇亲一闻凶信，又增悲苦，等丧葬已毕，方才召你说个明白。"皇亲夫妇听说，也不回言，忙将恩谢，齐到坟上摆了祭礼，祭奠昭君。老夫妇放声大哭道："你当初二九之年，大不该得此异梦，立誓要伴天子，谁知遂了心愿，其中颠颠倒倒，累及父母受了许多苦楚；你又为国亡身，今日只剩尸灵归国，叫我年老双亲，倚靠何人？亦是空养你这女儿一场。"说毕，一齐号啕大哭。哭了一会，林后命宫娥劝住皇亲老夫妇。见坟边袅袅娜娜走上一个女子，不亚昭君重生，汉王一见，吃惊不小。只见她到了昭君坟前，整理衣袖，拜倒尘埃，哭叫：

"姐姐呀！念妹子赛昭君，生来既晚，姊妹未曾见面，就两下分离，今日姊姊归阴，妹年又小，叫年老双亲并无香烟后代，日后倚靠何人？"说着，忍不住粉面泪流，如花喷水；双眉紧皱，似桃含春，哭拜一会，真令旁人心酥。林后见这女子，举止文雅，说话伶俐，方知是昭君之妹，暗暗称赞道："好个知文达礼的佳人，也不枉姊妹聪明，生在一家。"汉王在旁偷看赛昭君，眼都笑合了缝，心中暗想："昭君云端亲许寡人，寡人若不断前情，妹子赛昭君可以续婚，只怕此言今日有些应验了。且等回朝，再作计较。"便离座，携着国丈手，周围看一看坟中四面景致，以见殓葬昭君，礼上不为过薄，但见那：

坟堂上石牌楼高高耸耸，两旁栽松柏树千层万层。一枝梅，一枝李，梅李争开；一枝杏，一枝桃，桃杏生春。石牛羊，石人马，分列左右；石麒麟，石獬豸，头角狰狞；石豺狼，石虎豹，助威坟墓；石骆驼，石狮像，件件分形；石文官，石武将，排立两旁；石嫔妃，石彩女，伺候坟茔。

汉王同国丈看了坟上造得十分齐整，国丈也放心得下，汉王叫声："国丈放心，妃子虽死，亲情未断，孤定奉养你终身便了。"国丈连称："皇恩浩荡，老臣何以克当！"说着已到坟前，汉王同林后又拜别昭君之墓，众文武也上来拜别，哭得悲悲切切，吹得热热闹闹，礼拜一番。汉王要摆驾回朝，国丈夫妻向前谢了天子，皇后移步也要告辞回去，汉王心中十分不舍，无奈国丈苦苦告别，汉王道："既是国丈执意要去，孤也不好强留，再令爱有遗书一封，寄与国丈的，孤今未及带来，且稍停几日，召国丈来朝，还有别事商议，再看遗书不迟。"国丈谢恩，率领家眷回他乡里去了，不表。

且言汉王、林后带领文武嫔妃内侍等，告别昭君坟墓，一路回朝，文武退出朝门。汉王与林后到了正宫坐定，有内侍献茶。茶毕，汉王想起了坟上之事，叫声："御妻，方才在坟上可曾见昭君的妹子,前来代姐姐上祭?容貌柔媚,举止温和,不亚昭君再生、王嫱复活,令人十分可爱。"林后听说,微微冷笑道:"陛下好眼力也,妾非妒妇,焉肯作此没情义之谈,但一则天下多少妇人,陛下没有这些精神。召见这许多妖姬美妾,尽着自己受用;二则国丈的长女,被你断送番邦,难道又把第二个爱女送与君主,恐未必情愿了!我主请自三思,不要痴心妄想了。"

汉王听说,哈哈大笑道:"御妻之言,虽是正理,孤非好色,慕爱美貌佳人,但因思想昭君许多情义,茶不思,饭不想,酒不饮,梦不成,惹出无限愁闷。今见昭君之妹,如见昭君,意欲续此新姻,以联旧义,不知御妻意下如何?"林后听说,叫声:"陛下,你可谓见事不明了:想国丈无子,只靠二女收成结果。一女和番,已是心如刀割,只为要保江山,舍了身上一块肉。他二老致仕归闲,膝下只此一女,靠她收成结果,未必尚贪皇宫之福,肯续旧姻,人心如此一样,何必强求?"汉王道:"御妻之言,太迂阔了,想寡人与昭君许多恩爱,怎舍她去和番,也是出于无奈,就是今日提起,好不痛煞孤心也!"林后笑道:"陛下不必在此假慈悲,这是番人只要昭君,就献与他,若要正官,也可献与他么?"汉王道:"御妻何出此言!正官乃结发夫妻,非西宫可比,就是寡人拼着江山不要,也不能软弱至此。"林后笑道:"这是妾身戏言,陛下何必生嗔。妾闻苏武和番,一十六年,受了许多苦楚,如今方得回朝,也难为这老忠臣了。"汉王道:"可怜那苏武回朝,两鬓皆白,长髯苍苍,不是声音听得明白,几乎认不得他是苏武了。"林后道:"这样老忠臣,身陷番邦,劝降不辱,甘于牧羊,受苦风霜,令人可怜,陛下也当格外加恩,方是酬他一片赤胆忠心。不讲他别的苦楚,只闻他有诗八句,写来也算苦不尽了。"汉王道:"御妻可记得否?念与孤听。"林后点头念道:

自从一别天朝地,苦守忠心十六春。

嚼雪不嫌冰似水，吞毡肯让人污身。
衣冠虽敝犹怜旧，符节常依尚喜新。
两鬓苍苍嗟齿长，家乡何处拜丝纶。

只此一诗，已见老臣忠心耿耿，贯于日月。

汉王道："孤于当日，赐宴在便殿上，代他接风。加封太子太师，上殿不拜，外赐黄金千两，彩缎百端，拐杖一根，玉带一围，荫袭一子三品职衔，又免朝三月。孤也不为薄待忠臣了。"林后笑道："陛下只说相待忠臣不薄，但坐也是昭君，立也是昭君，行也是昭君，卧也是昭君，未知同伴昭君去的这个功臣，如何发落？"汉王听说，忽然想起此人，大吃一惊。未知怎样回答，且听下回分解。

第六十六回

教授衣锦还乡　国丈给养续婚

诗曰：

桑梓之间不肯忘，愁生万里为君王。
天涯海角飘流久，且幸于今返故乡。

话说汉王见林后提起还有相伴和番功臣，未曾加封，心中惶恐，叫一声："御妻，非是寡人忘却此人，只因昭君尸到，丧事忙了三月有零，只算得安葬已毕，打点召他前来，自然格外加恩，酬他十余年的辛苦。"林后点头称是。说毕，吩咐摆酒，代汉王解闷。一宿晚景已过，不必提他。

次日早朝，汉王登殿，两班文武朝参已毕，旨下将王龙召进。王龙见了汉王，拜倒金阶二十四拜，口呼万岁。汉王叫声："卿家，劳你伴送娘娘和番，一十六载，受了千辛万苦，久困异乡，今方回朝，卿之忠心，不减苏武。孤甚敬服卿家，怪不得昭君生前，眼力识人一丝不错。今且听孤加封卿家为天下都提调使，统制军兵，如朕亲临；外赐黄金印一颗，尚方宝剑一柄，不论皇亲国戚、文武军民，凡有不法者，任凭先斩后奏；彩缎百匹、黄金千两、红罗一对、金花两朵，追封三代，荫袭一子。尔妻萧氏，苦守多年，赐她凤冠霞帔，加封一品正夫人。并赐回乡祭祖，给假半年，使你夫妻完聚，并受皇恩，再行供职。"

王龙得旨，心中大喜，连忙在金阶叩谢皇恩，就此告辞汉王，退行百步，出了朝门，到五凤楼前上马，又拜别在朝文武，打点衣锦还乡。口中不语，心内暗想，叫声："且住，想我刘文龙乃一介书生，得中状元，多蒙昭君娘娘的错爱，认为兄妹，御赐姓王，今日特旨加恩，荣归故里，亏谁之力？还当前去拜见义父、义母，方是正理。"想罢，带了从人，备了礼物，出得皇城，约有百里之遥，就到了国丈府中。门前下马，有家人投帖进内，稍刻，国丈出迎。迎至厅上，王龙便请夫人一齐相见，国丈命家人传语入内，将姚氏夫人请到厅上。王龙把二位皇亲请在上面，口称："义父、义母两大人在上，义男王龙拜见。"说罢，正要将身下拜，国丈一把拉住道："殿元公，这个使不得，不要折坏老朽。"王龙又不肯依从，定要下拜，二人扯了一会，只拜了二拜，方分宾主坐下，香茗一道。

用毕，国丈便叫声："殿元公，不才小女奉旨和番，累及殿元公，一番辛苦跋涉，愚夫妇于心不安。"王龙道："义父说哪里话？这是为国驰驱，乃臣子分内之事，何言辛苦？慢讲是君王有命，不过跋涉万里，就是赴汤蹈火，亦在所难辞。"国丈连连称赞道："殿元公可谓勤于王事，足见忠心。请问殿元公身在番邦，亲见小女一番举动，不知可以见示否？"王龙道："义父母若不嫌絮烦，何妨上禀。"国丈道："倒要请教，老夫这里洗耳恭听。"王龙未曾开言，先已流泪，道："想娘娘别了汉王，出得东京，和番北地，自芙蓉岭到雁门关，走了许多路程，受了多少风霜雨雪，免不得爬山过岭，万苦千辛，才到番城，约了三事，等番王依允，方肯进城，也算长天朝志气。到了宫中，番王勒逼成亲，用计灌醉番王，下了迷魂药，使番王血流病倒，方脱此难。到后来，又仗九姑赐的仙衣，穿在身上，吓得番王不敢近身。又将奸贼毛延寿千刀万剐，报了仇恨。愚弄番王，许下白洋河口要还香愿，要搭浮桥，累及番王，费尽倾国货帑，一十六年，方才成功。番王催着娘娘烧香还愿，想要成亲，娘娘自知再难推却，将义男召进宫中，当面吩咐道：'哀家心存贞烈，为国和番，原非得已，若番王再逼哀家成亲，唯有一死，以报汉王。'只可恨汉王，过于薄幸，一点恩义全无，哄娘娘在关等候多时，并不见御驾亲征；娘娘又托孤雁寄书，天子亦无回信，可怜娘娘说，宁教汉王负我，不教我负汉王。那时到了浮桥，还他香愿，将身一纵，随波而去，吓得番王大哭一场。着人打捞娘娘尸首，毫无影形，番王只得回朝，做些佛事，超度娘娘的芳魂。又打发义男回南，出了番城，到了半路，雨阻芙蓉岭上，三更时分，娘娘又托梦于义男，说：'哀家有几句言语，嘱咐于你，回去休要忘怀：一拜上汉天子不必挂念，奴虽死，恩义未断，照顾双亲；二拜上正宫林后，蒙她情义，未曾报答，来世再报深恩；三拜上堂前父母，休要悲伤，儿今虽死，还有妹子可以续婚。'说已明白，魂出帐去。还有生前在宫遗书二封，着义男带回天朝，已呈与汉王，汉王还未曾与义父母看见。这就是娘娘和番始末，今提起，也令人伤心。"

国丈听见王龙一番言语，由不住心如刀割，放声大哭，姚夫人只是哭叫："苦命的亲儿呀！"王龙也在一旁，陪了许多眼泪。哭了一会，大家止住泪痕。王龙又请贤妹赛昭君见礼，国丈吩咐丫环："请二小姐出来，与殿元公见礼。"丫环去不多时，只听里面环佩声响，赛昭君稳稳重重，走出厅来，王龙抬头一看，大吃一惊，宛似当年昭君娘娘的模样，连忙起身，兄妹见礼。礼毕，国丈吩咐摆酒，款待王龙饯行。席终告别，国丈送出大门，王龙上马，带了从人，一路长行，衣锦还乡，好不热闹，少不得坟前祭祖，夫妻完聚，这且不表。

且言汉王，自在坟上见了赛昭君容貌，不亚于昭君，心中又惹起相思病来，打点续娶联姻，便与林后商议此事。林后不好过于阻挡，忙写了一道旨意，差了内侍出城，飞召国丈见驾。内侍领旨，不敢怠慢，出宫上马，如飞而去。离城百里，指日就到，内侍同了国丈，到得午门，下马候旨。内侍先入宫缴旨，汉王即传旨召进国丈，国丈见驾，山呼朝拜，汉王连叫平身，赐座。国丈坐定，问道："我主相召老臣，有何吩咐？"汉王先命内侍取出昭君遗书，递与国丈看看。国丈未免见鞍思马，心中悲苦一番，当着汉王面前，不好哭出声来。将书看毕，笼于袖内，便要起身告别汉王，汉王带笑叫声："国丈且慢。"国丈便问："我主还有何事吩咐老臣？"未知汉王说出什么事情，且听下回分解。

第六十七回

痛王嫱皇亲思女　游花园九姑传法

诗曰：

先因多女不胜愁，身入皇宫慰白头。
到底门楣他自立，前人栽树后人留。

话说汉王见问，便对国丈道："令爱与孤恩深情重，为国驰驱，身丧异地，临死曾嘱咐孤家，照看双亲。今日相召，非为别事，听孤加封国丈食一品俸禄，妻姚氏封一品夫人，月给钱粮供养，不用在朝供职，仍居皇城外安闲之地，代代子孙，也受皇恩。令爱为国尽节，不独名标青史，且谥贞烈二字，配享太庙，永受香烟，乃立贞烈牌坊，不论皇亲国戚、在朝文武到了牌坊，俱要下马，如有违旨，即问典刑。国丈呀！孤要续娶二令爱，以接一脉姻亲，月给加俸银三百两，好生管养赛昭君；外赐宫娥二十四名，服侍二令爱；又加白银三千两，折与二位皇亲买果吃，孤也不下聘了，只算一言为定，候孤择定吉日，迎娶进宫。就是昭君屈死北方，这段血海冤仇，安得不报，孤自操练精兵，亲讨反叛，灭了番邦，代昭君报仇，慰她阴灵于地下。"国丈听见汉王吩咐,不敢不依,只得受了许多赏赐,谢恩出朝。回到自家府第,入内,便有姚夫人率领女儿赛昭君迎接,到内室坐定,姚夫人便问:"今日旨下召见,有何事情?这许多赏赐,是哪里来的?"国丈道:"夫人有所不知,只因大女昭君,一点贞烈之情不泯,远到番邦,几千里外,将尸首送到中国,百鸟衔花盖体,花容未损分毫,敢是皇天保佑,未曾安葬之先,大显灵于汉王,一要汉王照管你我二老,是以皇上加封加禄,二要亲情不断,却叫妹子续婚,是以今日宣召进宫,当面言定亲事,赐了彩女二十四名,服侍二女儿,又赐白银三千两,以作聘礼,月给俸银三百两,好生管养二女儿,俟汉王择日迎娶进宫。"姚夫人听说,把眉头一皱道:"好笑汉王,太没正经,他尽有三宫六院,偏要缠扰我家作甚!想大女儿在世,百般聪明,活鲜鲜地被汉王选去,断送性命,至今令人提起,好不伤心。如今又来想我二女儿,只怕此女未必贪皇家富贵,嫁个平人,夫妻偕老,你我日后也有收成结果,不要像大女儿,又去和番,坑了性命。"国丈听说,把脸一沉道:"夫人之言差矣!常言:'君叫臣死,臣不敢不死,臣若怕死,不为忠臣。'大女儿虽死在番邦,如今配享太庙,永受香烟,留得芳名千古,各人自有各人之福,你我父母,何必代女儿愁烦?况皇爷当面续婚,谁敢逆旨忤君?"夫人听说,哀哀痛哭,叫声:"老爷呀,妾怀二女在腹,十几个月,只认是一个怪胎。哪知生于辽东,容貌胜似姐姐,只为上坟,遇见汉王留心。非妾不愿女儿婚姻,只为你我年老,举目无亲,单有此女,怎舍得她又离身边呀!"

正值老夫妻议论,早有二十四名宫娥进来,一一磕头已毕。老夫妇吩咐拨在香闺二小姐手下伺候,众宫娥答应,侍立两旁。赛昭君叫声:"爹娘不必争论,想姐姐身死番邦,大仇未伸,汉朝又无英雄能将去杀番兵。不是孩儿敢夸大口,纵番邦有许多妖术奇能,只消孩儿领兵去,管叫番人一个不留,还要踏平番城,代我姐姐报仇,方泄心头之恨。今日皇爷肯将续婚,正是遂孩儿平生之志也。"国丈夫妇听了赛昭君一番言语，一齐哈哈大笑道："孩儿小小年纪，不知外边事体，随便夸言乱说，想天朝征番，勇如李陵，尚且被捉；猛如彭殷，不免死难；百花中箭，李虎亡身，苏武遭困。就是李广，年老宿将，也有万夫不当之勇，尚且折了许多人马，被番人杀得闭关不出。是以汉王无奈，将你姐姐前去和番。量你不过一个柔弱女子，手无缚鸡之力，焉知行兵之事？少要乱说，使外人闻知，岂不贻笑大方！"赛昭君道："爹娘休要小视孩儿，孩儿若不禀明与爹妈，爹妈也不知道其中有个缘故。"国丈道："有个什么缘故，可细细说与我们知道。"

赛昭君道："爹妈容禀，只因那一晚闺中闲坐无事，但见窗外月明如昼，一时心中想起游花园，未带丫环使女，独步而行。到得二更时分，凉风阵阵，正穿竹径，忽见两边陡起一朵祥云瑞霭，纷纷香烟绕扑，那云落在园中，到了一个仙女，身披鹤氅，执着云肩，手摇羽扇，自称九姑仙女，呼着孩儿姓名。孩儿听她呼唤，知非凡人，连忙跪在地下，听她吩咐。那仙女道：'赛昭君，你与我有缘，情同师弟，因尔姊屈死番邦，无人泄恨，汉朝又少英雄，谁去平番泄耻？非你不可！我特来教你诸般武艺，你且站在一旁细看，牢记在心。'仙女说罢，先传武勇，向空中一指，明亮亮的十八般兵器，自空中落于地下，但见那仙女：

先使刀，分上下，背花乱落，一团雪，冷森森，别类分门；又使枪，梅花落，不离左右，刺劈面，到护心，件件皆精；方天戟，举在手，飞扬乱舞；铁楞锏，手双起，舞不见人；开山斧，迎面砍，三十六招；银瓜锤，乱打去，碎碎纷纷；鎏金铛，轻飘飘，狂风几阵；碧燕抓，飞荡荡，映月光明；竹节鞭，单撒手，凤头三点；青竹竿，挑金钱，如虎翻身；风魔棍，打过去，离地尺许；枣阳槊，掷空中，一点无差；扯满弓，放羽箭，怀中抱月；跑劣马，快加鞭，稳坐鞍心。传武艺，已毕了，教奴学会。又传我，诸般咒，临阵记心；还教奴，行土遁，地下能走；更有那，会驾雾，亦可腾云；撒绿豆，成兵将，自可摆阵；传六韬，并三略，谨记留神；六丁将，六甲神，俱听号令；要移山，并倒海，顷刻施行；呼得风，唤得雨，天仙正法；除得妖，斩得怪，可逞奇能；临行时，又赠我，几件宝贝；叫孩儿，灭番邦，马到成功。

她又说孩儿前世本为皇后，今生又当入皇宫，这是前世姻缘注定，何能强求。"国丈夫妻听说，只吓得摇头吐舌。未知怎生回答，且听下回分解。

第六十八回

林皇后得病归天　赛昭君充立正宫

诗曰：

　　非因薄命叹红颜，数定此生总是天。
　　贵到人王强不得，前姻缘即后姻缘。

　　话说国丈夫妻听了赛昭君一番言语，共吃一惊，叫声："娇儿，想你又无兄无弟，姐姐又死了，倘你去征番邦，一旦有失，叫你双亲倚靠何人？"赛昭君叫声："爹妈只管放心，孩儿不进皇宫便罢，若皇爷召娶奴家，姐姐之仇一定要报，怎不领兵出征？"国丈道："且等旨意下来，再作商议。"不言国丈府中之事。

　　且表正宫林后，自从昭君死后，每日在宫思想，只是痴痴呆呆，似颠非颠，忽然染成一病，茶也不思，饭也不想，日夜里只叫："妹妹哪里去了？"脸上黄瘦不堪，慌得汉王忙召太医院来看林后，都说是七情六欲所伤，总看不出娘娘的病根。日复一日，林后病体十分沉重，汉王亲调汤药，无奈林后咽喉如锁，并不沾唇。可怜林后，只为思想昭君，弄得三魂散去，六魄无归。到了那日三更时分，喉中气绝，一命归阴，三宫六院，无不悲啼，只哭得汉王，死而复生者几次，口口声声哭叫，林后，撇得孤王好苦也！"不住地跌足捶胸，喉咙都哭哑了。到了天明，也不临朝，吩咐宫娥将娘娘香汤沐浴，内外细装大殓起来，然后用棺木装起，安停宫内。哀诏颁行天下，满朝文武，尽皆挂孝，百姓百日不许开荤，开丧举哀，七七道场，功德圆满，方命礼部选择日期出奔，安葬西山岭白云峰下。

丧事已毕，回朝归了正宫，冷冷清清，好不孤凄，汉王和衣哭倒龙床，一则思想林后，二则思想昭君，从此汉王想成一病，久不临朝。文武百官知道汉王有病，俱入宫中问安，汉王也勉强撑持，见了众文武，吩咐均免朝参，众文武口称领旨，便问："我主因什事情，龙体不安？"汉王道："孤因昭君死后，未及一年，又把正宫林后死了，层层苦楚，心甚不宽，是以忧闷成疾。"众文武齐奏道："我主若因宫中无人内助，何不颁诏天下，召选美女。"汉王闻奏，摇摇手道："天下佳人虽多，只怕难及旧时两个宫人。"旁边闪出张丞相，高叫："我主既说身伴无人，难道忘却昭君娘娘的妹子赛昭君么？当时在坟上，已亲眼见过，后又将国丈召来，当面亲许，不肯断这门亲，算来今年已十八岁，可做昭阳掌印，望主准奏。"汉王闻奏，心中大喜，不觉病体减半了，便道："孤因病中昏聩，忘却赛昭君，烦卿到国丈府内，传孤旨意，说是正宫娘娘驾崩，昭阳无人掌印，皇爷不负前言，召选赛昭君为正宫皇后。户部动支黄金千两，烦卿料理一切喜礼，代朕一行，回朝定当加恩。"

张丞相领旨，同众文武出宫，回了府第，不敢耽搁，就在户部支了帑项，备办喜礼。百端百羊百果，总已现成，张相骑马，押着礼物，一路出了皇城，不多时就到得国丈府内下马。国丈连忙迎接进厅，礼物摆列厅上，张相开读诏书，国丈俯伏厅阶，听宣圣旨，上面特来召赛昭君，即着二位皇亲护送进京。国丈闻旨谢恩，收了礼物，送至后边，一面与张相见礼，一面吩咐摆酒，款待钦差。张相酒至半酣，催促动身，国丈点首，传谕后面夫人知道。夫人见圣旨又到，召选二女，急急进房告知女儿。赛昭君听说，心中大喜，连忙收拾预备。夫人叫丫环出问，外边御辇可曾齐办，张相对国丈道："御辇已在外伺候多时了。请令爱就此登程。"国丈入内说了，免不得赛昭君询前拜别父母。又是一番悲苦，仍带了圣上前赐的二十四名宫女出来，厅前上辇，国丈吩咐家丁看守门户，同了张相上马。夫人坐轿，一众奴婢后面跟随御辇，两旁自有军士内侍护卫。一路不敢迟延，进得城来。汉王尚在宫中养病，未临朝政，国丈京中本有府第，同了夫人、女儿，仍归私宅住下候旨，不表。

且言张相进宫复旨，见了汉王，三呼万岁，口称："臣遵旨，召王国丈并家眷等，已随旨来京，未奉宣召，不敢擅入宫门，请旨定夺。"汉王闻奏，龙心大悦，忙叫："平身，劳卿作伐，赐御酒五十瓶，彩缎百匹，算孤谢媒，赛昭君俟钦天监择日进宫。"张相领旨谢恩，退出朝门。汉王又命内侍传旨出去，召钦天监进宫伺候。钦天监领旨，不敢怠慢，进得宫来，见了汉王，三呼万岁，汉王叫平身，一面吩咐谕旨道："孤今选封王皇后，非东西两院可比，烦卿要择吉日良辰，以成百年大事。"钦天监官领院取过历书，细细一看，便回奏道："据臣看来，明日乃黄道良辰，并无破犯，一定夫妻偕老，兴隆万年。"汉王闻奏大喜，顿时脸上添光彩，十分病根除尽，打发钦天监出宫去后，一面吩咐宫娥，收拾昭阳正宫，一面传谕各宫嫔妃，伺候迎接皇后，一声旨下，谁不打点。

这一夜，汉王心急如火，并未安睡，只听谯楼三鼓，已交子时，即吩咐宫中，张灯结彩，点得如同白昼，亲排銮驾，候在宫门。张相早已知道，飞马报知国丈，国丈一闻此信，急急收拾，忙将女儿上辇，一路护送。进了午门，到了五凤楼前，只听得一片笙歌细乐齐奏，对对宫灯来接，接到娘娘，下了玉辇，汉王用手挽进昭阳正宫，先行私礼，后行朝礼，礼毕坐下。刚到五更，汉王出朝登殿，受文武朝贺，国丈亦随班见驾，汉王吩咐："众文武俱赴逍遥殿赐宴，张相陪国丈赐宴便殿。"一声旨下，众臣谢恩。汉王退朝，仍到昭阳正宫，新后连忙接驾，口呼："万岁，蒙恩抬举，召选入宫，念臣妾年幼，恐有不到之处，望皇爷恕罪。"汉王听这一阵燕语莺声，由不得心花放荡，连忙双手扶起，叫声："梓童休要如此客情，且赐锦墩坐下。"新后谢恩，站起告坐，汉王见她说话温存，身材窈窕，心中大喜。说着，不觉红日西沉，宫内点起灯来，汉王又在灯下观看佳人，越发十分出色，比在世昭君还要胜似几分。汉王正在赏玩新后，忽见内侍跪下启奏。未知所奏何事，且听下回分解。

第六十九回

掌昭阳哭祭芙蓉岭　报冤仇议征单于国

诗曰：

不因身贵撇同胞，骨肉关情首自搔。
一座荒坟凭吊问，泪痕空把纸钱烧。

话说内侍禀汉王道："喜宴已曾齐备，请皇爷与娘娘入席。"汉王点头，同新后并肩而坐，宫娥敬酒，女乐吹弹，灯烛辉煌，肴馔错陈，好似八仙宫景，真是皇家富贵。汉王在灯下不住细看赛昭君，生得好一个模样，打扮得十分精工，怎见得，但见她：

戴一顶，翠珠冠，凤绕日月；凤头钗，分两下，压住乌云；柳眉边，分八字，不浓不淡；红绣鞋，刚三寸，锦口绒心；上穿件，八卦袄，西番莲绣；下穿着，地理裙，一色销金；似天仙，离月殿，霓裳夺目；如龙宫，有仙女，出了水晶；普天下，俊俏的，昭君为最；新皇后，比王嫱，更胜十分；脸一般，身一样，同胞共出；问一句，答一句，一样声音；却如在，梦魂里，昭君相会；今见了，赛昭君，两世美人。

汉王将新后看了一番，心中大悦，不觉吃得酒醉醺醺，已是谯楼二鼓，此刻按不住心猿意马，忙携了新后的手，同入寝宫，洞房花烛一夜鱼水，恩爱自不必说。

直至五更，汉王又起身登殿。文武朝参已毕，汉王又传旨道："朕今新立正宫，颁行榜文，大赦天下，广赐恩典，在朝文武各加一级，御弟王龙升授三边统制，修理国丈府第，月支俸银加倍给养。已故李陵、李虎、百花夫人、彭殷，俱追赠加封，入功臣庙配享。李广镇守雁门多年，可谓勤于王事，加封太子太傅。李陵之妻铁花女，封为二品正夫人，李陵之子李能，特授御前都指挥之职。"众文武谢恩已毕，俱皆退朝。汉王回宫，新后接进，坐定，吩咐内侍摆酒，召姚夫人进宫赐宴一日，吃得尽欢而散。姚夫人告辞出宫回府，汉王仍与新后同归罗帐欢娱，自此百般恩爱，卧则交颈，坐则并肩。

光阴易过，不觉已是半年，次日恰值清明佳节，娘娘要上姐姐新坟，忙奏知汉王道："想臣妾姊妹，同侍我主箕帚，恩莫大焉。不幸姐姐早丧，臣妾入宫以来，未曾到坟瞻拜打点。来日清明，臣妾请旨前去拜扫一番，以尽臣妾之情。伏乞吾主准奏，一同臣妾父母走遭。"汉王闻奏，龙相双流道："梓童所奏，极是正理，尔姊昭君，为孤亡身，何日心中将她放心？明日孤陪梓童一同扫墓，并召尔父母随驾前行。"新后谢恩。汉王一面吩咐内侍持诏谕国丈夫妇，一面传旨，着乘丞相带领三千御林兵护驾。张相得旨，不敢迟延，忙在教场点了护驾兵丁，另外总旗牙将各百名，分排队伍，只等天明，候驾起程。

一宿已过，到了次日，汉王起身，也不临朝，候娘娘打扮已毕，同坐上凤辇，带了一众内侍宫娥，到了五凤楼前。遇见国丈夫妻也到，又有张丞相率领大小文武，在午门外伺候，一见驾到，向前迎接，汉王吩咐就此起程。一声旨下，只听得三声大炮，鸣金开道上马的上马，坐车的坐车，纷纷护驾起程，一路旗幡招展，盔甲鲜明。

出了皇城，过得几个大乡村，方到芙蓉岭上，又是三声炮响，兵将团团围住坟茔，汉王与新后下了御车，同到坟前。早有内侍摆下祭礼，两劳细乐齐奏，汉王亲自行礼，祭奠昭君，文武百官亦皆下拜，国丈夫妻也来拜毕，方是娘娘向前进酒，跪倒尘埃，哀哀痛哭，叫声："姐姐，不幸你红颜早丧，抛下年轻妹子、年迈双亲，举目无亲，倚靠何人？在生未见姐姐之面，只好死后年年来上坟，以尽妹子之心。"说毕，拜而又拜，哭而又哭，众人在旁，无不下泪，汉王也不免苦在心头，反来劝解，亲把龙袍代新后拭泪，一面吩咐就此起驾回朝。旨下，又是三声炮响，众人候圣驾娘娘上辇，一起保驾起程，正是：

  马啸平坡飞骥足，兵穿山岭似雷鸣。
  旗开五色分前后，甲亮八方惊鬼神。

  一路正行之间，早到东京皇城，兵扎教场，汉王与娘娘进了午门下辇，吩咐文武各回衙门理事，国丈夫妻告别，娘娘也不苦留，回他府第不表。

  单言皇后陪着汉王，到了宫中，早已摆下酒筵，皇后陪了汉王坐定饮酒，正当酒至三巡，汉王带笑叫声："梓童，孤看你身子何等软弱，因何上辇不用相扶，捷快如云？"皇后道："臣妾虽系女流，不但上辇如此，并且骑马更快，自幼从学仙女，习成十八般武艺，布阵行兵，件件皆能，臣妾要打点去征番呢！"汉王笑道："那番王久已归顺天朝，又不曾无故犯边，何必定要去征他？未免出师无名了。"皇后道："陛下怎说是出师无名？可恨番邦逼得姐姐残生丧命，不灭番邦，姐姐之仇不报，臣妾之心不甘！不是臣妾夸口，一任番邦百万雄兵，叫他来一个，死一个，杀他个片甲不回。陛下呀，这段冤仇，臣妾未进宫中，已恨如切齿，日日思想，要杀番人，上洗国家之耻，下报姐姐之仇，常言道：为人不把仇来报，枉在世间走一遭。明日臣妾就请旨起兵征番,望吾主准奏。"汉王听了皇后一番言语,只是摇头,反劝解道:"梓童不要性急,想朝中多少英雄上将,平日食得大俸大禄,总怕出兵。似梓童一个柔弱女子,一路风霜雨雪,吃辛受苦,万里迢迢,孤怎舍得梓童前去?兵马一动,残害生灵,孤心不忍,况我国粮草未曾充足,难以出兵。梓童一心要报姐仇,且等候国库充盈,各处再调雄兵,任凭梓童挂帅征番,包管一举成功。如今兵微将寡,不要前去惹祸。不是寡人胆小,常言:识时务者,称为俊杰;能见机者,便是高人。梓童请三思之。"皇后听说,暗笑汉王这等软弱,还治什么天下,管什么万民,怪不得番王屡欺中国了。想罢,未知怎生回答,且听下回分解。

第七十回

汉天子懒征北番　单于主思夺国宝

诗曰：

不动干戈恤万民，当今天子正存仁。
怪他无故生嫌隙，逼动烽烟起战尘。

话说赛昭君见汉王劝她不要征番，便道："圣上既说兵少将稀，须要广积粮草，练习精兵，那时不用名人上将，等臣妾一人杀人番邦，不把番邦踏为平地，誓不回兵。"汉王又带笑相劝道："梓童，且将出兵的话丢过一边，等彼若犯边界，再领兵证讨不迟，若不犯边界也可恕他，孤和御妻且快活几年，不要将此事挂心。"吩咐宫娥："取酒来，快敬娘娘的酒。"宫娥答应，捧着金樽，甚上香醪。娘娘见汉王敬她的酒，连忙站起，接过酒来，只得曲从，不敢做声；将酒饮罢，又转敬汉王。汉王又吩咐女乐吹弹歌舞，以助酒兴，只吃得到更深尽欢而散，不表。

再表番丞相卫律，因番王为了昭君一个女子，不念有功之臣，杀了他老师毛延寿，久已怀恨在心，后见昭君投河而死，未曾报仇，只叫："便宜这贱人了！"又想："番王如此薄待功臣，也要播弄他一番，方出心头之气。"想了一会，计上心来："须要如此这般，好让某家坐观成败了。"想定主意。那日到了番王早朝，出班奏道："臣启狼主，想狼主九代相传，独霸北方，皆因误听毛相献图取美，以致损兵折将，耗费钱粮，又将国内税簿、库内珍宝，并降书降表，献与天朝。若昭君娘娘在世，得伴狼主，也还值得，谁知哄诱十余年来，用尽倾国之财，只顾完她节操，投河而死，反使狼主人财两空，岂不可恨！就是臣等，心亦不能甘服，吾主可速速点将兴兵，杀到汉朝，讨取国宝，以洗前耻，望主准奏。"

番王不知卫律公报私仇之计，反点头道："卿言是也。"便问两班文武："哪位卿家，代孤征南，讨取国宝？"语言未了，闪出土金浑，拜倒尘埃道："微臣愿往，狼主可付臣十万大兵，百员战将，不将南方杀得并无敌手，使汉王年年进贡我国，并取国宝还朝，臣亦不再见狼主了。"番王闻奏大喜。正吩咐杀牛宰羊，大摆筵宴，代土卿饯行，忽见左班中闪出一员大臣，连叫："不可。"番王近前一看，乃丞相娄里受也，只见他俯伏金阶，口称："臣有短表，冒奏狼主：想我邦进贡天朝，业已有年，只因天朝逃臣毛延寿挟他私仇，来到我邦，一言唆动狼主，本是我邦惹起刀兵，天朝已将昭君娘娘献出，也算与我邦联和，只奈昭君娘娘秉性坚贞，不肯失节，哄我狼主一十六载，赴水身亡，却与天朝无干；况我邦连年征战，损兵折将，却也不少，国帑钱粮，又因浮桥一造，用去若干，国内空虚，何必又去再动干戈，结冤成仇，伤害生灵？望狼主暂停此旨罢。"

番王未及回答，土金浑大叫一声道："娄丞相何太怯也，长他邦志气，灭自己的威风。想我邦税簿珍宝，进贡天朝，为的昭君娘娘，在时恤情，今娘娘已死，还有什么情义？倘若不征讨国宝回朝，使他邦闻知，岂个笑狼主软弱了？臣若领兵前去，包管一战成功。"卫律也一旁奏道："土将军之言极是，狼主只管放心，休听娄丞相愚腐之言。"番王遂不听娄里受所奏，当殿赐了土金浑三杯皇封御酒、两朵金花，加封为征南大元帅，"任卿到教场挑选良将精兵，俟功成回国，再加升赏。"土金浑领旨谢恩，退下殿来，出得朝门，下了教场，点齐队伍，军令三申，放了九个狼烟，催兵起程，出了番城，一路好不威风，怎见得，但见那：

左一队，青旗号，先行哈虎；右一队，黄旗号，吴銮将军；中一队，红旗号，土大元帅；前一队，白旗号，大将孙云；后一队，黑旗号，乌龙杨霸。共五队，纷纷走，整肃严明；石庆真，督营哨，中军护佑；石庆龙、石庆虎，运粮先行；五色旗，来招展，光耀日月；兵十万，多雄猛，大小三军；左将摧，右将赶，如龙如水；后兵起，前兵走，似虎奔林；行一程，过一程，犹如风送；过一岭，又一岭，好比腾云；日夜赶，行得快，不辞辛苦；早来到，黑水河，夕阳西沉。

土元帅吩咐扎下营盘，三军埋锅造饭。金浑独坐帐中，谯楼正打三更，尚未安寝，点了两支大烛，放在桌上闲看兵书。只听得一阵狂风乱响，好不怕人，那风刮进帐中，把桌上两支大烛几乎吹息。此刻土元帅看书也辛苦了，伏在桌上，似睡非睡，但见狂风过处，忽然外边走进两个鬼魂，一男一女，土元帅梦中定睛一看，却皆认得，男的怎生打扮？但见他：

凛凛威风戴将巾，甲是黄金罩全身。
腰悬宝剑叮当响，汉室忠良叫李陵。

女的怎生打扮？但见她：

一顶珠冠头上戴，宫装着体美娇容。
看来却是昭君女，今夜因何到帐中。

女的前走，男的后走，随着一阵狂风，进了牛皮帐内，只见昭君杏眼圆睁，银牙乱咬，指着上面骂声："匹夫好多事呀！想当初你到天朝，妄献番诗，汉王仁厚，不曾斩你，你就该知恩报恩，反将狂言惑弄你主，无故兴动人马，逼取哀家，方才罢兵。只可怜李陵被捉，屈死于番邦，彭殷中炮，死于非命，百花中箭，李虎阵亡，以及老将失守雁门，中国多少英雄上将俱丧，你等平地惹起风波，死的死，伤的伤，岂不可恨！就是哀家，我约番王三事，取他税簿宝珍、降书降表等件，下邦也应奉上邦之税，这是君臣大礼，如何尔等又生歹念，起兵来寇雁门？一不思天朝既献哀家，也算输服尔邦，哀家全节而死，不与天朝相干；二不思汉王不曾兴问罪之师，尔等反逆理犯上，天亦难容；三不思生民涂炭之苦，又要起兵伤害生灵，怕只怕尔等恶贯满盈，少不得天朝自有能人，杀你片甲不回，今日仇人相见，哪肯相饶？"叫声："李将军，快将此贼分他两段。"李陵答应，拔出宝剑，喝声："番贼看剑。"吓得土金浑大叫："我命休矣！"一跤跌倒。未知死生如何，且听下回分解。

第七十一回

土金浑入寇雁门　汉李广大破番兵

诗曰：

番人忽又起干戈，只为兵骄可奈何。
一胜之中防一败，逞强自惹是非多。

话说土金浑梦中被李陵一剑砍来，躲闪不及，跌在地下，只叫："我命休矣！"吓出一身冷汗，惊醒南柯，连称奇梦。耳听谯楼正转四更，暗想："此梦乃不祥之兆，欲待退兵，又因王命在身，不能自主，欲待进兵，又怕于身不利，事出两难。"想了一会，道："生死皆由天定，梦境何足为凭？"仍在桌上打了一盹。未及片时，天色已明，土元帅也不对众将提起梦中之事，只吩咐众军起营。一声令下，炮响三声，众军呐喊，拔寨起行，离了黑水河地界，一路旗帜招展，马不停蹄，兼程而进。

那日正走之间，忽见探子报道："启禀元帅，前面已离雁门关不远了，兵不可前进，请令定夺。"土元帅闻报，传令大小三军，就此靠山扎营。一声令下，又是火炮三声，扎下营盘，埋锅造饭，歇军一日。次早升帐，便问："哪位将军前去打关？"有吴銮应声愿往，土元帅道："将军可带领五千人马，前去打关，小心在意。"吴蛮口称得令，坐马端枪，带了番兵出营。一马冲至关前，大叫："守关军士听着，俺奉狼主之命，前来讨取税簿珍宝，还要尔主年年进贡我邦，方免尔等一死，如有半字不肯，俺就打破关门，管叫鸡犬不留。"守关军士听说，飞星报知李元帅，李元帅闻报，大吃一惊，道："这番狗又来犯边，怎生是好！"急忙添了兵丁，将各隘口牢牢坚守，任他叫骂，只不出战。吴銮骂战一日，不见关中一将一兵出来会阵，只得忍气吞声，回营缴令，不表。

且言李元帅，见兵临城下，连忙写表申奏汉王，请发救兵，打发差官飞马进京，投递表章，真是不分星夜，赶至京城，到了兵部挂号。兵部知道边关紧急军情，不敢迟延，一见汉王未曾临朝，就将本章送入宫内。有守宫太监接到本章，进宫呈与汉王。汉王接过，细细一看，吓得面如土色，骂声："番狗，真不是人，敢欺我朝缺少能人，又来犯边，何太无礼！"皇后道："既是番人无礼，不为师出无名，待哀家前去征番，杀他一个片甲不回，方知天朝的手段厉害。"汉王叫声："御妻且慢，待寡人登殿，与众文武商议，再作道理。"

说罢起身，别了皇后出宫，即刻登殿，召宣一班文武。朝参已毕，便将番人入寇之事先宣一遍，后问："哪位卿家代朕领兵平番，得胜回朝，加封晋爵。"问了三声，无人答应，恼得汉王心中大怒道："养兵千日，用在一朝，今日国家变乱，一个个袖手旁观，不能代朕分忧，要尔等何用！一概罢职出朝。"汉王正在发怒，右班闪出两个执殿大将军，一名陈希，一名郭武，一齐跪下奏道："圣驾不必忧心，可恨番王欺负我朝太甚，臣等不才，愿领兵前去，只要雄兵十万，各分五万，星夜赶到雁门，两路夹攻，杀他个片甲不回。"汉王闻奏大喜，各赐御酒三杯，金花两朵，加封为扫北左右大将军。陈希、郭武二人谢恩，汉王回宫，文武各散。

他二人到了教场，点起雄兵十万，放炮起身。出了皇城，一直来到芙蓉岭，陈希分兵五万，向东而去，郭武分兵五万，向西而去，总在雁门会齐。他们兵虽分在两路，限定时辰，以一月为期，俱在雁门，兵合一处。进了雁门，将人马扎下营盘，来见李元帅，元帅忙出来迎接。二将进帐见礼，分宾主坐定，大家商议出战之策。李广道："番将攻打雁门，每日骂战，被我坚守不出，只等救兵到来，方好开兵。如今二位将军到此，天赐成功，只消我明日一军出战诱敌，诈败下来，二位将军两旁埋伏，突出夹攻，断他归路，不怕番人不授首战场。"陈、郭二将道："老将军之计甚妙，明早我等听令。"李广大喜，吩咐摆酒，与陈、郭二将接风，一面犒赏来军，不表。

　　且言番将，打关几日不下，心中甚是焦灼，忽见那一日清晨，关上扯旗放炮，开了关门，闪出一支人马，就是老将李广，催动行兵，抵营讨战。早有巡番报知土元帅，元帅见南朝李广久不出兵，今日讨战，暗暗生疑："一定关中救兵到了。"即刻升帐，令先锋哈虎，带领三千人马，出营割取李广首级缴命。哈虎答应上马，领兵出营，一马来到阵前，高叫："南朝有不怕死将官，快来会俺。"李广听说，横刀大骂："番狗屡犯雁门，甚是无礼，还不下马领死，等待何时？若有半字不肯，定杀你片甲不回。"哈虎听了李广一番言语，急得两太阳冒出火星，也不回言，提起长枪，恶狠狠直刺李广门面，李广用刀架过，一刀砍来相还，哈虎用枪架过，一来一往，战了五十回合，不分胜败。好个哈虎，枪法精妙，分出五花八门，刺上刺下，眼捷手快，李老将刀法也不弱于哈虎，只为心上有计，故意卖个破绽，大叫不好，掉转马头，拖刀败走，高叫："番将休赶，本帅战尔不过，明日再决胜负，赶来不算英雄。"说着，催马败将下去。哈虎不知是计，大叫："败将还不下马授首，往哪里走？本先行来取你的命也。"

　　说罢，将枪一摆，把马一催，追将下来。可笑哈虎，被老将诱哄，一赶足有十几里下来，猛听得三声炮响，喊杀连天，伏兵齐起，吓得哈虎，情知中计，要回兵也不及了。左有陈希一支人马挡住哈虎去路，右边郭武一支人马，挡住哈虎归路，把三千番兵冲做两截，四面八方都是汉家兵将，围住哈虎。幸广又将兵杀回，哈虎一人，纵有通天本事，怎敌三位英雄？只杀得马仰人翻，浑身冷汗淋淋，心内慌张，要杀出一条血路逃走，走到西边，撞见郭武，杀了一阵，难出重围；走到东边，遇见陈希，杀了一阵，又被杀回；赶到中央，拼命杀出，又遇见老将李广，那大刀砍下来，十分沉重，难以抵敌。再看看手下三千番兵，被汉将杀得七零八落，只叫："我命休矣！"话犹未了，心内一慌，手中枪一松，早被李广一刀砍下，只听"扑通"一声，未知哈虎性命如何，且听下回分解。

第七十二回

报宿仇老将施威　请救兵二王挂帅

诗曰：

有仇不报非君子，仇报一时是小人。
狭路相逢能等候，何愁宿恨却难伸。

话说番将哈虎被李广一刀，连肩带臂砍于马下，此刻汉将趁着得胜之兵，乱杀番兵，杀得血流成渠，尸横遍野，只剩了一千败残人马，急急败进营中，报与土元帅知道，祸事不小，元帅闻报，大吃一惊道："怎么说？"败兵禀道："启元帅，哈将军与李广交战多时，李广用诈败诱敌之计，被他前后埋伏，二将截住攻杀，我兵一时退后不及，哈将军被李广斩于阵前，折兵二千，请令定夺。"土金浑闻报，不由得气冲斗牛，便问："帐下哪位将军，前去与哈虎报仇？"只见一将挺身而出，口称："元帅，末将愿往。"元帅一看，乃是部将孙云，即令孙云带领三千番兵，出营交战，吩咐小心在意。孙云得令，上马出营，怎生打扮，但见他：

凤翅盔甲披锦袍，提刀上马逞英豪。

虎头燕颔多威武，曾斩海中出水蛟。

　　来到阵前，把马一催，大叫："南蛮快来领死。"李广在阵门下一见，就命郭武出马。两军对阵，并不答话，各持兵器交战，一来一往，斗了三十回合，两面越杀越有精神，不见胜负。好个郭武，暗暗使起花刀之法，前六路、后六路、左六路、右六路、上六路、下六路，共是六六三十六路，只见刀花，不见人影，杀得孙云双目俱花，只听郭武大吼一声，把个孙云太阳魁首一刀砍落在地，趁势招动本部人马，赶杀番兵，杀得天昏地黑，哭喊连声，只听得军中鸣金，方打得胜鼓回兵。李广迎接进关，一面摆酒贺功，一面犒赏三军，不表。

　　且言番兵败回，见了元帅，道："启元帅，孙将军先胜后败，又被郭武斩了。"番帅闻报，心中好不焦躁，急聚帐前众将商议道："南朝将官这等英雄，连杀我邦二员大将，折兵数千，如何是好？"吴銮道："启元帅，皆因出兵日期不利，是以损兵折将，不如回兵，另择吉日，再行出兵，那时天运循环，我胜他败，岂不为美？"番帅道："说哪里话来？胜败乃兵家常事，岂在天时？只要运筹决胜。待本帅明日亲自出马，决一胜负。诸位将军须要为国出力，同心并胆，决一死战，不可各生退心，有功者赏，违令者斩。"一声令下，谁敢不依？

　　过了一宵，次日五鼓，大家饱餐，整束戎装，元帅率领众将、大小番兵，直抵关前。扎下营盘骂战，只叫"好好交还我邦税簿并进贡金银宝珍，一笔勾销，若有半字不肯，顷刻杀进关内，鸡犬不留。"李广在城头听说，不由得暴跳如雷，即刻提刀上马，带了陈、郭二将，一马冲出关来，高叫："土番将快来领死。"土元帅一见李广出马，便问："哪位将军前去会他？"早有石庆真，高叫："末将愿往。"

一马冲到阵前，高叫："俺来代哈、孙二将军报仇也。"李广叫声："来将少催战马，快通下名来。"庆真道："俺乃北番监军都统石庆真是也，你可就是老将李广么？"李元帅道："然也。"一面答话，一面想起石庆真二字，乃是射死我媳妇的仇人，今日相见，怎肯饶他？

想罢，不觉大怒，举起大砍刀，向庆真劈来，庆真不慌不忙，用枪架过，举枪相还，随手就刺，李广把刀隔过一边，一来一往，斗了百十多合，无分胜败。恼得李广，把马一转，诈败佯输，拖刀大败，口内只叫："番人休赶，饶恕我年老之人罢。"庆真不知是计，打马加鞭，追将下来。李广回头见他来得切近，心中大喜，把刀放倚马背，暗暗搭上弓弦，将身一转，喝声："中箭！"只听得弓弦响处，庆真马跑猛了，躲闪不及，一声"哎呀"，箭透咽喉，两脚腾空，一命呜呼。李广急急用刀找取首级，带回关门，也算代媳妇报了仇，满心大喜。庆龙、庆虎弟兄二人，一见父亲丧于阵前，不由得心中十分苦楚，也不等元帅将令，双马齐出，喝骂："李广老匹夫，伤我父亲，与你有不共戴天之仇，今日一定取你残生，以祭亡父之灵。老匹夫往哪里走，少爷来取你的命也！"

说罢，催马出阵。汉营中早有陈希接住庆龙交战，郭武接住庆虎交战，两下战鼓咚咚，不住地响，战了五十回合，顷刻见了胜负：庆龙敌不住陈希，被陈希一枪刺透心窝，死于马下；庆虎又见兄长阵亡，心中一慌，早被郭武一刀，劈为两段。一边汉兵得胜，将鞭梢一指，带领了一众汉兵，杀得番兵丧魂吊胆。番帅见汉兵势大，来得凶勇，只得带了败残兵将退了三十里，方扎住营寨。查点兵卒，折去石家父子三人、万余人马，自知损兵折将，难以抵敌，不如坚守不出，急忙写本回国，奏请救兵，连夜差官，飞星上马而去。

在路披星戴月，马不停蹄，非只一日，来到本国。下马赶至长朝殿，奏知番王，并将求救本章呈上。番王一看，见折了哈虎、孙云二将、石家父子三人，又折了几万番兵，看罢本章，心中甚是不悦，便问两班文武:"哪位卿家,代孤领兵去救应?"话犹未了,闪出番王御弟二亲王,向前讨差道:"臣愿领兵前去救应,不怕南朝有三头六臂之将,不将南蛮个个杀得束手归降,也不算十分武艺。"番王大喜道:"御弟去领人马,掌督中军,孤也放心得下,只要将我国税簿取回,叫南朝年年进贡于孤,孤也可休兵罢战。"二王领旨。番王又赐金花两朵、御酒三杯:"任御弟点挑十万人马,战将五十员前去,灭敌兴番,在此一举。御弟小心在意。"二王正要领旨谢恩,旁又闪出丞相卫律,道:"启奏狼主,二王挂帅征南,不愁指日功成,但军中尚少一参谋,帮助二王行兵布阵、捉将拿人,此去领兵救应,但军师不可少。"番王闻奏,沉吟半会道:"卿举何人可以帮助御弟参赞军机?卿不妨从直奏来。"卫律道:"狼主难道不记得,讨敢昭君娘娘、大破雁门,亏了何人谋略?"番王一想,心中大喜。未知想起何人,且听下回分解。

第七十三回

番僧宝伤汉将　皇后劝驾亲征

诗曰：

　　文官投笔挂红袍，武将威风手执刀。
　　临事未能将国保，不如闺阁女英豪。

　　话说番王因卫律提起前事，忽想起伏龙寺的圣僧，神通广大，此次出兵，非请圣僧相助，不能成功。即命二王："代孤到伏龙寺去请圣僧。"二王领旨，退出朝门。去不多时，便来复旨道："蒙圣僧依允前去，命臣大兵先行，圣僧随后就到军营。"番王闻奏大喜，便叫："御弟，救兵如救火，就是今日起兵便了。"二王领旨，别主出朝，点了战将几十员、人马十万，放炮起行，出了番城，一路不分昼夜，兼程而进。

　　那日正走之间，已到大营，早有土金浑率领众将，迎接二王进帐。参见已毕，尚未坐稳，又见半空中掉下一个和尚来，正是圣僧。二王站起身来，迎接进帐见礼，分宾主坐定，众将俱皆向前参见。二王道："有劳仙师大驾，孤心何安！"番僧道："贫僧与王爷昆仲有缘，特地下山相帮，此番出兵，不取汉室江山，誓不回山。"二王听说大喜，吩咐帐中摆酒，款待圣僧。席间，与圣僧商议来日出战之事，番僧道："既是汉将勇猛，只可智取，不可力敌。今日且着番兵打下一封战书前去，明日将大队人马仍抵关下寨，只差帐下一二员将官，前去诱敌，待贫僧暗暗掠阵，用法宝伤他，包管一阵成功。"二王听说，大喜道："全仗仙师法力。"二人说得投机，吃得尽欢而散，我且慢表。

且言李广，见陈、郭二将又斩将取胜，杀得番人败下三十里去，心中好不快活。明日打发陈、郭二将，轮流讨战，并不见番将一人出马，心中甚是焦躁。那日升帐，忽见番兵打下战书，说是番邦二大王亲身出阵，李广已知番营救兵已到，便叫陈、郭二将小心在意，二将口称知道。过宿一宵，次早起来，早有军士报道："启元帅，番兵又抵关下寨，前来讨战，请令定夺。"李元帅闻报，忙整束戎装出马，左军陈希，右军郭武，三将统兵，放炮出关，李广一马当先，喝道："杀不尽的番狗，又来纳命么！"言未了时，番邦二王出马，怎生打扮，但见他：

　　戴一顶紫金冠，琉璃蓝顶；插两支孔雀尾，五尺余零；身穿着虎彪皮，销金盔甲；手提一捏飞云枪，杀气腾腾；左挽弓，右插箭，鱼腹入口；座下了，乌骓马，四足如云。

李广一见二王，十分古怪，那二王也不与李广打话，只把令旗一挥，先命左军吴銮出马，郭武用刀敌住；又命右军扬青出马，陈希用枪敌住；那二王直奔中军，与李广交起手来，三对将官，各寻对头厮杀，正是：

　　虎斗龙争各为主，天昏地暗不饶人。

两下里从早饭时候，混战到午刻，足有百十余合，不分胜负。哪知妖僧闪出阵门，口中喃喃念咒，在袖内取出一块铁板，向空中一撩，化做百千万无数铁板，打将下来，但见一片云遮雾黑，迷住敌将眼目，陈希被铁板打得脑浆流出，死于非命；郭武被铁板打下马来，吴銮一刀结果残生；打得汉兵头破血流，膀折腿断，哭喊连天，四散奔逃，只剩下李广，见事不谐，撇了二王，败将下去。二王不舍，追将下来，正离着李广不远，举枪就刺后心。李广知道后面有人暗算，叫声"不好"，把马一拎，跳出圈子，二王那支枪正刺在树上，再等将枪拔出，李广已去远了，逃回雁门，把关紧闭。二王见追不上李广，只说："便宜这老匹夫了。"慢慢放马到了营中，治酒代番僧庆功。

　　一宿已过，次日又在关前讨战，不见李广出马，恼得二王，吩咐众将打关。一声令下，大炮轰天，将雁门关围得铁桶一般，不住攻打，二王又向关上大骂："李广老匹夫听着，限你十日，将我邦税簿、宝珍一一送出，万事全休，倘若迟延，少不得打破关门，管叫踏平尔国，斩草除根，萌芽不发，休生后悔。"只吓得守军飞来报知元帅。元帅因折了二员大将、无数汉兵，心中正在忧闷，又闻此报，愁上加愁，连夜写表申奏天子，发兵救护边庭，即差人马飞板进京，不表。

　　且言汉王同新后百般恩爱，行坐不离，那日正在叠翠宫饮酒看花，有内侍投进边庭告急的本章，呈与汉王一看，见陈、郭二将被斩，又折了几万人马，雁门被困，十分危急，不觉大吃一惊，几乎跌倒尘埃。幸有皇后坐在一旁，一把扶住，叫声："陛下仔细些，不必惊慌。常言：兵来将挡，水来土掩。不是妾今夸口，只消妾领一支人马，杀人番邦，不到几月，包管活捉番王，将番邦踏为平地，斩草除根。妾正为姐姐大仇未报，怀恨在心，他反来欺负我朝，妾若不杀番贼，枉做昭阳正院，宁可削发为尼，不恋红尘了。"汉王道："番兵势大，难以抵敌，多少有名上将，俱丧沙场，御妻贵体娇弱，怎能上阵交锋？就是江山不稳，也由孤家，孤怎忍御妻冒险出征？但愿夫妻时常聚首，管什么边关危急。"皇后正色相劝道："陛下之言差矣！想高祖皇帝，南征北战，东荡西除，挣下一统江山，传流至今，岂是容易？如霸王空有重瞳，不顾手下彭越、英布一班将官，一个弃楚归汉，他只恋着虞姬一人，后来逼得乌江自刎而死。陛下乃当今真命帝王，岂可溺于儿女之情，不顾江山大事，妾所不取也。"

汉王听得皇后一番言语，眉头一皱道："御妻未曾上阵，不知行兵的厉害：如番王二弟，六甲兵书，件件皆会；土金浑是神枪妙手；吴銮、杨霸等一班番将，本事十分了得；还有一个番僧，妖法十分厉害，御妻若要上阵，孤怎不担心？"皇后微微冷笑道："任他三头六臂的将官，呼风唤雨的妖僧，妾也有通天的手段，保着陛下亲征，只要点兵十万，先锋一员，赶到边庭，搭救解围，不怕番人见了哀家，不亡魂丧胆。"未知汉王听说，可能依从出征否，且听下回分解。

第七十四回

挂先锋铁花自请令　打头阵金浑落陷坑

诗曰：

　　天仇切齿恨闺中，无奈请令不肯从。
　　事到临头方报复，一团宿气泄心胸。

话说汉王见皇后执意要保驾亲征，不好过于阻拦，反带笑叫声："梓童，孤不知你深通武艺，善晓兵机，该应汉家有福，天生美人，为国家栋梁，保固江山，真愧杀朝中一班文武大臣，孤就拜梓童为帅，不知何日点将出兵？"皇后道："救兵如救火，况边庭军情紧急，何可久待？若雁门一失，则大事去矣！就是明日起兵。"汉王大喜，一面传旨出宫，着兵部提调各路人马，户部催趱粮草伺候，明日五鼓，御驾亲征。

这个信儿传到御营指挥李能耳中，回府禀知母亲铁花夫人，夫人一闻此言，便叫声："我儿，想你祖父年岁高大，又被困雁门，怎生抵敌得住？我们母子，何不趁皇爷出师，自请去做先锋，一则代皇家出力，求取功名，二则好去搭救你祖父，以解雁门之围，三则上阵杀些番将，也代尔父报仇。"李能道："母亲言之有理，母亲只管在家等候捷音，只消孩儿两柄铜锤，就够杀番人了。"铁花夫人骂声："畜生，说话又来莽撞，上阵打仗，非同儿戏，须待为娘同你前去，一同计议而行，方保无虞。"李能诺诺连声道："母亲既要同孩儿前去，不可迟延，就要今日请旨。"铁花夫人点一点头，取过笔砚，写了一道本章，自请去做先行。将本章写成，便付李能，入朝呈奏。

　　李能接本赶到宫门，烦守宫太监呈与皇爷，正值皇爷与皇后在那里饮酒，席间谈起明日五鼓点将提兵，谁可去做先行，非得一智勇双全之将，不可充此重任。汉王、皇后正在踌躇，忽见内监呈上一本，汉王一看，不觉哈哈大笑道："有了女元帅，须要有个女先行。"皇后便问："是谁人之本？"汉王道："此乃李陵之妻铁花夫人上本，代夫报仇，愿同儿子李能，去做先行。"皇后道："壮哉！此女明日先行，望吾主就点她母子便了。"汉王依奏，吩咐李能母子，明日五鼓在教场伺候。内监传旨出来，说与李能知道，李能回府，禀知母亲，少不得收拾打点。

　　一宿已过，到了次日五鼓，李能母子早在教场伺候，只听三声大炮，汉王与娘娘驾到，大小三军一齐跪接汉王坐的御辇。娘娘是打扮戎装，好不威风，但见她：

　　　　日月珠冠头上戴，九宫八卦战红裙。
　　　　护心宝镜明如月，腰间聚束九绒绳。
　　　　座下赤兔胭脂马，好似天降女仙真。

　　到了教场，汉王下辇，皇后下马，上了将台，并肩而坐，大小三军参见已毕，分列两旁听点，汉王便将朝政托与丞相张文学，辅佐亲王，执掌朝纲，又叫声："梓童，好点将开兵了。"皇后即点铁花夫人与李能，带兵一万，充做开路先锋，李氏母子领令上马，带兵而去。

又点十万精壮人马，老者不过五十岁，少者不过三十岁。汉王又开内库，预将饷银给赏三军安家，一个个欢声震地，无不愿效死力，去杀番兵。点将已毕，下了将台，汉王上辇，皇后上马，手执青铜宝刀，保定御驾，只听三声炮响，大兵动身，一众文武，送到郊外而回。皇后在马上，好不威风。离了东京，一路前遮后拥，人马精强，所过之地，秋毫无犯，在路行程非只一日，且自慢表。

再言李能母子，统兵一万，领了先锋的将令，一路逢山开路，遇水搭桥，真是马不停蹄，催赶兵马前进，正是：

前哨马催着后哨马，左营军赶着右营军。

那日到了雁门关，将人马扎在教场，进了辕门，下马进帐，来见李元帅，元帅便问："你母子到此何干？"铁花夫人道："闻得公公又困雁门，心中十分忧愁，正值皇爷与娘娘御驾亲征，我等自请来做先行，一代公公解围，二代丈夫报仇。"李元帅把眉头一皱，道："你们不知番兵厉害，只管要来厮杀，如今番王御弟挂帅，用兵如神，又来一妖僧，妖法十分怕人，连执殿将军陈希、郭武俱死于非命，何况尔等？就是你公公也不敢出战，只是死守关门而已。"铁花夫人道："公公休长他人志气，灭自己威风。此次元帅乃新后娘娘，神通广大，法力非常，哪怕什么番王御弟，哪怕什么妖僧，管叫他尽做无头之鬼。公公只管放心，不必代我们担忧。"李元帅听说大喜，吩咐帐中摆酒，代母子接风，着人收拾一所洁净内院，伺候皇爷、皇娘娘来到，这都不表。

再言那日李元帅正在升帐，忽见探子报道："番将土金浑讨战。"早闪出李能母子，向前讨令，李元帅叫声："且慢，等皇爷大兵到时，再开兵不迟，尔等不可妄动，取罪未便。"铁花夫人叫声："公公，闻得当年妄献天诗，即是土金浑。皆因皇爷仁慈，不曾斩他，放他回国。惹动干戈,致使两下干戈不息,皆因此贼而起。媳等今日出阵,若不除了此贼,誓不见公公面了。"李元帅拦挡不住,只吩咐小心在意。李能母子出了辕门,铁花夫人附李能耳道,如此如此,这般这般。

李能领了母亲之计,提锤上马,分兵五千,放炮开关,一马冲到阵前,高叫:"来将可是土金浑么?"金浑道:"既知本帅大名,还不下马领死,等待何时?汉将也通下名来。"李能道:"某乃大汉天子驾前官拜御营指挥,今充前部先锋李能是也。我父亲李陵屈死尔邦,又来围困我祖父李广,今日阵前遇见少爷,还想活命么?照锤罢!"一锤打来,土金浑用枪轻轻架过,举枪相还,一来一往,战了五十回合,不分胜负。只听得关中一声鸣金,李能大叫,军令将兵收转,少爷明日来取你的命罢!"说着,把马头一转,要跑回关去,土金浑便叫:"李能哪里走,今日不取你命,誓不回兵。"催马追来。李能一见,反不进关,落荒而走。土金浑大喜,暗想:"小子不跑进关,今日性命难出我手。"说罢,一直追了十几里下来,马正跑得有势,只听"咕咚"一声响亮,如天崩地裂一般。未知是何缘故,且听下回分解。

第七十五回

破妖法异兽现形　踹番营二王被捉

诗曰：

　　任你三头六臂将，天心不顺命空丧。
　　一朝势败身被擒，立正典刑看榜样。

　　话说土金浑被铁花夫人用陷坑计，假意鸣金，李能诱敌落荒而走，他只管放马追来，不防备连人带马，一跤跌入陷坑之内，铁花夫人五千军埋伏齐起，用挠钩搭上人马，将土金浑捉住。母子二人趁胜回马，乱杀番兵，只杀得尸山血海，番兵大败，方鸣金打得胜鼓回转关中，来见李元帅。元帅大喜，吩咐将捉来番将囚入后营，候旨发落，一面摆酒贺功。

　　过宿一宵，次日，天子大兵已到关前，李广率众将，吩咐焚香，开关接驾。进了雁门，也把大兵扎在教场，天子与娘娘同入行宫坐定。李广见驾，拜了二十四拜，口呼万岁三声，千岁三声，便把前事细奏一遍，汉王点首道："难得卿家死守关门，其功不小，少不得平番回朝，再当加封。"李广谢恩退下，又是李能母子参见，呈上活捉土金浑之功："现禁后营，请旨定夺。"皇后道："到底不愧将门之种，头阵捉将，已挫番家锐气，可上你头功。"李能母子谢恩退下。汉王道："当初妄献天诗，就是土金浑，孤未曾斩他，他反惹起两国干戈，至今不息，若将此人再留于世，又有后患，吩咐斩首号令。"一声旨下，早有军士将土金浑脱剥干净，推出营门，三声炮响，人头落地，将首级挂关前，李广一面摆酒行宫，款待天子、娘娘，一面犒赏三军不提。

且言番邦败残兵丁，先报二王道："土将军失机被捉，请令定夺。"二王闻报，吃惊不小。又见探子报道："汉王御驾亲征，早到雁门，已将土将军的首级号挂关头了。"二王闻报，只急得暴跳如雷，便差吴鏊、杨霸领兵一万，前去探阵。二将领令，统兵放马，直抵关下，大叫："某等来代土将军报仇，南蛮快来纳命。"早有守城军士听说，报知李元帅，元帅转禀汉王，汉王便问："哪位将军出马会阵？"早有李能向前讨令，皇后叫声："先行且慢，待哀家前去，出马会他。"

说罢，站起身来，别了汉王，整束戎装上马，带了一万精兵，放炮开关出阵。汉王带领众将，亲上城头掠阵。但见娘娘一马当先，冲到阵中。那二员番将，看见来的是一员女将，珠尾凤冠，点翠红簪，霞光万道，身穿战袄，五爪金龙，座下胭脂马，手执大砍刀，一出阵时，莺声呖呖，喝骂番将，番将一见，只认是昭君显魂，不由得痴呆半会，心中暗想："拼着税簿不要，再把这佳人抢至我国，献与狼主，其功不少。"想毕，吴鏊便高叫一声："南蛮男将都被我邦杀尽，又弄出女将来出丑。女将可通上名来。"娘娘道："番狗要问哀家，你且听着，哀家乃大汉天子昭阳正宫赛昭君娘娘是也。番狗也留下名来。"吴鏊道："某乃单于国王驾前官拜前部大将军吴鏊是也。某看你这女将，娇滴滴的身子，手无缚鸡之力，何必枉送性命？不如归顺我朝，与狼主做一个妃子，岂不胜似天朝快活么？"这一席话说得娘娘满面通红，喝骂："番狗，休得乱言，看家伙！"一言未了，刀已砍下，吴蛮举枪相迎，一来一往，战有三四十个回合，恼得娘娘怒气生嗔，把头摇了三摇，一个如花似玉的女子，变做夜叉形状，青面獠牙，大刀砍去，重有千斤，吴蛮渐渐抵敌不住。杨霸向前助阵，娘娘毫不惧怯，只是不见胜负，心内好不急躁，便在口中喃喃念咒，不多时，但见空中金盔金甲，六丁神将，落下战场，各执兵器，乱杀番兵，只吓得杨、吴二将，回马败走。娘娘追赶不舍，把飞刀抛起，吴蛮躲闪不及，连肩带臂，砍于马下。杨霸一见心慌，想要脱逃，飞刀早到，首级已落。娘娘乘胜将刀头一摆，引着众将，乱杀番人，只杀得番兵片甲不留。

　　正要打得胜鼓回关，忽听见番阵旗门下高叫一声："野婆娘，休得撒野，俺来会你。"娘娘回头一看，见是一个和尚，也不坐马，走出阵来，就知是番国妖僧，便叫声："和尚，你既出家为僧，不去修行念佛，又来红尘，以开杀戒，未免逆天行事。"番僧道："你既是个女子，不在闺中刺绣，无故伤害我国两员大将，贫僧特来代他报仇的。"娘娘在马上冷笑道："番狗伤了天朝无数大将，难道不该报仇么？"番僧道："不必多言，看是谁胜谁败。"便就举起手中如意向空一晃，长有三丈，望娘娘身上打来，娘娘连忙把刀来架，觉得十分沉重，震得香汗淋漓，暗想："不如先下手为强。"未及三五个回合，发起飞刀，要伤番僧。番僧一见，不慌不忙，用手一指，飞刀坠落无用了，只急得娘娘又遣六丁六甲神将，前来擒他，番僧只把如意左右一赶，赶得无影无踪，哈哈大笑道："些须小技，也来弄鬼，看贫僧法宝，来取你命。"说罢，取出身边铁板，向空中一撩，来打娘娘，娘娘自知难收他的法宝，回马败走，番僧迈步，比马更快，追将下来，只急得汉王在城上，一见娘娘被妖僧追去，魂都吓掉，急命李广公孙，领兵三万，前去救应。李广公孙领旨而去，不表。

　　且言娘娘被妖僧追得十分紧急，心中甚是着慌，忽见前面站着九姑仙女,手拿拂尘,高叫:"徒弟休慌,我来救你。"娘娘一见是师父到来,滚鞍下马,站在背后,妖僧正吆吆喝喝,走到面前,见娘娘站在道姑背后,大喝一声道:"你这道姑,休想夺我上门买卖,若不将她献出,看法宝取你命也。"九姑仙叫声:"孽畜,你有什么神通,使出来我看。"番僧又将铁板祭起,撩在空中,来打九姑仙,九姑仙把拂尘一展,其板不见。番僧见九姑仙破他法宝,心中大怒,又用火龙来烧,被九姑仙取出水晶球收去。番僧正要逃走,九姑仙取出捆仙索祭起,收住妖僧,现出原形,乃是一个角端。九姑仙便叫声:"徒弟,你的人马前来迎你,快些踹营,一阵成功,我是去也。"九姑仙跨上角端,冉冉腾空而去。娘娘向空中拜谢一番,然后上马回来。正走之间,忽听一声呐喊。未知是何处兵马,且听下回分解。

第七十六回

破城番王哭求　显灵昭君讨情

诗曰：

只因好色犯天朝，自恃兵锋向敌骄。
不料当年一招错，可怜瓦解与冰消。

　　话说娘娘遇见一彪人马，乃是李广公孙，奉旨前来救应，彼此相见，俱各大喜，慢慢回至关中。汉王接进，行宫坐定，便道："今日梓童上阵，很费精神，好厉害妖僧，追赶梓童下去，孤十分担心，如今这个妖僧怎么样了？"娘娘道："多蒙师父九姑仙女，用捆仙索收去，现出原形，乃是一个角端作怪。"汉王大喜，吩咐摆酒，代娘娘贺功。娘娘叫声："陛下且慢，待臣妾趁胜杀进番营，捉住二王，一战成功。"汉王道："梓童今日劳顿，且歇息一夜，明日再开兵罢。"娘娘道："倘被他知风逃回本国，又费一番手脚了。"说罢，叫声："老将军李广冲他左营，先锋李能冲他右营，各领兵一万，奋力向前，哀家随后带兵冲他中营，接应你们两支人马。"李氏公孙领令而去，娘娘整束戎装，领兵五万，去冲番兵，我且慢表。

再言番国败兵，逃回牛皮帐，报与二王道："不好了，杨、吴二将丧于阵中，圣僧不知逃到哪里去了，这员汉朝女将，十分厉害，请令定夺。"二王闻报，吓得魂不附体，咬牙切齿，大骂："贱婢，伤孤数员大将，待孤明日亲自出马，与众将报仇。"吩咐番军四更造饭，五更上阵。众军正答应前去预备，不防寨外一声炮响，如天崩地裂一般，大叫一声："哀家来踹营也。"娘娘一马当先，带领五万人马，冲进番营，见一个杀一个，见一对杀一双，那些番兵，人不及甲、马不及鞍，喊叫连天，四散逃命，只剩二王，吓得亡魂丧胆，急急上马端枪，要想奔向东营逃命，遇见李广冲进营来，大杀一阵，被他杀回；要冲西营，遇见李能挡住去路，又杀一阵，只得向后营逃生，娘娘眼快，大叫："奸王哪里走，哀家来擒你也。"一面放马追赶，一面暗想："此刻奸王是个孤注，何不用法宝擒他，省得耽误了时辰。"想定主意，忙在身旁取出九龙帕，向空中一抛，叫声："奸王看宝。"二王听说，抬头一看，见天上一道霞光，从空落下，要想躲闪也来不及，被帕将身紧捆，不能转动。早被汉将拖下马来，解往娘娘马前，娘娘吩咐军士将奸王解往关中，军士答应而去。这里又杀回番营，只杀得番兵死的死，逃的逃，只剩一个空营，得了盔甲、器械、钱粮、马匹无数，当时火焚营盘，方打得胜鼓回关。关中汉王听见娘娘得胜，急忙迎接进帐，早排酒筵与娘娘贺功。李氏公孙缴令，又上了他二人功劳簿。一面犒赏三军，一面酒席筵前，将二王推进帐中，问了几句口供，即将二王斩首示众，号令关前。

过宿一宵，次日仍留李广守关，命李能母子去做先行，直抵番邦。李能等领令而去，汉王与娘娘随后领了大兵动身，只听三声炮响，出了雁门，李广送至关外而回。这里大兵一路排开队伍，向北而行，但见朔风频生，北地严寒，走了多少崎岖的山路，历尽千山荒险的树林，在路非只一日，早见先行李能进营禀道："已离番城不远了，请旨定夺。"娘娘恨番邦如切齿，也等不得汉王吩咐，即命军中大小将官："杀上前去，把番城团团围住，速速架炮攻打。"一声旨下，谁敢迟延？只听得三声大炮，把番城四面围得水泄不通，只急得守城番官，向城外一看，见汉兵势如潮涌，喊杀连天，好不厉害，急忙奏知番王道："今有汉天子同了正宫赛昭君娘娘，带领战将千员、雄兵百万，御驾亲征，捉去二王，未知生死，圣僧逃走，不知去向，土金浑等一班战将，俱已阵亡，前后共折兵三十余万，逃回者不满数千，今已兵临城下，四面围住，十分危急，请旨定夺。"

番王闻报，只吓得肝胆俱碎，魂魄全无，方知毛延寿惹这一场大祸不小，恨心切齿，便叫声："逆贼卫律何在？"卫律战兢兢俯伏金阶下道："臣在此伺候。"番王骂声："逆贼，举荐一位好凶星，又劝孤讨取国宝，累孤损兵折将，社稷不保，要你何用！"一声旨下，不由卫律分辩，众武士早把他推出午门枭首示众，一面抄没家私入公。番王又问娄里受道："孤悔不早听卿言，以至损兵折将，今兵临城下，怎生退敌？"娄里受奏道："只有再写降书降表，差官出城，面求天子，情愿年年进贡，岁岁来朝，再不敢侵犯疆界，或者汉天子宽宏大度，允和退兵，也未可知。"番王此刻没奈何，依了娄里受所奏，写了降书，差官奔出城去，到汉营上表投降。

天子倒有依允之意，无奈娘娘执意不从，举刀独马，传令三军，上紧攻打城池，不到半日，已将各门打破，汉兵一拥进城，不分老幼，逢着便砍，可怜尸横遍野，鬼哭神号。一直杀入番宫，番王没处去躲，只得跪接娘娘。娘娘传令："将番王绑了，俟汉王驾到发落。"一面迎接汉王进城。到了银安殿升座，先是娘娘来见汉王，一旁赐座，后是李能母子报功。汉王吩咐众将，不许妄伤一人，文武百官，一面出榜安民。娘娘命将番王解见天子，候旨发落。下面一声吆喝，如狼似虎，把番王押至阶前跪下，苦苦哀求道："圣主呀！兴兵犯上，非怪小臣，皆因天朝毛延寿、卫律二个逆贼逃臣，称怨兴兵，如今二贼已遭杀戮，后因臣弟不守分量，起兵犯界，已被娘娘斩了，望天子、娘娘仁慈，开一线之恩，饶恕小臣，感恩非浅。"娘娘发怒，指定番王骂声："老贼反复无常，留你总为后患，不如斩草除根。"

番王还要哀求，娘娘恨终不解，也等不得汉王旨下，即命武士将番王拿至白洋河剖腹剜心，祭奠英灵。武士答应，押着番王去了。汉王同娘娘上了玉辇，一路来至白洋河下辇，上了浮桥，早已摆下祭礼，番王跪在桥顶上面，只候开刀。汉王想起昭君，不由得一阵心酸，龙泪双垂，不便行礼。娘娘哭叫声："姐姐呀，愚妹今日代你捉住仇人，祭奠英灵斩首，以伸宿恨。"说罢，正痛哭申诉，要拜将下去，忽听半空中叫声："贤妹！"吓得娘娘抬头一看，又惊又喜。未知喊叫者何人，且听下回分解。

第七十七回

收降书准赦番王　看碑文亲祭忠臣

诗曰：

汉王犹念梦中情，格外开恩赦旨行。
从此单于存一线，兵戈不犯享升平。

话说娘娘见云雾中现出一位仙女，真却未曾与娘娘会过面，认不得是昭君，只听上面叫声："贤妹呀，蒙你续姻为后，带兵平番，今日破城，捉住仇人，足消前恨，愚姐感谢不尽！可笑没情义的汉王，一点用处没有，只仗贤妹代他争气。"娘娘听说，方知是姐姐昭君，不由得芳心如碎，哭叫："姐姐，快些下来，会会愚妹罢。"汉王见是昭君，免不得泪流满面，叫声："御妻下来，与孤说几句话儿。"昭君在空中摇手道："情缘已断，何能再落红尘。"又只见番王跪在地下，向空中苦苦哀求，叫声："救命娘娘，想娘娘在番多年，小臣从不曾有半点得罪娘娘，就是小臣费了倾国千万金银，娘娘全节而死，小臣亦无怨恨之心，望娘娘今日略开恻隐，饶恕残生，自当结草以报。"说罢，放声大哭。昭君在空中，见番王这等形状，倒有点不忍之心，叫声："汉王与贤妹听着：若论番邦逼奴和番，一番苦楚，本待将番奴杀尽，方称奴心，但念奴在番一十六载，蒙他以礼相待，未曾挫折些许，今日看奴面上，饶恕他罢！"汉王与娘娘撇不过昭君之情，俱一齐纷纷落泪道："谨遵台命，只是便宜这厮了。"昭君也在空中点头道："这便才是。"说罢，叫声："妹妹呀，我去也！"一朵祥云，向空而去，只哭得汉王、娘娘十分伤心。番王此刻见空中昭君已去，吓得浑身冷汗直淋，哭叫："娘娘救命呀！"语言未了，又见空中飘下一张字来，上写"留人"二字。汉王命人去取上来一看，便叫声："梓童，这番王还是准令姐之情，饶他一命，还是作何发落？"娘娘道："既是姐姐阴灵吩咐，妾岂敢违？"

　　汉王便吩咐放了番王的绑。番王得放，忙向前谢了汉王、娘娘不斩之恩，口称："小臣自知无理，冒犯天朝，罪该万死，蒙恩特赦，情愿年年进贡，岁岁来朝，再不敢侵犯边庭了。"汉王道："论你罪大恶极，该正典刑，今因去世娘娘再四说情，姑饶你命，若再生异心，断不宽容。"番王连称不敢。又请汉王与娘娘进城，到了长朝殿坐下，番王换了朝服参见。番王又命两班文武朝拜已毕，一面吩咐杀牛宰马，犒赏汉朝三军，一面摆了酒筵，款待汉王与娘娘。阶下一班番乐细奏侑酒，番王与他正宫娘娘，亲侍汉王、娘娘把盏。

　　正当酒过三巡，菜上两道，忽见铁花夫人带领儿子李能，哭到汉王面前，汉王大吃一惊，便问："是何事？"铁花夫人道："臣夫死于番邦，未知骸骨葬在何处，望我主问明番王，指示坟墓，使臣妾同孩儿坟前祭奠一番，找寻遗骨带回中国，使孤魂不落于异乡，求王准奏。"汉王闻奏，不由得一阵伤心，掉下几点龙泪，叫声："女先行，想尔夫不屈于番，为国尽忠而死，今日直抵番城，踏平巢穴，也算代尔夫报仇，尔就不提，孤岂忘之？且免悲伤，孤自有旨。"

　　李氏母子谢恩退下，汉王便问番王道："已故汉臣李陵坟墓，今在何处？"番王回奏道："现在西郊三十里外，已立庙宇，春秋二祭，但小臣有下情，不得不奏圣主。"汉王道："你可从直奏来。"番王奏道："当初李将军被捉到我国之时，小臣爱他才貌双全，是个英雄，劝降不从，又将臣妹金花公主招他为驸马，无奈李将军忠心耿耿，坚如铁石，臣妹见不允亲事，含愤而亡，李将军亦撞阶而死，小臣怜他二人一忠一义，生未曾合卺，死亦可共墓，小臣不揣愚拙，将他二人合葬一处，各立两道碑文，今若将李将军骸骨搬回中原，则臣妹又含悲于地下矣！伏乞皇爷格外开恩。"汉王闻奏，哈哈大笑道："尔等争此朽骨，孤亦难于判断，一个寻夫骸骨归葬，理当如此，一个欲慰妹子贞魂于地下，亦是人情，梓童何以处之？"娘娘道："论情论理，各成一是，自妾看来，骸骨入土已久，不可擅动，况李将军生为忠臣，死为正神，又受番国多年香烟，番人十分敬重，何等不美！不如招魂而返，也是一样。我主再加敕封，酬他忠心，更是威灵。"汉王点头称赞道："梓童之言，甚是高见，吩咐明日驾到西郊，亲祭忠臣之墓。"一产旨下，早已伺候。汉王与娘娘，吃得尽欢而散，入了番宫。

过宿一宵，次日起来，梳洗已毕，用了正餐，天子与皇后起驾，上了玉辇，出了宫门，一直奔西郊而来。后随着李氏母子，及一班武将护佑，番王也骑马陪来。出了番城三十里路，不多时早已到了，但见远远一座庙宇，好不十分巍峨，怎见得，有诗为证：

　　冲天旗字贯青霄，古柏苍松十里遥。
　　一带红墙分八字，往来不断把香烧。

汉王同娘娘到了庙前下辇，吩咐先到墓前，然后入庙。一声旨下，早有人将祭礼摆在墓前伺候。汉王同娘娘到了墓前，先看路口两道碑文，分立左右，一边写的是"已故汉大将军忠臣李陵墓"，一边写的是"已故番贞女金花公主坟"。汉王看毕，落泪不止。正同皇后要向前下拜，有铁花夫人启奏止住道："君不拜臣。"汉王只得上了三炷香，道："也算孤家祭卿一番。"娘娘也是三炷香，叫声："李家忠良，为救愚姐和番，误被奸人捉住，不屈而死，今日到此，哀家代你报仇，藉慰忠魂于地下。"说罢，就是李氏母子拜谢天子、皇后。汉王与皇后又代金花公主上了三炷香，番王拜谢一番。然后就是李氏母子向着李陵之坟，哭拜于地下，一个哭叫："丈夫呀，你为国尽忠而死，丢下孤儿，抚养成人，今日代你报仇了。本欲将你骸骨送回故乡，又因你在此受了香烟，不便起墓，只得招魂而返。"一个哭叫："爹爹呀！孩儿生不能奉养，以尽孝心，死后报仇，慰父忠魂。"说罢，李氏母子放声大哭，只哭得顽铁点头，石人滴泪。汉王一见，便叫："女先行，少要悲伤，听孤吩咐。"李氏母子止了泪痕，走到汉王面前跪下。未知有何旨意，且听下回分解。

第七十八回

奏凯歌苦祭昭君　还天朝大封功臣

诗曰：

　　日日龙楼生瑞彩，层层凤阁吐金辉。
　　皇家富贵真无比，共颂嵩山拜紫微。

　　话说汉王见李氏母子过来跪下请旨，便道："尔夫李陵，为国尽忠，名留海外，加封为一等忠勇伯，世受此地香烟。"李氏母子谢恩退下。又叫声："番王听旨：尔妹全节而死，令人可怜，封为贞烈仙姑。"番王谢恩而退。汉王又命李氏母子进庙祭奠一番，御笔亲赐"忠贞庙"三字匾额，拨军中帑银三千两，交与番王，留为庙内修理之用。李氏母子同番王谢恩已毕，汉王方同娘娘上辇回驾，一路进了番城，到得长朝殿下辇，番王在殿上摆宴，款待皇爷、皇后，直到更深，方回宫安寝。
　　次日起来，汉王旨下，发兵回朝，番王忙将倾国宝贝，装了几百车子，并降书降表报上。汉王一一收下，吩咐番王："从此休生异心，以安臣职。"番王领旨，只得率领满朝文武、在宫嫔妃、满城百姓，满斗焚香相送汉王。只听三声大炮，汉王上辇起驾，娘娘上马，率领大小三军，一路出了番城。到得十里长亭，汉王吩咐番王等回国，番王领旨，洒泪而别。从此年年进贡，不敢犯边不表。

且言汉王的大兵奏凯而回，一个个归心似箭，恨不得插翅飞到家乡。在路欢声震地，穿山过岭，不觉其劳。那日到了雁门关，守关军士飞报李元帅道："天子同娘娘奏凯还朝，请元帅速速迎接。"元帅闻报，即吩咐关中大小三军、百姓俱摆香花，跪接圣驾。一声令下，谁敢不遵？霎时开关，家家结彩，户户焚香，伺候迎驾。李元帅不用戎装，只穿朝服，大开关门，迎接汉王。汉王驾到雁门，三声大炮，进了关门。汉王在辇上见百姓香花跪接，心中好不畅快。到了行宫下辇，娘娘下马，一齐入内坐定，李广朝参已毕，汉王吩咐兵扎教场。李广领旨，一面摆宴为天子与娘娘洗尘，一面杀牛宰马，犒赏三军。娘娘在酒席筵前对汉王道："关中军民屡遭番人兵火，受困多年，不可不加矜恤；随军士卒，吃辛苦舍死忘身，总为汉家出力，今大功已成，不可不加奖赏。"汉王道："梓童之言是也，可将番邦贡物，分作三股。一股交与李广，派分关中军民；一股分给随征士卒；一股带回朝中，分给有功之臣，优恤阵亡之将。"娘娘听说，点头称善，当时在席前，就命将贡物取来打开，派做三股，照旨而行。分派已毕，在关歇马三日，到了第四日，又放炮起身。皇爷与娘娘才出行宫，军民及随征将士，俱叩头谢恩，齐呼万岁三声，又呼千岁三声，正是：

  百姓不贫君亦富，一人有庆万民欢。

汉王起驾，大兵随后，李广送出雁门方回。此刻兵离雁门，到了南方，一路缓缓而行，也是晓行夜宿，渴饮饥餐，大兵经过地方，少不得有文武官员接送。汉王旨下，不许骚扰地方，官兵遵旨，秋毫无犯，在路行程非只一日。那日汉王在辇上问两旁军士："前面一座高岭，树木森森，这是哪里？"军士忙禀道："前面已是芙蓉岭了。"汉王听说，知道昭君墓不远了，由不得苦上心头，便叫声："梓童，孤今已到令姐姐坟前不远，现在大兵奏凯回来，孤同梓童前去祭奠一番，以慰芳魂。"娘娘道："陛下言之有理，妾当奉陪。"汉王传旨："各营军兵到芙蓉岭上，暂立营寨，待祭过娘娘之后，再行起马。"一声旨下，大小三军赴到芙蓉岭上，大炮连声，扎下营盘。汉王吩咐备了祭礼，同娘娘并将官，来到昭君娘娘坟前，汉王亲斟美酒，娘娘相陪上香，祭奠芳魂，一齐放声大哭道："今日代你报仇泄恨，奏凯回朝，总赖阴灵保佑，一洗国家之耻，二慰地下之灵。今日又到坟前，特来祭你，不知芳魂在天，可来领受么？"说罢又哭，汉王哭得双眼通红，娘娘哭得心如刀割，拜了三拜，方才止泪，洒酒化纸，祭奠已毕。

　　汉王又吩咐拔寨起营，众军士答应，只见人马前进，一路也无心观景，不几日到了皇城。有探子飞报进城，各位王公及文武大臣，俱知天子、皇后得胜回朝，一齐出城跪接。汉王与娘娘率领大兵进城，吩咐大小三军，各归队伍，另日犒赏；文武各归衙门，另日加封。一声旨下，纷纷而去。汉王与娘娘到了午门外，一个下辇，一个下马，进了正宫，多少内侍嫔妃跪接，汉王吩咐一概免参，众人领旨退下。

　　娘娘进宫，换去戎装，穿了宫袍，相陪汉王坐定，早有宫娥献茶。茶毕，汉王吩咐摆宴，款待娘娘，以酬鞍马之劳，娘娘道："妾乃为国驰驱，何敢言劳？"汉王道："说哪里话来？"不一时，酒筵摆下，汉王与娘娘并肩而坐。酒至三巡，汉王亲斟一杯酒，相敬娘娘道："仗梓童虎威，救了许多生灵涂炭，孤当恭敬一杯。"娘娘出席接杯道："非妾之能，皆仗吾主洪福，方得成功。"说毕，将酒饮干，也回敬汉王一杯，只吃得尽欢而散。

　　过宿一宵，次日五鼓，汉王登殿，受文武朝贺。先宣召皇亲上殿，一旁赐座，又赐香茗，便叫声："老皇亲，汉室危而复安，全赖二令爱的大力，赛过满朝文武，如今大令爱的宿仇已报，大功告成，一十二邦进贡，七十四国投诚，皆是老皇亲亲生的好女儿，使番邦钦仰，畏威怀德，令爱功劳不小，真乃汉朝擎天玉柱，加封老国丈骑马进朝，上朝不拜，加升三级；妻姚氏加封郡君，又赐宫娥十六名，伺候郡君；御书'功臣府第'四字，立为大门匾额，不拘大小文武官员，俱要下马而过，如不遵旨，即以违旨问罪。"老皇亲听得许多恩典，叩首谢恩，口呼："万岁，老臣一家多蒙皇恩浩荡，虽碎骨粉身，难以报答，只愿主上早生太子，以立储君，使老臣得见一面，老臣之幸也！"汉王听说大喜，吩咐内侍将国丈送回府第，内侍领旨，挽着老皇亲下殿不表。

且言汉王，又在龙案上亲提御笔，写了一道旨意，大封功臣，令宣读官宣读。未知加封什么臣子，且听下回分解。

第七十九回

猩娘中国寄子　苏武早朝请封

诗曰：

情缘一点已消除，又到中华找丈夫。
儿女私心难割舍，怎教骨肉不归苏。

话说宣读官捧了皇爷大封功臣的旨意，走出桌案旁边，代宣纶音，高声朗读。众文武听得旨下，一齐伏在金阶。宣读官念道：

"文华殿大学士张文学，辅佐亲王，监国有功，进升三级，外赐黄金千两、蟒袍一袭、玉带一围；武英殿大学士苏武，和番不屈，忠心可嘉，进升三级，外赐黄金千两，妻周氏封一品夫人；三边统制，兼天下总管代巡，娘娘御弟王龙，在番辛苦多年，加封文渊阁大学士，妻萧氏封一品夫人，外赐金钱一万；镇守雁门关大将军李广，用心坚守关门，忠烈可敬，加封威武侯，外赐黄金千两，荫袭一子，以三品职叙用，已故妻郑氏，追赠为一品郡君；已故都督李陵，业已在番追赠外，其妻与子随驾平番，屡立功勋，不愧先行之任，铁花女封为二品夫人，李能封为中营总兵，外赐黄金百两，白银三万两，以酬汗马功劳；在朝文武，各升一级；以下从征夫小三军，叙功升赏，免差三月；已敌御营都统李虎，加封为忠义伯，妻百花女，加封忠义夫人，俱配享功臣庙；已故御营前部大将军陈希,加封为勇烈伯;已敌御营后部大将军郭武,加封为武定伯。以上阵亡大将,俱遣官代朕致祭,各荫一子袭职;以下阵亡兵卒,着兵部一一厚恤其家。"

宣读已毕,除李广在雁门,王龙在三边,现在文武一齐谢恩。汉王又传旨光禄寺:"广在殿上摆下庆功宴,款待众臣。"汉王上坐,文武分列两旁,赐座饮宴,正是:

君臣同享普天乐,共进南山万寿杯。

只吃到半酣之后,文武怕失朝仪,离席谢恩,告别汉王,各出朝门。汉王排驾回宫,早有娘娘接至宫中坐定,又摆酒筵,皇爷和皇后畅饮一番,吃得十分大醉,方入帐安寝。

真是光阴易过,日月如梭,过了几个年头,那日皇爷正与皇后在宫中闲谈,忽见一内侍笑嘻嘻地进宫来报喜,汉王便问:"喜从何来?"内侍奏道:"老皇亲新娶一位如夫人,昨夜生了一位小国舅,特来与皇爷、娘娘报喜。"皇爷听说,喜动天颜,便道:"老蚌生珠,真是难得!"娘娘以手加额道:"天不绝王氏之后,感谢上苍不尽。"皇爷赐的金圈一副、金牌一面、御笔取名"天赐"、绫缎百匹;皇后赐的珠帽一顶、金镯一副、果品八端,打发内侍送到国丈府中,又代皇爷、娘娘称贺。皇亲夫妇接着御赐礼物,摆了香案,拜谢九五之恩,送出天使,回宫缴旨。自此,老夫妻爱惜此子,如同掌上之珠,直到长成,攻书上学,一十六岁就做了国舅,椒房之宠,王忠夫妇一生忠厚,命中该有一子,送老归山,这是书中交待,不用再叙。

且言苏丞相与周氏夫人虽蒙皇恩,十分隆重,但夫妇二人年俱齐眉六十,膝下无子无女,甚是忧心。苏丞相回了中国多年,不忘却番邦一段姻缘,夫人屡次劝苏相置妾,苏相只是不允道:"一则老夫精神已衰,韶光有限,何能又坑人家少年女子?二则你我今世夫妻,年偕花甲，何能分爱于人？就是娶妾，有子无子尚未可定，何必又添罪过。"夫人见苏相不允，也就罢了。

那日八月十三，正是周夫人生日，苏相备了酒席，在花园内代夫人上寿。夫妻二人对坐饮酒，看见月明如昼，十分可爱，两下你进一杯，我劝一盏，只吃到半酣之际，忽听得阶下一声响亮，从半空中掉下两个人来，倒把苏爷夫妇酒都吓醒了，慌忙站起，连喊有贼。苏武一声喊叫，跑出许多家人，点了灯球火把，向阶下一照，乃是一男一女，精赤条条，只有腰间前后围了两片大树皮，遮盖下体，便一齐喝道："你这男女二人，半夜三更，跳到我们府中，是贼是妖，说得明白便罢，如含糊半点，即送官究治。"只见他二人也不回答，但见那男的手中拿了一封书，递与说话的家人，家人接过，在灯下一看，写在信皮上"烦交尔父苏大人开拆。"家人一见，不敢拆看，忙拿上来，呈与苏相。苏相接了，看见大吃一惊，再把信拆开一看，只见上写道：

  辱爱海外妾猩氏，自追舟一别，又将三载，妾已修成正果，要升仙界，儿女一双，本是尔生，妾已代你抚养成人，脱皮换骨。妾知尔无子，特送来以接苏氏香烟后代，妾恐堕红尘，不及面别，如念前情，可在皇爷面前代妾讨一封号，则受惠多多矣！

苏爷看了书信，方知是海外猩娘，将他一双儿女送来，心中感激不尽，就对夫人说明，夫人正愁无子，今见送来一双儿女，是老爷亲骨肉，好不欢喜，便吩咐家人："在阶下男女一双，叫他上来。"苏武一见，非复兽形，却是礼数不知。因见他赤膊，便叫夫人带了进去，浑身沐浴，更换衣服。男的取名苏金，女的取名苏玉，俱是喜武不喜文。男的做到总兵，女的嫁与李能为妻，这都不在话下。

再言汉王那日早朝，文武朝参已毕，忽见武英殿大学士苏武，出班俯伏金阶。未知所奏何事，且听下回分解。

第八十回

得佳梦始终异兆　生太子庆贺团圆

诗曰：

> 风虎云龙气象清，民安国泰万方宁。
> 青宫有兆征昌运，从此君臣享太平。

话说汉王见苏武奏事，便问："苏老卿有何奏章？"苏武奏道："臣启陛下，臣当年和番北地，被困牧羊，陡遇大雪，冻在地下，蒙山中一个得道母猩猩，将臣救至洞中，活了性命，臣感她恩，成为夫妻一十六载，生了一双儿女。后又蒙番王放臣回朝，未曾将他们带来。今又三载，昨晚将儿女送至臣家她已成了正果，升了仙班，伏求皇爷格外开恩，讨一封号。"汉王听说，连称怪异道："兽面人心，大是难事，怪不得修炼以成正果，今加封尔妻猩娘，为上品仙姬。"苏武谢恩，退出朝门。后来猩娘因得了人主的封号，果证仙班，又来拜谢一番，看看一双儿女，这都不用交代。

单言皇后那夜正伴天子，睡至三更时分，似梦非梦，忽见天上五色祥云，开千层瑞霭，不觉自己身子腾空而起，只见：

东方甲乙木飞来一条青龙，
西方庚辛金飞来一条白龙，
南方丙丁火飞来一条赤龙，
北方壬癸水飞来一条乌龙，
中央戊己土飞来一条黄龙。

那五条龙飞在空中，张牙舞爪，左右盘旋，聚成一条五色金龙，直奔娘娘身上而来。只吓得娘娘魂不附体，从空中坠下，大叫一声"我命休矣！"梦中惊醒。汉王听得娘娘喊叫，也醒了，便问："梓童何事，这等吃惊？"娘娘把梦中之事，细细奏与天子知道，天子听说，大喜道："此乃孤与御妻要生皇儿之兆，待孤明日早朝，召问司天监，便明白了。"

说毕，过了一会儿，不觉金鸡三唱，天已大明。汉王起身登殿，文武一齐拜倒丹墀，山呼万岁。礼毕，分列两旁，文东武西。只听汉王有旨，宣召司天监上殿，司天监闻旨，俯伏金阶道："圣上有何旨意颁行？"汉王道："只为娘娘昨夜三更得一梦兆，不知吉凶若何，烦卿详解。"司天监道："臣启吾主，当日因梦而得娘娘，今因梦而生太子，始终异兆；亦来可知，但不知娘娘所得何梦？请旨示臣，好待臣详解。"汉王道："娘娘昨夜梦见身子平空，起于天上，遇见五方五色飞龙，聚成一条金龙，直奔娘娘身上，吓得娘娘从空坠下，梦中惊醒，正是三更时分，不知吉凶若何？"司天监道："若论此梦，据臣详解，恭贺陛下，主生太子之兆。"汉王道："卿可细细详解明白。"司天监道："臣启我主，娘娘身子平空而起，主高一级，应为国母；金龙五色，主九五之尊；后又聚成一条金龙，罩定娘娘身子，主生太子，定是一统天下。吾主不必过虑，此梦大吉之兆，臣等敢不预贺？"汉王闻奏大喜，道："果应尔言，生了太子，少不得加官进禄。"司天监谢恩退下。

汉王把袖一展，散朝回宫，有娘娘接到宫中坐定，摆下酒筵，汉王在席上叫声："御妻，昨夜之梦，司天监详解，应主指日要产皇儿。"娘娘听说，心中欢喜道："想陛下前有正宫林皇后，并那三宫六院，俱未代陛下生一太子，若妾因梦而得喜，也不枉陛下当年一梦到越州，选召姐姐。妾姊因梦成婚，妾今因梦得子，妾之姊妹，始终归于梦兆，也算代陛下全始全终了。"汉王大喜道："御妻之言不错，孤与尔姊妹好似梦中姻眷。"说得娘娘忍不住大笑起来，一时席散，携手入帐安寝。

一日三，三日九，真是光阴易过，不到半载，娘娘已怀孕在身，汉王大喜，百般调护。娘娘腹内渐渐高大，不时思睡，懒吞茶饭，要吃酸甜，怀了一个真命帝王，直到了十个月，六甲临盆，忙坏送子娘娘，有许多过往神祇，护送下凡。到了皇宫内，交了吉月吉日吉时，方才临盆，生下一位皇太子。早报与汉王知道，汉王大喜，即刻登殿，受文武朝贺，颁下旨来："大赦天下，一概免税三年，开仓赈济贫民，罢职官员，准其起复，在朝文武各加一级。"正是：

　　一人有福安天下，万民感仰受皇恩。

自从皇太子出世，生得方面大耳，虎步龙行，是个人君气度。四方宁静，各国来朝，汉王又将王龙召进京来，封为太子太师，做了太子先生。此刻王龙已生有二子，他见太子读书英敏，心内十分欢喜，直到汉王晏驾，太子登极，王龙方致仕回乡，只使二子在朝伴君。娘娘已尊为国母，年至九十，无疾而终。李广因出仕回来，后因无子，还是李能生的次子承继一脉宗祧。李广寿至百龄而终，李氏一门世受皇恩，绵绵不绝。此书已终，名为《双凤奇缘》。因前有昭君，后有赛昭君续姻报仇，始终异兆，总不外忠、孝、节、义四字，青史标名，人人钦仰，千古奇女子，出于一家姊妹，故云"双凤奇缘。"

赞昭君诗曰：

一梦姻缘寄汉家，如何马上弄琵琶。
冰心凛烈存千古，怎堕奸谋志或差。

赞赛昭君曰：

平定番邦立大功，报仇泄恨女英雄。
娇姿一段惊人处，尽在含情不语中。

赞李氏一门诗曰：

世代功名立战场，闺中也爱列戎行。
忠心报国皆如此，简册犹存姓氏香。

赞王龙诗曰：

三日妻房有别离，只因王事费驰驱。
孤忠坐困番邦地，十八年来会有期。

赞苏武诗曰：

不辱于番愿牧羊，此心无二重纲常。
吞毡嚼雪能坚忍，方见忠臣两字难。

赞猩娘诗曰：

异类无知宿远山，也将巨眼识忠良。
最令人兽分关处，脱换皮毛自改妆。

木兰奇女传

木蘭文書

目　录

第一回
朱若虚孝弟全天性　朱天锡聪明识童谣……………………………… 335

第二回
窦忠怒击虎头牌　朱盈梦会痘神女…………………………………… 343

第三回
入龙宫凡夫行雨　酬茶恩义士封尸…………………………………… 353

第四回
授天书蛟精返窟　谒越王女侠盗令…………………………………… 359

第五回
弹宝铗红绢说奇人　画三策李靖献良马……………………………… 364

第六回
评花卉盈川师李靖　观书法若虚荐尉迟……………………………… 370

第七回
魏征挥金逢杰士　若虚解梦识天机…………………………………… 377

第八回
木兰山天禄三祈嗣　大雾顶丧吾初聆法……………………………… 391

第九回
观音寺丧吾说法　白莲池九贤赋诗…………………………………… 395

第十回
朱若虚遗言嘱子媳　尉迟恭奉旨造西寺……………………………… 400

第十一回
天禄贫受千户职　木兰剑劈白狐精…………………………………… 408

第十二回
香元参禅难丧吾　太宗降诏讨突厥 …………………………………… 411

第十三回
怜亲病孝女从征　听波声木兰赋诗 …………………………………… 418

第十四回
占营运李靖识奇人　饯军仪青莲谈敌国 ……………………………… 423

第十五回
黑水渡焦周回上国　五台山靖松赠明驼 ……………………………… 429

第十六回
界牌关额保告急　五狼关颉和被擒 …………………………………… 436

第十七回
老颉和再抢五狼　小木兰三败番兵 …………………………………… 441

第十八回
木其三败诱唐兵　木兰黑夜袭界牌 …………………………………… 444

第十九回
宛邱城唐将献捷　石子铺宝林被擒 …………………………………… 449

第二十回
金牛关康和换将　五狼镇木兰装神 …………………………………… 452

第二十一回
金沙谷木其自刎　康和阿仍复帅印 …………………………………… 457

第二十二回
康和下令救番兵　尉迟冒雪取金牛 …………………………………… 460

第二十三回
太宗降诏责尉迟　突厥出榜募贤士 …………………………………… 463

第二十四回
真孝女遭厄刎颈　铁道人遗书诛妖 …………………………………… 466

第二十五回
突厥称臣降中国　木兰举酒论奇门 …………………………………… 470

第二十六回
靖松封书谢故人　太宗赐爵酬将士……477

第二十七回
天禄焚香祝神明　丧吾悬书试门人……483

第二十八回
木兰险遭花棍厄　太宗敕赐功臣宴……487

第二十九回
伍登省亲走湖广　太宗慕贤赐诏书……491

第三十回
木兰初上陈情表　丧吾吟偈回西天……495

第三十一回
木兰二上陈情表　太宗屈杀伍娘子……497

第三十二回
木兰三上陈情表　太宗建庙旌贤良……503

第一回

朱若虚孝弟全天性　朱天锡聪明识童谣

古乐府所载《木兰辞》，乃唐初国师李药师所作也。药师名靖，号青莲，又号三元道人。先生少日，负经天纬地之才，抱治国安民之志，佐太宗平隋乱，开唐基，官拜太傅，赐爵赵公。晚年修道，炼性登仙。盖先生盛代奇人，故能识奇中奇人，保全奇中奇人。奇中奇人为谁？即朱氏木兰也。

木兰女年十四，孝心纯笃。亲衰而病，适军令至，女扮男妆，代父从征，十三年而回，无人知晓，又能居丧如礼，全命全真，岂非奇中奇人。虽然木有根本，水有源流，若不叙其祖宗何人，桑梓何处，何为忠孝，何为勇烈，则徒一木兰女也。

木兰祖父朱盈川，名若虚，道号实夫。祖母黄氏，名仪贞，居于湖广黄州府西陵县（今之黄陂县）双龙镇。这朱若虚天性至孝，善事父母，勤俭持家，和平处世。春耕秋读，积日而月，积月而岁，不数年竟至巨富。当时隋朝文帝下诏求贤，屡举孝廉。若虚闻知越王杨素、太傅宇文化及等，专权用事，只推亲老，不肯应诏。唯爱日惜阴，以事父母。遇父母稍有未适之处，便痛加责刻，手书一诗，悬于中堂以自勉。

诗曰：

父母养育恩，匪祗如天地。
天地生万物，父母独私我。

一日，母亲宫氏谓曰："汝兄伯祥十九岁，将婚而逝，予日夜忧思，成怔忡之疾。三年后，汝父祷于木兰山，蒙天垂佑，方始生汝。予昨夜复梦汝兄形状，与在生无异，醒来精神恍惚，即以炉火当胸，犹嫌风寒刮面。"其父元华在旁答曰："夜梦死人，为病之兆，病梦死人，必死之征，汝其戒哉！"一句话不值紧要，惊得若虚一身冷汗，遂跪而言曰："吾往日欲以长子天锡，继兄之嗣，使他永承兄祀。因家中多故，尚寝其说。今兄长见梦，莫非欲求其后乎？"宫氏点头道："然，然。"若虚即命家人李福、刘东，去请诸亲六眷，立起亡兄灵位，即命天锡行八拜礼，转拜祖父、祖母，次拜亲眷人等。又命天锡拜自己为叔，拜妻子黄氏为婶；又命次子天禄，与天锡答拜。自己向亡兄灵前再拜曰："天锡永承兄嗣，即兄之适子，兄其荫庇，阴相厥昌焉。"其父元华与宫氏好不快活，连病都不见了，与亲眷饮酒，夜深方散。唯有妻子黄氏，暗地里有些啼嘘。若虚当时择个吉日，送一子一侄入学攻书。

光阴迅速，过了数年，父母相继而亡。若虚守孝三年，未尝见齿，乡党宗族，无不称其孝焉。到了炀登基之日，大赦天下，令府县官员举荐孝廉。这诏书一下，谚云：孝廉孝廉，清官举贤，贪官要钱。

却说西陵县县令杨廷臣，系关西人氏，也是孝廉出身。虽然官卑职小，倒也忠心为国。当日接了炀帝上谕，要举孝廉，要取几个有才得意门生。出示晓谕地方道：

西陵县正堂杨为钦奉圣谕举荐孝廉事。今皇上龙驭，新主日升。先帝在位数十年，优礼以尊贤士。新圣登临未百日，曲体以重儒生。本县自下车以来，愧无德政及民，思有名贤荐上。凡有真正孝廉、经书通达之士，列为文秀；有武艺超群、兵法精熟之人，列为武秀。尔里长保甲人，务要联名花押，开报名帖。履历清白，年貌真实，到衙投递，候本县卜期面试。尔里长耆约人等，如有私受人财，开报虚士，必然重罚。

这告示一出，四乡里长晓得县官清正，任他有财有势的土豪，无学无术的卤夫，用尽机关，求买路径，再也不能。不上半月，杨知县接有数十张名帖，一一拣看。偶见朱若虚名宇，心中想道：本县素闻其名，道他孝弟无亏，才学有余。前任知县荐他孝廉，屡征不起。或者今日父母去世，有意为官？倒是个得意门生。遂出示限十日，各秀士到衙中面会。

却说朱若虚是个超群拔萃的豪杰。平生抱负，一筹未展。每逢青天化日，和风庆云，见鸟雀高飞，松林挺秀，便发动了少年壮志，未免抱膝长吟。又见杨素等专权误国，重利轻贤，只得与琴书作伴，诗酒为朋，所以对月徘徊，临风啸傲，盖出于不得已也。却又想道：一息尚存，此志不容少懈。于是用心教子，将平日所学，口口相授。而二子亦心心相印，不数年，成文武全才。

一日，里中有人报麦穗双歧。若虚往观之，奋然泣下，乡人皆掩鼻而笑。若虚手掐数茎，回谓二子曰："官有善政，以至于此。今本县杨太爷来此数年，爱民如子，仁风所播，草木呈祥。若里甲献瑞，杨太爷申报，上司必然升迁他去也。吾有志未遂，沦落如此，岂不可惜！"次日，往街上访友，见一簇人相聚，不知所观何物。有等识字的在那里观看，不识字的在那里叫奇叫怪，口中说道："如何官府出示，朱笔、印信俱是靛花？"又一人接说道："莫非是银朱贵了，杨太爷过于悭吝，故用靛花代银朱？"若虚是个明白人，也站在那一旁仔细观看，方知文帝晏驾，幼主登基，是本县官奉诏求贤的告示。若虚回家，合家俱着孝服，以遵国制。

少顷，武营中有两个兵丁对李福说道："我家副爷并司主徐老爷，请你家员外到署中说话。"原来双龙镇离县城一百一十里，系湖广河南交界之所，五方杂集，舟车交通。有个武职官千户李长春，带领一千人马，在此驻扎。又有一个文职官巡检徐保先，领五百弓兵，在这里镇守。当日二官接了誊黄抄报，并邑侯角文，差人到观音寺，设立文帝龙位，分头去请绅士、耆老。依着部文，何日举哀，何日举荐，七七日礼毕，百日之外，方公堂理事。朱若虚是举过孝廉的，所以亦与其数。

过了几日，若虚在家看书，李福手拿全简二封，上前说道："本镇千户、巡检徐、李二老爷，带领乡约里长，俱在门外，不知何事，说是来与员外贺喜的。"若虚听了，心中想道：必是同来保举孝廉，要我应诏的意思。同二子出来迎接，到了中堂叙话，又命家中治酒相待。酒行数巡，李千户忍耐不住，便开口说道："我等同来，别无事故。今新主登基，崇儒重道，举行孝廉。员外幼学壮行，理宜出仕，我等情愿共出花押，日后你我都是朝廷命官，这个喜酒是要吃的。况且皇上隆重贤士，兄之前程不可限量，日后做了我等上司，便不敢放肆饮酒。今日居我汛地，不及时狂饮，更待何时。"呼李福取盏来，"我等吃个大醉，爽快一爽快！"徐巡检接说道："朱公日后高升，若念平日交情，提拔一提拔，也不枉我二人保荐一场。"二人一路说话，一路饮酒。朱若虚殷勤相劝，候他二人语毕，才开口言道："晚生才疏学浅，蒙二位不弃，竭力推荐，此恩此德，铭心不忘。若说出仕为官，晚生何德何能，敢妄希荣遇！况且人事参差，缘分有定，仕途显与不显，命运通与不通，晚生只得听天守分。今日二公光顾，薄酒疏肴，何须挂齿。"便下席再拜，拱捧大杯，向二官伸敬。直吃得月从东上，方才散席。若虚送出门外，两个官员一个乘马，一个坐轿，吆喝而去。

若虚回至书房，谓二子曰："今日二公前来推荐我的孝廉，我所以慨然不辞者，实有两桩心事：一者闻朝廷今日以越王威权过盛，渐渐的屈退了，任用两个大臣，到是忠心为国，一个是太傅伍建章，一个武官是韩国公韩擒虎。二公乃当时名贤，老王在日，言听计从，今日幼主登基，一定是他二位股肱，我且进京看他用事如何。二者闻越王府中有一幕宾，姓李名靖，有经天纬地之才，神出鬼没之机。若说他是个贤人，就不该依附权门；若说他是一派虚声，就不能忆则屡中。凡自京都来者，无不称其人品。我到京都，单去谒见此人，试看他的名实果然相孚否？"长子天锡说道："先帝既任用韩、伍二公，就该疏斥越王、宇文化及，却不该许他仍在军机房行走，与韩、伍二公互相掣肘。叔父进京，当见机而行，看新王动作如何，切勿贪图仕进，致后日生退悔。"天禄说道："吾观父亲此回进京，必定空劳跋涉。"若虚曰："何以知之？"天禄道："杨素、杨林是先帝至亲，韩、伍二公亦是先帝元勋，越王与韩公平日不睦，赖先帝圣明，两下得以保全。今观先帝遗诏，父亲不必进京。"手出抄稿，送与若虚观看。略曰：

> 朕自开国以来，上叨天眷，四海清平。自愧德薄，以致万方多罪，朕敢辞其责焉。朕今连日喘嗽，日就垂危，势不能起。窃思皇太子宽厚有余，刚断不足，不若皇次子才德兼优，钦贤礼士。即向日平陈之乱，皇次子亦与有劳焉。定北征南，树奇功于天下，修文偃武，遗至善于寡人。朕上卜之于天，下询之于人，宜继大统，诸皇戚国亲、内阁大臣，及朝内朝外文武众卿，宜尽心翼戴，毋负朕意。

若虚观毕，天禄又说道："皇太子性情懦弱，以先帝之明，就不该册立为太子，天下已奉为储君矣。皇次子久获圣心，既卜之于天，询之于人，废长立贤，早应令群臣奉次子为陛下，如何先帝龙驭归天之后，始出此遗诏？以儿之见，其中必有不测之变。父亲宜迟缓一二年，候二次选举，再求仕进，未为晚也。"若虚想了一会，曰："吾儿所见极是。但日月逝矣，吾年逾四十，日即于衰，岂甘与草木同朽，没世不称耶！"天禄唯唯而退。天锡又说道："近日童谣，父亲闻之乎？"童谣所云：

> 唐棣花开李树上，占尽春光造化长。
> 逐水杨花空荡漾，红日偏不照山阳。

这四句童谣，据儿意见，首二句或是说唐国公李姓，上天眷顾，此人将来必受天命，而福祚无疆矣；第三句是说杨氏国祚不永；末句是说唐公居于山西，乃山之阴，非山之阳。父亲壮志未销，雄心不释，进京一览便回，切不可侥幸富贵。"若虚连连点首称善。

过了数日，里长领两个公差，求见若虚曰："本县太爷请孝廉公即日到衙中面试。"若虚听了，一面治酒相待，一面安置行李，命李福作伴，嘱咐二子用心读书，又吩咐刘东好生看守家务。天锡、天禄送了数里，珍重而别。若虚到了城中，寓于安静所在，到了试期，用了早膳，不一时街中炮响，城中老少人等，到行前争看孝廉。果然一个个儒冠儒服，清气宜人。知县虽依着朝廷大典，碍着国制，不好张灯结彩，只打鼓升堂，三班六房一齐上前叩头。知县吩咐道："传各处里长乡约，一齐上堂。"众人皆上堂叩头。知县道："今朝廷大典，尔等站立答话。"然后问曰："尔众等所报孝廉，果出真实否？"众皆曰："皆是实行。"知县又问道："履历、年貌俱各清白？"众人曰："不敢蒙昧太爷。"知县曰："朝廷重典，务在得士，本县不敢不尽心。"

那礼房已将所报花名开成一册，长者在前，少者在后，共有三十余名。知县逐一看过，提起笔来就点头名。礼房一旁唱曰："礼教乡李逢吉。"李逢吉在堂下答曰："有。"规行矩步，走上堂来，作了三揖。知县双手一拱，李逢吉站在一旁。知县问曰："秀士所学何经？"

李逢吉答曰："门生所习《书经》，兼通《易经》。"知县又问曰："学的哪一种书法？"李逢吉道，门生所学是楷字，兼学隶字。"知县道："你可当堂默写《君陈篇》，并《五子歌》；以隶字默写恒、升二卦。"李逢吉当堂就写。知县又点二名，礼房唱曰："潺源乡朱若虚。"若虚答曰："有。"雍容雅步，匆匆上堂，作了三个长揖，侍在一旁。知县问道："秀士所学何经？"若虚答曰："门生资质鲁钝，负性好学。感父台善政，年丰民乐，故门生得以尽日读书，门生却六经皆通。"知县喜形于色，又顾问曰："是习哪一种书法？"若虚答曰："真草隶篆，兼而学之，恐不中父台选举。"知县曰："尔只以真字默写《洪范》、《鹿鸣》二篇足矣。"若虚道命而坐。以后三十余名秀士，俱逐一考试。午未之后，各人缴卷，一声炮响，众秀士依次而退。

过了三日，街中炮响三声，梆鼓齐鸣，旗伞引道，兵壮侍从，杨知县捧案送出仪门之外，贴在照壁之上。知县方才进衙，那看案的人颠颠倒倒，倒也好笑。若虚候众人散去，方近前观看：

第一名，朱若虚、李逢吉、王龙、陈益修、李怀玉、刘有光、杨辉、窦建柱。末批云：墨水污卷不取，遗失字句不取，书法不工不取，讲义不清不取。

唯有那案上有名之人，各具门生帖子，齐进街中，谒见父师。知县早已备酒相待。到了次日，又随知县进圣庙行香。一个个方巾大帽，插花披红，好不光彩。知县又限日期，引孝廉上府看验。一路上鸣锣开道，旗伞侍从人役送至沙口地界，早有两只大船在那里伺候。知县吩咐人役俱回，只留四个亲随侍从。见风平浪静，命两船相并而行。师生九人，有时谈论诗书的乐意，有时谈论为官的苦楚，有时谈论民情狡猾，谈到高兴之处，便用诗酒交酬，唱和赠答，十分忘形。到了晚间，见雁浮寒水，鸟集成楼，星垂平野，月涌大江，果然江景如画，洵不诬矣。

次日，到了黄州，见天色尚早，换了公服，同八名秀士到府堂，谒见府尹。先到清号房挂号，号役接了小礼，心中嫌轻，晓得杨知县是清官，更兼朝廷大典，不敢怠慢，只得进门房去通报。门丁接了手本，进内署见府尊禀道："西陵县杨廷臣，在仪门求见。"却说这黄州知府，姓王名玖，向日是越王一个亲随，在越王跟前曲意逢迎，颇得其意。平陈之后，文帝赏禄功臣，越王冒加功绩，遂得那黄州知府，与杨县令素不相睦。幸他为官清正，无隙可乘。这一日，在内衙与老婆怄气，见门丁来禀道"杨知县求见"，心有拂意之事，又遇拂意之人，自然怒上加怒，口中骂道："这狗官来做什么？前去问他，不守汛地，来此何事？"门丁出去了一会，又进来回道："杨县令带着八名秀士，说是什么孝廉，特送来验看的。"王知府听了此言，发一声冷笑，骂道："好不晓事的狗才！难道本府就是他做着不成？命他带众秀士一齐进来。"那门丁狗仗人势，走出仪门，大声喝道："大老爷唤尔等一同进去！"杨廷臣引八个门生步入侧门，见府尊坐在二堂之上，只得近前参见，分立两旁。府尊问曰："这都是你取的孝廉么？"廷臣答曰："卑职采访真切，皆是实行实学，现有试卷花押履历为证。"府尊曰："今日权退，明日再到辕门听候罢。"却说得声色俱厉。可怜杨知县有兴而来，无兴而回。正是：

鸡群嫌鹤立，浊水混明珠。

要知后事如何，且看下文分解。

第二回

窦忠怒击虎头牌　朱盈梦会痘神女

却说杨知县见府尊意思冷落，鼠窜而回。进了公馆，各人个个无言。次日早起，用了几样点心，又引着八人到辕门听候。只见众人围做一堆，口称："可惜！可惜！"知县心中恍惚，喝开众人，只见虎头牌高挂，上写道：

> 黄州府正堂王䟽为西陵县知县杨延臣轻忽国典，冒纳虚士，本府已经申详，差赵义、燕清押住公馆，不许回署，俱候上宪批文发落。

八名秀士不看此牌犹可，看了此牌，惊出一身冷汗。齐声道："我等进取功名，却累及父师，如何是好？"唯有窦建柱，字忠，其情性刚愎，怒气冲冠，伸手向柱上将虎头牌取下来，向石上一击，打得粉碎，口中大骂："不受人抬举的狗官！冒昧申详，妒贤慢士，有失朝廷重意。我等一齐向武昌节度使衙门，代父师伸冤。"不住的千狗官、万狗官，竟骂上堂来。跟着他看的百姓，蜂拥而入。窦忠一发骂得高兴，站在公堂之上，叫声："众位休得喧哗，听我说个明白。西陵县所荐孝廉，第一名朱若虚，二名李逢吉，皆是先帝征名数次，他二人因亲老多病，不肯应诏。这狗头王玖，道西陵县冒进虚士，难道前任官长也是冒进虚士，先皇帝也是冒取虚士？我等权且出气，再到上司与父师伸冤。"那看的百姓，因知府平日贪酷两全，一个个公报私仇，大家骂个不止。

却说这知府有个异父兄长王赋，是他母亲先在人家为妾生的。后来夫死家贫，母子无靠，出嫁于王氏，才生王玖。王玖出任黄州，他兄长也随母到任，衙内衙外，皆以大老爷称之。今日见兄弟详了杨知县，遇窦忠这般大骂，他却带着家丁出来厮打。见公怒齐发，不敢动手，呆呆地望了一会。又见窦忠浓眉大眼，鼻直口方，声如铜钟，锦幅花袍，腰金佩玉，十分华丽，站在公堂之上，尊严若神。又见他两个家童侍在身旁，眉清目秀，俊俏端庄，雅致不凡，王赋暗暗称奇。势利眼看势利眼，热肠人观热肠人。王赋轻轻附家丁之耳，说了几句言语，那家丁点头会意，走进公堂旁边，向青衣小童拱手道："请问你家老爷尊姓大名？"青衣回道："这是我家三老爷，是西陵城西窦府，名建柱。我家大老爷名建德，现任河南开封府节度使；我家二老爷，现居太子少保、吏部左侍郎；镇守山西太原府唐国公李渊，是我家老爷姊丈。今日府太爷目不识丁，我家老爷还要诣阙叩阍，奏称王知府轻典傲贤，不体朝廷重意，要把这狗官斩首方休。"两个家丁听了此言，走至王碱面前，把舌一伸，将上项言语一一说明。正是迅雷不及掩耳，吓得王大老爷毛骨悚然，急进内室，向王玖说道："你性情急躁，惹下祸来，吾不知尔之死所也。"如此如此，这般这般，说了一遍。王玖大怒道："这狗才，咆哮公堂，辱骂官长，我把知府不做，就与他拼了罢。"说罢，向外就跑。众幕宾一齐上前相劝，王知府进内室去了，王碱也随着进去。

王玖对王碱低声道："此事非曹师爷不可，我私去见也，他必有开解之处。"遂坐个小轿，开了后门，至关王庙，见了曹师爷，下了一礼，分宾主而坐，便说道："曹师爷知今日府中之事否？"曹师爷道："黄州城内，老少人等，互相传说，因而知之。人言窦忠是个世家，京都必有内援，此事只宜和，不宜结。"王知府道："小弟特来求教，望师爷指示。"曹师爷道："老爷府中幕友甚多，小弟何足挂齿？"知府道："他们只晓得刑名钱谷，决不疑，定大患，非我师不可！"曹师爷低头不语。原来曹师爷与众幕友不睦，个个在王知府面前挫他短处，知府耳软，就疏慢了他，因此辞馆而出，欲回汉阳原籍。知府见他低头不语，只得下他一全礼。曹师爷扶起道："我所以低头不语者，心有所思耳。王公今日申文是旱路，还是水路？"知府道："是水路。"曹师爷道："这个不难。尊驾急早回府，令两个能干衙役，乘着快划，赶回文书，我自有道理，晚间弟必有佳音回报。"知府拱手称谢而去。

　　曹师爷即换了衣服，唤了从人，备了名帖，坐一乘玻璃小轿，到西陵县公馆下轿，对门子说道："通票你家老爷，说汉阳曹瞻字福堂，特来拜会。"门子接了全帖进去。少顷，又出来："我家老爷有请。"这曹师爷大摇大摆，走进中堂，与杨太爷叙礼，就分宾主而坐。杨知县曰："久慕大名，无缘拜会，今日相见，足慰平生。卑县碌碌庸才，有劳师爷下顾，实出望外。"曹瞻道："末弟年近七十，尚为人役。杨老夫子宰治西陵，德洽民心。湖广县令一百余人，未有如公者。小弟缘分浅薄，未得趋承教益，恨甚，恨甚！但小弟前来，兼访窦府三老爷。"知县即命窦忠出来相见。二人叙礼毕，窦忠道："弟与足下素不相识，今日先生屈驾，不知何以教我？"曹瞻道："弟在京都，蒙令兄大人不弃，颇称莫逆。因弟年迈思乡，才就黄州幕馆。今春喘症屡发，欲回汉阳故土，暂寓关王庙养病。今日闻王公得罪了贵县杨老夫子，并诸位孝廉公，小弟已劝王公赶回详文，请杨老夫子并诸位孝廉公到府中，彩觞谢过。署中幕友都知小弟与令兄大人平日相善，故劝王公委弟来寓，邀个人情。弟素知杨老夫子居心忠厚，度量宽宏，料诸位孝廉公亦是大才，必不小见。若说到上司处分辩，纵然置王公于重治，三老爷咆哮公堂，辱骂官长，也有多少不稳便之处，并陷杨老夫子一个取人不当的条款。"曹瞻口中说话，手内挥扇，那扇上写的一行晋字，是临的右军书法。窦忠见了，借来一看，款写彬斋愚弟窦建文题，果然是亲兄笔迹，遂不敢怠慢。曹师又说道："弟在京都，闻令兄大人屡称贤弟高才，居家谨慎，免旅入内顾之忧；尽日讴吟，期圣主旁求之诏。弟每神驰足下，以室远为恨，贤弟若不弃，瞻愿拜下风，使瞻久而不闻其香，则生平之愿足矣。"这一片言语，说得窦忠毛骨悚然，好不快活也。说道："末弟素性遇懦，仁兄过奖，使弟名实不称。愧甚，愧甚！"曹瞻遂起身向杨知县作一长揖，又向窦忠也作一长揖，说道："我等卜期再会，兰集赋诗，表末弟忱意。只是今日之事，要看我的薄面，恕过了罢。明日我等好去开怀畅饮。"杨知县道："凭曹先生盼咐了就是。"曹瞻道："王公说过了的，明日彩觞赔罪。"窦忠道："我们也不吃他的酒，也不进他的衙门，就到先生寓所来，侯先生罢。"曹瞻道："最妙，最妙。"起身拱手称谢，欲回王知府口信。杨知县同八个孝廉送出公馆门外。曹瞻上了轿子，抬进府堂，故作辛苦劳倦之态。王知府接着，忙问事情如何？曹师道如此如此，这般这般，知府听了大喜，忙排酒酬劳。曹师略略饮了数杯，辞知府而去。次日，与知县欢呼饮酒不表。

　　过了二日，知府传杨县令进衙，慰以好言，就发八角伸荐文书，又每人赠仪程银子五十两。八位幸廉方进府叩谢，王知府设酒饯行，催促八人作速进京，以副圣意。于是杨知县率八人回西陵而去。

　　再说朱若虚回到家中，就有许多亲友临门相贺，李福、刘东俨然一宦家官长。朱若虚择了吉日，拜别祖先，嘱咐妻儿好些言语，只带李福作伴，马上插一面黄旗，上书："奉旨吏部候选"，望京都进发。正是岸花飞送客，樯燕语留人，渐于骨肉远，转与童仆亲。后人有诗曰：

　　　　新起茅檐壁未干，马蹄催我上长安。

儿童只道为官好，老去方知行路难。
千里关山千里念，一番风雨一番寒。
何如静坐短窗下，翠竹苍松尽日闲。

主仆二人在路上行了五六日，看过数县风景古迹。有时高兴吟诗，有时凭今吊古。这长安大道，生随风卷，驴屎马溺之气袭人口鼻。回思在家之时，何等清闲，未免有些伤感。又想起男子志在四方，恨不得插翅腾空，霎时便到长安。家人李福巴不得赶着八人，一路同行。朱若虚见窦忠一派富贵气象，李逢吉等十分巴结，所以访亲问友，故意迟延在后。

一日，行至南阳地界，询及土人，离城只有五十余里。若虚思进城歇息，策马加鞭，大约行了三十余里，看看红日西沉，望见一个老人，跨着青驴，纶巾羽扇，飘飘若仙。后面跟着两个青衣童子，一个肩挑竹杖，挂着青篾小篮，内盛木兰花，香气扑鼻，心腑俱凉；一个手提酒瓶，风送香醪，舌下生津。若虚欲上前问路，数次加鞭，赶之不上。转过几处杨林，忽然不见。若虚举目四下一望，却不是官塘大路，到了一个乡僻所在。遥望竹苞松茂，一簇寒烟。有个居户人家，不得已上前问讯。过了月池，见八字门楼，上书"痘母祠"三字。李福将门一扣，内中犬吠不休。须臾，走出一个中年尼僧，问道："客官何来？"若虚不等李福开口，便答曰："我们有事要进南阳城，偶然失路，烦大士指引。"尼僧道："官人要进城，如何从小路到这里来？此地进城还有四十里。"若虚道："大士有几位令徒？"尼僧道："就是小尼一人。"若虚道："卑人欲在宝庵中借宿一宵，明日早行，可容纳否？"尼僧道："出家人慈悲方便，歇息尽可，款待却无。"若虚道："卑人来得造次，不见喝斥足矣。"命李福带马进庙，先拜了圣神，次向尼僧施礼。举目各处观看，见神像如生，心生敬畏，当面供着香花水果，十分精洁。两廊之下，尽是朱漆栏杆，小池内金鱼对对，花台上蛱蝶双双。太湖石畔，箓竹猗猗，夹道槐阴，白鸟鹄鹄。两廊外另有一座小小客堂，横书"小洞天"三大字，壁上字迹淋淋。近前一看，上写道：

> 良夜伊何静，香残许自烧。
> 无心怜客恨，有意惜春宵。
> 市远难沽酒，思繁强品箫。
> 青云何处去，叫客独伤雕。
> 　　　　　三元居士李靖题
> 春夜夜何在，醉卧仍复起。
> 月色照庭除，徘徊吟不已。
> 问我何所思，霄汉横秋气。
> 披衣觉露滋，空阶滴疏雨。
> 性情万古同，莫道称知己。
> 　　　　　靖再题

若虚看罢，连声称赞不已。叹道："此人志气不凡，怀抱非小。今番进京，务必要去拜访。"须臾，尼僧献茶，排出山珍果品，鲜色非常。若虚问道："这题诗的一位李先生，几时邀游到此？"尼僧道："五年前到小庵，挂过了单的。"若虚曰："何为挂单？"尼僧道："出家人借歇，名为挂单。前日闻他在越王府中作了幕宾。以小尼愚见，越王未必识贤，此人非甘居人下者。或者心中别有所图，亦未可知。"若虚问道："大士是中年出家，是幼年出家？"尼僧道："亡国余奴，枉劳下问。"再欲问时，尼僧掌灯，催他主仆二人进客堂安歇，自去敲钟擂鼓，也进禅房安歇去了。若虚心中想道：这个尼僧必是陈后主宫人。陈后主好酒娱诗，所以宫人亦皆风雅。睡至二更时分，心犹不寐，但闻四壁虫声，唧唧嗟嗟，李福鼻息如雷。若虚心中想道：这般凄凉景况，怪不得李靖清夜赋诗。

将交三更时候，忽闻钟鼓齐鸣，箫管沸耳，若虚好生惊异。举目看时，不觉身子已出房外。只见痘母娘娘坐在殿上，好些有像面善。两边数十个女童，长幼不等；下面数十个长衣大汉，分立两旁。娘娘吩咐道："把张七姑唤进来。"两个凶恶汉子，牵四十多岁的一娘子，跪在阶下。娘娘怒骂道："痘疹有常例，三日发热，以通脏腑脉络。又三日开腠理发苗，以象六数。始于头面，以象天星；畅于四肢，以象万物。三日齐浆，以象九数。又三日落痂，以象十二数。尔如何迟延日数，索人酒食？又藏头露面，妄示灾祥？种种不法，有干天究！"命左右杖八十，再请旨发落。左右将女娘推倒在地，打得他呼爷叫娘，惨不可闻。朱若虚不忍，上前跪下道："祈娘娘慈心待物，恕他这一次。"娘娘立起身来，喝叫："住打！今看朱先生之面，暂且饶恕，若再蹈故辙，定不宽恕。"慌忙下坐，请若虚起来。若虚俯立，不敢仰视。娘娘吩咐青衣掌灯，引客到客堂拜茶，两旁人役，一一退出。娘娘道："官人休怪，这女儿是要责罚的。因他在世日，本富室女子，服御饮食，华美成性。嫁往婆家，家贫无活计，他却尽出妆奁，使伯叔贸易，遂成钜富。待公婆以礼，顺丈夫以情。百年之后，上帝喜悦，封为麻痘正神，属在我的部下。前村杜氏有二子患痘。因触犯了他，他就迟延日期，使二子顺症翻为逆症。杜氏一家惊慌，百般祷祀，竟置罔闻。杜氏司命向予告急，予另差正神前去调回症候。又念他前功不可尽弃，今日趁官人在此才加杖责，也是谅官人必来讨情的。"

　　朱若虚听了，方才心定。拱手问道："娘娘乃何代人氏，有何功德居此上位？"娘娘愀然下泪道："尔真个忘我也。"若虚骇然不答。娘娘道："我是尔前世妻，何氏女也，名静贞。"若虚益发愕然。娘娘道："尔前世贪取仕进，宦游忘家，予十八岁适汝，不上一年，汝就出门，至二十八年始回，余年四十有六矣。予因劳碌成病，公婆皆七十有余。汝见家贫亲老，妻病无嗣，心生悔悟，竭力操作，不上一年，予病亦痊，连生二子。汝与余藜藿自甘，少有所积，即买鱼肉供亲，如此八年，公婆相继而亡。居丧三年，未尝缺礼。百年之后，上帝封予南阳麻痘正神之主，凡境内灾祥，莫不预知。汝因名心未化，故重游人间，不久亦当回神位也。吾昨日命土地迎汝至此，以期冥会。"

不一时，三四女童排列酒肴，果然是琼浆玉液、仙果佳珍，非人间所有。若虚道："卑人今造圣境，三生有幸，不知卑人亦得为神否？"娘娘道："贤人栽培心地，圣人涵养性天。天机不可泄漏，亦不容长秘，汝慎勿言可也。人言：人有三魂七魄，女子十四魄，皆虚语也。人之生，只有三神。"若虚问曰："何为三神？"娘娘道："三神者，元神，识神，尸神。天命之性，灵而不昧，静而不躁，好善恶恶者，谓之元神。其神属阳，居于心之上，肺之下。父精母血感而成孕，十月胎完，气足降生，渐而开知发识，思虑运动，佐元神理事者，谓之识神。其神属阴，居于心之下，脾之上，是为命根。人言命属阳，性属阴，是不知先天后天之道，人心、道心之别也。"若虚道："敢问何为尸神？"娘娘道："怀胎之后，贤父贤母心神顺适，六欲不生，胎气安和，则独秽气轻，故生聪明男女；愚夫愚妇虽然怀胎，仍然纵欲，喜怒不常，饮食不节，纷华不戒，行坐不端，则浊秽气重，故生蠢男蠢女。混沌初开，天地正气，日启星辰，河海山岳，胎气化为十万八千魔君。儒释道三教皆正神用事，修其道者，先学修心，故无近功；旁门邪术，皆魔神用事，修其道者，先学符咒，故有速效。人生之后，浊秽之气化为尸神，厌旧喜新，嗜酒娱色，善怒喜斗，悦美丽纷华，皆尸神用事。居于心下肝肾之间，引诱识神。以蔽元神。百年之后，元神绝灭，即识神亦听命于尸神，故谓之鬼。所以改头换面，夺舍投胎。上帝慈悲，命三教圣人说法度世，崇正道，辟异端。汝元神未能为主，尸神未能绝灭，焉能解脱人世也？吾在世时，未能潜修至道，元神、识神不能合一，算不得性命双修，难还清阳真境。虽为正神，未离鬼趣，徒司人间祸福，治百姓灾祥而已。"

若虚问道："如何为性命双修？"娘娘道："曾子三省，颜子四勿，皆是尽心。尽心即是修性，到了人欲净尽，尸神灭矣。天理流行，识神听命于无神也。静则一念不起，动则万善相随。斯时也，心如明月，念着止水，非明心见性而何？由此推求至道，抱一含真，凝神金窟，丹落黄庭，温养灌溉，四象八卦倒转道生。其道至简，其理不繁，用工愈久，妙绪无穷。久则阳神冲蠢，周游六合。乾坤以上，另有乾坤；八极之表，别有风气。永入清阳真境，才算得出劫神仙，性命双修。大道如斯毕矣！"若虚又问道："弟子今承娘娘指示三教，我当从何教？性命双修，我当从何处下手？"娘娘道："心原属火，火空则明，人心空亦明，此自然之理。圣人曰：'心无欲念则空，心有主宰则诚。'释近于道，其法不二；道近于儒，其式抱一。儒者执中，其象太极。太极之道，左阳而右阴；圣人之道，左仁而右义。吾于深明儒术，自有模范遵循，何须下问？"若虚又问道："诚如子言，则三魂七魄无有是物也。"娘娘道："三数生，七数杀，人魂强则生，魄盛则死。人身岂真有三个魂，七个魄哉！"若虚曰："内经云：'肝藏魂，肺藏魄。'娘娘说元神居心上，尸神居心下，内经之言，不亦诬乎？"娘娘道：《黄帝内经》是就常人言之。常人阴气盛，阳气弱，故魄居上，而魂居下。若夫至人，则阳旺阴衰，魂居上而魄居下，故曰魂升魄降，道气长存也。"

朱若虚听了这一片言语，跪下道："卑下不愿进京，就在此处修道若何？"娘娘道："汝英气太锐，此回进京，雄心壮志自然消尽，宜早回家潜养心性，此地不宜久居。"若虚道："娘娘这般清凉圣境，如何不可久居？"娘娘只是长叹不言，又嘱道："官人回家，切不可从此地经过。"若虚再欲问时，忽听鸡鸣数声。娘娘道咫尺阴阳，如隔万里，请官人回寓。"左右女童引路，娘娘降阶相送。进了客房，南柯一梦，酒气仍然在口，清气依然在袖，梦中言语，切切在心。

霎时天明，尼僧鸣鼓烧香。若虚连忙起来，望神圣再拜，就在庵中用了点心，取出五两银子，送与尼僧道："卑人在此吵扰一夜，这点微资，以作神前香烛之用。"尼僧双手接着，笑容可掬，合掌谢道："本不该受此厚赠。前日小尼静坐，观心入定之时，见本庙娘娘催我往别处安身。小尼因半文无办、不敢远行。今日得此厚赠，小尼愿再生报答而已。"若虚道："汝将觅何处安身？"尼僧道："出家人行踪难定，晓得缘法在于何处？"若虚道："就往西陵安身若何？"尼僧猛然省悟道："三年前李靖相我之面，说我四十五年命犯迁移；又代余卜《易》，留着四句批辞，有西陵二字。"遂寻出来，送与若虚看：

    地火明夷第几爻

  批云：

    挥金逢义士，举趾入齐安。
    西陵可驻足，添油续命丹。

  若虚看毕，道："李靖深明《易》理，精通数学，真是诸葛一流人物。不知他何故至此？"尼僧道："他先进南阳，见了伍云召总兵大老爷，劝伍大老爷弃官云游，可免此地生灵涂炭。起初伍大老爷述客礼相待，后来听了幕宾言语，道他妖言惑众，他就连夜逃至此地，微服进京去了。"若虚道："既如此，你可作速收拾往西陵会罢。先问双龙镇，寻朱天锡、天禄，出吾手书，必然收留。"迳取文房四宝，问了尼僧法号，就书道：

    吾路过南阳，遇此尼僧。法名慧参，颇通禅趣，通晓藏典。今僧有事故来此，尔可缓缓代觅安身之所，不可怠慢，负予之意。是嘱！

  慧参将书收好，若虚主仆望西而行。尼僧也收拾行李，又央人代他照理香火，拜别神圣，向东而去。欲知后事，且看下文分解。

第三回

入龙宫凡夫行雨　酬茶恩义士封尸

　　却说李靖生于隋文帝之时，京兆乡中李家村人氏。字青莲，又名药师，道号三元道人。幼喜读书，父亲早逝，母亲刘氏勤于纺绩。李靖勤于采薪，贫苦自守，分毫不敢妄为。一日，奉着母亲刘氏之命，往洛阳探亲。时洛阳大旱，李靖行得又饥又渴，及至柳家店，见一座茶店，牌上书"修来茶社"四字。李靖入座，急呼拿茶来。一老妪不慌不忙捧着一壶茶、一个杯，放在桌上，说道："客人用茶。"李靖渴得口内生烟，执着就饮。却嫌这茶是一壶滚水，如何吞得下去？只得连连细细而饮。老妪见了这样光景，又添一壶不热不凉的茶来。李靖接着，囫囫囵囵，一吸而尽，伏在桌上，呼呼而睡。过了一个时候，方才醒来。双手将眼揉了几揉，又取茶饮，老妪止住道："客人伤了暑气，这有绿豆粥汤，可用些。"李靖接着，又喜又爱，连吃了四大碗，方开口道："多谢妈妈！就请问这到洛阳，还有多少路？"老妈道："还有四十余里。"李靖道："茶钱、饭钱共该多少？"老妈道："贫婆姓庞，中年失偶，膝下无嗣，在此施茶以修来世。漫说客人只饮茶一次，就千次万次，是不敢受你钱的。"李靖向上作了一个揖道："既然如此，晚生以一礼为谢！"就辞了庞母，背着包袱，望大道而行。

行了二十余里，见一座杨林，干得枝枯叶落。李靖却就阴凉之处，打坐纳凉。坐了半个时辰，拿起行李，又望东而行。行不上十里，夕阳在山，人影散乱，不觉心慌。又行五里，但见星斗横天，不辨南北。心中想道：倘有虎狼当道，怎生是了？即不然或遇着强人劫抢行李，亦只好听其自取。正在胡思乱想，忽然见一点灯光，似在半山之际，远远一里之谱，遂望见灯光。行不上一里，果然一座小土山，松柏交荫，灯光又不见了。遂摸着山势，寻上山来，并不见人家。此时李靖心下又无主，叉手（足局）足，瞪目侧耳，凝神伺听，隐隐闻妇人相语之声。靖大呼道："何人在此说话？祈指吾径路。"连响数声，无人答应。李靖无法可施，大声喝道："有迷路人在此！"只这一声喝去，山谷齐鸣。忽然山阿之下，灯光四射，二女娘问道："何处狂夫，黉夜在此大惊小怪？"声音滴滴，犹如阁上箫声，花间燕语。李靖答道："我是远路探亲，迷失路径，不敢投宿，愿求指引。"女娘道："此处二十余里，前后并无人家。既是远路客人，待我二人禀过主母，或者许客借宿，亦未可知。"未及半刻，二女娘挑灯叫曰："主母有命，请客至草堂上坐。"李靖约行百步，见朱门丹户，云靠玉宇，光华耀目，随着女娘依栏杆而行，举目四下观看，两廊开阔，中有水晶牌坊，金书"丹霖灵府"四字。李靖心下想道：原来是俗家借居僧寺。进了大厅，又不见神像，只见珠灯夺目而已。一长联云：

步虚空云飞万里，奋精神浪贯百川。

进客房，二女娘道："客人请坐，主母即刻出来相见。"李靖告坐。见珊瑚为几，白玉为桌，玛瑙砌阶，玻璃作窗，上书短联云：

唾津资造化，呼气塞虚空。

此时李靖疑在梦中。二女娘向内呼道："客人在此，奉茶来。"闻室中唧唧哑哑，有三四人答应。瞬息间，锦衣女童对对而出，一个捧水，一个捧茶，一个捧果，一个捧香，排布桌上，分列两旁，与二女娘俱侧身而立，向着李靖，十分恭敬。李靖却不慌不忙，净手饮茶食果。

二女娘谓李靖曰："主母至矣。"李靖急抬头看时，见一老妈鹤发童颜，黄衣短襟，策杖而来。李靖连忙起身施礼。老妈曰："年老之人，不能答礼，先生休怪！"李靖又谦逊了一回，方才敢坐。老妈曰："贱躯性僻，不喜与俗人居，却喜与善人清谈。故不惜残朽，与先生少坐。"李靖曰："晚生性情疏慢，不学无术，恐见辱于长者。"老妈曰："观君品节详明，德性坚定，莫非佳士乎？"少顷，女童罗列酒肴，果然山珍海味，玉液琼浆。李靖吃了几杯，不敢多饮，固辞乃已。因问曰："太夫人尊姓，太公可在世否，有几位公郎？"老妈曰："老妇姓金，大君中年去世，二子名金鳌、金鲤，皆往北海探亲未回。几个顽仆见主人外出，老妈慈懦，俱醉卧不起。先生今日受了辛苦，早安宿罢。"遂起身向丹墀咳了数声，犹如洪钟振响，惊起十数个狰狞大汉，面貌有善有恶，皆来拱手听命。老妈曰："尔等去打扫迎宾馆，送客人安睡。"众大汉诺诺连声。李靖随着大汉走过数处曲栏，将行李铺在床上，叫众人出房去了，自己和衣而卧。心中想道：这个人家，定是在朝廷做过大官的，不然那得如此富贵？未及二更时分，忽闻叩门甚急，闻室中惊呼："天使至！"李靖忙起侧耳而听，但闻异香满室，不闻一毫声息。将欲就寝，数仆请曰："主母请先生起。"李靖急整衣而出，老妈迎面谓曰："本不宜使先生知予行踪，今有事相烦，不得不言。予乃本境龙神，上帝怪此地民习奢侈，以旱年告诫，使知稼穑艰难。洛阳令张公瑾志诚祈雨，感格上帝，方才御旨下降，限子末丑初，大雨时行。恨二子探亲未回，予年朽迈难以转侧，欲烦先生代我身行雨。"靖曰："靖乃一介凡夫，如何能行雨？"龙母曰："不难。"命左右将洪钟乱撞，众神蜂拥而至，皆向龙母稽首。龙母曰:"御旨前来,子末丑初,甘霖弥野,尔等作速登程,毋违天意,以副众望。"众神曰:"唯命是听。"龙母又命左右牵龙驹来,龙母曰:"请先生乘此龙驹。"手授寸余一个净瓶,谓靖曰:"此先天至宝,内藏壬癸乏精,驹若嘶鸣,汝便倾一点水在鬃上,切不可乱施。"靖曰:"然。"左右将缰绳一撒,龙驹四足腾空。

此时,李靖头顶星月,足履风去,雷公在左,电母在右,雨师在前,风伯在后,乘着电光,俯视下界,历历在目。却依龙母之言,不敢妄施雨点。风驰云飞,也不知行了几多路程。忽然望见柳家店,心中想道:此处较他处望雨更甚。又念龙母施茶之恩,不免以公报私,竟将净瓶一连滴了八九点。那驹也不敢再鸣,直行过百十里,那驹复鸣,李靖仍然发雨。又不知行了多少地方,雨师曰:"雨足矣!尔等先回,待我分开阴阳,收了云雾,即来缴旨。"李靖等先回。龙母曰:"有劳先生了。"吩咐众圣各回本位。龙母曰:"天尚未明,先生辛苦一夜,仍回客房休息罢。"李靖曰:"谨如尊命。"

将欲就寝,又闻叩门者甚急。左右开门,见二位少年惊慌而至。龙母责之曰:"昨夜若非李先生至此,汝等有灭族之罪矣。李先生代汝效劳,宜速拜。"二位龙子请李靖出来,向靖再拜。二龙子曰:"愚弟兄与北海龙王为长夜之饮,不期御旨下降,先生真是我全家恩人!"李靖未及答时,又叩门者甚急。二仆上前禀曰:"天使至!"金鳌、金鲤忙排香案,跪接御旨。为首一位金甲尊神,领着数十个虎贲之士,持矛仗剑而立。金甲神展开御旨读云:

  无极至尊昊天上帝诏曰:金鳌、金鲤,不遵御旨,妄施而数,柳家店一村,男女尽殁,淹死良民五百五十三人。念尔先世有功于社稷,不忍加诛,命值日司刑正神,鞭金鳌三百,鞭金鲤二百,减一等,降受伯爵。候有功之日,再行升赏,毋负朕望!

诏书宣罢，金氏弟兄望天谢恩，解衣伏地。左右武士动起手来，打得皮开血溅，呻吟之声令人鼻酸。龙母在一旁痛哭。室中六个女娘、十数个家丁，见主人要受杖，皆掩面流涕，吓得李靖战栗不已。须臾，左右收了刑，众仆扶主人入内室去了。金甲神谓龙母曰："若非汝有功于社稷，二子难免剑下之诛矣。以后行云布雨，切不可怠玩，吾去也。"李靖站在一旁，形如木偶。

龙母送了天使，慰李靖曰："先生休惊，若非先生效劳，则误期之罪，更甚于误雨。只是老身不该使二子俱出，以罹此咎，李靖亦无言可答。二女娘请靖入书房用饭，李靖好不过意，龙母指二女谓靖曰："此二女自幼侍予，颇适予意。今欲遣二女使奉先生箕帚，唯先生所择。"靖曰："靖乃庸夫下士，如何敢上干仙体？此事断然不敢从命！"母曰："先生虽居尘俗，品若界真仙，使二女得此佳婿，亦愿足矣！先生幸勿辞焉。"靖曰："靖贫无赖，采薪度日。茅檐之下，无立锥之土，瓮室之中，无隔宿之粮。即仙姬不弃，靖将何以自立？"二女闻之，皆目视李靖，微微而笑。母曰："天之困厄，每甚于豪杰之士。岂不闻人生于世，所患者在寡德，不患寡财？今观二女之意，均非无意于君者。予别无所赠，出夜光珠三颗，开唐宝剑一匣。"谓二女曰："此珠价值连城，汝二人收为妆资，与先生下山永成百年之好。"二女向龙母下拜，李靖不好推辞，只得也拜谢龙母。母曰："他二人年长者名春兰，年少者名秋菊，先生宜善教之。"又谓二女曰："以顺为政者，妾妇之道也。汝二人宜善事先生。吾二子受杖过伤，不能送客，先生海涵。"于是春兰背着行李，秋菊佩了宝剑，随李靖下山。龙母送出大门之外，挥泪而别。

李靖谓二女曰："柳家店一村男女，皆没于水，吾为之灾也。予欲售一珠，觅尸封葬，以释予愆。"二女曰："唯君所命。"不上半日，到了柳家店，果然被水淹成大坑。李靖触目伤心，欷歔再四，觅居近人家，寄居二女，单往洛阳探亲。那亲长见李靖衣服褴褛，却不十分理会。李靖私去当铺中当珠一颗，得银子五千两，仍回柳家店。收买白布一千余匹，又买棺木五百五十三付，不论远近，送一死尸来者，谢银五两。不上四五日，计敛死尸共有五百五十二头。命居近之人遍视群尸，单不见有庞母。李靖出帖，晓谕乡人，有能觅获庞母尸者，谢银一百两。又过了三日，绝无影响。李靖无可奈何，只得束草为人，上书"庞母真魂"四字，入棺安葬，以了心愿。又于各尸封葬之所，烧纸焚帛，虔诚致奠。

次日，收拾行李，欲辞乡人而回。乡人老老少少皆来款留，李靖唯心领而已。将欲起程，客来报曰："庞母至矣！"靖曰："庞母安在？"果然庞母策枝而来。李靖曰："为不见老母，险些寻杀小人。"庞母曰："适闻乡人语先生过用其情，老妇在世尚且感激不尽，况死于地下者！"说罢，向李靖下拜。李靖连忙扶起，曰："妈妈出此大难，真乃吉人天相，不知妈妈何以预知而逃？"庞母曰："自先生去后，老妇即发寒疾，只得往舅家暂住。刚病了半月，舅母亦寡贫而衰。昨日闻知先生如此用情，故特地赶来，以酬先生之意。"众人曰："庞母至此，先生可少留数日，使我等各尽其情。"李靖即取出三百〔两〕银子与庞母，另造房屋。又将百两银子，以作庞母养生之资。盘桓三日，拜别庞母，辞了众人，望西而行。乡人尽皆洒泪，依依不舍，李靖也切切而去。正是：

　　点水须当涌泉报，千金一掷不知贫。

要知后事如何，且看下文分解。

第四回

授天书蛟精返窟　谒越王女侠盗令

　　却说李靖别了柳家店，携二位龙女行了七八日，早到西城。旋回故里，今二女权立门外，先进家中见了母亲，将误入龙宫行雨收尸之事，一一说明又出夜光珠、宝剑为证。李母曰："尔平生谨慎，今出此荒诞之言，似觉难信。观尔精神发越，往时寒酸之气尽消，亦似有奇遇者。也罢，命二龙女进来，待吾审视，李靖出来，招二女入内，二女跪地不起。李母曰："吾儿有何德何能，而龙母错爱，既授之以珠，又赐之以女？"二女叩首曰："龙母以几辈自幼居于异类，不谙人事，闻老母亲贤惠无比，能于教子，必能教媳，故使儿辈奉先生箕帚兼学老母亲德操。"李母曰："吾母子居贫守俭，吾年七十，犹亲纺绩。吾儿年二十余，采薪之外，别无所能，龙母误聆虚声耳！"二女又叩首曰："圣人云'不仁者，不可以长处约。'龙母所慕老母与先生者，正惟此耳。"李母曰；"善！汝二人真吾儿媳也。"遂以手扶起二女，即日命李靖与二女成礼。合卺之后，相得甚欢。二女助李母纺绩，日夜不休。一日，二女相语，歌曰：

　　　　贫子衣中珠，光自圆明好。

虽然善为藏，终是龙家宝。

李靖怪而问之，二女曰："郎君市珠，可以致富，何自苦如此？"李靖曰："予感龙母之德，不忍遽售，非宝此珠，正宝龙母之惠也。"二女曰："此珠终非人间之物，他日龙神行雨，见此珠光，一吸而去，不若售之，得金为妙。"李靖曰："我得之，使彼失之，仁者未必为此。"二女默然不答。一日，雷雨骤至，李靖启柜视之，珠果不见，靖乃责二女曰："吾若听汝二人之言，遗害于他人矣。"二女再拜谢过。

又过数月，二女曰："吾不忍老母操作于内，汝不懈于外，吾二人有赤金项圈各一，紫玉镯各二，往售之。"李靖然其言，果如其数。二女曰："郎得此，可免采薪之苦矣。宜晓夜攻书，以求上进。"靖曰："孔孟六经，吾既诵之类，老、庄、荀、列之言，却将何书为先？"二女曰："孔孟六经，醇而无疵，乃人世之法，所以训天下之不忠、不孝、不仁、不义者。诸子之言，放荡不羁，乃出世之法，所以训天下之妄生、妄死者。"靖曰："出世、入世，二者吾将何先？"二女曰："入世之法，造其极，可以出世；出世之法，会其源，亦可以入世。孔子曰：'天下有道则见，无道则隐。'彼抱咫尺之义者，其孰能知之？"靖曰："三圣不传之秘，其书何名？"二女曰："其书名《遁甲天书》。"靖曰："遁甲之名何义？"二女曰："甲者，十干之首，人君之象。《易》曰：'帝出乎震，位坎向离'是也。遁者，隐也。甲尝畏庚，干之七数也。甲性好生，而庚性好杀。甲适于六仪之下，以避其凶，却又以乙妹妻庚，以制其内，甲之子曰丙、曰丁，皆能克庚而救甲，故乙、丙、丁号曰三奇。"靖曰："六仪者何？"二女曰："戊、己、庚、辛、壬、癸是也。"靖曰："甲既畏庚，何又隐于庚？"二女曰："甲与己合以养之，丙与辛合以泄之，丁与壬合以挠之，戊与癸合以威之。如此，庚不但不敢与甲为仇，而反感甲之德，畏甲之威，而为甲所用也。"

靖曰："学此道安用？"二女曰："知此道者，可为王者师。"靖曰："孔子言仁义，老子言道德，宜为王者师，未闻以遁甲者。"二女曰："遁甲，数学也，与理学相为表里。甲、庚、丙、壬、戊，即仁、义、礼、智、信之五端。圣人曰：'人同此心，心同此性，性同此理。'又曰：'人同此身，身同此气，气同此数。'古圣人未有明心达性，而不知遁甲者。"靖曰："古人云：甲之神有六，何也？"二女曰："以甲游行十二支，故有甲子、甲戌、甲申、甲辰、甲午、甲寅之称，非一甲之处，更有五甲也。推而行之，远取诸物，有天上之甲，地下之甲，一国之甲，一家之甲，一年之甲，一月、一日、一时之甲，一事之甲；近取诸身，则有一动之甲，一静之甲，一身之甲，一心之甲。子善读之，可以察天时，卜地利，知人间祸福，逐日吉凶。故曰：理有一定，而数有长短。是理为主，而数为末也。数有一定，而理有权变，是数为主，而理为末也。用理而不用数，则吉凶消长之道盲然；用数而不用理，则君臣父子之伦息矣。有以理驭夫数者，明哲保身之人也；以数循夫理者，杀身成仁之士也。自古以来，未有立大功、创大业而不知遁甲者也。"靖曰"其书安在？"春兰开筐取出一书，双手授于李靖，李靖再拜而受之。其书大半是蝌蚪字迹，文义幽深，古奥难测。二女乃尽心指点，一年有余，靖乃学成。

一日，二女又相语而歌曰：

  琴兮瑟兮音太和，山兮水兮志未磨。
  遁甲天书人识破，空留日月掷金梭。

李靖怪而问之，二女泣曰："龙母欲以天书畀汝，使吾二人奉先生箕帚，欲观先生之心术耳。今见先生之心术正大，予二人乃敢出书授汝。汝今揣摩既成，予二人留此何为？将复龙母之命。"李靖曰：

"予今揣摩此书,自信可图人间富贵,与卿二人共之。今欲弃我而回,予愿从汝,同侍龙母可也。"二女曰:"不然。予二人蛟族也。君前去自有佳偶,勿以予为念,后会亦当有期。"二女同向李母下拜,靖方欲挽留,二女化清风而去。李母与靖怅然自失。

不上一年,李母招李靖而谓之曰:"人之在世,生灭无定,如月盈亏,如花开谢。今生前死,今死后生,今死不明,后生奚保?吾将远逝,勿用深悲。"言毕而逝。李靖服丧三年,极尽其礼。

一日,见白气横天,知南阳必有兵变,乃往见总兵伍云召,劝他去官回里。云召不悦,夤夜逃至痘母祠,题诗感叹,潜往长安,谒越王杨素。越王见客,置侍妾三十余人于左右,皆制官服色,号曰活香锦屏。越王见李靖仪表非凡,心甚喜乏。及扣其所学,靖应对如流,目不斜视。越主益奇之,因设席命坐,右红拂技冯红绢为舞。越王曰:"此女最有口才,试听之。"红绢乃执红拂为舞。李靖佯醉,辞越王回寓;越王曰:"无事时,可来相访。"靖拜谢而去。

回至寓中,又看了几卷古书,日夕而卧。将交三更,忽闻叩声。开门看时,见一少年,系二马而进,峨冠博带而入,不揖而坐。靖问曰:"先生何来?"少年曰:"吾乃今日席昌之歌妇冯氏也。"靖视之,果然,曰:"尔来此何事?"绢曰:"长安不久将属他人,岂不闻危邦不入?不知先生来此何故?却又与死尸对饮,不亦羞乎?"靖曰:"子将何以教我?"绢曰:"安排青眼,阅人多矣。求其胸襟洒落,无如君者,吾盗有越王令,欲与先生逃。"靖曰:"将安往?"绢曰:"太原唐公,仁人也,可依之。"靖曰:"越王追及奈何?"绢曰:"此垄中枯骨也。君费一席话,妾为一曲歌,必免。"李靖送与绢窃关而逃。

次日,越王府中不见红绢,左右遣使捕捉,越王曰:"红绢入府,经五年矣,未尝以颜笑假人,吾尝谓绢有侠士气。昨日席间,以目熟视李靖,必从靖去矣!"左右往察之,果如越王之言。请于越王,欲追之,越王曰:"藩镇诸侯如予荒色嗜音,多选名门女子贡予,是其来也如云，其去也当如水。胶漆无情之物，尚然相投，况绢与靖，天下之奇才也，而有不相怜者乎？蜂蝶戏于花间，吾每拂蛛网以快其意，今日独不容靖与绢，毋乃不善用其情乎？惜乎！靖非知予者。知予必不去，吾将厚赠之。"左右曰："恐其有效尤者将若何？"越王曰："惟靖与绢则可，非靖与绢则不可。彼小人与女子，情欲而已矣，吾必扑杀之，汝等毋多渎。"左右不敢复言。自此天下贤士，多有依附越王者。惜乎！不学无术，好谋无成，不能回隋氏之乱。彼哉，彼哉！要知李靖去后如何，下文分解。

第五回

弹宝铗红绢说奇人　画三策李靖献良马

却说李靖与红绢策马而行，来至临潼山，到了梅林镇。日暮投店，歇于楼上。次日天明，濛雨不休。李靖晨起，捡书观看，红绢亦对镜理发。对门楼上，坐着一斑白老叟，发如旋螺，须若短松，以目视红绢。李靖心甚恶之。绢低声谓靖曰："对门老叟，状貌不凡，才识必出汝之上，子试往拜之，必看所赠。"靖信其言。老叟曰："子先怒我而复来拜我，必对镜者之所教也。"靖曰："然。"老叟曰："子为谁？"曰："吾李靖也。"叟曰："对镜者为谁？"靖曰："室人冯氏也。"靖因问曰："先生为谁？"曰："吾亦姓冯，名冀，西洋人也。"靖曰："先生何以至此？"冀曰："吾观中原气数参差，故吾越国而来。近见太原正气时现，吾将安用？思往南安一游。"靖曰："弟欲与先生订同胞之谊，若何？"冀曰："不然。尊嫂姓冯，吾亦姓冯，吾当与嫂结为兄妹。"李靖返告红绢，绢大喜，于是绢拜冀为兄，冀拜绢为妹。

一日，靖谓冀曰："人生斯世，必如何方称为奇人？"冀曰："关所谓奇人者，举世不能建之功，而我能建之，三纲于焉而明，举世不能立之节，而我能立之，五常因之不坠。为天地所依赖，为古今所推仰。冀虽不才，心窃窃焉慕之。"靖曰："不然。此所谓英雄也，非奇人也。所谓奇人者，言不奇于人，而言可法；行不奇于人，而行可师。规规乎见利不趋，见害不避，澡其身于德，若鱼之浴于水，呼吸吞吐，无非善也。到若功与节，视乎时，审乎外，不以得之为喜，不以失之为忧。靖里不敏，愿从事于斯焉。"红绢曰："此所谓贤人也，非奇人也。奇人者，尽性了命之人也。夫凤生于山，人莫不知其为凤者，以文辨也；龙居于水，人莫不知其为龙者，以鳞识也。奇人与世居，而人知其为奇者鲜矣。岂惟不知而已哉，疑之者视之为愚，谤之者称之为矫。奇人处疑谤之间，择其善者而教之，其不善者而化之。志与众人异，而心不忍与众人离。浑于物比，不知有我，虽至老不悔。"靖曰："此奇人之操也，奇人何所学而成？"绢曰："子曰诵圣言，尚未闻奇人之所学乎？圣圣相传，只此'中'字。审中道而行，谓之奇人。所以言行遵先王之法，视听效先哲之为，异乎流俗，遁于污世，故疑谤之士，视若奇人，虽然，果有奇于人哉！"靖曰："此奇人之节也，奇人之心术若何？"绢曰："主乎'中'者，谓之道心；出乎'中'者，谓之人心。道心者，操之则易，存之则难。存而不伤于固，谓之善养，则更难，故曰唯精。精易失之太过，防其太过而止之，则又失之不及，故曰唯一。一而至于浑忘，谓之允执。允执者，身不出'中'外，心不出'中'中，其神如化，其德配天，而人莫之拟焉，故谓之奇人。舍中道而言奇人，异焉而已矣。"于是冯翼掣宝剑，击桌而歌曰：

  大道根茎识者稀，愚人日用不自知。
  为君直指性命理，但教心与牲相依。

李靖亦执剑击桌而歌曰：

  日月虽明不为明，日月之明有时昏。

我心之明无昼夜，不是奇人是奇人。

红绢亦持剑击桌而歌曰：

堪叹我身寄世居，淡云飘泊走天衢。
从风不若从龙去，择拣身心傍太虚。

三人在店中盘桓了三月有余，每日谈诗论道，彼此相长。冯冀恐误了自己大事，拜别李靖夫妻，欲往安南，李靖亦欲往太原。冯冀临别嘱曰："期至十年八月初十日，看南方红光烛天，即吾事成之日。十五年，吾当来中土致贡，与汝在长安相会。"于是三人挥泪而别。

不言冯冀南行，单言李靖与红绢行至太原，果然耕者让畔，男女别途，道不拾遗，夜不闭户。又天朗气清，山川献瑞，不时有王气纵横，李靖惊讶不已。及至太原，觅了寓所，谒见唐公，唐公待之甚厚，命长子建成答拜。红绢于帘内窥之，谓靖曰："无能为也。气滞神驰，非善终之辈。"他日，次公子元吉来访，绢又谓靖曰："未语先闭目，其中多诈；开口欲人从，其志不谦；与人言而目多内顾，其意必奸，宜远而不宜近之人也。"

一日，李靖偶过学宫，值三公子在泮池闲步，公子谓从人曰："走马者是谁？"左右曰："此人姓李，数日前来谒老令公，大约携妻子寄食者耳。"原来三公子好学不倦，每日视膳问安之后，即入学宫读书，不比建成、元吉终日游荡，故此未与李靖会面。当日瞥见李靖，即备名帖来访。李靖接见，分宾主而坐。公子曰："先生抱济世之才，不远千里而来敝邑，使弟得承教益，实为万幸。不知先生教我以何者为先？"靖曰："公子名德施于天下，虽三尺之童，莫不仰望，况靖以四海为家者乎？"公子跪而言曰："交疏者，言必浅；礼厚者，教必深。某愿以师礼事先生。"靖亦跪而答曰："靖实不才而公子错爱，愿效犬马，以备裁取可也。西席之位，则予岂敢当哉！"公子曰："吾观先生，伟丈夫也。先生自度与古代名贤，堪与谁为伍！"靖曰："靖学浅志下，求无愧于今人足矣，焉敢与古人为伍哉！然靖虽不才，亦愿闻公子之志。"公子但笑而不答，李靖亦点首会意。又谈论些闲话，公子辞李靖而去。红绡出帷，迎谓靖曰："此真命主也。他日鞭笞藩镇诸侯，其惟斯人乎？"次日，三公子又来相访。自此，李靖与世民交游甚厚，逐日往来，却无一言及于天下大事。

一日，世民招李靖，饮于北城栖霞楼上。世民乘醉顾李靖而言曰："大丈夫当纵横宇宙，为一世不可少之人，作千万世推重之主，必何道而可？"李靖对曰："夫所谓大丈夫者，审成败之势，定进退之局。因民之利而利之，因人之恶而恶之。故不劳而泽加于民，不战而威行于世。譬之顺风而呼，背日而视，其声加疾而明知远者，势使之然也。然后牧民以文，卫民以武，以遗万世之安。"世民乃执李靖手入密室中，跪而请曰："某不才，愿受教于先生！"靖曰："公子自料太原可成王业否？隋氏之气运隆替否？天下诸侯可以力制否？"公子曰："方今海内一家，礼乐征伐皆自天子出，隋氏不为不隆。太原属在西陲，守则可矣，未可以战。天下诸侯皆英勇之士，事之且恐力不继，焉能受制于不才乎？"靖曰："不然。方今文帝老迈，任用谗臣，又频年饥馑，四夷屡叛。再者，皇太子柔弱有余，皇次子刚勇过甚，他日必有争立之变，国运可谓衰矣。天下诸侯，譬如群狗，据关而吠，勇士尚避其威，曳尾而郊行。虽三尺之童，皆可以持杖而逐之，何惧哉！太原风俗俭约，易教之以礼；地沃民勤，易使之以富，然后静以观天下之变也。乘变极思治之时，则义师一举，天下皆引领而望之矣。"公子大悦，再拜而谢。自此李靖佐公子理农桑，治兵甲，交结宾客。天下豪杰，无有不知世民之贤者，皆李靖之教也。如此三年，公子志不少懈。

又一日，李靖谓公子曰："吾为公子画三策，可运天下于掌上。"

公子正立，拱手受教。李靖曰："第一策，公子当与匈奴主厥突，结为唇齿。他日举兵南向，庶无内顾之忧。第二策，长安，人文广集之地，吾当再谒越王，招天下贤士来自太原。第三策，紫薇垣中，帝星摇摇，时有白气蒙蔽。客星居于帝座之右，光芒四射，其兆甚凶。吾去见机行事，以成三策。三策成就，大事济矣。"公子方顿首谢曰："先生真王佐之才也。"二人名虽朋友，心实君臣。

世民也素知番王厥突重利娱色，乃选美女十名，黄金千镒，彩缎千匹，交纳番王。厥突大悦，亦以厚礼酬答。自此两国往来不绝。李靖乃谓公子曰："越王所最爱者，良马也。乞借公子黄龙驹，往长安一行。"公子慨然与之。公子问几时起程，李靖曰："明日乃黄道吉日，可以起程。"公子赠黄金五百两，李靖少之，曰："吾此行胜起十万精兵，求公子益予黄金千两，可以济用。"公子遂如其数。李靖恐越下防己之诈，带红绢同行，公子尽一日之程相送。红绢宿于驿亭内室，公子与李靖抵足而卧，谈叙一夜。次日临别，靖嘱曰："欲上人者，必以身下人，方能收贤士之心，公子牢记。"进与红绢策马，望长安大道而来。

不上数日，到了梅林镇。靖谓绢曰："向年同冯冀萍水相逢，结为兄妹，相居三月余，不觉今已五年矣。"二人在马上感叹了一回。又行数日，已到长安。牵着宝马，佩了开唐宝剑，同红绢望越府而来。左右将李靖名帖，并陈情表文传进。越王细看，其表文内云：

　　罪臣靖自与红绢去后，感大王不追不杀之恩，遂男女有室有家之愿。虽大王宽仁，视婢妾若薨薨之虫，而义士铭心，愿衔环以报生生之德。今献黄龙驹一匹，德力兼优，兴王剑一柄，金玉可制。臣愿附骥尾，垂千载之令名，永随鞭蹬，作侯门之清客。心出至诚，伏祈照鉴，谨表以闻。

越王看毕，喜形于色，命左右取宝剑带马进来。越王一见此马，遍体黄毛，果然是五爪龙驹；那口宝剑，光芒射目，寒气袭人。顾谓左右曰："吾料李靖，必有以报予者。"命请李靖与红绡入见。李靖、红绡伏地请罪，越王曰："先生休矣！"命左右扶李靖起，分宾主而坐。越王曰："先生盗我万人俊，却还我千里驹。"李靖曰："大王以明珠投人，臣敢不以宝剑相赠。"时红绡依于靖后，越王曰："不见子已五年矣，已非复昔日之红绡也。"红绡敛襟而答曰："大王威仪如故，唯须发加白矣。"越王命左右择一静室，居李靖、红绡于内。李靖厚赂越王之左右，无不称李靖之贤，越王亦夸其得人。凡有接见宾客，常使李靖在座，因此天下豪杰，无有不知李靖者。靖居越府，直至炀帝下扬州之日，方回太原。此是后话不表，细看下文分解。

第六回

评花卉盈川师李靖　　观书法若虚荐尉迟

话分两头。再说朱若虚在路上行了月余，将及长安地界，路上行人纷纷传说京中之事：文帝被弑，太子遭戮，太傅伍建章被诛，炀帝竟是废伦自立。若虚闻之，仰面号曰："天乎，天乎！吾命之不长也。"意欲转辕而回，复又想道：此地离京都不远，且进京都游览一回，只去见过李靖，即便回家。主意已定，策马加鞭，又行了数日，早到了长安。

觅了寓所，备个名帖，隐去孝廉二字，只写山人朱若虚拜访，来至越府，向门官作揖道："我是西陵湖广人氏，特来拜访李师爷的。"取出一个小小门包，递与门官。门官接着，将若虚上下一看，见是儒生打扮，不是公衙中人，就不怪他出手太小，接着帖儿，就进去了。转身出来说道："李老爷请先生进去。"若虚随着一个青衣童子，端肃而入。只见越王巍巍大殿，十分壮丽。进了正殿，转过花厅，真个闹中静境，别是一番气象。果然：

　　阶下草青阶上绿，牖边花发牖中香。

李靖早已站在阶沿之上，拱手叫道："不知贤士驾至，未得远迎，有罪，有罪！"若虚答道："芝兰生于幽谷，嗅其香者，不惮险阻；况先生乃上苑名葩，愿拜下风者，独予一人乎？"二人遂挽手而入，叙了主客之礼。李靖道："先生屈体来访李靖，不但光生敝斋，今观先生气秀神清，彬彬雅度，必具高才，却又卑以自牧，光顾鄙人。诚哉，其为若虚也！"若虚答曰："弟久慕大名，奈天各一方，难亲道范。今观先生貌恭而言安舒，德柔而行刚断，无怪乎以靖命名也。"

李靖见若虚语言谦逊，知是诚实君子，即命安排酒肴，与若虚酣饮于花亭之上。靖曰："人生于世，草本逢春，故君子窃取名花以喻其德。唯桃李争春比艳，无足论也。牡丹、芍药，朱紫之客尔。我中心羡慕，殆不及此。竹中虚而有节，松外实而内坚，此二者高超万木，萃拔群枝，靖愿效之，恐不能及！此数种之外，先生之志可得闻欤？"若虚举目，将园中群花遍视良久，答曰："君子之志，有隐有见；君子之时，有屈有伸；君子之性，甘淡泊而不厌，则无不同。丹桂气浓而致远，芝兰香灿而栖幽，篱菊傲霜而形单，皆不可自效。唯有莲花，出污泥而不染，备五色而不侈。叶偏偏而圆，茎亭亭而洁。舍是而金玉名高，虽艳浓皆为末节。"靖曰："善哉，君子之爱也。"若虚曰："不才承先生推情下问，敢放言不忌。不知先生所钟情者，在于何品？"靖曰："天下之物，莫不皆有其偶。仆所愿者，孤洁之物耳。"若虚曰："草木之类，堪备玩赏者，皆天地之英华，夫子之志诚高矣。所谓孤洁者为何？"靖曰："夫所谓孤者，不俟春王之令，不须绿叶之敷，众皆零落我独条达。喷异香于冬末，挺灵秀于春先。所谓洁者，辞阳和之雨露，免蜂蝶之摧残。披瑞雪而姿色亭亭，历严霜而精神越越。不有梅花，吾将安适耶？"若虚曰："居今之世，仿古之行，先生其张良之亚欤？"李靖心上机关，被若虚一言打动，遂暗暗称奇。良久答曰："弟与足下各评论花卉，何得攀及张良，岂不愧死！"若虚见天色已晚，即忙告退。李靖送出大门之外，谓门官曰：

"朱先生再来，不必通报，听其自进。"

次日，若虚效着古礼，备个门生帖子，束脩一封，彩缎二匹，纹银五十两，来至越府。见了李靖，行师生之礼。又请师母红绢相见。八拜礼毕，李靖引若虚往拜杨素。越王命其子杨玄感与若虚弟兄相呼。李靖遂将生平所知所能，一一授与若虚，若虚心领神会。不上一年，将遁甲中天地神人鬼、龙虎风云，阳九局、阴九局，四千三百二十变局，三十六吉格，三十六凶格，内外三十六生格，三十六死格，般般学会。又参悟心中遁甲，才知克念作圣，甲之遁也；罔念作狂，庚之獗也。始悟三教同源，理数合一。养元始于太极之中，穷秘妙于先天之内。

李靖见若虚颖悟非常，十分欢喜。一日，与若虚谈及性命之理。若虚问曰："世间以何物方能形容'性命'二字？"李靖曰："心如堂上坐着一个官员，这官员的职分便是性。盖有职则为官，无职则为民也。这职分中所任之事，便是性中之理，即仁、义、礼、智是也。这官人发政出令，因时制宜，即是性道流行。承宣天命而见之于行事，忠、孝、廉、节是也。政之或宽或慢，或暴或残，乃气质之性，君子所不任者也。这官人入则群趋众奉，出则后拥前呼，犹人五官百骸，凭精气而为生命者也。故曰理以成性。理者虚而周流，亘古常存，性中之命也。气以成形，形者有生有死，精气假合之命也。所以下士养形，上士养心。"若虚心闻至理，遂不愿为官，欲回家参学理数。拜别师父、师母，李靖送至十里长亭，嘱曰："天命之性，如水之清；气质之性，如水中着了些酱醋在内。凿丧了天性，违背了天命，将欲返本还元，或埋之以土，或澄之以砂，所以圣人教人，要正心诚意，方可复转天良，明心见性。吾观汝志气清明，必是神仙中人物。汝去吾别无所托，但遇英雄豪杰才堪国用者，即修书荐来，吾必厚遇。"若虚会意，答曰："门生知道。"二人又珍重一回，方才撒手而别。

不言李靖回府，却说若虚因南阳兵乱，从东路而回。行了半月，已到朱仙镇。住在店中，却往街上散步，见一座不周不正的草店门首，挂着两行隶字，上写道：

> 天下无难事，世间有难人。
> 人难因运难，运难难上难。
> 天下无易事，世间有易人。
> 人易因运易，运易易上易。
> 　　　　　心田居士题

若虚是个爱字之人，上前细看，见笔笔风流，字字端正，生气勃勃，如春园之草，精神洋洋，若游水之鱼。诗中意味，乃英雄遇困厄而无告之语也。因问店家道："此诗何人所题？"店主连忙答道："此是山东一位客人写的，先生莫非有买字之意？"若虚道："斯文同骨肉，你可引我进去看他。"店主引至客房，指着道："那病不死的一个僵尸就是！"若虚近前一看，见这大汉身长九尺，浓眉大眼，面黑无须，憔悴如柴。头枕两只竹节钢鞭，恹恹而卧，病在床上，灰尘勃勃裹体，衣中秽迹淋淋。若虚见了，心中凄惨，叫声："仁兄！奈何遭此重厄？"那大汉睁开二目，将若虚一看，挣起身来，却又衣不遮体，仍然坐在床上，问道："兄长何人？"若虚曰："弟乃湖广黄州府西陵县人氏，姓朱名若虚。适在街上行游，见兄台书法高明，特来相访。请问兄台尊姓大名？"壮士答曰："小弟乃山东麻衣县人氏，姓尉迟名恭，字敬德，外号心田。在家务农为业，蒙地方官擢我孝廉，上京候选。到了京都，却又思面乡里，来经此地，投亲不遇，陡遭疫症，病了二月有余。这店家又不时絮聒，无可如何，只得写两行草字，不期有辱尊驾，一见如故，少舒我胸中之气。"若虚听了，抚慰道："天之驭人，将欲亨之，必先困之。公今受此大厄，必成重器。兄台若不弃，可同我回寓中养病若何？"尉迟恭曰："小弟这样光景，岂不有辱尊驾？"若虚道："你我志同道合，何出小人之言？请少待片时，小弟即来邀请？"若虚道罢，他就出店而回。那店家又惊又喜，尉迟恭却不〔以〕为意。

过了两个时辰，不见人来，那店主不住地在门前观望，就向着尉迟恭说道："我看这个人说话，过于容易，自然是个不诚实的人，况他是湖广，你是山东，又非亲非故，岂肯缠你这个病鬼？快快与我出去，我只当遇着一个强人，偷了十两银子去了的。"尉迟恭婉言答道："大丈夫不甘受人怜，又不肯轻受人恩。此人果是豪杰之士，自然疏财仗义，言信行果；若是鄙细小人，我也只当未遇着他的，来之不喜，去之不忧。"店家大怒道："你空着两手，长在我店中，吃了我百十餐饭，就把你身上的皮都剥下来，也不够算到茶钱。快快与我出去罢！"尉迟恭将欲开言，抬头看见若虚进来，却不作声。那店家满脸怒气，回头见了若虚，也不作声。若虚心中明白，就陪着笑脸说道："小弟回寓，因伴仆闲游去了，所以来迟，二位休怪。"便问店主道："尉迟兄饭钱共该多少？"店家道："他来店中，共有八十天，就该九两六钱。"若虚将银子还了，又叫尉迟恭取出当票，命李福到当店中，将衣服行李逐一取出，尉迟起来沐浴更衣。店家说道："请二位老爷到客堂拜茶。"若虚年长，尉迟恭年幼，依次而坐。店家排上茶来，掇出果盒，七八样糕饼茶食。二人饮了两杯茶，店家又献上酒来，对着若虚说道："小人在此开店二十余年，从来未见朱老爷这般仗义。"又向尉迟恭说道："小人肉眼无珠，往日言语唐突，祈尉迟老爷海涵。小人店中有事，不能奉陪二位老爷，宽饮几杯。"店家说罢，退出去了。尉迟恭道："弟与兄平日参商，今朝萍水，受此大恩，何以为报？"若虚道："人生在世，方便第一，力到便行，何敢望报！贤弟若不受此重厄，叫愚兄往何处来会你？此系天缘，不可不贺。"二人说至此处，大笑不止。

若虚命李福代尉迟恭背了行李，尉迟恭自己提着钢鞭，辞了店主，随若虚回寓，又设酒相贺。尉迟恭因久病新愈，多饮了几杯，就昏昏欲睡。若虚寻思：此人日后必是朝中柱石，待他病好，将他荐往越府，也不负吾师嘱托，遂与尉迟恭在朱仙镇住了一月有余。一日，尉迟恭对若虚曰："弟受兄长如此大恩，杀身难报，欲与兄长结为兄弟，订生死之交，不知兄意若何？"若虚提笔曰：

> 男儿重义气，何用结生死。
> 意气果相投，生死不可易。
> 莫学尘世子，订盟称莫逆。
> 一朝时势改，相见不相识。

尉迟恭观了此语，拜服其论。

一日，二人游于东郊，偶然风雨大振，二人衣衫皆湿，尉迟神色不变。若虚曰："迅雷风烈必变，然则圣人亦畏之乎？"恭曰："圣人敬之也，非畏之也。君子畏青天，不畏雷霆；小人畏雷霆，不畏青天。畏雷霆者，畏众人之口；畏青天者，畏自己之心。己心不畏，天且不惧，况雷霆乎！"若虚甚服其论。又一日，若虚言君子趋吉避凶，是循天理之正，顺人事之宜。尉迟恭曰："谓循天理则必吉，则比干不见杀，伯夷不见饿，三闾大夫不见放。范增陷身于项羽，不失为杰士；武侯折兵于岐山，不失为荩臣。君子尽人事，循天理，至若吉凶祸福，何足以计心哉！"若虚叹曰："真杰士之语也。"又过了数日，若虚道："男子志在四方者，当以功名为重。贤弟仍回京都，到越王府中，持我手书，去见李靖，必有推荐之处。我也要回家，再图后会罢。"尉迟恭道："弟在京都却也知道此人，现今他依仗权门。恐是有名无实，所以未去见他。"若虚道："闻名不如见面，见面才知为人。你不要负我之意，就明日起程罢。"尉返恭道："弟受兄恩，寸心未报，愿随侍一年两载，再进京都，未为晚也。明日就要分手，叫小弟如何割舍。"若虚道："你年近三十，还是孺子口气，少〔不〕得后会有期。"二人谈论多时，到了次日，若虚催尉迟恭起身，送了二十余里。若虚见尉迟恭去得不愿，心下也十分怏怏。回到朱仙镇，主仆而行。此话不表。

　　尉迟恭别了朱若虚，眼中流泪，心中想道：我日后得了好处，定然将恩报恩，断不做负恩义之徒。望长安大道而行。行了五日，身上零钱用尽，思想到那个铺口，换几两银子。看看日落西山，不免早投客店罢。进了店房，用了晚饭，觉得身子困倦，开铺欲睡。袋中一封银子，不知失于何处，心下着忙道："可怜朱恩兄一片婆心，恩情并重。失金事小，吉恩兄知道，岂不道我无才。"又停了一会，忽然悟道："此金失去不远，前不多时，思量要换银子，我还摸来的。明日早起，望原路找寻，或者找寻得着，亦未可知。"遂一夜无眠，等不得天明，即叫店家开了店门，交代行李，照旧路找来。要知后事，下文分解。

第七回

魏征挥金逢杰士　若虚解梦识天机

却说尉迟恭于黎明时节，找寻银子，大约有四五里之遥，见路上插着一片白板，有二尺多高，数行大字。近前一看，上写道：

　　东邻招饮，偶尔夜回。伊何人也，遗金道旁。醉后强持，愿尔来取。斤两锭数，姓氏图封。一一如数，我方不吝。

鹿鸣村魏征题

尉迟恭看了此牌，心中想道：此人到算得一个廉士。只是这一封银子，朱兄说是五十两，面外却是朱盈川的图书封记，内中锭件多少，银色高低，却我一毫不知。且去见了魏先生，再作区处。正想之间，来了一个农夫，尉迟恭问道："请教这里到鹿鸣村有多少路？村中有个魏先生，所作何事？"农夫道："那绿树中间，烟火起处，但听学生读书声音，便是魏先生的学堂。"尉迟恭道："有劳指教。"遂望鹿鸣村而来。

远远听见咕哗之声，尉迟恭将脸上露水抹了一抹，身上衣衫整了一整,斯斯文文走进学堂。那先生正在教学生的书,见了客人进来,也站起身来,叙了主客之礼。魏征道:"观足下风尘甚重,定是远来之客,祖居何地,尊姓夫名,何故来此?乞赐教言。"尉迟恭曰:"弟乃山东麻衣县人氏,姓尉迟名恭,字敬德,别号心田。因有事进京,昨日途中困倦,故尔遗金。蒙先生狷介,题诗于路,所以轻造宝斋,望希恕罪。"魏征曰:"足下既然远来,可在小斋盘桓数日再行罢。"恭曰"先生拾金不昧,又使小弟领受教训,消除鄙吝,岂不幸上加幸。"二人谈论一时,学生报曰:"酒熟矣。"就在书案之上,二人对饮。魏征想道:此人相貌魁伟,必然文武全才,但不知他志气如何,且试探他的心事。尉迟恭也想道:此人面圆目长,印开准丰,定然博古通今,但不知他心术正大不正大?若是个一介书生,不足有无之辈,就不要在此盘桓,耽搁了路程。

　　酒至半酣,有两个学生正念《易经》,尉迟恭曰:"圣学中唯《易经》是穷理尽性之书,所以读《易》者多,通《易》者少。先生若不吝,弟愿求教于先生。"征曰:"《易经》泄天地之秘蕴定人事之吉凶,碌碌庸才,焉能言《易》哉!"恭曰:"愿闻其约。"征曰:"善言《易》者,必善言性,善言性者,必善于用情。盖尽情即是尽性,尽性必先穷理,理有未穷。用情多有不当,性情昧矣。故古人立教,必始于学校。善用《易》者,必明乎气候。气候者,阴阳进退之序也,吉凶悔吝所由生也。故君子燮阴阳,齐本末,一理数,返太极,合太虚。"尉迟恭曰:"太极、大虚乃二物乎?"征曰:"以理而言,谓之太虚,以气而言,谓之太极。有气便有动静。合而言之,气聚则生万物,各具一太极;气散则死,本乎天者还天,本乎地者还地,万物同归乎太虚。开经第一义,便曰乾、元、亨、利、贞,盖乾为天德,元、亨、利、贞,即春夏秋冬之序,万物之生死,莫不寓于其中,所以六十四卦,终于未济。知此,则知贞下起元,剥极返复之义也。"恭又问曰:"敢问近取诸身何义?"征曰:"性为天德,乾之象也。仁、义、礼、智，统属于性。日用常行之道，各有当然之则，所以六十四卦，始之于乾。知此则知育物以仁，鞠物以义，甄物以礼，陶物以智。曲成万物，范围天地，讵虚语哉！"恭曰："仁、义、礼、智、信，此一'信'字，仁、义、礼、智、性，此一'性'字，此二字何解？"征曰："此'性'字，自形而上者言之，其德配天；此'信'字，自形而下者言之，其德配地。"恭曰："孔、孟而后，善体《易》道者何人？"征曰："留侯欲报韩氏之仇，却知韩氏子孙不可复兴，依汉高祖而成己志，是以数循理，《易》之道也。武侯知刘氏不可复兴，乃鞠躬尽瘁以循王命，是以理循数，亦《易》之道也。"恭曰："以《赐》道安天下若何？"征曰："《易》为天人交至之书，治天下乃其条事耳。知《易》者知天命，知人心。昔者孔子尊周室，孟子亦尊周室，皆此意也。"恭曰："今日之世若何？"尉迟恭这一句话，问得魏征半晌不言，良久答曰："弟所谈者，皆前人之糟粕，若论及今日，则吾不知也。"恭曰："交疏则言浅，志不作则道不合。弟与先生邂逅相遇，宜夫子之辞以不知也。"魏征但笑而不答。于是尉迟恭在鹿鸣村，住了七日。

一日，魏征谓尉迟恭曰："近日童谣，兄能测之乎？"恭曰："不知也。"征曰："童谣云：

> 琼花等时开，杨花逐水来。
> 飘飘何所似，夕照影徘徊。
> 西山雨露近，洪荒平野陔。
> 二九郎君至，天下乐悠哉。"

尉迟恭曰："据此童摇，先生何以解之？"征曰："琼花不知所指何物，大约目下之妖孽，日后之祯祥也。杨花逐水，荡而忘返，指隋氏而言也。夕阳影照，喻言不久也。西山雨露，言山西有兴王之兆。洪荒，太也。平野，原也。是指山西太原也。二九，十八也。郎君，子也。隐隐是一李字。天下乐悠哉，李氏若出，天下必安也。"尉迟恭道："儒者以救时为急，今新主大举孝廉，兄台缘何不出？"魏征曰："吾师傅王通，献《太平策》十二卷，计十万余言。开陈治道，救时之急。书屡上，而主上不用，尔我复何望哉？先帝以诈力平陈，不思以儒行治世，任用杨素、宇文化及等，皆非命世之才。各藩镇诸侯，谁为尚义之辈？今炀帝禽色并荒，音酒兼嗜，而饥馑臻至，盗贼蜂起。吾恐剥复相循之候，乱极思治之时，其在斯乎？"尉迟恭听了魏征这一番言语，遂将遇朱若虚之事，一一言之，邀魏征一同去见李靖，魏征欣然应允。

住了数日，魏征吩咐兄弟魏徽好生照理家务，不可荒芜田地，同尉迟恭望长安而来，投见李靖。李靖待为上宾，说道公子世民之贤，恳他二人往见唐公。魏征、尉迟恭难却其意，竟携了荐书，又向太原而行。李靖说道："二位贤弟，见了公子，出予角书，切不可效韩信故事，使萧何甚费周旋予许与公子建三策，已成其二矣，若三策成就，吾即来太原，与汝等共议也。"三人再拜而别。

却说三公子李世民，自李靖去后，如有所失，二年有余，杳无音信。一日，一少年秀士来访，公子出见。其人清秀非常，公子延之上座，问曰："足下风尘甚重，必由远路而来，愿聆尊姓，不才便于请教。"少年曰："吾长安人也，姓房名玄龄，今有事故来此。久闻公子大名，特来拜谒。"公子曰："请先生暂停于此，使不才少聆清诲，以毕平生之愿。"玄龄曰："公子既然不弃，弟亦愿侍文几而聆德音。"公子大喜。次日，公子引玄龄往见唐公，唐公十分敬重。玄龄见唐公父子如此爱贤，始出李靖荐书云：

  房玄龄博古通今，长于文艺，非百里之才，殆游夏之选欤。公子宜使之兴学校，迪教化，范人民。区区太原之地，未足以限其学焉。公子珍重，珍重！

公子见了此书，执弟子之礼以事玄龄。玄龄被德感恩，夙夜勤劳以酬公子，唯恐负李靖之托。

再说魏征与尉迟恭行了十几日，到了太原，谒见唐公，唐公优礼以待。退回寓所，世民同房玄龄接踵而至，各道相慕之意。厚来李靖早已使人通信于公子，故公子思之甚阔。魏征即出李靖荐书，公子与玄龄同目观之，略云：

> 魏征、尉迟恭，才堪将相，公子宜以国士待之，以收民望。是嘱。

公子看书毕，谓尉、征曰："李靖，智士也。今观此书，二人之名实，定然不虚，愿教我以正，使弟茅塞顿开，万勿以愚拙见弃。"魏征曰："吾二人慕公子之盛德，故不远千里而来。公子收为门下客，足矣。李靖之言，毋乃已甚乎？"正说话之间，唐公差人送酒席至，于是四人共坐畅饮。正是：

> 君臣际会日，龙虎交吟时。

四人饮至三更方止，公子与玄龄辞去。次日清晨，公子即来问安。自此尉迟恭佐公子治军旅，魏征佐公子亲教训，玄龄佐公子兴学校，太原之治日新。唐室之基，由来有渐矣。

一日，公子问于玄龄曰："经济之道，备于圣教，其道可得闻欤！"玄龄曰："教之斯为经，非刑正之所能及也；富之斯为济，非推解之所能致也。教，乾道也。富，坤道也。富、教不可以偏废，犹天地之不可以闭塞也。夫民以食为天，若衣食不给，转于沟壑，逃于四方，教将焉施？是富先于教，经后于济也。农桑不失其时，五谷咸登于室，逸居而无教，则近于禽兽，必训以亲上死长之道，使之敦五伦，勤五教，能者爵之，不能者劝之，佚者督之，不服者罚之，国有不治者鲜矣！记曰：天不爱其道，地不爱其宝，和气之所招致也。人不爱其情，教化之所施及也。非经济之道得，而能若是乎？"公子曰："经后于济，不曰济经，而曰经济，何也！"玄龄曰："兵食可去，而信不可无。经之道，又大于济也。"公子起而谢曰："善哉，吾子之言也。"

一日，公子问于魏征曰："古人治国，动言经济，其道奚若？"魏征曰："修己以敬，经也。修己以安人，以安百姓，济也。"公子曰："修己以敬，必如何而为敬之至？修己以安百姓，必如何而为安之至？"征对曰："正心诚意，便是敬，格物致知，敬之至也。齐家治国，便是安人。平天下，安之至也。"公子问曰："三代而后，知此道者为谁？"征对曰："光武推赤心于人腹，庶乎近焉。修己以敬以安人，岂外于一心哉。"公子拜而谢曰："大哉，吾子之言也。"

次日，询于尉迟恭曰："古称经济之道尚矣，必如何而为经济？"恭对曰："上致君为经，下泽民为济。必也，使吾君为尧舜之君。《书》曰：'元首明哉，肌肱良哉。'故无为而天下之治，使吾民为尧舜之民。思天下有饥者、溺者，犹己饥之、溺之也。《书》曰'一人元良，万邦以贞。'非经济之道而何哉？"公子拜而谢曰："贤哉，吾子之言也。"退而书三子之言于座右。

却说山东历城县有一壮士，姓秦名琼，字叔宝，年二十余岁。不理生业，豪侠好义，乃陈朝大将军秦彝之子。先在历城县充一名捕盗快班头目，兖州节度使唐璧闻其名而招之。见他武艺超群，补他一名旗牌官。时值越王寿诞，唐璧备了一幅厚礼，送往越府贺寿。西席幕宾褚遂良曰："晚生家居长安乡中，归宁之意甚切。今往越府贺寿，若使晚生一往，实为两便。"唐璧道："如此甚妙，须得一人为辅。"褚遂良曰："只用秦琼一人足矣。"唐璧大喜，即命叔宝保褚遂良而行。

行至河南汜水地界，在道旁歇息。忽听林中锣响，数十个喽啰抢出。秦琼见了，飞身上马，手抡双锏，大声喝道："山东秦叔宝在此！"那贼头听了，跳下马来说道："兄长何故来此？"秦琼见了，也下马道："贤弟奈何流落在此？"那人泣道："自历城荒旱，老母饿死，小弟乞食来此，遇之一般无赖于，推我为头目，在此偷生过日。"秦琼道："你命众人散去，随我长安一游。"那人大喜，即喝散众人，同叔宝来见褚遂良。叔宝道："此人是我同乡兄弟，天性至孝，武艺超群，姓程名知节，弟愿带他作伴，回来引见唐大人，将我旗牌官让与他做。"褚遂良道："纵你要让他做，若唐大人不肯，与众将又不服，尔将奈何？"秦琼道："军门选将，在武艺上考试，观兖州军门诸将，无人是程贤弟敌手。"褚遂良不得已，方许同行。夜来投店，秦琼命程知节另宿一店，以安遂良之心。

同行数日，将近洛阳，在山塘茅店歇息。问及洛阳，尚有七十里之遥。见对门草屋一间，一老妇年近七十，坐在门首，贫状堪怜。门上有对联一副，端楷甚工。联云：

贫穷千古恨，富贵一时难。

褚遂良看了，谓叔宝曰："贫而无怨难，斯人殆贫而怨者也。"叔宝曰："生无以为养，殆无以为礼，仲由发哀贫之叹。丧欲速贫，有若知非圣人之语。太平之世，年丰岁稔，盗贼不兴，虽贫可以不怨。若身处极窘，老者啼饥，少者号寒，加以年荒盗起，百谋不遂，先生此时，能无怨乎？吾观'千古恨，三字，有无限感叹：'一时难'三字，寓无穷幽思。况知富贵之难求，则必能循理安命。此人必贫而隐者也。"遂良点头受教，乃问店主道："对门老母有子否？"店家道："有一子。"遂良道："作何生理？"店家道："此贱人也，何劳客官下问。此人姓长孙，名无忌，年有三十余岁，日以钓鱼为业。地方官保他孝廉，他百般不肯应召。有官不做，甘于受苦，岂非贱人乎？"店家说罢,将眼睛一瞬,嘴一歪,说道:"那不是这贱人来了。"遂良急抬头看时,见一大汉,身长六尺,圆头阔肩,坦腹而来。手持竹竿,系二尾青鱼。老母见了,笑而迎曰:"今日回来甚早。"大汉道:"恐我母亲受饥,得鱼即当回也。"遂挽老母进草堂去了。遂良命店主引程知节持钱一串去,把二尾青鱼买来下酒。长孙无忌道:"远客思饮,本当以二鱼奉送,无奈把米无存,只留百钱足矣。"知节道:"此出我先生之意,你只管收下无妨。"无忌道:"吾不知尔先生为谁,若强我留过分之钱,则吾不卖矣。"店家道:"我店中这个客人,怜你贫苦,你就收下了罢。"无忌道:"先礼后财,虽千金吾亦受之;先财后礼,虽锱铢吾不敢取也。"知节只得将余钱持见褚遂良,细言如此如此。遂良与叔宝具衣冠同去拜见,相见礼毕,各通名姓。遂良见无忌宏词博辩,暗暗称奇。所谈者皆济世匡民之略,愈觉欢喜。店家来报曰:"酒熟矣。"遂良邀无忌同饮,无忌亦不推辞。酒席间,问遂良等何往?遂良以实告。无忌曰:"越王府中我有一个心慕之友,虽未会面,却时时注念。奈老母在堂,不敢远去,死等可代我再三致意。"遂良道:"其人为谁?"无忌曰:"此人姓李,名靖。"遂良道:"吾居长安,知其人也。先盗越王之妓,后献越王以马,其人品如是,兄何慕之切也?"无忌道:"当日李靖盗妓而越王不追,后来献马而越王不拒,其人品必有可观。自古英雄依附权门者,其意有三便:一者接见高士,收取豪杰;二者区画天下形势,诸侯强弱,点点在心;三者家贫不能具书,依权门始得旷观史书、历代名言,可以观今鉴古。吾观李靖去而复来,非一则二,非二则三也。"遂良大悟道:"吾等不及先生远矣!"遂下席而拜。于是与叔宝、知节共四人,结为兄弟。次日,遂良谓无忌曰:"弟有公事在身,不敢久停。"出白银十两为赠,叔宝解带头金钩为赠,程知节脱锦袍为赠。临行嘱曰:"弟等此去,大约一月即来,再与先生盘桓罢。"无忌相送一程,珍重而别。

　　褚遂良同叔宝、知节来到长安,将礼物送往越府。到了寿诞之日，王府大开，天下各镇诸侯，阃内阃外，文武等官，齐来朝贺。褚遂良同叔宝、知节持了兖州节度使唐璧名号，来号房挂号，恰遇李靖在号房收查礼物，管理号房人役众等。遂良向前施礼，具道相慕之意。李靖问明三人住所，便道："今日客众，不便交谈，改日着人来请，万勿吝步。"遂相揖而别。过了数日，两个青衣童子挂李靖名帖，请褚遂良等到府中午酌，三人即具衣冠而往。遂良于席间道长孙无忌之贤，并相慕之意。李靖款留三人在京，不肯放回。一日，共饮花亭之上。李靖道："我有一事，留褚、程二兄在此，烦秦兄代我向洛阳一往。"叔宝道："李先生有何事故，欲弟奔走洛阳？"李靖道："兄可持白银三百两，往洛阳山塘茅店，代长孙无忌谋一佳妇，以奉老母，候其完亲数日，即约无忌同来长安一娱，少舒阔慕之意。"叔宝欣然领命而去。李靖与褚进良、程知节旦夕盘桓，不表。

　　过了二月有余，叔宝与无忌果然来长安，五人相见，不胜之喜。在长安游赏数日，一夕，五人约为长夜之饮，李靖请无忌曰："方外人言，继隋运而兴者，是山西李氏，果然信乎？"无忌曰："人心思变，天命攸归。四海雨旱不时，唯山西无恙，所以盗贼不兴，人民乐业。天命无常，乃眷西顾，亦未可知。"李靖道："我欲烦弟等去观唐公作事若何？果能钦贤下士，能成大业，建大器，弟等修书报我；如不能成其大事，当急回长安，我等再作良图。"无忌心知李靖为唐公招贤之意，却也不肯说明。秦叔宝道："既二位兄长皆有归唐之意，弟为兄等代执鞭之役。"程知节道："大丈夫孰不愿投明主，使名标青史，流芳百世？弟亦闻名久矣。"褚遂良但笑而不言，盖亦阴知李靖之心也。

　　次日，李靖促他四人起程，赠白银四百两，四人将及太原，世民早命姊丈柴绍在公馆相迎，备道公子相慕之意。盖李靖早已致书公子，令其相接也。及至太原，世民引房玄龄、魏征、尉迟恭齐来相见，各诉衷肠，恨相见之晚。当夜酒散，无忌私谓三人道："人言王气当在山西，今果然也。"次日，四人谒见唐公，唐公亦礼貌不疏，四人各各心感。世民又出李靖私来密书，称赞四人之才，求四人就职。四人不辞，唐公拜无忌领太原牧，余三人各授以执事。

一日，公子世民与诸贤谈论书法，褚遂良曰："自古书法惟晋右军王羲之为最。"乃诵右军笔阵图之词。词云：

砚者，城池也。墨者，粮饷也。纸者，阵图也。笔者，刀鞘也。心意，将军也。本领，副将也。出入，号令也。此可制胜于文场也。

尉迟恭曰："是非右军之语也。夫右军，书法中之圣，有德者必有言。诚如此言，不但不知书法，且获罪于圣教，并污惑后人，吾故知其为妄也。"公子道："子更有何说以释之？"公曰："儒之要在书，儒之术在字。古人立书法，有二义、四体。二义者，正笔、偏笔也。正笔，法天理之至正，故点、横、坚、撇、捺，笔笔欲正。笔正之妙，劲秀坚润，少失其体，则倚斜枯梗。古人云：心正则笔正，笔正则字正是也。偏笔，法地理，山川之形偏，故点、横、坚、撇、捺，笔笔欲偏。所以交护缠绵，不脱相生之意，又要偏中藏有正体，始为得法，古人云：生气寓于心，龙蛇吐于笔是也。"

公子道："所谓四体者为何？"公曰："四体者，真、草、隶、篆是也。真字端楷，下笔之时要正心诚意，其字乃工。意念少有不静，便着潦草在内，其字不真矣。所以人人宜学之。草字宜一气书成。未举笔之时，要精神振作，提笔如千金在手，下笔如泰山坠石，行笔如持锥画砂。萎靡懈怠之人宜学之，可以兴志意，解昏迷。隶字下笔从容，起笔缓落。势融融而圆，形苍苍而理。性情急躁者宜学之，可以静心养性，涤欲延年。恭性情浅狭多躁，所以事于斯焉。篆字其形方巧圈圆，其气刚劲条理。起落斩截，无轻重之分；疏密均匀，有应照之态。下笔有收缩卷旋之工，用笔有心手交作之苦。性拙机钝者宜学之，可以益智慧，增机巧。然隶字像春，笔画先死而后生。真字像夏，笔画先和而后利。草字，秋杀之气也。篆字，冬藏之误也。习书法者，始用意在指，其字拙而不工。既而用意在笔，其字劲而不秀。既而知用在笔端，其字又秀而不劲，既面用笔觉心手俱到，知字形有宜作正面者，宜作侧面者。其字虽工而尚未化。渐而至于知书字或百或千，笔笔锋中有生气，生气中又不脱中锋，其道乃成也。吾故谓笔阵之说，非右军之语也。"公子又问道："何字是正面，何字是侧面？"尉迟恭道："富贵春华，字之正面者也。勿为比戈，字之侧面者也。左正右侧，形战是也；左侧右正，抑理是也。上正下侧，易畏是也。上侧下正，皆召是也。两侧相背，张邪是也。两侧相向，阿好是也。上下两侧，忍笋是也。两正相并，神体是也。"

房玄龄曰："兄所言者，古人立字之体，非书之用也。必也体用兼善，其字乃工。"公子曰："子试言体用兼善之妙。"玄龄曰："书法之妙，有二难、三到、六忌。所谓二难者，入式难、持笔难也。古人帖式，欲其笔笔相孚，此第一难也。持笔工稳，心手相应，此第二难也。三到者，笔到、气到、心到是也。笔到，则不潦草；气到，则不飘渺；心到，则不倚斜。六忌者。奴主相欺、钉头鼠尾、蜂腰鹤膝是也。上大下小，谓之主欺奴，一忌也。上短下长，谓之奴欺主，二忌也。下笔太重，谓之钉头，三忌也。起笔太轻，谓之鼠尾，四忌也。上下皆重，加气不足者，谓之蜂腰，五忌也。转折不生活者，谓之鹤膝，六忌也。革其六忌，习其三到，致力二难，而书法不工未之有也。必也由工而妙，由妙而脱化，其道乃成。"

公子曰："工妙脱化，其道奚若？"玄龄曰："前言数者，即书法之工也。妙者，方圆中正而和也。夫字之体，本方也，而圆寓焉。是圆以像天，方以像地，而又中气实乎其中。自上下左右视之，一起一伏，一旁一正，中气联络，若有不规而方，不矩而圆，不绳而直，变而不离乎其正，用笔之妙也。如是脱化者，神化也。浑古今成一体，从心所欲不逾矩,是和之至也。"公子曰:"善哉!二子之言也。"退而书尉迟恭、玄龄之言请教箧内。

却说唐公见世民生得龙眉凤眼,英气逼人,又轻财仗义,交纳宾客,知其必成大器,心甚喜之。又见长子建成不学无术,傲慢自若,心甚恶之。又见魏征言语谨慎,恂恂忠厚,遂使建成受业于魏征。魏征虽〔精〕心教训,无奈建成自暴自弃也。唐公见建成无成,苦求魏征博之。魏征无可如何,无事时,只得与世民并诸贤坐论。一日,见世民眉目虽然清秀,而眉目带杀,知其兄弟必不相容。

一日,公子谓魏征曰:"先生之志,可得闻欤?"魏征曰:"吾可为治世之良臣,不可为乱世之忠臣也。"公子再三问之,魏征不答,盖已逆料日后必有争立之祸。常自叹曰:"诸葛武侯自比管仲,比其才也。吾亦欲比管仲,此其时也。"盖阴以建成比公子纠也。

一日,公子曰:"象日以杀舜为事,而舜不杀象,何爱象之甚也?"无忌曰:"舜非爱象之甚,爱象之身与吾一体也。杀象则损吾之体,而伤吾之性也。叔段死,庄公哭,出于至诚,是体损而性伤也。"公子曰:"设象杀舜而至于死,舜不怨之乎?"无忌曰:"否。象谋之于父而杀之,死于孝。人之生死衡于天,而象能杀之,是死于命。尽孝、死命,其性无伤,恶手怨?若比干之自杀而死,伯夷之自饿而死,申生之自蹈其死,卫伋与寿之自速其死,以致贞女殉节,良朋殉义,又谁怨?"公子乃跪拜,与建成、元吉日相亲睦。

却说隋炀帝耽于酒色,造集仙楼,高入霄汉。楼下环河如带,盛栽五色莲花。内又造莲舟数十只,使宫女驾莲舟于莲中,或吹或唱,听其自好。

再说李靖思炀帝居于长安,根本深固,极难摇动。况今四海荒旱,盗贼蜂起,不若把他诳下扬州,京都空虚,太原之兵朝发夕至,长安唾手可得也。遂画扬州地舆图,献于炀帝。炀帝展开一看,见扬州山水清秀,人物又齐整,心生爱慕。又见图上有数行字,题云:

> 集天下之大观，楼蜂江带；傅古今之名胜，舟蚁人潮。有色有声，浩荡之洛水，何超乎此；宜朝宜夕，巉岩之幽谷，岂胜于斯。

炀帝一一看罢，即厚赏李靖，命内侍挂于集仙楼中，每日与群妃饮酒赏花，见图中人物如生，山水欲活，隐隐有幸扬州之意。李靖又密散谣言于外，题云：

> 饥馑为大旱，万民遭涂炭。
> 天子幸杨州，天下无大旱。

炀帝闻此童谣，思道："天子幸扬州，天下永无水旱之灾也。"遂传旨往扬州一巡。越王杨素谏曰："童谣甚非吉兆，万岁切不可下扬州。"炀帝曰："皇叔何以解之？"素曰："末二句说天子若下扬州，则下无水而大旱也。"炀帝曰："非是之论也。天下无水旱，明而易晓，皇叔体得过虑。"将龙袖一拂，退入后宫去了。次日，杨素率多官来谏，炀帝无奈，只得停驾不发。

过了一年有余，扬州刺史殷开华具本奏称：扬州天降奇花，名曰琼花。树高三丈六尺，叶分尖圆，花备五色，历夏经冬，四季茂盛。炀帝见了此表，即命杨玄感领羽林军三万，护驾东巡，带宇文化及并其子成都，在前开路。此时越王抱病未起，闻知此信，气愤而死。李靖代玄感料理丧事，极尽其诚。这炀帝自下扬州乏后，流连忘返，天下诸侯各据州郡，竟不朝不贡。李靖也潜回太原去了。

话分两头。再说朱若虚回家之后，无心用世，每日与二子参访性学，或与尼僧慧参谈论禅趣。又在乌石岭建庵，名曰仙姑道院，慧参主之。一日，妻子黄氏曰："妾昨夜三更时分，梦月明如镜，丽于中天，照我庭室。俄而，户外车声辚辚然，一王者乘轩而过。这一轮明月,降于庭中,化为一卵,内中空空然,剖而视之,有一条金色小驼。觉而思之,月乃太阴之象,又为阴贵人,降于庭中,其兆必应在妇女。一王者临门而过,是紫微星,光照门户,义月仙化为空卵,卵字无点,乃是卯字。明年太岁在卯。卵中有金蛇,明年四月,必生阴贵人。《诗经》云:'为虺为蛇',女子之祥也。"次子天禄曰:"母亲之梦奇矣,而善于解。"天锡言曰:"以吾思之,二弟当受其福。"黄氏曰:"何以言之?"天锡曰:"月为太阴,其象为坎,坎为中男,其兆必应于二弟也。"母子三人喧笑不止,唯有若虚低头不语。至晚,私谓二子曰:"尔母在世不远矣。"二子悚然曰:"何也?"若虚曰:"月丽中天,其明如镜,是十五夜对照之象,分明是一望字。王字去,而月亦去,只存一亡字。明年岁次卯巳月,尔母必亡矣。"天锡、天禄听了,各各流泪,默然无语。到了次年巳月,若虚与黄氏之梦皆验。奇哉,奇哉!要知后事,下文分解。

第八回

木兰山天禄三祈嗣　大雾顶丧吾初聆法

　　却说朱天锡娶媳秦氏，名亚莲，性妒而忌，生二子，一名克孝，一名克念。天禄娶媳杨氏，名桂贞，即邑侯杨延臣之女也。天禄年三十，尚未生子，日以为忧。天禄遂祷于木兰山之阴，二年无验。又祷于木兰山之阳，即今祈嗣顶是也。不上二年，杨氏生一女，天禄名之曰木兰。

　　先是天禄，夜梦玄帝招而谓之曰："上帝以世运之污替久矣，而唐室将兴。欲选真仙下降，建立奇功大孝，为盛代之成人。敕旨遍谕诸仙众圣，皆掩目不观，盖红尘杀劫，在在可畏。而木兰山灵，德不自量，慨然浩叹。嗟乎，木兰山灵！念上帝之宏仁，愤群仙之鲜济，故有此叹，今天颜可惧，命送汝家。受生之后，善视善教，庶乎不昧本来，仙道可望也。"语毕，手捧一子，授于天禄，天禄跪而受之。次日，即生木兰。唯有秦氏，见杨氏生女，私以为喜。

　　至四月下旬，黄氏偶然痰气攻胸，不时晕眩，合家惊慌。次媳杨氏，静夜焚香，拜视上帝，愿损己寿，以延婆婆黄氏。回入私室，引刀割股煎汤以奉。次日，黄氏果然言语复旧，精神倍加，乃召杨氏责之曰："吾梦玄帝召我主木兰山延嗣圣母之位，玄帝又见汝焚香告帝，割股救姑，欲虚圣母之位，以从汝之请。吾岂可辞圣位而不居，长作人间之老妇为哉！但汝命该无子，今有此孝念，必有麟儿，光我户祚也。"又谓若虚而言曰："吾与汝永诀矣！阳数虽尽，冥会有期。"又谓长媳秦氏而言曰："汝今虽有二子，将来受福，恐不及杨氏也。宜速修心地，以种福田，不然阴恶阳报，其能逭哉！"又谓天锡、天禄而言曰："汝兄兄弟弟，堪言孝友，日后数逢蹇滞，不免饥寒见逼，宜与松柏比操，梅竹争芳，慎勿堕志，自诒冯妇之讥也。"二子顿首受命，黄氏竟悠然而逝。朱氏全家举哀，卜地而葬，自不必题。

再说炀帝登极之日，思量满朝中唯太傅兼吏部尚书伍建章老成练达，文武钦敬。令其草诏，假为遗旨，以服众心。谁知伍建章接诏在手，就写道："老王身死不明，储君无辜被杀，天下诸侯，各速兴兵问罪，以擒国贼！"杨广即将建章凌迟处死，夷其三族。建章之子名云召，领十万大兵，镇守南阳。一闻此信，放声大哭，忙集诸将，欲与老王报仇，另立明主，以兴隋氏。请将皆曰："愿效犬马之劳！"伍云召大喜，遂起兵先破紫荆关，后破龙珠寨。炀帝闻之，急命韩擒虎为帅，宇文成都作先锋，领兵十万，征剿南阳，云召与成都在龙珠寨相拒月余，连战三百合，不分胜负。韩元帅暗发令箭，襄阳太守王仁起兵攻紫荆关；又令荆州守将刘斌起兵，以攻南阳。使云召首尾不能相救，只杀得伍云召匹马单枪，微服而逃。却想起五年前，李靖教我弃官而去，可免南阳灾难，今日果如其言。李靖又说我与佛家有缘，我不免削发为僧，修回净土罢。忽又想起当年李靖曾说，天上黄星现于翼轸之墟，乃湖广河南联属之处，日久当有贤人相聚。即天下大乱。黄州可保无虞，我不免往彼处安身。

正想之间，忽见前面一座小小禅院，门书"紫竹庵"三字。遂弃了鞍马，脱下盔甲，步行入庵，求庵中永善长老与他削发。再穿上僧衣，戴上僧帽，向佛前参拜，自取法号曰丧吾和尚，盖喻丧吾主，丧吾国，丧吾家之意也。即拜老僧永善为师，嘱咐道："倘有追兵赶至，切不可走漏。"老僧答曰："大人放心。"即望黄州而逃。幸亏韩元帅收督军马，入城安民，不十分追捕。回奏炀帝只说伍云召死于乱军之中，暗做了一个人情。

再说伍云召出了南阳地界，将近西陵，见一座高山，深入云汉，周围三百余里。行至山下，见苍松翠柏，紫竹奇花，般般可爱。山边有一草店，就在店中歇息。店中只有一位老母，丧吾问道："妈妈尊姓，偌大年纪，如何在此孤山之下，开此草店？"妈妈道："老妇姓韩，祖居山下。因此地路孤，行商不便，在此开一小店，以安过客。"丧吾道："你家老公何处去了？"妈妈道："老公名韩普，去世今已七年矣。所生二子，一名韩周，一名韩同，俱往山中采樵去了，少一时就回来的。"丧吾道："此山名什么山？"老妈道："名大雾山。亡夫在日，专心奉佛，中有所得，常言大雾山上应九天秀气，下通海岛真源。顶上有平田百亩，甘泉数处。又不时有白云庆聚，五七年后，当有异人在此飞升。"丧吾道："老公公既知未来，可留得有些著作否？"妈妈道："老公去世之时，将平生所看紫书丹经，并自己的著作，逐一锁在箱中。写了几句遗言，叮咛谨慎，不可轻易动他。"丧吾道："贫僧大胆，敢求一观，看遗言是说要什么人，才许开箱。"老母道："使得。"遂取出箱来，请丧吾观看。只见上书道：

　　吾丧西回，丧吾东来。
　　禅机万语，都来一句。
　　真个丧吾，佛家种子。

丧吾看罢，对箱子叩头道："老先生真是明心见性的人。贫僧的法号丧吾，这箱子明明是说要弟子方可开看。"韩婆道："既是亡夫遗言，请大师开了罢。"丧吾道："贫僧岂敢骤开？待弟子斋戒数日，方敢启视。"不一时，弟兄二人俱已回来，老母令二子与丧吾拜揖。用了斋饭，谈论到晚。次日，丧吾请韩氏弟兄，同至大雾山顶，结一茅庵，自此丧吾在大雾山顶，自耕自种，早晚看经念佛。又将韩公箱中丹经紫书。细心观玩，如此三年，毫无所得。

一日，是八月中秋，韩周奉了母命，带着果品馒首，上山与丧吾贺节。盘桓半日，韩周回去。到了晚上，一轮明月，团团如镜，渐渐东升，其时天朗气清，仁风交畅，丧吾即向禅床跃坐，虽未能洞明心性，却也是五蕴皆空。忽然想起在南阳为官之时，值此佳节，有多少文武官员前来贺节，于今夫人、公子也不知生死存亡。又想起父亲无辜被杀，全家死于刀下，不觉放声大哭。哭了一会，又想道：兵败城破之日，匹马单枪，微服而逃。幸得紫竹庵中那个和尚削发赠衣，又亏了韩元帅暗地周全。逃至此处，韩氏母子视若至亲，真个难得。思前想后，渐觉神昏，悠悠欲睡。

忽在一道灵光，自虚无法界而来，撞透顶门，灌注心田，自觉心中有眼，观照四表。白光之内有一道人，头戴金箍，手扶拐杖，发如螺，蹒跚而舞，且歌且跃。歌曰：

　　三心难成道，一心见如来。
　　如来即真性，真性似月明。
　　月明不在天，月明不在水。
　　明月照虚空，了然无挂碍。
　　问尔学道人，这个会不会。

丧吾听罢，不动声色，以心拜谢。自此丧吾洞明心性。在山中面壁十年，功成果满，遂改大雾山为大悟山，远近闻名。访谒者逐日如云，竟将一座茅庵，盖造数十间禅院。要知后事，下文分解。

第九回

观音寺丧吾说法　白莲池九贤赋诗

　　却说西陵县双龙镇，有一观音寺，寺中一僧，名曰醉月，门下徒弟有五六十人。这醉月长老谨守清规，日率弟子春耕秋种，竟成巨富，一日，醉月长老谓诸弟子曰："我自出家以来，只知道苦念弥陀，究竟不知'弥陀'二字，出于何处？今闻大悟山有一丧吾和尚，通玄达妙，见性明心。趁着四月八日，佛祖寿诞之期，我欲请丧吾下山，到我寺说法，讲解经义，也不枉出家一场。"众徒弟齐声应道："唯师命是听。"

　　醉月长老带了两个徒弟，行了七十多里，到了大悟山。上得顶来，见白鹤衔花，猿猴献果，清香道味，别是一番世界。看见山门，早有两个和尚前来相迎，与醉月师徒相揖而入。进了客堂，彼此合十。醉月细说来意，那和尚摇头道："我家师傅自上山来，二十余年，并未下山。即山下名家巨族，吟诗插柳，概不迎送，岂肯到你寺中说法？"醉月道："你家大和尚既通禅礼，自然慈悲度世，况我请去说法，是阐扬佛教，代天宣化，比不得是俗家往来，一派虚名，全无实际。烦二位大师领我进去，见了大和尚，料不推却。"

　　二位和尚遂引醉月入方丈，见了丧吾，醉月倒身下拜。丧吾连忙扶起，分宾主而坐。醉月具道来意，丧吾欣然答道："久闻你观音寺山不高而秀，水不深而清。兰山耸翠于面前，柏巃枕于背后。砂环水转，松茂竹苞，为西陵第一名境。乃高人托足之所，良缘广聚之乡，吾心向往，已非一日。今大师既来相约，切愿拜在下风，平生之愿足矣。"醉月见丧吾应允，喜形于色，道："我师慈悲度世，真乃天人之师也。"到了次日，丧吾引醉月参佛既毕，吩咐徒弟好生看守山门，下山望观音寺而来。醉月使众僧各各参见，十分恭敬，自不必说。住了数日，双龙镇上，人人知道观音寺请了一位高僧。于四月八日升座说法，老老少少都来听讲。醉月又使人请七位贤士齐来坐叙。那七位贤士，为首的是：

孝廉公朱若虚，致仁邑侯杨延臣，汉皋谌于飞，木兰山铁冠道人张良贞，仙姑庵尼僧慧参，孝廉陈荣兖、叶同观。

七位贤士，一一与丧吾相见，各道相慕之意。丧吾见七人皆是儒风道骨，好生欢喜。到了四月八日，丧吾出示帖山门外，书道：

大悟山丧吾和尚告禀诸位檀越大护法：僧中年出家，资性愚昧，德不自量，辱升禅座。于本月八日，宣说我佛陈言故典，有污聪听，抱愧良多。自辰至巳，请善男到经堂讲经；自午至未，请善女到经堂讲经。庶男女有分，清规不越。谨白。

却说那双龙镇及四方善士，都知丧吾是个有名高僧，到了初八日，士女如云，毕集山门之外。辰牌时候，寺内钟鼓齐鸣，笙箫迭奏。一阵阵香风扑鼻，一双双白鹤旋幡。停了一会，又磬声响亮。听者尘怀顿尽，善意兴兴。众僧簇拥丧吾参佛升座。头戴玉佛冠，身披大红袈裟，足踏云鞋。两旁僧众，又金鼓大振，箫管齐鸣。须臾，金住鼓停。那大和尚高声吟道：

无生父母，净土家乡。生我没我，空作昂藏。认取归路兮，莫徬徨。

和尚吟华，众寂无哗。僧寺人等，无一个上前参问。那大和尚又吟道：

未生我兮谁为主，既生我兮主我谁？
大道不明空费力，水中明月自修持。

丧吾吟罢，左右僧士无人敢应，一个个形如木偶。只见人众中走出一个小学生，头戴青巾，身穿蓝衫，年纪不过八九岁，步至禅座下，合掌对那大和尚答道：

未生我兮天为主，既生我兮心为主。
大道若明不费力，水中明月好精神。

大和尚听了，合掌当胸，又高声吟道：

水中明月好精神，风送波摇万点星。
不尽浮云蔽月色，清池里面影沉沉。

小学生不慌不忙，顺口答道：

性静如水慧如月，六欲不生万念寂。
浮云生灭空往来，寥寥太虚无挂碍。

大和尚又吟道：

龙从火里出，虎向水中生。
九叶莲台上，自度自家人。

小学生答道：

心中炼性龙火出，性中立命虎水生。
心花灿烂莲花生，元神却是自家人。

大和尚听了，口称："善哉，善哉！"又吟道：

元神真又真，空寂见无生。
返我真面目，净土好安身。

  小学生听了"返我真面目"这一句，料丧吾识破机关，又见丧吾下了法座，有相逊之意，往外就跑，不知去向，丧吾也退入方丈去了。那些看的众人，都道这个和尚果然有些道行，感得天神下降，不然哪有不上十岁的小学生，就能出口成章？一个个疑神见鬼，唯有朱若虚暗笑不止。大家进方丈，请大和尚再出说法，不表。
  却说这小学生，不是别人，就是若虚之孙木兰女也。若虚因他从小聪明，五岁入学，将一十三经读得透熟。他又喜看佛经道典，深通其妙，所以三教宗旨，心传妙法，一一皆知。当日听了丧吾所云：上半日是男子听法，下半日是女子听法。木兰心中想道：与男子说法，必是尽性至命之理；与女子说法，不过是因果报应。私向伯母房中，将哥克念的头巾、蓝衫穿着，俨然一个小相公模样，竟来观音寺听僧说法。当时见丧吾连吟二偈无人参解，他就忍耐不住，竟到法座下与丧吾对答。比及丧吾下座之时，他却跑出山门之外，竹林之中，取下头巾，脱去蓝衫，与一班女娘，匆匆而回。况且朱家家法，一切内眷足迹不出中门。谁人认得？朱若虚虽然晓得，也不肯说明。当日见他有如此大才，倒也欢喜。自此丧吾在观音寺，与诸贤或登木兰之峰，探濛源之浦，寻白云之洞，观城潭之水，吟诗作赋，讲道谈经。住了半年，才回大悟山。

　　过了一年。一日，观音寺池中莲花开放。醉月长老命徒弟搭起一座水阁凉亭，请诸贤来赏莲花。及诸贤毕至，依次而坐，早有侍者焚香烹茗，茶酒并进。那湛于飞开口言道："目今大唐天子明良际会，胡越一家，五谷丰收，三灾永息。使吾等高歌酣饮，对此光天化日，和风庆云，花呈其色，鸟奏其音。我等各吟莲花诗一首，以志今日之胜。"众人皆道："说得有理。"九贤吟罢，彼此相赏，侍者又茶酒并进，果食重添，直饮到月上三竿，方才散席。到了次日，丧吾道："乐不可极，贫僧欲回大悟养静，期至九月初八日，我等九人一齐到朱兄府中贺节，列位切不可失信。"九人齐声道："谨遵严命。"于是九贤各各作礼而散。欲知后事，下文分解。

第十回
朱若虚遗言嘱子媳　尉迟恭奉旨造西寺

却说朱若虚见众贤散去，每日焚香注水，静坐观心见性。天中境界，愈穷愈妙。到了九月初七日，偶染寒疾，天锡、天禄请攻医治。若虚百般不肯服药，将书箱中小小一个绵包袱取出来，叫那九岁孙女朱木兰出来，命之曰："此书传至李靖，出自龙宫，肇于轩皇风后，演于尚父、留侯。内卷曰《阴符》，外卷曰《遁甲》。吾相尔根器不凡，料可传授，风后、留侯谅不我责。"木兰顿首受命。

到了初八日，九位贤人相继而至。若虚命二子出迎，到内室相见。丧吾曰："吾兄抱恙，我等一来问候，二来不第前日观音寺之约。"若虚曰："兄长高明远见，今日齐来舍下相聚者，知吾明日当与兄等永诀也。"众人曰："吾兄善自保重，吉人天相，休为意外之虞。"若虚到了初九日，谓众贤人曰："死生有定，天命难挽。今日之生，乃前日之死。今日之死，乃后世之生。生死不明，徒来人世。出得生死，是为仙子。吾梦文昌帝君，召我为南宫香殿主簿史，吾复何忧？愿诸公善养元真，保正性命，毋以善小而不为，毋以恶小而为之。他日功成果熟，同作南宫仙子。"

又招天锡、天禄而言曰："人生在世，如花开谢，如月缺圆。君臣遇合，原于天命。父子笃恩，兄弟笃爱，出自性天。夫妻良缘，虽由命定，然淑女可述，良配可择，妒妇可出，唯有朋友，乃择善之助。身心性命，可以相辅；死生利害，可以相救。交匪其人，终身之垢。故国之兴废，关乎权臣；家之成败，视乎密友。古人云：能媚予者，必能害予，斯人勿友；肯规予者，必肯助予，此士当交。更有一等矫情饰貌之人，口吐经词，心若蛇蝎，因人喜好，窥人性情，出言投机，作事合意。此所谓静言庸违，象恭滔天，是不免于君子之诛者也。宜避之如仇，远之如虎，若与之交接，身家性命，为其所累。"二子叩头领命。又招秦氏、杨氏谓之曰："女子不知《诗》《书》，难于言孝弟，但知敬公婆，慎言语，便为贤妇。能慎言语者，自然能顺丈夫，能和妯娌，再勤纺绩，守家教，非贤妇而何？"二媳叩头而起。忽然白鹤集于阶前，异香发于庭所。若虚急索纸笔，题云：

  以心达心，以性化性。
  知身是客，得吾之真。

  若虚写毕，以目视丧吾，丧吾即附耳念了数声"南无阿弥陀佛"，若虚遂瞑目而逝。朱氏全家举哀。诸贤一个个伤感不已。相与理丧助葬。事毕，各回。天锡、天禄守墓三年。家人失于提防，家物、财帛，一火而空。又过二年，就一贫如洗。幸弟兄二人贫而立志，毫不妄为，秦氏、杨氏与木兰织机度日，按下不表。

  再说先年炀帝自下扬州观玩琼花之后，流连忘返，饥馑荐臻，盗贼四起。天下诸侯，各据州县，宇文化及竟弑帝自立，称为夏王。李靖见天下大乱，遂与魏征、房玄龄、徐敬业、尉迟恭、三公子商议，欲起仗义之兵，声宇文化及之罪，以清宇宙。三公子遣玄龄卑辞重币，去见突厥，借兵五千，以援声势。他日功成，割冀州八十一州县为劳。

突厥与其弟颉和商议，颉和曰："目今中原变乱，三灾并兴，安天下者，非世民而谁？吾主其许之。"右长康和阿奏曰："唐公借兵，主公断然不可许他。"突厥曰："卿家老成练达，唯正词是吐，危语为陈，寡人静以待命。"康和阿曰："公子世民素有大志，今欲举兵南向。来我国借兵者，其计有三便：一者彼兴兵中原，太原空虚，恐我国袭其巢穴，非来我国借兵，心欲我国遣大臣上将，于彼为质也；二者借我国声势，使各镇反王望风而回；三者许割冀州一带地方与我国为劳，是非重利诱我君臣与彼为力。他日功成，却道中原土地，与北国山川，若马牛之不相及也。"突厥曰："相国所见极是。但彼国君臣在此，何以谢之？"康和阿曰："主公设筵饯行，与来使对天盟誓，不但不来入寇，倘别国侵太原，我国必然发兵救护。他日成功，以冀州一带地方为劳，又要这来使歃血为盟，为后日之据。如此，则我国不劳，而彼国感恩。"突厥听了，喜形于色，谓百官而言曰："孤有康和阿，犹秦穆公之有百里奚也。"

次日，突厥如康和阿之言，与房玄龄盟。乃谓玄龄曰："孤今与尔既立盟誓，永结唇齿，公子南征，不但无内顾之忧，并有泰山之靠，胜发兵十万也。他日功成，尔主负孤，孤负尔主，皇天厌绝！"玄龄索了回书，望太原而回，见了公子，备道如此如此。呈上回书，世民大喜。

李靖曰："公子可声言为主报仇，先讨宇文化及之罪。再传檄各镇反王：归命者，赐爵封侯；逆命者，吊民伐罪。如此，则不怒而威，天下可定也。"世民谢曰："先生金玉之论，天下之福也。"如是奏知唐公，起兵十万，拜李靖为帅，徐敬业为参谋，尉迟恭为先锋，其余随征将士，不必细述，留魏征、房玄龄监国。出师六七年，天下大定，胡越一家，建都长安，国号大唐。事载唐纪，此处不赘。

再说大唐高祖在位，天下太平，四海无事。唯有北番主突厥不朝不贡，每年遣使臣责唐主违盟背约，索取冀州地方。高祖念他有唇齿之谊，置而不问。过了数年，建成与世民不和，此事愈搁一边。到了太宗登位，贞观二年，湖广武昌府节度使尉迟宝林上本告急，言武昌城池被江水冲坏，淹死居民无数。太宗见奏，龙颜不悦，退入后宫去了。次日登殿，命鄂国公尉迟恭领饷银十万，往武昌监造城池；又命皇叔李道宗明日设筵于凌烟阁，与尉迟恭饯行。

尉迟恭领命，次日来凌烟阁款燕。那李道宗尊贵自居，却不十分为礼。尉迟恭心中不乐，饮了几杯，因举杯问道："主上不惜民力，修此凌烟阁何故？"此时道宗亦醉，因答曰："此间为我李氏先世有大功于社稷，故能受天之命，为天下主。凡我李氏子孙，皆祖宗之裔，主上修此阁，乃燕毛序齿亲亲之意。诗曰：诸父昆弟，备言燕私。与异姓无与焉。"尉迟恭答曰："非也。主上念隋运将终，天下大乱，生民涂炭，奋然有安世之心。及四海清平，海内一家，则念文臣有牧民之劳，武将有开国之苦，修此凌烟阁，以效汉武云台故事。此所谓礼贤才，敬大臣也。虽有周亲，不如仁人，同姓何居焉？"道宗怒道："大臣与皇亲，孰上孰下？"尉迟恭道："当日主上被难，臣单鞭救驾，此时不见有皇亲。"道宗大怒道："尔每每自恃功高，藐视皇亲，不念今日之显贵，是谁家之爵禄？吾又何得与武夫对饮，自忘尊贵哉！"遂推桌而起。尉迟恭大怒，一掌打去，道宗"哎哟"一声，晕倒在地，打落门牙四齿。多官上前劝解，光禄寺大臣已将此信报与太宗知道。

太宗先召道宗，责之曰："李氏之有天下，敬德之劳也。朕之有今日，敬德救之也。皇叔宜卑以自牧，不宜与大臣竞。"再召敬德让之曰："朕道卿年老气衰，心平气和，奈何仍然少年情性，伤吾父之爱弟，辱寡人之至亲，朕每思汉高祖杀戮功臣，心甚恨之。今观卿如此行为，毋乃功臣自取，不独责汉高祖一人已也。然分外之恩，不可多行，卿宜自爱，勿使朕忧。"尉迟恭乃叩首谢罪。太宗又道："卿位极人臣，所不足者国戚耳。朕有一女，名开唐公主，使奉卿箕帚可也。"尉迟恭叩首曰:"臣糟糠之妻,愿富贵不相易,此事断不敢从命!"太宗道:"卿如此尚义,忠心可知。"乃止。

尉迟恭即辞圣驾,望湖广而来。到了武昌,宝林接入,父子相见,择日兴工。三年有余,工程告竣,欲回朝缴旨,太皇后窦国太传懿旨到。尉迟恭忙排香案开读。内云:

> 朕幼生西陵城右,常随母吴夫人西寺进香。彼时见佛像零落,庙宇弊漏,今五十余年,废败可知。特命尔鄂国公尉迟恭往彼重修,务使巍峨庄严,尽善尽美。钦哉,用命!

尉迟恭谢恩既毕,起马望西陵西寺而来。选能工巧匠,择日兴工。造了半年,工程将半。一日,尉迟恭精神困倦,伏案而寐,忽闻磬声嘹亮,袅袅然如怨如慕,如泣如诉。尉迟恭听之,惊讶不已,起身信步闲游,转过曲槛,见一座花园,十分幽静。周围看了一遍,处处花鸟宜人,亭台悦目。又转过西厢,隐隐闻读书之声。尉迟恭不好遽入,立窗外而听,却于窗隙中舒眼一看,却是故人朱恩兄在内。急忙走入,躬身下拜。那人昂然不动。尉迟恭又拜道:"恩兄别来无恙?"那人拂袖起去,向外就走。尉迟恭一把扯住,不肯放手。那人当胸一掌打来,跌倒在地。猛然醒来,乃是南柯一梦。叫声:"哎哟!我二十余年劳于王事,未报兄长大恩,我尉迟恭真无义男也!"又想起在朱仙镇遇难相救之时,不觉眼中流泪,慨叹不止。左右将校见公爷伤感,慌做一堆。尉迟恭收了泪,召香元和尚问曰:"此地有一个老孝廉公,他姓朱名叫若虚,住在何处?"香元和尚答曰:"此人住在双龙镇,至此有一百一十里。闻他去世,未知确否?"尉迟恭大惊,即传城守王咸宜代理监工:"本帅明日要往双龙镇走一遭。"

次日不等天明,带随身将校,望双龙镇而来。尉迟恭性急马快,不上大半日,就到了双龙镇。找问朱若虚门户,一人指着两间草屋道："朱若虚死了五年，两个儿子穷得可怜，住在那里。"尉迟恭吩咐从人在外，单身走入茅屋中。天锡见了，慌忙来迎。尉迟恭望上一观，见朱若虚夫妇的一双影像，都供在上面，遂倒身下拜，大哭起来。那哭声如雷，不住地千恩人，万恩人。天锡同二子齐来劝解。尉迟恭想起在朱仙镇相遇之时，历历在心，一发大哭。天锡见他是一位显贵模样，又痛哭不已，不好动问，只得出来向从人拱手道："请教列位，这位老官人，姓甚名谁？"那些从行将官齐声答道："这就是开国元戎鄂国公也。"

天锡上前跪拜道："叔父远涉而来，不必过哀，恐有伤贵体。"尉迟恭方才止了声，收泪问道："相公，我恩兄是你何人？"天锡回道："是侄儿的先考。"尉迟恭问道："你是天锡，是天禄？"天锡道："侄男名天锡，舍弟天禄，采薪未回。"尉迟恭又问道："你父亲当时豪杰，门下必无虚士。在日有几位贤友？"天锡道："父亲在日，与大悟山丧吾和尚，观音寺醉月长老，仙姑寺慧参尼僧，木兰山铁冠道人张良贞，致仕邑侯杨延臣，隐士叶同观，汉皋谌于飞，孝廉陈荣兖，共九人为友。"尉迟恭道："贤侄可将诸位贤人请来，与我一会。"天锡唯唯而应，面有难色。自古道：家富能役人，家贫受人役。况且天锡家中一贫如洗，这九贤若至，如何款待？尉迟恭心下明白，叫从人把带来的奠敬呈上，共纹银一千两。对天锡道："你可作速代我买办五牲祭礼，候诸贤到齐，同到你父亲坟前祭奠一番，以适我意。"天锡接了银子，口称："难得叔父美意。"不一时，天禄回来，天锡迎面谓之曰："此父亲故人尉迟叔父也。"天禄上前叩头，尉迟恭双手扶起。见他弟兄二人言语清利，气宇轩昂，倒也欢喜。天锡即命天禄，持两个官宝大锭，往钱店换钱使用。那店官人见了问道："此银何处得来？"天禄道："此是父亲一个故人送来的。"店官人道："此人姓甚名谁，现在何处？"天禄恐惊动地方官长，不肯说明，便道："此人方至，尚未问他姓名，权且将钱五十串付我使用。"店官点头不言，天禄回去了。

却说这店官人有财有势，专好结交官府，兴害贫民。当日见了天禄两个官宝，心生疑异。却又想到天禄家贫已极，他的亲戚故旧都是贫民，如何有人送他大官宝？若是富贵豪家，他必说出名姓，料此人必是大盗。即来千户衙中，对刘玉龙说出此意。刘千户又知会巡检马守松，即忙换了衣服，扮作客商，带两个亲随，来天锡门首探望，伸头缩脑，令人可恶。见那些将校面貌凶恶，却是平民打扮，有两个喝道："什么人，还不站开些！"这千户、巡检两个官长，答道："你是什么人，敢来此地大呼小喊！"这将校大怒，大骂："好大胆的狗才！"手执马鞭，劈面打来。刘千户、马巡检将鞭子扭住，两下厮打。内中又走出两个将校，将千户、巡检按倒在地，将要动手，二官大叫道："我是本方千户、巡检也。"将校听了，发一个冷笑，叫声："弟兄们，快拿绳子来，将两个狗才吊起！"几个亲随道："尔等是什么人，敢将地方官如此凌辱！"这些将官哪里肯答应他。朱天禄在家中，听得外面啰唣，出来看时，认得吊的是二位官长，对众人求饶，众人道："若是平民，我等还放他，他是地方官，不来伺候也就罢了，还敢在门首摇来摆去！"天禄无可如何，只得进去禀知尉迟恭。尉迟恭道："我来此处，原不惊动地方，他二人既来，可有手本？"将校道："他二人民服而来，长在门首观看。小的们再三喝之不去，及至打他，他才说他是地方官府。"尉迟道："这是何故？"尉迟恭叫将他放了。二官回去，换了公服，各执手本，跪上门来，手下将校，不肯传进。尉迟恭哪里晓得？跪了半个时辰，幸天锡出来看见，说个人情，放了回去。二官又差人抬酒席送来，拨衙役伺候不题。

次日辰巳时候，诸贤相继而至。尉迟恭见众人皆是儒风道貌，鹤发童颜，十分敬重。及祭礼齐全，尉迟同八位贤士，缓步而行。这巡检、千户，也相随在后。到了若虚坟前，排开祭礼，尉迟恭朝服而拜，大哭不止，八贤亦相向而啼。天锡、天禄只得上前相劝，挽尉迟恭回舍。次日，醉月邀尉迟恭同八位贤士，到观音寺设斋，尉迟恭欣然而往。见观音寺山清水秀，十分欢喜。进了佛殿，合掌参拜。醉月盛排斋筵。尉迟恭因说道："方今圣上爱贤礼士，众位贤士何不出仕为官？"丧吾道："我等八人，年届年朽，不堪推荐。唯有天锡、天禄，延臣之子杨琰，三位贤侄，怀才未试，公爷可保举出仕。"天禄说道："侄儿愿守先人坟墓，叔父只保吾兄为官，愿斯足矣。"尉迟恭点头，对醉月道："愚弟有圣命在身，不敢久停，今夜我等尽不夜之长，明日清早，愚弟就回县。候西寺工完，吾差人来迎丧吾师，到彼处说法；二来接诸位仁兄，到寺中盘桓数日，就要进京缴旨。"说犹未了，只听得一个老妇人，在寺外叫冤。尉迟恭命从人唤那妇人进来。不知妇人所喊何冤，下文分解。

第十一回

天禄贫受千户职　木兰剑劈白狐精

却说尉迟恭在寺中，与诸贤作别，忽有一老妇人在寺外叫冤。尉迟恭命从人唤那妇人过来，尉迟恭问道："你有什么冤枉？"那妇人道："小妇人姓沈。因本镇的千户刘老爷生了少爷，雇小妇人的儿媳王氏为乳母，至今七年，不见放出，竟纳为偏房。小儿年轻懦弱，无力伸诉。小妇人闻公爷到此，故敢大胆叫屈。"尉迟恭大怒，着人将刘千户唤到，公爷问道："你为何强占民妇为妾？"刘千户叩首道："千户并无此事。"公爷叫沈氏出来对证，千户哑口无言。公爷叫左右取军威棍，将刘千户杖了八十，革职不用，将王氏断回沈婆去了。公爷又对天禄说道："贤侄既愿守祖宗坟墓，这一个千户职衔，你且领受。"天禄叩首受命。尉迟恭大喜，即日辞了诸位贤士，上马回西寺去了。

却说天禄受了千户之职，回至家中，就有营中大小兵丁，齐来叩头。只见那马兵、步卒、旗长、队长、长枪手、短枪手、弁委、外委、左巡、右哨、经制、把总，临门参见。择了吉日，进了衙门、即久疏亲戚，无不相贺。天禄留八位贤士，住了数日，各人回去。唯有丧吾年尊路远，天禄留在衙中养静。

一日，丧吾在衙中，观心入定。见自己心火下降。肾水上升，虚灵性府，慧光发现。团团如月光，照于四表。万水千山，尽在目前。照见木兰山一个白狐精，在空中往来，有戏弄木兰之意。丧吾见了，吃惊道："这个怪物，自讨天诛。我若不治，等待谁来。"到了次日，呼木兰出来，叫声："孙儿！你有个仇星到了。我有宝剑一口，你可带在身旁，昼夜不离，自然无事。"木兰拜谢起问曰："公祖既洞明心性，观照本来，佛家三皈之意，并六字真言，究竟是如何解说，祈公祖说明，以示未悟。"丧吾曰："汝善思维，善解问，汝向西方拜我佛祖，我才说与你听。"木兰即向西方叩首。丧吾又曰："汝再向东方拜了大成至圣，我方敢儒释交谈。"木兰又向东方叩首，丧吾也向东西而拜，然后坐定，叫声："木兰孙儿，仔细听着：南字喻心而言，无字喻空寂之意。心中空寂，自见真性，故曰南无佛。是佛弟子第一皈依也。真什既见，愈加精进，丝毫不许散乱，散乱则心逐妄念，真性灭矣。丝毫不许昏沉，昏沉则月为云封，无觉无照矣。盖心不散乱，则轮回可免；心不昏沉，则地狱可除。故曰南无法，是佛弟子第三皈依也。此乃由戒而定，性从命立，由定而慧，命从性生。本来面目，立献于前，是为真我，乃亿万金刚不坏之元神也。故曰南无僧，是佛弟子第二皈依也。既明南无之法，又当识阿弥陀佛四字。阿字是说人心惟危，弥字是说道心唯微，陀字是说唯精唯一，佛字是说允执厥中。故云喜怒哀乐之未发谓之中。斯时至性湛如，即南无法也。发而皆中节谓之和，即性道流行，阿弥陀佛也。故俚俗之人，见善人得福报，恶人得祸报，即曰阿弥陀佛也。非发皆中节之意乎？汝乃精灵降世，当学上等女子，勿作中流之辈。上等女子，不呼异姓为父母，不受男子之羞辱，不开肠破肚，污秽天地，却能参太极于心中，结圣胎于圭内。为顶天立地之奇人。尽性了命之达士。这三教同源，再无他说。"木兰再拜而谢，复又跪下问道："公祖先说明心见性，性中立命，如何又说尽性了命？"丧吾答曰："汝善思维，善解识。仁、义、礼、智，性中之理；孝、弟、忠、信，性中之德。守其天理，修其天德，便是尽性工夫。性者，天命。尽性，正是了命。是尽了我分内当为之事，故又曰尽情，以求无愧于天，无怍于人也。"木兰又再拜。又过了数日，丧吾自回大悟去了。

木兰佩服丧吾教训，仍然织机，不废女工。却忙中偷闲，服炼心胜。一日，临窗织布，见日色沉西，入闺中静坐。一时间，窗外月明，木兰取书观看。到了三更时候，侍女掌灯，催木兰歇息，木兰也觉身体困倦，睡了片时，忽然宝剑啧啧作声，木兰即将宝剑拿在手中。未及片刻，一阵寒气袭人，毛骨悚然。木兰即将宝剑向床前乱砍，只听得"哎哟"连声，远远而去。次日天明，木兰起来，果然床前鲜血淋漓，有一只狐腿在地。木兰秘密收藏，不必细表。

再说这个白狐精，在木兰山修了千年道行。晓得木兰女乃是山灵降世。又见天癸已全，意欲采阳补阴，以全自己精气。有丧吾在此，就不敢妄作。见丧吾去了，敢突入衙中，以妖气压木兰，竟被木兰一剑削去一只前腿，逃回木兰山仙人洞，求师傅胡秉池发丹救治。后来在北番，自称独手大仙，与木兰作敌。此是后话，不表。

再说尉迟恭回至西寺，即表奏朱天锡除授长沙知府，杨琰为梧岗知州，俱带妻子上任去了。秦氏在路病故，果如黄氏之言。欲知后事如何，下文分解。

第十二回

香元参禅难丧吾　太宗降诏讨突厥

却说尉迟恭在西陵城右，监修西寺，二年工成。尉迟即差人去请八位贤士，齐到寺中盘桓。择了吉日，请丧吾升座说法。本寺住持香元和尚，上前说道："小僧自幼在本寺出家。清规戒律并无过犯，紫书丹经、佛典道卷，无不明白。今皇太后洪恩，公爷修造，与佛有光，与僧有缘。待小僧升座说法讲经，果有不明之处。然后让与丧吾不迟。"尉迟恭道："知不如好，好不如乐，恐尔道行不及丧吾。我明日出一偈言，尔等依韵而和，看是谁高谁下，就不要争论。"香元不敢再争，退入禅堂，翻看经书，一夜不睡。到了次日，尉迟恭坐在客堂，请八位贤士并本寺住持，齐来叙说。相见礼毕，依次而坐。尉迟恭道："我有偈言一首，求丧吾、醉月、慧参、香元四位大师，依韵而和，明日升座说法，以此为试。"众贤士齐声道："请公爷佳作一观。"尉迟即写出道：

心如朗月连天净，性似寒潭止水同。
十二时中常觉照，休教昧了主人翁。

香元和尚即和云：

　　春来花发上林红，草色青青天地同。
　　风月有情谁做主，危楼高坐老家翁。

丧吾对尉迟恭道："今看香元大师佳作，佛经道典，包括列尽，我等万不能及，贫僧不敢再赞一辞。"尉迟恭道："尔我交情犹如兄弟，况是笔墨酬答，何必过谦。"丧吾不好却意，只得提笔写道：

　　本来非色亦非空，月映波心万派同。
　　不尽东风今有主，渔舟端坐老蓑翁。

慧参尼僧和云：

　　生意融融春色重，心如谷种机相同。
　　耕耘不费人间力，学个天真烂漫翁。

醉月和云：

　　无忘无助学真空，一念圆通万法同。
　　太极中间存一点，六根断绝见真翁。

　　尉迟恭将四个所作，一一看完，便对众人道："醉月、慧参二师所作，风韵高超流俗，不若丧吾清逸自然。香元则矜持太重，尚未脱化。明日当推丧吾老师升座说法。众皆曰："公爷所论极是。"
　　过了一夜，次日，尉迟恭吩咐将寺门大开，许百姓进来观看。到了巳牌时候，寺中鼓乐喧天，笙管齐鸣。众贤士扶丧吾礼佛升座，尉迟恭同文武官员向上稽首，口称："请大和尚谈经演教，代佛宣化。"

丧吾合掌道：

"佛法平等，无有高下。灵山不远，却是心头。《金刚经》云：无人相，是空色之法，无我相，是空欲之法；无众生相，是空世之法；无寿者相，是空生死之法。《太上清净经》，内观其心，心无其心；外观其形，形无其形；远观于物，物无其物。此乃太上教人空心、空身、空世之法也。子绝四：毋意，毋必，毋固，毋我，则与太虚同体，一切俱空。这就是南无不二法门。夫子温良恭俭让，与四时合其序，便是真阿弥陀佛也。"

香元和尚合掌参求道："启问大师，何为华池？何为神水？如何为火里种莲花？"丧吾答曰：

"性善若水，神明之德，故曰神水。性寓于心中，故曰华池。炼心见性，曰火里生莲花。莲花上端坐着一个金光真人，性中立命，是性命双修大道也。"

香元又问道："如何为水火既济？白雪黄芽，是何药物？"丧吾答曰：

"心为火，性为水。心与道依，则水火既济；心与道违，则水火相歧矣。性光皎洁如雪，命宗其色如金，性光普照，命宗密藏，故曰白雪黄芽。"

香元又问道："如何为乾坤交泰，圣日圣月？"丧吾答曰："《易》云：乾为首，坤为腹，三华聚顶，五气朝元，此乃后天。乾坤交泰，犹是小乘伎俩。天命之性，其德配乾，父母意感而生我，其德配坤。炼我真意，归我真性，方称先天。乾坤交泰，立见本来面目。圣日圣月，不过性命之余光耳。"香元问曰：

"真意在何处找寻？"丧吾答曰："思虑之神，道家谓之识神，儒家，谓之人心，佛家谓之蜜多心，数学谓之戊。性天中本来面目，道云元神，佛云如来相，儒云道心，数学云己。其实是性天中之性地。修行人欲见性天中清风皓月，先寻此性地立脚。立得脚住，方能见性天，这就是真意也，就是玄关一窍也。"

香元问道："弟子敢问：人心、道心在何处分界限？"丧吾答曰：

"人心、道心，向静而又静之中，自然有个界限，分出表里。古语云：不无不有，正当中道心也。比如以日月为道心，则风云雷雨人心也。以天为道心，则日月星人心也。以太虚为道心，则有形迹之天，又人心也。佛云：无而不无，空即是色。道心也，元神也，有而不有，色即是空。人心也，识神也。逐得识神开，才见元神来。就是本来面目了。"

香元又问道："本来面目，佛云金容瑞相，仙云历劫元神，此胎从何处结成？与玄珠罔象，有分别无分别？"丧吾答曰：

"本来面目，静则与太虚同体，无形无象。其大无外，其小无内，故云玄珠罔象。动则周游六合，与人无异，故有天仙之称。凡胎系于中黄宫之下，自产门而出；圣胎结于中黄宫之上，自顶门而升。此是明心见性之后，末了一着工夫，不求而知也。"

香元又问道："舍利子究竟是何物？"丧吾答曰：

"凡人身为舍，心为利子；至人心为舍，神为利子。至性中间一点灵光，非舍利子而何？故云舍利子是诸法空相。未生天地以前，先有一点金光，居混沌之中，为太极之根。唯我佛祖如来、道祖元始、大成至圣三大圣人，其道足以配之，非值配天配地而已也。"

香元又问道："佛教行于西域，圣道行于东鲁，观音菩萨显于南海，真武祖师行道于北天，老子兴道于中土，是何故？"丧吾曰：

"西方之气，杀气也。我佛顺其气之自然而立教。绝人事，割恩爱，戒妄想，除嗔怒，息邪淫，习静定，空色相，其道寂灭。东方之气，生气也。孔子顺其气之自然而立教。施仁义，亲五伦，齐国家，平天下，其道文明。中土之气湿而平直，故老子之教，善下而胜上，善柔而胜刚，善后而胜前，故无为而不争。其德配戊己，其道尚清虚。真武祖师镇治北天，掌握雷霆，号令瘟火，善恶报应，祸福攸分。其象为坎，故称玄天上帝。观音大士居南海之中，普陀崖下。其象为坎，如人之有心，关一身之痛痒；如无之有日，照万国之世界。所以这个菩萨，感应最速，慈悲最大，呼之即应，求之即来。故有观世音救苦救难之称。"

香元问道："圣人能知鬼神之情状，弟子敢问鬼神情状，究竟是如何样？"丧吾答曰：

"鬼神者，聪明正直而一者也。太上曰：圣人抱一为天下式。佛教曰：不二法门。孔子云：吾道一以贯之。一字就是鬼神情状。"

香元道："求大和尚把这个一字情形，刻画出来，不枉今日说法一场。"丧吾答云：

"圣王之心一于民，唯恐其弗安。忠臣之心一于君，唯恐其弗正。孝子之心一于亲，唯恐其弗悦。烈女之心一于夫，唯恐其弗顺。慈母之心一于赤子，唯恐其弗调。君子之心一于性，唯恐其弗尽。小人之心一于利，唯恐其弗得。《大学》曰：在止于至善，于至善而止之。一之情状，鬼神之情状，岂有他哉！"

香元问道："究竟心何以能明？性何以能见？"丧吾答曰：

"天之生人，理以成性，气以成形。理之循环靡尽，善之默寓无穷。心为欲蔽，则昧理愧天，应物不当，故心不明，性不见。庄子曰：嗜欲深者天机浅，是也。心明则性见，非先明了心，然后再去见性。心暂明，则性暂见，心常明，则性常见。圣人教人克己复礼，是一气工夫。道家喻言火候，进阳火，退阴符，亦不可作两样看。

丧吾道罢，香元和尚不敢再求，只得叩头道："弟子愿皈依我师门下，备洒扫之役。"忽然天鼓大鸣，金花坠地，彩云绕殿，异香遍座。丧吾忙下法座，同大众望天再拜。叩毕，尉迟恭请丧吾并八位贤士，退入方丈歇息去了。盘桓数日，尉迟恭又请八贤齐上大悟山，游览十日，遗书于宝林，叫他教应朱天锡、天禄、杨琰三人，与八贤珍重而别，却悄悄地上京去了。

却说太宗皇帝一日早朝，黄门官奏道："鄂国公尉迟恭自湖广回京，在午门候旨。"太宗听奏，遂大喜道："宣他上殿。"尉迟恭三呼礼毕，太宗道："卿往湖广，不觉五年，使开国老臣不遑安处，朕过也。明日当设宴于凌烟阁，与卿为劳。"尉迟恭奏曰："臣身在湖广，心在京都，神驰陛下左右矣。愿陛下远酒色，亲大臣，治益求治，安益求安。臣虽杀身，不足以报陛下，何劳之有？"太宗道："卿昭不信节，冥不堕行，朕所素知。目今天下虽治，仍有未治者存焉；宇内虽安，尚有未安者在焉。"尉迟恭道："臣居湖广，无日不看京报。未治未安之处，臣实不知，愿陛下一言，以发臣之愚昧。"太宗道："卿方涉远而来，明日再说罢。"尉迟恭道："君忧亦忧，君喜亦喜。万岁今日不言，臣今日梦寐不安矣。"太宗见尉迟恭忠心现于颜色，不得已方说道："北番突厥不朝不贡，到也罢了，每年遣使臣责朕忘恩负约，索取冀州地方，此事当如之何？"尉迟恭奏曰："突厥不朝不贡，抗逆天命，其罪一也。索中国土地，贪利忘份，其罪二也。自恃勇悍，欺我国老臣无用，其罪三也。主公若不发兵究治，恐国威挫损。四夷背叛，悔无及矣！"太宗道："须待开春发兵，卿家回府养息罢。"传旨退朝。

过了数月，正是新春时候，太宗命尉迟恭当殿挂帅，赐上方剑一口，斩杀自由。又赐敕书一道，御笔亲题十二字，书云："公卿以外文武等官，任尔调用。"太宗又命赵国公李靖为军师，一同北征，各赐御酒三杯。尉迟恭与李靖谢了圣恩，退回帅府，文武官员都来参见。次日，尉迟恭上殿奏曰："十三省兵马，都是向日与主上平十八路反王，扫六十四处烟尘，今日太平，令其休息，不失主上子庶民之道。唯有湖广之兵，未经报效，今日北征，应该用之，不知圣心如何？"太宗道，卿既为帅，何必问朕？自裁可也。"尉迟恭谢恩而去。回至帅府，发军书十二卷，往调湖广德安、安陆、郧阳、岳州、黄州、汉阳、常德、永州、衡州、桂阳、辰州、襄阳十二郡军马，克日在潼关取齐。留荆州、武昌、长沙数郡不动。又命尉迟宝林，也来北征，加升双龙镇千户。朱天禄为提调军马总管之职。其余随征将士，不必细述。要知后事，下文分解。

第十三回

怜亲病孝女从征　听波声木兰赋诗

　　却说朱天禄自居千户之职,日习弓马,训练士卒,夜缉盗贼,一境安泰,黎民歌颂不休。过了二年,时当隆冬之月,在双龙镇上查夜,五更方回。解衣而卧,偶得一梦,其兆甚凶,醒来心神恍惚,等待天明,叫丫环快请小姐出来答话。丫环走至内阁,叫声:"小姐,不要织机,老爷请你说话。"木兰道:"老爷夜来辛苦,今如何起得这样早?"即来父亲房内请安。天禄道:"我儿且坐。你父亲今日五更初头,偶得一梦,好生奇怪。我儿负性聪明,必有妙解。"遂如此如此,这般这般。木兰道:"此梦先凶后吉,大喜之兆。父亲梦与青羊相斗,扯断其尾,而羊心拖出,分明是个'恙'字。父亲明春当有重病临身。忽有童子歌《采薇》之诗,此诗乃遣戍役之诗,诗中有云:'不遑宁处,狁之故。'当有王命出师北征也。'忧心孔疚,我行不来。'言日月久远,回期无定。'杨柳依依,雨雪霏霏。载渴载饥,莫知我哀。'是勤劳之甚,王事不可缓也。那坠地羊儿忽化为熊,来咬父亲,是病疫而有生子之兆。诗云:'为熊为罴,男子之祥。'"天禄听了,哈哈大笑道:"食君之禄,当分君之忧,虽有重恙,何足惧哉!不孝有三,无后为大。吾年已五十,晚年生子,亦复何憾!"木兰听了父亲之言，暗暗下泪，退入机房去了。自此木兰早夜织布，日午之时，却向后园走马射箭，阴有代父出征之意。

到了新春时节，天禄往武昌节度使衙门贺节，尉迟宝林待以上宾之礼，天禄以职守自居，不敢抗礼。宝林道："我家富贵，当与兄家共之，奈何过谦！"留天禄在衙中住了数日。家人朱明私将兵房科王鹤松，去年老家爷来省，他便追索规矩银子若干，说与衙中用事之人，宝林因而知道。即书虎头牌挂于辕门之外。书云：

<blockquote>兵科王鹤松，喝斥官长，妄作威福，仰武昌府重责除名，不许再充。</blockquote>

天禄知道，却责备朱明一番，辞了宝林回双龙镇而回。谁知武昌饮酒过度，兼之受了江上风寒，筋骨疼痛，日重一日，渐渐地卧床不起。木兰见应了去年梦兆，心下着忙。忽朱明报到："大悟山丧吾大师来了。"天禄命请进来，内室相见。丧吾道："老爷此病必是内外兼伤，未可痊愈。闻知木兰孙儿，这些时在园中学习弓马，老僧少日曾学得一般枪法，我费二日工夫，传与你罢。"木兰大喜。学了二日，将七十二路枪法件件皆通，丧吾辞回大悟山去了。

又过了二日，木兰见父亲病势仍然如故，在床前时刻不离，或奉汤药，或奉茶水，略见天禄身心快畅，便向机上投梭，机声不断。这一日，天禄见木兰母子在房中久坐不出，有吞声而泣之状。天禄心中想道：我病料不至死，今日略见顺适，何为他母子在此愁肠万状，哭而不言？就开口问道："将令既至，要我北征，尔等为何隐而不言？难道这是瞒得住的？"杨氏道："相公何以知之？"天禄道："去年青羊之梦，料今春必应，予岂忘之？今观尔母子情形，早已知道。"杨氏道："尉迟元帅军令前来，命尔为提调总管之职，往催一十二府人马，此事如何是好？"天禄听了，爬将起来，站立不住，又倒下床去，一连数次。木兰大叫道："爹爹保重！"天禄道："将令如山，岂可怠玩?"木兰跪在床前,叫声:"爹爹!孩儿一言相商,望爹爹细听。孩儿今年一十四岁,兵书、战策般般通晓,走马、射箭件件皆能。前日丧吾传我一杆枪法,神出鬼没,情愿女扮男妆,代父出征。依去年青羊之梦,父亲定有生子之兆,今日之病未可认为祸也。"

天禄听了,心中想道:木兰八岁之时,就女扮男妆,与丧吾参禅。今年一十四岁,诗书通晓,武艺起群,就是出征,也可去得。况她将生时,夜梦是木兰山灵降世,后来必定是女子中奇人。遂将头点了一点,叫声:"我儿起来!"即命丫环唤朱明进来。朱明走至床前,双膝跪下,叫声:"老爷!元帅将令甚急,老爷抱病,如何是了?"天禄道:"你小姐要女扮男妆,代我出征,你可保他同去,切不可走漏消息。"朱明道:"小姐大贤大孝,小人愿生死相依,不消老爷吩咐。"天禄大喜。杨氏道:"朱明,你用心保小姐出征,你的妻子儿女,我自然另眼相看,你也不必挂心。"朱明道:"小姐愿为孝女,小人愿为义仆,夫人也不必叮咛。"天禄道:"你明日早起传令,吩咐人马在教场伺候,说是大少爷出门多年,昨日回来,兵法武艺,件件学全。老爷抱病,少爷代父出征,演兵数日,就要起程。"朱明领令出去。

木兰依着父母,歇了一夜,五鼓起来,剃了两鬓头发,摘了两耳珠环,头戴银盔,身穿白铠,足跨皮靴,走进房中,拜了父母,然后出衙。骑了一匹白马,手执银枪,威风凛凛,俨然一个赵子龙出世,同朱明到教场而来。坐在演武厅上,那些马步兵丁,齐来叩头。木兰传令,先演阵势,然后走马试箭。众军演毕,木兰上马,手提长枪,在教场中也演枪一回,将七十二路枪法,一一使起,那看的兵将个个喝彩。木兰又开弓连发一十六矢,俱中红心,众将喝声如雷。木兰传令,令众士卒,明日早牌,齐到衙中,领取安家钱粮,再过二日,就要起程。

木兰回至衙中,丧吾和尚、铁冠道人不约而至。俱对木兰说道:"闻少爷出征,我等先来贺喜。"木兰道:"此事出于无奈,何喜可贺？"铁冠道人曰："少爷此去，忠孝双全，如何不贺！"丧吾曰："少爷此去，要从五台山经过，五台山上有一靖松道人，在白云洞中修养，是我早年相知的故友。我有书信一封，烦你亲自送去，代我多多拜上。"木兰道："孩儿领命。"铁冠道人道："我也有锦囊一封，少爷遇有逆难不可解之事，打开看时，能化凶为吉，除祸成祥。"木兰拜谢，将二封书信收好。到了起程之日，杨氏安排酒席，与木兰饯行，又吩咐朱明一番言语。天禄勉强出房，送木兰起程。一家三口儿，大哭不止。朱明上前说道："人马俱在教场伺候，请少爷上马。"木兰只得叩别父母，上马向演武厅上，点齐人马，三声炮响，俱望武昌大道而来，丧吾同铁冠道人并八位贤士，送至驿旅河而回。

大约行了二日，到了武昌省城，木兰同朱明到节度使辕门，先将父亲手书呈进。宝林拆开，只见内书云：

愚弟屡受恩公大人提拔之恩，理宜杀身报国。无奈身荷重病，不能转侧。特遣幼子木兰，顶名代役，祈大人见字如面，幸勿斥退，则父子感恩无暨矣。

宝林看罢，叫手下人请木兰进来。木兰步入月台上，双膝跪下，口称侄儿，木兰叩头。宝林见木兰少年将军，心下欢喜，用手扶起，叫手下人看坐。木兰乃谦逊一回，方敢就坐。宝林问道："令尊大人真个有病否？"木兰说："真个有病。"宝林道："若是别人，就要差官看验。你我祖孙、父子相交，亲同骨肉，料无虚假。贤侄有多少岁？"木兰道："侄儿今年一十四岁。"宝林道："你一十四岁就文武全才，真乃是善门之后。他日晋爵封侯，不可限量。本藩已发十二枝令箭，催取各路人马，免你提调官一番劳苦。你可回营整理人马，候各路兵到，一同起程。无事时，却来我府中论谈兵法。"木兰连连道"是"，退回本营。不上半月，各路人马俱到武昌城外扎营，十二府总管都来参见节度使。宝林同木兰到各营查看，共一十二万军兵。又训练三日,传令起程。

行了半月,在黄河岸边扎营,候明日早晨渡河。是夜,月明星稀,木兰在帐中盘膝而坐。只听得风涌波涛,呜呜呱呱,溅溅不已。木兰想起:父亲抱病,母亲年老,膝下无子,我今远出,叫我心中如何放得下去?父母心中又如何割得开?想到此处,恸哭了一会。忽听得鸿雁飞鸣,自南而北,木兰将宝剑画地而歌曰:

　　昔日闺中月,今照汉家营。
　　影落寒潭水,寂寞父母声。
　　鸿雁于飞兮,悠悠惕我心。
　　闺窗星斗横,寒光度汉营。
　　黄河水溅溅,断续父母声。
　　鸿雁飞鸣兮,言言伤我心。
　　晓风吹绡幕,随我入汉营。
　　暮扬黄河水,号泣诉双亲。
　　鸿雁北翔兮,焉得写我心。

木兰歌罢,和衣而卧。忽然心神定静,心花开放,见一线灵光,状若指痕,挂在心头,渐渐生圆,犹如一团月色,其白如雪,其朗如珠。木兰此时,万念俱消。只见白光之内,内有一点珠光,其赤如火,其黄如金,其大如黍子相似,轰轰然落于土釜之中。佘光隐隐化成一个"斗"字,须臾不见。木兰想道:性天中境界,有无限快乐,惜我缘分尚浅,不能久视。这慧光之中,化出一个"斗"字,莫非我今日出征,要一十二年方可回家?那时再去参学性理,归根复命,不要在尘世之中,虚生浪死。一时中军炮响,众军起来造饭渡河。不知后事如何,下文分解。

第十四回

占营运李靖识奇人　钱军仪青莲谈敌国

　　却说尉迟宝林带领人马，渡了黄河，又行多日，已过潼关。宝林传令，令十二府总管各安营寨，训练甲兵，待本藩到长安，请元帅驾到，然后出征。木兰道："末将愿随大人进京，一同参见老千岁。"宝林大喜，遂同木兰往长安而来。到了帅府，参见礼毕，尉迟恭看了木兰履历，问曰："向日我在你家延住数日，不但未见你面，你父缘何亦不提起你来？"木兰道："孩儿八岁时，被贼人拐去，今年才回。不幸父亲抱病，孩儿见军书紧急，不敢怠慢，故顶名而来，望老千岁恕罪。"尉迟恭又问道："你有何本领，敢来出征？"木兰道："孩儿善使枪法。"尉迟恭道："你可当面演来，待本帅一观。"门官上前禀道李老千岁驾到。"尉迟恭吩咐开门而迎，木兰回避于两廊之下。

　　李靖走至二堂，与尉迟恭相揖而坐。尉迟恭叫家将请少爷出来，宝林出来，向李靖叩头请安。李靖道："贤侄兵马既已齐备，明日随元帅上殿，见了圣上，再到我府与你接风。"尉迟恭道："我有一个远客，与宝林同路而来，明日也是要到府上来问安的。"李靖道："远客何在？姓甚名谁？"尉迟恭手招木兰上堂，说道："这是赵国公李千岁，上来叩头，将你枪法演与千岁看看，明日就好抬举你。"木兰领命，上前叩头，李靖扶起，欲待开言，尉迟恭抢说道："快快演枪法与千岁看！"木兰领命，向架上取一枝长枪，抖搂精神，先使一个金龙戏水之势。扭回身来，白鹤钻云。左使彩凤点头，右使犀牛望月，前遮后护，上盖下蟠，不一时，将七十二路枪法俱已使完。喜得元帅目笑眼开，连声称好。木兰上前躬身道："不足当二位千岁观。"李靖道："此是伍云召枪法，你在何处学来？"木兰道："敝地有一位丧吾和尚，与末将祖父相善，传于末将的。"李靖道："那和尚有多大年纪？"木兰道有七十多岁。"李靖道："他左耳门有指头大的一个朱砂痣否？"木兰道："有的。"李靖道："他眉骨高起，鼻梁微断否？"木兰道："是的。"李靖道："我说你所使是伍家枪法，这丧吾和尚，定是伍云召了。"尉迟恭道："这丧吾和尚虽年老，精神如幼，可惜他皈依佛教，我屡次劝他出仕，他总不应允。"李靖道："你在哪里会见他的？"尉迟恭道："太后命我修造西陵寺，因此会见。李靖道："我有个故人，住在西陵，可惜未托你问候他。"尉迟恭道："千岁故人是谁？"李靖道："就是朱若虚，难道你也忘记了？"尉迟恭道："朱若虚去世多年，我曾到他墓前祭奠数次。"李靖听得朱若虚去世，不觉二目落泪，叹息不已，木兰也掩面流涕。李靖见了，心下明白，手扶木兰问道："相公，你是朱家何人？"木兰跪下说道："末将是朱若虚之孙，天禄之子也。"李靖大喜道："原来如此！尉迟老千岁不早早说明，要耍我也。"尉迟即命备酒，与朱将军接风。李靖与木兰、尉迟父子四人，共坐畅饮。李靖举杯问道："元帅今番北征，以何人挂先锋大印？"尉迟恭道："诸位国公俱已年老，只可随征。须要选一少年将军，无奈诸位少爷虽云将门之子，到底娇养成性，恐难充此任。"李靖道："紫荆关总兵伍登，乃少年英雄，又系帅门之后，所谓孤臣孽子，必然可为先锋。"尉迟恭大喜，即命家将拿令箭一枝，去调紫荆关总兵伍登，星夜来潼关伺候；又发火牌一面，升伍登为冲锋大将先锋之任。当晚席散。

次日，尉迟父子上殿，启奏人马到齐，即日北征之意。又奏朱木兰年十四岁，文武兼优，有大将之才，万夫之勇，臣保此人北征，必能破敌立功。太宗见奏，龙颜大喜，命宣朱木兰上殿。三呼礼毕，太宗问道："卿家年幼，如何就胆略过人，敢随军北征，为国家出力？"木兰道："臣祖父朱若虚，隋朝屡举孝廉，未经出仕；臣父现居西陵双龙镇千户之职。元帅提兵令至，臣父遭病未起，臣即赴军门，子充父役，以报万岁之恩，尽子臣之节。"太宗见朱木兰言语安定，心气和平，又是少年英雄，十分欢喜。便说道："卿家代父出征，不但尽忠，而且尽孝，就是大功了。卿家可将为将之道，奏与朕听。"木兰奏道："为将之道，先在知人。见功而赏，见过而罚，未足为知人也。知是人之必能立功而先赏之，知是人之必能见过而预罚之。期无悔于后，而制胜于前也。至若进退虚实，机变奇正之理，在临敌之时，因人而动，见机而行，非言语所能悉也。"太宗问道："尉迟皇兄，你如何知朱卿有此大才，而使寡人幸见之？"尉迟奏道："万岁不知，臣向日未来投太原之时，先是他祖父朱若虚荐臣于李靖也。"太宗道："果如此，则朱卿乃数世功臣也。"即封朱木兰为武昭将军之职，传旨退朝。

次日，尉迟恭大开帅府，文武舍员齐来参见。尉迟恭道："本帅奉旨北征，尔等随行将士，文官参谋，武官效力，各宜尽忠报国，以图拜爵封侯。限三日之外，各随本帅往潼关，会合湖广人马一同起程。"众将唯唯而退。

过了三日，尉迟恭同李靖辞了圣上，带领诸将，望潼关而来。坐在演武厅上，十二府总管参见毕，尉迟恭令将人马演试，待本帅观看军容。众总管得令，将人马排成阵势，一声鼓响，有无数散军，齐来攻阵。阵内马兵，突出接战，两地里互相演杀，炮响如雷，喊声震天，十分威武。忽然阵内一声锣响，人马各回本阵。尉迟恭见军容甚整，心下大喜，传令回营。

是夜同军帅在中军帐歇息，李靖想道：军容却是整齐，不知营中气色如何？到三更时候，悄悄起来，挂了宝剑，即走上旗台，四面而看。见十二座营盘，清光勃勃，不犯一点杀气，心中欢喜。只见中军帐一道红光冲天，口中叹道："元帅忠心耿耿，为国忘身，故有此红光瑞相。"正叹之间，又见中军帐右旁一道白光，上冲牛斗，其光旋转如明月相似。李靖惊讶道："此人间孝道之光，营中有了此人，可免劫杀之灾。"正看之时，那一道白光冉冉而下，落于原处。李靖急往视之，乃武昭将军朱木兰之营房也。次日，来与元帅说话，见木兰在侧，李靖将木兰上下一看，见木兰声音柔脆，两耳有眼，举止动静，不脱女子气习。李靖心下明白，却又想道：他既女扮男妆，代父出征，我李靖不知则可，知而不为保全，失宝善之道也。即传黄州总兵管成彦进帐。李靖曰："目今附马公秦怀玉，押解饷银二十万，往雁门关伺候大兵。尔领三千人马在前开道。"成彦得令，点兵去了。李靖又令朱木兰督领一支人马，元帅传呼则进，无事不必来中军参见。各营将士如有擅入黄州营门者，立斩！军令一出，各营皆知。尉迟恭心中不明，问道："朱木兰聪明年轻，宜在中军帐前学习，军师令他退居黄州营寨，是何故也？"李靖道："元帅日后自明，今且休问。"

再说紫荆关总兵伍登，字瀛州，今年三十多岁，乃隋朝南阳总兵伍云召之子。云召起兵之日，对夫人韩氏说道："老王、太子被弑，吾父被杀，我今起兵为父报仇，另保隋朝贤君。不胜，则画虎类犬。趁此兵马未动，你引公子扮作乡妇，往襄阳山中躲藏，以存伍氏一脉。"夫人道："相公，劝你俱逃，枉食君禄；劝你起兵，料寡不能敌众。此君国大事，不必与妾商议，宜与请将商之。"伍云召点头出衙，召诸将商议。夫人即引十二岁公子，带一个老仆伍琼，出后衙向襄阳山中去了。后来夫人病故，公子流落幽州，投在苏定方帐下为将，却随主将投顺唐朝。人见他是个少年英雄，而且面如瓜子，眉清目秀，都称他为伍娘子。太宗登位，又升为总兵之职，镇守紫荆关。当日接了元帅将令，命他为开路先行，心中大喜道："我平生武艺未立奇功，今帅爷命我为先行，是知我也。"星夜赶到潼关，参见元帅。元帅道："本帅奉诏出征，令尔为先锋，务要逢山开路，遇水搭桥。遇山寇当道，即行追捉，遇北番敌军，切不可擅自开兵，须候本帅大军。"即命邻永州一支人马，限三日起程。伍登得令，整顿人马去了。

再说太宗见了尉迟恭、李靖往潼关阅兵，心中不安。一日，朝谒已毕，往军机所议政。太宗道："朕赖卿等之千辛万苦，奄有天下。方期干戈宁静，与卿等共乐升平，前日见尉、李二卿辞朕北征，心甚不安：卿等俱有远见，大约李、尉二卿，几时方可凯旋？"右相长孙无忌奏曰："陛下少日出兵，亲冒矢石，请将争功，故能战无不克。今太平已久，请将皆富贵显荣，比不得少日，乃草莽之士。况北地兵强将勇，又非昔日反王乌合之众可比。二公回期，难以预定。"大学士褚遂良曰："乱世交战，为将领兵，是将在前，而兵在后；治世出征，为将督兵，是兵在前，而将在后。今日大军北向，必番将领兵而南，我将督兵而北。主客之势相形，利于客不利于主也。"左相房玄龄曰："我军远出，利在速战，倘敌国以逸待劳，静以观动，以伺天时之变，则我军虽众，亦无所用力矣。"太宗曰："何为天时之变？"玄龄曰："久旱久雨，即为天时之变。彼或出奇兵，我或军粮尽，虽李靖多谋，亦未如之何也。"太傅李敬业曰："诸君饶舌，亦无益于事。各书一字于掌中，如能相合，便是所见皆同。"太宗道："如此甚妙。"遂各书一字于手中，出而视之，皆是一个"和"字。太宗大喜。

次日，接得尉迟本章，内言某日甲子，当以丙寅时大军起程。太宗闻奏，即命备驾亲来饯军。到了潼关，尉迟恭、李靖伏道而迎。接入中军帐，三呼已毕，太宗道："卿等远征戎机万里，关山飞越，朔气寒光，照尔铁甲。二卿此去，马到成功。朕特来兹，扬觞称饯。"尉迟恭曰："臣等仗圣上龙威，战无不克，招无不降。愿陛下内亲大臣，外恤民隐，臣虽肝脑涂地，不足以报陛下。"太宗问李靖道："众卿皆通时达务，而卿为长者。今率兵北向，当以何时为回期？"李靖奏曰："臣今北去，大约一纪可回。"太宗曰："何若是之难也？"李靖道："北方风气强悍，民乐战斗。高帝登极之是，就不服中原，屡责我主负约，其怒已深。况他远祖世为北番之主，岂能轻易摇动。今大军往征，他必有准备。且彼国多贤，突厥必用康和阿、颉和主掌兵权。向日王世充、单雄信诸人，其才不能及也。"太宗道："知己知彼，百战百胜。二卿此去，当以何策为先？可各书于掌中，看相合否？"二人领命，各书数字于手中，开掌相对，皆是"先战后和"四字。太宗大喜道："二卿所见皆同，寡人无忧矣。"是夜，太宗宿于帐中，次日饯了军容，驾回长安。尉迟恭命放炮起程，十二万人马浩浩荡荡，向北而行。要知后事，下文分解。

第十五回

黑水渡焦周回上国　五台山靖松赠明驼

却说伍登领了元帅将令，带领人马，晓行夜宿，不上一月，到了黑水渡。伍登沿河观看，遥看北岸山脊相连，树木交杂。急寻土人问之，土人曰："此山名小燕！又名荆棘岭。山中有一大王，姓焦名周，帐下有五千喽兵，更有二子，一名焦文，一名焦武，有万夫不当之勇。将军欲过此岭，须要先送过山礼，然后可行。"伍登道："地方官如何不兴兵剿除？"土人道："这山中有田千亩，他的号令十分严谨，又不扰害地方，官府只求免祸，谁肯令朝廷得知？凡是过往客商、官军，只要买路钱。自隋迄唐，势焰日盛。"伍登即传令道："人不可卸甲，马不可离鞍。倘贼兵劫营，不许妄动，只放箭射之。"是夜，伍登在帐中，一夜无眠。三更之后，忽然火把齐明，喊声震地，却不见人马渡河。到了天明，不见一人一骑。辰巳时候，一支人马蜂拥而来，红白不分，一声锣响，红旗旋左，白旗旋右，退回山中去了。伍登按兵不动，差人去报元帅。元帅下令道："贼人讨战则战，切不可发兵，先攻他寨。候我大军来，再为斟酌。"

过了数日，大军早到，仍于南岸扎营。伍登参见已毕，备说贼兵甚众，更兼路险，请元帅定夺。元帅道："明日天明，你引军渡河讨战。"到了半夜时分,北岸仍然火光冲天,喊声如雷。天明时,红白军马,旋转而出,锣响数声,各分左右而入。元帅道:"此疑兵也。"令伍登作速渡河邀战。及伍登过河,林中闪出一支人马,一少年将军大叫道:"唐将放心过河,我不击你。我老大王有令:只要胜得少爷手中枪,吾便将五千人马,三万粮草,随元帅往北番立功;胜不得少年手中枪,想过此山,万万不能。"伍登听了,领人马上岸,拨马来战。问道:"来将通名。"少年答曰:"吾乃大少爷焦文是也。将军是谁?"伍登道:"某乃尉迟元帅麾下先锋大将,伍登是也。将军既有投唐之意,何不早早下马,末将引见元帅,自然重用,奈何阻住天兵,岂不有罪?"焦文道:"此是老大王之令,谁敢违之?"说罢,带马上前,伍登接战,战了三十余合,不分胜负。伍登心下想道:元帅令我为先行大将,战一山寇不下,岂不被众将耻笑?遂诈败而走。焦文心中想道:此人枪法不乱,忽然败走,必是善用回马枪。遂拍马赶来,却拈弓在手,一箭射去,正中伍登马股。那马乱跳,将伍登跌倒在地。焦文大笑:"饶你性命回去,去见元帅,另换一位有本事的来。"说声未了,对阵上一箭射来,焦文急忙挑拨,却射中了马头,也将焦文抛下马来。两边军士齐声喝彩,各人收兵。原来元帅恐伍登有失,令朱木兰前来掠阵。见伍登坠马,恐焦文下手,遂拈弓欲射焦文。见他不杀伍登,也只射他马头。所以后来杜甫有"射人先射马"之句。元帅大营已定,伍登备说如此如此。

次日,元帅仍令伍登出马。木兰禀道:"末将昨日见焦文枪法,与丧吾所传无二,待末将出去罢。"元帅大喜,即令伍登掠阵,一同披挂出马,来至阵前。焦文大叫道:"少爷在此等候多时了。来将通名。"木兰道:"某乃元帅标下武昭将军朱木兰是也。"焦文见木兰年岁幼少,不以介意。退回本阵,叫背后焦武出马,大战二十余合。焦文拍马上前,伍登亦放马助战。焦文大喝道:"二位休要动手!"问木兰道:"将军枪法,是何人所传?"木兰道:"是隋朝南阳守将伍云召所传。"焦文道："南阳云召何在？"木兰道："在湖广西陵大悟山为僧。这先锋伍登，就是他公子。"焦文道："今日收兵，明日再战。"两下一齐收兵。

却说元帅看见焦文、焦武有大将之才，兼且旗号分明，军容甚整，心中欢喜，与军师商议收服之计。李靖道："此人有心归顺天朝久矣，明日差人赍官诰，招他父子来降。如来则妙，如不肯来，愚弟自有妙计破之。"次日，哨马来报："有一老将军，须发皓然，带二位小将军微服而来，不知何故？"李靖道："焦周父子来降也。"即令宝林亦不着戎衣，在营门等候。不一时，焦周父子来到，宝林引入，走进中军帐，伏地叩首请命。元帅下帐扶起道："老将军既顺天朝，即当重用，岂有记旧过之礼？"焦周道："罪将向日本南阳伍大人帐下一名牙将，后蒙大人提拔，升为护印中军。城破之日，闻大人已死，罪将逃至此处，落草为寇。今闻故主尚在西陵，而公子在此，愿求一见。"元帅即命伍登上帐。焦周一见，抱头大哭。伍登不知何故，施礼道："老将军年老，休得过悲。"焦周道："公子在南阳逃难之日，年方一十二岁，可记得中军将焦周否？请问夫人安在？伍琼何往？"伍登听了，觉得有些面善；又听焦周问他母亲并老仆伍琼，想起昔日母子受困情形，遂抱着焦周大哭起来。焦周又命二子来拜伍登，元帅命备酒与焦周父子接风。焦周令焦文、焦武仍回山寨，收拾粮草，约束人马，解赴元帅大营，一一交割。又令二子："随元帅北征，务遵国法，报效立功！今我年老，要往大悟山，依故主修行，以终余年。"元帅留之不住，只得差人夫送往湖广，不表。

再说元帅得了焦文、焦武，即表奏圣上，封为总管之职，令为乡导，伴伍登同行。行了七八日，到了五台山，在山下扎营。木兰进帐禀元帅道："丧吾禅师有书信一封，要末将亲身送上五台山白云庵靖松道人，特来讨令。"元帅听了，叫声："朱将军，早去早回。"木兰得令，带三骑牙将，望五台山而来。行了半日，但见奇峰怪石，古木异花，观之不尽。又不见一人行走，正不知白云庵在何处。又行了十余里，心中着忙，忽闻笛声细细，随风缥渺。木兰喜曰："此必白云庵也。"遥步笛声响处，又行了一里有余，见石间流出一道清泉，叠叠成音。横中一条石桥，桥西苍松翠柏，一簇寒烟，围绕一庵。院中篆竹猗猗，青阴可爱，门上题：白云道院。木兰下马，令从人在外，不可擅入，自将院门敲了数下。忽听院门"呀"的一声，走出一个小小道童，头挽双髻，身穿八卦道袍，腰系黄绦，足登云鞋，开口问道："客从何来？"木兰道："烦你通禀道长，有湖广人求见。"小道童进去了，出来说道："请客到里面吃茶。"木兰随道童入客堂而坐。

再说这靖松道人，俗姓时，名长青，少日与伍云召同营为官，有八拜之交。因他看破红尘，弃官修道，在五台山养性炼神。不料山中生一恶蟒，食人无数。靖松叹道："冤冤相报，曷其有极。"当时有两个徒弟，问曰："吾师何不以道力收除此怪，以安生民？"靖松曰："尔等心性不明，六通未得，不识先后。此怪乃隋朝文帝驾前忠心不昧的巨子，后来被炀帝所杀。他的冤气不消，积成毒气，所以身化巨蟒，所吞男女，皆是炀帝驾前一般奸臣。待冤报已尽。我自有收他之法。"两个徒弟心得开悟，退回本位去了。

又过二年时值八月天气。秋雨霏霏，不寒不暑。妖蟒出洞思寻人吃，见靖松道人在溪边垂钓，妖蟒匍至，望着道人喝一口毒气。若是平人，筋骨皆软，这道人不慌不忙，口称："善哉，善哉！"目运回光，毒气消散。妖蟒又运一口臭涎，喷上身来。道人顶上放出一朵金莲花，恶涎纷纷四散。蟒妖大怒，飞身扑来，道人隐身不见。蟒妖来得势凶，不觉身落水中。回转身来，飞奔上岸。那道人手执铁杖，照顶门一杖，打得顶门心火光外射，遁入水中，不敢动转。过了一个时辰，恰伸出头来，那道人又是一杖打来。蟒妖无计可施，只得随着流水，悄悄下滩，流了五六里之遥。张眼四顾，不见道人赶来，心下欢喜，就盘旋睡在沙滩之上。只见水面上涌出一朵金莲花，自一而二，自二而四，自四面八，须臾人间，天上地下，尽是无数莲花。蟒妖观之不尽。又见莲花中间有一朵大莲花，形如车轮，花间坐着一个道人。蟒妖见了，伏地求饶。道人解下腰中丝绦，锁住蟒颈，飞身骑在背上，向白云庵而来。拴在后花园中，每日以斋馒饲之。

再说山下有一富户，姓陈名良贵，年已五十多岁。平日好善，家中厮养一只毛骆驼，良贵爱之如宝。不料这骆驼伤了草料，病了十余日，恹恹欲死。一日，家人报道："五台山老道人来了。"良贵慌忙出迎，相揖而入，分宾主而坐。靖松道："贫道特来化缘，请员外出个布施。"良贵道："仙翁欲化何物？"靖松道："贫道不化别物，只化尊府一只病驼。"良贵道："此驼已成废物，仙翁要他何用？"靖松道："只要员外施舍，贫道自有妙用。"良贵道："仙翁果有用处，就送了仙翁罢。"同道人行至后园，那骆驼卧在地下，半死半活。道人以中指按定顶门心，运元阳祖气，向顶心灌入，喝声道："起！"那驼儿应声而起。道人拱手向员孙道，承赐了！"跨上驼背驰而去，不消半刻工夫，到了白云庵。牵入后花园中，收了神光，那驼儿登时扑地。道人对着蟒妖说道："徒弟，今日是你解脱之时。"即书灵符一道，就贴在蟒妖顶门上，口中咒道："唵吽唎呵。"将灵符揭起，那蟒妖登时气绝。靖松又把这道灵符，贴在驼儿顶上，喝声："起！"那驼儿又应〔声〕而起。这叫做借体返魂之法。靖松命徒弟骑往山前山后，调养精神，如此月余。

这一日，靖松与徒弟正在讲经，童儿报道："有客求见。"靖松道："请他进来。"时靖松讲经未完，木兰叫童子且体通报，也踞在一旁听讲。只见一徒弟进问曰："佛家行住坐卧，心念南无阿弥陀佛不休，此是何意？"靖松曰："阿字是唤醒世人，教他莫妄思乱想。譬如人当妄想之时，千头万绪，心不由主，忽有一人呼其名曰某，我即应之曰诺。是一呼而万念除，一诺而主人醒。欲修大道，须时时自唤自应，故曰阿。阿字虽闻其声，未见其形。主人尚在门内，必也将堂门大开。不可醒而复睡，不可出宅外行游，总在室中有退藏戒步之意，故曰弥。然弥字尚拘束太重，如拴猴于柱，虽不外弛，到底舞跃不定。如月映水中，鱼游风吹，终属恍惚。更加精求，以致于一。陀字，则操持得住，如一颗明珠，放在水晶盘中，不动不摇，如如自在，故曰陀。佛字，即是见我本来面目。圣而不可知之谓神，余更有何说？心也，性也，命也，道也，皆非也。斯时太虚即我，我即太虚，故冠以'南无'二字。"

靖松道罢，即下座来向木兰稽首，木兰慌忙答礼，分宾主而坐。木兰道："弟子奉丧吾之命，奉书仙翁座下。"说罢，将书信双手奉上。靖松拆观，书云：

> 吾人立身天地之间，故以了生死为第一大事。但欲真了生死，必先了心地。欲了心地，以先除妄念。欲除妄念，必先诚心意。盖心诚，入道之基；意诚，终道之用。古人云："以心观心，心外无道。以道观道，道外无心。"拒虚语哉！仆向者承足下教以敦伦尽性为事，仆非不尽心焉。嗟乎，以仆之心，值仆之时，复何言哉！复何言哉！亲无辜而受戮，族无辜而遭刑，身不得已而为僧。伦也如此而敦，性也如此而尽。仆将何以情为？足下又何以教我？佛氏曰："一子修行，九祖升天。"仆溺于此言，日以礼佛诵经为事，以期忠魂义魄，脱化升天。伦如此而敦，性如此而尽。仆如此而为情，宜乎，不宜乎？祈足下一言，以醒未悟。
> 　　大悟山僧丧吾俗名伍云召

靖松看罢，慨叹良久，曰："云召既然出家，不宜将往事挂心。足下尊姓？"木兰道："弟子姓朱名木兰，今从军北征，奉丧吾之命，特来拜谒。"靖松道："将军北征，屈驾来此，我有一白毛骆驼，送将军做个坐骑，请将军往后园一观。"木兰随靖松行至后园，见那只骆驼身高九尺，遍体白毛，目放火光，连声称妙。靖松道："此驼名翼孝名驼，胜良马百匹，有五德三不走。"木兰曰："何为五德三不走？"

靖松曰："登山越岭如行平地，一德也。大雾弥天，能识东西南北，二德也。见水能渡，三德也。见火能飞，四德也。一日能行三千里，五德也。前有伏兵或刺客，此驼不走；遇有妖怪，此骑不走；若非主人骑之，驼亦不走。"靖松又向明驼道："此朱将军即尔之主人也。你保他北征，有功回朝，自有高人度你，复回人身，修成正果。"又嘱木兰道："朱将军回朝之日，我有书一封，寄候丧吾，千万前来，不可失约。"木兰再拜而谢，靖松送出庵门之外，相揖而别。木兰率从人下山，赶着元帅大军。行了多日，出了雁门关，又到界牌关，放炮安营。要知后事，下文分解。

第十六回

界牌关额保告急　五狼关颉和被擒

却说界牌关，乃北番之地，关上守将名额保，副将名保龄。当日闻得唐兵已到，即具表告急。番王突厥聚众商议，右庶长康和阿奏道："臣料唐兵必来北征，已令额保多设弓弩，为守关之计。更兼保龄为副，二人皆智勇之士，料然无失。"突厥道："卿既预为防守，必有破唐之计，试为寡人言之，以快孤意。"康和阿道："唐兵远来，利在速战。以时势论之，和为上，守次之，战又次之。"突厥道："和则请降唐主，背义忘恩，孤即死，不愿称臣于彼。"康和阿道："当日房玄龄来此借兵，我国果然发兵助战，唐主焉能负约？那时与玄龄一盟，亦不过是将计就计，究竟我主果有何恩于彼？"突厥道："孤也大张声势，保全太原。不然，彼国焉得无事？"康和阿道："唐主所感者，此也。早与之和，不更愈于战乎？圣人云：小国师大国，而耻受命焉，是犹弟子而耻受命于先师也。"突厥大怒："年老之人，心虚志懦，信有之也。"即斥退康和阿，拜颉和为帅，去破唐兵。康和阿又俯伏奏道："臣不忍我国生民陡遭涂炭，愿随元帅监军，以防唐兵。"突厥大喜，即封康和阿为军师，同颉和来界牌关，不表。

却说尉迟恭每日命军士在关前讨战，百般大骂，关中毫无动静。

又命军士到城边筑起土坪，以窥城中之虚实。城上亦竖起云梯，用乱箭射出，军士死者甚众，尉迟恭无计可施。李靖令朱木兰领一支人马，去抢五狼镇，以为掎角之势。木兰领命，望五狼而来。安营未定，镇守将名唤孛臣，领兵冲来，木兰迎住，战了十余合，木兰大败，两边将士一齐混战，木兰且败且走。孛臣赶至树木交杂之处，看见林中白旗招展，知有伏兵，勒马而回。心中想道：唐兵队伍不齐，首将年少，被我这一阵杀得胆战心惊，谅他不敢再来。睡至三更时候，忽然喊杀连天，孛臣急提枪上马，唐兵已抢入寨中，乱砍乱杀，番兵四散逃走，孛臣于火光中见木兰在马上耀武扬威，心中大怒，冲杀而来。木兰命军士团团围住，不许放走。朱明上前助战，孛臣枪法不乱，全无惧怯。木兰拈弓在手，一箭正中孛臣左膊，翻身落马，军士上前绑了。次日，木兰差人往元帅营中报功，将孛臣囚在营中。又命军士于镇前各路埋伏，好与番将交战，迨再擒三五个番将，一同斩首。每日在营中试箭，百发百中；或使枪弄棍，十分精巧。又训练人马，朝夕不休。孛臣囚在营内，心中悔道："我见木兰年幼，只道他无才，谁知中了他的骄敌之计。"一夜，见木兰与众军饮酒，吃得大醉，看守军士亦皆醉倒。孛臣扭断铁锁，挣开囚笼，越营而走。

再说康和阿听得失了五狼镇，大惊道："我叫孛臣不可私自开兵，唐兵如到，报我知道，再发兵夹攻，以为上全之策。"败兵诉道："主将乘其安营未定，冲杀获胜，不料他夜来劫寨，遂尔被擒。"康和阿道："远远安营，名为惧敌。逼近安营，名为欺敌。逼近安营，而有埋伏，名为诱敌。木兰近我军安营，明是诱敌之计，孛臣死不足责。"过了数日，颉和对康和阿道："军师在此谨守，本帅前往五狼镇一走，务要夺回五狼，生擒木兰。"正说之间，人报孛臣逃回，无元帅将令，不敢开关放入，颉和令放他进来，孛臣上帐请罪。康和阿道："违吾将令，有何面目来见我？推出斩首！"孛臣大叫道："末将被擒不屈，回见军师，愿报了军情，死而无恨！"军师道："你有何军情？"孛臣道:"木兰人马不多,俱在镇上埋伏。元帅若发兵在阵后掩杀,攻其不备,木兰可擒也。"康和阿大怒道:"这是尔报的军情,又是叫我军送死!此为卖敌之计,故意留尔不杀,囚在营中,令知预为埋伏。兵法云:虚则实之,实则虚之。又故意放尔回来,元帅若从镇后杀去,岂不又中了木兰之计?留尔何用,快快推出斩首!"颉和道:"念他被擒不屈,且留在军中听用。"军师即令杖他四十大棍,叫元帅且休出兵。颉和道:"本帅领兵从镇后杀去,再令孛臣领一军从镇前搦战,二面夹攻,必获全胜。"康和〔阿〕道:"元帅执意要去,我有一言,你二人紧记:遇敌则战,唐兵败走不可远追,唐兵无有准备,须防埋伏。我兵若败,望红旗而走,我这里自有接应。"颉和与孛臣受命,分兵两路而去。

　　这界牌关,前路到五狼镇有六十里,后路到五狼有八十多里。前路平坦,后路盘曲。孛臣早日起兵,离镇十余里安营,令哨马哨探,回报道:"林中伏兵甚多。"孛臣令军士乘风放火,以烧伏兵。唐兵败走,孛臣追杀一阵,忽想起军师之言,收兵而回。次日前来讨战,木兰出马,大骂道:"本藩擒尔不杀,逃脱性命,尚敢领兵前来!"孛臣也骂道:"前日误中诡计,今番定要擒你献功,以泄前日之恨!"孛臣说罢,冲杀过来,与木兰大战二十余合。木兰败走,孛臣不追。木兰回马又战十余合,两下一齐收兵。次日,孛臣又来讨战,木兰乘驼而出,两下大战二十余合,木兰又败走,孛臣又不追来。木兰连放十几箭,皆被孛臣拨落。木兰大怒,催驼来战,又战十余合,两下收兵。次日,孛臣料颉和人马必到,又来讨战。木兰出马,战了十余合,不分胜负。木兰喝住道:"我有一将,要与将军比试,只怕你死在他手,本藩心中不忍,所以不许他出马。"孛臣道:"既有勇将,放他出来受死。"木兰道:"只恐将军死在他手内。"即拨马回阵,阵内马上绑着赤条条的二将,牵至阵前,却是元帅颉和、军师之子康利。孛臣见了,大叫一声:"气杀我也!"口吐鲜血,跌下马来。唐兵大喊,蜂拥而来，绑了孛臣，杀散番兵。

原来朱木兰料番兵必来夹攻，预定一计，擒了颉和、康利。只因颉和领兵暗攻五狼，行了五十余里，到了哈耳坝。地势平坦，兵士报道："有一木阵当道。"颉和周围看了一遍，顾谓诸将曰："此八卦阵也。按休、生、伤、杜、景、死、惊、开八门而排。昔日诸葛武侯以此阵阻住陆逊，乃虚虚实实之计。"即从生门而入，只见阵内遍插五色小旗，到处有门有户，却望坤地死门而来。谁知出了死门，又有死门，走来走去，不辨东西南北，心中大惊道："吾中竖子之计也。"诸将曰："量一木阵，有何难哉！我等拆开一条路，即可出矣。"颉和曰："拆阵而出，岂不被木兰耻笑？"又引众将旋转数处，到一个所在，插五色黄旗。颉和心中大悟道："此中宫五黄之地，木兰卖弄手段，故插五色黄旗在此，必是内按九宫而排。"遂望西北白旗而走，再走赤旗，又向白旗，顺着一路红旗而出。如此自一而九，阵内共有九九八十一个门户，果然出了阵来。颉和谓诸将道："我既出阵，拆之有名矣。"传令军士将此木阵拆毁。颉和又道："陆逊遇此阵而退兵，本帅遇了此阵偏要进兵。陆逊迷在阵中，是黄承彦救出，本帅却是自己出来。吾虽不及孔明，却胜于陆逊也。"遂催兵大进。行至北屏山下，颉和见势不高，树木又少，不以为意。行过北屏山，军士报曰："前面林中白旗招展，必有伏兵。"颉和大笑道："此疑兵也，焉有伏兵？用白旗以张耳目哉！林中纵有伏兵，何惧哉！"驱兵前进。不料唐兵放起火来，番兵大溃，四散而逃。颉和无法，只得退走北屏山。不料北屏山后，冲出一支人马，拦住去路。此时天色已晚，番将俱皆胆落，各各逃命。朱明领了木兰之命，带一千弓弩手，只射马上将，不杀马下兵。颉和与康利见前后受敌，却望正西而走。朱明放走番兵，率人马来追。唐兵赶上，将二将四面围住。原来北屏山下，有一道溪河阻住去路。颉和同康利且战且走，不得脱身。败至河口，颉和与康利策马渡水，朱明连发二箭，二将落水。令军士捞起，二人已是半活半死。解赴五狼镇,木兰押至阵前,孛臣看见,气死在地,也被木兰擒来。当日木兰将颉和、康利押往元帅营中请功,却劝孛臣投降。孛臣不伏,木兰怜他忠义,不忍加诛,又不可再放,即将孛臣双目揉瞎,令他有勇无用,回明元帅,放回本国去了。

只说尉迟元帅接了木兰喜报,令将颉和、康利带上帐来。尉迟恭谓二将曰:"本帅奉旨北征,非争尔国地土,只要尔主人贡来朝,仍不失番邦之主。本帅放你二人回去,劝尔主速降。如执迷不悟,再被擒来,定然不赦!"颉和无言可对,康利曰:"唐主背德忘恩,我主不服,所以不朝不贡。元帅能劝唐主将冀州一带地方,交割我主,末将亦必劝我主来中国朝谒。今日之败,不过误中诡许。元帅放我等旋国,整顿人马,再来决战。如不能胜,愿劝我主来降。"尉迟即令将二将放回,颉和得放,逃回本国,表奏突厥,愿将帅印让于康和阿执掌,康和阿亦欣然领受。李靖闻之不悦,传令木兰。要知后事,下文分解。

第十七回

老颉和再抢五狼　小木兰三败番兵

却说木兰在五狼镇，闻颉和让帅印与康和阿执掌，料他必然善守，以老我兵。木兰遂心生一计，令手下军士不许埋锅造饭，都在镇上买吃，如有妄取民间一物者，登时斩首，那镇上番民贪其利息，不论大家小户，都卖酒卖肉。又令军士学习番语，与番民呼兄唤弟，日习日熟，先成者受上赏。每逢朔望日期，差人请镇上老者来营中饮酒食肉，相道寒温，一镇老幼男女，巴不得朱将军永守此地。遇四时八节，镇上百姓送酒送羊，献果献饼者，不计其数，木兰赏赉，更加厚倍。真个人人颂德，个个称贤。又于营中囤粮之处，暗积柴草，内藏硝磺等物。营外僻处，浚造土坑、地道十二穴，每穴可藏二十余人。

又守了多时，一日，哨马来报道："颉和领了一万人马，来抢五狼。"木兰即召镇上百姓哭诉道："颉和此来，怨我已深。闻颉和要烧毁此镇，以孤我唐兵之势。我兵一胜，尔等可保，我兵一败，尔等玉石难分。不若齐往南屏山避难，庶几可免。"那镇上百胜果然扶老携幼，往南屏山去了。次日，哨马报道："颉和领兵讨战。"木兰披挂骑驼而出，颉和大骂道："前日误中诡计，辱我一世威名，今日相见，决不饶你性命。"木兰微微笑道："无名败将，强颜来此，岂不自羞？"

催驼来迎，与颉和大战三十合。康利性急，拍马助战，朱明上前接住，四将杀得高兴。战了二十余合，唐将双双败走。颉和挥兵掩杀，唐兵大乱，一齐望南屏而逃。颉和令康利追赶，自己抢了五狼镇，见营中粮草甚众，心下欢喜。

再说木兰先已令人在南屏山上造下滚木、檑石。是日兵败，奔上山来，康利追至，见山上已有准备，不敢上山，就在山下守住。山上番民大家造饭，与唐兵饱餐，守至三更之后，木兰对众百姓说道："若至天明，我等无逃生之处，不若趁着此时，从山后逃走为妙。"百姓皆道："如此甚好。"木兰引着唐兵，从山后逃走。原来南屏山离镇，只有十几里。木兰下得山来，复走五狼镇。方交三更时候，那镇上十二处土穴，共有二百余人。到了三更之时，一齐推开地板，取出火种，在积柴之处放起火来。一时间，烈焰冲天。木兰带唐兵冲杀而来，番兵四散逃走。颉和在梦中惊醒，骑在马上，右撞左突，不能得出，被木兰一箭射中膀膊，跌下马来，唐兵上前拿住。木兰令军士救火安民。

再说康利在南屏山下，看见五狼镇火势甚凶，喊叫连天，只得带兵来救。被朱明挡住，大杀一阵，杀得番兵七零八落。康利无法，且战且退，退至南屏山下。山上番民擂鼓助威，康利进退无路，唐兵又至，番兵各各逃命。朱明赶上，举枪照心窝刺来，康利将腰一闪，用腑将枪干挟住，二人用力一扯，一齐拖下马来。唐兵上前，将康利绑了，往五狼而来。木兰即令朱明往南屏山接众百姓回镇，木兰亲自抚慰一番，又命朱明解颉和、康利往元帅营中报功。

尉迟恭大喜，令将二将押上帐来。尉迟恭道："前日放尔回去，劝你主来降，为何又兴兵犯我？今二次被擒，有何言说？"颉和道："人臣之道，唯主是命。主降臣亦降，主不降臣焉能降？今日有死而已，何必多问！"元帅即令将他二人押下去，一个监在左营，一个监在右营。到二更时候，叫人将颉和带进来。尉迟恭延之上座，置酒相待。尉迟恭道："本帅一言奉申，求将军静听。"颉和道："末将感元帅不杀之恩，但求吩咐，无不从命。"尉迟恭道："将军若肯归顺大唐，与我约为内应，兵平之日，本帅定保你永为北番之主。"颉和道："元帅果有此意，末将敢不效犬马之劳？"尉迟恭遂殷勤劝酒。又谈论多时，颉和告醉而退。尉迟恭又令人请康利上帐，待以上宾之礼。酒行数杯，尉迟恭道："将军若肯归唐，先献此关为功，本帅一定保尔父亲，永为北番之主。"康利道："元帅果有此意，末将愿先献此关。"尉迟恭大喜。二人又饮数杯，康利告退。

次日，元帅传令将二人放了。二人得了性命，默默回营。康和阿见了，大怒道："二次被擒，有何面目复回？本帅命你只胜了唐兵，便将五狼镇烧尽而回，奈何复被木兰夺去，仍使猛虎负嵎？违吾将令，推出斩首！"二将叫道："元帅暂留性命，有军情事告禀。"康和阿道："有何军情，快些报来！"二人将尉迟恭言语，一一说出。康和阿道："此老蛮反间之计也。听了此言，有污吾耳，留你二人无益，快快推出斩首！"帐下武士将颉和、康利推出辕门去了。不知性命如何，下文分解。

第十八回

木萁三败诱唐兵　木兰黑夜袭界牌

却说康和阿帐下，有一员副将，名叫木萁。年三十多岁，生得赤面长须，善用一把大砍刀，为人智勇双全，康和阿甚信任之。当日见元帅欲斩颉和、康利，即叫军士刀下留人，进帐回道："唐人用此二计，为反间之计，其计有三得。愿元帅思之。此计能成，一得也。此计不能成，是彼纵而生之，元帅收而杀之，后再有被擒者，必倾心归唐，而不思归我邦，二得也。三者使我军知彼不杀之德，畏我国有好杀之威，即孛臣瞽而返国，其心未必不感木兰之恩。元帅何不留此二人，将计就计，待破了唐兵，将功折罪？"康和阿即将二人杖了四十，二人上帐叩头谢恩。康和阿道："吾兵粮草俱在东鄙红罗城中。"即令颉和往彼处监守；又令康利往守宛邱城。二将领命去了。

再说尉迟元帅每日令伍登、焦文、焦武、宝林、秦怀玉、程铁牛知节之子轮流讨战，关中只不理会，任唐兵百般大骂，番兵不出，如此三年有余。一日，秦怀玉同程铁牛在关外叫骂，木萁领兵突出，与怀玉大战，程铁牛拍马夹攻，木萁败走，沿城而回。唐兵赶上，城上乱箭射下，唐兵急退，木萁入关去了。次日，木萁先来讨战，怀玉出马，大战三十余合，木萁背后桑旱出马夹攻，程铁牛上前敌住。番将毕符来助，这边宝林枪出，直杀得日落西山，两下收兵。是夜，木萁来劫唐营，被先锋伍登杀得大败，焦文刺死桑旱，焦武刺死毕符，木萁败进关中，连日不出。忽军士报曰："颉和差人下书。"尉迟恭唤人，拆书看之，书云：

> 末将受元帅两番不杀之恩，思伸再造之报。今在红罗城监守，粮草五万有余。元帅若提兵来此，愿献城投降。界牌关粮道一绝，取之易如反掌也。

尉迟恭即重赏来使，叫他回去，拜上颉和将军，十日之内，我兵即至也。打发番使去了，即与军师商议。李靖即令焦文、焦武如此如此，二将领命去了。过了数日，康利差人下书，元帅拆书云：

> 末将康利受恩帅之命，回见父亲，备言所约，无奈父亲忠心不回，登时将末将斩首。幸得众将保留，仍杖四十，谪守宛邱城。恩师提兵至此，即开门纳款，以报恩师。

元帅看罢，喜不自胜，重赏来使，批准回书，限七日定有兵到。番使回去了，与军师商议。李靖即命宝林、铁牛如此如此，二将领命去了。李靖即致书于木兰，令其照书行事。书云：

> 番兵久不出战，慢我军心。目今屡败，骄我士卒。今又以数处献城，分我军势，指日必有番将来攻五狼，阻我援兵。番兵若到，将军宜将全镇烧毁，兵分两路而走。朱明领一军与番兵厮杀，将军暗引一军往攻界牌关后。以南方火起为号，切勿违令。

木兰看罢，忙修一书，回复军师云：

> 读军令讫，唯命是从。但五狼镇百姓，视末将如父。向日南屏山之役，镇上之民亦与有劳焉。军令烧毁全镇，心切不忍，末将只弃镇而走，料镇民必不

合彼为势,共逼我军。切切私衷,上希鉴照。

李靖得书,深叹木兰之才,出己之上。传令各营将士,左埋右伏,以御番兵。

再说康和阿在城上,见唐兵纷纷出营,心中大喜。又闻哨马报道:"唐将领兵总往红罗、宛邱去了。"即令颉保、保龄领兵往攻五狼,以阻木兰。二将领令,来至五狼,不料木兰早已在半路等候,大杀一阵,两下收兵安营。次日,保龄讨战,木兰将免战牌挂起,如此二日不出。再说康和阿预定破唐之计,遂令木萁、陀力、铁表,带领兵五千,往劫唐营。到中军先将帅旗砍倒,如唐兵有备,放火烧营,领兵向南而杀。又令索云、祥布领兵五千,劫唐兵有营。如营中有备,放火烧营,率兵向西而杀。又令怙开、开方二将,领兵五千,去劫唐兵左营。如营中有备,放火烧营,率兵向东而杀。又令孔吉、董成领兵五千,接应各路人马。天明之时,本帅亲自领兵接应,以防不测。康和阿调遣已毕,诸将各各准备厮杀。

再说李靖在营中,望见界牌关上一阵杀气冲天,料番将必来劫营。即令长子李怀书领一军,伏于西路。番兵若来,不许妄动,番兵过尽,却引兵去取界牌关。又令李英玉领一军,伏于东路,番兵来时,不许惊动,番兵回关,率兵出战,以绝回路。又令十二府总戎,于四面埋伏,番兵到时,齐出拥杀。又令伍登、秦怀玉各引一军,保定元帅占在高阜之处,看诸将用武。

再说木萁同陀力、铁表,初更出关,三更时分杀入营中,见营中空虚,果然砍倒帅旗,放起火来,向南杀来。四面伏兵蜂拥而来,却喜后面人马继至,分左右而杀,冲散伏兵,各自混战。番兵鱼贯而进,左右接应,唐兵大败。战至天明,死者甚众。李靖看见唐兵溃散,令伍登、秦怀玉领兵分左右而出。伍登见木萁在马上耀武扬威,走马交锋。陀力见了,上前接住,被伍登手起一枪,挑下马来。铁表又赶来，被伍登大喝一声，铁表措手不及，翻身落马。木萁大怒，提刀直杀伍登。伍登抖起精神，与木萁大战，不表。

　　再说秦怀玉从西路杀出，唐兵见添了救兵，奋力回战，番兵力怯，且战且走。木萁见势不利，保定番兵，缓缓而行。不料唐兵挡住去路，伍登紧紧追来。木萁令番将夺路而走，在马上大叫曰："元帅救兵来了，在前接战。"番兵闻知，大胆争先，将李英玉一支人马冲散。伍登与怀玉不舍，在后掩杀。十二府总戎营中众将，见番兵败走，个个争功，被木萁枪挑箭射落马者二十五员。李靖恐伍登、怀玉有失，鸣金收军。木萁败至城濠，城上遍插唐兵旗号。木萁不敢攻城，只得向金牛关而来。木兰在城上大叫曰："吾不追杀，尔等只叫康元帅以后好好用兵。"原来康和阿分拨众将出战，自己在城上巡查。见李怀书兵到，一声梆子响，万弩齐发，李怀书所领之兵，射死大半。怀书知有准备，只得退回，与李英玉合兵一处。

　　再说木兰令朱明与额保、保龄相拒，自己带五百多人，皆是会说番语的。又扮作番兵旗号，四更时分，来界牌关后叫曰："我等是额保将军部下之兵，二位将军俱被木兰擒去，我等逃至此，望元帅开关。"康和阿在南门敌楼之上，闻知此信，叫军士传令道："就是我国人马，也要到天明方许进关。"城下又叫道："可怜我等，一日一夜，奔到此关，就在城下歇息若何？"城上又叫曰："元帅有令，尔等若进城来，就是自己人马，也是放箭射来的。"城下又曰："我等人马又不多，就城濠外歇息若何？"城上曰："濠外可也，切不可进城。"康和阿令军士举火观看，因见是自家人马，渐渐地怠慢了。不料，木兰令五百军士轻轻地扒过城去，用云梯相继而上，就在北门放起火来，五百名军士喊杀连天。康和阿闻知此信，不知唐兵来了多少人马，只得开东关而走。到了辰巳之时，方与木萁会合，奔金牛关而去。

　　木兰差人迎接元帅等入城，自己却提兵来接应朱明。正逢朱明被额保、保龄困住，木兰引得胜之兵，一鼓而进。额保来战，木兰一箭射中马头,额保坠马。保龄来救,又被木兰一箭射中马头,也翻身落马。朱明同木兰双双赶上,唐兵拥上前来,将二人绑了,收兵回镇。镇上百姓齐来迎接,木兰一一抚慰,令军士解二将,往界牌关报功不表。要知后事,下文分解。

第十九回

宛邱城唐将献捷　石子铺宝林被擒

却说焦文、焦武受了军师之计，来取红罗城，就在城下扎营。颉和差人送羊酒犒赏军士。焦文道："尔等回去，叫颉和将军今晚出城，我有要事相商。"差人回城，将焦文言语说上，颉和忖道：我若不去，他必见疑；我若一去，又恐是自投罗网。正在两难之际，忽然想道：不若一去，他却不疑，只引他进了城，我事成矣。遂引十数人，便服而来。焦氏弟兄接着，分宾主而坐。焦文道："将军今顺天朝，是我一殿之臣，日后做了番邦之主，斩杀自由，你好不快乐！"命军士治酒相待，焦文、焦武轮流把盏，颉和吃得大醉，不省人事。焦文命军士将颉和扶入囚车，吓得十数个番军，面如土色。焦文道："不干尔等之事。"令军士各赐以酒食。焦文又道："尔等实说，饶你性命。颉和是如何埋伏人马？"番军道："颉和在城中四门浚造深坑，上面盖以浮土，两边埋伏弓弩无数。又城上举火为号，外面伏兵齐出，内应外合。"焦文即每人赏银三两，命他如此如此，番军大喜。城上三更时候，焦文弟兄点齐人马，令番兵叫曰："主将回来了。"城上看了令箭，慌忙开城，不收土坑面上木板，让唐兵一拥而入。焦武先上城楼，将守烽火军士杀散。外面伏兵不见火起，不敢进城。那十数个番军大叫道："主将已令出城投降，尔等顺者则生，不降者则死！"城中军民闻知此信，大家投顺。次日天明，城外伏兵见城上遍插唐朝旗号，闻颉和降唐，副将侯密儿领兵攻城，骂颉和卖主求荣。焦武出马，只一合，挑侯密儿于马下，差人解颉和往元帅营中报功。

再说尉迟宝林同程铁牛来取宛邱城，也在城外扎营，差人去招康利答话。康利在城上回道："副将景星在旁，不便分身。将军明日攻城，看白旗为号，便开门投降。"宝林得了康利言语，次日按兵不动。康利无法，只得差人下书，备言："副将景星十分枭勇，又在此镇守多年了，将军既不攻城，亦当讨战，末将令他出城，闭城绝他回路。将军兵到，我开城投降。"宝林看书罢，拍案大怒道："康利这条计，只好瞒你番邦之人！"喝叫军士将下书人推出斩首。程铁牛上帐说道："二国相争，不斩来使，叫他细细说明，就算他的功劳。"宝林回嗔作喜道："尔若归顺天朝，自当重重赏你；若不实说明军情，叫尔有死无生。"番使只得实说道："城中百姓并粮草，俱搬往宝康山去了。只等唐兵入城，番兵便出，复围城池。此城小而无水，只有五个深井，井内俱是下了毒药的，人马饮之，立刻即死。"宝林即赏番使一个空头官诰，留在军中，又令程铁牛领二千人马，带番使同往宝康山取粮为食，自己带兵围城。原来这宝康山离城只有二十里，程铁牛起马就到，杀散守粮军士，番民男女奔逃，铁牛令军士不许杀伤百姓，只取二分粮草而来，仍留一份与百姓为食。康利在城中守了二日，又饥又渴，与景星商议，于半夜时，开城逃走，被铁牛赶上，一斧砍景星于马下。康利之马见了水，饮水不走，任康利加鞭，那马只顾饮水，被唐兵围住。康利欲待自刎，被铁牛赶上，活捉过来。宝林进城，令军士往城外取水，差人解康利往元帅营中报功。

宝林心中想道：此地离金牛关不远，我不若引得胜之兵，出其不意，攻其无备。料康和阿大军尚在界牌关。遂大胆而行，却令程铁牛谨守宛邱。仍带番使为导，方行了百十余里，宝林问道："此地离金牛还有多少路？"番使道："还有五十里，前面就是石子铺。"又行了十余里，到了石子铺，宝林令军士饱餐，今晚是要走马取关的。却说康和阿同木萁一干番将，狼狈而行，忽军士报："前面隐隐似唐兵行走。"康和阿大怒道："唐人欺我太甚！"令木萁领众将风驰而追，宝林挺枪来战，无奈寡不敌众，身中数枪，被木萁擒住。要知后事，下文分解。

第二十回

金牛关康和换将　五狼镇木兰装神

却说尉迟元帅进了界牌关，对军师叹道："吾自随主上起兵以来，抢关劫寨，势如破竹，未有如界牌如是之难。"正叹念间，焦文差人解颉和献捷。不一时，宝林差人解康利至，书中言取金牛关之意。尉迟恭顿足道："畜生无知自恃，必为香虏矣。"过了二日，程铁牛差人下书，言宝林被捉，闻木芪有取宛邱之意，求元帅发兵救援。李靖道："元帅可如此如此，庶令香国君臣相忌。"尉迟恭修书一封，先将康利放了，差人送往金牛关。康和阿观书云：

　　元帅执迷不悟，徒损兵折将，何益于国。今送公子回国，元帅若赐宝林不死，令其自回，不才亦送颉和等回营。

康和阿看罢，也差人送宝林回营。尉迟恭却将颉和、额保、保龄囚在营中，对差人云："你回去上复康元帅，说三位将军降了我国，元帅不必望他了。"番使只得回营禀知元帅。康和阿笑道："焉有破关失城，而不折将乎？三将既不回，留蠢子何用？"命将康利斩首。木芪道："事由人谋，数由天定。此番失利，不在康利一人，祈元帅赦之。"康和阿道："康利回，宝林去，犹纵虎而收羊；而三将又不回，是舍饵而失鱼也。南方人狡甚，吾必欲破之。"遂放了康利。过了二日，忽哨马飞报："唐兵离关不远扎营！"康和阿令木萁守关，不表。自此番兵年余不出。

再说五狼镇守将朱木兰，一日出镇巡查，见番民于清明佳节祭扫坟墓。自己想起老父、老母，潸然泪下。回至帐中，心下想道：番国多贤，不能就灭，干戈何日可息？父母何日可见？失声大哭起来。朱明劝慰了一回，木兰坐而不卧。忽听鸿雁哑哑而鸣，木兰吟诗一首。诗曰：

> 鸿雁寄居塞北乡，遐飞万里成行列。
> 三冬食稻春北翔，风泊杨柳故根别。
> 征夫十万来朔方，寒霜秋雨花开谢。
> 笳声再冉心惨伤，披甲枕戈星光洁。
> 狐死邱首义难忘，龙藏渊底兽藏穴。
> 愿随主将返帝乡，父兮母兮长阔绝。

木兰歌罢，拊心自忆道："突厥虽明，今穷兵已久，不能无欲速之心。欲速则明者，有时而昏。番将虽智，今失利已多，不能无妒贤之人。妒贤则智者有时而黜。欲殁番邦，非反间不可。"遂心生一计，欲外除木萁之勇，内减康和之智，只是无有用计之人。一日，镇上黄成老人进帐，木兰迎入坐定，木兰道："连日军务羁身，未能候教。今日老丈玉临，必有佳言惠我！"黄成道："老民特来与将军贺喜！"木兰道："末将寄身万里，何喜可贺？"黄成道："镇西花子麻令妹，名花阿珍，性好幽静，以念佛看经为乐。情愿出家修道，不肯嫁人。屡被兄长谴责，花阿珍百般不从。兄长怜其年轻，今春又逼他出嫁，阿珍不从，被兄长痛打数十次，死而复苏。花子麻欲破其斋戒，阿珍不得已，乃哭道：'阿兄必欲我出嫁，除非是朱将军则可。'花子麻无法，只得托老民，来与将军作伐。老民亦思将军与阿珍之年貌相当，故大胆前来贺喜！"木兰道："临敌招亲，有干军令。末将家中，已有妻子，此事断不敢从命！"黄成道："将军乃朝中贵人，家中就有妻子，此事只要将军首肯，老民情愿向元帅营中，陈情讨令。"木兰道："军法，天下之公法也，元帅必不私与一人，老丈休往。"黄成辞出，与花子麻商议，竟投元帅大营，备呈其事。李靖明知木兰是女扮男妆，又恐黄成是作奸细，就袖占一课，得大吉之兆，发下军令，令花子麻送妹与木兰成亲。

　　黄成得了军令，奔回五狼，与木兰贺喜。木兰即召花子麻入营，责之曰："汝妹既奉佛教，矢志修行，亦是美事。尔等何必令其出嫁，乱其贞心？本藩捐金五百两，尔可收去，养她终身。再若逼她出嫁，定当重罚！"花子麻谢恩，领银而出，回至家中，十分欢喜。对妹子阿珍称道朱将军之德，将银子取出。花阿珍道："奴未出嫁，即先收朱氏养廉，我是朱家人也。愿入营随侍朱将军为妾，为婢，听其所命。况奴嫁字出口，意不再留。阿兄如违奴命，奴愿先死阿兄之前，以明奴心。"花子麻无法，只得又请黄成入营。黄成进营，见木兰有不悦之意，硬着面皮说："老民进营，端的来与将军贺喜。"木兰道："老丈又贺何喜？"黄成即将阿珍一片言语说上，木兰道："阿珍必欲随我，我有一言要她依从，方可入营。"黄成道："阿珍之心一于将军，即有言语，料无不从。"木兰道："她要入营，仍然持斋念佛，须待干戈平息，同我回家，见了公婆之面，然后成婚。"黄成退出，向阿珍说道木兰之语，花阿珍大喜道："此乃奴之本心也。"黄成又进营来说道："今日方能贺喜得成也。"木兰再不能推辞，听花子麻择日送亲入营。木兰无事时，与花阿珍讲解经义，相得甚欢。

　　自此南屏山顶，夜夜有火光出现。日间人往视之，又不见有形迹。如此二月有余。一日，山民于山顶土中得一石碣，上有朱书篆文。其词曰：

木萁来，木兰死。康和阿，为番主。

　　镇上番民齐往观之，沉石碣于水中，不令木兰得知。木兰风闻其事，召花子麻问之，花子麻隐而不言。是夜，木兰同子麻饮酒，子麻见妹子与木兰十分相敬，微微叹息。因说道："将军日后出征，遇木萁千万记之。"木兰再问石碣之文，花子麻方以实告。木兰见子麻有受重之意，使附耳轻言如此如此，许以千金为谢，子麻应允，即从偏路来至番都，到处传说南屏中天降符瑞，并十二字篆文，互相传说。又于各路布散谣言道："唐人保康和阿为番主，康和阿许为内应。"如此二日，连夜逃回五狼。

　　却说番主突厥因失了界牌关，并宛邱、红罗二城，又失了兄弟颉和，并数员上将，日夜忧疑。一日，近臣将南屏山之事奏知，突厥猜疑不安。次日升帐，文武毕集，突厥曰："康元帅与唐兵相拒，今已七年，而唐兵不退，我国难安。孤欲另调一将，往代康和阿，卿等何人可往？"左庶长苏庆桂上帐奏曰："胜负兵家之常，以臣愚见，元帅虽按兵不动，其得有五。"突厥曰："卿试言之。"苏庆桂曰："唐兵利在速战，元帅以逸待劳，俟彼军心怠慢，而后攻其不备，一得也。唐主向日，八年之间扫清天下。今尉迟恭来此七载矣，费尽无限钱粮，他自君臣交责，二得也。倘天雨连绵不已，军需不敷，或久旱无收，唐兵必然引退。那时乘势攻之，若破竹然，三得也。再过数年，唐营将老兵衰，战则易克，四得也。兵久不回，谁无父母？谁无兄弟？谁无妻子？久暴沙场，难乎为情，心生怨慕，军心易慢。主帅必济之以威，我主再以恩义收之，五得也。"突厥听了苏庆桂一片言语，默默回宫。脱桑、帖罕二臣入宫奏曰："主上奈何听了苏庆桂一片游辞，就罢了主意？"突厥曰："苏相条呈得失，诸卿之才又皆不及康和阿，南屏符瑞之事，又不知是真是假。"二臣奏曰："康利乃庆桂之婿，故苏相力为保全。主公何不暗暗差人,往南屏细探虚实。"突厥大喜,即差人扮作乡民,往南屏山探听。使者往返旬日,回报道:"先是南屏夜有火光冲天,如此二月有余,日间视之,并无形迹。土民恐山上有宝,掘土寻之,得石碣赤书篆文十二字,如所说皆同。又于各路打听得尉迟恭欲得康元帅为番主,康元帅许为内应。"突厥听了此信,大惊道:"怪道唐人捉去四将,只放康利一人回营。康和阿果如此,吾国危矣!"雅丹娘娘亦奏曰:"妾妃每见康和阿静默寡言,又龙行虎步,有人君气度,主公不可不防之。"突厥即命国舅雅福,持手诏往召康和阿回国。

苏庆桂闻之,入宫伏地奏曰:"南人狡甚,捏造谣言,主公误听,我国危矣。臣不惜一死,祈主公将国舅追回,休使代康元帅之任。"突厥曰:"康和阿七年无成功,又削了几处城池,其才亦可见矣。国舅之才,不亚康和阿!"苏相又泣奏道:"不用贤则亡,削何可得与。雅福小有才,未闻君子之大道,何堪重任哉!"突厥大怒道:"屡次游说!"即命将庆桂下狱。退至后宫,雅丹娘娘迎奏曰:"苏庆桂历相多年,有欺君之事否?"突厥曰:"无也。"娘娘曰:"庆桂作卑官时,有虐民之案否?"突厥曰:"无也。"娘娘又曰:"庆桂家中有厚积否?"突厥曰:"无也。"娘娘曰:"然则庆桂,社稷臣也,何以下狱?"突厥曰:"抗朕之命,阻国舅之功,故尔下狱。"娘娘又曰:"国舅之才,不及康和阿远矣。妾所以劝主公罢和阿之职,亦以符瑞、谣言之故耳。妾妃已命国舅往金牛关,遣木萁往征木兰。若木兰果死木萁之手,则符瑞、谣言皆真。若木兰不死,则符瑞、谣言皆唐人捏造之词。苏庆桂不但无罪,而且有功,康和阿仍当用之。主公今日以一时之怒,轻折二位股肱,国之不祥,莫大于斯。"突厥大惊道:"微娘娘之言,孤才不及此。"即命内侍赦书赦庆桂出狱,赐以千金,仍居相位。要知后事,下文分解。

第二十一回

金沙谷木萁自刎　康和阿仍复帅印

却说雅福每见康和阿遇事迟迟而行，出言恂恂而谨，道他胸中无才。自来金牛关接了帅印，见营中军威甚整，分布有法，又见唐将皆枭勇之士，难于骤胜，始心服康和阿。一日，雅福升帐，众将参见已毕，雅福曰："唐将朱木兰占住五狼镇，甚为冲要之地，本将军可领兵五千往取之。"木萁曰："求元帅令索云、祥布为辅。"雅福即令二人同行。

唐将朱木兰闻番兵又至，忙送花阿珍到娘家暂住，即令朱明领一千人马，三更之时，来劫番营。杀入营中，不见一人一骑。朱明急退，番兵四面围来。朱明左冲右突，不能得出，遂下马投降。木萁将朱明囚在营中，问木兰营中虚实。朱明道："木兰自娶花女之后，沉于酒色，不理军务，况且孤军无援。末将与彼有八拜之交，待其势败，愿去说彼来降。"木萁大喜，即赐酒与朱明压惊。次日，木萁讨战，木兰不出。一连三日，木兰始出阵，与素云大战五十余合，祥布又拨来攻，木兰全无惧怯，力敌二将。木萁见木兰少年英雄，思与比试，乃鸣金收军。次日，木萁出阵，与木兰大战七十余合，索云、祥布左右抄来，唐兵大乱，木兰向后急退，番兵已抢木兰营盘，木兰只得败走南屏山。次日,木萁领兵围住南屏山要路。木萁探知山上无水,围了五日,令人往山上招降。木兰许以次日下山,诣营中归降。木萁知其是诈,料他夜间必然下山,去投尉迟元帅大营,却于各处要路埋伏弓弩。三更时候,果然木兰冲下山来,却引兵向西北而走。木萁急收伏兵,用力追赶,及至天明,木兰逃至金沙谷去了。木萁同索云、祥布引兵大进,约追七八里,军士报曰:"唐兵用木石塞断去路,道旁有一木牌。"木萁与素云、祥布马上观之,见牌上书云:

  木萁至此,速宜自缚。
  救尔军马,免作飞灰。

  木萁看罢,大惊道:"吾中小蛮之计也。"三将下马,抱头大哭。山上唐兵大叫曰:"番将身入火坑,尔足踏之地,皆是地雷火炮。能如司马懿,哭得天降洪雨则可免。"木萁抬头看时,见唐兵各执火把,四面堆积茅柴无数,料不能免,三将皆望北而拜,自刎而亡。木兰又命军士叫曰:"尔等愿降者降,不愿降者各去。"木兰即乘明驼,急回五狼镇,杀散守营众将,救了朱明。

  再说金沙谷中一支番兵,退至谷口。见谷口俱被木石塞断出路,大家用力般拆,齐声说道:"此地放起火来,我等焉有性命?主将虽死,朱将军之德亦是天高地厚。"也有愿降者,也有愿去者,木兰令人收三将尸首,以礼葬之。

  再说国舅雅福,自木萁去后,坐卧不安。哨马来报木萁捷音,心亦不乐。忽木萁败兵逃回,备诉三将尽节之事,雅福顿足道:"三将之死,乃吾之过也。"即表奏突厥云:

  臣奉命来金牛关总理军务,遣木萁收五狼扼要之地。不料唐将木兰,奸计百出,诈败数阵,引萁、索、云等入金沙谷口,焚我军士,以致三将殉节。嗟乎！木萁之死虽可惜，石碣之诈犹可悟。主上速命康元帅来关，臣当甘拜下风，共襄军务。

突厥看罢，深悼木萁之死，仍拜康和阿为帅，来金牛关理事。雅福迎入中军，即将兵符印剑，一一交清，却办五牲祭礼，遥望金沙而祭。康帅放声大哭，军士无不感伤。要知后事，且听下文分解。

第二十二回

康和下令救番兵　尉迟冒雪取金牛

却说金牛关外，有一长河，其形如带，河水汹涌，金牛关以此为势，十分难破。康和阿又于城外左右扎二座大营，营中多设弓弩，势如鼎足。唐兵几次渡河，番兵乘其渡而击，唐兵伤者甚多。康和阿又命能干军士，每日于夜静时，在北岸吹动笳声，彼此唱和，以乱唐兵之心。名曰《春宵怨语》。其歌曰：

唏嘘复唏嘘，河汉星斗移，悲家乡万里。父兮母兮，近居何地？双双倚闾望眼穿，睹杨柳依依，负尽阳和意。夜月寒光长叹息，佳节良辰，肝肠全碎。妻兮子兮，音信几稀。可怜我，日色惨淡干戈棘，可怜你，孤单单深关梦里。望断行云，今生已矣。来世再聚。盼鸿雁南来，家书未寄。嗟兮戚友兮，劳你问卜寻回期。登高眺北空相忆，看旌旗闪闪，那个人儿生得双飞翼。天兮天兮，河边枯骨，白雪成堆。怕看那绿草萋萋，战马嘶鸣，征夫哀啼。天兮天兮，胡不听，南北人儿共悲泣。

这笳声随风缥渺，悠悠扬扬，悲悲切切，唐兵闻之，人人伤感，个个思回。李靖与尉迟无法可施。忽细作报："番主召回康和阿，关上换了主帅，乃国舅雅福。"尉迟恭大喜，每日令兵渡河挑战。雅福谨守康和阿之教，分兵击杀，毫不妄动。及木萁死后，康和阿又来为帅，留雅福在军中，与康利分守二营。康和阿下令曰："我兵据河为池，任唐兵百万，不足惧也。如有妄言渡河劫击唐兵者，立斩！"因此，一年有余，唐兵无寸进之功。一日，北风凛冽，彤云密布，雨雪交加。李靖与尉迟恭对天拜告曰：

> 昊天上帝，鉴我忠心。若大唐天子有福，今夜冰冻成砾，使唐兵渡河抢关，克服番邦，早赐成功。

二人叩罢，焚香静坐，不时令军士探视。到了三更时候，军士报道："冰深数寸，人马可渡。"李靖大喜道："天助吾成功也。"令伍登领兵抢左营，宝林领兵抢右营，请元帅率营中众将，一齐抢关。

却说康元帅见风雪大作，传令雅福、康利并一干番将道："今夜谨防唐兵冒雪劫营。"分令众将轮流巡视，如有唐兵到来，放炮为号，使营中皆有准备。三更之后，该雅福巡营，巡至河边，正与伍登军相遇。番军连放信炮，唐兵惧退。尉迟恭走马当先，众将见了，一齐汹涌上前。雅福与伍登大战三十多合，雅福死战不退，被伍登活捉过来。宝林抢入康利营中，康利料不能胜，走马出营而逃。尉迟恭亲率大军，直通关下。城濠冰冻如石，唐兵得胜，任城上箭如飞蝗，砖石如雨，亦不肯退。天明城陷，康和阿带番兵出后关，走到玉门关去了。尉迟恭入城，令人安抚百姓，差人赍表奏闻天子。李靖道："今得了金牛关，已深入番地，差人往守五狼镇，令木兰来营中听用。"

却说雅福被伍登捉来，尉迟元帅屡劝不降。尉迟将雅福囚在城中，与颉和、额保、保龄同居一室，赐以酒食。雅福自绝饮食五日。李靖怜之，谓尉迟恭曰："此人文不及康和阿，武不及木萁，但其心可悯。宜放之回国，使番人归心。"尉迟从之，差人送至玉门关。雅福自愧，不见康和阿，亦不回番都，只身入山修仙学道去了。后遇异人点明心性，成了正觉，此话不表。

　　再说朱木兰在五狼镇，闻军令调他攻取玉门关，忙送花阿珍到娘家居住，即来参见元帅、军师。元帅道："玉门关靠山为势，闻尔所骑白驼，乃异人所赐，能登山越岭，故调尔来，同到玉门关立功。"木兰道："元帅有令，末将敢不效犬马之劳！"过了数日，中军炮响，三军起程。行了五百多里，到了玉门关，唐兵扎下八座营盘。忽焦文差人下书至营，言闻已近玉门关，欲留弟焦武独守红罗城，思来同攻玉门关，立功报国。元帅准其所请，即差二人往换弟兄皆来，使其守望相助，更加亲切之意。一日，正与军师商议进兵之计，忽传圣命至。忙排香案，迎接圣旨。不知如何，下文分解。

第二十三回

太宗降诏责尉迟　突厥出榜募贤士

却说太宗一日早朝，文武毕集。太宗曰："尉迟恭北征不回，寡人日夜忧思，奈何？一尺之地，劲敌若此，若四夷尽如突厥，中国困于干戈，虽有粟，吾得而食诸？"太傅李敬业上殿奏曰："李靖、尉迟恭北征十年，只取一关二郡，再过二年，将老兵死，十去三四矣。万岁宜降诏，谪公爵为侯爵。自古遣将不如激将。"太宗准奏，即差使巨赍诏望北番而来。尉迟同李靖排香跪读，云：

> 卿等北征，瞬息十年。卿久不回，朕心如炙。非卿智力不能克狄人，实朕德轻不足服突厥。再过数年，将老兵死过半矣。朕当亲驭六军，来灭突厥，使卿回国，善养余年。

李靖、尉迟恭看了此表，即上书自贬，请旨废公爵为伯爵。并奏道："如三年之内，不能克除突厥，愿废为庶民。"二人各具表文，付天使带回长安去了。

再说丞相魏征自外藩巡查而回，闻太宗下诏激谪尉迟恭、李靖，入官见太宗奏曰："臣闻主公下诏激谪尉、李二人，此正中康和阿之计也。康和阿善守不出者，已料吾国君臣必有交责之日。若康和阿闻知此信，愈守不战，以老我师，于戈何日可息也？"太宗道："朕一时失算，为之奈何？"魏征道："康和阿终非李靖敌手，少有捷音，即当复其原爵。"不数日，尉迟恭捷奏，言冒雪取了金牛关，生擒雅福，康和阿逃守玉门关。太宗见奏，大喜曰："魏征真宰相器也。"即下诏北番去，仍升尉迟恭、李靖公爵不表。

再说突厥闻知失了金牛关，国舅被捉，忧形于色，寝食俱废。雅丹娘娘亦啼哭不止，因说突厥曰："若玉门关再失，番都亦难保矣。主上何不出榜招贤？古人云：重赏之下，必有勇夫。"突厥然其言，即出榜文于四门张挂，差人看守，一月有余，不见有贤士揭榜。榜文略曰：

> 朕有积怨，深恨唐国。况又侵我关隘，戮我臣民。虽彼国君臣凶恶可畏，吾地岂少高明？特谕都内都外军民如悉：如有能以智破唐者，赴营中参谋；能以力破唐兵者，赴军门听调。各依文武，先授五品之职，候有功之日，晋爵公侯，寡人不吝。

却说湖广木兰山，有一狐精，修了千年道行。昔年曾受朱木兰一剑之厄，削去左肘。自木兰代父出征，他去游北番，思报此仇。一日，行至番邦，见四门张挂招贤榜文，便化作游方道人，自称独手大仙，将榜文揭下。守榜官员引见番主，突厥大喜，宣道人上殿，问曰："仙卿揭榜，必具高才。仙居何地？尊姓大名？寡人不才，愿先闻破唐之策。"道人答曰："贫道姓胡，名行修，法号独手大仙。云游方外，四海为家，非慕爵禄而来。因见唐兵猖獗，生灵涂炭，特来灭唐将之余威，助番邦之将士，以罢两国之师耳。"突厥大喜，即拜胡仙为军师，往玉门关助康元帅行事。康和阿接人中军相见。礼毕，分宾主而坐，康和阿曰："闻军师智勇兼全，来与主上分忧，主上之福也。但不知军师何策以教不才？"胡仙道："且待贫道捉了木兰并伍登诸人，然后退唐兵，复还城池，各守疆界。如不从时，贫道作起仙法，叫唐兵片甲不回。"康和阿即命人送军师后帐安歇。康元帅心中想道：此人苍形古貌，倒也稀奇。只是两眼珠放火光，必是左道旁门之士；酒后出汗，非六根清净之辈，如何退得唐兵？到了次日，令军士将免战牌去了。唐将焦文、焦武果来讨战。康和阿请军师出阵。胡仙步行出关，手中仗剑，焦氏弟兄哈哈大笑。焦文迎住，大战十余合，道人败走。焦文拍马赶上，一时间飞沙走石。焦文拨马便回，道人飞步来追，幸焦武舍死救出。回见元帅，备言妖道作法之事。次日，道人先来讨战，元帅命木兰出马。木兰来至阵前，只一箭之地，不料坐下明驼，认得对阵是一狐狸，飞奔而来，冲至道人面前，双蹄向道人扑来，木兰险些坠下地来。伍登掠阵，恐木兰有失，也飞马赶来。唐兵一齐拥至，道人不战先败，退入关中。见唐兵不退，在城上作法，飞沙走石，打退唐兵。木兰回营缴令，李靖见了大惊道："朱将军黑气侵入命主，有无妄之灾。须过百日，方保无事。"这令谨守营中，不可出战。要知后事，下文分解。

第二十四回

真孝女遭厄刎颈　铁道人遗书诛妖

　　却说独手大仙败进关中，康元帅问曰："军师何以未战先败？"独手答曰："木兰那匹坐骑，乃是蟒妖附体。木兰仗着妖物，冲杀而来。贫道失于提防，所以先败。贫道有两个徒弟，闻吾在此，明日必来，不愁木兰不来降元帅也。"康元帅但微笑称谢而已。次日，果然有两个年幼道人求见。独手对元帅道："此吾徒弟来也，命他进来。"两个道人皆是黄衣，向上稽首。独手道："汝二人来得凑巧，正欲用尔二人，可速驾风云，往湖广西陵县双龙镇，将千户朱天禄夫妇用黑风卷来，元帅重重有赏。"二个道人领了师命，即驾风云腾空而去。康和阿见了，心中想道：我为上将，不能破敌，借此妖人之力岂不可愧？忽军士报曰："唐将讨战。"独手又欲出阵，康和阿只得上城防守。独手出得关来，唐将伍登看见一个矮道人。步行出阵，也大笑起来，挺枪直刺，道人仗剑相迎。约战十几合，道人暗使妖法，飞沙走石，望唐阵上打来，伍登大败而回。

　　再说两个小狐精，领独手之命，回至木兰山，另找两个老狐，化作朱天禄夫妇模样，驾起风云，来至玉门关。进帐见元帅道："弟子奉命往提朱天禄夫妇，现在辕门，求元帅发落。"独手曰："元帅可以赏酒食，令其饱餐，再叫他修书招木兰来降。却将天禄夫妇，剥了衣服，吊在城楼之上。木兰是个纯孝之人，见了父母受刑，必学徐庶回曹故事。破了唐兵之后，再将木兰断其手足，以报木耳三人之仇。"独手说罢，即袖出一稿，命朱天禄誊写毕，差人送至木兰营中。

却说木兰受军师之命，在营中静养百日，以避灾祸。忽军士报道："番营差人下书。"木兰曰："二国相争，我为偏将，番营下书于我，必有缘故。"即令朱明："将下书人押至中军。等元帅先拆书看过，我再看罢，朱明即带番使来见元帅，将书呈上，尉迟恭看了封筒，大惊曰："如何天禄家书先到番邦？"忙拆书观看。内云：

  自尔北征，今十一年矣。予且夕焚香，呼天祷地，望尔早回。不料国家多难，以迄于今。今又神风刮予夫妇，俱卷至北番。军士认为细诈，欲行诛戮，幸康元帅讯得其实，暂且免死。特修寸楮，尔速来降，救予二人残喘。

元帅看罢，问番使道："朱天禄是如何来的？"番使将独手大仙并二位小道人之事，一一说明。元帅顿足道："果如此，木兰危矣。"忙请军师商议。李靖道："吾已知木兰有一场祸事。料吉人必有天相。且令她进帐，看书中笔迹真假如何。"木兰进帐，参见礼毕，李靖将书与她观看。木兰将书看完，大哭不止，问番使曰："我父母今在何处？"番使曰："现在城楼之上。"木兰向元帅讨令，即往城下来看。李靖令伍登、宝林同去，以防不测。木兰同朱明先至关下，见父母双双赤体，吊在城楼之上，放声大哭。朱明也掩面流涕，伍登、宝林亦伤感不已。朱天禄在城上叫曰："木兰，木兰，尔为国北征，是为尽忠。今十一年，又抢关夺镇，出力报效，亦云足矣。若唐将人人如此，北番克服多年矣。今吾二老，被神风卷至此间，汝素孝道，岂忍坐视不救？即不然，学徐庶救母，终身不设一谋可也。予言止此，汝自思维！"杨氏亦叫曰："木兰，木兰，汝代父出征，是云救父，何父母今日生死在尔掌握中,尔尚犹豫不决耶?"木兰听了父母之言,哑口无语,心血上涌,倒下驼来,气死在地。

却说翼孝明驼,见主人倒地,抬头四顾,见城上有五只狐狸,抓扬舞爪,向城上乱扑,朱明牵之不住。忽城上飞沙走石,打将下来,伍登、宝林救木兰回营,仍然吐血不止。元帅同军师不时来看望,木兰曰:"不想今日遭此大逆,天乎,天乎!吾生何为?"伸手取帐上宝剑,向喉中一刎。朱明来抢时,其剑已入喉内。朱明将剑夺了,以手探之,幸气管未断,还有可救。急敷上金疮丹药,用白绫包好,扶入帐中。到三更时候,木兰悠悠醒来,谓朱明曰:"此事如何是了?吾以一死了吾身,尔救我何为?"朱明曰:"将军不记铁冠道人之言乎?言将军出征,若遇急难不可解之事,急将锦囊打开,自然可解。"木兰如梦初觉,急取锦囊看之,只见黄纸尺余,上书灵符一道,末批云:"尔去北方,必有狐妖为仇,直对妖焚吾灵符,即时可保无难。"木兰省悟道:"今关上独手大仙,莫非即吾向日削了前腿之狐也?"到了天明之时,对元帅说明,同朱明来至城下。李靖仍命宝林、伍登同木兰去。看父母仍然吊在城上,又大哭起来。朱明忙请独手军师答话,独手师徒三人齐来城上,劝木兰早降。独手曰:"朱将军,你好不通权达变。就降我番邦,受职不受禄,居客卿之位,终身不设一谋,居此心以报唐主,不可谓不忠;居此心以救父母,不可谓不孝。何必自苦如此?子试思之。寿亭侯从曹,徐元直救母,皆从权之道,其势不得不然。吴起为西河守,父死不奔丧,至今尚为人所唾骂;况父母被执不救,吾恐千世之后,将军为人所不齿也。"木兰听了独手一片言语,渐渐耳软,有从权救亲之意。朱明曰:"将军不可听他佞言,且焚灵符,看是如何?"即将灵符烧化,忽然电光闪烁,空中霹雳一声,如天崩地裂,吓得番兵伏地不起。伍登、宝林心胆震动,木兰举目看时,只见城上吊着的不是父亲、母亲,是两只老狐精,被天雷打死。城下打死三狐,内有一只,却无左肘。木兰记起丧吾之言,并机房之事，心下明白，遂同三将回营，去报元帅知道。元帅乘着雷威，率诸将一齐抢关。不料康和阿早已在城上俟候，见唐兵浪涌而来，令番兵箭射马上将，砖打马下兵，焦文、焦武、伍登、宝林俱带伤而回。要知后事，下文分解。

第二十五回

突厥称臣降中国　木兰举酒论奇门

　　却说尉迟元帅兵败回营，心中思想：康和阿如此厉害，此关何日得破？番邦何日可降？我等何日回见天子？思得一夜无眠。次日天明，即来军机帐，与军师商议。李靖道："靖昨夜仰观天象，见正北一星，其大如斗，摇摇而坠，声响如雷，此兆必应在康和阿身上。又见北方客星退位，我等当有旋凯之期。正西太白星收了光芒，必主干戈宁静也。"遂教元帅如此如此而行。元帅大喜，即同军师出营，相了玉门关地势，传令军士抵关下寨，外作取关之势。即令军士于营中，暗开地道。又命军士用大木造鳌甲车五百余乘，车上束草为人，头顶铁盔，内盛松油、樟脑等物，草人手执枪棍，可摇可动，车下可藏二十多人。

　　却说康和阿在城中，抵关下寨，料李靖必有奇谋。乃上表道：

　　　唐兵逼关，势不两立。况彼得我国内之地三分有二，而番民乐附，其不可与争，一也。番将上强者死，次强者囚，弱者放回，以备尸位。其不可与争，二也。迩者狐妖媚主，擢为军师，天为之怒，玉门险陷，其不可与争，三也。以一隅之地，敌王国之师，十年之间，臣须发尽白，目茫齿落，心力竭尽，未获一胜。盖臣之智逊于李靖，番将之勇亚于朱、伍，其不可与争，四也。主上速与唐和，犹不失番邦之主。倘臣智虑未周，玉门有失，主上悔无及矣！臣膺重任，唯有一死，以谢主上。

突厥看罢，谓众臣曰："康和阿何怯也！玉门有失，都中所积，尚可敷十年之用。唐兵若到，孤与卿等背城一战，亦未知鹿死谁手。即不幸而败，退犹可守，再求救于诸虏，唐兵能保必胜耶？"苏庆桂奏曰："康帅所言，忠而且尽，万全之计也，祈主上纳之。"突厥不答。众臣亦皆伏地奏曰："愿主上纳二相之言，为子孙久远之计。"突厥见群臣皆欲降唐，拂袖而入，忧形于色。雅丹娘娘问曰："吾主何不豫之甚也？"突厥即以康和阿之表付之。娘娘看罢，谓突厥曰："康和阿之言，顺天应人，尽忠干国之语，主上宜速行之。"突厥道："孤此时方寸已乱，明日再议罢。"如是十日不出。苏庆桂率群臣入内强奏曰："社稷安危，在此一举，主上奈何迟疑不决耶？"连请三日不出。雅丹娘娘出对众官曰："主上素日不服唐朝，今见诸臣共逼，方寸愈乱，明日卿等进宫，孤与群臣面议。即出国宝遣使请降，料主上亦不能阻拦矣。"次日，众臣入宫伏奏，言："玉门关甚急，臣等共议降表，祈主上用国宝金押。"娘娘即将国宝付苏庆桂曰："国宝在此，烦卿赍表亲到唐营，代主上一行。"庆桂叩头谢恩，率百官而出。突厥亦无可如何。

再说康和阿见唐兵连日攻城，不甚努力，料李靖必有阴谋，心甚不安。即于城中北靠山之处，立云梯十余丈，以窥唐营虚实。见正南中营兵卒纷纷进出，不解其故。晚间令康利巡城，沐浴焚香，步罡礼斗，求示吉凶。是日正值甲申，康和阿礼斗毕，见主星不明，恩星无光，仇星结彩。忽然一阵风来，将主灯扑息，康和阿大惊道："吾命休矣！"遂隐几而卧。见主灯灭而复明，光大如轮，中有一神，儒冠道服，笑容可掬，谓康和阿曰："元帅谨防甲申旬。"和阿惊觉，似梦非梦,似醒非醒,心中思道:今日即甲申,神示甲申旬日,须要谨防,莫非旬日之内,吾命当绝也?忽又思道:甲申旬中空午未,唐营中军正在午未之地,莫非唐兵暗掘地道,来攻我城耶?不等天明,即上云梯审视。见唐营外面,新土累累,忙令军士于城内午未之方,横掘深坑,引北池之水以灌之。心中喜道:"前日主灯忽灭者,正为此也。今此计既破,吾复何忧?神佑我也。"又谓众将曰:"吾心慈善,不肯妄杀一人。今为主上江山,不得不然。吾有毒药箭十万余支,着人皮肤,不论深浅,登时即死。此箭吾不肯擅用。今主上执固不降,唐兵又抵关下寨,倘地道掘开,吾军民玉石俱灰矣。彼既狠毒如此,吾又何必迂守古道哉!"遂分药箭军士等,传令道:"如唐兵攻城,放箭射之。"众军士听说药箭如此厉害,巴不得唐兵攻城,以试其效。次日,果然唐兵又来攻城,城上不做理会。及唐兵进城,城上箭如雨下,果然唐兵死者无数。因此,唐兵都知药箭厉害,连日不敢近关。

却说李靖令军士暗掘地道,不料开入城中,正遇水坑,被水冲来,淹死一千多人。坑中水阔,康和阿又命军士取柴草填之,发火烧燃,其烟直透唐营而出。李靖大怒道:"康和阿识我玄机,令人可恶!"遂演《遁甲天书》,得龙遁之格。忙召众将传令曰:"吾少日受龙宫之戒,抚恤生灵,等闲一体。今康和阿死守此城,阻逆天兵,圣天子临莅中国,有抚夷不及之忧;尔士庶久戍北番,有式微不回之恨。特敕尔多士,次日五鼓攻城,期在必哀。前进者赏,后退者诛。"众将得令,各各回营,准备攻城。李靖又令焦文、焦武写战书数十道,射入城中。云:

  明日吾兵攻城,不克不休。特谕城中百姓,各宜自爱,闭户勿出。我兵进城,断不伤害尔等。倘助兵斗战,玉石难分。 特谕。

却说李靖于三更时分,披发仗剑,对北稽首,默想真武祖师模样，以神交神，渐渐神合其体。然后礼罢步斗，呼召六甲尊神、六丁玉女，密布彤云野雾。到五更时分，令军士推鳖甲车到城下，擂鼓关喊，城上军士各执药箭，只望火光人喊之处而射，不料火光愈射愈发。康和阿见火光不灭，又是大雾弥天，只叫军士放箭。比及天色微明，火光息尽，番兵于大雾之中，认草人为真，益发放箭不休。到了辰巳之候，雾犹不散，番兵箭已放完。李靖令军士各各取了车上之箭，然后将鳖甲车堆起如山，却将药箭向城上射去，番兵中箭而死者，不计其数。李靖令军士登车上城，此时人人争功，个个向前。唐兵如蜂似蚁，番兵无路可逃，降者无数。康和阿父子欲出北关而逃。伍登与宝林追至。大叫曰："吾奉军师将令，请元帅回衙相命，不必逃走。"康和阿自思道：主上又不肯和，吾岂可独降哉？康利曰："父亲速开关而走，吾去挡住敌人。"拍马来战。康和阿自料难脱虎口，遂在马上自刎而亡。康利被伍登活捉而来，去报元帅知道。李靖闻报，同尉迟恭走马观之，抚尸而哭曰："突厥不道，公何自苦如此！"令降卒同康利收尸，葬于北城山上，以旌其忠烈。军师、元帅率众将皆去行礼，番民无不举哀。

　　元帅然后入帅府坐定，众将参见毕，忽军士报道："番主与苏庆桂赍国宝并降表、册籍，现在北关外，请元帅将令，开关放入。"元帅听了，叹息道："突厥之降何迟，康元帅之死何早也。惜乎，惜乎！"李靖曰："大数有定，人莫能逃。"不一时，苏庆桂上帐参见礼毕，将国宝并降表、版籍献上，致突厥之辞："愿年年进贡，岁岁来朝，永修臣职。遣陪臣苏庆桂先求元帅赏令。"尉迟恭曰："尔主负国不服，亦已多年，罪在不赦。今既省悟，宜补盖前愆。闻尔主有三子，顺遣一子入京侍帝，庶尽臣道。"庆桂曰："臣主既降，尺土之滨，莫非王臣。世子入京侍帝，理之当然，敢不从命？"元帅大喜，却令军士扶起庆桂，赐酒接风。庆桂辞曰："闻康和阿已死，吾主尚未知，陪臣往吊之，然后复命。"元帅令木兰同往。康利见庆桂至，相持大哭。庆桂诔曰：

> 康和康和，谏君不悟。
> 被甲枕戈，身殉社稷。
> 匪若网罗，猗欤休哉。
> 万古不磨，所获良多。

庆桂诔罢，木兰挽之回营。军士早已安排酒肴，木兰与庆桂同饮。庆桂曰："久闻将军威名，截诸葛心法，善布奇门。陪臣少日，亦学此法，未能深悉其奥；浪势隔情睽，山间川阻，天各一方，徒深企慕。今见将军，果然名如其人，人如其德。"木兰曰："庶长休得过誉，末将赳赳武夫，何须挂口。"庆桂曰："愿将军不吝，言奇门之略。"木兰曰："奇门由一而二，由二而三。一者太乙，仁德也。像春气之始蒙，由智而生也。二者象，阳生则阴死，阴生而阳灭，乃秋气之纵横也。三奇者乙丙丁，日月星之象，照临万物，体物而不可遗。万物无礼则乖，其势亦犹是也。门者，休、生、伤、杜、景、死、惊、开八门是也。三奇游于休、生、开、景则吉，游于惊、死、伤、杜则凶。故八门阴阳相间以象人，三奇气清而象天。紫、白、赤、黄、碧、绿、黑，九气转旋以象地也。三奇游于吉门，又遇紫、白吉气，为上吉；三奇得门而不得吉气。为中吉；得门得气不得三奇，为下吉。此外皆为凶局。"庆桂曰："三奇之气，光明多吉。紫白、明暗相参，吉凶易见。至若八门之生死，何所表见？"木兰曰："天地之大德曰生，圣人之大德曰仁，四时之大德曰春，奇门之大德曰甲。奇与门，皆辅甲而行。然甲所畏者，庚杀也。故庚游于东，与甲相战，则曰伤门。庚游于南，则甲旺而庚衰，故曰景门。庆游于西，则庚旺而甲凶，故曰惊门，曰死门。庚临于北，则庚气泄而甲得其养，故曰休门，曰生门，曰开门。"庆桂又问曰："九气之说，亦犹是乎？"木兰曰："然。"庆桂曰："九气之外，又有九星，何也？"木兰曰："星者，气之聚也。气者，星之散也。甲临于乾、坎、艮三卦，有乾以制之，坎以养之，艮以培之。名曰师保傅，其气三白，故曰心，曰蓬，曰任。临于震曰冲。冲者，和而壮也。甲临于巽，则比木成林，故曰辅。临于离，则吐焰生光，曰英。临于坤、兑，则甲囚谢，曰芮，曰柱。临于中宫，曰禽。禽者，飞走之物，勤劳也。"庆桂曰："陪臣向日见康和阿拜帅，占丁奇在巽，又得生门，以为有吉。康和阿今败而死，何故？"木兰曰："丁，星奇也。巽与巳同宫。六阳用事，星月无光。虽有吉门，终归于凶也。"庆桂下席而拜曰："陪臣，小人也。今闻将军之言，始知星月之光，不及微微曙色；河水之大，不如漠漠海潮。愿与吾主永修边服。"

再说突厥在都中，闻哨马报来："玉门关已失，元帅战死，康利被捉。"始自悟曰："吾不听良臣之言，以至如此。"遂设康和阿灵座，致奠曰：

　　元帅虽死，言犹在耳。
　　寡人不悟，以致如此。
　　今从子志，尔躬渺没。
　　元帅有灵，来格来食。

突厥祭罢，大哭一场，文武无不流涕。忽然一阵清风，将香烛灭息，众皆曰："元帅，人臣也，不敢受主之祭。"突厥即带三子并众臣，来玉门关，执边臣之礼，以见元帅、军师。后到康和阿坟前，哭之甚哀，群臣亦相向而哭。尉迟恭留焦文领兵十万，镇守玉门关，放额保、保龄、颉和来会突厥。突厥三子：长曰茂林，次曰云表，三曰英泰。尉迟恭命云表入朝待帝，突厥不敢不从。尉迟恭择日祭二国阵亡将士，哭之情切，悲哀痛惜，突厥亦悲鸣不已。突厥送饷银十万，以犒唐军。又设酒饯行。不表。

再表五狼镇百姓，闻木兰欲回，牵牛送酒，来营中罗拜。花子麻送妹子阿珍来营，木兰一一抚恤。过了数日，中军炮响，三军起行，番民哭声震地。木兰令镇民各回，另赠子麻多物。子麻与阿珍相泣而别，突厥送元帅至金牛关而回。自此北番土地虽属突厥，兵权却归唐将，每岁钱粮平分，故太宗之盛，胡越一家，古今未有。要知后事如何，下文分解。

第二十六回

靖松封书谢故人　太宗赐爵酬将士

却说朱木兰同元帅、军师、突厥并二国将士，祭奠二国阵亡官军。众将见元帅流涕，大家伤感。木兰来营中，对阿珍说道："今见沙场之士，得回故里，实为万幸。须知浮生无定，荣辱何干？父生母鞠，全受全归，始为孝子。待回家见了父母，即便修真炼性，做个清静闲人，何必居名利场，醉生梦死，终无了局。"过了数日，中军炮响，三军凯歌，向南而行。朱明受了界牌关总兵之职，不得南回，与木兰挥泪而别。大军行了多日，过了雁门关，兵向五台山而来。

木兰对元帅、军师道："末将向蒙山上靖松道人，赠我明驼出征，颇赖其力。今欲往山拜之，更索回书与丧吾和尚。"元帅准令，木兰单骑上山来，参谒靖松。那明驼见了靖松道人，也摇头摆尾，叫跳起来，如见故人之状。道人谓木兰曰："之子不见，今已十余年。将军此时，沙场壮志，阵上雄心尚在否？"木兰曰："境过成空，无复人我。弟子之心已灰矣？"靖松曰："善哉！善哉！贫道已修书一封，烦将军寄于丧吾，叫他依书而行，切不可效从前种种故态，与魔魁为伍。"遂将书交与木兰，木兰收好。靖松道："吾师姓吴，名大杲，素慕将军之德，求将军躧门一娱。"木兰大喜，即同靖松下山。行不上五里，见修竹茂林，围绕一庄。庄前泉水袅袅成音。靖松指曰："此庄名听泉庄，即吾家师所居也。"正说之间，一白发老人扶杖而出。靖松上前施礼曰："此即弟子往日所称之朱将军也。"木兰慌忙上前拱拜，老人双手扶住道："靖松皈依老氏，却又喜与老生讲儒理，不期将军过听，屈驾到此。"挽木兰至草堂而坐。木兰问曰："弟子生性愚昧，不谙儒行，祈太夫子略示儒行之约。"吴大杲曰："所谓儒者，学以立命，尽性为先。道以修身，敦伦为要。爱敬开仁义之源，孝弟居人道之首。于难制之时而制其行，于难存之地而存其心。故云：一念而善要攸分，寸心而天人是判。"木兰问曰："儒者矜言性善尚矣，弟子愿闻性道之始终。"大杲曰："由太虚而有理，由理而有性，由性而有仁，由仁而有四端，由四端而生万物。万善，理为之本，性为之用。使万善有成功者，性为之本，情为之用。情之始生曰意，意兴而为念，念兴而为思，思见于眉目之间为想，想转而为虑，虑则畏心生焉。畏心生则懈心随之，怠心断之，惰心败之矣。夫情之所赖者曰才，才之所赖者曰气。才不足者谓之自暴，气不足者谓之自弃。才大者谓之刚，天时不得而夺之，人事不得而沮之。气足者谓之健，人欲不得而胜之，琴心不得而挠之。唯儒者知为善之最乐，敬以直其内，望至善以为归，恕以行乎外，所以道心为主。人心退听，故能返真性，全天命。虽愚必明，虽柔必强，讵虚语哉！"

木兰再拜曰："太夫子之言心性，可谓至矣！但道一而已矣。性道、人道何所分判？"吴大杲曰："唯喜静而厌动，若水之善聚则易清。水利万物而不挣，荐仁之好生而恶杀。故曰性如海，仁如水。海纳百川，仁兼万善。海非水先以充其量，水非海无以会其归。海与水既不可分为二，又不可视为一也。如此，则仁与性可知也。性感而情动，若水之流；情动而生好恶，若水之波澜。善则摇星荡月，恶则溃堤覆舟。故曰：若夫为不善，非才之罪也。儒者养性以智，存心以仁，遏欲以礼，制情以义，浑忘而化，谓之得道。道也者，因天之理，达之于物，而各得其宜也。孟子曰："天下之言性也，则故而已。故者，以利为本。"

木兰又问曰："太夫子之言仁与性，可谓至矣。而《大学》教人则曰：致知格物，正心诚意，修身、齐家、治国、平天下。八者相循，互为体用，究竟以何者为先？"吴大杲曰："物有本末，当先正其心，知止而后能得也。事有终始，当先修其身，明德而后能新民也。譬之易理，顺则相主，逆则返本，正心诚意，致知格物。四者圣人穷理尽性之事。修身、齐家、治国、平天下，四者圣人至命之事也。尽性者，尽吾之性，成己也；至命者，至天之命，成物也。《易》曰：范围天地而下过，曲成万物而不遗，不外乎是天命之谓性。人但知为天赋之理，而不知天之所以授吾以命者，又在性字之初，近二氏之学。谓孤守清寂为见性，存精养气为固命，而不知性不尽，则不能见。真性不见，终不能达天命。所以沦于气质之性，血气之命，何能造圣贤之域，入孔氏之室哉！"木兰问曰："太夫子言尽性是尽吾之性，至命是至天之命，弟子愿闻其目。"吴大杲曰："尽性始于尽情，忠君、孝亲、敬兄、信友、和室家，皆是尽情。情尽则无愧于心，而性亦尽矣。达性道之本，用情无有不当。从心所欲不逾矩，方谓之见性。推而极之，参天地，赞化育，为至天之命。圣人之能事毕矣。"

木兰又问曰："夫子温、良、恭、俭、让，是尽情乎，是见性乎？"吴大杲曰："非也。此是门人形容夫子与天地合其德，与四时合其序也。温而和厚，其象如春；良而易直，其象如夏；俭而节制，其象如秋；让而谦逊，其象如冬。恭则庄而严，敬而信，其象如天地。非孔子之德不足以当此，非子贡之才不足以言此。然恭字以处己言为体，温、良、俭、让以应物言为甩。恭而安，成己也。笃恭而天下平，成物也。恭之为用大矣哉！"木兰曰："夫子之道，忠恕而已矣。曾子独不言恭字，何也？"大杲曰："恭者，公也。恭则不欺，公则无私。恭近于诚，公近于仁。忠恕之道，即恭字所发挥。恭字理微，忠恕字明而显。"木兰曰:"夫子一贯之道,究竟所指何为?"吴大杲曰:"汝善思善何,易与我往何吾兄?"木兰曰:"太夫子令兄在何处?"大杲曰:"吾学兄也,姓陈名含黄,号介荪,庄后一里之地便是。"

于是,三人同望庄后而来。见松柏交荫,云封烟锁,蔼然仙居。及至庄前,见朱门丹户,壮丽非常。户外牛羊成群,车马罗列;户内花木繁植,清香传外。有三四个庄客,见了客来,拱手而迎。大杲问曰:"老员外可在家中否?"庄客答曰:"在池边观鱼。"三人步进院中,大杲叫曰:"兄知游鱼之乐乎?"陈介荪曰:"汝知予观游鱼之乐乎?"吴大杲曰:"鱼游而乐,子观鱼游亦乐也。吾观汝观鱼游亦乐。所乐者不同,而所以乐其乐者,则无不同也。"四人大笑,齐至中堂相见。礼毕,俱通名姓。介荪曰:"远客至此,有失迎迓,祈将军恕罪。"木兰曰:"晚生恐尊翁见叱,故借光而来。少聆清诲,以慰生平。祈尊翁不以武夫见弃,即为万幸。"吴大杲曰:"适与朱将军谈及《论语》一贯之旨,愚弟对答不出。老兄素明儒术,祈不吝斯道,发一言以示未悟。"陈介荪曰:"吾与尔皆妄人也。吾非夫子,汝三人非子舆,何得言一贯之道?岂不愧死!"吴大杲曰:"圣学备于《六经》,有德者必有言,人能潜心体会,亦可深知其奥。但有言者,未必有德老兄精通《六经》,试言之,何害于义?"

陈介荪曰:"一贯之道,予不能知,但其理可测。尧、舜授受以中,孔门授受以一,曾子又教人止于至善。子思承列圣之旨,又教人以中庸。孟子则又道性善,其立言不同,所指则一。一者,理也,贯者,通也。一者,诚也,贯者,明也。一者,明也,贯者,照也。一者,太极也,贯者,四象八卦也。所谓一者,无有乎弗具,无有乎弗明。天得一以清,地得一以宁,人得一以灵,侯王得一以为天下贞。故正心诚意,格物致知,中人以上之学何。修身正心,中人以下之学问。治国平天下,为至命之事业。一贯之理,大约不越乎是。"木兰又问曰:"正心诚意,切要之处在何处?"介荪曰:"畏人知而不为,谓人不知而为之，二者皆羞恶之心也。由此而推极之，自然慎独谨微。位天地，赞化育，皆从慎独谨微做出来。然则羞恶之心非他，天地来复之心也。君子敬以存之，小人肆以失之。故曰羞恶开仁义之源，敬肆为人禽之判。切要之处，可不言而喻矣。"陈介莘恐木兰不悟性命同出于一源，视齐家、治国为二轨，取笔画一图于纸，以示木兰。介莘指而教之曰："此图虽小，可以悟大。圈中一点，庶士指为身中之心，中士指为心中之性，上士指为性中之命。《易》曰：仁者谓之仁，智者谓之智，百姓日用而不知。"木兰听罢，侧身下拜。介莘命家人排出酒席，四人共坐畅饮。

靖松歌曰：

月映波心万派清，水天一色共圆明。
静虚识得本来体，自觉蟾光到处生。

吴大杲曰：

心作权衡万事平，中多杂乱失真明。
镜空只为无私照，养得心源似水清。

陈介莘吟云：

念从熟处性从偏，一段灵明被物牵。
唤醒主翁频照察，防闲克治最为先。

朱木兰题曰：

人禽相判应须知，站立关头莫自疑。
全受全归为肖子，休教真种入污泥。

四人题罢，彼此相赏，歇了一夜。次日天明，用了早膳，相揖而别。木兰骑上翼孝明驼，赶着元帅大军，缴令而行。行了三十多里，天使捧圣旨迎路升官，元帅率文武官将俯伏听诏。云：

奉天承运大皇帝诏曰：咨尔赵国公李靖、鄂国公尉迟恭，统率将士，远征北番，辛勤十余年。虽突厥悔悟自新，实卿等以德服力。据卿奏请，按籍加封。

敕封：

赵国公李太傅兼吏部尚书事加锡
鄂国公尉迟太保兼兵部尚书事加锡
鄂国侯宝林领湖广全省节庶使
护国侯秦怀玉领陕西全省节度使
鲁国侯程铁牛领山东全省节度使
武昭侯朱木兰领禁卫兼兵部左侍郎
镇北侯伍登领雁门关将军
文德侯焦文领玉门关将军
武德侯焦武领金牛关将军
英德伯朱明领界牌关将军
左将军李怀书
右将军李英玉

诏书宣罢，众将谢恩。再行月余，到了长安。太宗率文武出都而迎。君臣相见，虎啸龙吟，自不必说。要知后事，下文分解。

第二十七回

天禄焚香祝神明　丧吾悬书试门人

却说朱天禄自木兰出征之后，心中忧闷，病热转加。幸妻子杨氏善言劝解，尽心调理，过了一年有余。正值三春之候，梦至北番地界，与木兰巡探番营。见营中旗幡招展，刀枪乱动，抢出一将，十分凶恶，飞马赶来。大叫道："贼将休走！"天禄恐伤了木兰，挺身上前，大战三十余合。营中又抢出三将，拍马追来。天禄见势不好，勒马而逃。转过山坡，被伏路小军上前围住，后面番将追至，捉下马来，绑见突厥。突厥道："且不要杀他，放在太阳之下，晒他一晒，渴死此贼。"谁知烈日如火，又渴又饿，浑身汗出如水。又见突厥出来骂道："大胆的贼将，窥我营盘，自来送死！"手执马鞭向头上打来。猛然惊醒，是南柯一梦。果然周身汗出，湿透被褥。急唤醒杨氏，以梦告之。杨氏道："此相公心梦也。然太阳照身，当作吉解。"天禄自此气血周流，筋骨活动，不上一月，精神如旧。

天禄即差人请丧吾和尚、醉月长老、香元禅师、慧参尼僧、铁冠道人、杨延臣、谌于飞、陈荣衮、叶同观九位贤人，如期而至，皆与天禄作贺。天禄道："晚生染病二年，不药而愈。欲往木兰山谢神，更求诸位贤辈联名具疏,为晚生求嗣。"众皆大喜,斋戒三日,备了香烛,同木兰山而来。排开祭礼,天禄同九贤罗拜。焚疏化帛毕,十人盘膝而坐,众人四下巡酒。丧吾道:"贤侄此回,必定熊罴入梦,麟趾呈祥。"遂举觞称贺,众人亦皆向天禄庆祝。天禄又酬醉一回,齐缓缓而回。次年果生一子,名曰金兰。时天禄年已五十五岁矣,杨氏年四十六岁。

光阴易过,日月如梭,金兰年已九岁。一日,杨氏对天禄道:"昨夜梦杜鹃并翼而啼,恐非吉兆。"天禄曰:"杜鹃所啼者,布谷也。布者,施也,谷者,善也。言我夫妇所施皆善,必有余庆。"金兰曰:"父亲所言极是,以儿思之,吾姐今日必回。"天禄愕然曰:"子何以言之?"金兰曰:"杜鹃亦名子规,规者,回也。儿是以知之。"

再说朱木兰见了天子,即上表省亲。太宗见他童年出征,准其所奏。木兰命众将保花阿珍登车后行,吩咐小心伺候,自己骑上翼孝明驼。此驼一日行三千里,不上数日,到了家乡。天禄手挽金兰,正在门首观看,父子相见,悲喜交集。木兰叩头起来,抱着兄弟,步入内室,见了母亲,慢慢地诉说出征始末,于今天子赐爵封侯,官拜兵部左侍郎之职。天禄大喜,命众人忙排香案,叩谢天地,又设酒相贺。朱明妻子尹氏,见丈夫未回,啼哭起来。木兰慰之曰:"嫂嫂何太拙也。兄长现任界牌关总兵,况有家书为证,不日就有京报下来,并皇上诰命,难道也是假的?我纵说谎你,难道也谎我父母?即或兄长阵亡,我亦无独回之理。"尹氏听了,勉强入席而坐,终流泪不止。只待朱明差人接夫人到任,方才不疑。木兰亲送五十余里,挥泪而别。此是后话不表。

再说木兰回家数日,问及父母,方知叶同观、杨延臣、陈荣衮、慧参尼僧、醉月长老皆羽化升仙,即告知父母,来大悟山参见丧吾和尚。不料丧吾前知,接至半山而来。木兰就道旁叩头,丧吾指明驼言曰:"将军今不出征,留此驼无用,送老僧罢。"木兰曰:"祖公既要此物，晚生敢不相送？"丧吾双手捧驼头大喝道："记性尚在否？"那明驼将头点了三下。丧吾吟云：

> 见机不早有谁怜，空抱明珠向暗投。
> 解脱从前人我相，身归净土乐优游。

驼儿听了丧吾之言，又将头点了三点，丧吾命徒弟牵入后院去了。丧吾同木兰步入方丈，木兰将靖松之书呈上。丧吾将书子拆开封筒，伸指向封筒内一探，竟无片纸只字在内。丧吾将书挂在方丈门外，晓谕众僧道：

> 五台山白云庵靖松道人，千里寄书，问候老僧。老僧启书看之，内中渺无一字。尔等僧众，有能会其意者，老僧即让方丈，将本寺衣钵付你执掌。众僧自不敢争论。
> 方丈丧吾示。

这告示一出，寺中僧众一百多人，都猜疑不定。有两个入方丈禀曰："道家戒荤不戒酒，莫非这道人年纪老大，醉后修书，将书信未曾放在封内？我若猜着了，这个方丈让我做几年。"丧吾道："胡说！"那两个和尚光着两眼，看着丧吾，见丧吾不理，不敢做声，退出方丈去了。又一个和尚进来禀曰："五台山离镇市甚远，朱将军又急欲回，买纸不及，只在封筒上写个拜上拜上。内中虽然无信，外面之字也就可以拆得。"丧吾曰："一发胡说！"又有一个进来说道："必是朱将军在路上拆书盗看遗失了，也是有之。"丧吾将头摇了一摇，对木兰说道："佛家尽是伶俐子，道家哪有糊涂仙？我寺中僧徒虽多，今日看来，谁是佛家种子？将军素明禅机，可达靖松之意否？"木兰曰："弟子素蒙祖公诣教，靖松之意虽不能尽知，亦可识其大意。"即提笔书云：

道有何物，惟集于虚。
外实内空，不与物具。
往来开阖，信在中处。
视之若有，探之则无。
妄中有真，心言意语。
理妙难书，空空如如。

木兰写罢，双手送于丧吾。丧吾看罢曰："靖松叫我如是如是。"即将木兰之言，遍示诸生。有两个愚和尚见了，私说道："朱将军在路上偷看了来，却又在我师傅面前卖乖。可恶！可恶！"要知后事，下文分解。

第二十八回

木兰险遭花棍厄　太宗敕赐功臣宴

却说木兰自大悟而回，想起：铁冠道人临行赠书，救我性命。命从人备马来木兰山，拜谢铁冠道人。原来木兰山上有三峰，东一峰名奇云峰（今修真武殿），西一峰名齐云峰（今修玉皇殿）。齐云峰下有一石峰，名曰奇盘峰。铁冠道人因三峰险峻，有许多狐仙在此修行，却移庵于南山，即朱天禄祈嗣之处。木兰不知，却望三峰而来。见一道人皓发童颜，头戴九良巾，身穿黄色道袍，手执拂尘，飘然若仙。木兰上前稽首问道："这山中有一位铁冠道人，姓张名良贞，他的茅庵在于何处？"道人答曰："对面山上便是。足下何人，问他则甚？"木兰答曰："他是我的故友，特来看望他的。"道人又问曰："足下尊姓大名，乡贯何地？"木兰曰："弟子姓朱名木兰，即山下双龙镇人氏，请问大仙尊姓法号，缘何仙居于此？"道人曰："贫道姓胡名秉池，世居此地，久闻将军之名，今日有功回朝，得了高官显爵。到底天理昭彰，杀人偿命，今日自投罗网，来还我徒弟报应。"木兰见道人出口不逊，命从人带马向南山而行。

那道人发一道金光，将木兰罩定。木兰在金光之中，左撞右突，不辨东西南北。那道人大叫一声，十数个小狐，将木兰主仆一齐绑下。道人吩咐："将木兰放在齐云峰下。"再发金光梵气一道，将木兰裹住。木兰被金光障了，二目不见天日，初见红光闪闪，黄白二光，恍恍惚惚。仔细看时，青绿二光，成一圆圈，红光周围如线，黄白二光分开，献出一团金光，光明如镜。镜中也有天地、日月、大地、山河。忽然念动，想起父母，就见父母在光中，惨容可惧。又忆起在北番征战之时，便见两下旗枪簇簇，喊杀连天。又想起阵亡之士，便见木萁、素云、祥布都来索命。那独手同五狐，也来追呼。转念五台山上，即见靖松道人并吴大昊、陈介葬，相居论道。此时或想朝廷，即见朝廷；或想天上，或想地下，金光梵气，从心所欲，即成境界。愈逐愈幻，不上三个时辰，将木兰心中一点性灵，俱已提出在外。这叫做以奴役主之法。道人见木兰如醉如痴，哈哈大笑："好道行。我怕你心如铁石，原来也只如此！"再吩咐小妖："每日用五色花棍打她三次，叫她上天无路，下地无门，求生不得，求死不能。打了七七四十九日，送与饿虎为食，方才报我徒弟独手大仙之恨。"小妖领命，将木兰吊起，将从人囚在洞中。有六七个狠心小狐，手执五花棍，拷打木兰，打得木兰连声叫苦。打了七日，有一个伶俐小狐，名唤秋涛，对秉池曰："木兰与张良贞世好，倘良贞看见，岂肯与我等干休？况木兰奇节过人，天仙之品，独手不知进退，助番为逆，被天雷打死，亦与木兰无干。祈祖师将他放了，以免后祸。"秉池大怒道："木兰丧我五个徒弟，难道我就罢了？就是张良贞来，我岂怕他？况以命偿命，天理所存，尔毋过虑。"秋涛见祖师不依，退出洞外，走往山下竹林之中，避祸去了。有八九个小狐，听了秋涛之言，也相尾而去。

不一时，小妖进洞报曰："对山铁冠道人，强将木兰放下，倒也罢了，反说祖师是无知野畜。朱木兰仗铁冠道人之势，也将我们狠打。"胡秉池听了大怒，赶出洞外，使一个飞石之法，望铁冠道人头上打来。道人用手一指，喝声道："集！"那石落在地下，重有千斤，打入土中尺余。道人又发一个掌心雷，将奇盘峰分为两片，名曰开山破石之法，将胡秉池夹入缝中，用灵符锁住。取小石一块，上书乾、元、亨、利、贞，压在上面。口中咒曰：

  一石分为二，二石难合一。
  此山香火断，石崩妖出世。

  自此木兰山四方朝谒不绝，香火大盛。这奇盘石，为西陵第一奇观。木兰谢了铁冠道人，请至家中，差人去请丧吾和尚、香元长老、谌于飞，齐来聚会。丧吾曰："杨延臣、醉月等，皆已羽化登仙，唯吾数人尚在尘世。今日之会，亦是莫大缘法。然木兰代父出征，可谓孝矣；致身报效，可谓忠矣；临阵不惧，可谓勇矣。忠、孝、勇三字，如日、月、星三光，虽曰昭明，然最忌云雾弥天，晦日无光。木兰，木兰，须要晓得女子之所重者在节。节之一字，又分为烈操。处常曰操，处变曰烈。总是要全一个节字。如此，男为贞男，女为贞女。为圣为贤，为仙为佛，也只完得一个节字。士君子事业伊周，文学游夏，若立身一败，万事瓦解。"木兰叩头受教。自此木兰仍复女妆打扮，杜门不出。

  过了月余，营中衙将护送花阿珍回府。天禄出衙视之，车中上遍插龙凤旌旗，金字牌上上书"少保武昭侯兵部左侍郎"。又见花阿珍入内室，与木兰面面相窥。木兰将出征始末，诉与阿珍，阿珍大喜，与木兰姊妹相称。拜天禄为父，拜杨氏为母。木兰教五蕴，净六根，回眼光，观灵台。正是有缘千里来相会，信有之也。

  再说李靖、尉迟恭上殿朝见天子，奏曰："北人战守兼善，臣等不能骤胜，致主上心忧。今陛下不以为罪，反以为功，出郭郊迎，臣粉身碎骨，不足以报陛下。"太宗曰："卿等形容憔悴，须发枯白，盖身履异域，目视烽烟，朔气寒光，永朝永夕，十余年来，心力竭尽。

明日朕当亲至凌烟阁，与二卿酬劳。"太宗又命魏征领饷银二十万，犒赏征北将士。李靖、尉迟恭谢恩而出。是日，太宗回宫，将元帅所呈功劳簿细看，见朱木兰功居第一，兵抢五狼镇，箭射孛臣二次，智擒颉和二次，三败番兵，夜取界牌关，活捉保龄，反间康和阿，逼死木萁十二功劳。太宗思道：朕昨见他身体柔弱，年纪尚幼，就能立此大功。十四岁代父出征，昨日见了寡人，即上表回养父母，此人终当大用。朕一时见他孺慕情殷，准其所奏，明日功臣宴却无他在内。又看到伍登功上，心中想道：三国时有一锦马超，膊阔腰细，眉弯目秀，俊而非常，伍登可以当之。怪不得人称伍娘子。又看尉迟宝林并焦文、焦武、朱明、程铁牛、李英玉、李怀书、秦怀玉，太宗按籍依功行赏。不表。要知后事，下文分解。

第二十九回

伍登省亲走湖广　太宗慕贤赐诏书

　　却说太宗在凌烟阁宴赏功臣，随召伍登、宝林曰："二卿身膺重职，各宜就任，勿久居京都。唯雁门关更属要地，伍卿即日登程可也。"伍登伏地奏曰："臣幼日被难，子敬父离，向日不知父亲生死，唯隐恨而已。今闻臣父在湖广为僧，欲先去省亲，然后上任。"太宗准奏，催尉迟宝林速到武昌，仍守汛地，又命伍登同行。二人辞了圣驾，望湖广而来。一路之上，各处官员迎接护送，好不威严。出了河南信阳地界，武昌文武在界牌岗侯候。进了公馆，大小官员都来参见。从人将手本接了，吩咐众官道："侯爷在路辛苦，命尔等今日各回本署，二位侯爷要到大悟山参见丧吾和尚。"宝林在公馆内坐了片时，吃了点心，即检手本观看。忽见黄州营西陵县双龙镇千户朱天禄手本，旁边又写寅愚侄朱木兰名字，即令从人请天禄入馆会话。天禄入馆，伍登、宝林降阶而迎。相见礼毕，天禄曰："小儿木兰，年少从军，多蒙二位叔父大人荫庇，愚弟感恩不尽。"宝林曰："木兰才堪将相，智兼文武，功超我等之上，为皇上隆重之人。只是他宜作速进京，免主上提召。"伍登致敬曰："吾父在大悟山为僧，承兄台栽培多年，愚弟心感久矣。"伍登道罢，即向天禄叩头，天禄连忙扶起。宝林曰："木兰近日在家中做些什么？"天禄曰："木兰近日以来，与阿珍茹斋食素，杜门不出。昨日闻二位叔父驾至，亦不肯来迎接，祈二位叔父海涵宽恕。"宝林道："愚弟从双龙镇经过，单去叩见他，看他仍杜门不出否？"三人说了一夜。

次日天时，只带三四人上大悟山来，吩咐从人在双龙镇等候。到了大悟山，丧吾同焦周在山门迎接。宝林见丧吾明眸皓齿，如活佛降世，忙上前施礼，伍登叩头不止。丧吾扶起伍登，天禄也上前作揖，一同入方丈而坐。丧吾见伍登官星明亮，爵位尊显，山根黑气纵横；又上宽下削，膊阔腰细，非久福之相，难免杀身之祸，心下不乐。又见宝林询问禅宗，丧吾尽心曲谈僧家乐趣，有留伍登栖隐之意。奈伍登贪图仕进，置若罔闻。宝林在大悟游赏数日，同天禄辞去。伍登也要来问候木兰，一同而行。

不上半日，到了双龙镇，在观音寺歇马，即来天禄行中。叙礼已毕，不见木兰出来。宝林、伍登心下不悦，也不问他。天禄明知其意，排酒接风，宝林推杯不饮。天禄曰："兄台不悦者，莫非因木兰未出乎？"宝林答曰："令郎方殿下大臣，小弟是边镇守将，势位悬殊，令肯出相见耶？"天禄不得已，将木兰行止，一一诉出。宝林、伍登听了，大惊曰："木兰如此，古今奇人也。"入内室固请，木兰素服淡妆而出。相见礼毕，宝林曰："将军在营中何等威风，今居闺内又如此闲静。真乃变化如龙，令人莫测。"木兰答曰："侄儿女扮男妆，皆不得已而为之。今日思之，殊非闺阁应分之事。所以不敢见客。"宝林曰："贤侄受天子重任，何以谢之？"木兰曰："侄儿蒙昧天子并元帅、军师十多年，罪不可道，尚敢言官职哉？"宝林与伍登辞出，又与天禄说了些闲话，欲伍登到武昌游赏；伍登辞却，宝林向武昌而去，伍登向大悟而回。丧吾命徒弟去请谌于飞来，与伍登相见。丧吾私向于飞曰："吾有一事，托贤弟为之，须受愚兄一拜。"于飞忙答礼曰："兄长有何事委弟，弟无不从，何须如此。"丧吾曰："怜我伍氏祖宗尚存一脉，现今伍登不日当有杀身之祸，贤弟可如此如此而行，庶能救伍氏之后。"于飞顿首受命。过了月余，丧吾谓伍登曰："雁门关重地也，于飞叔父同尔上任，衙中内外之事，尽可嘱托，尔当以父礼事之。"伍登曰："叔父若肯同侄上任，莫大之幸也。"又住了月余，于飞随伍登向北而行，丧吾送至半山而回。

再说太宗在朝，思念木兰功劳，降诏提他进京就职。使者去了未回，伍登上殿朝见，辞驾上任。太宗曰："卿家省亲回朝，辞阙赴任，朱木兰如何不回来就职？"伍登不敢隐匿，径将木兰行止，一一奏明。太宗见奏，龙颜大喜，候天使回京，观其表奏，命伍登走马上行，不表。

却说谌于飞谒见尉迟恭，尉迟恭迎入帅府，礼毕而坐。尉迟恭曰："向日弟欲保兄为官，兄执意不从，今日奈何又肯居伍登幕馆？"于飞曰："弟闻五台山多贤，欲借此一往，别无他意。"尉迟恭问丧吾等，于飞备述杨廷臣、醉月数人俱皆去世，唯丧吾、铁冠、香元尚在。尉迟恭亦加伤感，遂留于飞在府，不肯放他与伍登同行。次日朝见天子，保于飞为长安太守，于飞无法，勉强做了二年，颇有政声。太宗加升刑部御史之职，又做了二年。才人武曌，声名传外。

于飞恐负丧吾之托，告病归田，潜往五台山，会见靖松道人，与吴大杲，陈介莽曲谈性命之理。一日，论及阿弥陀佛四字，陈介莽曰："君臣初际会为阿，臣谏君非为弥，君从臣谏为陀，民歌帝德为佛。"介莽又曰："孩儿戏舞归家，急唤母亲曰阿。唤之不应，唤之愈急，甚至号泣追寻，曰弥。见了母面，投入怀中，此时母即是子，子即是母。曰陀。孩儿吃乳已饱，跳下地来，对母舞歌跃笑，曰佛。愚人夫唱妇随曰阿，夫妇交感曰弥，怀胎十月曰陀，生子能哭能笑曰佛。学道之人，收其放心曰阿。道也者，不可须臾离也，曰弥。明心见性曰陀，元神出舍曰佛。"于飞曰："弟子知之矣。冬藏勿暴曰阿，春生勿杀曰弥，夏茂而华曰陀，秋结而实曰佛。譬之油草皆备，取火燃灯曰阿，置燃于不动不摇之处曰弥，油与草得火而明曰陀，火得油与草光照一室曰佛。"介荞大喜曰:"子真道学人也,何善悟至此!"于是于飞与三贤论道半年始至雁门关。伍登迎入,以父礼事之。于飞道:"闻公子年已十五岁,学问未成,老夫情愿教他诗书,保他日后名标金榜,不知侯爷意下如何?"伍登喜道:"叔父若肯如此用心,侄儿敢不从命!"即令公子伍烈择日入学,于飞尽心教训。不知后事,下文分解。

第三十回

木兰初上陈情表　丧吾吟偈回西天

却说木兰在衙中，将向日机房改为静室，供一尊西王母圣像，命花阿珍专司香火。忽家人报曰："天使至。"木兰举香接旨，云：

朕念卿童年出征，树奇功于北国，耀武德于边疆，宏宣教命，实获朕心。哗于众口，曰忠，曰孝；裕于一心，曰智，曰勇。特爵卿为武昭侯，领兵部侍郎事。卿何久回不朝，致朕悬望。诏书到日，火速来京。钦哉，用命！

木兰接诏毕，望阙谢恩。即修陈情表文，付天使赍回长安。表见天子。太宗开表看云：

臣妾木兰，髫年气怯，性僻多病。祖父若虚，教读孔孟之书，因明忠孝之理。臣每对镜睹形，忧然浩叹，思功垂竹帛，名载丹书，幽闺弱质，何能望焉？祖死父立，伯仲依依，家运就衰，灾害互见。臣妾日事女红，织机度日。蒙鄂国公广宣圣意，擢拔善人，荐臣伯父天锡为长沙太守，授臣父天禄为西陵千户。臣妾冲年，心性靡定，乃窃学弓马。及军书甫至，父病不起，举家惊惶。妾思圣命严急，伯父远间，兄弟鲜有，遂效身如男，代父北征。幸天颜咫尺，番国君臣，拱手受命。臣妾具从戎之数，何功力之与有。皇上恩荣并重，锡臣侯爵，委任兵部。臣以幼女，远膺重命，未见戮于狄人，不遗羞于上国，亦云幸矣！岂可重上阙廷，不闺规自励，必为贞妇烈女所不齿，内阁大臣所贱恶。况臣夫志忠孝，目今亲老母病，第愿皈依佛教，以素终身，以为父母寿。圣天子裕已以孝，驭民亦以孝。臣妾拳拳孤忠，谅逢恩宥。

太宗看表，即诏封木兰为武昭公主，赐姓曰李。封天禄为善养侯，封杨氏为芳孟夫人，封木兰之弟为楚郡伯，赐黄金万两，彩缎千匹，四海风闻，传为盛事。

再说丧吾在大悟山上，梦见杨延臣、醉月、慧参、陈荣衮、叶同观等，约游天宫。次日，命人请天禄、张良贞、木兰、花阿珍、香元齐来大悟山。丧吾曰："明日是我西归之日，今日与诸善人合尽一日之欢。可惜于飞贤弟，为我之事，北去未回。他日回来，尔等可代我致意。"即将寺中衣钵等项，尽付焦周执掌。众人见丧吾言语如旧，饮食如常，半信半疑。次日午时，丧吾参拜各殿佛像，入方丈与众位作别。焦周率众罗拜，丧吾盘膝坐于法座上，口中吟曰：

风清月白竹窗虚，白发僧人诵古诗。
夜半不知银露冷，水天一色正当时。

丧吾吟罢，合掌当胸，悠然而逝。铁冠道人命葬于大悟山顶，修造石龛，永垂不朽。至今三十年一扫，丧吾在内，仍然面貌如生，正身端坐。此是后话不表。木兰与花阿珍见丧吾超脱之妙，倍加精进，笃志修行。不知后事，下文分解。

第三十一回

木兰二上陈情表　太宗屈杀伍娘子

却说木兰一日问于铁冠曰："弟子闻仙道长生，必如何而生可长焉？"铁冠曰："木兰，吾谓尔人杰也，何中质之不若耶？夫天道运行，春生秋杀，夏茂冬藏。人生而壮，衰而死，何异焉？长生者不亦逆天而行，怪于人欤？所谓仙者，则天之道，体之于身，得之于心，死而不愧，奚能长生？子不见古之不死者，终归于死，今之长生者，终丧其生。斯岂仙道耶？故曰：气不可以长保，精不可以长固，神不可以长守。所可长固、长守、长保者，性也，天赋之命也。事天者为仙道。圣人曰：'未能事人，焉能事鬼？'不亦深而远乎？"木兰又问曰："古之修仙，必云炼丹。而丹则有玉液、金液、木液之别，其理可得闻乎？"铁冠曰："丹者，心也。炼心即是炼丹。玉液、金液、木液，则吾不知也。至若九转七返之说，愈属虚空，不过推求卦数之理。盖七乃火之成数，九乃金之成数。取火炼金，曰转，曰返，学道者致虚极，守静笃，听其自然，岂肯劳心为是耶？"木兰唯唯而退。

又一日，铁冠谓木兰曰："性命二字，各有天人之别。欲修天性，先化人性，欲立天命，先立人命。所谓人性者，气质之性也。气质性化，而天性可全。人命者，血气之命也。血气坚固，而天命可保。故曰四大假合。气以成形，五常不紊。理以成性，盖父母生形即兆，天性已赋，性依命立之谓也。诚则明，明则着，能变能化，命从性生之谓也。比如因天地水火气而生树，因树而生花，因花而生果，即是命中有性；因果而又生树，开花结果，是性中又有命也。"木兰曰："性命原于天，花果原于树。性有天气性、气质之分，命有天命、血气之别，花果亦岂有二乎？"铁冠曰："有是树有是花，非树先而花后，待时而发耳。有是花必有是果，非花先而果后，气充而成耳。万物各有一太极。若树之有心，果之有仁。知此则知命中有性也；知此则知草木春生秋杀，天命也；春华秋实，天性也。至若灌溉太过，栽培不及，当生而不生，当华而不华，犹天性为人性所戕，天命为人欲所害，归之于气数，岂不哀哉！若夫果者逢春蒙泉，核开仁出，枝叶蔓生，知此则性中有命，可不言而喻也。花果则黄白者多香，紫赤者多臭，又气质之性，使之然也。物之气质不可变，人之气质则无不可变，此人之所以灵于物也。人之终不能变者，是尚未远于物也。"

木兰曰："草木无土不生，性命双修，大道非己不成。《易》曰：君子黄中通理。其说可得闻欤"？铁冠曰："圣经第一义，便曰：在止于至善。非指心地，而言修性之初，下手切处也。知止而后能定、能静、能安、能虑、能得，是言心已明，而性已见矣。明明德于天下，必先治其国，齐其家，修其身，正其心，诚其意，致其知，此圣人尽性之事也。格物知至，意诚心正，身修家齐，国治平天下，此圣人至命之事也。圣人成已成物之功，如斯毕矣。今子言万物非土不生，大道非戊己不成，要晓得大学之道，总重在意诚二字。意者，土也，非戊己而何？《中庸》云：君子必慎其独也。慎字与诚字，虽有表里之分，至若慎独，则与意诚无异。意定则精神日强，而智慧日生；意不定则精神日竭，而智虑日衰。古人于心明性见之余，却注意于规中，温养元神，阴阳自然妙合，不假一毫人力，由意定之效验也。故上古真仙，谓意为黄婆，阴阳为男女，无神出现为产婴儿，岂有他哉！性命双修，大道止矣尽矣！"木兰曰："弟子今受师命，如瞽目复明。但真意之妙，素所未知，祈师再委曲详言，弟子永远供奉。"铁冠曰："尔要知真意耶？须看鸡之抱卵，猫之捕鼠，专心致志。念兹在兹。真意一现，恍惚杳冥，如云中之月，水中之鱼，乍见乍不见，必也。如慕名未会面的一个朋友，千里寻之，不得一见，恰在路上相逢，就要认亲面目，原来是这个模样。紧紧拉着，不肯放手。久之自然熟习，故曰铅汞相投，自然凝合。古人谓之玄关一窍，熟知即真，意之大定也。"铁冠乃歌曰：

心地了了，性天明明。
阴阳妙合，复命归根。
玄关意土，黄婆别名。
中央正位，自产胎婴。

铁冠歌罢，忽然香风阵阵，天花乱坠。俄两天雷大震一声，师弟二人俱向北而拜。自此，铁冠以后绝口再不谈道。

却说朱天禄偶沾寒疾，召木兰曰："吾朱氏世代善良，崇儒重道，乐善好施。今汝又笃志修行，吾愿尔始终如一。汝弟年未及冠，汝当善教，使之有成。"更无多嘱，语毕而逝。木兰尽礼守制，衣衾棺椁尽如古式，卜葬于木兰山阴。未过一年，杨氏亦故，合葬于天禄坟右。木兰率弟金兰，居庐守墓。甫及半年，太宗并娘娘诏旨至，木兰就墓前举香跪接。

皇诏云：

朕念公主文武兼优，逸才堪羡。今年北番来朝，尚念公主之德，脍炙人口。朕思卿甚切，公主作速来京，以慰朕望。

娘娘懿旨云：

寡君思公主忠孝勇节，堪为宫中女师傅。皇上视公主如子，公主未尝视皇上如父。公主宜速补前愆，来京省过，以慰皇上及寡君之心。钦哉，毋违！

木兰读毕，顿首谢恩。连夜修起陈情表章，付天使回京。太宗见木兰未至，心中不悦。只得开表看云：

臣儿木兰，罪孽深重。不自天绝，祸延考妣。于月日变出仓促。臣儿窃自思维，向因亲老多病，改面北征，纪年而回，意承欢于膝下，以乐父母之余年。无如父之形愈老，母之病转笃。今也罔极之悲既兴，风木之恨更切。思殉亲于九地，用情恐伤太过，聊守制以三年。读礼自愧未深，特室筑于场，尽寸心而抚幼弟。依灵致奠，忆笑语而想音容。君父之召虽殷，臣儿之情难释。俟成祥之日，诣阙谢恩。皇上宏仁若天，皇后博载若地，量情赦宥。

太宗看罢，称羡不已。

再说饮天监李淳风，夜占乾象，见妖星居于紫薇垣中。次日上殿奏曰："臣昨夜见妖星现紫薇垣中，请万岁尽除宫中新进之妃。"太宗准奏，曰："将宫中新进女子三百余人，尽行放出，只留才人武曌在内。"太宗又命李淳风当殿卜筮，太宗亲自行礼，得天泽履第三交。其辞曰：

眇能视，跛能履，履虎尾，咥人凶，武人为于大君。李淳风奏曰："乾，君德也，兑，少女也。少女邻于君右。夫曰眇不可以共视，曰跛不可以共履，宜远而不宜近之人也。若狎而玩之，是不可履而履焉。譬如虎尾，必有咥人之凶。武人为于大君，将来弄权误国，乱唐室天下，必武氏之女也。斯人现居宫中，大约面貌柔善，令人狎亵；心必阴恶，所谓庸违象恭者也。"

太宗听奏，默然回宫。次日，迁武才人出宫为尼，令他皈依佛教，参学性理，自然慈悲应物，方便处事，明善恶报应之说，俾作良善女子。不料武瞾身虽为尼，却与学士张昌宗、许敬宗苟合，并未持戒茹素。

过了一年，太宗又召李淳风，问以妖星之事。淳风奏曰："妖星虽离禁中，但其形未化。万岁宜修德以禳之，切不可乱诛好人。"张昌宗恐又累及武瞾，密奏曰："武与伍字异而音同。镇北侯伍登，手握重权，素有伍娘子之称。近闻此人以交通突厥，有谋逆之意。万岁何不杀此人以杜后祸？况且上天垂象以示万岁，宜乘其未动而先灭之，免生后祸。"太宗即下诏伍登来京，诬以谋逆之罪，斩之于市。下诏曰："如有保留伍登者，同逆拟罪。"是日，日色惨淡，大风乱吹，大臣疾首不敢言，国人共伤之。张昌宗奏曰："谋逆之人，妻子同诛。"太宗点首，即差卫兵往雁门关，杀其全家。是夜，太宗入宫，怏悒不乐。次日，命收伍登尸首，以礼葬之，封其墓曰："镇北侯伍登。"

再说谌于飞送了伍登起程，值登以家事托之曰："侄奉天子召进京，修藩臣之节，大约三四月可回。衙中一应事务，求叔父料理。"于飞唯唯而应。过了半月，于飞入内衙，对夫人曰："公子伍烈，今年流年不利，我欲同他往五台山进香，以免灾祸，大约数日可回。"夫人命军士数十人，护从于飞而行。到了五台山，重与靖松、大杲、介荞谈论，忽有雁门关中将军，差人报曰："主将被诛，夫人与全家被杀。求师爷保公子远走勿回。"于飞即命从人散去，同公子伍烈民服而行。走回湖广，藏于大悟山中。后来于飞以女妻之，生三子，曰玉，曰琼，曰玖，皆显贵。此是后话不表。

再表木兰闻伍登死于武氏之祸，伤感不已。闻于飞回，往见焉。问曰："吾子受丧吾之托，北游数年，可谓信矣。既见五台山诸君，学必有进焉，弟子愿受教。"于飞曰："子何好学之甚也。吾闻心易于陈氏之子矣。《易》曰：近取诸身，乾为首，坤为腹，震为足，艮为手是也。若内取诸心，圣人能行之而不言，陈氏之子能言之而不能行，子庶几勉之。夫圣人刚师不屈，其德配乾；利万物而不息，其德配坎；静而莫之能感，其德配艮；动而万物各遂其生，其德配震；气安而舒，天下顺之，其德配巽；虚而明不私照，其德配离；博厚配坤；滋万物而不姑息，其德配兑。放之则弥六合，卷之则退藏于密，此圣人之易也。夫物芸芸，各归复其根，象帝之先，此老氏之易也。寂然不动，无为无化，扰而不惊者，此释氏之易也。有诸内者形诸外，孝则必忠，故不欺，得乾之道也。慈则必让，故不争，得坎之道也。知耻者必廉，故不贪，得艮之道也。仁者必公，故不私，震之道也。悌者必和，故不怨，巽之道也。礼者必明，故不疑，离之道也。信者必宽，故不忧，坤之道也。义者必断，故不惧，兑之道也。"

木兰曰："君子不患不及，而患太过。敢问太过之极若何？"于飞曰："至孝近于儒，至忠近于愚，慈近于卑，让近于侮，谦近于贫，耻近于退，仁近于过，恭近于劳，弟近于桑，和近于流，礼近于乱，明近于暗，信近于执，宽近于扰，义近于杀，断近于猛，此太过之极也。若极而又极，则其品愈下，奸恶不可胜道矣。不偏不倚，唯圣者能之。"

木兰曰："惧其太过而抑之，当如之何？"于飞曰："孝宜敬，忠宜净，慈宜教，让宜严，廉宜守，耻宜强，仁宜勇，恭宜辨，弟宜执，和宜介，礼宜节，明宜浑，信宜权，宽宜理，义宜武，断宜文。"木兰曰："圣人之道，一而已矣。若是乎，目之多钦？"于飞曰："自理而言之，则曰一。一散而为万殊。自性而言之则曰虚，虚归于夫有。子绝四：毋意，毋必，毋固，毋我。夫圣人之心，静若太虚，何意、固、必、我之有？以吾言之，即绝字、毋字亦着不上。"木兰曰："弟子闻之：至忠不容于国，至孝不容于家，清士不容于野，达人不容于世。吾是以忧之，吾子将何以教吾焉？"于飞曰："唯忠也而后不容于国，孝也而后不容于家，清也而后不容于野，达也而后不容于世。吾是以乐吾之乐焉，吾将何以教子焉？"木兰再拜而退。要知后事，再听下文分解。

第三十二回

木兰三上陈情表　太宗建庙旌贤良

却说太宗自杀伍登之后，颇生退悔，遂疏斥张昌宗，不许在军机所行走。忽一夜梦一大鹦鹉，自天而下，日月对照。鹦鹉集于李树上，将李树花叶尽行披落。太宗召许敬宗，以梦告之。敬宗曰："鹦鹉自天而下，又日月对照，披落李树花枝，将来乱唐室天下，定是武昭公主木兰也。李淳风言此女居于王宫，隐隐指出木兰是陛下受重之人，天机不可泄露。且卦辞云：眇能视，跛能履，履虎尾。曰眇，曰跛，是其外体不全，而能视能履，非真眇真跛可比。今若履虎尾而不惧，必有咥人之凶，将来为祸于子孙，窥窃神器，武人为于大君也。木兰女扮男妆，出征十二年，立十二功劳，非武人而谁哉？岂不知小不忍则乱大谋，陛下奈何学妇人之仁，而不究当前之祸？今元勋俱已老迈，后进之士志气清明，上下归心，有如木兰者乎！"太宗曰："无有也。""料敌制胜，协和众心，战则必克，有如木兰者乎？"太宗曰："无有也。""涉猎三教经书、历代政治，默识心通，有如木兰者乎？"太宗曰："无有也。"敬宗不复语，太宗曰："朕非不忌武昭公主，但爱之亲若骨肉，恶之视若仇雠，恐非仁者所为。前日误杀伍登，文武大臣疾首寒心，朕非不知，岂可无罪而又杀木兰？"敬宗曰："天有妖象，民有语言，武昭公主乱唐室天下，臣为万岁后代计耳。万岁恐臣民讥议，谀以美言，召至中途，毒杀之可也。令使臣诈称中风而死，夫谁得而知之？如木兰再不奉诏，加以抗旨之罪，命节度使尉迟宝林囚之来京。中途绝其饮食，说她惧罪而死，众口塞矣。"太宗大喜，命张昌宗召木兰。昌宗受了密旨，竟往湖广西陵而来不表。

再说李靖屡屡告老致仕，太宗留之不住，回山修道而去。尉迟恭辞回田庄，寿享八十五岁，无疾而终。皆因太宗庇护才人武曌，屈杀伍登之故。

再说张昌宗奉旨来至西陵，木兰排香接诏跪。旨云：

> 朕与后春秋鼎盛，后每念卿有公主之名，未见公主之面，即皇宫幼女等，皆倾心慕悦。公主守制，料已三年，诏书到日，易服成祥，随使臣来京，慎勿抗命。

木兰读罢，张昌宗施礼而言曰："万岁视公主如亲骨肉，公主宜早作速进京，以慰圣意。"木兰曰："前日尔逢君之恶，屈杀镇北侯，天下人人共怨，今欲诳我进京，在中途绝我性命。若不念尔受天子之命，斩尔佞臣，以泄伍登之愤。"吓得张昌宗不敢做声。木兰说罢，即入内室，连夜修起陈情表文，次日出来，喝曰："张昌宗何在？"张昌宗连忙跪下："启公主，奴才在这里。"木兰曰："我这陈情表文，你赍之回朝，代我朝见圣上，道臣儿不肯进京，恐明彰君过。"木兰即望阙而拜曰："父兮母兮，生我鞠我。乳哺劬劳，曷其有极。为今之故，尽了性命，身死心安，毋遗君患。窃窃孤忠，天人共鉴。"木兰道罢，解衣露胸，手执宝剑，将胸骨破开，用手扯出心来，叫声："张昌宗，看我赤心如日，岂肯行叛义之事？"吓得张昌宗叩头不止。须臾鲜血迸尽，木兰气绝。金兰欲杀昌宗，铁冠止住曰："若杀朝廷使臣，有伤木兰之忠。"执剑将木兰心割下来，盛入盒内，令张昌宗怀之进京。昌宗众人鼠窜而逃。花阿珍见木兰既死，附尸恸哭欲绝，回入房中，自缢而亡。铁冠道人同谌于飞葬木兰、阿珍于木兰山麓，二人就木兰山左白云洞中，炼性不出，不知所为。

一日，谌于飞割鸡卵款客。见青包黄外，黄外青中，黄中另有一光明小窍，奋然流涕。谓铁冠道人曰："惜乎！木兰一死，吾道其穷矣乎？人但知鸡卵之形，可以象天地，而不知卵形如太极，其象在天地之先，混沌未开之时，中有金光，如卵之黄也。黄中小窍光明，如太极之根。渐而青气充足，其壳始坚。由卵而生鸡心、肝、脾、肺、肾、与人相同，始为后天卦象。"于是二人相与作《道心说》。其文既成，思杨琰（延臣之子）出仕武岗，为人重厚简默，堪为载道之器，遣人以文遗之。杨琰得书，焚香跪诵。其略云：

人心惟危，道心惟微。危微之辨，精一执中。谓遏欲可以革人心，善矣，而犹有未善也；谓诚意可以见道心，至矣，而犹有未至也。盖人心动于外，凭乎血肉之心；道心静于内，生乎自然之心。以在内自然之心，制在外血肉之心，则人心不待克而自克，道心不期明而自明矣。昔者颜子欲学圣人，始于人心上用功，则曰："仰之弥高，钻之弥坚，瞻之在前，忽焉在后"。及夫子诱之，归于道心，则曰："如有所立卓尔，而向之弥高弥坚，在前在后者，恍然自失矣。"老氏曰："以心观心，心外无道，琢磨人心之语也；以道观道，道外无心，安养道心之语也。"不然，佛者曰："外想不入，内想不出，非人心、道心之切要欤？盖心体本一也，而其用则有二焉。一之于内，而不二乎其外，道心得矣。二乎其外，忘乎其内，人心作矣。"所以圣人画卦，离南坎北，震东兑西，而八卦之中，不着一笔。盖道心与太虚同体，无可着笔之处。故云：未画时先有易，须知无象是先天，岂浅鲜哉！庄子喻道心为何有之乡，故其言曰：嗜欲深者天机浅，尔其游心于淡，含气于漠，顺物自然，而毋容自私焉。庄子可谓知道之用也。惜乎以清虚为道源，以仁义为附赘，而不知仁即道心之体，虚即道心之用，未有仁而心犹有不虚者也，未有虚而心犹有不仁者也。惜乎庄子有圣人之智，而无圣人之才也。

杨琰看罢，再拜而起，日诵不休。晚有所得，于是镌之于石，置之南岳山中，以昭后世，永垂不朽。

再说张昌宗行至六七里到了驿旅河，将盒儿打开，取心向水中漂洗。心中之取，滴出如丝，顺水流百余丈不断（今木兰山有洗血河，山右有木兰潭）。张昌宗每日早晚，对盒焚香再拜，方上马而行。到了长安，捧表献盒于天子。将木兰之事，细细奏明。太宗闻奏，发立汗下。启表细观，内云：

臣儿木兰，闻至孝之子，不忍忤亲之心，宁敢犯其色乎？至忠之臣，不忍视君之过，宁敢长其恶乎？然至孝而见疑，申生受骊姬之谤；至忠而获罪，周公歌鸱鸮之诗。说者谓天实为之，以成二子之忠孝，臣窃以为不然。盖申生之罪，可以死可以不死，周公之谤，可以辨可以不辨。迩者镇北侯伍登叛义仪诛，使伍登而果有是心也，肆其尸于市可也，奈何陛下旋杀之而封之？岂恶其生而爱其死欤？使伍登而无是心也，陛下虽荣其墓宅，未足以慰伍登之魂焉。臣则曰天实为之，以报伍登之隐微。盖伍登有可杀之理，而无可杀之罪；陛下有杀伍登之权，而无杀伍登之实案也。孟子曰：善战者服上刑。是善杀人者，人终杀之。然则伍登之死也；理有当然，事有必至者也。臣儿不幸亦善战，故臣之死，亦必如伍登之死也。嗟乎，伍登见疑于君上，在己已为非忠，复彰君之过失，于理尤为非顺。臣拊心自忆：向也服干戈而履异域，女道既已有乖；今也诣阙廷而受极刑，闺范殊为不雅。不若向赤日而矢赤心，傍亲茔而守亲训。方寸之物，对君上可以无惭；七尺之躯，依父母犹能无愧。昔日之爵禄可辞，今朝之白刃可蹈。陛下念臣立心忠孝，不能成忠孝之令名；尽性天道，不能获天道之荫庇；持身事父，不能全父母之遗形。天实为之。莫之致而至，命也，臣死复何恨！

太宗看武昭公主所奏，言言天理，字字良心，真相感，自然泪下，哀痛不已。再将盒儿揭开，金光射目，一颗舍利子，赤若丹砂，光似明珠。即命杜如晦、王珪持原盒赍回西陵合葬，谥武昭公主为贞德公主，题其坊曰："忠孝勇烈"。又命崇其墓，须高百尺，周五百步。又诏地方官春秋隆以祭曲，封其弟金兰袭受侯爵。后来武则天在位，录封太宗所杀伍氏之后，差人掘李淳风之墓，不见其尸。荣封木兰朱氏之后，又赐号昭烈后，又赐金书。对联云：

  人夸烈女心如石，我爱将军勇过男。

后来公主在木兰山，屡屡显圣，不可具述，至今香火不绝。后人有诗叹曰：

  至孝由天性，知微勇即生。
  当时传盛事，后代仰忠贞。
  望月形初见，三秋气共清。
  山与人俱永，亘古挹芳名。

又有诗赞曰：

  木兰耸翠两峰青，降落真灵作女型。
  竭力致身期尽性，闺中明德有余馨。

却说界牌关总兵朱明，闻木兰身死，解印回家，披孝守墓，三年不倦。一夕，梦花阿珍叫曰："公主至矣。"朱明跪拜曰："将军近日无恙否？"公主答曰吾已奏明上帝，保尔为值殿功曹，当与我同游上界。"次日，朱明告知妻子尹氏，无疾而终。

再说杨琰闻木兰已死，丧吾诸人亦皆去世，唯谌于飞、铁冠道人尚在。恐大道无传，即致仕回家，到白云洞中，谒见二公。于飞迎而谓曰："子何来迟？"琰曰："侄儿贪取仕进，尘心不净，读二位叔父所忏道心之文，思往事如梦境，特回家听讲，祈二位叔父不吝斯道，以省侄儿之愚昧。"于飞曰："子有疑则问，以共相启发耳。"琰问曰：

"据叔父所云,一心分为二用,但不知人心、道心必如何,才分清界限?"于飞曰:"子静坐思之,觉一派妄念,千头万绪,总在心面上滚来滚去,这就名为欲界。尔于此时,任他纷纷乱乱,一心守住主人,久而久之,觉妄念灭尽,心内如如在在,又觉此心非心,竟是一个光明境界。于光明界内,又觉有一个主宰,不动不摇。古人云:外无私欲,内合天理,允执厥中者,此也。又云:恍兮惚兮,其中有真。象帝之先,亦指此也。但此时虽云自见道心,切不可自谓有得,着一毫意念在内。若有意念,即为着了实相。古人云:外着实相,内心即乱;内着实相,真性不空。不空则真性不灵,真切实语也。"琰曰:"儒者之用心以诚,道家之用心以虚。诚则有主,虚则不窒,敢问二教同异之间,相去若何?"于飞曰:"圣人恐人用诚字太过,则近于固执,故继以明字;太上恐人用虚字太过,则无实际工夫,故继之以一字,其间并无同异之处。"琰又问曰:"道家云降龙伏虎,有是事乎?"于飞曰:"心灵如龙,念猛如虎,心静则龙降,念止则虎伏。"琰曰:"如何分先天、后天?"于飞曰:"心静念止是先天,心动念驰是后天。"琰曰:"佛家言性全是谈空,不知其中亦有实际工夫否?"铁冠道人曰:"大悟山焦周和尚得丧吾心法,贤侄何不去问于彼?"

　　杨琰即回家备礼,向大悟而来。焦周闻之,迎入方丈相见。礼毕,琰见焦周座间置《论语》一部,琰笑曰:"和尚念儒书何用?"周曰:"悟禅。"琰曰:"在何句上悟?"周曰:"在毋意、毋固、毋必、毋我上悟。"琰曰:"忍无而不无,若何?"周曰:"有若无。"琰曰:"若不有而有?"周曰:"空空如也。"琰拜曰:"吾师真不愧为丧吾徒弟。"是夜二人同榻而卧,次日五鼓,众和尚来撞钟擂鼓,焚香课诵。焦周起来,亦向经堂礼佛称扬。杨琰心中想道:不知焦周亦诵何经?急忙起来,轻步至焦周背后一看,却念的是《中庸》。淡问曰:"子念《中庸》何为?"周曰:"悟禅。"琰曰:"从何句起?"周曰:"天命之谓性起。"琰曰:"从何句终?"周曰:"无声无臭至矣。"琰曰:"《中庸》实际在何句？"周曰："所以行之者，一也。"杨琰深为拜服曰："吾欲延师于家，接谌于飞、张良贞同至合下，盘桓论道若何？"周曰："吾亦欲会二公久矣。"遂欣然下山，四人相见，依长晚序坐，谈心数日。有时念及木兰、丧吾诸人，未免有一番伤感。

一日，琰问曰："学道人以何字为先？"铁冠曰："以我字为先。"琰曰："我字左右皆戈，人心怀我字，则满腔皆是私念。又轻人自恃，正人君子不来亲附。若操戈而立，戕人自戕，不足有为。人能克除我字，则心公而直，公则不私，直则不屈，仁道近焉。叔父云以我字为先，是此意也。"铁冠曰："此性学之论我字也。凡有命学，在性中立命，也要在我字推求出来，方是大学问。"杨静居七日，参悟不出，出见铁冠、于飞、焦周三人，同观太极图。杨琰大悟，向三人叩拜曰："弟子闻命矣。我字中间一横象太极，二纵象两仪，现八象四象。仔细玩之，五行八卦皆备，斯其为我乎？"铁冠喜跃曰："如是如是。"谌于飞乃击桌而歌曰：

　　天地三才互相依，一身万法皆为备。
　　身中有个太极圈，圈中一点是性命。
　　总于心内自修持，千言万语说不尽。
　　涵养不睹不闻时，动静关中心常定。

铁冠道人乃歌曰：

　　不无不有正当中，潜修真性似潜龙。
　　养就明珠飞腾日，风云雷雨赞化工。
　　赞化工能显神通，接引众生出牢笼。
　　但教心地常清静，三乘妙法此为宗。

焦周和尚乃歌曰：

文佛心印偈三千，妙法无为亦无言。
性空何用持戒定，戒定只缘要心坚。
能于诸相不留心，更向何处问真诠。
真诠一句为君说，念头止尽是先天。

杨琰乃歌曰：

性天心地两无分，一体同参见月明。
月明只为光能照，静里乾坤别有春。
对镜不迷为炼性，炼性常如活死人。
此法空中有实相，黍珠一点是元神。

四人歌罢，彼此相赏，以后诗词，难于尽录。后来于飞八十四岁乃终，铁冠道人九十六岁而终，焦周一百二十岁而终，杨琰八十二岁而亡。人称"西陵四老"。本朝康熙年间，大悟山又出一僧，名冲元和尚。明心见性，说法度人。先示归期，端坐而化，葬于素山寺后。木兰山出一计道人，能知过去未来，白日飞升。二公皆与四川巡抚姚公为密友。往来诗词，不必细载。

十载不闻唤女声，燕山万里此长征。拜瞻省识将军面，博取千秋孝烈名。山有巍峨水自冷，铁衣百战旧曾经。女娘擅吐英雄气，直把丹心照汗青。关山飞度任纵横，伏虎策勋著姓名。读罢丰碑还想象，忠臣孝子认分明。故乡归去父欢迎，脱去征袍伙伴惊。依旧浦阳留庙貌，英雄长此佑清平。

改吉锡爵先生和韵：

机抒十年户断声，替爷万里事从征。女娘自是奇男子，巾帼当推第一名。羼策声连涧水冷，思亲泪洒几回经。只缘移孝酬君国，信史名垂万古青。边城走马气豪横，赢得舞军独擅名。不是凯旋开绣阁，同行伙伴总难明。驼送还乡父出迎，全忠全孝使人惊。至今庙貌留千古，感仰威灵镇北平。